토니와 수잔

TONY & SUSAN

토니와 수잔

TONY & SUSAN

오스틴 라이트 지음
박산호 옮김

오픈하우스

차례

이전

이 이야기는 수잔 모로의 첫 번째 남편인 에드워드가 지난 9월 그녀에게 보낸 편지로 거슬러 올라간다. 그가 책, 그러니까 소설을 하나 썼는데 읽어봐주지 않겠냐는 내용이었다. 에드워드와 재혼한 부인이 크리스마스 때마다 보내는 안부 카드를 제외하곤 20년 만에 처음으로 에드워드에게 받은 연락이었기 때문에 수잔은 충격을 받았다.

그래서 수잔은 기억 속의 그를 더듬어보았다. 에드워드가 이야기, 시, 단편과 같이 글이라면 뭐든 다 쓰고 싶어 했던 기억이 생생하게 떠올랐다. 그게 둘 사이에 생긴 불화의 가장 큰 원인이었다. 하지만 에드워드가 나중에 보험업계에 진출해서 글쓰기는 포기했나 보다고 생각했는데, 아무래도 그건 아니었던 모양이다.

둘이 부부였던 비현실적인 시절에는 에드워드가 쓴 글을 그녀가 읽어야 하는지가 주된 쟁점이었다. 글쓰기 초보였던 그의 글을 수잔은 의도했던 것보다 더 가혹하게 비평했다. 그 민감한 주제 때문에 수잔은 곤혹스러웠고, 에드워드는 분개했다. 그런데 그 편지에서 에드워드가 이 소설은 정말 잘 썼다고 했다. 그동안 삶과 글을 쓰는 데 필요한 기교에 대해 얼마나 많이 배웠는지 보여주고 싶다며, 그녀가 직접 읽어보고 판단해주었으면 한다고 썼다. 그녀는 그에게 최고의 비평가였다고. 이 소설이 장점은 많지만 유감스럽게도 뭔가 빠졌는데 그녀가 도와줄 수 있을 거라고. 그녀라면 뭐가 부족한지 알고 말해줄 수 있을 거라고. 천천히 읽어보고, 뭐든 떠오르는 대로 몇 마디 적어달라고 에드워드는 말했다. '여전히 당신을 잊지 않고 있는 에드워드.' 그는 이렇게 서명한 편지를 보냈다.

그 서명을 보는 순간 수잔은 짜증이 났다. 그걸 보니 잊고 있었던 너무 많은 것들이 떠올라 과거와 이루었던 화해를 위협했다. 그녀는 과거를 기억하고 싶지 않았고 그런 불쾌한 기분에 빠져들고 싶지도 않았다. 하지만 책을 보내라고 했다. 그렇게 에드워드를 의심하고 거부하기 민망해서. 왜 요즘 알고 지내는 지인들이 아닌 그녀에게 부탁했을까. 왜 그녀의 사정은 잘 생각해보지도 않고 무턱대고 편하게 읽으면서 아무 생각이나 떠오르는 대로 말해달라는 부탁으로 부담을 주지? 하지만 그녀가 여전히 과거에 연연하고 있다고 에드워드가 생각할까봐 두려워 거절할 수 없었다. 일주일 뒤에 그 소포가 도착했다. 딸 도로시가 헨리, 로지와 함께 수잔이 땅콩버터 샌드위치를 먹고 있는 부엌으로 그걸 가져왔다. 소포에는 테이프가 겹겹이 붙여져 있었다. 수잔은 원고를 꺼내 제목을 읽었다.

녹터널 애니멀스
에드워드 셰필드 지음

타자도 잘 쳤고, 원고도 깔끔했다. 제목이 무슨 뜻인지 궁금했다. 수잔은 화해를 청하면서 그녀의 비위를 맞추려는 것 같은 에드워드의 이런 태도가 마음에 들었다. 한편 켕기는 기분도 들어서 그날 밤 남편인 아놀드가 집에 왔을 때 대담하게 알렸다.

오늘 에드워드가 연락했어.

에드워드?

참나, 여보.

아, 에드워드. 흠, 그 인간이 무슨 할 말이 있다고?

그게 석 달 전이었다. 수잔의 마음속에는 오락가락하면서 좀처럼 종잡을 수 없는 걱정이 있다. 걱정하지 않을 때는 그동안 하던 걱정을 잊어버린 것 같아 걱정된다. 그리고 그녀가 한 말을 아놀드가 제대로 이해는 한 건지, 혹은 오늘 아침 아놀드가 한 말의 진심은 과연 뭐였는지에 대한 걱정과 같이 걱정의 정체를 알고 있을 때에도 어쩐지 그게 아닌 다른 것처럼 꺼림칙한 기분이 들었다.

남편이 병원에서 환자들의 심장을 고쳐주는 동안 그녀는 집안일을 하고, 잡다한 공과금을 내고, 청소와 요리를 하고, 아이들을 돌보고, 지역 전문대에서 일주일에 세 번 강의한다. 저녁에는 텔레비전을 보는 것보다 독서를 더 좋아한다. 수잔은 잡다한 일상을 잠시나마 잊으려고 책을 읽는다.

독서를 좋아하는 그녀는 에드워드가 쓴 소설이 기대됐고 그의 글쓰기 실력이 나아질 수 있다고 기꺼이 믿었지만, 지난 석 달간 그 원고를 읽는 걸 계속 미뤄왔다. 일부러 그런 건 아니었다. 벽장에 그 원고를 놔두고 잊어버렸다가, 도로시를 운전 학원에 데려다주다가 혹은 장을 보거나 신입생들의 시험지를 채점하다 느닷없이 기억이 났다. 그러다 다시 한가해지면 또 잊어버렸다.

잊어버리지 않았을 때는 독서할 때 의당 그래야 하는 것처럼 에드워드의 소설을 읽을 수 있게 머리를 비우려고 애썼다. 문제는 굉음과 진동으로 가득 찬 오래된 화산 같은 옛 기억들이었다. 이제는 버려진 둘만의 친밀함, 서로에 대해 알고 있던 케케묵은 일들. 이 원고를 공정하게 읽으려면 그녀가 기억하는 에드워드의 자아도취 성향, 허영심, 두려움과 옹졸함 같은 면들은 모두 무시해야 한다. 그녀는 공정해지기로 결심했다. 그러려면 그 모든 기억을 부인하고 에드워드를 전혀 모르는 타인이 돼야 했다.

에드워드가 자신이 쓴 책을 그녀가 단순히 읽어주기만을 바란다고는 믿을 수 없었다. 이건 분명 뭔가 개인적인 의도이자, 그들의 죽어버린 로맨스의 새로운 반전이 틀림없다. 에드워드가 자신의 원고에서 뭐가 빠졌다고 생각하는지 궁금했다. 편지를 보면 모르는 것 같았지만 거기에 숨겨진 다른 메시지가 있는 게 아닐까 하는 생각이 들었다. 수잔과 에드워드를 위한 은밀한 사랑 노래인가? 이걸 읽고 여기서 빠진 걸 찾아봐, 수잔.

아니면 증오일지도 모른다. 아주 오래전에 둘은 그런 감정을 없애버렸지만 그럴 가능성이 더 컸다. 여기서 그녀가 악당이라면 에드워드의 원고에서 빠진 건 백설 공주의 빨간 사과에 살짝 발라놓은 독 같은 거겠지. 에드워드의 편지가 실제로는 얼마나 역설적인지 알아낼 수 있다면 좋겠군.

하지만 그렇게 각오했는데도 그녀는 번번이 깜박하고 원고를 읽지 않다가 결국엔 자신의 그런 실패로 이 일이 마무리될지도 모른다고 믿었다. 그렇게 생각할 때마다 반항심이 생기면서 수치스럽기도 했다. 그러다 크리스마스 며칠 전에 에드워드의 부인 스테파니가 보낸 카드를 받았는데 거기에 에드워드의 쪽지가 동봉돼 있었다. 12월 30일, 시카고의 메리어트 호텔에 단 하루 머무는데 그때 만나고 싶다는 내용이었다. 에드워드가 수잔이 아직 손도 대지 않은 그의 원고에 대해 말하고 싶어 할 거란 생각에 더럭 겁이 났다가 아직 시간이 있다는 걸 깨닫고 안도했다. 크리스마스가 지난 후에 남편 아놀드는 사흘 동안 심장 전문 외과 의사들의 회의에 갈 것이다. 그때 원고를 읽을 수 있다. 아놀드의 출장 생각을 하느라 전전긍긍하지 않고 집중해서 읽을 수 있는 기회이기도 하고 죄책감을 느낄 필요도 없다.

기대에 찬 그녀는 에드워드의 외모가 지금은 어떻게 달라졌을지 궁금했다. 금발 머리, 새의 부리처럼 크고 뾰족한 코를 내려다보는 눈, 철사처럼 깡마른 팔에 툭 튀어나온 팔꿈치, 신체의 다른 골격에 비해 어울리지 않게 큰 성기가 떠올랐다. 조용한 목소리로 또박또박 끊어서 말하고, 시종일관 말을 할 때는 마치 쓸데없는 말을 한다고 생각하는 것처럼 초조해하던 그.

전보다 더 품위 있어 보일까, 아니면 거만해보일까? 체중은 늘었을 것이고 대머리가 되지 않았다면 머리가 셌을 것이다. 수잔은 에드워드가 그녀를 어떻게 생각할지 궁금했다. 그녀가 얼마나 더 너그러워지고 느긋해지고 마음이 넓어졌는지 그리고 전보다 얼마나 더 박식해졌는지 눈치 챘으면 싶었다. 스물넷일 때의 그녀와 달라진 마흔아홉의 지금 모습을 그가 싫어할까봐 두렵기도 했다. 그녀는 안경을 계속 바꿨지만 에드워드와 살 때는 안경을 쓰지 않았다. 예전보다 더 통통해지고, 가슴도 커지고, 창백했던 뺨은 발그레하고, 오목했던 곳들은 볼록해졌다. 길고 비단 같았던 머리는 짧고 단정하게 잘랐고 흰머리가 생기기 시작했다. 그녀는 건강의 화신 같아졌고 아놀드는 그녀가 스칸디나비아 쪽의 스키 선수 같다고 했다.

막상 원고를 읽으려니 어떤 종류의 소설일지 궁금해졌다. 마치 이제부터 여행할 나라가 어떤 나라인지도 모르는 것 같은 느낌이었다. 최악의 경우 소설이 형편없다면 과거에 그녀가 했던 비평이 정당했다는 점은 입증되겠지만 당혹스러울 것이다. 형편없는 소설이 아니더라도 여전히 안심할 수 없었다. 이건 낯선 마음속으로 깊숙이 들어가는 여행으로 다른 사람들보다 그녀에게 훨씬 더 의미가 있는 상징들을 어쩔 수 없이 생각해 보고, 낯선 관습에 참석해야 한다. 무엇보다 에드워드를 가이드로 삼아 이 여행을 떠나야 한다. 한때는 그녀를 지배하는 에드워드로부터 벗어나려고 그렇게 몸부림쳤는데.

지루하거나, 불쾌하거나, 감상에 젖거나, 우울한 분위기에 경악하는 것과 같이 부정적인 가능성들은 차고 넘쳤다. 무엇이 마흔아홉 살인 에드워드의 관심을 끌었을까? 그녀는 이 소설이 어떤 소설이 아닐지 그것만 확신하고 있었다. 이건 탐정 소설이나 야구 소설이나 서부극은 아닐 것이다. 피와 복수에 대한 이야기도 아닐 것이다.

그럼 뭐가 남지? 읽어보면 알겠지. 그녀는 크리스마스 다음 날, 아놀드가 떠난 월요일 밤에 소설을 읽기 시작했다. 그렇게 사흘 안에 읽으면 된다.

첫 번째 독서

1

　그날 밤 수잔 모로가 에드워드의 원고를 읽으려고 자리를 잡고 앉았을 때 마치 총알에 맞은 것 같은 충격이 그녀를 관통했다. 강렬하게 시작된 그 느낌은 이내 휙 사라져서 정체를 알 수 없는 두려움의 잔영만 남았다. 그게 위험인지 위협인지 재앙인지 알 수 없었다. 그녀는 순간 떠오른 감정의 정체를 다시 찾아내려고 부엌, 냄비와 조리 기구들, 식기세척기를 생각했다. 그다음에는 위험한 생각이 떠올랐던 거실 소파에서 다시 숨을 돌렸다. 도로시와 헨리와 헨리의 친구 마이크는 서재 바닥에서 모노폴리(Monopoly, 땅을 사거나 팔고 그 땅에 건물을 짓는 보드게임)를 하고 있었다. 아이들이 같이 하자고 했지만 사양했다.

　거실에는 크리스마스트리가 있고, 벽난로 선반에는 카드가 줄줄이 놓여 있고, 여러 가지 게임과 옷과 화장지가 소파 위에 흩어져 있었다. 난장판이다. 오헤어 공항의 비행기 소리도 집 안에서는 들리지 않고, 아놀드는 뉴욕에 있을 것이다. 뭣 때문에 두려워졌는지 기억할 수 없었던 그녀는 그 느낌을 무시하려고 애쓰면서, 커피 테이블에 다리를 올리고 한숨을 내쉬며 안경을 닦았다.

　마음속에 자리 잡은 근심은 좀처럼 가시지 않는데 말로는 설명할 수 없지만 무작정 무시해버릴 수도 없었다. 만약 두려움의 정체가 아놀드의 출장이라면 왜 세상이 끝난 것 같이 두려운 느낌이 드는지 합리적인 이유를 찾을 수 없었다. 비행기가 추락하는 일도 있지만 흔하진 않다. 회의도 걱정할 일은 없어 보이는데. 거기 참석한 사람들은 아놀드를 알아보거나 그가 찬 이름표에 주목할 것이다. 그는 항상 그렇듯이 자신이 얼마나 유명한 의사인지 알고 우쭐해하면서 기분이 째질 것이다. 칙워시에서 본 면접에서 아무 성과가 나오지 않는다 해도 해가 되진 않을 것이다. 그럴 일은 거의 없지만 그래도 거기서 뭔가 나온다면, 그리고 그녀가 원한다면 워싱턴에서 완전히 새로운 삶을 살게 될 기회가 생긴다. 그이는 지금 동료들과 전문가들, 그러니까 그녀가 믿을 만한 사람들과 같이 있다. 그녀는 그냥 지친 건지도 모른다.

그래도 여전히 에드워드의 원고를 미뤄놓고 신문의 사설 같은 짤막한 글들을 읽고 십자말풀이를 했다. 원고가 그녀를 거부하는 건지, 그녀가 거부하는 건지 모르지만 그랬다. 그녀가 느끼는 위험의 정체가 뭐든 일단 책을 잡으면 그걸 잊어버리게 될까봐 두려웠다. 원고는 아주 묵직하고 길었다. 책을 읽는 데 시간이 많이 걸릴 것 같아 선뜻 시작하기도 그랬다. 책은 그녀가 그때 하고 있던 생각을 다 묻어버릴 수도 있고, 어떨 때는 영원히 그럴 수도 있다. 한 권의 책을 읽고 나면 그 전과는 완전히 다른 사람이 될 수도 있다. 이 책이 다른 책보다 더 내키지 않는 이유는 수잔의 마음속에서 부활한 에드워드가 그녀가 평소에 하던 생각과는 아무 관계가 없는 새로운 혼란들을 불러왔기 때문이다. 속에 폭탄을 품은 그가 그녀의 머릿속을 열어젖혔다는 점에서 에드워드 역시 위험하다. 신경 쓰지 말자. 그녀가 품은 두려움의 정체를 기억해낼 수 없다면, 이 책이 그 두려움 위에 덧칠을 해줄 것이다. 그다음엔 독서를 멈추고 싶지 않아지겠지. 그녀는 상자를 열고 '녹터널 애니멀스'(Nocturnal Animals, 야행성 동물)라는 제목을 봤다. 그녀는 들여다봤다. 동물원에 있는 사육장에 터널을 통해 들어가, 희미한 보라색 불빛에 비친 유리 탱크 속에서 낮이 밤이라고 생각하는, 바삐 움직이는, 거대한 귀에 눈이 동그란 작고 낯선 동물들을 봤다. 자, 시작해볼까.

녹터널 애니멀스 1

토니 헤이스팅스란 남자와 그의 아내 로라 그리고 그의 딸 헬렌이 밤에 펜실베이니아 북부 주간고속도로의 동쪽을 여행하고 있었다. 이들은 휴가가 시작돼서 메인에 있는 여름 별장에 가는 길이었다. 늦게 출발한데다 가는 길에 새 타이어로 가느라 더 지체돼서 이렇게 한밤까지 운전을 하게 된 것이다. 오하이오 동쪽 어딘가에서 저녁을 먹은 뒤 차로 돌아왔을 때 헬렌이 아이디어를 냈다. "모텔 찾지 말고 그냥 밤새 달려요." 헬렌이 말했다.

"진심으로 하는 소리야?" 토니 헤이스팅스가 말했다.

"그럼요. 안 될 거 있어요?"

딸의 제안은 그의 질서정연한 생활 패턴에 어긋났고, 그의 습관을 흔들어 놨다. 토니는 자신이 양식 있고 신뢰할 수 있는 사람이라는 점에 자부심을 가진 수학 교수다. 그는 반년 전에 담배를 끊었지만 거기서 풍기는 안정적인 분위기 때문에 아직도 가끔은 파이프를 입에 문다. 딸의 제안에 처음에는 그런 바보 같은 소리 말라는 말을 하려다 좋은 아빠가 되고 싶은 마음에 꾹 눌러 참았다. 그는 자신이 좋은 아버지이자, 좋은 교수이자, 좋은 남편이라고 여기고 있었다. 좋은 사람. 하지만 그는 또한 카우보이들과 야구선수들에게 동류의식을 느낀다. 태어나서 한 번도 말을 타본 적이 없고 어렸을 때 이후론 야구를 해본 적도 없는데. 그리고 체격이 크거나 힘이 세지도 않지만 검은 콧수염을 기르고 자신의 성격이 태평하고 느긋하다고 생각한다. 휴가를 떠났으니 한밤에 자유롭게 고속도로를 달려보자는 딸의 갑작스럽고 장난스런 제안에, 호텔 간판이 나올 때마다 멈추고 프런트 데스크에 가서 방이 있는지 물어봐야 하는 책임에서 해방되어 마음이 가벼워졌고, 평소 습관들을 내팽개치고 한밤의 질주를 한다는 생각에 들떴다.

"이따 새벽 3시쯤에 기꺼이 아빠랑 운전 교대할 생각이 있어?"

"언제든 좋아요, 아빠, 언제든."

"어떻게 생각해, 로라?"

"내일 아침에 너무 피곤하지 않겠어요?"

그는 열정적인 밤을 보낸 다음 날은 끔찍할 것이고, 낮에 졸리는 걸 참고 안 자서 평상시 리듬으로 돌아가려고 노력하는 게 힘들 거라는 걸 알고 있었다. 하지만 그는 휴가를 떠난 카우보이고, 지금은 무책임해질 수 있는 좋은 기회였다.

"좋아. 가 보자." 그가 말했다.

그래서 그들은 서서히 6월의 황혼이 지는 주간고속도로를 쌩쌩 달려 공업 도시들을 지나치고 커브 길과 기나긴 오르막과 내리막길에서는 속도를 줄여 달리면서 농지를 통과했다. 그들 뒤로 저무는 태양이 앞에 있는 목초지의 농가 창문에 반사됐다. 세 식구는 이 새로운 풍경에 반해서 해질 녘 시골 풍경의 아름다움에 대해 떠들어댔다. 해를 등진 각도에서 황혼에 물든 황금 들판과 초록 숲과 집들은 모두 다채로운 빛깔로 환하게 빛났고,

백미러에 비친 뒤쪽 도로는 은빛으로 빛났지만 앞쪽 도로는 어두워지고 있었다.

이들은 황혼녘에 주유소에 들렀고 다시 고속도로로 진입하려고 했을 때 토니가 앞쪽 고속도로 나들목의 갓길에 누더기를 걸친 히치하이커 하나가 서 있는 걸 봤다. 그는 속도를 높이기 시작했다. 그 히치하이커는 '뱅거까지 갑니다'라는 표지판을 들고 있었다.

헬렌이 토니의 귀에 대고 소리를 질렀다. "저 사람 뱅거까지 간대요, 아빠. 태워줘요!"

토니는 속도를 더 올렸다. 그 히치하이커는 오버올(overall, 위아래가 붙은 작업복)만 입고 상체는 속에 아무것도 입지 않았다. 그리고 노란 수염을 길게 기르고 머리띠를 하고 있었다. 토니가 지나쳤을 때 그 남자가 언뜻 토니를 봤다.

"아이 참, 아빠."

토니가 어깨 너머로 그를 힐끗 돌아보고는 고속도로로 진입했다.

"저 사람은 뱅거로 간대잖아요." 헬렌이 말했다.

"넌 저 사람이랑 열두 시간 동안 같이 차를 타고 가고 싶니?"

"아빠는 히치하이커를 태워준 적이 한 번도 없어요."

"낯선 사람들이잖아." 그는 헬렌에게 위험한 세상에 대해 경고해주고 싶었지만 그래도 여전히 까다롭게 구는 것처럼 들렸다.

"세상 사람들이 다 우리처럼 운이 좋진 않다고요. 저런 사람들을 그냥 지나치면 양심의 가책이 들지 않아요?" 헬렌이 물었다.

"양심의 가책? 전혀."

"우린 차가 있잖아요. 빈자리도 있고. 가는 방향도 같고."

"오, 헬렌. 그렇게 어린애처럼 유치하게 굴지 마." 로라가 말했다.

"제 친구들 중에는 히치하이킹을 해서 학교에 오는 아이들도 있어요. 모두 아빠같이 생각하면 걔들은 어떻게 학교에 오겠어요?"

잠시 침묵이 흘렀다. 헬렌이 말을 이었다. "저 사람 아주 착해 보이던데. 딱 보면 알잖아요."

토니는 그 누더기 걸친 남자를 떠올리며 재미있어 했다.

"뱅거, 그 남자가?"

"아빠!"

토니는 점점 커져가는 어둠 속에서 자신이 길들여지지 않은 존재이자, 미지의 세계를 탐험하는 것처럼 느껴졌다.

"그 사람은 표지판을 들고 있었어요. 공손하고 사려 깊은 행동이었다고요. 거기다 그 사람은 기타도 가지고 있었어요. 그 기타 못 봤어요?" 헬렌이 말했다.

"그건 기타가 아니라 기관총이야. 깡패들은 사람들이 자기를 음악가로 착각하게끔 악기상자에 기관총을 넣어서 가지고 다닌단다." 토니가 말했다.

그때 아내 로라가 그의 뒤통수에 손을 대는 게 느껴졌다.

"그 사람은 예수님처럼 생겼다고요, 아빠. 그 고귀한 얼굴이 안 보였어요?"

로라가 웃었다. "그렇게 수염을 치렁치렁하게 기르면 다 예수님처럼 보여."

"내 말이 바로 그거라니까요. 그렇게 수염을 치렁치렁하게 기른 사람들은 다 좋은 사람들이에요." 헬렌이 말했다.

로라가 그의 머리 뒤를 쓰다듬고 있었고, 헬렌이 뒷좌석에 있다가 몸을 앞으로 기울여 둘 사이에 얼굴을 들이밀고 있었다.

"아빠?"

"응?"

"좀 전에 아빠가 한 거, 그거 야한 농담이었어요?"

"무슨 소리를 하는 거냐?"

아무것도 아니었다. 그들은 조용히 차를 타고 어둠 속을 나아갔다. 나중에 헬렌이 캠프 송을 여러 곡 불러서 엄마인 로라도 합세했고 노래와는 담을 쌓은 토니까지 저음을 보탰다. 어둠이 점점 짙어져서 끈끈해지는 동안 그들은 노래를 부르며 펜실베이니아를 향해 거대하고 텅 빈 고속도로를 달렸다.

그러다 깜깜한 밤이 됐고 토니 헤이스팅스는 이제 요란한 엔진 소리와 타이어 소리를 묻어버리는 바람 소리만 들리는 침묵 속에서 운전하고 있었다. 로라는 어둠 속에서 말없이 옆에 앉아 있었고, 헬렌은 뒤에 앉아서 보이지 않았다. 도로에 차는 별로 없었다. 차선을 갈라놓은 나무들 사이로 반대편에서 불빛이 깜박거리는 걸 보고야 차가 지나가는 걸 알았다. 도로가 갈라지면서 그 불빛들은 위로 올라가거나 밑으로 내려갔다. 가끔 그의 차선에서 앞서가는 차의 붉은 불빛을 추월하기도 했고, 가끔은 백미러에 헤드라이트 불빛이 비치면서 차나 트럭이 그를 따라잡기도 했지만 오랫동안 그의 차선에 다른 차는 없었다. 도로변도 칠흑처럼 어두워서 볼 수는 없었지만 그게 다 숲일 거라고 토니는 상상했다. 그는 이런 황야에서 걸어가는 게 아니라 차를 타고 있어서 기뻤고, 한 시간 뒤에 마실 커피를 생각하며 마음속에 떠오르는 멜로디를 콧노래로 흥얼거렸다. 그는 승객들이 잠든 배의 어두운 조타실에서 졸리지도 않고 안정된 지금의 좋은 기분을 만끽했다. 그는 아까 그 히치하이커를 태우지 않아서 기뻤고, 아내의 애정과 딸의 발랄한 유머감각이 좋았다.

그는 독선적이고 자부심이 강한 운전자였다. 그는 가능한 한 시속 100킬로에 맞추려고 노력했다. 기나긴 언덕에서 그는 그의 차선과 옆 차선에서 나란히 앞을 막고 있는 차 두 대를 따라잡았다. 차 한 대가 상대편 차를 추월하려고 했지만 그럴 수가 없어서 속도를 줄여야 했다. 토니는 왼쪽 차선으로 들어가서 맞은편 차를 추월하려고 하는 차 뒤로 갔다. "아, 어서 좀 가." 토니 역시 운전할 때는 성질이 급해지기 때문에 그렇게 중얼거렸다. 그러다 왼쪽 차선에 있는 차가 추월하려는 게 아니라 상대편 차와 대화를 하고 있다는 생각이 퍼뜩 들었다. 정말 차 두 대가 아까보다 속도를 더 줄이고 있었다.

빌어먹을, 이런 식으로 도로를 막으면 어떡해. 토니는 절대 경적을 울리지 않겠다는 신조가 있었지만 이번에는 빠르게 한 번 울렸다. 앞에 있던 차가 획 달려 나갔다. 그는 순간 속도를 내서 반대편 차를 지나쳐 다시 오른쪽 차선으로 돌아왔는데 조금 창피한 기분이 들었다. 천천히 달리던 차는 이내 뒤처졌다. 앞으로 획 치고 나갔던 차도 다시 속도를 늦췄다. 토니는 그 차의 운전기사가 상대편 차가 다시 게임을 시작하길 기다리고 있다는 짐작이 들어서 차선을 빠져 나오려고 했지만, 앞에 있던 차가 갑자기 차를 왼쪽으로 획 틀어서 그의 진로를 막는 바람에 브레이크를 밟아야 했다. 토니는 상대편 차가 자신과 게임을 하려고 한다는 걸 깨닫고 충격을 받았다. 상대편 차가 속도를 더 줄였다. 토니는 세 번째 차의 헤드라이트 불빛이 저 뒤쪽에서 백미러에 비치는 걸 눈치 챘다. 그는 경적을 울리는 걸 자제했다. 그들은 이제 시속 50킬로로 속도를 줄였다. 토니는 오른쪽 차선에서 치고 나가려고 결심했지만, 상대편 차가 다시 그의 앞으로 휙 들어왔다.

"어허." 토니가 말했다.

로라가 몸을 움직였다.

"일 났어." 토니가 말했다.

앞에 있는 차가 조금 속도를 내긴 했지만 여전히 너무 느렸다. 세 번째 차는 멀리 뒤쪽에 있었다. 토니가 경적을 울렸다.

"그러지 마. 그게 저 사람이 원하는 거야." 로라가 말했다.

토니는 핸들을 손으로 탁 쳤다. 그는 잠시 생각을 가다듬으면서 심호흡했다. "꽉 잡아." 그는 그렇게 말하고 액셀러레이터를 힘껏 밟아서 왼쪽 차선으로 슥 들어갔다. 이번에는 성공했다. 상대편 차가 경적을 울렸지만 그는 속도를 높여 달렸다.

"애들일 거야." 로라가 말했다.

뒷좌석에서 헬렌이 말했다. "얼간이들이지." 헬렌이 깬 건 모르고 있었는데.

"놈들을 다 떨어뜨렸어?" 토니가 물었다. 상대편 차와 거리가 좀 멀어져서 그는 안도했다.

"헬렌! 안 돼!" 로라가 말했다.

"왜?" 토니가 말했다.

"헬렌이 놈들에게 손가락으로 욕을 했어."

상대편 차는 왼쪽 펜더가 찌그러진 낡고 큰 뷰익으로 짙은 색이었는데 파란색이거나 검은색 같았다. 그 차에 누가 탔는지 보고 싶진 않았다. 그 차가 점점 따라붙고 있었다. 토니는 속도를 130킬로까지 올려봤지만 상대편 차가 바짝 붙어서 거의 닿을 듯 따라오고 있었다.

"여보." 로라가 조용히 말했다.

"아, 맙소사." 헬렌이 말했다.

그래도 토니는 더 빨리 가려고 애를 썼다.

"여보." 로라가 말했다.

모두 그의 운전에 정신을 집중했다.

"당신이 그냥 정상적으로 운전하면." 로라가 말했다.

세 번째 차는 저쪽 뒤에 있었는데 커브 길에서 사라졌다가 아주 널찍하게 간격을 두고 다시 나타났다.

"결국엔 놈들도 지겨워질 거야."

토니는 다시 시속 100킬로로 돌아왔지만 상대편 차는 여전히 바짝 따라붙어서 이젠 백미러에는 헤드라이트 불빛도 비치지 않고 불쾌하게 환한 빛만 보였다. 그러다 그 차가 경적을 울리기 시작하더니 그를 추월하려고 차선을 변경했다.

"그냥 가게 둬." 로라가 말했다.

그 차는 그와 나란히 달리면서, 토니가 속도를 높이려고 하면 같이 높이고, 그가 속도를 낮추면 또 따라했다. 그 차에는 남자가 세 명 타고 있었다. 다 보이진 않고, 앞쪽 조수석에서 수염을 기르고 그에게 씩 웃어 보이는 남자만 보였다.

그래서 토니는 계속 시속 100킬로로 가기로 결심했다. 가능한 한 관심을 주지 말자. 그 사내들은 다시 그의 앞으로 치고 들어와서 속도를 늦춰 어쩔 수 없이 토니도 속도를 늦추게 만들었다. 토니가 추월하려고 하면 다시 왼쪽으로 차를 획 틀어서 막았다. 토니가 다시 오른쪽 차선으로 넘어오면 그들과 같이 나란히 가게 놔뒀다. 그들은 속도를 높여서 앞으로 치고 나가 두 차선을 계속 오락가락했다. 그러다 토니에게 추월하라고 권하는 것처럼 오른쪽 차선으로 갔지만, 토니가 추월하려고 하면 다시 그의 차선으로 돌아와버렸다. 격분한 토니가 길을 내주지 않으려다 요란하게 금속이 충돌하는 소리가 나면서 차가 흔들렸다. 토니는 자신이 그 차를 쳤다는 걸 알았다.

"아, 망할!" 토니가 말했다.

마치 고통스러워하는 것처럼 상대편 차가 뒤로 물러나면서 그가 지나가게 내버려뒀다. 그래도 싼 놈들이지. 자업자득이야. 토니는 말했다. 하지만 그런 한편으로 아 망할, 이라고 말하면서 속도를 늦추며 어떻게 해야 할지 고민했다. 그동안 상대편 차는 뒤에서 속도를 줄였다.

"지금 뭐하는 거야?" 로라가 말했다.

"차를 세워야지."

"아빠, 멈추면 안 돼요!" 헬렌이 말했다.

"우리가 놈들을 쳤잖아. 멈춰야 해."

"놈들이 우릴 죽일 거예요!"

"놈들이 차를 세우고 있어?"

토니는 사고 현장을 그냥 떠날 생각을 하면서, 이렇게 짐작해도 안전하다면 차 사고가 나는 바람에 저쪽 차에 탄 사람들이 정신이 번쩍 나지 않았을까 하는 생각을 했다.

그러다 로라의 목소리가 들렸다. 평소 토니는 자신의 도덕적 판단력에 자부심을 가지고 있지만 대개 좀 더 미묘한 문제는 아내의 판단력에 의지했다. 그런데 그 아내가 이렇게 말했다. "토니, 제발 멈추지 마." 그녀의 목소리는 낮고 조용했다. 그는 그 목소리를 오랫동안 기억할 것이다.

그래서 그는 계속 달렸다.

"다음 출구로 나가서 경찰에 신고하면 돼." 로라가 말했다.

"내가 그 차의 번호판을 봐뒀어요." 헬렌이 말했다.

하지만 그 차가 다시 그를 쫓아오고 있었다. 토니 왼쪽에서 으르렁거리며 쫓아오고 있었고, 수염을 기른 사내가 창밖으로 팔을 내밀고 흔들거나 주먹을 휘두르거나 삿대질을 하면서 뭐라고 소리를 지르고 있었다. 그러다 그 차가 그를 앞질러서 방향을 홱 틀어 그의 차선으로 조금씩 들어와 그를 갓길로 밀어내려고 애썼다.

"오, 하느님! 제발 도와주세요!" 로라가 말했다.

"그냥 박아버려요! 놈들에게 본때를 보여주세요!" 헬렌이 소리를 질렀다.

그는 충돌을 피할 수 없어서, 또다시 그 차를 쳤는데 이번에는 그의 차 왼쪽 앞으로 치면서 으드득 소리가 났다. 차가 손상되는 게 느껴지면서 뭔가 덜걱거렸고, 핸들이 덜덜 떨리는 사이에 상대편 차에 밀려 속도를 줄일 수밖에 없었다. 토니의 차는 마치 치명상을 입은 것처럼 사정없이 떨렸다. 토니는 포기하고 갓길로 들어가서 차를 세울 준비를 했다. 상대방 차가 그의 앞에서 멈췄다. 아주 멀리서 따라오던 세 번째 차가 시야에 들어왔다가 총알처럼 지나가버렸다.

토니 헤이스팅스는 차 문을 열려고 했지만, 로라가 그의 팔을 잡았다.

"하지 마. 차 안에 있어." 그녀가 말했다.

2

그걸로 그 챕터가 끝났다. 수잔 모로는 잠시 독서를 멈추고 곰곰이 생각했다. 소설은 생각보다 훨씬 더 진지했고, 견고해진 에드워드의 글을 보니 그동안 그가 글쓰기를 잘 익혔다는 생각이 들어 마음이 놓였다. 이제 소설에선 뭔가 불쾌한 일이 일어날 상황이라 그녀는 인적이 드문 고속도로에서 그런 재앙을 맞게 된 토니와 그 가족이 걱정됐다. 토니가 문을 잠가놓는 게 안전할까? 문제는 가족을 안전하게 지키기 위해 토니가 뭘 할수 있는지가 아니라 이 소설이 그에게 어떤 운명을 점지해 뒀는가, 라는걸 그녀는 깨달았다. 여기서 권력을 쥔 사람은 에드워드다. 그가 생각한 운명이 토니의 운명인 것이다.

수잔은 에드워드가 토니를 묘사하는 방식에서 느껴지는 아이러니를 마음껏 음미했다. 스스로를 조롱할 수 있는 능력이 생긴 걸 보니 그동안 좀 성숙해진 모양이었다. 그녀는 마음속에 사회적으로 허용될 수 없는 의문들을 가득 품고 있었다. 예를 들면 토니의 머리를 그렇게 애정 어린 손길로 만지는 로라가 그녀에게 크리스마스카드를 보낸 스테파니인지, 그리고 헬렌은 에드워드의 사생활에서 나온 인물인지, 하는 식의 의문이었다. 그녀는 토니와 에드워드를 헷갈리지 말자고, 소설은 어디까지나 소설일 뿐이라고 생각했지만, 토니의 성(姓)을 보고 에드워드가 의도적으로 그들이 함께 자란 마을 이름을 따서 지은 게 아닌가, 하는 생각을 했다.

그녀는 스테파니가 에드워드를 작가로서 어떻게 생각하는지도 궁금했다. 에드워드가 그녀에게 학교를 그만두고 글을 쓰고 싶다고 말했을 때 배신당한 기분이었지만, 그런 자신이 수치스러워서 인정할 수 없었다. 이혼한 뒤에 친정 엄마를 통해 에드워드가 그 꿈을 포기했다는 말을 들었다. 에드워드가 여러 단계에 걸쳐 시인에서 자본주의자로 변모하는 동안 그녀는 에드워드의 작가적 능력에 대해 자신이 품은 회의가 맞았다는 결론을 내렸다.

에드워드는 시를 쓰다가 스포츠 기사를 썼고, 스포츠 기사에서 언론 강의로 직업을 바꿨다. 거기서 보험업으로 넘어갔다. 아무리 꿈이 간절하더라도 없는 재능이 생기진 않는 법이다. 잃어버린 꿈은 돈으로 보상받을 것이다. 스테파니가 그를 그쪽으로 인도했을 테지. 수잔은 그렇게 생각했지만 아무래도 그 짐작이 틀린 모양이었다.

그녀는 다시 소설을 읽기 전에 잠시 멈추고 주변을 둘러봤다. 그녀는 원고가 든 상자를 앉아 있는 소파 위에 두고, 벽에 걸린 추상화 같은 바닷가 그림과 갈색의 기하학적인 그림을 봤다. 서재 바닥에서 아이들이 한창 모노폴리를 하고 있었고, 헨리의 친구 마이크의 심술궂은 웃음소리가 들려 왔다. 거실에 깔린 회색 양탄자 위에서 제프리가 자면서 가끔 실룩거리고 있었다. 마르타가 제프리에게 다가가 쿵쿵 냄새를 맡고 커피 테이블로 훌쩍 뛰어올라오는 바람에 도로시의 카메라가 떨어질 뻔했다. 너 뭐야?

소설을 읽기 전 그녀의 마음속에 떠돌던 위협적이고 정체를 알 수 없는 괴물. 이 소설이 그 괴물을 잠재운 걸까? 그냥 계속 읽자. 한밤에 어두운 고속도로에서 펼쳐지는 단락들과 챕터들을 읽자. 그녀는 매부리코, 안경,

눈 밑이 축 처진 길고 여윈 토니의 얼굴을 생각했다. 아니야, 그건 에드워드지. 토니는 검은 콧수염을 길렀잖아. 그 검은 콧수염을 반드시 기억해야 한다.

녹터널 애니멀스 2

낡은 뷰익의 운전석 문이 열리고 한 남자가 나왔다. 토니 헤이스팅스는 아내가 그의 팔을 잡는 게 느껴졌는데, 그를 말리려고 그런 건지 아니면 용기를 북돋으려고 그런지는 알 수 없었다. 토니는 기다렸다. 차에 타고 있는 다른 두 남자는 차창으로 그를 보고 있었다. 그들의 얼굴은 잘 보이지 않았다.

그 남자는 천천히 걸어왔다. 그는 투수들이 워밍업을 할 때 입는 재킷을 입고 있었는데 지퍼 위쪽은 열려 있었지만 끝부분은 채워져 있었고, 손은 재킷 주머니에 넣고 있었다. 툭 튀어 나온 이마 앞쪽은 벗어져 있었다. 그는 토니의 차 앞부분을 둘러보고 창문 쪽으로 걸어왔다.

"안녕하쇼." 그가 말했다.

토니는 지금까지 당한 일 때문에 격분이 치솟는 게 느껴졌지만 분노보다는 두려운 마음이 더 컸다. "안녕하세요." 그가 대꾸했다.

"사고가 났으면 차를 세워야지."

"나도 압니다."

"그런데 왜 안 세운 거요?"

토니는 그 말에 뭐라고 대답해야 할지 알 수 없었다. 두려웠기 때문에 차를 세우지 않았지만, 그걸 인정하는 것도 두려웠다.

그 남자는 허리를 숙여서 차 안을 들여다보며 로라와 뒤쪽에 앉은 헬렌을 봤다.

"엉?"

"뭐라고요?"

"왜 세우지 않았냐고!"

가까이서 보니 그 남자는 입은 작은데 이빨은 크고 턱선이 희미해지고 있었다. 퉁방울눈에 뺨은 작았고 앞쪽은 대머리에 뒷머리는 올백으로 넘겼다. 턱은 실룩거리고 있었고 입은 좀체 다물지 않았다. 재킷 왼쪽에 구불구불한 필체로 Y란 글자가 정교하게 바느질 돼 있었다. 토니 헤이스팅스는 마른 몸에 근육은 하나도 없고, 부드럽고 섬세한 얼굴에 검은 콧수염만 길렀다. 그는 점화 장치에 꽂힌 열쇠에서 손을 떼지 않았다. 차창은 반쯤 열려 있었고, 차문은 잠겨 있었다.

로라가 큰 소리로 말했는데 목소리에 힘이 들어가 있었다.

"우린 경찰에 신고하려고 했어요."

"경찰? 사고 현장에서 뺑소니를 치면 안 되지. 법에 나와 있잖아. 그건 범죄야."

"이 외딴 도로에서 당신을 믿을 이유가 없으니까." 로라가 말했다. 로라의 목소리는 평소보다 컸는데, 과격하거나 혁명적이거나 두려운 말을 할 때 느껴지는 날이 선 목소리였다.

"뭐라는 거야?"

"도로에서 당신이 한 행동."

그 남자가 냅다 소리를 질렀다. "어이, 터크!" 상대편 차의 오른쪽 문이 열리고 두 남자가 나왔다. 그들 역시 서두르는 기색이 없었다.

"내가 경고하는데." 로라가 말했다.

"준비해." 그녀가 토니에게 속삭였다.

그 남자가 반쯤 열린 창문에 두 손을 대고, 머리를 안으로 쑥 집어넣고 씩 웃었다.

"지금 뭐라는 거야? 나한테 경고한다고?"

"우리에게서 떨어져."

"부인, 우린 지금 차 사고가 났어. 신고해야지."

다른 두 남자는 손전등을 가지고 토니의 차 앞부분을 살펴보느라 후드에 머리를 대고 있어서 보이지 않았다.

"좋아요." 토니는 저들이 통상적인 사고 처리 방식을 원한다면 그렇게 하리라 생각하며 대답했다.

"서로 정보를 교환합시다."

"교환하고 싶은 정보가 있나봐?"

"각자 이름하고 주소하고 보험회사 이름을 교환하자는 겁니다." 로라가 쿡 찌르는 게 느껴졌다. 로라는 이 깡패들에게 그들의 이름을 알려주는 건 좋지 않다고 생각했지만, 어쨌든 규정은 규정이고 달리 어떻게 대처해야 할지 알 수 없었다.

"각자 보험회사라고?" 그 남자가 웃었다.

"당신은 보험이 없습니까?"

"하하하."

"난 경찰에 이 사고를 신고할 겁니다." 토니가 말했다. 그러면서도 자신의 목소리에 힘이 없는 걸 알았다.

"좋아. 이걸 경찰에 신고하자. 좋다고." 그 남자가 말했다.

"그럼 경찰서에 갑시다. 그렇게 하자고요." 토니가 말했다.

"아주 좋은 생각이야. 어떻게 할까? 같이 갈까? 어떻게 해야 당신이 내 빼지 않을 건데? 이건 빌어먹을 당신 잘못이잖아, 그렇지?"

"그건 두고 봐야죠!" 로라가 말했다.

"이봐, 레이." 앞쪽에 있던 남자 하나가 말했다. "이 사람 타이어 하나가 펑크 났어."

"아, 이러지들 맙시다." 토니가 말했다.

레이가 차 앞으로 돌아가서 봤다. 남자들이 웃기 시작했다.

"흠, 네가 뭘 알아?"

"확실하다니까." 누군가가 타이어를 걷어차자 차가 흔들리는 걸 느낄 수 있었다.

"난 안 믿어." 헬렌이 뒤에서 말했다.

남자 셋이 운전석 창문 옆으로 돌아왔다. 그중 하나는 검은 턱수염을 길렀고 영화에 나오는 노상강도처럼 생겼다. 또 하나는 동그란 얼굴에 은테 안경을 쓰고 있었다.

"그렇다니까, 선생. 당신 차의 오른쪽 앞바퀴가 펑크 났어. 확실해." 레이가 말했다.

"팬케이크처럼 납작해졌어." 턱수염을 기른 남자가 말했다.

"정말 펑크 났어. 당신이 우리를 도로에서 밀어냈을 때 터졌나봐." 레이가 말했다. 누군가 그 말에 키득키득 웃었다.

"내가 그런 게 아니야. 당신이."

"상대하지 마." 로라가 말했다.

"저 남자들 말 믿지 마, 아빠. 믿지 마. 이건 거짓말이야. 속임수라고."

"뭐라고?" 레이가 아까보다 더 사납게 말했다. "날 안 믿는다고? 내가 거짓말을 한다고 생각한단 말이야? 빌어먹을."

그는 다른 남자들에게 손을 휘둘러서 뒤로 물러나게 했다. "타이어에 펑크가 안 났으면 어디 한번 차를 몰고 가보시지. 시동 켜서 몰아봐. 그 펑크 난 타이어로 한번 가보라고. 잡는 사람 하나도 없으니까."

토니는 망설였다. 그는 아까의 진동과 두 번째로 충돌한 후에 어쩔 수 없이 멈춰야 했을 때 핸들이 좌우로 흔들리던 게 어떤 의미인지 깨달았다. 그는 의자에 몸을 기대고 중얼거렸다. "제기랄."

"이렇게 하지. 우리가 당신들을 위해 이 타이어를 고쳐주지." 레이가 말했다. 그리고 주위를 둘러봤다. "다들 어때?"

"아, 그러지 뭐." 한 사내가 말했다.

"우리가 괜찮은 사람들이란 걸 보여주기 위해 고쳐주겠어. 당신은 손 하나 꼼짝하지 않아도 돼. 그다음에 같이 경찰서에 가는 거야. 당신이랑 나랑 가서 우리 사고를 신고하는 거지." 레이가 말했다.

헬렌이 나직한 목소리로 말했다. "저 사람들 믿지 말아요."

"타이어 가는 장비는 있소, 선생?" 수염을 기른 남자가 말했다.

"차에서 내리지 마." 로라가 말했다.

"그럴 필요 없어. 우리 거 쓰지 뭐. 자, 어서 움직여." 레이가 말했다.

세 남자가 자기들 차의 트렁크로 간 사이에 토니와 그의 아내와 딸은 차 문을 잠근 채 그 모습을 지켜봤다. 남자들이 장비와 잭과 타이어 레버를 꺼냈다.

"스페어타이어는 있고?" 안경 낀 남자가 말했다. 남자들이 웃기 시작했지만 레이는 웃지 않았다. "스페어가 없으면 타이어를 갈 수 없잖아." 레이는 웃지도 않고, 미소도 짓지 않았다. 그는 차창 안을 들여다보면서 아무 말도 하지 않았다. 그러다 말했다. "차 트렁크 열게 열쇠 좀 줘."

"안 돼!" 헬렌이 말했다.

레이는 오랫동안 헬렌을 빤히 쳐다봤다.

"대체 네가 무슨 공주님이라도 되는 줄 알아?" 레이가 말했다.

토니 헤이스팅스는 한숨을 쉬고 차 문을 열었다. "내가 열게요." 그가 말했다. 헬렌이 뒤에서 불평하는 소리가 들렸다. "아빠……."

로라가 조용히 말했다. "괜찮을 거야. 그냥 침착하게 있어."

토니가 나와서 트렁크를 열고 그들이 스페어타이어를 꺼낼 수 있게 수염을 기른 남자가 들고 있는 손전등 불빛에 비친 여행가방들과 상자들을 들어냈다. 토니는 레이가 옆에 서 있는 동안 두 남자가 타이어를 꺼내는 모습을 지켜봤다. 그들은 잭을 앞쪽 바퀴 밑에 넣었다. 수염을 기른 남자가 말했다. "여자들보고 차에서 나오라고 해."

"어서. 여자들보고 나오라고 해." 레이가 말했다.

"그럴 필요는 없잖아요, 안 그래요?" 토니가 말했다.

"나오라고 해. 우리가 자기네 타이어를 갈고 있는데 나와야지."

토니가 아내와 딸을 돌아다봤다. "괜찮아. 타이어를 갈 동안만 나와 있어." 그래서 둘 다 나와서 차 문 근처에 있는 토니 옆에 서 있었다. 토니는 이 남자들이 위험하다면 차 근처에 있는 게 더 안전할 거라고 생각했다. 그 남자들은 차를 잭 위로 들어 올리고 납작해진 타이어를 풀기 시작했다.

"이봐 당신, 이쪽으로 와봐." 레이가 말했다. 토니가 가만히 있자 그가 와서 말했다. "당신은 뭐 자기가 엄청 잘난 사람이라고 생각하나봐?"

"무슨 소리를 하는 거요?"

"무슨 소리를 하는 거냐고? 자기들이 엄청 잘난 사람이라고 생각하고 있잖아, 안 그래?"

"누가?"

"당신들. 당신 여자들. 당신의 씨발년들. 당신도 그렇고. 당신은 아주 특별한 인간이라 다른 사람 차를 박아놓고 법을 어기면서 경찰에게 달아나려고 했잖아."

"내 말 들어봐요. 당신 지금 여기서 무슨 미친 게임을 하고 있는 것 같은데."

"아하."

그들이 타이어를 가는 동안 차나 트럭이 이따금 전속력으로 지나쳤다. 토니는 한 대라도 멈추길, 그와 무슨 짓을 할지 모르는 이 거친 사내들 사이에 문명인이 하나라도 끼어 들어주길 바랐다. 차 한 대가 속도를 줄여서 토니는 그 차가 멈출 거라고 생각하고 그쪽으로 나섰지만 누군가 그의 팔을 홱 잡고 뒤로 끌어당겼다. 레이가 그 앞에서 시야를 가로막고 있었고, 그 차는 가버렸다. 잠시 후에 번쩍거리는 파란 불빛의 경찰차 한 대가 다가오는 게 보였다. 그들은 우리를 구하러 오는 거야. 토니는 그렇게 생각하고 차가 그들 쪽으로 빠르게 가까워지는 사이에 그 차를 향해 달렸다. 하지만 차는 멈추지 않았고, 토니는 불현듯 그 경찰차가 멈추지 않을 거라는 걸 깨달았다. 그래도 손을 흔들면서 옆을 휙 지나치는 차에 대고 소리를 지르려 했다. 여자들도 소리를 지르는 게 들렸지만 경찰차는 이미 도로를 환히 밝히며 시속 160킬로의 속도로 달려 시야에서 사라졌다.

"저기 경찰차가 가네. 세우지 그랬어." 레이가 말했다.

"그러려고 했는데." 토니가 말했다. 그는 패배한 느낌이 들면서 곤경에 처한 자신의 가족은 쳐다보지도 않고 경찰이 무슨 일로 그렇게 달려가는지 궁금했다.

남자들은 이 작업을 즐기는 것 같았다. 그들은 웃고 있었고, 토니는 그중 하나가 차량 정비소에서 일한 적이 있다는 걸 깨달았다. 레이만 안 웃고 있었다. 토니는 레이가 턱도 없는 얼굴을 찡그리며 기다리는 표정이 마음에 들지 않았다. 이자는 화가 났어. 토니는 속으로 생각했다. 한편 자신의 분노는 이 기이한 상황에서 저절로 풀려버렸다. 그는 이자들이 보기와는 달리 그런 나쁜 놈들이 아니란 걸 보여주려고 노력하고 있다고 생각했다. 그들은 자신들이 어쨌든 선량한 사람이란 걸 내게 보여주려고 하는 거야. 그는 자신의 생각이 맞았기를 바랐다.

3

수잔 모로는 그 페이지를 내려놨다. 그리고 자신이 사는 현재의 이 세계로 조용히 돌아왔다. 냉장고 소리가 들리고, 옆방에서 아이들이 중얼거리면서 웃는 소리가 들리는 이곳으로. 나무로 뒤덮인 구불구불한 주택가의 외진 이곳은 아주 조용하고 평화롭다. 여기가 훨씬 더 안전하다. 그녀는 기지개를 켜고 스트레칭을 했다. 커피를 한 잔 더 마시러 부엌에 가고 싶었지만 참았다. 대신 마르타가 올라와 앉은 테이블에 있는 초록색 포장지의 박하차를 마셔야지.

그녀도 한 번은 밤새 운전한 적이 있었다. 아놀드와 아이들과 같이 케이프 코드까지 밤새 달렸다. 아놀드는 토니 헤이스팅스보다 더 영리한데 그러면 토니가 처한 곤경을 피할 수 있었을까? 아놀드는 성공한 의사다. 그러면 타이어를 갈아준 그 남자들에게 바이패스 수술(중요한 동맥 따위가 막혔을 때 우회로를 만들어 피가 잘 흐르게 하거나 자신의 다른 혈관을 사용하여 장애가 있는 심장 동맥 따위에 대신 연결하여 쓰도록 하는 수술)을 해줄 수도 있는데 그걸로 보호받을 수 있을까? 아놀드는 활짝 웃는 얼굴에 머리색은 칙칙한 소년 같은 남자로, 애매한 농담을 한 뒤 상대의 반응을 기다리는 습관이 있다. 오늘 밤 아놀드는 호텔에 있다. 그녀는 가공의 인물인 토니를 걱정하느라 남편이 어두운 지하의 대나무 라운지 바에 앉아 의료계 동료들과 술 마시고 있을 것도 잊어버리고 있었다. 그건 생각하지 말자.

고양이 마르타는 그녀를 찬찬히 보면서 어리둥절해하고 있었다. 매일 밤 수잔은 이렇게 앉아서, 분명 마르타가 보기엔 아무것도 없는데 뭔가 있는 것처럼 납작하고 하얀 종이들을 뚫어져라 보면서 스토킹하고 있다. 스토킹은 이해할 수 있었지만 도대체 자기 무릎에서 뭘 스토킹할 수 있으며, 어떻게 그렇게 평화로운 얼굴로 스토킹을 할 수 있는지 이해가 안 됐다. 마르타도 꼬리만 씰룩이면서 몇 시간씩 스토킹을 하지만 자기가 스토킹을 할 때는 항상 쥐나 새 같은 것이 보여서 그런 건데.

녹터널 애니멀스 3

삼각형 얼굴에, 입은 턱에 비해 너무 작고, 앞쪽은 대머리에 뒤쪽은 올백으로 넘긴 레이라는 남자는 주머니에 두 손을 찔러 넣고 다른 사람들이 작업하는 걸 지켜봤다. 그는 춤을 추는 것처럼 땅바닥에 발을 대고 툭툭 치고 있었다. 이자가 나를 도로 밖으로 밀어냈다는 걸 잊지 말아야지. 토니 헤이스팅스는 속으로 그렇게 생각했다. 그 남자는 계속 "씨발"이란 말을 마치 노래를 부르는 것처럼 중얼거리고 있었다. 발로 땅바닥을 툭툭 치면서 계속 "씨발"이라고 중얼거리며 차의 뒷문에 바짝 붙어 서 있는 토니의 아내와 딸을 보면서 마치 그들에게 하는 말처럼 하다가 그다음엔 토니를 보며 그렇게 말했다. 그는 토니 가족이 들을 수 있는 딱 그 정도 크기로 계속 "씨발, 씨발, 씨발" 하고 중얼거렸다.

"뭘 봐?" 그 남자가 말했다.

"아까 도로에서 대체 뭘 하려고 했던 거요?" 토니가 말했다.

트럭 한 대가 왔다가 요란한 소리를 내며 지나쳤다. 레이가 뭐라고 대답했다 해도 토니는 듣지 못했다. 3~4분 간격으로, 혹은 그보다 더 자주 차나 트럭이 지나갔다. 차들이 지나가는 한 우리는 안전해. 토니는 그렇게 생각하면서 동시에 어떤 위험으로부터 안전한 것인지 궁금했다.

"어이, 거물." 그 남자가 말했다.

"뭡니까?"

"법을 지키는 운전사."

"뭡니까?"

"넌 '뭡니까?'라는 말밖에 할 줄 몰라?"

"이거 봐요."

"보고 있거든."

토니는 지금 느끼는 자신의 감정에 대해 뭐라고 할 말을 준비해놓지 않아서 갑자기 말문이 막혔다.

"넌 그 도로에서 뭘 하려고 했는데?" 그 남자가 한참 있다가 말했다.

"우린 그저 가던 길을 가려고 했을 뿐이요."

"어디 가는데?"

토니는 말하지 않았다.

"어디 가냐고?"

"메인에 가려고 하던 참이요. 그냥 메인에 가던 중이라고."

"메인에 뭐가 있는데?"

토니는 대답하고 싶지 않았다.

마치 그를 괴롭히는 덩치 크고 심술궂은 아이들에게 저항하는 소년 같은 기분이 들었다.

그 남자가 토니를 향해 걸어왔다. "메인에 뭐가 있냐고 내가 물었잖아!"

그 남자가 바짝 다가오자 양파와 달콤한 술 냄새 같은 게 풍겼다. 그는 토니의 얼굴을 마주 보고 있었다. 마르긴 했지만, 이 남자가 그를 파괴할 수 있을 거라는 걸 토니는 알고 있었다. 토니는 한 발짝 뒤로 물러섰지만 그 남자가 다시 거리를 좁혀왔다. 나이 차가 있어서 그래. 토니는 그렇게 생각했지만 자신이 어렸을 때 이후로 싸움을 해본 적도 없고, 한 번도 이겨본 적도 없다는 건 보태지 않았다. 나는 이자와는 완전히 다른 세계 사람이야. 그는 속으로 그렇게 말할 뻔했다.

토니는 메인에 여름 별장이 있다는 말을 하고 싶지 않았다.

그 남자가 몸을 앞으로 기울이는 바람에 토니는 어쩔 수 없이 몸을 뒤로 젖혀야 했다. 날 건드리지 않는 게 좋을 거야. 토니는 생각했다. 그 남자가 토니의 스웨터를 잡고 조금 밀었다. "메인에 뭐가 있냐고!" 그 남자가 말했다.

이거 놔! 토니는 이렇게 말했어야 했다. "이거 놔……" 토니가 말했다. 마치 깡패에게 시달리는 아이처럼 힘이 하나도 없는 자신의 목소리가 들렸다.

딸의 목소리가 밤의 어둠 속에서 크게 울려 퍼졌다. "우리 아빠 건드리지 마!"

"닥쳐, 이년아." 그 남자가 말했다. 그는 토니의 스웨터를 놓고 웃더니, 여자들에게 천천히 걸어갔다. 토니는 겁에 질려 덜덜 떨면서, 두려움에 차갑게 식어버린 피를 다시 데우려고 애쓰면서 그의 뒤를 따라갔다. "메인에 뭐가 있는데? 네 아빠는 말을 안 하려고 하니까 네가 말해봐. 넌 메인에 왜 가는데?"

"그게 당신이랑 무슨 상관이야?" 헬렌이 말했다.

"그러지 말고, 얘야, 우린 착한 사람들이야. 너희 차의 타이어도 갈아주고 있잖아. 말해봐. 메인에 뭐가 있는데?"

"우리 여름 별장이 있어요. 이제 만족해요?" 헬렌이 말했다.

"네 아빠는 자기가 나보다 더 잘났다고 생각해. 넌 그 점에 대해 어떻게 생각하니?"

"뭐, 그건 사실이니까." 헬렌이 대답했다.

"네 아빠는 날 무서워하고 있는데. 내가 자길 죽도록 팰까봐 무서워하고 있다고."

"당신은 나쁜 인간이야. 깡패고, 인간쓰레기야!" 겁에 질린 헬렌이 비명을 지르는 것처럼 새된 목소리로 소리를 질렀다.

성이 난 그 남자가 헬렌을 향해 한 발 다가섰다. 로라가 끼어들자 그 남자가 로라를 옆으로 홱 밀어버렸다. 그 남자가 헬렌의 어깨를 잡고 차에 밀어붙이자 로라가 곧바로 다시 덤벼들어서 그를 때리고, 손톱으로 할퀴고, 뒤에서 잡아당겼다. 그 남자가 팔을 뒤로 흔들어서 홱 밀어버리자 로라가 바닥에 쓰러졌다. "쌍년!" 그 남자가 중얼거렸다. 토니도 그 난장판에 끼어들었는데 그 남자가 팔을 쇠 지렛대처럼 휘둘러 그를 쳐 뒤로 물러나게 했다. 토니의 코는 마치 쇠 지렛대에 맞은 것처럼 쓰라렸다. 그 남자는 세 사람과 마주 보고 서서 으르렁거렸다. "조심해, 이것들아. 너희들이 내게 그런 식으로 말할 권리는 없어."

타이어 옆에 있던 남자들이 하던 일을 멈추고 그들을 지켜봤다.

토니 헤이스팅스는 아내가 쓰러졌을 때, 그가 아주 잘 아는 아내의 충격과 고통의 비명 소리를 들었을 때, 여행용 바지와 짙은 색 스웨터를 입은 그녀가 땅바닥에 앉아 있다가 힘들게 몸을 들어서 일어서려고 하는 걸 봤을 때, 마치 전쟁이 발발했다는 뉴스처럼 나쁜 일이 일어나고 있다고 생각했다. 지금까지 살아온 운 좋은 삶에선 정말로 나쁜 일은 한 번도 겪어본 적이 없는 느낌이 들었다. 그는 겁에 질려 있던 피가 머릿속에서 폭발해 그 남자에게 덤볐다가 쇠 지렛대 같은 그 남자의 팔에 맞고 뒤로 나가 떨어졌을 때 했던 생각이 떠올랐다. 이건 어렸을 때 동네 깡패에게 맞는 그런 수준이 아니야. 진짜 현실에서 어른들이 맞아서 쓰러지고 있는 상황이라고.

그 남자는 불만이 가득한 얼굴로 토니를 바라봤다.

"젠장, 우리가 당신의 망할 타이어를 고쳐주고 있잖아." 그는 그렇게 말하고 다른 남자들에게 걸어갔다. 그들은 작업을 거의 다 끝내고 볼트들을 조이고 있었다. "이게 끝나면 당신이 일으킨 그 사고를 신고하러 경찰에 가자고."

"전화기를 찾아야 해요." 토니가 말했다.

"그래? 근처에 전화기가 한 대라도 보여?"

"여기서 제일 가까운 마을이 어딥니까?"

다른 남자들이 휠캡을 씌웠다. 그리고 펑크 난 타이어는 토니의 차 트렁크로 굴려가서 잭과 함께 넣었다.

"마을은 뭐하러 물어보는데?"

"경찰에 신고하려고요."

"그렇군. 신고는 어떻게 할 건데?" 그 남자가 물었다.

"우리가 차를 타고 경찰서로 가야죠."

"사고 현장을 떠나겠다고?"

"그럼 어떻게 하고 싶은데? 경찰차가 또 지나갈 때까지 기다립니까?"

토니는 레이가 아까 경찰차를 그냥 보낸 걸 떠올렸다.

"아빠, 도로에 전화기가 있어요. 비상 전화기. 내가 봤어요." 헬렌이 말했다.

그래. 그도 기억났다.

"그 전화들은 다 고장 났어." 그 남자가 말했다.

"도로에 있는 전화들은 다 망가져서 수리해야 해." 안경 낀 남자가 말했다. 수염을 기른 남자는 히죽히죽 웃고 있었다.

"우린 베일리로 가야 해. 그게 유일한 방법이야. 어쨌든 도로에 있는 전화기로 경찰을 부를 순 없어." 레이가 말했다.

"좋아." 토니가 단호하게 말했다. "베일리로 가서 신고합시다."

"그럼 거기는 어떻게 가자는 건데?" 레이가 말했다.

"우리 차로."

"어? 어떤 차?"

"차 두 대 다 같이 가야죠."

"아니야, 형씨. 날 속여 먹을 생각은 하지 마."

"뭐가 맘에 안 드는 거요?"

"아까처럼 뺑소니치지 않을 거란 보장이 어디 있어?"

"우리가 경찰서에 안 갈 거라고 생각한단 말이요?"

"당신이 안 그럴 거라는 걸 내가 어떻게 아냐고?"

"걱정하지 말아요. 난 이걸 신고할 생각이니까."

"당신은 베일리가 어디 있는지도 모르잖아."

"당신이 앞서가면 우리가 따라가지."

"허!" 그 남자가 웃었다. 그러더니 마치 뭔가 떠오른 것처럼 어두운 숲을 보면서 한동안 생각하는 것 같았다. 그는 조금 더 생각하더니 잠시 다 잊어버리고 자신만의 몽상에 빠진 것 같았다. 이자는 미쳤어. 토니는 생각했다. 그 말이 마치 새로운 뉴스처럼 느껴졌다. 그때 그 남자가 다시 현실로 돌아왔다.

"당신이 도망쳐서 옆길로 새지 않으리란 보장이 어디 있냐고!"

"당신은 다른 차들에 따라붙는 걸 아주 잘하던데." 토니가 말했다. 그러자 그 남자가 다시 웃었다.

"좋아. 우리가 먼저 가고 당신이. 그렇게 하면 우린 당신에게서 떨어질 수 없을 테니까."

이제 그들은 이게 모두 농담인 것처럼 피식거리고 있었고, 토니조차 조금 미소를 지었다.

"됐어. 넌 내 차에 타." 레이가 말했다.

"뭐라고?"

"넌 우리랑 같이 간다고."

"말도 안 되는 소리."

"루가 당신 차를 운전할 수 있어. 루는 법을 지키는 시민이야. 루가 당신 차를 잘 챙겨줄 거야."

헬렌이 불평했다. "안 돼."

"그럴 순 없어." 토니가 말했다.

"왜 안 되는데?"

"우선 내 차를 당신들 손에 맡길 순 없어요."

그 남자는 놀란 척했다. "그럴 수 없다고? 뭐야, 우리가 당신 차를 훔칠 거라고 생각하는 거야? 좋아. 당신은 당신 차를 타고 가. 여자들은 우리랑 같이 가고."

헬렌이 놀라서 소리를 질렀다. 헬렌이 차로 갔지만 레이가 그녀를 막았다.

"안 돼, 그럴 순 없어." 토니가 말했다.

"물론 그렇게 해야 해. 넌 우리랑 같이 갈 거고. 안 그래, 자기?" 그는 격자무늬 셔츠를 입은 헬렌의 가슴에 손을 댔고, 두 사람은 잠시 몸싸움을 했다.

"토니." 로라가 말했다. 그녀는 토니를 보고 있었고, 레이는 둘 다 보고 있었다. 그러다 그녀가 소리를 질렀다. "아이를 내버려둬!"

"멈춰." 토니가 목소리가 떨리는 걸 애써 참으며 말했다.

"애는 좋다는데 왜 그래." 레이가 말했다.

"싫어!" 헬렌이 말했다.

"물론 넌 좋아해, 허니. 단지 그걸 모를 뿐이야."

"토니." 로라가 다시 조용히 말했다. 그는 근육에 힘을 주고 주먹을 꽉 쥐면서 레이를 향해 다가섰지만, 수염을 기른 남자가 토니의 팔을 잡았다. 토니는 그 팔을 풀려고 했다. 레이가 그걸 눈치 채고 토니에게 돌아서면서 헬렌을 놔줬다. 그녀는 그에게서 풀려나 도로를 향해 달려갔다.

"헬렌!" 토니가 큰 소리로 불렀다.

"당신 집안의 가장은 대체 누구야?" 레이가 말했다.

네가 상관할 바가 아니란 소리가 머릿속에 맴돌았지만 토니는 아무 말도 하지 않았다. 그는 딸이 고속도로 갓길을 따라 달리는 걸 봤다.

"헬렌, 헬렌." 레이란 남자는 작은 입 속의 지나치게 큰 이빨을 드러내면서 씩 웃고 있었다. 15미터 정도 달려간 헬렌은 갓길 바로 옆에 있는 바위에 앉았다. 아이는 울고 있었다. 잠시 침묵이 흘렀다.

레이는 친구들에게 고개를 끄덕여서 신호를 보냈고 모두 그의 차로 가서 의논했다. 토니는 밤과 서늘한 공기와 산에 뜬 별이 또렷하게 보이는 풍경을 의식했다. 그의 뒤에 있는 산은 점차 낮아져서 검은 숲이 됐는데 속에 아무것도 보이지 않았다. 반대편 차선들은 비탈길을 따라 올라가면서 나무들에 가려 보이지 않았다.

차들이 지나갈 때면 나뭇가지들 위로 유령처럼 흰 빛이 비쳤다. 남자들은 회의하면서 손짓을 해가며 흥분해서 웃고 있었고, 저쪽 도로 밑에 있는 헬렌은 두 손에 머리를 파묻고 바위 위에 앉아 있었다.

차 한 대가 왔다. 차가 다가왔을 때 헬렌은 도로 옆으로 가서 미친 듯이 손을 흔들었다. 그 차는 속도를 높여서 휙 지나가버렸다.

그때 로라가 토니에게 말했다. "출발하자. 헬렌은 가는 길에 태울 수 있어." 그녀가 차에 탔다. 하지만 토니가 운전석으로 돌아갔을 때 헬렌이 돌아오는 게 보였고, 세 남자가 헬렌과 차 사이에 서 있었다.

헬렌은 손에 막대기를 하나 들고 있었다.

또 다른 차가 다가오고 있었다. 헬렌이 세 남자의 차에 거의 다 다가갔을 때 그 차의 불빛이 가까워졌다. 헬렌은 고속도로로 뛰어들어서 머리 위로 막대기를 흔들었다. 그 차가 속도를 줄였다. 그것은 픽업트럭이었는데 헬렌에게서 조금 떨어진 곳에 멈췄다. 운전기사가 몸을 오른쪽으로 내밀고 밖을 내다봤다.

"지금 죽으려고 환장했어?"

트럭 기사는 야구 모자를 쓴 노인이었다. 차에 탄 로라를 제외하고 모두 그에게 갔다.

"이 남자들이." 헬렌이 입을 열었다.

"괜찮습니다. 아이가 조금 놀란 것뿐이에요." 레이가 말했다.

"괜찮지 않아요. 우리 아빠에게 물어보세요."

"뭐?" 그 노인이 말했다.

"우린 도움이 필요합니다." 토니가 말했다.

"뭐라는 거야?"

"타이어가 펑크 났어요. 그래서 우리가 고쳐줬습니다." 레이가 말했다. 그는 고개를 끄덕이고 미소를 지었는데 드러난 이빨이 마치 쥐새끼 같았다. "여긴 아무 일 없어요."

"응? 저 아이가 죽으려고 한다고?" 노인이 말했다.

레이가 그 노인에게 소리를 질렀다. "저 아이는 괜찮다고요! 여기는 아무 일 없다고요!"

토니가 앞으로 한 발 다가섰다. "실례지만." 그가 말했다. 그는 헬렌이 우는 소리를 들었다. "제발, 우리를 도와주세요." 노인이 타이어 레버를 흔들면서 웃고 있는 레이를 봤다.

"뭐라는 거야?" 노인이 귀에 두 손을 대고 말했다.

"아무 문제없다고요!" 레이가 큰 소리로 말했다.

"그렇지 않아요!" 토니가 소리를 지르려고 했다. 누군가 그의 팔을 잡고 뒤로 끌어당기고 있었다. 노인이 모여 있는 사람들을 봤다. 그는 당황하고 불만스러운 표정이었지만, 어쩌면 항상 그런 얼굴인지도 모른다. 그는 레이의 타이어 레버를 보면서 망설였다. "그럼 아무 문제없는 거군." 노인은 퉁명스럽게 말하곤 차에 기어를 넣더니 가버렸다.

토니는 뒤에서 헬렌이 울며 소리 지르는 걸 들었다.

"제발, 할아버지!"

"왜 그러니, 애야. 저런 귀머거리 영감을 방해하면 안 돼."

갑자기 헬렌이 번개같이 움직여서 남자들 모두 깜짝 놀랐다. 그녀는 그들 옆을 쏜살같이 달려서 차 뒤로 들어가 문을 쾅 닫아버렸다. 또다시 침묵이 흐르는 가운데 레이가 토니의 팔꿈치를 잡고 있었고, 로라와 헬렌은 차에서 그를 기다리고 있었다.

"좋아. 차 두 대로 가지." 레이가 마침내 말했다.

마침내 이 밤의 악몽이 끝나서 다행이었다. 게임을 하다가 지친 그들은 더 이상 아무것도 할 수 없다는 걸 깨달은 게 분명했다. 토니는 이들이 경찰서에 가지 않을 거라는 걸 알고 있었지만 상관없었다. 그냥 이들에게서 벗어나는 것만으로 기뻤다.

다만 아직도 레이가 그의 팔꿈치를 잡고 있었다. 레이는 차로 움직이면서 그의 팔꿈치를 잡은 손에 힘을 더 줘서 그를 붙들고 있었다.

"넌 안 돼." 레이가 말했다.

"뭐라고?"

이제 진정한 두려움, 전쟁에서 첫 번째 핵폭탄이 터진다는 경고를 들었을 때와 같은 충격이 시작됐다.

"우린 찢어져서 가지. 넌 내 차를 타고 가." 레이가 말했다.

"말도 안 돼."

토니는 순간 자신의 차에서 일어나는 광경을 봤다. 안경 낀 남자가 운전석으로 달려갔고, 조수석에 있던 로라가 무슨 일이 일어나는지 미처 알아차리지 못해 문을 잠그지 못한 사이, 문을 홱 열어서 차 안에 한 발을 넣고 서 있었다. 레이가 계속 말했다.

"넌 선택의 여지가 없어."

"난 내 가족을 떠나지 않을 거요."

"이봐, 너에겐 선택의 여지가 없다고 내가 말했잖아."

이제는 노골적으로 압박을 가하고 있었다. 토니의 차 문 안에 발을 집어넣은 남자와 또 다른 레이의 파트너가 레이를 보면서 그가 어떻게 할지 결정하거나 지시를 내리길 기다리고 있었다. 레이는 잠시 생각했다가 토니를 놔주고 말했다.

"넌 루와 같이 가."

레이가 토니의 차로 갔을 때 토니도 따라가려고 했지만, 수염을 기른 남자가 그를 건드렸다. "그러지 않는 게 좋아." 그가 말했다. 그는 손에 뭔가 들고 있었는데 그게 뭔지 분간할 수 없었다. 토니는 그의 손을 떨쳐버리고 레이를 쫓아갔다. 차 문 안에 발을 넣고 있는 남자가 손을 차 안으로 넣어서 잠긴 차 뒷문을 열려고 하는데 뒤쪽에 앉아 있던 헬렌이 막으려고 애쓰는 게 보였다. 헬렌이 안경 쓴 남자의 손을 물려고 몸부림을 치는데 그 남자가 결국 문을 열고 들어가는 것도 보였다. 토니는 레이를 쫓아 달려갔다. 저놈의 등을 치겠어. 저놈을 때려눕히고 차 안으로 들어가야지. 그는 생각했다. 하지만 뭔가 묵직한 것이 그의 정강이를 쳐서 앞으로 거꾸러져 손바닥과 무릎이 땅바닥에 그대로 갈리고, 턱이 바닥에 쿵 부딪치면서 쓰러졌다. 그리고 고개를 들어 레이가 운전석으로 들어가는 걸 봤다.

차는 난폭하게 거친 소리를 내며 시동이 걸렸고, 이어서 타이어가 비명을 지르면서 속도를 높여 홱 달려가버렸다. 그는 홱 달려가는 차에 탄 채 공포에 휩싸여 그를 보는 아내와 딸의 얼굴을 봤다. 달려가는 차의 속도가 점점 느려졌고, 차의 작은 불빛들이 깜박거리며 작아지다가 사라져버렸다.

그가 사랑하는 사람들이 모두 사라져버린 보이지 않는 도로 저편을 보면서, 토니가 자신의 머릿속에서 지금 무슨 일이 일어났는지 말해주는 소리를 부정할 방법을 찾아내려고 애쓰는 사이, 잠시 숲의 침묵과 거의 알아들을 수 없을 정도로 멀리서 들려오는 트럭 소리만 들렸다.

루라는 이름의 수염을 기른 남자가 그를 내려다보고 있었다. 그는 손에 타이어 레버를 쥐고 있었다.

"가자고. 당신은 차에 타는 게 좋겠어." 그가 말했다.

4

수잔은 충격을 받았다. 그녀가 무력하게 모든 걸 예상하고 있는 동안 그들이 토니의 가족을 납치했다. 이 상황을 견딜 수 없었다. 그녀가 이 사태를 막았어야 했는데. 그들은 헬렌이 도로를 달려갔을 때 먼저 차에 타고, 남자들이 미처 반응하기 전에 헬렌을 차에 태워서 달아났어야 했다. 그런데 그놈들이 토니를 쓰러뜨렸다. 에드워드가 그녀를 막고 있는 것처럼 그들이 토니를 막은 것이다. 수잔은 토니의 차가 소중한 가족을 싣고 도로 저편으로 사라지는 걸 지켜보면서 그가 느끼는 치욕과 두려움을 그대로 느꼈다.

그녀는 작고 따뜻한 거실에서 정신이 들었다. 아이들은 옆방에서 게임을 하고 있고, 이 집은 도로 옆으로 황야가 뻗어 있는 소설 속 세계와는 아주 멀리 떨어져 있다. 그런데 갑자기 그녀의 일상에 균열이 생기고 누군가가 없어진 것 같은 느낌이 들었다. 아놀드는 아니다. 그가 어디 있는지 그녀는 알고 있으니까. 로지, 내 아이 로지, 로지는 어디 있지? 차가운 밤에 얼어붙은 고드름 같은 한 줄기 공포가 그녀의 심장을 관통한다. 로지는 왜 집에 없는 거야? 하지만 수잔 모로는 로지가 어디 있는지 알고 있다. 로지는 캐롤과 함께 밤을 보내고 있다. 그러니까 이 두려운 기분은 로지 때문이 아니다. 아놀드는 지하에 있는 대나무 라운지 바에 있다. 하루 종일 논문들을 보면서 토론한 후에 죽마고우 박사와 저명한 박사와 신참 박사와 의대에서 강의를 하는 박사들-마릴린 린우드가 아니라-과 함께 있다.

수잔은 알고 싶다. 정말 이런 끔찍한 일들이 현실에서 일어날까? 에드워드의 대답이 들린다. 당신도 매일 신문에서 읽고 있잖아. 그녀의 친애하는 전남편이 준비한 여러 가지 계획이 있는 것이다. 에드워드의 계획이 두려웠지만 겁내지 않을 것이다.

녹터널 애니멀스 4

"당신이 운전해." 루라는 남자가 말했다.

"내가?"

"그래, 당신."

타인의 차는 낯설다. 삐걱거리는 소리가 나는, 여기저기 생채기 난 금속문, 의자 등받이가 찢어져 있는 운전석. 바닥의 페달들은 너무 가깝다. 그 남자가 토니에게 차 키를 건네줬다. 토니 헤이스팅스는 서두르느라 제정신이 아닌 상태에서 손을 떨면서 점화 장치를 찾아 더듬었다.

"오른쪽에 있어." 그 남자가 말했다. 차는 시동이 잘 걸리지 않았고, 마침내 기어를 넣긴 했지만 수동으로 몰아본 지 오래돼서인지 차가 말을 듣지 않았다.

옆에 앉아 있는 검은 수염을 기른 루라는 남자는 아무 말도 하지 않았다. 마침내 시동이 걸렸다. 최대한 빨리 달리느라 여기저기 덜걱거리면서 바람에 빽빽거리는 소리가 들렸지만 아무리 빨리 달려도 벌써 가버린 차를 따라잡을 수 없을 거란 걸 알고 토니는 절망하고 있었다.

출구를 알리는 형광 초록색 표지판이 보였다. 토니는 속도를 줄였다. 두 번째 표지판에 베어 밸리와 그랜트 센터라고 나와 있었다.

"이 출구요?" 토니가 물었다.

"나도 몰라. 그런가 보지."

"여기가 베일리로 가는 길이요? 왜 표지판에 베일리라고 안 나와 있지?"

"베일리는 왜 가려고 하는데?"

"지금 우리가 거기 가는 거 아니오? 경찰에 신고하러 가는 데가 베일리 아니냐고?"

"아, 그래. 맞아." 루가 말했다.

"여기가 거기로 가는 길 맞소?" 그들은 출구 램프가 시작되는 곳에 도착해서 거의 멈춘 상태였다.

"그래, 그런가 보네."

'일단 정지' 표지가 있었다. "왼쪽? 아니면 오른쪽?"

그곳은 국도였다. 거기에 어두워진 주유소가 하나 있었고, 검은 들판들이 숲과 합쳐지고 있었다.

그 남자는 한참 있다가 결정했다. "오른쪽으로 가." 남자가 말했다.

"베일리는 여기서 가장 가까운 마을인 줄 알았는데. 어떻게 표지판에는 베어 밸리와 그랜트 센터라고만 나오고 베일리는 없는 거요?" 토니가 물었다.

"그거 이상하지, 안 그래?" 그 남자가 말했다.

그들은 들판과 숲 여기저기를 구불구불 돌아가면서 언덕을 오르락내리락하며, 가끔씩 어두운 농가들을 지나쳤다. 토니는 최대한 빨리 차를 몰면서 예상치 못했던 커브가 나타나면 브레이크를 밟으며 보이지 않는 차를 쫓아갔다. 그동안 그 차와의 거리는 점점 더 멀어졌다. 그런 내내 다른 차는 한 대도 보이지 않았다. 속도 제한 표지판이 하나 나왔고, 그다음에 캐스파라는 표지판이 나왔다. 그곳은 온통 깜깜하고 작은 마을로, 열려 있는 곳은 하나도 없었다.

"여기에 공중전화 박스가 있을 텐데." 토니가 말했다.

"그렇지." 루가 말했다.

토니는 속도를 늦췄다. "이봐요. 대체 망할 놈의 베일리는 어디 있는 거요?" 그가 물었다.

"계속 가." 그 남자가 말했다.

좀 더 큰 도로인 교차로에서 화이트 크리크라는 표지판이 보였다. 거기에 차량 정비소 겸 주유소, 도로변 레스토랑과 상점 들이 있었는데 모두 닫혀 있었다. "왼쪽." 루가 말해서 그들은 그 정착지를 뒤로하고 떠났다. 그대로 쭉 가다가 분기점이 나왔는데 하나는 위로 가고, 하나는 내려가는 길이었다. 그들은 위로 가는 길로 가서 다시 언덕과 숲을 올라갔다. "거기에 교회가 있어." 루가 중얼거렸다.

"뭐라고요?"

빈터에 흰 뾰족탑이 있는 작은 교회가 하나 있었다. 도로 양쪽을 숲이 에워싸고 있었다. 커브 길 옆에 옅은 색의 차가 한 대 주차돼 있었다. 그것은 그의 차처럼 보였다. 맙소사, 그의 차가 확실했다. "저건 내 차야!" 토니가 그렇게 말하고 그 차를 지나쳐서 멈췄다.

"빌어먹을 커브 길에서 차를 세우지 마."

"저건 내 차야!"

그게 뭐건 그 차는 비어 있었다. 숲속으로 길이 하나 있었고, 그 길 위쪽 나무들 사이로 창문 하나에 희미하게 불이 밝혀진 트레일러 하우스가 한 대 있었다.

"저건 당신 차가 아니야." 그 남자가 말했다.

토니 헤이스팅스는 그 차의 번호판을 보려고 차를 후진시키려고 했지만 그러기가 쉽지 않았다.

"제발 커브 길에서 후진하지 말란 말이야!"

토니는 고속도로에서 나온 후로 도로에서 차는 한 대도 본 적이 없다는 생각을 했다.

"저건 당신 차가 아니야. 당신 차는 문이 네 개잖아."

토니가 그쪽을 봤다. "저건 아니야?"

"대체 당신 왜 그래, 차가 보이지도 않아?"

토니는 오른쪽에 앉아 있는 남자 뒤에 있는 차를 보려고 애쓰면서, 그 차는 문이 네 개가 아니라고 하는 남자에게 자기 대신 그 차를 봐달라고 하는 이 상황에서, 자신이 공황 상태에 빠져 판단력도 마비되고 시력도 어떻게 된 모양이라는 걸 깨닫고 다시 차를 앞으로 몰았다.

구불구불한 도로를 따라 숲속으로 천천히 올라갔다가 다시 내려가 표지판도 없는 T자형 교차로로 나왔다. 거기서 오른쪽으로 가서 좀 더 올라갔다. 그 남자가 물었다.

"뭣 때문에 그 차가 당신 차라고 생각했지?"

"내 차처럼 보였으니까."

"거기엔 아무도 없었어. 무슨 생각을 하는 거야? 그 사람들이 그 트레일러로 파티라도 하러 갔을까봐?"

"난 어떻게 생각해야 할지 모르겠소."

"겁난 거야, 형씨?"

"우리가 지금 어디 가는지 알고 싶은데."

"내 친구들이 딴짓을 할까봐 겁나는 거야?"

"난 베일리가 어디 있는지 알고 싶다고."

"내 친구 레이 있지. 그 친구 기분에 맞춰주는 게 최선이야. 당신도 알 겠지만."

"그게 무슨 뜻이요?"

"여기, 여기서 속도를 줄여."

도로는 일직선으로 쭉 뻗어 있었고, 도로 양쪽으로 깊은 배수로 하나와 숲이 있었다.

"조심해. 여기서 차를 돌려야 해."

"무슨 소리요, 여긴 아무것도 없는데."

"있다니까. 여기서 차를 돌려." 이곳은 아무 표시도 없는 비포장도로로 오른쪽에 숲으로 들어가는 길이 하나 있었다. 토니 헤이스팅스는 차를 세 웠다. "지금 뭐하자는 거요?" 그가 물었다.

"아까 내가 말한 것처럼 여기서 차를 돌려서 저쪽으로 내려가자니까."

"말도 안 되는 소리. 난 저 길로 내려가지 않을 거요."

"내 말 잘 들어, 형씨. 나처럼 폭력을 싫어하는 사람도 없어."

수염을 기른 그 남자는 조수석에 등을 기대고 앉아, 등받이에 팔을 걸 친 채 느긋하게 토니를 보고 있었다.

"당신 마누라와 아이를 보고 싶어?"

그 비포장도로는 양쪽에 풀이 높게 자란 좁은 흙길로 변했다. 큰 나무들과 숲속의 바위들 사이에 있는 길을 따라 달리는 동안 차는 덜거덕덜거덕 흔들렸고, 바위들과 구덩이를 넘어갈 때는 끽끽 소리를 냈다. 난 한 번도 이런 상황에 처한 적이 없었지. 토니는 속으로 생각했다. 비슷한 상황도 없었어. 그보다 덩치가 큰 동네 아이들에게 괴롭힘을 당했을 때 어땠는지 희미하게 기억이 났다. 그건 이 상황이 평소와 얼마나 철저하게 다른지 입증하기 위해 그가 만들어낸 기억으로, 지금까지 살아온 문명 세계에서는 이런 일이 한 번도 없었다.

"당신들, 우리에게 무슨 짓을 하려는 거요?" 토니가 물었다.

차가 달리는 동안 헤드라이트 불빛에 주위 나무들이 문득문득 나타났다. 그 남자는 아무 말도 하지 않았다.

토니는 다시 물었다. "우리에게 무슨 짓을 하려는 거냐고?"

"빌어먹을. 형씨, 나도 모른다고. 레이에게 물어봐."

"레이는 여기 없잖아!"

"물론 없지." 그 남자가 웃었다.

"이봐, 형씨. 내가 말해주지. 나도 사실 우리가 대체 무슨 짓을 하고 있는지 몰라. 아까 내가 말한 것처럼 이건 다 레이에게 달렸다니까."

"레이가 당신에게 날 여기로 데려오라고 했나?"

그 남자는 대답하지 않았다.

"레이는 재밌는 친구야. 당신도 레이를 존경해야 해."

"당신은 레이를 존경해? 왜?"

"배짱이 두둑하거든. 해야 한다고 마음먹은 건 꼭 하는 친구지."

"내가 한마디 하지. 난 놈을 존경하지 않아. 털끝만큼도 존경하지 않아." 토니가 말했다. 그는 수염을 기른 이 남자가 이런 말을 한 그의 배짱을 존경해줄지 궁금했다.

"걱정하지 마. 레이는 형씨가 그럴 거라고 기대도 안 하니까."

"그러지 않는 게 좋겠지."

나뭇잎 사이로 여우가 한 마리 보였다. 여우의 보석 같은 눈동자가 헤드라이트 불빛에 잠깐 보였다. 여우는 잠시 후에 몸을 돌려서 사라져버렸다.

"당신 마누라와 아이에 대해선 걱정할 필요 없을 것 같은데."

"그게 무슨 뜻이지?" 오늘 밤 일어나는 모든 일은 그야말로 충격의 연속이다. "무슨 걱정할 일이 있단 말이야?"

"당신은 겁나지 않아?"

"물론 겁나지. 미칠 듯이 겁이 나."

"당신이 어떤 상태인지 알 것 같군."

"레이가 우리 가족들에게 무슨 짓을 하고 있는 거야? 대체 우리 가족들에게 뭘 원하는 거야?"

"그걸 나라고 알겠냐고. 레이는 자신이 뭘 할 수 있는지 알고 싶어 해. 아까 말한 것처럼 걱정할 필요 없다니까."

"당신은 이게 다 게임인 것처럼 말하는군. 아주 짓궂은 장난인 것처럼."

"정확히 말해서 장난은 아니지. 나라면 장난이라고 하진 않겠어."

"그럼 뭔데?"

"망할, 이봐, 형씨. 레이에게 어떤 계획이 있는지 내게 물어보지 말라고. 그때그때 달라. 항상 새로운 걸 시도한다니까."

"그럼 내가 왜 걱정할 필요가 없다고 말하는 건데?"

"레이가 아직까진 아무도 죽여본 적이 없다는 뜻이야. 적어도 내가 알기론 없어."

이렇게 장담하는 그 말의 본질을 깨닫고 토니는 또다시 충격을 받았다.

"살인이라고? 지금 살인 이야기를 하는 거야?"

"난 레이가 살인을 한 적이 없다고 했잖아." 루가 말했다. 그의 목소리는 아주 차분했다.

"내 말을 잘 들었다면 내가 지금 무슨 말을 하고 있는지 알 텐데."

그들은 도로가 풀 속으로 사라지는 빈터에 도착했다.

"흠, 이제 도로가 끊긴 것 같군." 루가 말했다.

토니는 차를 세웠다.

"그들이 여기 없네. 내가 실수한 것 같아. 형씨는 여기서 내리는 게 좋겠어." 루가 말했다.

"내리라고? 왜?"

"이제 당신이 내려야 할 때야. 알겠어?"

"이유를 말해줘야 할 거 아니요?"

"우린 지금까지 말썽이라면 충분히 겪었잖아. 그냥 내가 하라는 대로 해, 알겠어?"

강도를 만났을 때는, 저항하지 않고 지갑을 주는 게 최선이다. 괜히 무기를 들고 있는 상대방에게 오기 부릴 거 없다는 뜻이다. 토니 헤이스팅스는 그 반대의 상식을 생각하고 있었다. 대체 어느 지점에서 무저항은 자살이나 사실상 방치가 되는 것일까? 오늘 밤 일어난 일에서 그가 유리한 기회를 잡을 수 있는 순간이 있긴 있었을까?

차의 앞좌석에 두 남자가 앉아 있다. 오른쪽에 앉아 있는 남자가 운전석에 있는 남자에게 내리라고 하고 상대방은 저항한다. 운전석에 앉아 있는 남자는 40대 교수로 몸을 별로 쓰지 않고 살아온 사람이다. 머리는 좋지만 어렸을 때 이후로 누구랑 싸워본 적도 없고 이겨본 기억은 하나도 없다. 상대방은 검은 수염을 길렀고 청바지를 입었는데, 자신만만해 보인다. 주로 앉아만 지내는 남자는 만년필과 독서용 안경 외에는 무기가 없다. 수염을 기른 남자도 무기는 없지만 자신이 원하는 바를 관철할 수단 정도는 있어 보인다. 문제는 이 앉아만 지내던 남자가 어떻게 하면 차에서 쫓겨나는 사태를 피할 것인가?

"난 그저 폭력을 쓸 필요가 없게 형씨에게 어떻게 하라고 말하고 있잖아."

"지금 내게 어떤 폭력을 쓰겠다고 협박하는 건데?"

수염을 기른 남자가 차 오른쪽으로 내렸다. 그리고 운전석으로 돌아왔다. 그 짧은 순간에 토니는 자신이 차를 몰아서 달아나거나 그를 차로 치어버리지 않을 거라고 생각하는 그 사내의 자신감에 감탄했다. 시동을 걸어서 출발하면 된다. 토니는 변속 기어에 손을 올리고 있었고, 엔진은 돌아가고 있었다. 물론 빈터에서 차를 돌려야 할 것이다. 금속이 끽 소리가 나더니, 문이 홱 열렸다. 루가 그의 팔꿈치 옆에 서 있었다.

"나와!" 그가 말했다.

토니는 고개를 들어 그를 봤다. "난 여기에서 내리지 않을 거요." 그가 쏜살같이 움직이면 아직 너무 늦지는 않았다. 그 남자가 토니의 팔을 불독처럼 콱 잡고 놔주지 않았다. 토니는 클러치를 넣고 기어를 바꾸려고 했지만, 그 남자가 토니의 팔을 뒤로 홱 잡아당기는 바람에 차에서 땅바닥으로 굴러 떨어졌다.

"조심하지 않으면 그러다 죽어." 그 남자가 말했다. 그는 차에 올라 문을 쾅 닫은 뒤, 차를 앞으로 홱 나가게 했다가 재빨리 두어 번 방향을 틀고는 그들이 왔던 길을 다시 덜커덕거리며 올라갔다. 토니는 풀 속에 서서 나뭇가지들 속에서 차의 불빛이 거칠게 흔들리는 걸 오랫동안 지켜봤다. 마침내 차는 사라져버리고 그는 밤의 어둠과 정적 속에 홀로 남았다.

수잔은 원고를 내려놨다. 정말 지독한 곤경에 빠진데다 갈수록 태산이다. 그녀는 토니 헤이스팅스에게 짜증이 났지만 그녀가 그 입장이었다면 어떻게 했을까? 애초에 그런 일이 일어나게 하지 않았을 거라고 혼자 생각했다.

그녀는 일어나고 싶었다. 사람을 정신적으로 고문하는 다음 장으로 넘어가기 전에 뭔가 하고 싶었다. 하지만 움직이지 않는 게 낫겠지. 그냥 계속 읽어서 무슨 일이 일어나는지 볼 것이다.

불량배들이 아내와 딸과 차를 가지고 도망친 상황에서 숲속에 버려진 남자에게 어떤 일이 일어나게 될까? 그 불량배들이 어떤 인간들인지 모르는 상태에서는, 그들이 무슨 일을 하고 있는지 모르는 상태에서는, 짐작할 수 없다. 하지만 이건 소설이니까 질문을 바꿔야 한다. 이건 에드워드가 계획한 어딘가로 이어지는 길이다. 수잔에게 남은 문제는 그 길을 따라가고 싶으냐는 것이다. 어떻게 안 그럴 수 있겠는가? 그녀도 토니처럼 사로잡혔다.

바닥에서 모노폴리를 하고 있는 아이들 중 누군가 방귀를 뀌었다. 헨리 친구 마이크가 바보처럼 큰 소리로 웃었다. 수잔은 그걸 보며 경이로워한다. 그녀의 사랑하는 아들 헨리의 뒷모습이 보인다. 그의 넓적한 궁둥이는 너무 뚱뚱하다. 불쌍한 아이. 헨리보다 한 살 많은 금발 머리 도로시가 헨리의 팔을 한 대 세게 때렸다.

　모든 게 조금씩 비뚤어져 있다. 모든 게 정상이 아니다. 난 화장실에 가는 게 좋겠어. 수잔이 말했다. 나중에 뭐라고 덧붙이건 에드워드에게 이 소설에 정신없이 빠져 들었다는 말은 할 수 있겠다.

5

수잔은 의도적으로 독서를 중단했다. 사실 화장실에 갈 필요는 없었다. 그녀는 어두운 복도를 걸어갔다. 2층 복도는 전구가 고장 나서 지하실에서 사다리를 가져와 고쳐야 한다. 하지만 오늘 밤에 고치진 않을 것이다. 방 맞은편에서 헨리는 바닥에 배를 깔고 엎드린 채 스웨터를 올리고 배를 긁고 있었다. 헨리는 게임에서 제외됐다. 한편 마이크는 악당처럼 웃으면서 보드 위에 있는 자신의 말들을 보고 있었다. 헨리는 조용히 노래를 부르고 있었다. "누가 신경 쓴대? 누가 신경이나 쓴대?"

"건방지게 굴지 마." 도로시가 말했다.

마르타가 원고 위로 올라왔다. 수잔이 밀어 내리려고 하자 버티고 있었다. 수잔은 우아하게 쭉 뻗은 여름의 고속도로가 기억났다. 구불구불한 언덕을 내려가 농장들이 펼쳐진 계곡으로 갔다가 다시 길고 구불구불한 도로를 따라 숲속으로 올라갔던 길. 그녀는 그런 황무지와 나무들이 우거진 산마루와 긴 계곡들과 도로변에 있는 작고 친절한 레스토랑에서 먹었던, 마음을 위로해주는 간식을 사랑한다. 특히 단조로운 인디애나 주를 거쳐 오하이오로 달리느라 머리가 지끈지끈했던 긴 하루를 보내고 난 후에 먹는 간식은 더 좋았다. 그것이 그녀의 영혼을 쉬게 해줬다. 그녀는 차에서 노래를 부르던 기억이 떠올랐다. 도로시와 헨리와 로지는 뒤에 있고, 제프리는 사람들의 무릎 위로 옮겨 다니고 마르타는 밑에 숨어 있었다.

수잔이 마르타를 아무렇게나 내려놓자 마르타는 몸을 흔들면서 불쾌해하며 부엌으로 쏜살같이 달려가버렸다. 수잔은 그 호수가 기억났다. 아침 햇살이 호수 위로 기울어진 나무 밑의 십자선을 비추는 사이에, 아놀드와 헨리는 뗏목까지 걸어갔다. 보드랍고 포동포동한 어깨에 붉은색 주근깨가 있는 아놀드는 배 밑으로 내민 두 손으로 물속에서 헨리의 손을 잡고 있었고, 헨리는 마치 아비 새(북반구의 잠수하는 새)처럼 턱을 물 위로 내밀고 있었고, 도로시는 거기서 6미터 떨어진 곳에서 잠수하고 있었다.

그녀는 에드워드가 작가가 되고 싶었을 때 숲속에서 지냈던 오두막집이 떠올랐다. 부드러운 인물화들. 아무것도 말하지 않은 채 짧게 고백하는 시들. 상실과 슬픔을 담은 향수 어린 단편들. 아버지의 죽음. 유령이 자주 나오는 항구 풍경들. 목가적인 숲에서 하는 우울하고 나른한 섹스. 그 당시 에드워드가 쓴 글을 읽기는 쉽지 않았다.

이건 다르다. 그녀도 이 점은 인정했다. 이 이야기는 그녀를 사로잡았고, 좋건 싫건 그녀의 감정을 휘두르고 있었다. 그녀는 토니 헤이스팅스의 공포의 여정을 따라가면서, 그녀가 기억하는 에드워드의 불쾌한 흔적 없이 에드워드가 보여주고 싶은 걸 보고 그가 느끼는 걸 느끼고 있다는 걸 알았다. 자존심이 강하며 소심하고 까다롭고 괴팍한 성격의 에드워드는 이 쓸쓸한 펜실베이니아 풍경에 아직 나타나지 않았다. 여기서 그녀와 토니는 이 사악한 남자들이 -에드워드가 만들어낸- 저지르고 있는 끔찍한 공포에 직면해 있다. 아직 에드워드와 언쟁을 벌일 만한 이유는 나오지 않았고, 그 점이 고마웠다.

녹터널 애니멀스 5

토니 헤이스팅스는 거기 오랫동안 서서 차가 가버린 곳을 보고 있었다. 이제 사방이 어두워졌다. 밤의 어둠이 짙어서 애써 보려고 해도 그늘 속에서 희미하게 조금씩 달라 보이는 건 있었지만 뚜렷하지 않았다. 눈이 멀어버린 느낌이었다. 맙소사, 이들은 여기에 날 팽개치고 가버렸다. 이건 대체 무슨 장난이란 말인가?

밤의 숲은 고요했고 아무 소리도 들리지 않았다. 한참 뒤에 어둠이 걷히기 시작했다. 많이는 아니지만 어쨌든 아까보다는 좀 더 보였다. 그는 나무들 사이에 있는 작은 빈터에 있었고, 머리 위로 열려 있는 하늘이 보였다. 별도 몇 개 보였다. 흐릿하니 산속에 있는 별치곤 신통치 않았다. 하늘과 우듬지는 구분할 수 있었지만, 그 밑으론 여전히 아무것도 뚫고 들어가지 못하는 짙은 어둠이 커튼처럼 사방을 가리고 있었다.

분명 놈들은 내가 손전등 하나 없이 여기를 빠져 나갈 거라는 예상은 하지 않았겠지. 그가 말했다. 이거야말로 엄청난 장난이군.

침묵이 걷히기 시작했다. 멀리서 일어나는 소리를 구분할 수 있었다. 몇 킬로 떨어진 고속도로를 달리는 트럭 소리 같았다. 희미하게 나는 휘파람 같은 소리들이 풀 속에 있는 벌레 소리인지 아니면 그냥 그의 귓속에서 들리는 소리인지 구분할 수 없었다. 주변에 둘러친 커튼 같은 어둠에서 형태들이 드러났다. 나무 몸통들과 나무들 사이의 열린 공간이 보였다. 차가 빠져나간 검은 구멍도 보였다. 길도 볼 수 있었다.

뭘 기다리고 있는 거야? 그는 말했다. 그들이 돌아올 거라고 가정하는 건 어리석었다. 사실 그런 가정은 하지도 않았다. 지금 그가 처한 문제는 분명하다. 그는 대학생이나 칠 만한 장난에 휘말려 황무지에 버려졌고, 거기서 빠져나갈 방법을 찾아야 한다. 하룻밤 사이에 메인에 가는 건 이제 글렀다.

지금 유일한 문제는 이 어두운 밤에 그가 혼자 길을 찾을 수 있느냐는 것이었다. 아니, 그게 유일한 문제는 아니다. 이제 앞을 볼 수 있게 된 그는 길이 있는 숲으로 들어갔다. 그는 달리고 싶은 충동이나 너무 빨리 가고 싶은 충동을 억누르고 침착하게 속도를 조절해가며 걸었다.

그 길이 좁은 개울 위에 걸린 통나무 다리를 건너 계속되어서, 나무들 사이를 구불구불 이어져 돌고 또 돌고 언덕을 오르락내리락하다가, 무성한 덤불지대와 소나무들이 있는 탁 트인 공간을 지나갔다. 로라와 헬렌은 베일리에 있는 경찰서에서 기다리고 있을 것이다. 베일리가 어디 있건 간에. 그에게 버림받은 그들은 그를 걱정하고 있을 것이다. 그 생각을 하면 토니는 미칠 것 같았다. 그들에게 어떻게 연락해야 할까. 난 괜찮아. 가고 있는 중이야. 난 숲속에 있어. 도착하려면 시간이 좀 걸릴 테니까 두 사람은 잠을 자두는 게 나을 거야.

결국 그들은 그를 찾으러 누군가를 보내겠지만, 그래야 한다는 걸 깨닫기 전까지는 몇 시간이 걸릴 것이다. 그리고 이렇게 숲속에 숨겨진 길을 찾아야 하는 사정은 아무도 생각 못할 것이다.

그들은 결코 날 찾으러 오지 않을 거야. 토니는 말했다. 내가 갈게, 내가. 여기서 무작정 앉아서 기다리다간 절대로 여기를 벗어나지 못할 것이다. 마치 걸어서 이 숲을 벗어나는 데 그의 인생이 걸린 것 같았다.

그는 최대한 침착하게 속도를 조절해가며 힘겹게 무거운 발걸음을 옮겼다. 길이 험한데다 밤의 어둠 속에 숨어 있어서 꾸준히 가기가 쉽지 않았다. 토니는 바위에 부딪쳐 비틀거렸고, 구덩이에 발이 빠지기도 했고, 가끔은 나무들이 빽빽하게 둘러싸서 도로가 사라지다시피 했다. 여기로 차를 몰고 왔을 때의 기억은 모두 사라졌다. 그는 미로에 와서 길을 잃었고, 발밑으로 엉겨 붙으며 갑자기 솟아난 덤불로 자신이 길을 잃었다는 걸 알았다. 그래서 조심스럽게 한 발 한 발 디디면서 덤불에 눈이 찔리지 않게 손을 앞으로 내밀고 걸어갔다. 그렇게 로라와 헬렌이 기다리는 동안 숲에서 빠져나오려고 걷고 또 걸었다.

그는 레이 일당에게 모욕을 당하고 극히 해괴한 방식으로 굴욕적인 경험을 했다. 그는 치솟는 분노를 다잡고 주먹을 꽉 쥔 채, 빠르지도 느리지도 않게 꾸준히 속도를 유지하면서 한치 앞도 보이지 않는 깜깜한 어둠 속을 조심스럽게 한 발 한 발 디디며 걸어갔다. 그러면서 고속도로를 달리는 차에 탄 사람들의 담력을 시험하고 대학 교수를 납치해서 숲에 버리는 백치 같은 불량배들, 이런 짓이 재미있고 남자답고 터프하다고 생각하는 놈들을 머릿속에서 하나하나 정리했다.

토니 헤이스팅스는 모욕을 당했지만 거기에 굴하지 않겠다고 다짐했다. 내 이름은 토니 헤이스팅스야. 그는 말했다. 나는 대학에서 수학을 가르치고 있어. 지난주에는 내 수업을 들은 학생 셋에게 F학점을 줬어. 그리고 다른 열다섯 명의 학생에게 A를 주면서 아주 기뻤지. 나는 박사학위를 받은 교수란 말이야. 레이와 루와 터크란 놈은 법이 처리해줄 거야. 내가 평화를 사랑하고 싸움을 싫어하는 사람이란 건 신도 알고 계시지만 법은 그렇지 않거든. 도로에서 해적 놀이를 하는 놈들은 나 덕분에 법의 뜨거운 맛을 보게 될 거야.

격분이 치솟아 몸이 굳어져서 간신히 울음이 터질 위기를 모면했다. 어렸을 때 그보다 덩치 큰 아이들이 그의 모자를 빼앗아가고 시내에 밀어버리고 그가 간신히 물속에서 기어 나오는 사이에 달아나버렸다. 나쁜 짓을 하면 벌을 받는다는 걸 놈들은 알게 될 것이다.

가도 가도 끝나지 않는 길에 그의 발걸음이 점점 더 무거워졌고, 목적지까지의 거리는 한없이 벌어지고 있었다. 토니는 세상과는 다르게 흐르는 숲속의 시간에 갇혔다. 만약 그가 아침이 올 때까지 숲에 있다면, 그냥 이대로 누워서 눈을 감아버리면 어떨까?

만약 놈들이 더 이상 기다릴 수 없다고 결정하면 어떻게 하지? 로라와 헬렌이 내가 도망쳤다고 생각하면 어떻게 해? 그들이 떠나기 전에 그게 아니라고 연락해야 하는데.

이봐, 침착해. 진정하라고. 지금 이 상황에서 네가 할 수 있는 일은 계속 걷는 것뿐이야. 그들은 기다릴 거야. 네가 터벅터벅 먼 길을 걸어서 돌아가는 동안 식구들이 잠을 좀 자뒀으면 하고 바랄 뿐이지.

하지만 어디로 돌아간단 말이야? 대체 그 경찰서는 어디 있는 거야? 그래서 아까 그 루라는 놈이 네가 생각을 제대로 안 하고 있다고 한 거야. 넌 그들이 어떤 경찰서에서도 너를 기다리고 있지 않다는 걸 잘 알고 있었어. 처음부터 알고 있었지만 계속 너의 마음은 다른 곳으로 달아나버린 거야. 이제 그 이유들이 하나씩 떠오르고 있어. 그들은 너를 숲속에 버린 그 이유 때문에 로라와 헬렌을 경찰서로 데려가지 않았을 거야. 그들이 너를 숲속에 버린 이유는 로라와 헬렌을 경찰서로 데려갈 생각이 없었기 때문이야. 토니 헤이스팅스는 처음부터 알고 있었지만 이제야 마침내 상황을 제대로 이해했다. 그러자 온몸이 혈관에 수은을 주사한 것 같은 변화를 일으키면서 차가워지고 분노가 공포로 변했다. 놈들이 로라와 헬렌을 경찰서로 데려가지 않았다면 어디로 데려갔단 말이야?

이봐, 진정하라고. 그는 스스로에게 말했다. 계속 걷는 것 말고 네가 할수 있는 일은 없어.

잠시 후에 그는 앞에 있는 나무들 사이로 누군가가 손전등을 휘두르고 있는 것처럼 빛줄기가 이리저리 올라갔다 사라지는 걸 봤다. 그다음에 차한 대가 도로의 튀어나온 곳과 구부러진 곳을 끙끙거리며 넘어가는 소리가 들렸다. 맞았다, 그 차다. 놈들이 돌아오고 있다.

어리석고 기나긴 장난이 끝나고, 그럴 거라고 그가 알고 있었던 것처럼 놈들이 돌아오고 있었다. 인내심을 가지고 기다렸어야 했는데. 토니는 격노와 공포가 일순간에 사라지면서 안도했다. 정말 다행이야! 그는 말했다.

하얀 빛의 물결이 다가와 여기저기 삐죽하게 솟은 나뭇가지들의 기괴한 그림자를 비추더니, 갑자기 눈이 멀듯 눈부시게 빛이 강해지다가 다시 사라졌다. 그 두 번째 불빛에 그의 주위를 둘러싼 숲의 나무 몸통들, 나뭇가지들, 바위들과 토니 헤이스팅스까지 다 번개처럼 환하게 비춰지면서 순간 그의 마음속에 경고가 떠올랐다. 숨어!

그는 아까 그 조명이 비췄던 나무로 달려가, 차의 헤드라이트 불빛이 사라지기 전에 서둘러 바위 너머로 넘어갔다. 그동안 그 불빛은 그 사이에 있는 노두(광맥, 암석 등의 노출부)를 비추고 있었다. 그다음에 한동안 숲이 다시 환하게 빛났다가 갑자기 칠흑처럼 어두워지면서 차가 멈추고, 헤드라이트를 끄는 소리가 들렸다. 놈들이 날 본 거야. 그는 말했다.

그는 바위 옆에 서 있었는데 마음속에서 섬뜩한 공포가 펄쩍펄쩍 날뛰고 있었다. 첫 번째 헤드라이트 불빛이 비칠 때 날 봤고, 이제 내가 모습을 드러내길 기다리고 있는 것이다. 두려워해야 할 이유가 있었던 거야.

"어이, 형씨!" 그 목소리가 가까운 나무들 속에서 울려 퍼졌다.

"당신 마누라가 당신을 보고 싶어 해."

그는 꼼짝도 하지 않았다. 그러면서 저 말이 정말인지 궁금해했다. 그 말이 사실이어야 했다. 그녀가 저기 없다면, 어디 있겠는가?

"형씨, 당신 마누라가 당신을 보고 싶어 한다니까."

그 목소리에 덫을 놓은 기미가 느껴졌다.

"형씨!"

"아, 씨팔!"

헤드라이트가 다시 켜졌다. 숲의 바닥이 영화 세트장처럼 환해졌고, 그는 어둠 속 바위 뒤에 숨어 있었다. 차에 시동이 걸렸고, 잠시 후에 그가 방금 온 그 방향에 있는 도로로 올라가버렸다.

그건 그의 차처럼 보였다. 그는 차의 불빛이 그 뒤의 숲에 비치기 전에 그 차의 윤곽을 지켜봤다. 그러면서 눈에 힘을 주고 힘껏 봤다. 저 차에 그들이 있나? 불빛 속에서 남자들의 동그란 머리 둘만 보였다. 머리 두 개. 분명 차에는 남자 둘만 있었다.

하지만 그의 생각이 틀렸을지도 모른다. 들키지 않으려고 애쓰면서 불빛에 눈을 찡그리며 차에 몇 사람이나 탔는지 분간하기란 쉽지 않았다. 토니가 도로로 나와서 작아져가는 차 소리를 듣고 있는 동안 어둠의 침묵과 명료함이 서서히 돌아왔다. 넌 대체 뭐가 문제야? 그는 스스로에게 말했다. 왜 나가서 그들을 만나지 않았지?

그는 자신의 비겁함을 저주하고 다시 조용한 그곳에서 나는 소리를 들었다. 그는 두려움에 마비된 채 이제 어디로 가야 할지 의아해했다.

6

무자비한 전화벨 소리가 그녀의 독서에 침입해서 숲속에 있는 수잔을 방해했다. 뉴욕 호텔에 있는 아놀드가 한 안부 전화였는데 그 소리에 가슴이 쿵쿵 뛰었다. 아놀드는 마치 의무적으로 하는 말처럼 사랑한다고 했다. 25년 동안 부부로 살아온 낯선 두 사람이 나눈 어색한 대화에 순간순간 긴장에 찬 침묵이 흘렀다. 그는 내일 면접을 보기로 했다. 이거 적어 놔. 워싱턴 세다 홀 심장병 연구 기관. 칙워시로 알려진 곳. 거기서 이사직 면접을 보기로 했다. 전화를 끊었을 때 수잔은 아놀드와 대판 싸운 것처럼 떨고 있었다. 하지만 그녀가 알기로 싸운 일은 없는데. 안도해야 할 일 아닌가?

토니 헤이스팅스가 숲속의 풀이 무성한 도로를 혼자 걷고 있는데, 단지 전화 한 통 때문에 그걸 잊어버렸다. 그녀는 소파에 털썩 주저앉아, 에드워드의 숲으로 다시 들어가려고 애썼지만, 여전히 아놀드가 한 전화 때문에 덜덜 떨고 있었다. 그녀는 한 단락을 읽었으나 아무것도 눈에 들어오지 않았다. 다시 읽었다.

녹터널 애니멀스 5(계속)

생각해. 토니는 스스로에게 말했다. 넌 지금 생각을 안 하고 있잖아. 어느 길로 가지? 만약 놈들이 몰고 있던 게 내 차라면 어떡하지? 그리고 로라와 헬렌이 그 차를 타고 간 걸 본 게 마지막이라면 어쩌지? 그 차에 로라와 헬렌이 타고 있었다면 어떡할 거냐고. 형씨, 당신 마누라가 당신 보고 싶대.

생각해. 네 차에 타고 있던 놈들이 왜 널 내팽개쳤던 그 외딴 곳으로 가려고 하겠어? 놈들이 너와 만날 수 있게 아내와 딸을 데리고 온 거야. 거기서 그들을 기다렸어야 했다. 버려진 그 풀 위에 그대로 있어야 했는데. 그런데 지금 여기서 바위 뒤에 비겁하게 숨어 있느라 밖으로 나가서 그들을 만나지 못한 것이다. 로라와 헬렌은 차에서 그가 나오길 기다리고 있었는데 그가 그러지 않은 것이다. 그의 아내와 딸은 놈들과 함께 저 도로를 올라가 숲속 더 깊이 들어가면서 그에게 배신당하고 버려졌다고 생각할 것이다. 식구들의 부름에 응하지 않았다가 그들을 영원히 잃어버린 것 같은 수치심과 슬픔이 느껴졌다.

그들을 쫓아가. 서둘러. 토니는 그들이 갔던 길, 자신이 왔던 길을 봤다. 그건 불가능했다. 그는 움직일 수 없었다. 마치 본능처럼, 아까 숲을 비췄던 그 불빛처럼 뭔가가 무언의 말을 하고 있었다. "숨어!" 넌 미쳤어. 그는 말했다.

그가 갈 수 없는 이유를 설명하는 말들이 잇따랐다. 그들은 그 차에 없었어. 넌 그저 레이와 터크의 뒤를 쫓아 그들의 잔혹한 손아귀로 돌아가게 되는 거야. 거기서 온갖 일을 다 겪고 다시 빠져나와야 할 거야. 그 차엔 레이와 터크밖에 없었어.

그래서 토니는 돌아서서 지금까지 하던 대로 계속 걸었다. 길은 아까보다 걷기가 더 쉬워졌다. 아까보다 구멍이나 바위도 더 적어지면서 더 넓어졌고, 묘목과 덤불들이 빽빽하게 나 있지도 않았다. 하지만 토니는 그의 발목을 붙들려고 애쓰는 묵직한 슬픔의 쇠사슬을 질질 끌고 있었다. 그는 그 슬픔에 반박했다. 만약 아까 그 차에 로라와 헬렌이 타고 있었다면 날 불렀을 거야. 로라가 불렀을 거라고. 토니!

그는 이제 아까보다 더 빨리 걸으면서 혼잣말을 하고 있었다. 그들이 하필 지금 날 유혹해서 잡아들이려고 쓴 방법 자체가 놈들이 날 위협하려고 했다는 증거야. 그는 말했다. 그들이 어리석었다는 증거도 있었다. 숲속에 번개가 친 것처럼 그렇게 사방을 환하게 밝혀놓고 갑자기 헤드라이트와 시동을 꺼버리면 자기들이 여기 오지 않았다고 속일 수 있다고 생각한 거야?

토니는 어둠 속에서 고요하게 자신을 쫓아오는 그들을 느꼈다. 그들이 점점 그를 따라잡고 있었다. 그래서 더 빨리 걸었다. 마치 이제야 그 의문이 떠오른 것처럼 애초에 그들이 왜 거기로 왔는지 궁금해졌다. 그래서 놀랐다. 그래, 거긴 왜 왔지? 그가 물었다. 왜 그 풀이 무성하게 우거진 곳에 날 버렸다가 다시 둘이서 쫓아왔을까?

거기가 만나기로 한 장소인가? 아니면 로라와 헬렌을 숨겨둔 장소인가? 그는 그럴듯한 이유들을 찾았지만 그의 마음은 그런 노력을 거부했다. 나를 잡으러 돌아왔나? 그들이 도로에서 그를 발견한 후에 가버린 걸로 봐서 그건 이유가 아니었다. 더 많은 의문들이 떠올랐는데, 전엔 생각지도 못했던 것들이었다. 지금 그들이 진짜로 하는 게임은 뭐지? 내 차를 훔치는 거? 어쩌면 숲속에 그 차를 감춰놓기로 한 장소가 있는지도 모른다. 좋아. 그것도 하나의 가설이겠지만. 그렇다면 놈들이 왜 나를 거기로 데려갔지?

단순히 비열한 성미에 가학적인 스릴을 느끼기 위해서라도 놈들은 그렇게 할 거야. 그가 말했다. 가족을 갈라놓고 밤이 계속되는 한 그들을 최대한 멀리 떨어뜨려 놓는 데서 순전히 사악한 쾌락을 맛보는 것이다. 그들이 서로를 찾는 데 얼마나 걸리는지, 뭐 그런 재미를 찾는 것이다. 그보다 더 끔찍한 가능성들도 있었다.

물론 있었다. 그는 알고 있었다. 아주 잘 알고 있었다. 최악의 경우, 결정적인 시나리오를 가정하는 건 그에게 일종의 습관이었다. 오늘 밤 그의 인생은 결코 일어나지 않았던 재앙들의 시나리오였다. 만약 그의 차에 정말 레이와 터크만 있었다면 로라와 헬렌은 어디 있는 것일까?

경찰서에서 아내와 딸이 테이블 앞에 앉아 커피를 마시면서 소식이 들어오길 기다리는 바보 같은 이미지가 아직도 그의 마음속에 있었다. 그의 머릿속에는 다른 이미지도 있었다. 숲속 도로의 커브 길 옆에 있는 트레일러와 커튼이 달린 창문으로 희미하게 보이는 불빛의 이미지였다. 그렇게 혼잣말을 하면서 울지 않기는 힘들었다. 이제 그 혼잣말은 일종의 애원이 되고 기도가 됐다. 만약 그게 강간이라면, 오, 맙소사, 강간이게 해주세요. 그게 최악의 경우가 되게 해주세요. 그보다 더 나쁜 일은 일어나지 않게 해주세요.

그것은 신에게 바치는 메아리가 됐다. 그들이 꼭 그래야 한다면 비열하고 잔인한 놈들로 놔두세요. 하지만 놈들에게 자제력을 주셔서, 심지어는 그들조차도 선은 넘지 못하게 해주세요. 그들이 미친놈들, 사이코는 되지 않게 해주세요.

앞에 있는 나무의 수가 점점 줄면서, 평평하니 아무것도 없는 공터가 나왔다. 그는 거기가 포장도로라는 걸, 숲속을 거의 빠져나왔다는 걸 알았다. 토니는 숲을 벗어났다. 그는 도로로 올라가 주위를 둘러봤다. 도로는 좌우에 숲을 끼고 양쪽으로 길게 뻗어 있었다. 그는 그 숲속 도로의 출입구에 부서진 문이 하나 있는 걸 눈여겨봤다. 흰색 널빤지가 기둥에 기대어 대각선으로 비스듬하게 걸려 있었다. 토니는 저 표지가 이곳의 위치를 알아두는 데 쓸모가 있을 거라고 생각하곤 머릿속에 새기려고 애썼다. 그는 왼쪽으로 돌아서 루와 같이 차를 타고 왔던 길을 되짚어 가려고 했지만, 누구라도 만나기 전까지는 아주 오래 걸어야 한다는 걸 알고 있었다. 그러다 그의 뒤쪽, 숲속에서 차 소리가 들렸다. 나무들 사이 저 멀리서 불빛이 다가오는 게 보였다. 또다시 두려움이 그에게 경고하면서 배수로에 숨으라고 했다. 그는 저항했다. 놈들과 맞서야 해. 놈들에게 물어봐야 해. 그는 말했다. 놈들에게 겁을 먹어선 안 돼. 그는 도로에 서서 기다렸다. 차가 숲에서 나와 우회전을 해서 그를 보지 못하고 갔다. 그는 실망한 한편으로 안도했다.

그러다 차가 멈췄다. 놈들이 날 본 거야. 그가 말했다. 차가 돌아서 그를 향해 왔다. 그는 길가에서 기다렸다. 로라와 헬렌이 어디 있는지 놈들에게 물어봐야겠어. 그가 말했다. 놈들이 내 차로 뭘 할 작정인지 물어볼 거고. 차가 천천히 다가왔다가 갑자기 속도를 높이는 바람에 타이어에서 끽 소리가 났다. 그 차는 이제 무시무시하게 빠른 속도로 달려오고 있었고, 헤드라이트 불빛들이 죠스처럼 유유히 덮쳐오고 있었다. 앞이 보이지 않는 상태에서 토니가 배수로 속으로 뛰어든 순간 차가 휙 스치고 지나가면서 바퀴에 튄 자갈들이 칼날 같은 나뭇가지들이 흩어져 있는 바닥으로 우수수 떨어졌다.

차는 끽 소리를 내며 멈췄다. 붉은색과 흰색 조명 주위에 연기가 피어

올랐다가 흩어졌다. 한쪽 문이 열렸다. 남자 하나가 나와서 갓길 가장자리에 서서 뒤를 돌아봤는데, 그림자만 보여서 누군지 짐작할 수 없었다. 토니 헤이스팅스는 움직이지 않았다. 자신이 움직일 수 있는지도 알 수 없었다. 칼날 같은 나뭇가지들이 철조망처럼 그를 꽉 잡고 있었다. 가시들이 그의 눈 주위를 긁었다. 그 남자가 그를 향해 몇 발짝 걸어왔다. 그는 아주 오랫동안 살펴보는 것 같았다. 그러고는 다시 차로 걸어가버렸다. "그 자식은 엿이나 먹으라고 해." 그가 말했다. 멀리서 한 말이었고 큰 소리로 한 말도 아니었지만, 토니는 분명히 들었다.

토니는 자신이 아직 몸을 움직일 수 없는 동안에 놈들이 차를 돌려서 헤드라이트 불빛으로 그를 찾아낼까봐 두려웠다. 하지만 그 차는 유턴을 해서 그가 있는 배수로 옆을 속도를 내며 휙 지나쳤다.

그는 자신이 심하게 다친 건 아닌지 궁금해졌다. 이마와 눈 주위가 긁혔고, 양손 모두 손바닥이 베었다. 뭔가가 바지를 뚫고 들어와 종아리를 깊게 베었고, 말뚝 같은 것이 그의 배를 찔렀다.

토니는 그를 잡고 있던 가시 철망을 벌리고 다리를 움직여본 뒤 일어섰다. 그러다 조금 지난 후에 자갈 위를 기어 올라왔다. 도로, 숲, 별이 몇 개 뜬 흐릿한 밤하늘, 고속도로 위를 달리는 트럭들의 아주 작은 소리 외에는 조용했다.

놈들이 날 죽이려 하고 있어. 그는 속삭였다. 그 생각이 그의 뇌 표면을 뚫고 들어가 아주 깊이 구멍을 팠다. 그는 다시 말했다. 정말 죽이려고 했어. 그리고 그들이 정말 나를 죽이려고 했다면, 그는 덧붙였다. 차마 그 말을 끝내지 못했다. 이거야말로 그가 살아오면서 지금까지 한 생각 중 최악일 것이다. 그를 둘러싼 모든 것, 잠자는 세상, 도로, 숲, 하늘에서 파멸이 보였다.

7

한 챕터가 끝났지만, 수잔은 독서를 중단하고 그녀가 지금 어디 있는지 고개를 들어 보고 싶지 않았다. 옆방 바닥에서 금발 머리의 도로시는 팔을 들고 누워 있다. 팔꿈치가 더럽다. 가슴도 보인다. 헨리 친구 마이크는 가늘게 뜬 눈으로 도로시를 본다. 도로시가 몸을 움직여서 뭔가 하면 좋을 텐데. 귀에 거슬리는 마이크의 목소리는 책에 나온 레이의 목소리 같다. 3년 후에 도로시는 대학에 간다. 아놀드는 뉴욕의 대나무 라운지 바에서 누구와 같이 있을까? 의대 교수들?

녹터널 애니멀스 6

토니는 빨리 걷지 않으면 이 길을 끝없이 걷게 될 거라는 걸 알기 때문에 빨리 걸었다. 어둠 속을 움직이면서 나무에 달린 검은 나뭇잎들을 부수며 갔다. 도로가 이리저리 틀어지다가 밑으로 내려갔고 숲은 위로 솟았다. 갈림길에 이르렀는데 루와 같이 갈 때는 본 기억이 없는 곳이었다. 거기서 대충 짐작해서 오른쪽으로 돌아 언덕을 내려갔지만 낯설어 보였다. 차 한 대가 힘겹게 올라오는 소리가 들렸다. 불빛이 다가오는 걸 보고 숲속으로 들어가 차가 지나갈 때까지 기다렸다. 그건 루의 차도 아니고 그의 차도 아니었지만 그럴 가능성도 있었다. 그는 더 이상 모험은 하지 않는 게 현명하다고 생각했다. 하지만 인간이란 종족으로부터 추방당한 것처럼 차와 인간을 두려워하는 도망자가 되어 걷는 이 황폐한 세상에서 현명한 건 아무 의미가 없어 보였다.

하지만 앞을 봐야지. 지금 어딜 가고 있는 거야? 그가 말했다. 경찰에게. 어떤 경찰? 베일리 경찰. 어떻게 그 베일리 경찰을 찾을 건데? 제일 먼저 도착하는 집에서 전화를 거는 거야. 사람들. 어디든 사람들이 있는 곳으로 가야지.

공중전화 박스를 상상하면서 토니는 주머니에 든 동전들을 더듬었다. 자, 제발 날 베일리 경찰서와 연결해줘. 실례합니다. 제 이름은 토니 헤이스팅스로 오하이오에서 왔습니다. 문제가 생겼습니다. 도와주세요! 뭐라고 하셨죠? 도와달라고요!

공중전화 박스라니? 공중전화는 필요 없어. 그냥 아무 농가나 있으면 돼. 실례합니다. 댁의 전화 좀 쓸 수 있을까요? 우라질, 한밤중에 이렇게 불쑥 찾아오다니 당신 때문에 깜짝 놀랐잖아. 제 이름은 토니 헤이스팅스라고 합니다. 전 당신이 한 번도 들어본 적이 없는 대학의 수학 교수입니다. 저놈에게 개들을 풀어놔야겠군. 한밤중에 내 집에 이렇게 낯선 놈이 기웃거리게 할 수 없어.

걷는 동안 그는 토니 헤이스팅스로서 지금 그가 처한 일시적인 문제를 넘어서 그 이후의 일들을 생각해보려고 애썼다. 메인에 도착할 때까지 나머지 길은 차를 렌트해야 할까? 로저 맥알렌에게 하루나 이틀 정도 후에 별장을 열라고 전화할까?

안녕하세요, 경찰관님. 전 거기에 제 아내와 딸이 있는지 물어보려고 전화했어요. 뭐라고요?

레이, 터크, 루라고 하는 세 남자. 레이는 턱이라고 할 것도 없는, 증오에 차서 조롱하는 표정의 삼각형 얼굴에다가, 쪼그만 입에 비해 이빨은 너무 크고 절반은 대머리예요. 제가 놈의 차와 한 번 충돌한 적이 있어요. 어떤 죄목들로 기소할 수 있는지 생각해보세요. 납치, 희롱. 차량 절도? 강간?

뭐라고 하시는지 모르겠지만 제발 처음부터 차근차근 말해주세요. 죄송합니다. 전 오하이오에 있는 대학 교수인 토니 헤이스팅스로 메인에 가려고 밤에 운전하고 있었습니다. 그러다 고속도로에서 그자들과 우연히 마주쳤는데, 놈들이 내 아내와 딸을 데려갔어요. 아니에요, 이건 그저 길 가다 우연히 충돌한 게 아니에요.

당면한 문제를 넘어서 생각해보니 도착했을 때 해야 할 일은 우리가 언제 도착하느냐에 달려 있구나. 제이크 말콤에게 외돛대 범선을 빌리는 걸 재고해봐야 할지도 모르겠어. 아, 어리석고 무모한 희망이야. 실례합니다. 당신을 겁나게 하려는 의도는 없었지만 이건 비상사태입니다. 제발요.

어떤 문제도 끝나기 전까지는 일시적인 문제가 아니다. 모든 문제는 영구적인 문제가 될 가능성이 있다.

도로는 가파르게 밑으로 내려가면서 구불구불 흘러갔는데, 토니는 그 길을 올라온 기억이 없었다. 물론 이제는 여기까지 온 길을 잃어버렸다는 걸 확신했다. 아마 아까 그 갈림길에서 그랬을 것이다. 다시 그 길을 되짚어 가봤자 소용없었다. 그는 너무 멀리 왔고, 루와 같이 차를 타고 오면서 여기저기 방향을 틀었던 곳들이 기억나지도 않았다. 설사 기억난다고 해도 그 길을 따라가면 어디가 나오겠는가? 베일리를 찾을 수 없다면 어느 경찰서든 별 차이가 없다. 실례합니다. 당신의 전화기로 다른 경찰서에 전화 좀 해주실 수 있습니까? 우리가 구체적인 약속은 하지 않았지만, 경찰서는 원래 그런 문제를 해결해주는 곳이잖아요. 특히 우리가 경찰서에서 만나기로 했을 때 말입니다.

도로가 평평해지고, 도로 양옆의 나무들도 더 이상 나오지 않았다. 검은 들판들. 농장이 몰려 있는 지역과 계곡 바닥이 보였다. 저쪽 끝에 산등성이의 그림자를 볼 수 있었다. 차 한 대가 나타났고, 그 불빛이 아주 먼 곳에서 천천히 다가오고 있었다. 토니 헤이스팅스는 배수로로 얼른 내려가서 차가 지나가길 기다렸다. 뱅거까지 갑니다. 그는 몇 년 전에 히치하이커 한 명을 태워주지 않고 지나쳤다. 아니면 오늘 밤 그랬을지도 모르겠다. 헬렌의 판단 착오다. 헬렌은 그 남자를 태워주고 싶어 했다. 그는 헬렌이 이런 교훈을 배우게 될 거란 건 생각해본 적도 없었다. 잠시 후에 또 다른 차가 왔다. 토니는 차들을 피해 숨는 데 지쳤다. 그는 헤드라이트를 켠차들은 모두 적이라고 생각했지만, 자신이 여전히 문명인인 토니 헤이스팅스란 점을 기억해냈다. 그는 울타리 틈으로 통과하는 도로 근처에 서서, 만약 차가 속도를 늦추면 자기만큼이나 키가 큰 옥수수들로 가득 찬 들판으로 달려 들어가려고 했다. 그 차는 휙 소리를 내며 지나쳤다.

도로 앞쪽에 보이는 커다란 박스 모양은 거리가 좁혀질수록 집의 형태를 갖춰가기 시작했지만 불이 다 꺼져 있어서 안도했던 마음도 사라져버렸다. 감히 자고 있는 식구들을 한밤중에 깨우는 낯선 사람이 될 용기가 없었다. 도로가 끝나면서 또 다른 도로가 나왔는데 아까 도로보다 훨씬 더 넓었다. 도로를 조금 더 따라갔을 때 왼쪽에서 불빛들이 보였다. 이젠 마침내 도착한 것 같아. 그가 말했다.

그는 목적지가 보이자 힘이 나서 더 빨리 걸었다. 그 불빛의 정체는 헛간과 사일로(silo, 큰 탑 모양의 곡식 저장고) 사이 모퉁이에 높이 솟아 집 마당을 비추는 투광조명등이었다. 그 집도 다른 집처럼 깜깜했다.

맞은편 창문에 맥주 광고판의 희미한 붉은빛과 파란빛들이 보였지만 거기도 그 불빛들을 제외하고는 어두웠다. 그는 참혹한 곤경에 처한 사람은 잠자고 있는 낯선 사람을 깨워도 용서받을 수 있지 않을까, 자문했다. 만약 그 곤경이 정말 절박한 것이라면 말이다. 하지만 그는 이렇게 외딴 농가에 사는 사람들은 밤에 찾아오는 낯선 사람들에 대비해 집에 산탄총을 놔둔다는 걸 알고 있었다 —그런 낯선 사람들이 레이나 터크나 루일지 모르니까—.

이제 집들이 더 많이 나왔다. 집 한 채를 지나치면 또 한 채가 보였는데 모두 투광조명등이 비춰진 마당을 제외하곤 깜깜했다. 불이 밝혀진 돼지 여물통 뒤에서 개 짖는 소리가 들렸다. 들판에 바위 같은 어두운 형체들이 보였고 이어서 그것들이 소란 걸 알았다. 시야가 점점 밝아지고 있는 게 느껴졌다. 빽빽한 나무들 속에서 개똥지빠귀 한 마리가 지저귀기 시작했고, 검은 하늘이 엷어져가는 걸 깨달았다.

이렇게 어둠이 기세를 잃어간다는 건 동이 트면서 밤이 끝나가고 있다는 뜻이었다. 그러자 절망이 몰려오면서 다가오는 햇살이 마치 사진사처럼 그의 악몽을 포착해 현실로 만들었다. 안심도 됐다. 상식이 그의 불안한 마음을 달래준 것이다.

상식이라고. 그는 말했다. 헬렌이 집에 늦게 오거나 로라가 제시간에 오지 않았을 때 사고가 났나 싶어 네가 얼마나 자주 두려워했는지 생각해봐. 그 감정의 허리케인을 떠올려봐. 하지만 그때 생각했던 재앙은 하나도 일어나지 않았다. 그의 아버지와 어머니는 천수를 누렸고, 그의 가족은 여전히 토니, 그의 아내 로라, 그의 딸 헬렌으로 구성돼 있다.

하지만 상식이라니. 그놈들은 내 차에 부딪쳤고, 날 억지로 길바닥에 내리게 했어. 그놈들은 나와 내 가족을 떼어놓고, 내 가족을 데리고 가버렸어. 그리고 나는 숲속 외진 곳에 버려졌지. 그놈들은 날 차로 치려고 했는데 그게 성공했으면 난 죽었을 거야.

토니는 자신의 머릿속에서 나오는 끔찍한 뉴스를 들었다. 그들이 죽었다고 뉴스는 말했다. 너도 그들이 죽은 걸 알잖아. 다시 말하지. 로라와 헬렌은 죽었어. 놈들이 그들을 죽였어. 이건 상식이라고. 너도 알잖아. 너도 처음부터 다 알고 있었잖아. 놈들이 그들을 차에 태워서 내뺄 때 알고 있었잖아. 유일한 의문은 그들이 이미 죽었는지 아니면 곧 죽게 될 것인지 그거잖아. 만약 그들이 살아 있다면, 아직 그들을 구할 기회가 있다.

토니는 자신의 기억을 신중하게 분석했다. 여행용 바지와 검은 스웨터를 입고 차 옆에 서 있는 로라, 빨간 손수건을 머리에 두르고 길가 바위 위에 앉아 있는 헬렌. 차가 휙 떠나는 동안 창밖으로 그를 내다보던 두 사람의 얼굴.

하늘은 여전히 어두웠지만 들판, 몰려 있는 나무, 계곡 주위의 산마루, 농장과 헛간 들이 또렷하게 보였다. 개똥지빠귀들이 나무들 속에서 지저귀고 있었다. 차 한 대가 다가오는 게 보였다. 동이 트고 사람들이 일어난 것이다. 더 이상 차들을 피해 숨어선 안 된다. 이제 그러면 미친놈처럼 보일 것이다. 실례합니다. 가장 가까운 마을의 경찰서로 좀 부탁합니다. 차를 얻어 타려면 제대로 된 절차를 따라 올바른 제스처를 취해야 한다. 그가 엄지손가락을 내밀자 차가 휙 지나쳤다.

반대편에서 또 다른 차가 와서 그쪽으로 넘어가 다시 엄지를 내밀었다. 소용없었다. 차들이 더 많이 왔다. 동이 트자마자 일어난 사람들이다. 이렇게 엄지를 내밀어봐야 아무 소용없었다. 몇 분 뒤에 트럭이 한 대 왔을 때 그는 머리 위로 두 손을 흔들었다. 도와주세요, 도와주세요. 그 트럭은 경적을 울렸다.

그의 머리에서 핑 소리가 나고, 귀는 윙윙거렸다. 잠 한숨 못 잔 밤이 그의 머리에 숭숭 구멍을 냈다. 조명이 켜진 추운 마당은 지금까지 본 다른 집들과 똑같았지만, 이 집은 2층에도 불이 하나 켜져 있고 1층 뒤쪽에도 불이 켜져 있다. 그는 거기 서 있었는데 심장이 쿵쿵 뛰었다.

토니는 집 앞쪽에 있는 작은 현관 위로 올라갔다. 현관문에 창문이 달려서 커튼을 통해 뒤쪽에 불이 켜진 부엌 구석을 볼 수 있었다. 그는 초인종을 울렸다. 집 바로 안쪽에서 개가 짖기 시작했다. 앞치마를 두른 비쩍 마른 여자 하나가 부엌에 나타나 눈을 가늘게 뜨고 봤다. 그녀는 그 자리에서 꿈쩍도 하지 않았다. 그녀 옆에 백발에 격자무늬 셔츠를 입은 남자가 나타났다. 남자가 문으로 다가와 커튼을 뒤로 젖히고 밖을 내다봤다. 그리고 유리를 통해 뭐라고 했다. 개 짖는 소리 때문에 뭐라고 하는지 들리지 않았다.

토니가 소리를 질렀다. 지금까지 계속 외웠던 말이었다.

"실례합니다, 선생님!"

남편 뒤에 그의 아내가 서 있었는데, 그녀가 허리를 구부리자 개는 더 이상 짖지 않았다. 남자가 문을 빠끔히 열었다.

"실례합니다, 어르신. 혹시 댁의 전화 좀 쓸 수 있을까요?"

"왜요?"

"제가 사고를 당했습니다."

그 노인이 토니의 얼굴을 찬찬히 뜯어봤다.

"다친 사람이 있나?"

"아닙니다. 음, 저도 모르겠어요. 도와주세요."

"당신 말고 밖에 누가 또 있나?"

"아뇨, 저밖에 없습니다."

"그렇군. 좋아. 들어오게나."

그들은 현관 불을 켰다. 전화는 현관문 안쪽 테이블 위에 있었다. 검은
색과 흰색 털이 섞인 개가 그의 냄새를 킁킁거리고 맡으면서 꼬리를 흔드
는 동안 여자가 개 목걸이를 잡고 있었다.

"자넬 보니 여기저기 긁힌 것 같은데, 그 사고는 어디서 당했지?" 노인
이 말했다.

"저도 모르겠습니다." 토니 헤이스팅스가 대답했다.

"모른다고?"

"한밤중부터 계속 걸어왔거든요."

"길을 잃었군, 그렇지?"

"전 여기에 처음 와봅니다."

"그렇군. 여기 와서 이야기를 좀 해봐. 무슨 일이 있었던 거지? 혼자 여
행하면서 운전하다가 잠이 든 건가?"

"아뇨, 아닙니다. 제 아내와 아이가."

"아내와 아이라니. 식구들이 다쳤나요?" 여자가 말했다.

"그 식구들을 차에 두고 온 모양이야. 구급차를 부르길 원하는 건가?"
남자가 말했다.

"아뇨. 그게 아닙니다." 토니가 말했다. 그는 자신이 겪은 악몽을 세상에 밝힐 신빙성이 있는 단어들을 애써 찾았다.

"욕실에 가서 좀 씻는 게 나을 것 같아요." 그의 아내가 말했다.

"전화를 먼저 쓰고 싶을 것 같은데. 식구들이 차에서 기다리고 있으니까." 남자가 말했다.

"그것보다 더 참혹한 상황입니다. 제대로 설명할 수 없어요. 그건 사고가 아니었습니다. 정확히 말하면 사고가 아니었어요. 우리가 어떤 남자들을 만났습니다. 제 아내와 아이는." 토니는 말을 이으려고 애썼다. 기운 내, 수학 교수, 설명을 해보란 말이야.

"놈들이 제 가족들을 데려갔습니다. 제 말은 그들을 잃어버렸다는 겁니다."

남자와 그의 아내는 멍하니 토니를 바라봤다.

"뭘 잃었다는 거지?"

"제 아내와 아이요."

"무슨 말을 하는 거요? 아내와 아이를 잃었다고?"

"우린 길에서 어떤 놈들과 우연히 마주쳤습니다. 악당들, 깡패들을 만난 거죠. 놈들이 강제로 우리를 도로에서 밀어냈습니다."

"개자식들. 그 빌어먹을 애새끼들이." 남자가 말했다.

"설명하기가 힘들어요. 놈들이 제 아내와 아이를 데려갔습니다. 제 차에 태워서요. 그리고 절 숲으로 데리고 갔습니다. 전 한밤중부터 계속 걸어왔습니다. 놈들이 어디 있는지 모르겠습니다." 토니는 눈물이 나오는 걸 느꼈다. "가족들을 어떻게 찾아야 할지 모르겠어요."

"이런. 어떻게 놈들이 그런 짓을 하게 놔둘 수 있었나?" 남자가 말했다.

토니는 고개를 흔들며 눈물이 나오려는 걸 애써 참았다. 남자와 그의 아내는 서로를 마주 봤다.

"저 사람이 어디다 전화를 해야 하지?" 남자가 말했다.

"해밀턴?" 그의 아내가 대답했다.

"아직 안 일어났을 거야."

"일어나게 해야지."

"이 일 때문에 깨우자는 거야?"

"해밀턴이 누구죠?"

"보안관이요."

"그랜트 센터에 누군가는 있을 거야." 그의 아내가 말했다.

"그렇게 생각해? 아침 8시나 돼야 업무를 시작하겠지."

"구치소. 구치소는 밤새 열어두잖아." 그의 아내가 말했다.

"거기는 야간 간수만 있어. 그 사람은 할 수 있는 게 하나도 없어."

"그럼 해밀턴을 깨워야지. 보안관이 밤새 잠만 퍼질러 자면 무슨 쓸모가 있어?"

"주 경찰관들. 그 사람들은 밤새 근무할 거야." 남자가 말했다.

"맞아, 그러겠다." 그의 아내가 말했다.

"주 경찰관. 내가 당신이라면 그쪽으로 전화하겠네."

"좋아요. 거긴 어떻게 연락하면 됩니까?" 토니 헤이스팅스가 말했다.

"펜실베이니아 전화번호부를 찾아봐요." 그의 아내가 말했다.

"주 경찰관들은 사람도 좋고, 전문가들이지. 그 사람들이 도와줄 거예요. 그 사람들이 최고라니까."

"전화 하고 나서 좀 씻어요. 요기할 걸 내올 테니까. 당신은 녹초가 됐을 테니." 그의 아내가 말했다.

"어쨌든 보안관은 하는 일이 없어. 일은 주 경찰이 다 하지. 엘리트야. 최고라니까."

그 부부는 다정하진 않았다. 예의를 지키면서도 계속 그를 경계하고 있었다. 부인은 부엌으로 들어갔고, 노인은 계속 토니를 빤히 보고 있었다.

"당신이 경찰에게 하는 말을 듣고 싶군. 이해가 안 돼서 말이지. 놈들이 당신 아내와 아이를 차에 태우고 가버렸다고 했는데. 놈들이 권총으로 당신을 협박했소?"

"권총은 없었습니다." 토니가 말했다.

"그런데 어떻게 놈들이 그렇게 도망치게 놔둘 수 있었는지 이해가 안 되는군."

"저도 이해가 안 됩니다."

하지만 그는 직접 겪은 일이기 때문에 물론 이해가 아주 잘 됐다. 문제는 그 상황을 다른 사람에게 어떻게 이해시키느냐, 이것이었다.

8

토니 헤이스팅스를 따라 끔찍한 새벽 도로를 같이 간 수잔 모로는 이제부터 앞으로 닥칠 일을 자신이 견뎌낼 수 있을지 궁금했다. 토니처럼 그녀도 앞으로 일어날 수 있는 일들을 헤아려봤다. 그녀는 토니가 모르는 걸 알고 있었다. 즉 이 사건들의 배후에 이들의 운명을 조종하는 에드워드의 손길이 있다는 사실을 그녀는 알고 있었다. 로라와 헬렌에게 일어나는 일은 이 이야기가 어떤 종류의 이야기냐에 달려 있다. 그래서 토니가 희망을 가지려고 애쓰는 동안, 그걸 읽는 수잔은 에드워드를 생각하면서 참기 힘든 일이 벌어질 사태에 대비했다. 하지만 그렇게 두려워하는 동안에도 그녀는 에드워드를 격려하면서, 에드워드 잘하고 있어, 잘 썼네, 라고 말하고 있었다. 그녀는 토니가 아니라 에드워드 때문에 초조해하면서 그가 이 스토리를 망치지 않고 어떻게 용두사미를 피할 수 있을지 궁금했다.

녹터널 애니멀스 7

토니 헤이스팅스는 실내에 있다. 그가 전화 옆의 흔들거리는 의자에 앉아 있는 동안 그 늙은 농부는 주 경찰 번호를 찾고 있었다. 토니는 전화기에 대고 할 말을, 밤새 하려고 했던 말을 생각하고 있었다. 토니는 생각했다. 내 이름이 토니 헤이스팅스라는 걸 기억해야 해. 나는 수학자이고, 교수이고, 여러 강의를 짜고 모든 걸 명쾌하게 밝히는 사람이지. 토니 헤이스팅스가 하는 그대로 모방하기로 하자. 경찰이 그의 이야기를 듣지 못할까봐, 이해하지 못할까봐 두려워. 내가 미쳤다고, 사기 치는 거라고, 부랑자라고 생각할까봐 두려워.

내가 이름 없고 비천한, 숲속에서 뛰쳐나온 생존자에 지나지 않는다고 생각할까봐 두려워. 그래도 이렇게 실내에 들어와서 의자에 앉아 있고, 전화벨이 울리고, 늙은 농부와 그의 아내가 계속 내 얼굴을 보고 있으니 기분이 벌써 나아졌어.

수화기에서 음울한 목소리가 들렸다. "모건 주 경찰관입니다."

말을 해야 한다는 충격이 밀려왔지만 이미 토니 헤이스팅스가 살아나서 언제 어디서 누가 무엇을 왜 했는지 차근차근 이야기하고 있었다.

"여보세요, 저는 토니 헤이스팅스라고 합니다. 오하이오에 사는 대학 교수이고, 여행하던 중입니다. 전 아내와 아이를 찾고 있습니다. 제 아내가 혹시 전화했나요?"

모건은 아무 대답도 하지 않은 채 상황을 파악하려고 애쓰고 있었는데, 시작부터 감이 좋지 않았다. "무슨 일이시죠, 교수님?"

다시 문명 세계로 돌아와, 토니. 언제 어디서 누가 무엇을 왜? '무엇'부터 이야기해봐.

"우리 가족이 주간고속도로에서 말썽에 휘말렸습니다. 제 아내와 아이가 납치된 것 같습니다."

또다시 깊은 침묵이 흘렀다. "구급차가 필요하신가요?"

"아닙니다. 난 도움이 필요해요. 도움이 필요하다고요."

또다시 뚜렷하게 침묵이 흘렀다. 상대방이 아는 이야기부터 시작해. 주 경찰이 아는 이야기부터 시작하라고. "우린 주간고속도로를 주행 중이었 는데."

"잠깐만요."

토니는 입을 다물고 다시 설명을 하지 않아도 됐다. 하지만 자신이 입 밖으로 꺼내기 두려운 말은 할 필요가 없다는 사실을 깨달았다. 또 다른 남자가 전화를 받았다. "마일스 경사라고 합니다. 뭘 도와드릴까요?"

"네, 저는 토니 헤이스팅스라고 합니다."

"네, 토니 씨. 무슨 문제가 있으시죠?"

"우리 가족이 주간고속도로에서 말썽에 휘말렸습니다. 제 아내와 아이 가 납치된 것 같습니다."

토니가 알아챌 수 있을 정도로 또다시 침묵이 흘렀다.

"알겠습니다, 토니 씨. 진정하시고요. 성함과 주소를 불러주세요."

이어서. "부인 성함은요?"

"그리고 전화 거는 곳은 어딥니까?"

토니는 늙은 농부를 봤다. "전 베어 밸리에 있는 잭 콤스 씨 집에 있습 니다."

"알겠습니다, 토니 씨. 천천히 무슨 일이 일어났다고 생각하는지 정확 히 말씀해보세요."

저 의심에 찬 침묵들, 계속 그의 이름을 부르면서 가르치려 드는 태도. 무슨 일이 일어났다고 생각하느냐고 말참견 하는 건 무시하자. 마침내 토 니 헤이스팅스는 그가 아는 세계, 조직과 시스템과 그를 보살피고 공포로 부터 그를 보호해줄 문명인들이 있는 세계로 돌아와 안전하다고 느꼈다.

호기심에 찬 농부와 그의 아내는 토니의 전화 통화를 듣고 있었다. 그들은 더 이상 토니와 거리를 두지 않았고, 집 안은 따뜻했고, 밖에서 점점 환해지는 햇빛은 이미 도로 건너편의 들판에 옅은 초록빛을 더해주고 있었다.

그는 할 이야기가 있고, 보이지 않는 상대가 그 이야기를 받아 적고 있고, 앉을 자리가 없어서 현관에 두 사람이 서 있는 세계로 돌아왔다.

토니는 이야기를 시작했다. "어젯밤 11시 조금 지나서였습니다. 우린 주간고속도로를 타고 메인으로 가고 있었습니다. 그때 다른 차가 저희를 공격해서 도로 밖으로 밀어냈습니다."

그가 경찰에게 다 이야기하는 데 몇 분이 걸렸다. 그는 차들이 충돌해서 어떻게 자신이 차를 세워야 했는지 말했다. 그 남자들이 어떻게 타이어를 갈고 그의 차에 로라와 헬렌을 태우고 가버렸는지. 그리고 토니에게 루와 같이 그들의 차를 타고 오라고 했다는 말도 했다. 그는 루가 어떻게 수많은 도로를 달리다 마침내 숲속에 풀이 무성한 길에 그를 내쫓고 가버렸는지도 말했다. 그가 어둠 속에서 혼자 걸어가다가 어떤 차가 오는 걸 보고 숨었지만 다시 그 차가 왔을 때 그를 치어버리려고 했던 이야기와 어떻게 몇 킬로를 걸어서 불이 켜져 있는 잭 콤스의 집을 찾았는지도 말했다.

그 이야기를 하자 안전해진 것 같은 기분이 들었다. 경찰이 사건을 들었고, 위험이 없어졌고, 그는 황무지에서 5천년 동안 진보해온 세계로 돌아와 전화와 컴퓨터와 라디오와 훈련받은 전문가와 연결된 따뜻한 집으로 들어왔다. 이제 나쁜 일은 일어날 수 없을 것이다. 아침밥 냄새가 나는 따뜻한 농가에 있으니. 다만 아직 가족들을 찾지 못했다는 그 미치광이 같은 생각은 머릿속에서 떠나지 않고 있지만.

마일스 경사가 몇 가지 질문을 했다. 정확히 주간고속도로의 어느 출구로 나왔습니까? 토니는 대답할 수 없었다. 그 세 남자의 인상착의를 설명해보세요. 그건 열심히 했다. 그 사람들이 탄 차도 설명해보세요. 그건 더 힘들었다. 자동차 번호판은요? 루와 함께 차를 타고 갈 때 본 주요 지형지물 같은 것들 중 기억나는 게 있습니까? -토니는 그 작고 흰 교회가 기억났다. 유리창에 불이 켜진 산속 도로의 커브 길 위에 있는 트레일러도 기억났다.- 그들이 선생님을 차로 치려고 했던 건 확실합니까? 지금 계신 곳에서 다시 숲속 도로로 가는 길을 찾을 수 있겠어요? 아, 이렇게 계속 질문을 듣는 건 좋았다. 그 질문들로 인해 자신의 삶이 복원되기 전까지는 그가 얼마나 많은 걸 잃었는지 몰랐으니까.

마침내 경사가 말했다. "고맙습니다, 토니 씨. 저희가 조사해보고 다시 전화 드리겠습니다."

"잠깐만요!"

"뭐죠?"

"전 여기 계속 있을 수 없는데요."

"아, 잠시만요." 전화가 끊겼다.

토니가 주인 부부를 힐끗 보자, 그들은 고개를 돌렸다. 마을 외곽에서 이른 새벽에 만난 낯선 사람들. 그를 집에 들여서 전화를 할 수 있게 해준 좋은 사람들이지만 마냥 여기 있을 순 없다. 하지만 아내와 딸이 실종되고 차도 없고 지금 입고 있는 옷과 지갑밖에 가진 게 없는 상황에서 어디에 머물 수 있겠는가?

수화기에서 딸깍 소리가 들리면서 다시 목소리가 들렸다. "토니 씨? 이렇게 하죠. 저희가 당신을 태워올 경찰을 하나 보내겠습니다. 거기서 기다리시면 됩니다."

"알겠습니다."

"30분 정도 있으면 도착할 겁니다."

그러니까 경찰이 그를 데리러 와서 챙겨줄 것이다. 그를 위로해주면서 다정하게 대해주는 좋은 경찰이었다. 토니는 환호하고 싶었지만 그 늙은 농부와 부인이 그를 빤히 보고 있었다.

"요기할 걸 좀 내올게요." 콤스 부인이 말했다.

그녀가 천장에 매달려 있는 눈에 거슬리게 밝은 전구 불빛 아래 바둑판 무늬 식탁보가 깔린 식탁에 음식을 풍성하게 차리는 동안 남편은 밖에 나가서 헛간 일을 봤다. 노인이 그 일을 하려고 켜 놨던 불빛을 토니가 본 것이다. 부인의 표정은 조심스러웠고, 토니가 고맙다고 인사해도 대꾸하지 않았다. 그래서 토니는 말없이 음식을 먹었다.

"난 한 번도 여행을 좋아한 적이 없었어요. 타지 사람들은 여기와 다르니까. 낯선 곳에선 어떤 사람을 만나게 될지 몰라." 부인이 말했다.

토니는 입속이 음식으로 가득 차서 고개만 끄덕였다. 그를 동정해주는 척하면서 비판하고 있다. 알겠습니다, 아주머니. 하지만 이건 당신이 사는 지방에서 당신이 말하는 어떤 사람인지 모르는 사람들을 만난 거거든요. 그는 생각했다. 그렇다 해도 좋은 경찰을 소개해주고 조심스럽지만 친절하게 대해준 건 고마웠다.

그를 데리러 온 경찰차가 도착했을 때 아침 해는 아직 언덕 너머로 떠오르지 않았지만 날은 훤히 밝았다. 경찰차는 옆에 공식 배지가 찍혀 있고 위에는 경광등이 달려 있었다. 경광등은 꺼져 있었다. 경찰은 옅은 갈색 콧수염을 길렀고, 얼굴은 넓적하고 체격이 큰 젊은 남자였다. 그는 작년에 도움을 청하러 교수 사무실에 자주 왔던 학생처럼 생겼는데 그 학생 이름은 기억나지 않았다.

경찰이 말했다. "전 탤벗 경관이라고 합니다. 마일스 경사님이 선생님 부인과 아이에 대한 보고는 들어온 게 없다고 전하라고 하셨습니다."

토니는 그 말을 듣고 실망하고 나서야 자신이 로라와 헬렌이 전화했다는 소식을 들을 거라고 기대하고 있었다는 걸 깨달았다. 그리고 생각했다. 아직 8시도 안 됐잖아. 아직 문을 열지 않은 곳이 태반이니까.

제복을 입은 덩치 크고 젊은 대학생 같은 경찰이 차의 시동을 켜놓은 채 무전기에 대고 뭐라고 말하고 있었다. 무전기에서 음울한 남자 기계음이 나왔다. 탤벗 경관은 심각하고 음울한 표정으로 말했다.

"정말 미리 정해놓은 약속 장소 같은 건 없었습니까?"

"있었어요. 베일리 경찰서. 다만 놈들이 절 끌고 가서 숲속에 내팽개쳤습니다."

"베일리가 뭐죠?"

"놈들이 거기가 제일 가까운 마을이라고 하던데요. 우린 원래 베일리 경찰서로 가기로 돼 있었습니다."

"베일리란 곳은 한 번도 들어본 적이 없는데. 베일리 경찰서가 없는 건 확실합니다."

사실 이 소식이 새롭진 않았지만 예감이 안 좋았다. 아주 안 좋았다.

"그럴까봐 불안했습니다."

차가 출발해서 토니가 온 것과 반대 방향으로 갔다. 여기에 뭔가 놔두고 가는 것처럼 예기치 못한 두려움이 느껴졌다. 그는 이 새로운 여정을 어떻게 가야 할지 바로 감을 잃어버렸다. 간밤에 지나쳤던 모퉁이들이나 자주 보였던 마을들이 전혀 기억나지 않았다. 이렇게 완벽하게 보호를 받고 있는 경찰차를 타자 간밤의 악몽을 떠나온 것 같았지만 동시에 거기로 돌아가는 길이 파괴돼서 자신의 인생으로 돌아가는 길마저 파괴된 것 같은 기분이 들었다. 토니는 콤스의 집에서 마일스가 그에게 간밤에 있었던 곳으로 가는 길을 찾을 수 있겠냐고 물었던 걸 떠올리면서, 탤벗에게 그곳으로 다시 가는 길을 찾는 걸 도와주겠냐고 물어봐야 하나, 생각했다. 하지만 탤벗이 터무니없다고 생각할까봐 그렇게 부탁하진 않았다.

초록색과 노란색으로 가득 찬 완만하게 오르락내리락하는 시골 풍경이 아침 햇살에 상쾌해 보였다. 도로들은 햇빛을 받아 까맣게 빛났다. 그들은 들판과 숲들로 가득 찬 넓은 계곡들이 내다보이는 높은 언덕 옆에 있는 고속도로를 세게 달려서 나무가 우거진 작은 숲으로 내려갔다가 다시 구불구불한 도로를 올라가 오랫동안 위로 쭉 뻗은 길을 달렸다. 그러다가 마을이 나타날 때마다 속도를 줄여서 옹기종기 모여 있는 농가와 창고와 보리밭과 소들이 풀을 뜯고 있는 다른 벌판과 돼지들이 있는 마당과 반대쪽 비탈에 있는 양들과 언덕 꼭대기에 빽빽하게 몰려 있는 나무들을 지나쳤다. 이런 풍경을 말로 해줄 로라가 옆에 있었다면 이 시골길은 얼마나 아름다웠을까. 토니는 생각했다.

경찰서는 새로 지은 단층 벽돌 건물로 마을 가장자리에 철조망 울타리로 둘러싸여 있었다. 울타리 너머에 소들이 있었고 길 건너편에 모텔이 하나 있었다. 토니 헤이스팅스는 탤벗 경관을 따라 경찰서 복도로 들어가 게시판을 지나고 카운터가 있는 사무실 하나를 지나 책상이 두 개 있는 또다른 사무실로 들어갔다. 저쪽 책상에 앉아 있던 남자가 일어났다.

"저는 그레이브스 부서장이라고 합니다. 마일스 경사는 퇴근했고요."

그레이브스 부서장은 키가 작고 동그스름한 광대뼈에 만화에 나오는 다람쥐처럼 턱이 짧고 입 양쪽으로 내려온 검은 콧수염이 있었다. 그의 눈이나 얼굴 형태가 밤에 본 레이와 조금 닮았다. 저 사람을 봐선 안 돼. 토니는 말했다. 그는 부서장의 얼굴이 레이의 기억을 지워버릴까봐 두려웠다. 토니가 책상 옆에 있던 의자에 앉아 있는 사이, 그레이브스 부서장은 자신의 책상에서 손으로 쓴 서류를 읽었다. 천천히 읽느라 시간이 오래 걸렸다. 그다음에 그는 토니에게 아까 한 이야기를 다시 해보라고 부탁했다. 그는 토니가 한 말을 줄이 쳐진 노란 종이에 받아 적었지만 토니는 어떻게 그런 이야기를 몇 개의 부자연스런 단어로 요약할 수 있을지 이해가 되지 않았다. 이야기가 끝났을 때 부서장은 마일스 경사가 했던 질문들을 다시 했다. 그리고 손으로 턱을 감싼 채 오랫동안 앉아 있었다.

"흠, 우리는 이미 차 두 대에 대해 경보를 발령해뒀습니다. 그러니까 뭔가 나올 겁니다. 지금은 기다리는 것 말고는 달리 뭘 더 해야 할지 모르겠습니다." 부서장이 말했다.

그리고 토니를 봤다. "한데 선생님은 차가 없으시죠? 지낼 곳은 있으십니까?"

"아뇨."

"길 맞은편에 모텔이 하나 있습니다." 그는 명함에 뭐라고 썼다. "여기택시 회사 전화번호입니다. 이제 필요하실 겁니다. 돈은 있으세요?"

"신용카드가 몇 장 있습니다. 제 수표책은 제 여행가방에 있는데, 그건차에 있고요. 제 옷들도 다 차에 있고."

"힐콧 거리에 은행이 하나 있는데 오전 9시에 열죠."

"감사합니다."

"아직 시간이 일러요. 놈들은 어딘가로 자러 갔을 가능성이 큽니다."

"어디로요?" 토니가 물었다.

부서장은 생각하다가 고개를 끄덕였다. "아무도 연락을 안 하고 있으니 상황이 좋진 않은 것 같습니다. 하지만 제 생각은 이렇습니다. 아마 놈들은 선생님에게 한 것처럼 나머지 가족들도 어딘가에 내팽개쳤을 겁니다. 그들이 마을이 있는 곳까지 걸어오려면 한참 걸리겠죠. 분명 선생님 차를 뺏어가려고 꾸민 짓일 겁니다."

"저도 그렇게 생각하고 있었습니다." 토니가 말했다. 사실 그렇게 생각하고 있었던 게 아니라 그러기를 바라고 있었다는 뜻이었다. 부서장은 마치 다른 문제들도 생각하고 있는 것처럼 연필로 자신의 이마를 툭툭 치고 있었다.

"그 모텔에 계시겠습니까?"

"그래야겠죠."

"뭔가 나오면 전화 드리겠습니다."

토니 헤이스팅스는 길 건너편 모텔로 갔다.

"차는 없나요?" 모텔의 뚱뚱한 여직원이 말했다.

"도난당했습니다."

"어머나, 그랬군요! 그래서 경찰서에서 나오셨구나. 그럼 숙박비는 어떻게 할 건데요?"

"신용카드로 하죠."

모텔 방에선 플라스틱과 에어컨 냄새가 났고 두꺼운 갈색 커튼이 닫혀 있어서 믿을 수 없을 정도로 어두웠다. 그가 옷을 입은 채 침대에 눕자 곧바로 바람과 소용돌이치는 거대한 구름들을 동반한 밤이 돌아왔다. 레이가 차의 방열기 위에 앉아 웃으면서 말하고 있었다. 너무 그렇게 심각하게 받아들이지 마, 이 사람아. 우린 그냥 장난 친 거야. 하지만 그건 꿈이었던 게, 그가 잠에서 깨 경찰서로 갔더니 세차를 해서 햇빛에 반짝거리는 그의 차가 안전하게 돌아와 있는 게 보였다. 쿵쿵 뛰는 심장을 안고 그는 안으로 들어갔다. 로라와 헬렌이 경찰서 홀에 있는 의자에 앉아 있다가, 벌떡 일어나 그에게 달려왔다. 그들은 안도해서 미소를 지으며 그를 껴안고 키스하며 말했다. "우린 괜찮아. 그들은 그저 우리가 트레일러에 있는 자기 친구들과 만나길 원했을 뿐이야." 그리고 토니 헤이스팅스가 그들을 껴안고 말했다. "이건 꿈이 아니야, 그렇지? 꿈이라기엔 너무 생생하니까 꿈일 수가 없어."

그의 옆 테이블 위에 있는 전화기에서 끔찍하게 시끄러운 소리가 들렸다. 그는 그 소리를 멈추려고 전화기를 홱 낚아채면서 가슴이 무너지는 것 같았다.

"토니 헤이스팅스 씬가요? 그레이브스 부서장입니다. 안 좋은 소식입니다."

그는 높은 가지들에서 떨어지는 뭔가를 잡으려고 나무 몇 그루의 몸통에 그물이 넓게 펼쳐져 있는 걸 봤다.

"토핑에 있는 강에서 선생님 차가 발견됐습니다. 놈들이 차를 없애려고 한 것처럼 보입니다."

그물의 가닥들이 하얀 중심점, 얼룩, 점, 맥박 들로 모여 들판 전체에 널찍하게 간격을 두고 펼쳐져 있었다. "제 아내와 딸아이는요?"

"아직 아무 소식이 없습니다."

그 그물로 열매들을, 시체들을 잡는 것이다. "아내와 아이가 차에 없었습니까?"

"차는 텅 비어 있었습니다. 지금 차를 강에서 끌어내는 중입니다."

그는 차고 있던 손목시계를 봤다. 그는 30분 동안 잠들어 있었다. 이제 고작 9시 15분밖에 안 됐다. 이게 그레이브스 부서장이 생각한 최악의 소식이란 말인가.

"이 상황을 어떻게 생각하십니까?" 토니가 물었다.

"어떻게 생각해야 할지 모르겠습니다."

그들이 그물을 끌어올려서 잡아당기는 동안 침묵이 흘렀다.

"선생님, 우리는 이 사건을 안데스 부서장에게 넘겼습니다. 안데스가 주위를 둘러보려고 하는데, 몇 분 뒤에 선생님을 모시러 가도 될까요?"

토니 헤이스팅스의 몸은 모래주머니로 가득 찬 것처럼 무거워졌다.

"지금 갈 수 있습니다." 그가 말했다.

9

무슨 일이 일어났는지 알고 싶다면 수잔은 계속 읽어야 할 것이다. 모노폴리 게임이 끝나는 소리가 들렸다. 거슬리는 목소리의 마이크가 가슴이 보드라운 도로시를 잡아당겨서 일으켜 세우는 동안 뚱뚱한 헨리는 혼자서 일어나느라 안간힘을 썼다. 그들은 거실을 지나 복도로 갔다.

"안녕히 계세요, 모로 아줌마." 마이크는 매부리코에 턱은 뾰족한 흰 얼굴로 활짝 웃고 있었다. 복도에서 도로시는 마이크의 어깨에 팔꿈치를 대고 그에게 건방진 미소를 지어보였다. 수잔 모로는 고상한 척하는 사람이라 잔소리하기 싫어서 아이들 사이에 무슨 일이 일어나건 그녀가 볼 수 없는 곳에서 일어나길 빌었다. 누군가가 다른 누군가의 옆구리를 힘껏 밀었다. 아오, 이 새끼야! 아이들은 복도에서 코를 훌쩍이며 낄낄 웃었다. 야, 조심하라니까. 수잔 모로는 정말 내숭 떠는 면이 있다. 알면서도 모른 척 뭐든 대놓고 말하는 법이 없었다.

구석에서 크게 콧소리가 들렸다. "안녕히 계세요, 모로 아줌마. 오늘 저녁 즐거웠습니다." 아이들은 폭소를 터트리며 야유했다. 수잔은 한 챕터를 더 읽어야 했지만 시간이 좀 걸릴 것이다. 에드워드에게 말해줘야지. 당신은 이야기를 흥미진진하게 이끌어가는 법을 좀 아는군.

모텔 앞에 경찰차가 한 대 있었다. 경찰 제복을 입은 남자가 운전석에 있었고, 오른쪽에 앉은 사람은 평범한 갈색 양복을 입고 있었다. 양복을 입은 남자가 말했다.

"토니 헤이스팅스 씨인가요?" 모자를 쓴 그는 반쯤 열린 유리창 너머로 손을 내밀어 토니와 악수했다. 토니는 뒤에 탔다.

"안녕하세요? 전 바비 안데스라고 합니다. 제가 사건을 수사하고 있습니다."

"당신이 제 차를 발견했습니까?"

"다른 경찰들이 발견했습니다." 안데스가 대답했다.

"강에서요?"

"있죠, 토니 씨. 어젯밤 당신이 가셨던 곳으로 되돌아가볼 수 있겠습니까?"

"상당히 혼동되긴 합니다만 시도해볼 순 있습니다."

"제가 선생님 이야기를 제대로 이해했는지 확인해보죠." 바비 안데스가 말했다. 그는 키가 작고 뚱뚱하지만, 쓰고 있는 모자는 컸고 머리도 컸다. 동그란 뺨은 깔끔하게 면도한 턱수염 자국에 그늘이 졌다. 전화론 안데스 부서장이라고 하던데. "어젯밤 그놈들 중 두 놈이 선생님 차로 선생님 부인과 딸을 데리고 갔습니다. 그리고 선생님은 베일리라고 하는 경찰서에서 가족들과 만나기로 했는데, 그런 경찰서는 없었죠."

"그렇습니다."

"그리고 놈들은 서로 레이와 터크라고 이름을 불렀고요?"

"맞습니다."

"선생님은 놈들 차로 놈들이 루라고 부르는 남자와 같이 갔고."

"그래요."

"어쩌다 그렇게 가족들과 헤어진 겁니까?"

"저도 어쩌다 그렇게 됐는지 내내 생각하고 있었습니다."

"놈들이 강제로 선생님 차에 탔습니까?"

"사실상 그랬습니다."

"사실상?"

"음, 맞아요. 그렇게 했습니다. 놈들이 강제로 차에 탔죠."

"선생님의 아내와 따님이 놈들을 막으려고 했고요?"

"네, 그러려고 애썼죠."

"선생님은 놈들을 막으려고 시도했고요?"

"제가 할 수 있는 게 별로 없었습니다."

"놈들에게 무기가 있었나요?"

"놈들에게 뭔가 있었는데 그게 뭐였는지는 저도 모르겠습니다."

"그걸 보셨습니까?"

"느꼈습니다."

"좋습니다. 이렇게 하죠. 저희가 선생님을 다시 잭 콤스의 집으로 데려가면 거기서부터 어제 있었던 곳으로 가는 길을 되짚어갈 수 있겠습니까?"

"아까 말했던 것처럼 시도는 해볼 수 있습니다."

"그렇다면 좋습니다. 해보세요. 출발합시다."

제복을 입은 남자가 차를 상당히 빨리 몰았고, 토니 헤이스팅스는 그 경로를 제대로 눈으로 좇을 수 없었다. 아무도 입을 열지 않았다. 그들은 그랜트 센터의 뒷부분을 지나, 주유소와 LPG 통들이 있는 중고차 부지와 위풍당당한 흰색 집들과 그늘을 만들어주는 아치가 있는 나무들이 있는 거리를 지나쳤다. 거기서 탁 트인 도로로 들어가서 평평한 들판이 있는 계곡을 가로질러, 풍성한 초록의 세계를 지났다. 해는 이제 하늘에 높이 떠 있었고 계곡 건너편 언덕에 있는 한 쌍의 집의 지붕이 거울처럼 햇빛을 반사했다. 차내 스피커를 통해 경찰들이 서로 무전기로 나누는 대화가 들렸고, 토니는 지금 여기가 어딘지 전혀 알 수 없었다.

바비 안데스가 볼륨을 줄이고 말했다.

"다른 몇 가지도 정리해봅시다. 루라는 남자가 선생님을 숲으로 데리고 가서 거기다 놔두고 가버렸다고 했죠?"

"루가 내게 운전을 하게 했습니다."

"그런데 그 남자가 선생님을 거기 가게 해놓고 거기다 선생님을 놔두고 갔다는 거죠?"

"그렇습니다."

"그리고 선생님이 걸어서 거길 빠져나왔을 때 그들이 다시 돌아오는 걸 봤고요?"

"맞아요."

"그게 그들인 건 확실합니까?"

"꽤 확신합니다."

"그건 누구의 차였습니까?"

"제 차였던 것 같습니다."

"레이와 터크가 타고 간 차요?"

"그렇게 생각합니다."

"그걸 어떻게 압니까?"

"모양새도 그렇고, 차에서 나는 소리도 그렇고. 저도 잘은 모릅니다."

"어두운데 놈들을 볼 수 있었습니까?"

"잘은 보이지 않았습니다. 놈들이 라이트를 다 끄고 차를 멈추더니 절 불렀습니다."

"놈들이 뭐라고 했습니까?"

"이봐, 형씨, 당신 마누라가 당신이 보고 싶대."

"왜 놈들에게 가지 않았습니까?"

토니는 이렇게 상황을 설명하려고 애쓰게 된 건 좋았지만 이 경찰이 어제 그 일을 단순한 대화로 만들어버리는 건 마음에 들지 않았다. 그는 놈들에게 가지 않은 이유를 어떻게 말해야 할지 생각하려고 애썼다.

"전 두려웠습니다."

"그분들이 놈들과 같이 있었다고 생각하십니까?"

"누구요?"

"선생님 아내와 딸이요."

그 기억에 토니는 몸서리를 쳤다. 그들은 마을 가장자리의 햇빛에 환하게 빛나는 카우보이 광고판 옆에서 이 대화를 하고 있었다. 토니가 대답했다. "저도 모릅니다. 그때는 그렇게 생각하지 않았습니다."

"그럼 가족들이 어디 있다고 생각하셨습니까?"

"그 차에 아내가 타고 있었다면 아내가 직접 저를 불렀을 거라고 생각했습니다."

토니 헤이스팅스는 그때 자신이 무슨 생각을 하고 있었는지 기억하려고 애썼다. 가족들은 베일리 경찰서에 있다고. 가족들은 커브 길 위에 있는, 희미한 불빛이 흘러나오는 창문이 커튼에 가려진 트레일러에 있다고. 그들은 그처럼 또 다른 숲속에 버려졌다고. 아니면 그보다 더 끔찍한 일이 그들에게 일어났을 거라고.

토니가 말했다. "그때 무슨 생각을 했는지 기억이 안 납니다."

"알겠습니다. 그리고 조금 있다 그 차가 다시 나타났습니다. 그때는 무슨 일이 있었습니까?"

"제가 놈들에게 다가가기로 결심했지만 놈들이 차로 절 치려고 했습니다."

"그게 어디서 일어난 일입니까?"

"숲속 도로에서 나와서 주요 도로가 있는 곳에서요."

바비 안데스는 노트를 하나 가지고 있었는데 거기다 뭔가 적었다.

"그러니까 한 남자가 당신을 데리고 갔다가 거기 당신을 내팽개쳤습니다. 그리고 다른 남자들이 그 숲속으로 들어왔다가 다시 나갔다는 거죠?"

"일이 그렇게 된 것 같습니다."

"선생님은 그 일에 대해 어떻게 생각하십니까?"

"어떻게 생각해야 할지 모르겠습니다."

"우리가 그 숲속 도로를 찾는 게 좋겠습니다. 그렇죠?"

그들은 뭘 찾게 될 거라고 기대하는 걸까? 갑자기, 아니, 갑자기는 아니고 처음부터 토니는 그걸 보고 있었지만, 그것은 새로운 발견이기도 했다. 토니 헤이스팅스는 그의 희망이 머물러 있던 동굴이 차갑고, 텅 비어 있고, 미래를 빼앗겨 아무것도 없다는 걸, 이 남자들이 더 이상은 거기에 없는 뭔가를 찾는 걸 돕고 있는 것 같다는 느낌이 들었다. 이렇게 부질없이 되돌아가는 한 걸음 한 걸음이 텅 빈 도로들, 텅 빈 숲들, 텅 빈 차들을 느끼게 해주고 있었다. 그곳을 찾아보는 척해서 내가 그곳들을 다 찾아봤고, 노력했다고 말할 수 있도록 말이다. 달리 할 수 있는 일도 생각할 수 없으니까. 이렇게 다니는 것 자체가 그들이 달리 할 수 있는 일이 하나도 없다는 사실만 깨닫게 해주고 있었다.

토니는 왜 이 집 앞에서 차가 멈췄는지 의아했다. 작은 벽돌집에 흰색 창문 테두리에, 헛간과 집을 분리하는 더러운 마당이 하나 있는 곳.

"자, 여기서부터 어디로 가는지 알겠어요?" 바비 안데스가 말했다.

그는 햇살이 환하게 빛나는 아침에 콤스의 집을 알아보는 것조차 이렇게 어려운데 어떻게 간밤에 왔던 길을 알아볼 수 있을까 생각했다. 아직 꿀 시간도 없었던 꿈속에 그 길이 깊이 새겨지긴 했지만.

"난 저 길로 왔어요." 토니가 말했다.

이제 왔던 길을 거꾸로 간다. 속이 울렁거리는 공포가 다시 찾아왔다. "천천히 가요." 낯익은 게 하나도 없었다. 어제 희미한 밤의 어둠 속에서 그가 상상했던 계곡의 전반적인 형태조차도 낯설었다. 이 계곡은 생각보다 가까이 있었고 울퉁불퉁한데다 도로는 훨씬 더 많이 구불구불하게 돌아갔고, 작은 농장들은 점점 더 작아졌다. 길은 숲속 한쪽 귀퉁이를 가르며 뻗어나갔고, 어딘가 눈에 익은 우체통, 부서진 담장, 현관과 연장 창고가 있는 집, 개울 위에 걸린 좁은 다리 같은 걸 보고도 매번 그의 공포는 요동치지 않다가, 지나치는 중이거나 지나치고 나서야 돌아보고 왔던 곳이란 걸 깨달았다.

도로는 계곡을 기어오른 뒤 빠져나와 숲속으로 들어갔다. 토니는 차가 숲으로 내려갈 때 발밑으로 길이 툭 떨어지던 느낌이 기억났다. 밤에는 몰랐지만 나무들이 울창해지면서 비대해지고 키가 더 커져 숲은 끝도 없는 언덕 양쪽으로 높이 치솟아 있었다. 그것도 몰랐었다. 언덕 옆을 따라 달리자 또 다른 도로인 교차로가 나왔다. 여기는 분명 기억이 나야 하는데 도무지 알아볼 수가 없었다. 그래서 그들은 그 평평한 도로에 차를 세웠다. 그때 토니는 자신이 차를 돌려 밑으로 내려갔던 기억이 나서 이제 좌회전을 해야 한다고 추론했다.

오른쪽에 도로가 하나 더 나왔는데, 좀 더 높이 올라가 있었다. 그의 악몽 속에서 기억하는 바로는 이 갈림길이 아마도 루와 원래 갔던 그 길, 쇠락한 교회와 산의 커브 길과 희미한 불이 켜진 트레일러가 있던 그 경로에서 벗어난 지점일 것이다. 지금 이렇게 보니 갈림길이라고 할 정도도 아니고, 위쪽으로 올라가는 도로는 훨씬 더 좁고 급경사가 져서 그가 못 보고 지나친 것도 무리가 아니었다.

그런 내내 그의 마음속에서 로라와 헬렌이 그에게 묻고 있었다. 어디 가는 거야? 그는 그녀들이 평소 하던 대로 수다를 떨고 농담을 나누고 있는 과거와 미래에서 밀어내, 실제 현실에서 보려고 애를 썼다. 지금 문제는 당신들이 어디 있고 지금 뭘 하고 있냐는 거야. 그는 그녀들의 소리를 들어보려고 애썼지만 아무것도 들리지 않는 고요 속에서 그들의 침묵이 벼락처럼 정적을 후려치고, 그들의 고요한 얼굴이 얼어붙은 대리석이 박살나듯 부서지는 걸 봤다. 그는 그녀들을 소생시키려고 애썼고 ─어쨌든 그녀들이 그처럼 어떤 고통스런 경험을 했는진 아무도 알 수 없었지만 분명 어딘가에 살아 있을 게 아닌가?─ 길을 돌아가면 바로 모퉁이에 그녀들이 서 있는 모습을 계속 상상했다. 아, 저기 있네요! 청바지와 목에 두른 스카프와 여행용 바지에 어두운 색 스웨터를 입은 엄마와 딸이 도로 한가운데에 서 있는 모습을 생각했다. 그런데 그녀들은 왜 거기 없는 걸까? 뭔가를 찾고 있을 때는 절대 그것을 찾을 수 없다. 만약 그걸 찾게 된다면 그것은 기적이라고 해야 한다. 이것은 그가 두려워해야 할 또 다른 이유가 됐다. 분명 그녀들이 없는 이 텅 빈 도로에서 그의 아내와 아이를 찾는 건 그들이 결코 없을 거라는 점을 확인하는 가장 확실한 방법 같았으니까.

"저기요!" 토니 헤이스팅스가 말했다. 그가 예상했던 것보다 훨씬, 훨씬 더 빨랐다. 부서진 문, 비스듬하게 걸려 있는 하얀 널빤지 문은 산속 나무 도로 출구를 알아보기 위해 그가 기억해놓은 곳이다. 이제 보니 도로라고도 할 수 없고 그저 하나의 좁은 길에 바퀴 자국 한 쌍이 남아 있었다.

그들은 차를 세웠다. 부서장이 노트에 적었다.

"그들이 선생님을 데려왔던 곳이군요. 그렇죠?"

토니 헤이스팅스는 그 배수로, 철조망, 배수로 양쪽에 있는 덤불들을 봤다. 배수로는 간밤에 악몽 속에서 뛰어내렸을 때보다 훨씬 더 얕고 도로와 가까웠다.

"들어가 보시겠습니까?" 차를 운전하던 경관이 물었다.

바비 안데스가 토니를 봤다. "그럴 이유는 없겠죠?" 그가 물었다.

토니 헤이스팅스는 그대로 얼어붙어서 마비된 채, 두려워하고 꺼리는 마음으로 말했다. "우리가 뭘 찾고 있는 겁니까?"

바비 안데스가 다시 그를 봤다. 그는 코털이 숭숭 나 있었고, 그의 눈 가장자리에 촉촉하고 작은 핑크색 점들이 흔들리고 있었다.

"좋습니다. 어젯밤 가셨던 다른 곳들도 둘러보죠." 그가 말했다.

"별로 볼 것도 없습니다." 토니가 말했다.

그들은 차를 돌렸고, 토니는 두 번째로 그 산속 도로를 떠나면서 그가 사랑하는 사람들을 포로로 남겨두고 비겁하게 간 것에 또다시 크나큰 고통을 느꼈다. 그러면서 로라에게 그 이유를 이해해달라고 애걸했다.

그들은 위쪽 도로와 만나는 곳에서 차를 세웠다. "아까 저기서 나올 때 길을 잃긴 했지만 여기가 맞는 것 같아요." 토니가 말했다.

"그럼 이야기가 달라지는데. 저 도로는 옆에 있는 계곡의 정상을 통과하는데."

"그자가 저쪽에서 왔다면 아마 베어 밸리 출구를 거쳐 왔을 겁니다." 운전하던 경관이 말했다.

"거기로 가보지."

도로는 빙글빙글 올라갔다가 몇 분 뒤에 내려갔다. 그들은 나무들 바로 위쪽에 낡고 흰 트레일러가 한 대 있는 커브 길로 갔다. "트레일러가 저기 있어요!" 토니가 말했다.

주차된 차는 한 대도 없었다.

"계속 가자. 속도 줄이지 말고." 안데스가 말했다. 그들이 빨리 달려서 트레일러는 금방 시야에서 사라졌다.

그 트레일러는 거기 몇 년 동안 있었던 게 분명했다. 어린 나무들이 그 주위에 자라 트레일러가 그 속에 갇혀 있었다.

"이 길이 확실해요?" 안데스가 물었다.

그다음에 작고 흰 교회가 나왔다.

"저게 제가 본 바로 그 교회입니다. 확실해요. 그게 무슨 의미가 있는지는 잘 모르겠지만."

"무슨 일이 있었습니까? 저기서 차를 세웠나요?"

"아뇨. 저 교회에 내 차가 주차된 걸 봤다는 생각이 들었습니다. 루는 내 차가 아니라고 했죠. 내가 오해했을 거라고 했습니다."

"우리가 확인해보겠습니다."

그러다 마을이 나왔는데 거기 있는 온실을 토니 헤이스팅스가 알아봤다.

"베어 밸리 출구로 온 게 점점 더 분명해지고 있습니다." 운전하는 경관이 말했다.

거기에 주간고속도로 표지판들이 보였고, 그다음에 고속도로 입구 경사로와 그 위를 가로지르는 다리가 나왔다. 그들은 다시 차를 세웠다.

"선생님이 차를 멈춘 장소를 찾을 수 있을 것 같습니까?"

"고속도로에서요? 그건 어려울 것 같습니다."

"뭐 어쨌든 가능성이 거의 없는 일이긴 했죠."

"뭐가요?"

"그들이 떨어뜨렸을 만한 증거들, 그들이 누군지 짐작할 수 있을 만한 증거들, 바퀴 자국들, 발자국들, 그런 거 말입니다."

"그 일은 갓길에서 일어났습니다."

"그렇군요."

그들은 주간고속도로 입구 옆에 있는 시골길에 앉아 있었다. 바비 안데스는 뭘 생각하다가 말했다. "그들이 숲속으로 들어왔고 당신을 봤을 때 차의 라이트들을 다 꺼버리고 당신을 불렀다고 했죠? 라이트는 왜 껐을까요?"

"그걸 제가 어떻게 알겠습니까? 어쩌면 몰래 내게 접근할 수 있다고 생각했을지도 모르죠."

안데스는 소리도 내지 않고 조용히 웃었다.

"그러니까 그들이 왔다가, 다시 가버렸다가, 돌아와서 선생님을 차로 치려고 한 거죠?"

"그렇습니다."

그는 노트를 툭툭 치고 있었다. "이렇게 말씀드리긴 싫지만 아무래도 그 산속 도로로 가서 한번 봐야 할 것 같습니다."

토니 헤이스팅스는 뭔가 치명적인 말을 들은 것처럼 움찔했다.

"맥코클로 가지." 바비 안데스가 운전하는 경관에게 말했다. 그리고 토니에게 몸을 돌려서 설명했다. "우린 트레일러를 지나치지 않도록 반대편으로 갈 겁니다. 트레일러에 누가 있어서 경찰차가 두 번이나 지나치는 걸 보지 않도록 말입니다."

그들은 산등성이 옆으로 난 튼튼한 고속도로를 재빨리 올라갔다. 오랜 시간이 흐른 후에야 토니는 물어볼 수 있었다.

"그 도로에서 뭘 발견하게 될 거라고 예상하는 겁니까?"

"그때가 되면 알겠죠. 지금으로선 제가 예상하는 건 아무것도 없습니다." 바비 안데스가 말했다.

10

2층에서 물 흐르는 소리가 들렸다. 도로시가 샤워를 하고 있었다. 수잔은 책 속에 있는 단어들을 보지 않으려고 노력하면서 페이지들을 엄지로 휙휙 넘겨 조금만 더 읽으면 2부가 나오는 걸 발견했다. 이 얼마나 슬픈 일이야. 그녀는 생각했다. 앞으로 듣게 될 소식, 아무도 말은 안 하지만 모두 예상하고 있는 그 소식에 얼마나 크나큰 슬픔이 담겨 있는지. 그녀는 에드워드가 용납했을 만한, 빠져나갈 수 있는 구멍들을 애써 찾아봤지만 하나도 찾지 못했다. 이렇게 슬픔에 빠져드는 동시에 에너지가 느껴졌는데 이게 그녀의 몸에서 일어나는 변화인지 아니면 자신이 써가는 이 이야기를 신나게 즐기는 에드워드의 에너지가 느껴지는 건지 알 수 없었다. 그녀는 에드워드가 자신이 만들어낸 이야기를 즐기는 모습을 보고 싶었다. 그걸 보면 그녀도 기운이 솟구칠 것 같았다. 그녀는 그 끔찍한 발견을 슬픈 와중에도 탐욕스럽게 기다렸다.

녹터널 애니멀스 9

토니 헤이스팅스가 그 산속 진입로로 다시 돌아가길 두려워하는 이유. 그런 이유는 없었고 그러니까 두려움도 없었다. 단지 간밤에 일어난 비이

성적인 일들의 여운이 남아 있을 뿐이다. 이제는 두려워할 이유도 없다. 그는 편안한 경찰차 뒷좌석에서 경찰 두 명-그를 다시 받아준 문명의 대표들-과 안전하게 있다. 이 경찰들은 지금 그를 위해 전력을 다해서 그가 잃어버린 것들을 찾는 걸 도와주고 있다.

차들이 달리고 있는 새로 깐 고속도로가, 나무가 울창하게 우거진 산등성이를 따라 오랫동안 높이 올라갔다. 정상에 페넌트(pennant, 좁고 기다린 삼각기)들과 조각한 목재 올빼미들을 파는 골동품 가게가 하나 있었다. 그가 그렇게 두려운 이유. 이유는 없다. 그들은 그저 여러 가지 가능성들을 확인하고 있는 것이다. 사실 희망을 가질 이유를 찾고 있다. 만약 로라와 헬렌이 정말 숲속으로 들어온 그 차에 타고 있었다면, 토니가 그랬던 것처럼 그들 역시 숲에 버려졌다면, 만약 그들의 의도가 그 가족 셋을 모두 숲에서 만나게 할 의도였다면. 하지만 그랬다면 로라와 헬렌은 지금쯤 숲에서 걸어 나와야 했다. 그게 바로 이 생각의 문제점이었다. 그들이 숲에서 잠을 좀 자고 기다리기로 결심하지 않은 이상 말이다. 하지만 그렇다 쳐도 이 시골 지역을 차로 거의 다 누벼서 정오가 된 지금쯤은 그들도 숲에서 걸어 나왔어야 했다.

차를 타고 가는 동안 바비 안데스가 친절하게 그의 삶에 대해 이것저것 물어봤다. 그의 직장, 메인에 있는 그의 별장, 결혼 생활의 행복, 그의 외동딸, 바비 안데스의 외동딸, 왜 바비 안데스가 아이를 하나밖에 낳지 않았는지에 대한 이유. 일부러 그런 건 아니었다. 내 말은 우리가 의도적으로 둘째를 갖지 않으려고 노력한 건 아니란 뜻이다. 다 그렇지 않나?

산등성이 양쪽에 있는 숲의 바닥보다 높고 평평한 곳에 차가 섰다. 아까와는 반대 방향에서 왔기 때문에 토니는 처음에 그곳을 알아보지 못했다. 어떻게 반대쪽 길로 해서 이곳에 왔는지도 모르고 있었다. 이 길은 놈들이 그를 차로 치려다 실패하고 도망간 그 길일 것이다.

이곳에 오기 두려웠던 이유가 토니 헤이스팅스의 마음을 집어 삼키는 사이, 경관이 차를 돌려서 울퉁불퉁한 길을 따라 도랑을 건너 부서진 문을 통과해서 숲속으로 들어갔다. 그가 두려웠던 이유는 이제 너무 늦었기 때문이다. 아침 내내 차를 타고 다니느라 태양이 하늘 한복판에 뜬 정오가 됐으니 숲에서 걸어 나오는 헬렌과 로라를 만나기엔 너무 늦었다.

너무 늦어버렸으니 이제 그 안으로 들어갈 이유도 없었다.

"난 그저 저 안에 놈들이 뭘 놔뒀는지 보고 싶어요." 안데스가 말했다.

"숲 말고는 아무것도 안 보였습니다."

"그때는 밤이었으니까요."

"놈들이 저 안에 증류기(술 만드는 장치)를 뒀을 거라고 생각하세요?" 운전하던 경찰이 말했다.

안데스가 웃었다. "어쩌면 저기에 집이 있을지도 모르지."

"놈들이 그때 저를 도로 끝으로 데려간 것 같습니다. 거기에 뭐가 있는 것 같진 않아요."

토니 헤이스팅스는 거기에 집이 있다고 생각하지 않았고, 바비 안데스의 예상대로 거기에 집이 있을 거라고 믿지도 않았다. 그 길은 좁았고, 여기저기 튀어나온 바위들과 나무들 주위로 구불구불하게 이어져 있었다. 차는 그 길을 따라 달리면서 사정없이 흔들리고 쿵쿵거렸다. "맙소사!" 바비 안데스가 말했다. 숲은 나무가 많지 않아 바람이 잘 통했고, 덤불과 땅바닥에 떨어진 나뭇가지들이 군데군데 뭉쳐 있어서 지저분했다. 바위 주위로 나무들이 자랐고 광맥의 노두가 여기저기 튀어 나와 있었다. 토니는 지금 보고 있는 풍경과 기억 속의 풍경을 일치시킬 수 없었다. 간밤에 자신이 차를 운전하면서, 헤드라이트 불빛이 반사된 나무들이나 깜깜한 어둠 속에서 사물의 그림자들을 분간하기 위해 힘껏 눈을 뜨고 걸어 나오면서 본 풍경 모두 지금 보는 것과 달랐다. 그는 레이와 터크가 지나갔을 때 자신이 숨었던 그 바위를 찾았다. 그럴듯한 바위를 몇 개 봤지만 그중 어떤 것도 기억 속의 바위가 아니었다.

토니 헤이스팅스가 숲속으로 들어가길 두려워했던 이유는 그의 상상이 사실로 드러날까봐 그런 것이다. 안데스 부서장이 그럴 거라고 생각하는 상황. 그리고 그런 것들을 모두 확인해보려고 하는 것이다. 이 고통스런 도로를 올라오는 행위, 이렇게 올라오는 1분, 1분은 다시 내려가야 하는 1분, 1분에 의해 고통이 배로 늘어나고 있다. 이 행위는 토니의 단순한 악몽이었을 수도 있는 걸 현실로 만들어가고 있었다. 이 행위가 악몽을 현실로 바꿔버린 것이다.

숲속으로 차를 타고 들어가면서 토니는 또다시 어젯밤 울고 싶었던 그 슬픔을 느꼈다. 그자들이 토니를 불렀을 때 가지 않았던 그 결정 때문에 느꼈던 슬픔이 그를 난자했다. 이제는 그게 그를 로라와 헬렌과 재회시킬 의도였다는 확신이 들었기 때문이다. 죽어서든 살아서든 토니의 가족을 재회시키려고 그랬을 것이다. 만약 그가 죽음을 피하는 것이 현명하다고 생각했다면, 로라와 헬렌이 이미 살해된 상황일 경우 그런 현명함이 얼마나 어리석어 보이겠는가. 그리고 그들이 살해되지 않고 그때 차에 타고 있었다면, 아직 기회가 있었다면, 그가 상황을 얼마나 더 악화시킨 것일까.

토니는 통나무 다리와 앞에 있는 나무의 수가 점점 줄어들고 있는 걸 보고, 빈터가 있다는 걸 깨달았다. 그의 심장이 죄어들었다. 그들이 탄 차가 다리로 내려가 짧고 가파른 비탈길을 휘청거리며 올라가는 사이에 벌써 토니는 거기 아무것도 없다는 걸 충분히 보고 깊이 안도했다. 빈터가 눈앞에 펼쳐졌다. 사실 그건 풀이 우거진 벌판으로 최근에 차들이 여기저기 방향을 돌린 바퀴 자국만 있을 뿐 텅 비어 있었다.

"어어." 운전을 하던 경관이 말했다.

"빌어먹을! 망할!" 바비 안데스가 소리를 질렀다.

토니 헤이스팅스는 뭐가 문제인지 알 수 없었다. 그는 빈터에서 아무것도, 그가 예상했거나 두려워했거나 바랐던 것이 하나도 보이지 않는 상황에 너무나 안도한 한편 실망하고 있었다. 그러다 거기에 누군가 있는 걸 봤다. 붉은색 스카프와 어두운 색 스웨터와 청바지가 우거진 풀을 가로질러 건너편 덤불 위에 걸쳐져 있었다. 바비 안데스가 고개를 움직였을 때 토니는 그 연인들이 덤불 아래에서 벌거벗은 채 사지를 드러내고 자고 있는 걸 봤다.

"진정하세요." 바비 안데스가 말했다. 토니는 이 두 경찰이 왜 이렇게 그를 걱정하는지 의아했다. 그는 이미 차에서 나와 그 연인들이 누워 있는 곳으로 빠르게 걸어가고 있었다. 바비 안데스와 다른 경찰이 그를 쫓아 달려오고 있었고, 누군가 마치 그를 통제해야 할 것처럼 그의 팔을 잡으려고 애쓰고 있었다. 그건 문제가 아니었다. 토니는 그저 같이 온 경찰들이 하고 있는 말도 안 되는 추측을 없애고 싶었을 뿐이었다. 그리고 그가 본, 저기 누워 있는 사람들이 사랑을 나눈 벌거벗은 소년과 소녀이더라도, 잠에서 깨어나면 경찰들에게 자신들은 그들이 찾는 사람이 아니라고 말해줄 수 있을 것이다. 비록 어느 쪽이 소년이고 어느 쪽이 소녀인지는 토니도 확신할 수 없었지만 말이다. 한 소녀는 하늘을 보고 누워 있었고, 또 하나는 그 옆에서 얼굴을 땅바닥에 대고 엎드려 있었다. 토니는 그들에게 다가가면서 그들이 자는 게 아니라 죽었을 수도 있다는 걸, 그들이 누군가에게 살해됐을지도 모른다는 걸 깨달았다. 그렇다면, 그건 그가 아닌 같이 온 경찰들이 처리해야 할 일이었다.

그들은 로라와 헬렌이 아니었다. 두 사람은 벌거벗고 있었고, 자고 있거나, 기절했거나, 머리를 맞고 의식을 잃었거나, 죽었을지도 모르는 아이들처럼 보였으니까. 그는 바비 안데스를 피해 빨리 걷고 있었다. 안데스는 그를 잡으려고 애쓰고 있었다. 토니는 그들이 로라와 헬렌이 아니란 걸 확인하고 싶었다. 물론 이 사람들이 로라와 헬렌이 아니란 걸 알고 있었기 때문에 뛰진 않았다.

하지만, 그들이 맞았다. 그래서 토니는 차가 멈추기도 전에 내렸던 것이다. 토니는 덤불 속에서 잠들어 있는 벌거벗은 아이들을 본 순간 알아차렸다. 그들은 로라와 헬렌이었다. 그리고 이것이 바로 어젯밤 그 차가 여기로 돌아온 의미였고 레이와 터크와 루가 준 교훈이었다. 토니는 그들을 보기도 전에, 덤불에 걸린 그 스카프를 보기도 전에, 차 앞에 탄 두 남자의 격노에 찬 고함소리를 듣기도 전에 이 모든 걸 알고 있었다.

헬렌의 스카프, 로라의 스웨터와 바지. 토니는 아직 그들의 얼굴을 볼 수 없었기 때문에 서둘러 가고 있었다. 그들은 너무 작아서 아이 같아 보였다. 어느 쪽이 소녀인지 어느 쪽이 소년인지 성별도 구분되지 않았다.

그들은 마치 그 위로 떨어진 것처럼 부서진 나뭇가지들과 덤불 속에 있었다. 아직도 그들의 얼굴은 보이지 않았다. 고개를 옆으로 돌린 채 하늘을 보고 누워 있는 벌거벗은 우아한 소녀와 그 근처에 체격이 더 크고 얼굴을 바닥에 댄 채 머리카락에 어깨에 가려진 사람의 머리도 볼 수 없었다. 그리고 나뭇가지들이 그 덤불로 가는 길을 막고 있었다.

"진정해요." 경찰이 그를 잡고 있었다.

"내가 보게 해줘요. 보게 해달라고요."

운전하던 경관이 그를 잡고 있는 사이에 바비 안데스가 나이프로 나뭇가지들을 베어서 옆으로 밀쳐버리고 그 소녀에게 갔다. 거기서 무릎을 꿇고 부드럽게 그녀의 머리를 안아 올려 얼굴을 옆에서 보았지만 아직도 확신을 하지 못하고 있었다. 바비 안데스가 소녀를 내려놓고 그녀를 넘어 재빨리 상대편으로 가서 엎드려 있는 여자의 어깨를 잡고, 힘겹게 여자를 뒤집으려고 할 때, 검은 머리, 로라의 것과 같은 검은 머리카락이 그녀의 얼굴과 함께 올라왔다.

토니는 로라의 입이 비명을 지르는 것처럼 반쯤 벌어져 있고, 그녀의 뺨과 눈이 고통에 뒤틀려 있는 걸 봤다. 그녀의 얼굴에서 울음이 터져 나왔다는 걸 알아차렸다. 그 뺨과 눈에서 고통, 얼어붙은 지성, 언어, 그간의 세월들이 보였다. 바비 안데스도 거기서 일그러진 표정으로 고개를 들어 그를 보면서, 그녀의 머리를 받쳐 그가 볼 수 있게 해줬다. 문명 세계에서 온 낯선 사람인 바비 안데스. 토니는 그들을 보기 위해 앞으로 뛰어나갔다. 아직도 기회가 있는 것처럼, 너무 늦지는 않은 것처럼. 발치에 있는 덩굴 식물들이 그의 발목을 움켜잡아서, 그는 앞으로 넘어져, 나뭇가지들 속으로 엎어졌다.

"이 사람이 부인 맞습니까?"

"그녀는 괜찮나요?"

그녀의 얼굴은 새하얗고, 눈은 움직이지 않았다. 바비 안데스는 대답하지 않았다.

11

수잔은 읽다가 충격을 받고 멈췄다. 에드워드, 당신이 그들을 죽였어. 당신이 거침없이 그렇게 해버린 거야. 그녀가 도저히 견딜 수 없다고 생각했던 일을. 그녀는 마치 그런 일이 일어날 줄 몰랐다는 것처럼 토니와 같이 경악했다. 끔찍하고 슬픈 범죄였다. 다만, 여기까지 읽었는데 그들이 죽지 않았다면 자신이 실망했을 거라는 생각은 했다. 불쌍한 토니. 그의 고통이 클수록 그녀가 느끼는 재미가 커지다니. 그녀는 이 장면에서 밝혀지는 고통, 토니로 육화되는 이 고통이 사실은 자신의 고통이란 생각을 품고 있었는데 그건 놀라운 생각이었다. 그녀에게 정해진 고통, 오래된 고통인지 아니면 새로운 것인지, 과거의 고통인지 미래의 고통인지는 그녀도 분간할 수 없었다. 그게 애매한 이유는 토니의 고통과 달리 자신의 고통은 여기가 아니라 다른 곳에 있고, 그 고통의 부재가 그 존재 자체를 아주 생생하게 만들어서 지금 이 순간을 스릴 넘치게 하고 있다는 걸 그녀가 알고 있었기 때문이다. 이런 생각이 무슨 의미인지 그녀 자신도 잘 이해할 수 없어서 토니의 이야기를 비판적으로 감상해보기로 했다. 에드워드가 쓴 이야기를 감상하는 거야. 그 발견의 세세한 면을 잘 분석해봐. 모두들 불합리한 행동을 하면서 뻔한 진실을 부인하고 있잖아. 그걸 제대로 감상해보는 거야. 비판은 나중에 할 수 있어. 예를 들면 여성들을 희생자로 만드는 부분에 대해서 이의를 제기할 수도 있겠지. 하지만 아직은 아니야. 이 이야기가 끔찍하긴 하지만 우선은 그냥 따라가면서 감상해봐.

다음 페이지는 텅 빈 종이에 '2부'라는 글자만 찍혀 있었다. 그러니까 지금까지 읽었던 1부는 토니를 병 같은 상황에 집어넣는 거였군. 그럼 이제부터는 이야기가 어떻게 될까? 이야기가 어떻게 진행되건 지금까지와는 달라질 것이고, 그러면 에드워드로서는 다시 이야기를 시작하는 것과 같으니 위험이 커지게 된다. 수잔은 에드워드가 잘 썼기를 빌었다.

수잔은 여기까지 읽고 그만 읽으려고 했지만 그건 불가능했다. 거기다 아직도 누군가 샤워하고 있다. 그러니 2부를 읽어야 했다.

녹터널 애니멀스 10

토니의 머릿속에 '안 돼!'라는 부정의 말이, 그동안 각오했던 냉엄한 현실에 쾅 소리를 내며 부딪쳤다. 두 경찰은 마치 노인을 부축하는 것처럼 그의 양팔을 잡고 경찰차로 돌아갔다. 그는 문을 열어놓은 채 뒷좌석에 앉아 뒤를 돌아봤다. 경찰 무전기에서 나오는 큰 목소리들을 듣고, 주 경찰관이 무전기에 대고 그가 이해하지도 못하는 보고를 하는 걸 들었다. 그는 옷들이 걸려 있는 덤불 위를 바라봤다. 그리고 덤불 밑에 있는 걸 봤는데, 그건 변하지 않았다. 매번 그곳을 볼 때마다 그들은 나무처럼 그대로 있었다. 메뚜기들이 키가 큰 풀 속을 윙윙거리고 희미하게 휘파람을 부는 딱새 한 마리가 나뭇가지에서 고요한 허공으로 폴짝 뛰어 날아갔다. 그는 고개를 돌려, 무전기에 대고 말하려고 몸을 앞으로 기울이는 경찰과, 매 둥지가 있었던 빈터 가장자리에 있는 나무 꼭대기를 보다가, 다시 고개를 돌려서 또다시 사진처럼 그 자리에 고정된 그들을 봤다.

　계속 시간의 흐름을 따르길 거부하는 '안 돼! 안 돼!'라는 말만 들리고 있었다. 미래는 끝났다. 순간순간이 조각조각 떨어지고 분리되면서 시간은 그를 놔두고 혼자 움직이고 있었다. 안 돼, 외에 다른 생각은 들지 않았다. 죄송해요. 누군가 말했다. 그들이 올 때까지 우리는 저들을 건드릴 수 없어요. 어떤 것도 옮겨서도 안 됩니다. 토니는 기다렸다. 대체 이 사람들이 뭘 기다리고 있는지 궁금해하지도 않고, 얼마나 오래 기다렸는지도 알지 못한 채, 단지 가끔 다른 곳을 보다가 덤불 속에 있는 그 모습을 봤는데, 매번 볼 때마다 똑같았다. 바비 안데스와 그 경찰은 빈터 주위를 왔다 갔다 하면서, 땅바닥을 보며 조심스럽게 덤불 속을 찔러보고, 다시 차로 돌아왔다가, 다시 나갔다. 그 후에 자신도 주위를 걸어 다녔는지는 기억이 안 났다.

　마치 지금까지 아무도 기다리지 않았던 것처럼 갑자기 차들이 한낮에 경광등을 번쩍이면서 나타났다. 거기서 남자들이 튀어 나와 빈터를 짓밟으며 성큼성큼 걸어와 여기저기 재고 사진들을 찍어댔다. 그들은 한 줄로 서서 등을 보인 채 그의 시야를 막고, 참새처럼 재잘거렸다. 그는 이런 생각을 했던 기억이 났다. 그들은 내 거야. 나의 로라, 나의 헬렌. 토니는 그들이 회색 캔버스를 가지고 서툴게 작업하는 걸 지켜봤다. 시야가 걷혔을 때, 옷들은 사라졌고 그들도 보이지 않았다.

　토니는 캔버스에 고치처럼 돌돌 말린 시체가 부서진 덤불에서 실려 나와 들것 위에 눕히는 걸 봤다. 그리고 또 하나를 봤다. 그는 나란히 놓여 있는 그것들을 보면서 어느 게 누구인지 생각했다. 누가 누군지 알 것 같다고 생각했다가 그럴 수 없다는 사실을 깨달았다. 누구에게 물어보기 전까지는 알 길이 없었고, 그 사람마저도 틀린 대답을 할 것 같았다. 그는 자신의 로라와 헬렌을 알아야 한다는 생각이 들었는데 그 생각이 그의 목구멍 속에 있는 뭔가를 무너뜨려서 아이처럼 눈물이 뺨으로 줄줄 흘러내렸다.

젊은 경찰 하나가 말했다. "가시죠. 제가 모셔다드리겠습니다."

"어디로요?"

그는 바비 안데스, 주 경찰관이자 그가 아는 사람을 찾았다.

"제가 선생님을 모텔로 모셔다드리겠습니다."

"거기서 제가 뭘 할 수 있습니까?"

바비 안데스는 자신의 노트에 적은 내용을 녹음기에 대고 읽고 있었다. 그러다 토니 헤이스팅스의 시선을 알아차렸다. 그가 말했다.

"조지랑 같이 가셔도 됩니다. 오후에 제가 찾아뵙겠습니다."

토니 헤이스팅스가 정신을 추스르고 말했다.

"제 차는 쓸 수 있을까요?"

"내일 됩니다. 제가 먼저 살펴보고 싶습니다."

"제 여행가방을 찾을 수 있을까요?"

"조지가 갖다드릴 겁니다." 바비 안데스가 조지에게 말했다. "맥스에게 이분의 소지품이 필요하다고 전해."

바비 안데스가 조지라고 부른 경찰이 그를 다시 태워다줬다. 그 끔찍한 숲속 도로에서 빠져나오는 기나긴 시간이 그의 마음에 깊은 상처를 입혔다. 경찰은 시골길을 빠르게 달려 경찰서 맞은편에 있는 모텔로 향했다.

그 후에 토니 헤이스팅스는 그를 경찰 제복을 입은 금발의 고등학교 축구 선수처럼 희미하게만 기억했다. 둘은 차에서 아무 말도 하지 않았다.

토니 헤이스팅스는 계속 나타나는 숲을 빤히 보고 있었다. 두 번이나 양쪽에서 숲이 나타났는데 그때마다 그 두 개의 숲을 배경으로 혼란스런 생각에 빠졌다. 그 후에 토니는 그의 생각이 커다란 낙엽수들의 몸통들, 바닥에 떨어진 나뭇가지들, 경찰 무전기 목소리들이 울려 퍼지던 바위 노두들에 드러났던 걸 기억했다. 안 돼, 라는 말. 그는 자신이 무슨 생각을 하고 있는지도 몰랐다. 다만 그에게 일어난 일이 최악의 일이고 세상은 끝났다는 생각을 했다는 것만 알았다. 자신이 어떤 감정을 느꼈는지, 감정을 느끼긴 했는지 그것도 몰랐다. 그저 한없이 지치고 무기력하기만 했다. 이제 뭘 해야 할지 알 수 없었다. 이제 와서 메인으로 가는 건 아무 의미가 없는 것 같았다. 물론 아무 의미가 없지. 대체 지금 무슨 생각을 하고 있는 거야? 거기서 8월과 남은 여름 내내 뭘 하면서 보내려고? 차는 어떻게 할까? 경찰이 그를 모텔에 두고 가면 뭘 해야 하지? 지금 이런 심정이니 점심을 건너뛰어야 할까 고민했지만 지금 심정이 어떻든 간에 배가 고팠다. 그리고 사실 자신이 어떤 심정인지도 몰랐다. 그는 어디서 점심을 먹을 수 있으며 음식은 또 어떨지 궁금했다. 오후에 뭘 해야 할지 알 수 없었고, 바비 안데스랑 면담하는 게 기대됐다. 어쨌든 그건 뭔가 하는 거니까. 그다음엔 저녁 식사에 대해 생각해보게 될 것이다. 저녁을 먹으면 밤이 올 것이고.

가족을 잃었다는 무게가 아직 느껴지지 않는다 해도 그건 아주 큰일이란 걸 알고 있었고 누군가에게 말해야 했다. 물론 그래야 했다. 이건 유족의 특권이다. 유족이라니. 그는 친구들을 생각하며 누구에게 알려야 할지 생각했다. 필요할 때 모여줄 친한 사람들. 그에게 와주고 싶어 하는 사람은 하나도 생각해낼 수 없었지만, 누군가에게는 알려야 한다. 누구? 아마 그의 여동생과 남동생이겠지. 당연히 여동생과 남동생이지. 토니는 여동생이 기억나서 기뻤다. 남동생에 대해선 확신이 서지 않았다. 하지만 여동생에게 해야 할 말을 생각하자 그 소식을 전하고 싶지 않았다. 동생이 받을 충격과 대면하고 싶지 않았고, 충격에 찬 동생의 말을 듣고 싶지 않았다.

슬픔에 대해 생각하자 고치처럼 돌돌 말린 시체들이 떠올랐다. 누가 누구인지 구분할 수 없었던 시체들. 그 기억에 또다시 눈물이 쏟아졌다.

토니가 말했다. "누가 제 여동생에게 연락해서 말해줄 수 있을까요? 동생이 저에게 전화할 수 있게 제 번호를 알려주세요."

조지의 얼굴에 떠오른 표정을 보니 왜 직접 여동생에게 전화하지 않고 동생이 전화를 걸어주길 바라는지 이해하지 못하는 것 같았다. 하지만 표정만 그랬을 뿐 이렇게 말했다. "그럼요, 알겠습니다." 그는 토니가 노트에서 찢어낸 종이에 적어준 전화번호를 받았다.

토니는 자신이 실수를 한 건 아닌지 궁금해지기 시작했다. 그가 몹시 당황했고 최악의 경우를 예상하고 있어서 제대로 시체들의 신원을 파악해보지도 않고 너무 빨리 무턱대고 결론을 내렸을 가능성도 있다. 그는 그들을 딱 한 번 봤다는 사실을 깨달았다. 그가 보게 되리라 예상했던 것을 보게 돼서 아주 짧은 시간 한 번 본 것이다. 자신이 실수했을 가능성이 분수의 물처럼 높아져갔다. 조지에게 한번 말해보자.

"유감스럽지만 내가 시체의 신원을 제대로 파악했는지 확신이 서지 않습니다."

조지는 시간이 조금 흐른 뒤에야 토니의 말을 이해했다. "네에?" 짜증스런 반응이었다. 토니는 당혹스러웠다.

"어쨌든 시체 안치소에서 다시 한 번 보셔야 합니다." 조지가 말했다.

모텔에서 떠나기 전에 조지가 말했다.

"동생분에게 전화하는 거 취소하고 싶으세요?"

"왜요?"

"선생님이 확신이 안 서신다면?"

그는 이게 덧없는 희망이라는 걸, 그가 실수했을 가능성은 거의 없다는 걸 알고 있었지만, 나중에 취소해야 할 틀린 소식을 동생에게 전할 수 있다는 가능성에 마비됐다. 대체 뭐라고 해야 할지 알 수 없었다. 경찰은 기다렸다.

"아뇨, 네, 아뇨."

"어느 쪽입니까?"

토니는 기다리다가 포기했다.

"동생에게 알려주세요."

"확신하십니까?"

"네."

오후에 토니는 옷을 입은 채 모텔 침대 위에서 잠이 들었다. 나중에 경찰서에서 나온 사람이 그를 시체 안치소로 데려가서 다시 시체들의 신원을 확인시켰다. 시체들. 그들은 벽에 흰 타일이 깔린 차가운 방에 있었다. 둘은 따로 따로 테이블 위에 누워 있었다. 한 남자가 시트를 걷어서 얼굴을 드러냈다. 회색과 초록색이 감도는 그들은 밀랍으로 만든 반신상이거나 아니면 그가 사랑하는 가족들일 것이다. 로라는 아이러니하게도 분노에 찬 미소를 머금고 있었고, 헬렌은 장난처럼 입을 내밀고 있었지만 장난은 아니었다. 그건 확실했다.

그들은 토니를 다시 경찰서로 데려갔다. 거기서 바비 안데스와 이야기

126

했다. "새로운 소식이 있어요. 토핑에서 보고가 들어왔는데 어젯밤 주간고속도로에서 선생님과 같은 수법으로 괴롭힘을 당한 사람이 또 있었습니다."

"아마 같은 놈들일 겁니다."

"자동차 번호판의 번호를 알아냈습니다." 토니 헤이스팅스는 그를 바라봤다. "유감스럽게도 그건 폐기 처리된 도난 차량이었습니다." 문득 토니 헤이스팅스는 바비 안데스가 그 세 놈을 잡고 싶어 한다는 걸 깨달았다. 그로선 그러는 게 당연했다.

안데스가 먼저 사과했다. "괜찮으시다면 선생님의 지문도 뜨고 싶습니다." 그가 말했다.

"제 지문을요?"

"나쁜 의도로 그런 건 아닙니다. 물 밖으로 나와 있던 선생님 차 트렁크에서 지문을 몇 개 발견했습니다."

바비는 그걸 발견해서 기뻐하고 있었다. 그는 토니에게 그가 했던 이야기를 다시 해달라고 부탁했다. 고속도로에서 괴롭힘을 당한 일, 차를 세우게 되고 타이어가 펑크 난 일, 가족이 헤어진 일, 숲속으로 끌려 갔던 일, 그 혼자 숲속을 걸어서 빠져나온 일을 모두 다 말했다. 바비 안데스는 그의 이야기에 공감하면서 계속 고개를 흔들었고, 토니와 이야기하면서 그의 감정은 분노로 변했다.

"미친 새끼들. 더러운 개자식들." 그가 말했다.

그는 펜을 던지고 의자에 등을 기댔다. "당신 가족 모두가 당하다니. 그런 일을 상상이나 할 수 있습니까?"

토니 헤이스팅스는 상상할 필요도 없었다. 그는 바비 안데스가 그의 곤경에 공감하고 그를 동정해줘서 놀랍고 고마웠다. 하지만 그의 분노에 대해선 어떻게 생각해야 할지 알 수 없었다.

"짐승새끼들." 바비 안데스가 말했다.

그가 말했다. "내겐 아내와 아이가 있었죠. 아내에게 이혼당했습니다. 그렇다고 해도 달라진 건 없죠." 그는 자신의 두 손을 맞잡고 목을 비틀어버리는 동작을 했다. 그의 얼굴은 얼룩덜룩했다. "우리가 놈들을 잡겠습니다. 제 말을 믿으세요." 그는 두 손을 마주쳤다.

이렇게 관심을 가져줘서 고맙지만 그렇다고 무슨 소용이 있겠어요? 토니는 생각했다.

바비 안데스는 다시 사무적으로 돌변했다. "내일 오후까지 여기 계시면 좋겠습니다. 트레일러 수색 영장이 나왔는데, 선생님 차도 증거로 조사할 겁니다. 그러려면 선생님이 계셔야 합니다."

"알겠습니다."

"우린 증인을 찾기 위해 TV에 방송을 내보낼 겁니다. 어쩌면 픽업트럭을 탄 그 귀머거리 노인을 찾게 될지도 모르죠."

"그렇다고 그 노인이 뭘 할 수 있겠습니까?"

"증인이 되는 거죠. 노인이 그때 그렇게 크게 겁먹지 않았다면 또 뭘 봤는지 누가 알겠어요? 오늘 밤 여기서 지내도 괜찮으시겠어요?"

"그럴 것 같습니다."

"식사할 곳은 있나요?"

"아마 모텔에서 먹겠죠."

"이탈리아 음식 좋아하세요? 홀리오 레스토랑 한번 가보세요."

"감사합니다."

"참, 호크가 어떤 식으로 처리하길 원하시는지 궁금해하더군요. 시체 처리 말이에요. 장례식. 아시죠?"

아냐고? 토니 헤이스팅스는 몰랐다. 장례식이라니.

"제가 그걸 처리해야 합니까?"

"천천히 하세요. 서두르지 않으셔도 됩니다."

"아는 장의사가 하나도 없는데."

"여기서 장례식을 치르고 그다음에 유해들을 보내도 됩니다. 제가 아는 사람을 추천해드릴 수 있어요."

그들을 보내다니.

그는 택시를 타고 홀리오로 가서 술을 한 잔 마시고 혼자 이탈리아 요리를 먹었다. 술을 마시자 자신이 혼자라는 사실이 다시 떠올랐다. 식사는 맛있었는데 그래서 기분이 더 안 좋았다. 그는 밤을 보내기 위해 잡지를 몇 권 사서 다시 모텔로 돌아왔다.

그는 여동생인 파울라에게서 전화를 받았다. 파울라는 크게 상심했다. "아, 오빠, 정말 끔찍한 일이야!" 동생이 정말 끔찍한 일이라고 말하는 걸 들었을 때 토니는 습관적으로 이렇게 말하고 싶었다. "그렇게까지 나쁘진 않아." 그러다 정신을 차리고 아무 말도 하지 않았다. 동생은 자신의 집인 케이프에 와서 지내라고 권했다. 그는 먼저 장례식 준비를 해야 한다고 말했다. 장례식 준비. 파울라는 장례식에 오겠다고 했다. 그리고 장례식이 끝나면 자기와 같이 케이프로 꼭 오자고 했다. 장례식이라니. 그는 동생이 고마웠다. 그녀는 토니에게 어떻게 집에 갈 생각이냐고 물었다. 그는 차를 돌려받는 대로 바로 운전해서 갈 생각이라고 말했다. 장례식이라니.

"이런 때 운전을 한단 말이야? 오빠는 그게 안전하다고 생각해?"

그는 그 점을 생각해봤다. 그리고 말했다. "난 괜찮아. 내 걱정은 안 해도 돼."

동생은 그가 그렇게 오랫동안 혼자서 차를 몰고 가지 않았으면 좋겠다고 했다. 그러다 아이디어를 하나 생각해냈다. 남편 머튼을 내일 보내서 토니가 집으로 돌아가는 길에 동행하게 하겠다고 했다. 집에 무슨 일이 있지 않았다면 자신이 그렇게 했을 거라고도 했고.

토니는 머튼이 오는 걸 바라지 않았다. 아무도 바라지 않았다. 그는 괜찮고, 혼자서 운전할 수 있다. 동생에게 넌 걱정할 필요가 없다고 했다.

흠, 오빠가 그렇다면 뭐. 동생이 말했다. 그녀는 장례식에서 보자고 했다. 비행기를 타고 그곳에 와서 그를 데리고 모두 같이 다시 비행기를 타고 케이프로 갈 수 있을 거라고 했다. 장례식이라니. 그녀는 신시내티에 있는 친지에게도 연락하고 시카고에 있는 남동생 알렉스에게도 전화하겠다고 약속했다. 목요일에 봐. 동생이 말했다. 동생에게 이 일을 알렸다. 그는 그날 밤 모텔에서 잡지를 읽으며 시간을 보내다가, 잘 시간이 됐을 때 잤다.

토니 헤이스팅스는 다음 날 오후에 경찰서에서 자신의 차를 받았다. 차는 물기를 빼서 다 말리고 세차를 한 상태였다. 그 차에는 추억이 가득했지만, 그 점은 개의치 말자. 바비 안데스에게서 더 많은 소식이 들어왔다.

"사인을 알아냈습니다."

토니는 앉아서 그 말을 기다렸다. 안데스는 그의 얼굴을 외면했다.

"선생님 부인은 두개골이 파열되었습니다. 망치나 야구 방망이 같은 것에 맞은 것처럼 보입니다. 한 번이나 두 번 정도. 따님은 더 힘들게 죽었습니다. 교살됐죠. 목이 졸려 죽었습니다."

그는 토니가 그 점을 생각해볼 수 있도록 기다렸다. 그에겐 할 말이 남아 있었다.

"그리고 따님은 한쪽 팔이 부러졌습니다."

"몸싸움이 있었다는 뜻인가요?"

"그렇게 보입니다."

그는 토니를 지켜보고 있었다. "또 다른 게 있습니다." 바비가 말했다. 토니는 기다렸다. "두 사람은 강간당했습니다." 그는 이 말이 최악의 소식인 것처럼 전했지만 토니는 그 말을 들어도 놀라지 않았다. 바비는 그 소식에 놀랐지만.

그러다 바비 안데스의 표정이 밝아졌다. "한 가지 말씀드릴 게 있습니다. 그 트레일러에 대한 건 선생님 말씀이 맞았던 것 같아요."

"무슨 뜻입니까?"

"선생님이 말씀하신 것처럼 놈들이 선생님의 가족들을 거기로 데려갔어요."

"그걸 어떻게 압니까?"

망치.

"트레일러에 있는 침대 기둥에서 선생님 부인의 지문을 발견했습니다." 그게 좋은 소식인 것처럼 말하다니.

"맙소사. 헬렌은요?"

"헬렌은 없고 부인 것만 있었습니다."

"그 트레일러는 누구 겁니까?"

강간이라니.

"아, 그거요?" 바비 안데스는 자신의 업무라서 잘 알고 대답했다.

"그 트레일러 주인은 결백합니다. 폴레빌에 살고 있는데 사냥철에만 그 트레일러를 쓰고 있습니다. 누군가 거기 침입해서 살고 있었습니다."

로라와 헬렌이 그 트레일러에 있었다는 소식은 어둡고 차가웠다.

"맙소사." 토니가 중얼거렸다. 몸싸움이라니.

"그리고 다른 지문들도 있었습니다."

"어디에요?"

"트레일러에 두어 개 있어요. 다른 소식도 있습니다. 선생님 차에 있던 지문들은 선생님 것이 아니었습니다."

"잘됐군요." 토니 헤이스팅스가 대꾸했다. 잘됐다고? 왜 그런 말을 했지?

"그 차에서 나온 지문들을 트레일러에 있는 지문들과 대조해보셨나요?" 토니 헤이스팅스, 탐정 다 됐네. 그렇게 해봤자 무슨 좋은 일이 있다고?

"아직은 너무 이릅니다. 그런 일은 시간이 걸려요. 먼저 트레일러에 있는 지문들을 트레일러 주인 지문과 대조해서 구분할 수 있는지 알아 봐야 합니다. 하지만 전 낙관적으로 보고 있어요. 주인은 작년 가을부터 그 트레일러에 오지 않았습니다. 조짐이 좋아 보여요."

"그런 것 같군요." 토니 헤이스팅스는 조짐이 좋다는 경찰의 말에 동의하긴 주저했다. 그러기엔 이미 너무 늦어버렸다.

"지문들은 검사하러 보냈습니다. 새로운 소식이 나오면 연락드릴게요."

바비 안데스는 흡족해했다. 토니 헤이스팅스에겐 이 모든 게 너무 늦어버렸는데. 오랜 시간이 지나서야 토니는 그의 차에 낯선 사람들의 지문이 있어서 경찰의 의심을 피할 수 있었을 거라는 사실을 깨달았다.

12

에드워드의 글은 어둡고 묵직했다. 마지막 단락은 이 책을 망쳐버릴 수도 있었다. 그 점은 확실했다. 이제 에드워드로서는 위기가 닥친 셈이었다. 갈림길에 선 그는 어디로 가야 할지 정해야 한다. 나쁜 놈들을 쫓는 범죄 소설로 갈지 아니면 토니의 영혼을 쫓는 다른 장르의 소설로 갈지. 수잔은 이 장에 제시된 이 문제가 마음에 들었다. 나쁜 소식을 들었을 때 남은 하루를 뭘 하며 보낼 것인가? 그녀가 도로시, 헨리, 로지를 잃으면 뭘 할까? 이건 토니의 처지를 상상할 때를 제외하곤 감히 생각할 수도 없는 금기시되는 질문이다. 망할, 그걸 대체 내가 어떻게 알겠어?

에드워드가 여자들을 죽이기 전에 강간하는 부분은 나중에 -아직은 아니고- 항의할 수도 있을 것 같다. 여자들을 대상으로 한 범죄라니, 그녀가 질색하는 진부한 설정이다. 이 점은 작가인 에드워드가 독자인 그녀에게 뭘 기대하느냐에 따라 달라질 것이다. 에드워드가 그녀에게 자신의 사디즘을 즐기라고 하는 게 아니라면, 여자인 그녀가 이 소설을 읽고 즐기는 건 그녀로선 마조히즘밖에 안 된다. 에드워드가 뾰로통한 샌님 타입이긴 하지만 내심 폭력을 좋아하는 걸 그녀는 알고 있었다. 폭력을 자제하고 의도적으로 다정하게 굴지만 그런 한편 은밀하게 분노하는 평화주의자 에드워드.

그녀는 에드워드에게 글 쓰는 법에 대해 조언을 한 기억이 났다. 지금 생각해보면 아주 뻔뻔스러운 짓이었다. 그때 그녀는 이런 말을 했다. 당신에 대한 글은 이제 그만 써. 아무도 당신이 얼마나 기분 좋은지 신경 쓰지 않아. 그 말에 에드워드는 이렇게 대꾸했다. 자신에 대해 쓰지 않는 작가는 하나도 없어. 수잔이 말했다. 당신은 문학을 좀 알아야 해. 문학과 세상을 염두에 두고 글을 쓸 필요가 있어. 그녀는 오랫동안 자신이 그의 안에 있는 뭔가를 죽인 게 아닌지 두려웠고, 그가 보험업으로 전향한 게 그녀의 그런 가혹한 조언에 개의치 않았다는 뜻이었기를 바랐다. 하지만 이 책을 보니 그녀의 조언에 대해 에드워드가 다른 답을 내놓은 것 같았다. 그녀는 그가 고른 이 주제에 그녀에 대한 경멸이나 아이러니가 얼마나 내재되어 있을지 궁금해하면서 그가 진지하게 이 글을 썼기를 빌었다.

갑자기 다른 기억이 불쑥 떠올랐다. 아주 오래전 남매 같았던 소년과 소녀가 해안에 있는 보트에 있던 기억. 바위들 위 언덕에 집이 있었던 기억. 하지만 기억은 선명하지 않았다. 소년이 물속으로 담배를 던져 쉭 소리가 났다.

이제 욕실을 다 썼다고 아이들이 말했다. 바닥에 온통 물이 흥건하겠지. 오늘 밤은 한 장만 더 읽어야겠다.

녹터널 애니멀스 11

토니 헤이스팅스는 점잖고, 지적이고, 예의 바르고, 다정한 부모 밑에서 자랐다. 아버지는 대학 학장이고, 어머니는 시인이었다. 그는 남동생과 여동생과 애완동물들이 있는 벽돌집에서 성장했다. 그들은 새들에게 모이를 주고, 여름은 케이프에 가서 보냈다. 그는 편견과 잔인함을 증오하라는 가르침을 받았다. 젊었을 때 그는 여자들을 배려하면서 정중하게 대했다. 그러다 연애결혼을 했고, 교수가 됐고, 집을 한 채 샀고, 딸 하나를 낳았고, 메인에 여름 별장을 한 채 장만했다. 그는 책을 읽고, 음악을 듣고, 피아노를 쳤고, 오크 나무가 한 그루 있는 잔디에 둘러싸인 자신의 집 벽마다 아내가 그린 그림을 걸었다. 그리고 일기를 썼다. 가끔, 문명인이 된다는 건 뭔가 아주 큰 약점을 감추는 것인지도 모른다는 의심이 들었지만, 그에 대한 해결책을 생각해낼 수 없었기 때문에 그냥 계속 문명인으로 살면서 그 점에 자부심을 가졌다.

이 일이 일어나기 전에 그는 문명사회가 붕괴돼서 자신이 그 잔해 더미 속에 떨어질까봐 크게 두려워했다. 핵전쟁이나 무정부 상태나 테러리즘 같은 일이 일어나면 어떻게 하지? 수세기에 걸쳐 인류가 힘들게 쌓아올린 문명이 파괴되면 얼마나 끔찍하겠는가. 그가 저녁에 읽는 여러 책에서 다른 재앙들이 계속 나왔다. 이산화탄소가 모든 곳을 열대 지방과 사막으로 만들고, 작열하는 태양이 사라지는 오존층을 통해 인간을 사정없이 달구는 재앙. 그리고 고속도로에서 교통사고가 발생해서 차들 사이에 몸이 끼는 현실적으로 가능성이 가장 높은 재앙도 항상 존재했다.

이제 나는 그 재앙을 봐버렸어. 나는 트로이의 벽 너머에 뭐가 있는지 알고 있어. 토니는 생각했다. 상실의 충격 속에서 토니 헤이스팅스는 조심하지 않으면 폭발해버릴 폭탄을 눈 뒤에 품은 채 문명인으로 계속 살아가는 것이 중요하다는 걸 알고 있었다. 그러려면 정교한 의식과도 같은 행동들을 통해 그 폭탄의 신관을 제거해야 한다. 자신이 누구인지 기억해야 한다. 토니 헤이스팅스, 교수, 도시에서 살아가는 시민이고, 누군가의 아들이고, 누군가의 아버지인 그. 그는 어둠 속에서 길을 걸으며 자신의 이름을 계속 읊었다. 단어들을 구성하고, 생각들을 짜 맞췄다. 콧수염 주위를 조심스럽게 면도하고, 그가 마땅히 느껴야 할 감정들을 느낄 준비를 했다.

머리를 계속 써야 하니까 모텔에서 잡지를 여러 권 읽었다. 표정 관리도 중요하니까 눈물이 나오는 것도 참았다. 머튼이 차로 데려다준다는 걸 거절한 것도 그렇게 하는 게 중요했기 때문이었다. 이런 일들이 중요하다는 걸 인식하는 것이 중요했다. 문명사회에선 이런 규칙적인 일상이 가장 중요하니까.

아침에 그의 차가 준비되기 전에, 바비 안데스가 추천해준 프레이저 앤드 스토버 장례식장에 전화했다.

"전 토니 헤이스팅스라고 합니다. 경찰에서 저에 대해 이야기를 했는지 모르겠군요."

장의사는 들은 적이 없다고 대답했다. 가수 같은 그의 목소리는 친절했고 토니의 말에 놀라지 않았다. 그가 말했다.

"화장은 원하시지 않는 것 같군요?"

"그 점은 생각해보지 않았습니다." 그건 사실이 아니었다. 토니는 1~2년 전 로라가 했던 말이 기억났다. "우리가 죽으면 전부 화장해야겠지?" 그러자 헬렌이 항의했다. "맙소사, 난 화장하지 마." 그래서 토니가 대답했다. "제 딸은 화장을 두려워했습니다."

"이해합니다. 저희가 유해를 수습해서 신시내티로 보내 거기서 장례식을 치를 수 있도록 하겠습니다. 어느 분에게 유해를 보낼까요?" 그 남자가 말했다.

토니는 아무 생각이 없었다. 어디서 장례식을 치러야 할지도 몰랐다. 그들은 교회에 다니지 않았고, 어떻게 해야 할지 전혀 알 수 없었다. "걱정하지 마세요. 저희가 하나씩 단계를 밟아서 처리해드리겠습니다. 결국엔 다해결됩니다." 그 남자가 말했다.

장의사와 통화를 한 뒤에 토니는 장거리 전화로 로라의 유언장을 작성했던 잭 해리먼과 통화했다. 그것은 토니의 유언장과 동일한 것으로, 죽으면 상대방에게 모든 것을 남기기로 했다. 변호사가 관심을 가질 만한 건별로 없었다. 그저 드레스와 신발, 냄비와 부엌에서 쓰는 칼, 그림, 그림물감, 캔버스와 이젤. 그는 해리먼이 조의를 표하려는 걸 막았다. "전 그저 어떻게 해야 할지 알고 싶습니다. 당분간 우리 집 출입을 금해야 하는지 그런 것 말입니다."

여행가방에 들어 있는 옷이 다 축축해져서 그는 방에 있는 다른 침대에 옷을 다 펼쳐 놓고 말렸다. 토니는 다음 날 아침 일찍 식사를 하고 숙박비를 치렀다. 아무에게도 말하지 않고 떠나는 게 마음에 걸려서 경찰서에 전화해 바비 안데스에게 작별 인사를 했다.

차는 그 정도면 잘 달렸고, 그는 운전하는 법을 잊지 않았다. 그는 혼자 차를 타고 간다는 사실을 의식하면서 주간고속도로를 향해 갔다. 물에 젖어 무거운 로라와 헬렌의 가방들을 시체처럼 트렁크에 싣고. 그들을 버리고 간다는 점에 양심의 가책이 느껴졌다. 그렇지 않아. 그들은 따라올 것이다. 비행기나 트럭을 타고. 그건 그도 잘 모른다. 날씨는 뜨거워질 채비를 하고 있었고, 하늘은 하얗고, 나무가 우거진 산과 계곡을 가로지른 들판은 가늘어지면서 형태가 없어져 흐릿하고 옅어졌다. 토니는 빨리, 하지만 주의를 기울이면서 달렸다. 그러면서 난 보통 때와는 다른 스트레스를 받고 있어. 그러니까 정신을 집중해서 조심히 운전해야 해, 라고 자신에게 말했다. 그리고 그렇게 운전했다.

사악한 고속도로는 그 본성을 되찾았다. 지금은 트럭들과 트럭들을 앞지르려고 애쓰며 속도를 내는 차들로 붐비는 넓고 흰 도로로 돌아와 있었다. 토니는 그들이 차를 세웠던 반대편 그 자리를 찾지 않으려고 노력했고, 곧 그곳을 지나쳤다. 그는 차를 몰고 있는 다른 사람들을 봤다. 가족, 연인, 혼자 가는 남자, 세일즈맨들. 토니는 말했다. 나는 고속도로 트라우마는 생기지 않았어. 내게 일어난 일은 백만 명 중 한 명에게 일어날 만한 아주 예외적인 일이야. 여기 있는 대부분의 운전자들은 평범한 사람들이고, 내가 차를 세워서 도움을 기다리면 꽤 안전할 거야. 난 나를 지나치는 차들이 두렵지 않아. 그들은 내가 다른 사람들보다 빨리 운전하는 것처럼 그저 나보다 더 빨리 운전하는 것뿐이니까.

그는 충격적인 생각에 빠져 집중력이 흐트러지지 않도록 계속 노력했다. 그들이 사흘 전에 지나쳤던 곳들을 지나치면서 차가 텅 비었다는 생각이 계속 들었다. 토니는 숲이 우거진 산에서 내려와 오하이오 농지로 들어갔다. 하늘은 여전히 하얗고, 멀리 있는 들판들이 답답한 공기 속에서 희미하게 보였다. 토니는 커피를 마시고, 기름을 채우고, 식사를 하기 위해 규칙적으로 차를 세우면서도 그들이 전에 섰던 곳에는 서지 않으려고 신경을 썼다.

그의 마음은 복잡했다. 고압 전류가 흐르는 송전탑들이 세워진 들판을 가로질러 스모그가 낀 지평선을 따라 달리는 와중에, 수염을 기른 루라는 남자가 있는 밤의 구불구불한 도로가 보였다. 길가에 세워진 자신의 차를 토니가 보는 동안 루가 그에게 계속 운전하라고, 저건 당신 차가 아니라고, 당신 차는 문이 네 개라고 했던 게 떠올랐다. 그리고 그 트레일러의 침대 기둥에 로라의 지문이 있는 걸로 봐서 그 순간 그녀와 헬렌이 희미한 불빛이 흘러나오는 창문이 있는 트레일러에 레이와 터크라는 남자랑 같이 있었다는 걸 알았다.

그는 무의식중에 제한 속도를 초과해 트럭들을 지나치면서 다시 그 장면을 생각했다. 놈들은 거기 막 도착한 게 분명했다. 그들은 아마 문가에 서서 레이가 로라의 팔을 잡고 있고 헬렌은 도망칠 곳을 찾아 주위를 둘러보고 있었을 것이다. 그리고 로라가 말했을 것이다. "우리를 놔줘요. 우리에게 이런 짓을 할 순 없어요!" 바로 그 순간 그녀들은 아마 다른 차가 지나가는 소리를 들으며 희망을 품었다가 그 차가 계속 달려서 지나쳤을 때 그 희망이 죽어버렸을 것이다. 그리고 사냥꾼의 아내가 창문에 건 장미꽃과 잎사귀 무늬가 있는 색이 바래고 주름 진 커튼이 그날 밤 그 장면을 숨겨버렸다.

그다음에 토니는 억지로 그다음 순간을 계속 상상하면서 그들에게 무슨 일이 일어났는지 생각했다. 레이가 헬렌의 목에 칼을 대고 로라에게 옷을 벗으라고 시킨 건지 아니면 헬렌의 팔이 부러질 때까지 비틀어서 로라가 어쩔 수 없이 복종하게 만든 건지 아니면 토니가 보지 못한 권총이 거기 있었는지 생각했다. "그들은 강간당했습니다." 바비 안데스가 한 말과 꽃무늬 커튼 바로 밑에 있는 침대가 상상이 됐다. 그녀를 끌어내리려는 상대에게 온 힘을 다해 저항하느라 로라가 잡아당겨서 지문이 남은 침대 기둥. 그녀는 비명을 지르면서 싸우고, 폭력적인 남자들의 손톱을 세운 손가락들이 그의 아내와 딸의 부드러운 어깨를 파고 들어갔을 것이다. 놈들은 격렬하게 삐걱거리는 스프링이 달린 누더기 매트리스 위에 그들을 억지로 눕히고, 토니가 아는 따뜻한 사랑과 딸의 알 수 없는 미래에 강제로 증오를 밀어 넣어 공포를 자아냈을 것이다.

불타오르는 오후의 햇살 속으로 차를 몰고 들어가면서 토니는 그들이 어떻게 죽었는지 알고 싶지 않았다. 세계의 역사에 공백으로 남아 있는 부분들처럼 그 일 역시 공백으로 남겨두는 게 더 쉬울 것이다. 하지만 그는 알고 있었다. 이들은 세계 역사에 익명으로 남은 피해자들이 아니라 로라와 헬렌이다. 둘은 두개골을 강타당하고, 목이 졸려서 살해됐다. 그 일을 다시 떠올리지 않는 건 불가능했다. 레이와 터크-그리고 루도 아마 토니를 숲속에 버려둔 후 트레일러로 돌아갔을 것이다-가 망치를 휘둘러 로라의 두개골을 박살내고 저항하는 헬렌의 작은 몸을 벽에 대고 목을 졸라 숨을 끊었을 것이다. 빌어먹을, 닥치라고 했잖아.

토니는 그날 저녁 일찍 집에 도착했다. 정물화처럼 너무나 고요하게 서 있는 집을 봤을 때 애써 마음을 가다듬어야 했다. 앞마당 잔디 위에 서 있는 오크 나무, 라일락 덤불이 있는 비탈길과 그 위에 있는 후설 씨의 집이 보였다. 그는 마음을 다잡고 문을 열고 들어가 텅 빈 집을 봤다. 부엌은 그들이 떠날 때 청소해둔 그대로였고, 불 꺼진 거실에서 벽에 걸린 로라의 그림 두 점이 어스름에 희미하게 보였다. 힘들 거라는 거 너도 알고 있었잖아. 네가 예상한 그대로일 뿐이잖아. 토니는 말했다. 그는 물에 흠뻑 젖은 여행가방과 더플 백을 차에서 가져와 헬렌의 방으로 올라가 바닥에 내려놨다. 잠시 후에 불을 켰다.

전화벨이 울렸다.

"집에 왔소?"

"그런데요."

"신문에서 그걸 봤어."

"그랬나요? 누구십니까?"

"집에는 잘 도착했고?"

"네. 누구십니까?"

대답 없이 전화가 끊겼다. 토니는 냉장고 안을 들여다봤다. 아침에 먹을 우유와 주스와 빵이 필요할 것이다. 오늘 밤은 나가고 싶지 않았다. 누구도 그를 보는 걸 원치 않았다. 아, 어떻게든 되겠지.

다시 전화벨이 울렸다. 『트리뷴』지의 리사 맥그리거가 인터뷰를 하고 싶다고 했다. 그는 블라인드를 내렸다. 그리고 거실에 앉아 로라의 텅 빈 의자를 보면서 뭘 해야 할지 몰라 멍하니 있었다. 그러다 2층으로 올라가서 아직 축축한 자신의 옷을 빨래 바구니에 넣었다. 그리고 옷을 벗고 욕실로 갔다가 어둠 속에서 침실을 찾아갔다. 그는 좁은 길에 있는 것 같았고, 어딜 가건 항상 손에 잡힐 듯한 부재감에 둘러싸여 있었다.

다음 날은 의도적으로 바쁘게 지냈다. 그는 아무도 그를 알아보지 못하길 빌면서 제이크의 커피숍에 아침을 먹으러 갔다. 그리고 빌 퍼먼에게 전화해서 오랫동안 통화했다. 그러자 좀 더 문명인이 된 느낌이 들었다. 빌에게 장례식을 준비하고 사람들에게 연락하는 일을 맡겼다. 통화를 하는 사이에 다채로운 색깔의 밴 한 대가 집 앞 오크나무 그늘에 서는 걸 눈치챘다. 지역 텔레비전 방송국 밴이었다. 말쑥하게 정장을 차려 입은 젊은 여자가 걸어왔고 그 뒤에 촬영장비를 든 두 남자가 따라왔다. 그녀는 토니의 성명을 듣길 원했다. 그녀가 물었다. "사형 제도를 찬성하십니까?" 그가 대답했다. "지금은 그 질문에 대답하고 싶지 않습니다."

나중에 그는 롯 힐에 갔다. 카멜 씨가 그에게 뒤쪽 담장과 줄줄이 늘어선 뒷마당을 마주 보고 있는 비탈길 위의 자리 하나를 보여줬다. 그는 비석을 만드는 회사에도 들러서 오래된 암석인 화강암을 골랐다. 그는 무심하게 그 비용들을 계산했다. 그리고 다시 집으로 돌아와 아래층을 청소하고 자신의 옷을 세탁기에 넣어 돌렸다. 손님방에 묵을 남동생과 헬렌의 방에 묵을 여동생을 위해 시트와 수건을 빨면서 이것이 바로 문명인이 해야 할 행동이라고 생각했다. 난 전에는 한 번도 안 한 일들을 하고 있군. 그게 나에겐 좋아.

공항에서 그는 여동생인 파울라를 만났다. 파울라는 그를 안고 울었다. 그리고 거기서 남동생인 알렉스의 비행기를 같이 기다렸다가 만났다. 그날 밤 토니의 집에서 그들은 형제자매끼리 오랜만에 다시 뭉쳤다. 하지만 성인이 되고 나서 너무 오랫동안 헤어져 있었기 때문에 낯선 타인처럼 서먹했다. 그래도 집에 사람들이 있고 부엌에서 이야기하니까 분위기가 달랐다. 미래는 이제 막 태어난 야수 같았고, 그들은 대화로 그 야수를 길들였다. 토니는 이제 어떻게 살아야 하지? 이 집을 그대로 유지해야 할까? 그가 혼자 잘 살 수 있을까?

파울라는 이런저런 계획을 세우고, 필요한 물건들을 사오고, 가정부로 오게 될 플래셔 부인의 면접을 봤다. 술을 몇 잔 하고, 파울라가 요리한 저녁을 먹고, 모두들 수많은 기억을 떠올리며 추억에 잠겼다. 토니가 케이프에 사는 파울라 집에서 한동안 지낸 뒤 9월에 여기로 돌아와 토니가 유품정리하는 걸 파울라가 도와주는 것에 모두 동의했다. 토니는 추수감사절은 시카고에 사는 알렉스에게 가서 보내고 크리스마스는 웨스트체스터에서 파울라네와 같이 보낼 것이다.

유니테리언 교회 앞줄에서 토니가 파울라와 알렉스 사이에 앉아 보호받고 있는 동안 햇빛이 창문으로 쏟아져 내려왔다. 폭력적인 기억이 가라앉고 폭력적인 움직임이 멈추는 빛의 호수 같았다. 햇빛과 함께 음악과 조용한 목소리들이 들렸다. 앞에 흰 천에 감싸인 두 개의 이상하고 길쭉한 것이 나란히 놓여 있었다. 토니 헤이스팅스는 사람들로 가득 찬 교회와, 그를 살짝살짝 훔쳐보는 사람들의 시선을 어렴풋이 의식했다. 동료들. 로라의 친구들도 왔지만 누군지는 잘 몰랐다. 고등학생들은 헬렌의 친구들이었다. 장례식이 끝난 후 토니는 사람들과 악수했다.

토니가 아는 사람들과 모르는 사람들이 울면서 그를 껴안았다. 그 거센 감정의 파도에 휩쓸려 그도 울었다.

다음 날 아침 그와 파울라는 집의 문단속을 하고 비행기를 타고 케이프로 갔다. 비행기가 이륙해서 도시 위를 날아갔다. 공기는 깨끗했고, 도시의 블록들은 산뜻하고 또렷했다. 토니는 롯 힐의 작은 초록색 땅을 찾았지만, 그는 비행기를 탄 채 그들에게서 멀어져가고 있었고, 아마도 그곳은 롯 힐이 아니었을 것이다. 비행기 밑의 땅이 자꾸 바뀌어서 거기가 묘지인지 아닌지 분간할 수 없었다. 그다음엔 솜뭉치 같은 흰 구름과 바다만 보였다.

레이가 루에게 말했다. 이 빌어먹을 개자식, 그 새끼를 놔주면 어떻게 해? 이제 놈이 다 불 거 아냐. 그러자 루가 말했다. 내가 그걸 어떻게 알았겠어? 레이가 말했다. 이봐, 형씨, 당신 마누라가 당신 보고 싶대. 그때 파울라가 말했다. "우린 해변에서 좋은 시간을 보낼 거야, 그렇지?"

자신이 아는 걸 쓰는 것이 작가의 생리다. 토니는 에드워드처럼 신시내티에 산다. 수잔은 그걸 보고 알아선 안 될 뭔가를 아는 것 같은 묘한 느낌이 들었다. 신경 쓰지 말자. 오늘 밤은 이걸로 충분해, 에드워드, 오랜 친구. 뭐 달리 할 말 있나? 이 책은 그녀의 마음을 단단히 사로잡았다. 이 말은 진심이었다. 오랫동안 천천히 사악한 밤 속으로 추락했던 토니가 다시 문명인이 되려고 노력하는 식으로 자신을 추스르고 있다. 문명인이 된다는 개념 자체가 큰 약점을 감추고 있다. 팽팽한 긴장이나 아이러니가 느껴지는 이 상황에서 그녀는 그것이 자신이 상상한 슬픔을 반영한 것인지, 아니면 이 이야기에서 슬픔이 배어나오는 것인지 분간할 수 없었다. 이 아이러니를 생각하다 그녀는 에드워드가 떠올라 슬픈 마음도 사라졌다. 에드워드의 아이러니는 항상 그녀를 불편하게 만들었으니까.

그녀는 원고를 상자에 넣었는데, 그것마저도 마치 관을 땅속에 내려놓는 것처럼 폭력적으로 느껴졌다. 책에서 나온 이미지들이 집 안으로 퍼져나가고 있었다. 두려움과 후회. 그 두려움은 그녀가 이 책을 읽기 전에 느꼈던 두려움을 비추는 거울과 같았다. 그때 그녀는 현실을 잊을까봐 소설 속의 세계로 들어가는 게 두려웠다. 이제 소설 속 세계를 떠나려니 다시는 거기로 돌아갈 수 없을까봐 두려웠다.

이 책이 그녀의 의자 주위를 거미줄처럼 엮어 놨다. 거기서 나가려면 구멍을 내야 한다. 그러면 거미줄은 망가질 것이고, 구멍은 커질 것이고, 그녀가 돌아올 때 거미줄은 사라질 것이다.

그녀가 일단 책을 떠나, 거실에서 부엌으로, 냉장고를 열었다 닫고, 불을 끄고, 2층으로 올라갔을 때 토니는 페이지들 속에 자리를 잡았다. 아놀드가 멀리 있어서 모호한 불안을 느꼈던 것이 아주 오래전 일처럼 생각됐지만, 지금은 아놀드 자체가 아주 멀게 느껴졌다. 지금 그녀의 마음속에는 에드워드가 들어와 있다. 어렸을 적 일들이 되살아났다. 우리보다 더 어린 아이들이 숨바꼭질을 하는 동안 우리 둘은 현관에 앉아 강 건너편에 있는 팰리세이드(Palisade, 강가나 해안을 따라 울타리처럼 나 있는 깎아지른 절벽)를 보며 형제자매 같은 중요한 주제에 대해 이야기를 나눴다. 그리고 뭘 했지?

그는 집을 떠나 학교에 갔다. 그리고 몇 년 뒤에 대학원에서 그녀와 다시 만났다. 어머나, 너희 둘은 어렸을 적부터 연인이었구나! 그녀의 엄마는 아무것도 모르고 그렇게 외쳤다.

그러니까 뭐가 잘못된 거니? 그녀의 어머니는 끝도 없이 물었지만 정작 물어야 할 건 묻지 않았다. 아놀드가 나타나서 그랬던 거니? 그 이유뿐이었어? 하지만 에드워드에게 뭔가 문제가 있었던 게 분명하다. 수잔 모로가 그저 좀 더 나은 사람을 찾아 에드워드를 떠났다고는 아무도 믿을 수 없었으니까. 에드워드가 대체 무슨 나쁜 짓을 했니?

공식적으로 표명된 이유는 이랬다. 에드워드에게 문제가 하나 있다고. 성격이 문제라고. 해묵은 불만들을 극복한 후에도 그의 성격은 여전히 문제로 남아 있었다. 오직 아주 친한 사람만 알 수 있는 그런 문제였다. 밖에서 보기에 그는 좋은 사람이었으니까. 책임감 있고, 사려 깊고, 믿을 수 있다. 수줍고, 겸손하고, 착하다. 하지만 사람은 밤낮으로 같이 살아봐야 안다. 그때 사람 속을 뒤집어 놓는 에드워드의 성격을 알게 된다.

에드워드는 지나치게 점잔을 뺀다. 꼼꼼한데다 까다롭고 깔끔 떤다. 그리고 항상 뿌루퉁해 있다. 발을 톡톡 두드리는 버릇도 있다. 그는 교통순경에게 이렇게 말한다. 무슨 문제가 있습니까, 경관님? 그는 밤늦게 텔레비전을 보는 걸 거부한다. 둘이 열다섯 살 때 메인의 해안에 큰 집이 있었고 보트에서 둘은 아무 데도 가지 않고 빈둥거리고 있었다. 그때 에드워드가 그녀에게 물살을 손으로 긁지 말라고 했다. 노를 젓는 사람도 없는데 그래도 하지 말라고 했다. 그는 처음부터 항상 그렇게 유난을 떨었고, 아마 태어났을 때도 그랬을 것이다. 그렇지 않나요, 스테파니?

수잔은 이런 생각은 하지 말걸 그랬다는 후회가 들었다. 공정하게 그의 책을 평가하려고 노력하고 있는 마당에 에드워드의 뾰로퉁한 입술에 대해선 생각하고 싶지 않았다.

첫 번째 막간

1

매일 밤 자기만의 세계로 빠져들기 전에 수잔 모로가 행하는 의식이 있다. 개를 산책시키고, 고양이를 집 안으로 불러들이고, 문단속을 한다. 세아이는 계단에 야간등을 켜놓은 상태로 안전하게 집에 있다. 그녀는 이를 닦고 머리를 빗고 침실의 램프를 켜놓고, 가끔 아놀드와 사랑을 나눈다. 그리고 아놀드에게서 떨어져 오른쪽 벽을 보고, 베개를 톡톡 쳐서 볼록하게 만든 뒤 생각에 빠지길 기다린다.

오늘 밤은 아놀드가 없어서 다르다. 뭔가 무모한 짓을 할 수 있는 가능성, 자유가 있다. 그녀는 격렬하게 날뛰는 충동을 누르고 오늘 밤도 다른 밤처럼 그 의식을 행한다. 다만 아놀드에게 등을 돌리고 불을 끄는 대신, 왼쪽으로 굴러가서 대자로 누워 남편이 없는 공간에서 남편이 없는 상태를 즐기고 있다. 뉴욕에 있는 아놀드에 대한 끔찍한 생각이 들었지만 그 생각도 억눌렀다.

그리고 매일 밤 그랬던 것처럼 자신의 마음이 문 밑바닥에서 우르르 소리를 내길 기다렸다. 그녀는 베개에 머리를 대고 기다렸다. 몸에서 나는 생리적인 소리에 생각이 흩어졌다. 심장 뛰는 속도가 달라지는 소리가 그녀의 귀에 들렸다. 숨 쉬는 소리도 그녀를 동요시켰다. 가끔 장(腸) 연구소가 늦게까지 작업하면서 그녀의 잠을 방해할 수송품을 준비할 때도 있다.

그날 했던 말에 딱딱한 마음의 표면이 마치 폭풍우 치는 파도처럼 출렁이는 액체로 변할 때도 있다. 폭풍이 칠 때를 대비해, 여러 가지 계획과 주장해야 할 말을 정리해둬야 할 때이다. 그녀는 '녹터널 애니멀스' 원고를 안전한 곳에 넣어두었다.

그녀가 기다리는 폭풍은 그녀의 머릿속에 있는 말들이 스스로 말하기 시작할 때 불어닥친다. 그 말들은 트랩 도어(trap door, 바닥이나 천장에 있는 작은 문)를 통해 올라온다. 사람들은 그녀 없이 말하고 있다. 그녀의 마음은 저 밑에 있고, 조잡한 칸막이들이 쳐진 방에서 나오는 목소리들을 그녀는 듣고 있다. 이 순간이 두려운 이유는 그 위험을 아무도 모르기 때문이다. 그녀의 마음이 위로 솟구치면서 그녀를 빨아들여 하나의 세계로 확대된다. 그곳은 익숙한 곳이지만 그녀는 손님일 뿐이다. 매일 밤 그녀는 전에 갔던 곳들을 다시 찾아가 그녀가 마지막으로 만났을 때 이후로 달라진 사람들을 만난다. 수잔은 자신이 기억할 수 있는 것보다 할 수 없는 게 훨씬 더 중요하다는 걸 알기 때문에 자신의 불완전한 기억력이 수치스럽다. 진행 순서가 들어 있는 밀봉된 봉투를 잃어버린 채, 그녀는 다리가 마비된 맨발로 방황하다 발을 헛디뎌 허공으로 날아가거나, 간신히 산을 올라가 이미 수업 시간이 절반이나 지나버린 수업의 학생들을 만나거나, 고인이 된 다정한 아버지를 만나 고인이 돼도 괜찮으냐고 물어보거나, 말수가 없는 학생이 책상 위에 앉아 그녀의 가랑이로 손을 뻗어오게 놔둔다. 하지만 그의 손은 절대 거기에 닿지 않고, 그동안 그녀는 그 죽음의 교실을 피하려고 애쓴다.

새하얀 아침 햇살이 완전한 공백의 순간을 품고 그녀를 맹렬히 공격해온다. 그녀는 텅 빈 하루 속으로 추방됐다. 그녀가 창문에 걸린 파란 꽃무늬 커튼과 가늘게 한 줄로 눈이 쌓인 단풍나무 가지들을 알아봤을 때 바닥에 있던 문이 쾅 소리를 내며 닫혔다. 그녀가 꿈의 파편을 하나라도 간직하고 있다 해도 일어난 순서대로 그걸 배열해서 말로 옮기지 않는 한 그 꿈은 날아가버릴 것이다. 남아 있는 이야기는 꿈이 아니고, 꿈은 잡히지 않은 채 그대로 남아 문 밑에 있는 다른 꿈들과 가까이 있으면서, 그날 하루 종일 깨지지 않은 하나의 거대한 꿈이 돼서 다음번에 그 문 밑으로 찾아올 때까지 계속될 것이다.

한편, 서늘하고 텅 빈 아침 햇살 속에서 꿈이 사라진 수잔 모로는 처음에는 자신의 이름조차 생각이 나지 않았지만 서서히 새로운 하루를 구성해갔다. 화요일. 8시. 아놀드는 뉴욕에서 하는 회의에 참석하러 가고 없다. 그 사실을 알아차리자 갑자기 현실이 자명종처럼 땡 하고 울렸다. 수잔은 어젯밤 아놀드가 그녀를 안심시켜주던 안부 전화의 날카로운 기억이 떠오르면서 그게 진짜 무슨 의미였는지를 깨달았다. 그 전화의 의미는 뉴욕에서 병원의 접수 계원인 마릴린 린우드가 그와 바람을 피우고 있거나 혹은 그러지 않고 있다는 뜻이었다. 어쩌면 린우드는 아놀드의 호텔 방에서 서류를 정리하고 있을지도 모른다. 마릴린 린우드가 수잔이 깨길 기다리고 있는 것이다. 30대의 직장 여성인 새침하고 젊은 마릴린. 트위드 정장에 안경을 쓰고, 머리는 핀을 꽂아서 뒤로 넘기고, 조심스런 표정의 작은 얼굴. 은밀하고 완벽한 전화 교환원. 그녀의 비밀 중 몇 개가 직원 야유회에서 흘러 나왔다. 노란 비키니에, 갈색 머리가 바람에 날리고, 흰 허벅지가 좀 지나치게 얇은 그녀. 저게 누구야? 가스파 박사가 말했다. 잘난 척하긴. 우리의 미스 린우드 맞아?

수잔이 질투를 포기하자 상황이 바뀌었다. 그녀는 다시 잠에서 깬 기억해냈다. 그러고는 그 관계는 생각하지 말자는 결정을 내려서 자유로워졌다. 마음의 평화를 위해 자신이 모르는 상황을 받아들이고, 받아들일 필요가 있는지조차 알 필요가 없는 상태로 있는 것이다. 그게 16년간의 회의에 찬 시간을 보낸 후에 단단하고 안정된, 좋은 결혼 생활을 하는 데 도움이 됐다.

다시 오늘로 돌아와. 이제 그만 일어나, 수잔. 지금은 크리스마스 휴가니까 아이들은 자게 놔두고. 오늘 내가 뭘 해야 하지? 오늘은 빨래를 돌려야 하고, 제프리를 동물병원에 데려가야 한다. 눈을 치워야 하나? 창밖을 내다봐야겠다. 그녀가 침대에서 나와 가운을 걸치고 창밖으로 눈을 내다봤을 때 -땅바닥에 얇게 눈이 덮여 있었지만 곧 사라질 것이다- 수잔 모로는 한 치의 틈도 없이 원래의 자신으로 돌아와 있었다. 마치 그녀의 의식적인 삶이 계속된 것처럼 새로운 날이 간밤의 상처를 지그재그로 꿰매놓았다.

그녀는 이날 다른 일들과 함께 이런 일을 했다. 샤워를 하고, 옷을 입고, 아이들을 깨우고, 아침을 먹고, 버리지로 차를 몰고 가서 로지를 데려왔다. 한 주 동안 쌓인 빨랫감을 모아서 지하실에 있는 세탁기로 가져가 돌리고, 침대 시트를 정리하고, 마가린과 점심에 먹을 고기와 우유를 사러 슈퍼마켓에 갔다. 세 아이와 그녀가 먹을 점심이었다. 그리고 도서관에 책을 반납하고, 거실을 치우고, 로지의 선물들을 2층으로 갖다 주고, 헨리와 도로시가 직접 해야 하지만 그 아이들의 선물도 갖다 줬다. 그리고 피아노로 바흐의 〈인벤션〉을 치며 쉬었다. 그러고는 다시 지하실로 내려가 새로 빨래를 돌렸고, 오븐에 햄을 굽고, 식기세척기를 작동시키고, 식탁을 차렸다. 낮에 그녀의 마음은 -그녀의 또 다른 마음에 대해선 하나도 모르는-

여기 없는 것으로 가득 차 있었지만, 동시에 모든 것이 어디 있는지 다 알고 있었다. 로지는 2층에서 캐롤과 같이 있고, 도로시는 밖에 있고, 헨리는 마이크와 같이 있고, 아놀드는 뉴욕에 있다.

그리고 에드워드. 오래전 과거에 알았던 인연이 그녀의 마음을 움켜쥐고 있다. 그날 하루 종일 그녀는 의아해했다. 내가 왜 에드워드를 생각하고 있는 거지? 그의 기억이 마치 선잠에서 반향을 일으키는 꿈처럼 튀어나와 이 나무에서 저 나무로 휙휙 날아다니는 새처럼 그녀의 마음속을 돌아다니고 있었다. 그걸 잡으려면, 자신의 꿈들을 연대기 순으로 배열하는 것처럼 그것도 그렇게 해야 한다. 그러면 그것도 꿈처럼 죽어버린다. 에드워드에 대한 죽은 기억이 몇 년 전 장정한 책들 속에 보관돼 있는 반면, 새롭게 살아난 에드워드의 기억은 잡히지 않은 채 밖에서 자유롭게 날아다니고 있었다.

2

에드워드와 수잔이 열다섯 살이었을 때 에드워드의 아버지가 심장마비로 죽었다. 수잔의 부모님이 그를 맡아서 1년 동안 키웠다. 에드워드의 생모는 정신병원에 있었고, 그의 아버지와 막 이혼한 계모는 에드워드 일에 관여하고 싶어 하지 않았다. 오하이오에 사는 사촌들이 나중에 그를 데려갔지만, 수잔의 부모님이 먼저 그를 맡아서 그가 헤이스팅스 하이를 떠나지 않고 살 수 있도록 해줬다. 그러기까지 여러 번의 협상과 장거리 전화와 재정적인 보상이 있었지만, 수잔은 항상 부모님이 정말 착한 일을 했다고 생각했다.

수잔 가족이 에드워드를 받아들인 특별한 이유는 없었다. 그들은 이웃이었다. 에드워드의 아버지는 수잔의 아버지와 통근 열차를 함께 타고 뉴욕으로 출근하곤 했다. 그리고 가끔 수잔의 집에 저녁 식사를 하러 왔다. 그는 부업으로 바이올린을 연주했던 온화하고 재미있고 상냥한 사람이었다.

그들은 나무들 밑에 쾌적한 교외 주택이 늘어선 에드거스 레인 거리에 살았다. 에드워드의 집은 튀어나온 나뭇가지들 밑으로 거리가 뚝 떨어지는 구불구불한 계단 제일 위쪽에 있었다. 그 거리는 역사적인 의미가 있는 곳으로, 독립혁명이 일어났을 때 에드거스 레인 전투를 치렀다.

수잔은 에드워드의 아버지가 죽기 전에는 에드워드에 대해 아는 게 거의 없었고, 있었다 해도 기억이 안 났다. 그들은 집마다 뒤쪽에 담장으로 분리된 평평하고 풀이 우거진 길인 송수로 위를 걸어서 학교에 갔다. 이 송수로는 자연스럽게 땅이 침하된 곳들을 모두 가로질러 둑과 같은 높이에 있었고, 걸어서 거기를 건너가는 사람들은 말을 타고 다니던 옛날에 세운 나무문들을 통과해서 가야 했다.

에드워드의 아버지는 5월의 어느 화창한 날 죽었다. 그날 오후에 수잔은 마조리 가브리엘과 같이 송수로 위에 있었다. 송수로 양쪽에 자란 풀은 베지 않았고, 길은 아직 축축했지만 진창은 아니었다. 에드워드는 100미터 앞에서 자신의 책가방을 가지고 빈둥거리며 수로에 난 풀잎을 씹고 있었다. 그녀 뒤로 수잔의 여동생과 남동생이 좀 떨어져서 따라오고 있었다. 그 당시 에드워드는 비쩍 마르고 노란 머리에, 사시에, 목은 가늘고 다리는 길었다. 그는 너무 수줍어서 쉽게 좋아할 수 없는 아이였다. 다만 수잔은 에드워드가 수줍은 성격이란 걸 깨닫지 못하고 내적으로 성숙하다고 생각했고 그에 비해 자신은 그저 어린아이라고 생각했다. 수로를 따라 계속 걸어가자 나무들 밑에서 에드거스 레인 거리가 나왔다. 에드워드는 계단을 올라가 자기 집으로 갔다. 마조리는 모퉁이에서 왼쪽으로 돌아서 갔고, 수잔은 뒤쪽 멀찍이서 따라오고 있는 동생들, 폴과 페니와 같이 집에 갔다.

몇 분 뒤에 에드워드가 그녀의 집 문 앞에 서서 입술을 달싹이면서 너희 엄마를 불러줘, 라고 말하려고 애를 썼다. 그때 수잔은 엄마와 에드워드를 따라 거리를 달려갔다. 그때는 그녀의 엄마까지도 달리고 있었다. 그들은 록가든(rock garden, 바위나 돌을 배치하고 고산 식물 등을 심어 놓은 정원) 옆에 있는 계단을 올라가 회반죽과 목재로 지은 에드워드의 집으로 달려갔다. 수잔의 엄마가 멈춰서 숨을 몰아쉬는 동안, 그녀가 마침내 따라잡아서 무슨 일이냐고 물었다. 수잔의 엄마와 에드워드가 집에 들어간 사이에 그녀는 밖에 있었다. 시체를 한 번도 본 적이 없어서 두려웠던 그녀는 앞문 옆에 있는 석재 난간 옆에서 기다렸다. 거기에는 팬지 화분들과 계단 밑에 있는 거리가 보였다. 잠시 후에 사람들이 도착해서 그녀를 지나쳐 집 안으로 들어갔다. 뚱뚱한 남자 하나가 헉헉거리며 계단을 올라와 그녀에게 물었다. 여기가 그 집이냐? 수잔의 엄마가 내려와 그녀에게 집으로 가라고 했다. 그 말대로 집에 가는 바람에 천에 덮인 시체가 들것에 실려 옮겨지는 장면을 놓쳤고, 나중에야 그걸 보지 못한 걸 후회했다.

그날 밤 에드워드가 수잔의 집에 저녁을 먹으러 왔다. 그녀는 그때 에드워드가 받았던 질문들을 기억한다. 네 새엄마 주소 아니? 조부모님은 계시니? 삼촌이나 이모나 고모는 없어? 네 아버지의 재정 상태에 대해서 아는 게 있니?

수잔의 부모님은 에드워드를 꼭대기 층에 있는 방에 재웠다. 거기서 그는 다른 집들의 지붕 너머로 강 건너편에 있는 팰리세이드 일부와 나무들 사이에 있는 강도 조금 볼 수 있었다. 여름에 운이 좋으면 가끔 낮에 거기를 지나가는 보트들도 볼 수 있었다.

에드워드와 수잔 사이에 어떤 관계가 생길 거라고는 아무도 생각하지 못했다. 에드워드가 말했다. 우리, 서로의 입장을 정리해보자. 넌 내가 너희 집에서 사는 걸 원치 않고, 난 여기 사는 걸 원치 않아. 하지만 우리가 뭘 할 수 있겠어? 그러니까 이 일에 대해선 입 다물고 있기로 하자. 넌 내 방에 얼씬도 하지 마. 나도 그렇게 할 거니까.

그리고 그는 계속 말했다. 그렇게 하면 나중에 혼란이 생길 일은 없을 거야. 내가 남자고 네가 여자라는 것만으론 아무 의미가 없으니까. 너도 동의하지? 넌 내가 너에게 데이트를 신청할 거라고 기대하지 않을 것이고, 나도 너에게 아무것도 기대하지 않을 거야. 우린 그저 우연히 같은 집에 사는 하숙생이 된 거나 마찬가지야.

부모보다 훨씬 관대하지 못했던 수잔은 식구들의 사생활이 없어지기 때문에 에드워드가 자기 집에 사는 걸 원치 않았다. 에드워드가 처음에 이런 말을 했을 때 그렇게 하면 둘 사이의 긴장이 풀릴 거라 생각하고 기뻤지만 나중에 에드워드가 그런 말들을 되풀이했을 때는 짜증이 났다. 그러다 계속 그 말을 하자 정말 화가 났지만, 그때쯤엔 에드워드의 모든 면에 화가 났기 때문에 단순히 그 말 때문에 화가 난 거란 생각은 하지 않았다.

에드워드는 수잔의 식구들과 1년 동안 같이 살았다. 봄에 열린 댄스파티에 아무도 그녀를 초대하지 않았을 때 에드워드는 예의 바르게 그녀를 파트너로 데려갔다. 그들은 함께 공부했고 학교에서 성적도 좋았다. 에드워드는 수잔의 가족과 함께 여름에 메인 별장에도 갔다. 그녀가 미처 의식하지 못한 평화로운 순간들이 있었다. 에드워드는 단 한 번도 작가가 되겠다는 말을 하지 않았다.

3

그해가 지나고 8년 후에야 수잔은 시카고에서 에드워드를 다시 만났다. 그녀는 그때 대학원 신입생이었다. 에드워드는 이미 거기서 법을 공부하고 있었다. 수잔의 엄마가 에드워드를 찾아가 보라고 말했지만, 그녀는 그러고 싶지 않았다.

그녀는 친구도 없고, 아는 사람도 없는 그 대학에서 외롭고 슬펐다. 그때 그녀는 제이크라는 남자친구를 고향에 남겨두고 왔다. 제이크는 그녀가 떠나는 것에 기분이 상해서 바람을 피우겠다고 맹세했다. 그녀는 여대생 기숙사에 살았고, 두꺼운 벽에 납을 씌운 좁은 창문들이 있는 거대한 고딕식 건물에서 수업을 들었다. 그 건물의 출입구는 지하 배수로 같은 아치 모양이었는데 거기서 찬바람이 들어왔다. 그녀는 스톤 홀(stone hall, 회의·식사·콘서트 같은 용도로 쓰는 큰 방이나 건물)에서 건축학 수업을 들었다. 교수의 속삭이는 것 같은 작은 목소리 때문에 학생들은 조용히 말해야 했고, 동료 학생들은 그녀를 경계하며 거리를 뒀다. 수잔은 영리하게 매년 가을에 찾아오는 슬픔-나뭇잎들이 떨어지면서 회색 빌딩들이 한결 더 하얗게 보였다-과 자신의 개인적인 슬픔-제이크, 혹은 유년기의 상실, 혹은 자유로운 수잔 자신-을 구분하려고 노력했다. 두 가지 슬픔 모두 주위에서 위험하다고 하는 선동적인 빈민가에 둘러싸인, 외부와 격리된 지적인 슬픔에서 비롯됐다.

이 활기에 찬 수도원 어딘가에 에드워드가 있었다. 향수에 젖은 그녀는 에드워드에 대한 적의가 사라졌지만 그를 찾아보려고 노력하진 않았다. 대신 에드워드가 우연히 그녀를 발견했다. 그녀는 57번가에서 서점으로 가다가 누군가 뒤에서 부르는 소리를 들었다. 수잔, 기다려! 그가 얼마나 근사해보였던가. 변했고, 침착해졌고, 키가 크고, 근사한 에드워드가 손을 내밀었다. "네가 여기에 있는 거 알고 있었어." 코트와 넥타이를 단정하게 차려입고, 빛에 반사되는 안경을 쓴 그가 그녀의 팔꿈치를 잡고 스타인웨이로 이끌었다. "가서 콜라나 한잔 하자."

어렸을 때 이후로 다시 만난 두 사람의 주된 관심사는 자신이 더 이상아이가 아니라는 것을 증명하는 것이었다. 그래서 그들은 싹싹하고 정중하고 아주 예의 바르게 행동했다. 에드워드는 수잔의 부모님과 동생들의안부를 물었다. 그리고 그들은 점잖게 자신의 새로운 지적 교양을 자랑하면서 수도 없이 연습해온 화려한 말로 자신의 인생에 대해 내린 결정들을늘어놓았다. 그전에 둘 사이가 얼마나 나빴는지에 대한 회상은 전혀 하지않았다. 그는 법을 공부하고, 그녀는 영문학을 공부하고 있었다. 그는 아파트에 살고, 그녀는 기숙사에 있었다. 에드워드가 그녀에게 고마운 마음을 표현했다. 난 항상 너희 부모님이 친절하게 대해주신 걸 감사하게 생각했어.

에드워드는 수잔에게 그 도시의 이곳저곳을 구경시켜주고, 학교 식당에서 만나 점심을 같이 먹고, 그 지역의 다른 식당인 이다 노에스나 인터내셔널 하우스 같은 곳을 그녀와 같이 다니며 음식을 먹었다. 그는 중고책방이 있는 곳을 알려주고, 동양연구소와 과학산업박물관에 그녀를 데려갔다. 그리고 고속도로를 타고 시내로 가는 방법을 가르쳐주고 미술관과 수족관을 소개했다.

그녀는 에드워드의 변화에 경악했다. 그것은 그의 새로운 면일 수도 있었고, 아니면 옛날 성격이 떨어져 나간 것일 수도 있었다. 에드워드가 말했다. 난 과거의 그 버르장머리 없는 놈이 아니야. 그는 정중하고, 공손하고, 기사도 정신을 철저히 실천했다. 그 시대는 기사도 정신이 한물가기 전이었는데 그가 너무나 조심스럽게 그녀를 대해서 신경에 거슬릴 정도였다. 그는 보도에서 나란히 걸어갈 때는 항상 바깥쪽에서 걸었고, 그녀를 위해 문을 열어줬고, 의자에 앉을 때 의자를 뒤로 밀어주는 그런 진부한 행동을 했다. 하지만 그녀는 그게 근사하다고 생각했다. 그리고 자신이 과거에 그에게 품었던 적의를 탓했다. 수잔은 옛날에 그가 그녀를 대했던 태도를 아주 잘 기억하고 있어서 무례한 태도가 정중하게 바뀐 점이 아주 매력적으로 보였다.

가장 흥미로운 변화는 그가 모든 것에 대해 전과 다르게 놀라워한다는 점이었다. 모든 걸 다 알고 그들이 본 모든 경이로운 것에 대해 눈에 띄게 지루해하고, 그들이 본 모든 것에 대해 격노하던 열다섯 살 때와는 현저하게 대조적이었다. 이제 그는 모든 것에 대해 경이로워하고 신기해했다. 그는 도시, 대학, 도로의 차들, 호수의 파란색, 제철 공장들의 안개, 빈민가의 위험, 교수들의 지혜와 지식, 법의 복잡성, 문학의 영광에 대해 놀라워했다. 한동안 그녀는 그런 점에 어리둥절했다. 그건 어렸을 때 느끼는 순수한 경이로움이 세월이 흐르면서 닳고 닳은 지겨움으로 바뀌는 자연스런 순서가 뒤집힌 것처럼 보였다. 확실히 그는 열다섯 살 때 느꼈던 경이로움을 감추는 쪽을 선호했던 게 분명했다. 그렇게 하는 게 더 어른처럼 느껴졌을 테니까. 이제 스물세 살이 되었고, 실제로 느끼는 것보다 훨씬 더 놀라는 것이 그가 택한 하나의 생활방침이 됐다. 대체적으로 그녀는 이런 변화를 좋아했지만 나중에는 그게 아주 현실적인 동기에서 비롯된 가식이란 걸 인지하고 지켜워했다.

에드워드의 겉으로 드러난 태도는 아주 좋았지만 그녀는 곧 그가 아주 큰 상처를 입고 마음 아파하고 있다는 걸 알았다. 그는 실연당한 것이다. 마리아라는 아가씨와 약혼했었지만 마리아가 그를 차버리고 다른 사람과 결혼했다. 차버리다니. 이런 구닥다리 같은 단어를 쓰다니. 에드워드는 실연당한 것처럼 보이지 않았다. 그는 활발했고 미래에 대해 열정적으로 보였다. 하지만 실연이란 은밀한 속사정을 그녀와 공유할 수 있었다. 그녀는 제이크에게 그녀도 실연당했다는 걸 문득 깨달았다. 제이크는 그녀가 대학에 가기로 한 결정에 복수하려고 전 세계를 돌아다니는 프로그램에 들어가 여자들을 사귀고 있었다. 그녀와 에드워드는 함께 실연당한 사람이 될 수 있었다. 그래서 실연은 둘이 같이 이야기할 수 있는 주제가 됐고, 마치 서로를 남매 같은 사이로 보호해줬다. 둘 다 실연당했으니 서로에게 마음이 끌릴까봐 걱정할 필요가 없었던 것이다.

순결과 플라토닉한 관계, 이런 기만적인 상황 덕분에 에드워드가 수잔을 유혹했거나 혹은 수잔이 에드워드를 유혹했을 것이다. 누가 누구를 유혹했건 결국 둘은 결혼했고 그러다 이혼할 수밖에 없었다. 실연당했다는 말은 사연이 있다는 뜻이고, 사연이 있는 둘이 그 이야기를 하고 또 하고, 그 이야기를 키워가면서 둘은 가까워졌다. 그런 면에선 에드워드가 할 말이 더 많았다. 수잔은 나쁜 제이크에 대해선 별로 할 말이 없었다. 에드워드는 이야기하고 수잔은 들으면서 질문하고 조언했다. 둘 다 중요한 건 이사연이나 마리아가 아니라 이야기를 하고 듣는 행위라는 걸 잘 알고 있었다. 이런 관계가 겨울까지 지속됐다. 그녀는 에드워드의 아파트에서 그를 위해 저녁을 요리해줬다. 그것은 여동생이 할 만한 그런 일이었다. 그리고 둘은 새벽 3시까지 그의 상처에 대해 이야기했다. 결혼하자고 약혼까지 했는데. 경박한 여자, 한 사람에게 매이기엔 너무 어렸던 여자. 그는 수잔 이 말한 모든 것에 동의했다.

현재라는 우월한 입장에서 그때를 돌아보면 에드워드의 실연은 그저 그 당시 그의 일상적인 상황을 드러낸 표현 방법이었을 뿐이란 걸 알 수 있다. 에드워드는 항상 자신의 상태를 남에게 드러냈다. 그는 항상 그랬듯 이 앞으로도 인생에 교묘하게 상처를 받겠지만, 그래도 그는 강하고 씩씩 하게 자신을 단련시킬 것이라는 개념을 그녀가 믿게 한 것이다. 왜 그가 다른 사람보다 인생에 더 큰 상처를 받았는지 그녀는 그때 묻지 않았다. 그가 주장하는 이야기를 그럴듯하게 만들어줄 구체적인 예들이 충분히 있었으니까. 아버지의 죽음. 가정을 잃고 수잔의 부모님 외에는 아무도 그 를 돌봐줄 사람이 없었던 사정. 거기다 실연까지 당한 것이다.

그녀는 그의 이야기에 빈틈이 있는 걸 알아챘다. 섹스라는 문제가 있었 다. 에드워드는 중요하지 않다는 핑계로 그 문제에 대한 언급을 피했지만 더 이상 피할 수 없는 상황이 됐다. 그녀는 그에게 대놓고 물었다. "그녀와 섹스 했어, 에드워드?"

그는 그 질문에 충격을 받았지만, 부지불식간에 대답을 했다. 그는 마리 아와 섹스하지 않았다. 그때까지 누구와도 섹스를 하지 않았으니까. 재킷 과 타이를 벗은 이 유능하고 가부장적인 스물세 살의 젊은이가 이런 기이 한 경험 부족을 인정한 것이다. 사실 그로부터 25년이 지나 의식의 혁명이 일어난 현재와 달리 그때는 그가 숫총각이라는 게 그렇게 기이하게 보이진 않았다-그때는 섹스라고 하지도 않았다. 사랑을 나눈다고 하거나 같이 잔다고 표현했다. 거기에 그냥 잠만 자는 게 포함되든 그렇지 않든 말이다. 그래서 그녀가 그때 한 질문은 사실 이거였다. 그녀와 잤니?-.

에드워드가 그때까지 경험이 없었던 데는 몇 가지 그럴듯한 이유가 있었다. 그의 민감하고 섬세한 19세기풍의 유전자에 따라 여자를 존중하고 공손하게 대하느라 그랬던 것이다. 그가 어른이 되길 두려워하는, 양복 입은 아이가 아니라면 말이다. 아니면 그의 내부에 있는 나침반이 다른 방향을 가리키는지도 모른다. 요즘 용어로 치면 성적 성향이라는 게 다른 건지도 모른다는 뜻이다.

에드워드가 동정을 지키고 있다는 점이 수잔의 호기심을 자극해서 그녀의 입을 열게 만들었다. 에드워드의 비밀들이 사라졌다면, 그녀도 자신의 비밀을 간직할 권리가 없어지는 셈이다. 그녀는 자신의 과거에 대해 주절주절 이야기했다. 에드워드는 다시 충격을 받았고, 마치 그녀가 19세기 소설 속 여주인공이라도 되는 양 혼란스러워하고 우울해했다. 에드워드가 나도 너의 그런 면에 익숙해져야겠군, 이라고 말했을 때 수잔은 몹시 짜증이 났다. 아니, 그보다는 당시에 짜증이 났었는지 기억이 나지 않지만 그런 일이 있었다는 걸 기억해내는 자신이 짜증스러웠다. 그녀는 그때 일시적으로 자신이 믿는 원칙을 지키겠다는 열정에 자극받았다. 즉 정확히 말해 신념이라고까지 할 가치는 없지만 그렇게 할 동기가 되기엔 충분했던 원칙, 섹스는 자연스럽다는 원칙을 내세운 것이다. 그렇게 된 건 어쩌면 최근에 제이크와 여러 차례 싸워서 그런 건지도 모른다. 그녀는 에드워드에게서 정확히 제이크와 반대되는 신념, 섹스는 자연스럽지 않다는 확신을 봤다. 섹스가 자연스럽다는 생각은 수잔이 페미니스트가 되기 이전에 이미 마음속에 품고 있던 페미니즘이었다. 그래서 그녀는 큰 가슴, 포르노 같은 맥주와 담배 광고, 남성과 여성에 대한 이중 잣대, 로맨스와 욕정의 동일시에 대해 반대했다. 그리고 착한 -검거나 갈색 머리- 여자와 나쁜 -금발- 여자들 사이에 차이가 있다는 제이크의 생각에 반대했다-수잔이 보기에 제이크의 그런 믿음은 그와 낭만적 사랑에 빠진 수잔은 그의 유혹에 몸을 맡겨야 하지만, 그러면 그녀가 헤픈 여자가 되니까 결국 제이크는 그녀에게 책임을 질 이유가 없다는 뜻이었다-. 에드워드는 어떤가 하면, 섹스가 부자연스럽다고 믿는 것은 모든 것에 대해 놀라는 -모든 것이 부자연스럽기 때문에- 그로서는 자연스런 결과였다. 그는 사람들이 글로 쓰고 자신의 상상력이 미화한 일들을 실제로 한다는 걸 믿을 수 없어 했다.

그래서 그녀는 에드워드를 가르치기로 했다. 어느 보슬비가 내리는 오후 박물관 계단에서 그 아이디어가 불쑥 떠올랐다. 그녀는 아무 생각도 없이 말했다. "에드워드, 너에게 성교육을 해줄 사람을 구해봐."

나도 성에 대해 잘 알아.

그 생각이 그녀의 머릿속에 박혔고, 거기서 심각한 결과가 초래됐다. 거기서 어떤 결과가 나올 줄 알았더라면 결코 그렇게 하지 않았을 것이다. 그 생각 때문에 에드워드가 그녀와 결혼했으니까. 그 당시에는 그게 둘 다에게 교육적이고 건전한 일이 될 거라고 수잔은 생각했다. "섹스는 자연스러운 거야, 에드워드. 그건 아무 의미가 없어. 너와 나도 섹스를 할 수 있어. 아무에게도 알릴 필요 없이." 그때가 초봄이었다. 캠퍼스는 촉촉했고 어린 나뭇가지마다 거기에 고인 빗물이 햇빛에 반짝이고 있었고, 비에 씻긴 회색 건물들은 옅은 하늘 아래에서 상쾌해보였다. "난 너의 아파트로 남들 모르게 슬쩍 들어갈 수 있어. 보는 사람은 하나도 없을 거야. 그리고 내가 기숙사로 돌아가면 우리 엄마나 아빠나 제이크나 마리아나 네 교수님들은 아무것도 모를 거야."

정말 황당한 아이디어였다. 그때 수잔은 지금의 수잔과는 완전히 다른 수잔이었을 것이다. 지금 현실의 수잔은 그런 생각에 불쾌해졌으니까. 그녀는 당시에 에드워드에게 매료된 자신의 마음을 분석해보려고 기를 썼던 기억이 났다. 에드워드가 후천적으로 습득한 아이 같은 열의와 타고난 냉소적이고 새침하고 꼼꼼한 면이 조화된 모습은 아주 매력적이었다. 그녀는 그때 이렇게 고지식하고 소심한 에드워드가 자신 안에 있는 걷잡을 수 없이 격렬하고 육체적인 욕망에 사로잡히면 어떨지 보고 싶은 짓궂은 자신의 호기심을 비웃어서 없애버리려고 애썼던 기억이 났다.

그래서 당시 기억을 요약해보면 그녀는 에드워드를 유혹하기로 결심하고 그대로 행동에 옮겼다. 유혹에 대해 자세하게 묘사된 여러 글과는 다르게 행동했다. 그녀는 에드워드에게 은근슬쩍 힌트를 흘리고 애정 어린 자극도 줬다. 빗속에서 길을 걸으며 그를 토닥이거나 손바닥으로 살짝 쳤다. 은근슬쩍 추파를 던졌다. 에드워드가 도서관에서 나왔을 때 그의 가슴을 주먹으로 가볍게 치기도 했다. 대학 근처에 있는 술집에서는 그의 뒤로 가서 두 손으로 그의 눈을 가리기도 했다. 힘든 하루 끝에 논문을 써야 할 밤을 앞두고 교내 식당에서 둘이 말없이 저녁을 먹을 때 그녀는 부스스하게 흘러내린 그의 머리카락과 지친 눈을 모호한 눈빛으로 보면서, 알 수 없는 이유로 그녀에게 소중해진 이 젊은이에게 놀랍게도 오래된 친밀함을 느꼈다. 그녀는 이 이상한 청년을 돌봐주고 싶었다. 그리고 그를 유혹하고 싶은지도 알 수 없었다.

에드워드가 그녀에게 관심이 있었나, 없었나? 수잔은 그저 에드워드에게서 그가 그녀에게 끌렸거나 아니면 혐오감을 느꼈다는 신호들만 찾았다는 기억이 났다. 술집에서 맥주를 마시며 그녀가 말했다. "같이 살자, 에드워드." 그는 웃으며 그녀의 말을 농담으로 넘겼다. 그녀도 농담으로 한 말이라고 생각하면서 웃었다.

그녀는 검열과 포르노, 정신분석과 구강성교, 항문 성교, 성기 성교의 세 발달 단계에 대한 대화들을 주도했다. 그녀는 플라톤의 동성애와 올림픽에 나체로 출전한 선수들에 대해 토론했다. 그리고 에드워드에게 〈수줍은 여인에게〉(앤드류 마블이 쓴 시)를 분석한 자신의 에세이를 보여줬다. 그녀는 그런 대화를 한참 하다 불쑥 이렇게 말했다. "네가 동정이라는 걸 계속 까먹네." 그러면 에드워드는 얼굴을 붉히며 말을 더듬었다.

그녀는 심각한 의도는 없었고 그저 현 상태에 안주하고 있는 에드워드를 흔들어서 거기서 벗어나게 하려고 한 것뿐이라고 생각했다. 따뜻한 봄날, 그들은 숲 보전 지역에 가서 철새들을 찾아봤다. 둘은 가족생활, 헤이스팅스에서의 삶과 그의 미래에 대해 향수 어린 대화를 했다. 에드워드는 변호사로서 아무도 다루지 않는 민권 사건들을 맡고 가난한 사람들을 무료로 도와줄 생각이었다. 그녀는 에드워드가 정말 좋은 사람이라고 생각했고, 마치 자신이 그를 좋은 사람으로 만든 것처럼 자랑스러워졌다. 밤늦게 대학으로 돌아온 에드워드는 수잔을 집에 데려다주기 전에 자기 아파트에서 커피나 한잔 하자고 초대했다. 어두운 계단을 올라가 아파트 문을 열고 방으로 들어가 에드워드가 불을 켰을 때, 그녀는 '지금!'이라는 참을 수 없이 흥분된 순간을 경험했다. '바로 지금!'이라는 눈부시고 절박한 순간에 그녀와 에드워드와 지금까지의 모든 생이 압축돼 꽉 차 있어 비명을 지르거나 노래를 하고 싶었다. 에드워드는 커피를 데우고 쿠키를 내오고 책꽂이로 가서 새에 대한 책을 꺼내왔다. 둘이 몸을 찰싹 붙이고 앉아 있는 동안 에드워드는 숲에서 본 미국 솔새와 휘파람새를 책에서 찾았다. 그런 내내 그 순간이 '지금'이라는 커다란 존재감을 발산하며 너무나 생생한 나머지 그녀는 더 이상 참을 수 없었다. 그때 마음속에서 이런 목소리를 들었다. '해봐, 바로 지금이야.' 바로 그때 그녀는 에드워드의 귀에 대고 속삭이는 목소리로 뭔가 제안했다.

그때는 둘 다에게 심장이 쿵쿵 뛰고, 떨리는 순간이었다. 에드워드의 커다란 눈이 너무 가까이 있어서 초점이 잡히지 않았고 그의 목소리는 쉬어 있었다. "진심이야?" 그녀는 뒤늦게 제정신을 되찾고 조심스럽게 대답했다. "네가 원한다면." 에드워드가 굵은 목소리로 말했다. "오, 신이시여, 감사합니다."

그의 침대 옆 테이블에 있는 램프에서 나오는 불빛이 아래를 비추면서 방을 가득 채웠다. 그녀는 은은하고 옅은 회색 스웨터와 주름이 잡힌 격자무늬 스커트와 흰색 양말을 신고 흰색 브래지어와 흰색 팬티를 입고 있었다. 옷을 다 벗은 그녀는 마르고 호리호리했고, 뺨은 창백했다. 그때 안경은 끼지 않았고, 머리는 등으로 가볍게 흘러내렸다. 그녀는 자신의 가슴이 작은 걸 걱정하다 에드워드의 경이로워하는 눈빛을 봤다. 그는 그녀보다 더 말랐다. 가슴에 갈비뼈들이 다 보이고, 허벅지는 가늘고, 성기는 신체의 어떤 부위보다 더 두툼했다. 방에 냉기가 돌아서 둘 다 덜덜 떨고 있었다.

침실에서 그는 헐떡이고 끙끙거리고 헉헉거리다가, 포효했다. 솔직히 말하면 수잔도 그 섹스를 즐겼다. 나중에 에드워드와 반복적으로 하게 될 섹스들보다 훨씬 더 많이. 에드워드는 그녀의 몸을 찍어 누르면서 자신의 몸을 흔들며 큰 소리로 외쳤다. "넌 정말 근사해! 넌 믿을 수 없을 정도로

황홀해!" 섹스가 끝난 후 그는 아량을 베풀어준 그녀에게 고마워했다.

　그 후에 벌거벗고 누워 오랫동안 이야기를 나누며 둘은 나른하게 서로의 몸을 만지작거렸다. 그는 그녀에게 아무에게도 하지 않았던 비밀 하나를 알려줬다. 글쓰기를 시작했다고 에드워드가 말했다. 시와 이야기와 단편으로 이미 노트 두 개가 다 찼다고 했다.

너희 둘이 부부가 되다니, 이 얼마나 근사한 일이니. 수잔의 어머니가 말했다. 결혼해서 에드워드가 다시 우리 가족으로 돌아온 것 같구나. 그때 가 1965년 쌀쌀한 3월의 일이었다. 둘의 계획이 변한 건 없었다. 둘은 학업을 계속했는데 다만 이제 수잔이 에드워드의 아파트에 사는 것만 달라졌다. 둘은 그게 행복이겠거니 했다.

노력해보면 그 행복의 일부는 기억해낼 수 있었다. 지난 25년간 그녀는 그런 노력 대신 그건 착각이었다고 생각해서 아놀드와 아이들을 보호했다. 에드워드와의 과거에 대한 환멸을 해체하고 싶은 생각은 없었다.

그녀가 지금 기억하는 건 행복이 아니라 그런 행복한 일들이 일어났던 장소였다. 행복은 실체가 없지만, 장소는 그 행복을 볼 수 있게 만들어준다. 여름에 갔던 곳들이 있고, 시카고도 기억났다. 에드워드와 행복했던 곳은 오직 여름만 기억났다. 에드워드와는 두 번의 여름을 같이 보냈는데, 첫 번째 여름만 행복했다. 그때 그들은 메인에 있는 수잔 부모님의 오래된 집과 뉴욕 북쪽에 있는 수잔의 사촌에게 빌린 오두막집에서 여름을 보냈다. 어렸을 때 같이 살았던 메인의 집은 소나무들이 있는 추운 항구가 내다보이는 곳에 있었다. 그 집에는 박공과 철망을 두른 창문들과 스크린도어가 있는 현관이 있었고, 밑에는 바위가 여러 개 있고 풀이 우거진 가파른 비탈길 위에 있었다. 보트를 탄 에드워드가 떠올랐다. 둘이 열다섯 살이었을 때 그 보트를 탔고, 둘이 결혼했을 때 다시 그 보트를 탔다. 여러 기억들이 섞여 조금 헷갈렸다. 소년 에드워드가 보트에서 담배를 피우려다 물속으로 던져버리던 모습이 기억났다. 아버지가 심장마비로 죽기 전에 아버지와 이혼했던 새엄마 이야기를 하면서 우는 소년을 보며 그녀는 부끄러워했다.

뉴욕 북부 지방에 있는 사촌의 오두막집은 좀 더 원시적이었다. 그 집은 숲속에 있는 강가의 짙은 나무 그늘 속에 있었다. 거기엔 스크린도어와 마감이 안 돼 벽에 목재들이 그대로 노출된 큰 방 하나와 뒤쪽에 작은 방 두 개가 있었다. 에드워드가 테이블 램프 불빛 밑에서 타자기로 글을 쓰는 동안 그녀는 그 불빛을 받으며 모리스 의자에 앉아 독서를 하려고 했던 기억이 났다. 그게 행복이었는지는 잘 모르겠다. 그들은 수영하려고 벌거벗고 집 밖으로 뛰쳐나가 강으로 달려갔다. 섹스도 많이 했다. 서로 으르렁거리던 과거와 대조적인 현실을 즐기며 그들이 아직 헤이스팅스 집에 사는 15세 소년소녀로 규칙을 어기는 척했다. 그리고 다시 현실의 의무로 돌아왔다. 섹스를 끝내고, 그녀의 어머니와 아버지에게 편지를 써서 '수잔과 에드워드'라고 서명해서 보냈다. 남매처럼 크던 아이들이 연인이 됐구나. 어머니는 종종 그렇게 말했다.

시카고에서 행복했던 기억은 찾기가 더 힘들었다. 에드워드의 아파트에서 둘은 너무나 바빴다. 둘의 지성이 어떻게 전문가로서 다시 새롭게 정립됐는지 철저하게 증명하는 논문들을 쓰고 시험을 봐야 했다. 전공이 달랐기 때문에 둘은 서로의 사생활을 존중하면서 예의를 지켰다. 결혼한 뒤첫 1년은 장학금과 수잔의 아버지에게 도움을 받아 마쳤다. 나중에 에드워드가 그녀의 부모님에게 의지하고 싶어 하지 않았기 때문에 그녀는 시내에 있는 2년제 대학의 신입생들에게 영문학을 가르쳤다. 한두 번 중단한 적도 있지만 그 후로 계속 그 일을 했다. 에드워드가 3월에 장학금을 포기하면서 그녀의 일이 유일한 수입원이 됐다.

에드워드가 장학금을 포기한 이유는 학업을 중단했기 때문이었다. 장학금 지급이 만료되는 여름까지 기다릴 수도 있었지만, 공부를 중단했으니 장학금도 받지 않는 게 옳다고 그는 생각했다.

그는 작가가 되기 위해 법을 포기했다. 수잔은 먼저 에드워드가 글을 쓸 능력이 있는지 확인해야 한다고 생각했기 때문에 그 결정에 놀랐다. 하지만 에드워드는 확신이 서 있었다. 장시간 여러 번의 대화를 통해 그는 자신의 결정을 설명하고 그들의 미래와 그녀의 역할을 분명하게 밝혔다. 수잔의 아버지가 시카고에 와서 에드워드를 설득해 마음을 바꾸려고 했지만 그는 글을 쓰고 싶었던 강한 충동 때문에 시험공부를 할 수 없었던 걸 보면 로스쿨에 간 건 실수인 게 증명됐다고 말했다. 다른 사람들이 제가 법을 공부하길 원했죠. 에드워드가 말했다. 글쓰기를 원한 건 제 자신이고.

그동안 에드워드가 내내 글을 써왔다는 사실을 알았을 때 수잔은 왜 에드워드가 자신이 쓴 작품을 하나도 보여주지 않았는지 궁금했다. 에드워드는 그의 작품이 아직 걸음마 단계에 있어서 준비가 안 됐기 때문에 보여주지 않았다고 설명했다. 그가 수잔에게 그 꿈을 지지해달라고 부탁해서 그녀는 그렇게 했다. 당시는 이상주의의 시대였다. 수잔은 은밀하게 자신이 이기적인 중산층이란 걸 깨닫고 놀랐다-과거에는 자신이 중산층이라는 점에 대해 결코 괴로워한 적이 없었는데-. 쾌적한 집, 아이들을 낳고 학업을 계속해서 박사까지 될 거라고 예상했던 마음, 그게 바로 중산층이 었다. "작가들이 돈은 버나?" 그녀는 대부분의 시인과 소설가 들이 글쓰기 외에 다른 일을 해서 생계를 지탱한다는 말을 들었기 때문에 불안해서 물었다. "누가 돈이 필요해?" 에드워드가 말했다. 당신이 일을 해서 월급을 받으니까 우린 그럭저럭 살아가게 될 거야. 그녀는 학생들을 가르치고, 그는 글을 쓰는 것이다. 에드워드는, 그녀의 도움이 없었다면 어쩌고저쩌고 하는 말과 함께 자신이 쓴 책들을 그녀에게 바칠 것이다.

그들을 보러 왔던 수잔의 아버지가 부드럽게 물었다. 너 정말 그렇게 많은 걸 포기하고 싶니? 제가 뭘 포기하는데요, 아빠? 그녀가 되물었다. 우리 딸은 결심이 확고하구나. 용감하다. 제가 그거 말고 뭐 잘하는 게 있겠어요? 네가 세운 계획들은 어쩌고? 대학원에서 2년 동안이나 공부했잖니? 지금 그걸 써먹고 있잖아요. 대학원에 가지 않았더라면 지금 이렇게 학생들을 가르치지도 못했을 거예요. 그녀가 대답했다.

결혼해서 맞은 두 번째 여름에는 수잔이 하기 대학에서 수업을 해서 돈을 더 많이 벌 수 있도록 둘은 시카고에 머물렀다. 그때 그녀는 에드워드가 쓴 글의 일부를 읽었다. 에드워드는 그녀에게 아주 솔직하게 말해달라고 했지만 그러지 않는 편이 낫다는 걸 알게 됐다. 그의 시들은 짧고 일상적인 내용으로, 장소나 감정에 대한 향수와 추억들을 한두 단어에 맞춰 썼다. 그리고 그녀와의 섹스가 얼마나 근사한지, 그 섹스에 대한 기대와 행위와 섹스가 끝난 후에 대해 쓴 조금 외설적인 시들도 있었다. 에드워드는 그녀에 대해 특정 문구들을 썼는데, 특히 부드럽고 납작한 가슴에 대해 써서 수잔은 짜증이 났다. 수잔은 자신도 그럴 마음이 있다면 에드워드만큼 쓸 수 있을 거라는 막연한 느낌이 들었다. 나중엔 이 생각을 계속 발전시

켰다. 그러면 에드워드를 허세나 부리는 인간으로 볼 수 있어서 그를 잊는데 도움이 됐기 때문이다. 하지만 당시에 그런 생각은 에드워드에 대한 믿음을 가로막는 이단이나 마찬가지였다.

시와 단편들. 에드워드는 그녀에게 자신이 쓴 작품들을 더 이상 보여주지 않았다. 그녀는 자신이 한 말 때문에 그런 건 아니길 빌었다. 그는 더 큰 프로젝트들에 대해 말했다. 소설을 쓰고 있었지만 아직 끝나지 않았기 때문에 말하지 않았다고 했다. 그건 상당히 긴 소설로 지금까지 쓴 분량이 1200페이지이고, 주인공인 어린 에디가 소설에서 열두 살이 됐다는 이야기를 듣고 자전적인 소설인 모양이라고 수잔은 추측했다.

결혼해서 두 번째 맞는 가을에 에드워드는 아주 괴팍해졌다. 글이 잘 안 풀렸다. 그는 고도의 집중을 요하는 프로젝트를 진행하고 있었다. 무슨 프로젝트? 수잔이 물었다. 새 소설 아니면 긴 시? 그는 아무도 간섭하지 않을 때 글이 더 잘 써지기 때문에 대답하지 않겠다고 했다. 미완성 원고를 당신에게 보여준 건 실수였어. 집을 떠나 있어야겠어. 에드워드가 말했다.

나 없이 간다고? 그는 아무 방해 받지 않고 글을 쓸 수 있는 강가 오두막집에 가야 한다고 했다. 그럼 난 뭐하고? 수잔이 물었다. 당신은 수업해야지. 학교랑 계약했으니까 수업을 끝내야지. 에드워드가 말했다.

그때 그녀가 어떤 기분으로 에드워드의 결정을 묵인했는지 기억하기도 힘들고, 나중에 그런 자신을 비웃지 않기란 더 힘들었다. 어떻게 그렇게 순순히 굴복할 수 있었을까? 하지만 당시 에드워드가 다른 여자랑 바람이 난 것도 아니었기 때문에 그녀는 집에 남는 데 동의했다. 그는 그 강가의 오두막집에 가서 이틀에 한 번씩 밤마다 그녀에게 전화했다. 그녀는 자신의 부모에게 편지를 써서 나름대로 최선을 다해 그 상황을 좋게 포장해서 자신들이 인습에 사로잡히지 않는 아주 자유로운 부부이고, 에드워드는 황야에서 글을 쓰느라 씨름하고 있으며, 이런 삶이 아주 근사하다고 전했다. 유감스럽게도 그는 전보다 더 우울해져서 돌아왔다. 글이 잘 안 써졌다고 했다. 처음부터 다시 시작해야겠다고. 뭘 시작해? 그건 말로 표현할 수 없는 너무나 사적인 부분이라고 에드워드가 대답했다. 나중에야 수잔은 자신이 에드워드에 대해 공식적인 판결을 내렸다는 걸 깨달았다. 에드워드는 허세만 부리는 사기꾼이고, 자신은 아주 쉽게 속아 넘어가는 그의 봉이었다고. 그해 10월에 좋았던 일은 덕분에 아놀드를 만날 수 있었던 점 하나라고. 아놀드는 그녀가 있는 아파트 2층에 사는 병원 인턴이었다. 그의 아내 셀레나는 신경쇠약에 걸려 입원시켜야 했다. 결국 셀레나를 제외한 모든 사람이 나중에 이렇게 말하게 됐다. 그 일이 그들 모두에게 축복이었다고.

하지만 20년간 결혼 생활을 ─확실히 계속 평화롭고 서정적이진 않았다─ 한 수잔은 에드워드와 계속 살았더라면 어땠을까, 열린 마음으로 궁금해했다. 그와 헤어지지 않았다면 그녀는 지금 스테파니의 자리에 있을 것이다. 로지와 도로시와 헨리가 있기 때문에 수잔은 더 이상 스테파니로서의 삶이 수잔으로서의 삶보다 훨씬 덜 근사했을까, 궁금해하는 걸 두려워하지 않았다.

한 번은 그녀가 에드워드에게 왜 글을 쓰고 싶은지 물었다. 작가가 되고 싶은 이유가 아니라 글을 쓰고 싶은 이유. 에드워드의 대답은 매일 달랐다. 글은 음식과 음료야. 에드워드가 말했다. 글을 쓰는 이유는 모든 게 죽기 때문이야. 죽는 것들을 구하기 위해서지. 글을 쓰는 이유는 세상이 불분명한 혼란 덩어리이기 때문이야. 그 혼란 덩어리는 단어를 써서 지도로 그리기 전까지는 제대로 볼 수 없지. 우리의 눈은 침침하니 잘 보이지 않지만 글을 쓰면 안경을 쓰고 보는 것과 같아. 아니, 글을 쓰는 이유는 읽고 내 삶에 있는 이야기들을 나에게 맞춰 쓸 수 있도록 다시 만들기 위해서야. 글을 쓰는 이유는 내 마음이 횡설수설 떠들어대기 때문이야. 그 혼란 속에 글이란 길을 파서 길을 찾는 거지. 아니, 글을 쓰는 이유는 내가 내 머릿속에서 두꺼운 껍질을 덮어쓰고 나오지 않기 때문이야. 글이란 다른 사람의 머릿속에 들어갈 수 있는 탐침이야. 그리고 반응을 기다리는 거지. 내가 왜 글을 쓰는지 보여줄 수 있는 유일한 방법은 당신에게 내가 쓴 걸 보여주는 거야. 그런데 난 아직 준비가 안 됐어. 그가 말했다.

수잔은 그 정도면 괜찮다고 생각했다. 그는 글쓰기가 삶에 꼭 필요한 것처럼 보이게 만들었다. 하지만 그녀는 두려웠다. 그가 실제로 쓸 수 있는 글이 그의 인생을 풍요롭게 하지 못할까봐. 에드워드가 글을 포기하고 보험회사에 들어갔다는 말을 들었을 때 그녀는 에드워드가 보험회사에서 일하는 것도 글을 쓰는 것만큼이나 인생을 풍요롭게 할 방법을 찾아냈기 때문이길 빌었다.

에드워드의 신념에 대해 한 가지 마음에 걸리는 게 있었다. 만약 글 쓰는 게 삶에 꼭 필요한 것이라면 그녀가 영문학을 가르치는 신입생들은 뭘 하게 될까? 혹은 그녀 자신은? 편지를 쓰고, 간간이 일기를 쓰고, 노트에 가끔씩 떠오르는 회상을 쓰는 것 외에 그녀는 글을 쓰지 않는다. 그렇다면 그녀는 그동안 어떻게 살아남았지?

음, 그녀는 독자였다. 에드워드가 글을 쓰지 않고는 살 수 없다면, 그녀는 읽지 않고는 살 수 없었다. 나 없이는, 에드워드 당신은 존재할 이유가 없는 거야. 그녀는 말했다. 그는 자신의 자원을 쓰는 전달자이고, 그녀는 더 많이 받을수록 더 부유해지는 수신자이다. 수잔의 머릿속에 있는 혼란을 처리하는 그녀만의 방법은 평생 다른 사람들이 쓴 글을 읽어서 자신만의 흥미로운 건축물과 지도를 만들어낸다는 뜻이었다. 그녀는 에드워드가 자신의 비전들을 밝히고 싶어 했던 그 시절에는 전혀 상상도 하지 못했던 전망과 경치가 보이고, 역사와 문화로 가득 찬 풍요롭고 개화된 나라를 다년간에 걸쳐 세운 것이다. 수잔이 책을 통해 본 땅들과 비교하면 에드워드의 비전들은 얼마나 얄팍해 보였나. 그 후로 그녀는 너그러운 마음으로 에드워드가 글쓰기를 잘 배웠기를 빌었다. 그런 바람의 끝에 이제 '녹터널 애니멀스'가 나왔다. 그 소설에 그동안 그가 쌓은 배움은 보이지 않았지만, 적어도 그가 품은 비전은 보였다. 그래서 에드워드를 위하는 마음에 기뻤다.

수잔은 하루 종일 집안일을 하면서 오늘 밤 에드워드의 책을 읽길 기대하고 있었다. 그녀는 에드워드의 어리석음을 경멸하는 마음을 버렸다. 그만큼이나 그녀도 어리석었으니까. 그의 소설을 있는 그대로 받아들이고 기뻐하기로 했다. 이 소설을 쓴 에드워드가 그녀가 아는 에드워드보다 훨씬 똑똑하고 발전한 것처럼 보인다 해도 놀랄 이유는 없었다. 그녀는 금요일에 만날 새로운 에드워드가 기대됐다. 25년이란 세월의 성숙미가 더해졌을 테니까. 하지만 그가 뛰어나 보이지 않을 경우도 대비하자. 다만 어떤 작가들은 자신이 쓴 책보다 인간적으로 훨씬 나아보이기도 하고 -사람은 좋은데 작품은 마음에 안 드는 경우- 사람은 이기적이거나 퉁명스럽지만 작품은 매력적이고 지적이고 빛으로 가득한 경우도 있다.

하지만 사실-수잔이 보는 사실-대로 말하자면, 이 책에서 에드워드는 여전히 감춰져 있다. 스포트라이트 불빛 뒤에 보이지 않는 경찰처럼, 토니 사건의 강렬함에 숨어 보이지 않는 것이다. 그래도 끝까지 그러진 않을 것이다. 토니가 자신의 재앙을 추적해서 살해된 아내와 딸을 발견하고, 불행이라는 일반적인 무대에서 나와 개인적인 토니로 돌아가면 그때 에드워드가 나타날까? 그때까지는 에드워드에 대한 판단을 유보하자고 생각했다. 현재로선 이것만 말할 수 있다. 시작은 이 정도면 잘했어. 끝까지 이 흐름을 이어갈 순 없더라도, 적어도 시작은 근사했어. 그래서 참 다행이야, 에드워드. 내가 얼마나 안도했는지 당신은 상상도 못할 거야.

두 번째 독서

1

수잔은 늦게야 다시 책으로 돌아왔다. 지난 두 시간 동안 소파에서 정신없이 시간을 보냈다. 도로시는 친구인 아서와 같이 계단을 뛰어 내려와 그의 차에 탔고, 로지는 크리스마스 말들을 찾고 있고, 헨리는 2층에서 바그너를 어마어마하게 크게 틀어놓고 듣고 있었다. 록 음악도 아닌데 소리가 너무 커서 방문을 닫고 볼륨을 줄이게 했다. 그녀는 커피 테이블 밑에 있는 모노폴리 보드 밑에서 그 원고를 발견했다. 그 보드에 누군가 떨어뜨린 수천 달러와 초록 집과 호텔들이 흩어져 있었다. 그녀는 긴장을 풀고 눈을 감았다. 곧 저 버려진 돈더미 속에서 원고를 구출할 것이다. 그리고 읽을 것이다.

그녀의 마음은 집중하길 거부했다. 장밋빛 뺨의 어린 아서가 가식적으로 구는 게 아니라 정말 수줍어하는 착한 친구라면 좋을 텐데. 상대의 눈을 피하는 광기에 찬 소년 살인범이 아니어야 할 텐데. 마르타가 그사이에 모노폴리 보드 위에 자리를 잡고는 돈과 다른 것들을 다 깔고 앉았다. 호텔들이 마르타의 배를 쿡쿡 찌르고, 토니의 세계가 그 밑에 있었다. 수잔이 거기에 손을 쓱 집어넣자, 마르타가 바닥으로 밀려나면서 현대 문명을 몸에 붙이고 떨어졌다. 난폭하게 구는군. 마르타가 말했다.

수잔은 읽지 않은 원고를 소파 위에 있는 박스 속에 넣고, 다 읽은 원고는 그 옆에 쌓아 놓았다. 그리고 빨간색과 초록색 크리스마스 포장지 조각으로 지금까지 읽은 부분을 표시해 놓은 걸 찾았다. 그녀는 생각했다. 숲속에서 가족을 잃은 토니를 떠올려봐. 아니, 아직은 아니야. 그럴 기분이 아니야. 그녀는 자신이 토니라고 생각하면서 얼핏 꿈을 꿨다. 꿈을 꾸면서 그의 사건을 자신의 상황과 비교했다. 수잔의 문제들을 소설로 쓴다면 어떤 종류의 소설이 될까? 토니가 겪은 일이 얼마나 더 끔찍할까? 다만 그녀가 안고 있는 문제들은 실제로 존재하고, 그의 문제는 다른 사람, 그러니까 에드워드가 만들어낸 가공의 문제란 점만 제외하고 말이다. 토니의 문제가 훨씬 더 단순하다. 삶과 죽음이라는 극명한 질문과 대조적으로 그녀의 문제들은 평범하고, 지저분하고, 소소하고, 그것들을 문제라고 할 수 있을지도 확실하지 않아 훨씬 더 복잡하다. 노숙자들, 빈곤, 전쟁, 범죄, 재앙에 삶이 파괴된 사람들의 문제는 문제라고 할 수 있을 것이다. 마릴린 린우드는 문제일까? 마릴린과 아놀드의 불륜 행각은 3년 전에 끝났지만 어쩌면 아직도 계속되고 있을지 모른다. 솔직히 수잔은 그 일에 대해선 모른다. 정말 모른다. 그리고 묻지 않을 것이다. 아놀드와 많은 이야기 끝에 합의했는데 이 결혼은 모든 경쟁자들의 매력을 이겨낼 수 있을 정도로 굳건하기 때문에 린우드는 중요하지 않다고 아놀드가 말했다. 결혼상담사를 찾아갈 정도의 문제가 아닌 것이다.

계속 꿈을 꾸자 기벤스 부인이 둥둥 떠올랐다. 그리고 그녀를 통해 교수인 남편이 심장 수술을 받은 뒤 뇌출혈을 일으켜서 아놀드를 의료 사고로 고소한 매컴버 부인이 나왔다. 태어나서 한 번도 본 적이 없는 수술실에서 아놀드가 손에 쥔 메스와 쇠 집게와 그가 취한 예방 조치들 때문에, 단순히 그의 아내라는 이유만으로 매컴버 부인의 분노와 신랄한 태도에 –

인간적으로 생각하면 이해할 수 있다— 대면해야 했던 수잔은 움츠러들었다. 의사의 아내는 의사와 동등하다. 이 말을 아놀드는 당연하게 받아들인 반면 수잔은 아놀드 본인이 자신에 대해 내린 평가에 의지해 살아왔다. 아놀드는 아주 훌륭하고, 명석하고, 솜씨 좋고, 조심성이 많고, 믿을 수 있는 의사다. 그녀는 불쌍한 매컴버 부인이 소송을 건 이유가 악의를 품었거나 경솔해서 그런 게 아니라 몰라서 그렇다는 걸 알고 있었고, 남 일에 참견하기 좋아하는 기벤스 부인에게 그렇게 말했다. 아내가 남편이 옳다고 믿지 않으면, 누가 믿어주겠어요? 사실 수잔은 자신의 남편이 얼마나 실력이 좋은 의사인지 모른다. 아놀드를 존경하는 사람들도 있다. 환자들, 동료의사 몇 명, 간호사들도 몇 명 그를 칭찬하지만 그녀가 뭘 알겠는가? 그는 열심히 일하고 자신이 하는 일을 진지하게 받아들이고 연구한다. 수잔이보기에 그는 결코 뛰어나게 머리가 좋지는 않지만, 분명 그의 명성은 훌륭했을 것이다. 아니면 세다 홀 병원의 의사 후보로 추천받지 못했을 테니까. 가끔 죽는 환자들도 있다. 그런 일은 피할 수 없기 때문에 침착하게 받아들인다고 아놀드는 말했다. 가끔 그가 죽은 환자들에 대해 이야기할 때면 그녀는 울고 싶지만 그들은 그저 낯선 사람들, 환자와 관계가 있는 사람들이 옆에서 울어줘야 할 사람들일 뿐이다. 하지만 아놀드가 그런 이야기를 할 때면 그럴 권리도 없으면서 그를 비판하는 것처럼 보일까봐 울지 않는다.

　그만하자. 그녀는 지금 바람직하지 못한 방식으로 시간을 낭비하고 있다. 체취 같은 자기 연민이 휙 불어온다. 이 책이 그녀를 원래 상태로 돌려놔줄 것이다. 책이란 게 원래 그런 거니까. 그녀는 제일 위에 있는 페이지를 봤다. 그녀는 안경을 쓰고 지난번에 읽었던 이야기를 기억하려고 애썼다. 토니 헤이스팅스, 그 범죄, 마네킹들이 있는 그 빈터. 그리고 더 있었다. 집으로 돌아와서 장례식을 치렀지. 마침내 그녀는 기억났다. 토니는 여동생인 파울라와 같이 케이프로 날아가는 중이었다. 그녀는 가족이 죽은 이 마당에 토니 헤이스팅스에게 무슨 새로운 일들이 일어날지 궁금했다. 아직 읽지 않은 페이지들에 이미 적혀 있는 그 일들.

녹터널 애니멀스 12

토니 헤이스팅스는 회복하고 싶지 않았다. 그는 위험을 피하기 위해 최대한 기운을 아꼈다. 그는 케이프에 가는 문제로 파울라와 말다툼을 하지 않으려고 여기 왔다. 머튼이 스테이션왜건을 타고 마중 나와서 토니의 팔을 만지며, 수염을 기른 긴 얼굴에 말로 표현할 수 없는 감정을 표현했다. 토니는 머튼의 표정으로 그 의도를 짐작하고는 그가 마음에 들지 않는다는 걸 깨달았다. 이런 적은 처음이다. 전에는 항상 머튼을 좋아했기 때문에 놀라웠다. 조카들도 마음에 들지 않았다. 아이들은 조용히 하라는 주의를 듣지 않으려고 아주 엄숙한 표정으로 뒷좌석에 앉아 있었다.

그들은 관목이 무성하고 바닥이 모래로 뒤덮인 숲 사이로 달렸다. 케이프의 하늘에 옅은 안개가 껴서 근처에 바다가 있는 걸 알 수 있었다. 파울라와 머튼은 이야기를 나눴다. 토니는 조카인 피터와 제니가 몰래 그를 흘끔흘끔 쳐다보는 걸 봤다.

파울라의 집은 만(灣)에서 1킬로미터 정도 떨어진 숲속에 있었다. 도로를 나와 한가운데 풀이 자란 비포장 진입로로 올라가면 집이 나온다. 파울라 부부는 그가 로라와 왔을 때 묵었던 방을 내줬다. 그 방 창문으로 우뚝지를 지나 희미한 모래 언덕을 넘어 오후 햇살에 눈이 멀 정도로 환하게 반짝이는 만을 볼 수 있다. 그 방에서는 소나무 냄새가 났고, 바닥은 모래 투성이였다.

그들은 오후 늦게 사람들이 모두 떠난 해변으로 갔다. 서쪽에 있는 만에서 바람이 세차게 불어와 쌀쌀했다. 피터와 제니는 입고 있던 수영복 위에 스웨터를 입었다. "수영 안 가니?" 토니 헤이스팅스는 애써 말했다.

"너무 추워요!" 제니가 대답했다. 피터는 가지고 있는 프리스비를 제니와 던졌다 받으면서 그와 이야기하는 걸 피했다. 아이들은 삼촌이 당한 큰일에 대해 물어보기 두려워서 뭐라고 해야 할지 몰랐다. 바람이 거친 파도를 갈랐다. 해변에 있던 사람들이 버리고 간 물건들이 보였다. 녹슨 대형 쓰레기통은 종이와 플라스틱 음식 용기로 가득 차서 제일 위에 있는 것들은 바람에 날려 가고 있었다. 커다란 갈매기 한 마리가 모래 위를 걷고 있었다. 오렌지색 다리로 흐느적흐느적 걷는 갈매기의 한쪽 눈은 사악했고, 부리는 사나워보였다. 또 한 마리가 하늘에서 내려와 모래에서 60센티미터 정도 위에서 커다란 날개를 움직이지 않은 채 아래에 있는 쓰레기들을 내려다보고 있었다. 먹다 남은 샌드위치 한 쪽. 텅 빈 달걀 상자. 누군가의 스웨터가 모래에 반쯤 묻혀 있었다.

"추워 죽겠어요. 집에 가요." 피터가 말했다.

그날 밤 저녁을 먹으면서 그들은 활기찬 대화를 많이 했다. 토니 헤이스팅스는 이들이 하는 이야기를 잘 듣고 있으면 그 대화에 낄 수 있다는 걸 알고 있었다. 그는 나중에 생각했다. 난 죽은 통나무 같군. 좀 더 노력해야겠어. 내가 누구라는 사실을 절대 잊으면 안 돼.

아침에 그는 지겨워진 콧수염을 깎아버렸다. 해변은 환했다. 공기는 상쾌하고, 초록색 만은 잔잔했고, 물은 따뜻했다. 아이들은 오랫동안 수영했다. 그는 한동안 아이들과 같이 수영하면서 이게 그에게 좋은 일일까, 궁금해했다. 그러다 제니의 얼굴에 뭔가 묻고 싶어 하는 표정이 떠오른 걸 눈치 챘다. 제니는 물에서 나와서 머리는 물에 젖고 물거품이 묻은 얼굴로 그를 보다가 다시 물속으로 뛰어들었다. 토니는 제니가 무슨 생각을 하는지 알고 있었다. 아이는 로라 숙모가 항상 깊은 물에서 수영하면서 얕은 곳에서 첨벙거리는 사람들 주위를 잠수함처럼 돌아다니며 그들에게 장난치고 물속에 빠뜨렸던 걸 기억하고 있는 것이다. 혹은 토니 삼촌과 로라 숙모와 물속에서 했던 기마전을 떠올리고 있는지도 모른다. 토니는 생각했다. 아이들이 하자고 하면, 난 말(馬) 해야지. 하지만 아무도 하자고 하지 않았다.

그는 물속에서 아무 재미를 느끼지 못했기 때문에 금방 나와서 타월 위에 앉았다. 아이들이 돌아왔을 때 아이들과 이야기를 해보려고 애썼다. "만으로 걸어가 볼래?" 그가 말했다. 말이 납처럼 가슴속에 얹혀 있었기 때문에 그런 질문을 하는 것도 힘들었다.

그들은 만을 향해 걸어갔다. 이제 아이들이 작년에 이렇게 걸어갔던 생각을 하고 있다는 걸 토니는 알고 있었다. 로라 숙모는 조가비와 조약돌을 찾고, 토니 삼촌은 해변의 새들을 구분해주고, 헬렌은 젖은 모래에 작은 구멍들을 파면서 그 밑에 뭐가 있을지 궁금해했다. 조개일까, 아니면 게일까? 그는 묵묵히 자신의 고통을 변호하면서 예쁜 돌이나 섬세한 게 껍데기에 관심을 가지길 거부하고, 모래 속에 사는 섬게들에게도 무심했다. 그는 바다갈매기와 제비갈매기를 구분하고 싶지 않았다. 모래가 그의 발밑을 파고들었다. 아이들은 조용히 걸었다. 그러다 피터가 제니에게 뭐라고 중얼거렸다. 제니가 앞으로 달려 나가자 피터가 프리스비를 제니에게 던졌다. 아이들이 가는 내내 원반을 쫓아 빙빙 도는 동안 토니는 계속 억지로 걸어갔다.

케이프에서 토니는 사람들에게 불쾌하게 굴지 않으면서 울적해하려고 노력하며 2주 동안 지냈다. 파울라가 말했다. "오빠가 울적해하는 건 너무나 당연해." 그녀는 집에 돌아가면 정신과 의사에게 상담을 받아보라고 제안했다.

2주 후에 그는 텅 빈 집에 도착했다. 이제부터 완벽하게 혼자 지내게 될 집에 그랜트 센터에서 보낸 편지가 기다리고 있는 걸 발견했다.

당신 차에서 발견된 지문이 트레일러에서 찾은 지문과 일치한다는 사실을 알고 싶을 거라고 생각했습니다. 그리고 당신 차에서 나온 또 다른 지문은 전에 로스앤젤레스에서 살던 스티브 아담스의 지문으로 밝혀졌습니다. 이자는 캘리포니아에서 차량 절도 전과가 있고, 강간죄로 기소됐다가 무죄 방면된 적이 있습니다. 아담스의 얼굴과 옆모습이 나온 사진을 동봉했으니 당신과 당신 아내를 공격한 사람들 중 하나가 이 사람인지 확인해주면 고맙겠습니다. 이자는 전국에 지명 수배령이 떨어졌습니다.

증인을 찾는 요청에 응답한 사람은 하나도 없습니다. 조속히 답장해주길 고대하겠습니다. 수사가 더 진전되면 알려드리겠습니다.

바비 안데스

토니가 들고 있는 사진이 덜덜 떨렸다. 정면과 옆에서 찍은 상반신 사진에 길고 검은 머리와 선지자처럼 검은 수염을 텁수룩하게 기른 비쩍 마른 남자가 보였다. 토니 헤이스팅스는 그 사진을 빤히 보면서 그 사람을 자세히 들여다보려고 노력했다. 누구지? 비뚤어진 코, 슬픈 눈. 레이도 아니고 터크도 아니야. 그는 날카로운 실망감이 엄습하는 걸 피하면서 기억해내려고 사력을 다했다. 루의 수염, 루의 머리인가? 루는 수염이 이렇게 길지 않았는데. 머리도 다르고. 하지만 어떻게 다른지 기억나지 않았다. 그리고 사진 속 남자의 눈을 봐도 아무것도 떠오르지 않았다. 이것은 그가 한 번도 본 적이 없는 사람의 사진이었다. 그는 수염을 기른 레이를 상상해봤지만, 이 사진을 보자 수염이 없는 레이가 어떻게 생겼는지 기억해내기 힘들었다.

편지가 그의 마음을 휘저어, 응징하고 싶은 욕망을 불러 일으켰다. 그는 생각했다. 경찰이 놈들을 잡건 말건 그런다고 뭐가 달라져. 하지만 밤이면 그는 살의가 섞인 생각에 사로잡혔다. 놈들을 생각하면 저절로 입술을 깨물면서 침대 시트를 주먹으로 탕탕 내려쳤다. 하지만 그 편지에 답장하는 걸 잊어버렸고, 며칠 후에 바비 안데스에게 전화 한 통을 받았다. 목소리가 희미한 게 전화 연결 상태가 좋지 않았다.

"제 편지 받았습니까?"

"네."

"흠."

"뭡니까?"

"그 사진의 얼굴을 알아봤습니까?"

"아뇨."

"뭐가 아니라는 겁니까?"

"알아보지 못했어요."

"아, 빌어먹을! 이봐요."

"죄송합니다."

"제기랄. 이자의 지문이 당신 차에 있었어요. 그게 무슨 뜻인지 모르겠어요?"

"미안하지만 아는 얼굴이 아닙니다."

"빌어먹을!"

토니 헤이스팅스는 울적했지만 살아가는 데 필요한 일들을 계속했다. 아침을 차리고 점심에 먹을 샌드위치를 만들었다. 저녁은 싼 레스토랑에 가서 먹었다. 가끔은 요리할 때 평소보다 훨씬 덜 심드렁한 기분이 들었다. 그는 사무실에 갔지만 일에 몰두하기 힘들어서 대개 집으로 일찍 왔다. 밤에는 독서를 하려고 해봤지만 집중할 수 없어서 주로 TV를 보며 시간을 보냈다. 하지만 TV에도 정신을 집중할 수 없어서 대개는 뭘 보고 있는지도 몰랐다. 일주일에 한 번 플래셔 부인이 와서 집을 청소하고 빨래를 했다. 그동안 집은 엉망이 되고, 사방에 신문과 책이 널려 있고, 더러운 접시들이 쌓였다. 그는 강의를 다시 시작할 수 있게 어서 여름이 끝나길 초조하게 기다렸지만 그렇다고 딱히 강의를 하고 싶은 마음이 들지도 않았다.

어느 날 저녁, 이제 가을 학기 준비를 할 시간이 됐다고 결정한 토니는 서재로 가서 어디서부터 시작해야 할지 생각하려고 노력했다. 하지만 그의 생각은 수만 갈래로 흩어졌다. 그는 의식을 하나 행하고 싶었지만 그럴듯한 게 생각나지 않았다. 창가로 갔지만 보이는 거라곤 유리창에 반사된 자신의 모습뿐이었다. 토니가 밖을 보는 것보다 밖에 있는 사람이 안을 훨씬 더 잘 볼 수 있었다. 그는 집 안의 불을 다 껐고, 집은 완전히 깜깜해졌다. 내가 왜 이러고 있지? 그는 물었다. 밖의 가로등과 이웃집에서 흘러나오는 희미한 불빛과 밤하늘에 빛나는 은은한 불빛이 창문으로 들어와 벽여기저기에 그림자를 드리웠다. 토니는 측창으로 걸어가 후설 씨의 집에 불이 환하게 켜져 있는 걸 올려다보고 다른 창문으로 가서 관목들과 막혀 있는 정원 위의 검은 하늘을 봤다. 그는 어두운 집 안에서 방마다 돌아다니며 밖의 풍경과 밖에서 흘러들어온 불빛이 집 안에 비쳐 생기는 무늬들을 봤다.

그리고 밖으로 나갔다. 거리를 걸어 가게들이 있는 곳으로 갔다. 그는 창문으로 레스토랑 안에 앉아 있는 사람들의 모습을 보고, 아직 영업 중인 가게들, 월그린스, 스튜스 델리와 문을 닫고 유리창에 불만 켜진 철물점과 서점을 봤다. 그리고 비탈길을 내려가 거대한 나무들이 있는 공원으로 갔는데 너무 어두워서 보이지 않는 나뭇가지들에 부딪치지 않게 얼굴 앞에 손을 대고 걸어가야 했다. 내가 여기 왜 나왔지? 그는 물었다.

놈들은 타이어를 고치는 동안 그 생각을 한 게 틀림없어. 그때 레이의 차로 가서 회의를 한 거야. 저 여자들을 트레일러로 데려가서 신나게 놀아보자. 남자는 어쩌고? 젠장, 저놈은 없애버려. 좋아, 이렇게 하자. 저 인간들을 찢어놓는 거야. 남자랑 여자들을 따로 태우는 거지. 루, 네가 사내를 데려가. 야, 이건 위험한 짓이야. 새꺄, 위험하지 않은 게 어디 있어?

토니는 그들이 그 차의 타이어를 바꿀 때 썼던 타이어 레버를 떠올려보려고 애썼다. 놈들이 타이어를 다 갈았을 때 그게 바닥에 있었나? 그가 그걸 집었을 수도 있는데. 그 레버를 들고 있었으면 레이와 터크가 그의 차에 타는 걸 막을 수도 있었는데. 두 손으로 그걸 잡고 있을 수 있었는데. 상황이 어쩔 수 없었을 때 그걸 휘둘러서 레이의 머리를 쳤을 수도 있었는데.

그는 공원에서 길을 잃었다. 레이스처럼 얽힌 나무들 사이로 불빛이 하나 보여서 그걸 가이드 삼아 다시 보도로 나왔다. 그 불빛은 영업을 마친 미장원 간판에서 나온 빛이었다. 토니는 덜덜 떨고 있었고, 그의 얼굴은 나뭇가지에 여기저기 긁혀 있었다.

토니는 어두운 집에 앉아서 밖을 내다봤다. 날 다시 그때로 데려가줘. 그가 말했다. 처음부터 다시 시작하게 해줘. 이 일을 되돌리게 해줘. 한 순간만 바꿔달라고. 내가 부탁하는 건 그것뿐이야. 그다음엔 일이 흘러가는 대로 놔둘게. 내가 멈추지 않았던 그 트레일러에서 멈추게 해줘. 날 차 문 옆에 세워서 레이와 터크와 싸우게 해줘. 그것만 해줘. 더 이상은 바라지도 않아. 그저 그 사건의 수많은 연결 고리 중에 하나만 바꿔달란 말이야. 그 뱅거로 가는 히치하이커를 태우게 해줘. 수염이 바람에 흩날리는 그 남자에 대해 내 딸이 한 친절한 말을 이 멍청한 아비가 듣게 해줘.

이 집은 슬픔으로 가득 찬 텅 빈 탱크였다. 로라와 헬렌의 속이 텅 빈 유령들이 그들의 자리가 아닌 다른 곳만 둥둥 떠다녔다. 화장대에 그대로 열려 있는 보석 상자에도 없고, 토니가 손가락으로 감촉을 만져본 그녀의 드레스들이 걸려 있는 옷장이나 서랍에도 없었다. 그는 로라의 묵직한 회색 스웨터를 머리에 둘렀다. 감상적이면서도 경건한 마음으로 그는 로라가 현관에 걸어놓은 화분에 물을 줬다. 그리고 파란색과 흰색 도자기들을 치웠다. 히치콕 체어(Hitchcock chair, 팔걸이가 없는 작은 의자)도 쓰지 않았고, 부엌에 있는 전동 깡통 따개도 쓰지 않았다. 그녀가 거기서 바느질을 하지도 않고 재봉실이라고 부르지도 않았던 오래된 뚜껑이 달린 조립식 책상에서 타자 한 번 치지 않았다. 그녀의 이젤, 그녀의 정신없는 팔레트, 스튜디오 벽에 세워진 프레임도 씌우지 않은 캔버스에도 유령들은 없었다.

거실에 걸려 있는 그녀의 커다란 그림 두 점은 그 얼마나 무심하던가. 이른 아침 엷은 안개가 낀 바다 풍경같이 온통 옅은 파란색인 그림 한 점과 핑크색과 오렌지 색조로 가득 찬 고요하고 변함없는 이 그림들은 시간의 잔인한 힘과 강간과 망치에 대해 아무것도 모르고 있었다. 헬렌의 바보 같은 판다 인형, 감상적 표정의 상징으로 만들어진 검은 유리 눈동자와 엄청나게 머리가 큰 그 인형은 헬렌의 침대 위에 앉아 그 기능에 충실하게 토니를 한없이 감상에 잠기게 했다.

아침이면 그는 욕실에서 물소리가 들리기를 기다렸다. 스크린도어 소리와 학교에 가려고 나가는 발소리가 들리길 기대했다. 아침에 집을 나갈 때면 다녀올게, 라고 말하고 싶었지만 아무래도 로라는 2층에 간 게 분명했다. 그가 오후에 돌아오면, 그녀는 자신의 스튜디오에서 그림을 그리고 있을 것이고, 계단에서 나는 발소리가 들릴 것이다. 오후가 흘러가면, 그는 로라가 스크린도어를 홱 밀고 안으로 들어오는 소리를 기다렸다. 저녁을 먹은 후에는 같이 산책하게 그녀를 기다릴 것이다.

토니는 이렇게 두 사람의 부재를 다시 발견하는 순간들을 세세히 계획해서 그런 순간을 놀랍게 느낄 수 있고, 이렇게 슬픔이 지속될 수 있게 했다. 이런 순간들 덕에 계속 그들의 부재를 깨달을 수 있었다. 그는 일부러 이제 그들이 세상에 없다는 사실을 잊고 다시 그 사건이 일어났던 순서를 마음속에 재현했다. 교회에서 흰 천에 덮여 있던 그 기이한 직사각형의 물체들은 나중에 덤불 속에서 실려 나온 캔버스에 싸인 고치가 됐다. 그것들은 덤불 속에 있던 마네킹들보다 더 컸다. 이 일들은 그들이 그날 밤 차에 실려 떠난 다음에 일어났다. 그 일은 이 집에서 지금까지 일어났던 그 어떤 일보다 나중에 일어난 일이었다. 이 집에서 일어난 일은 그 어떤 것도 도로에서 일어난 일보다 최근에 일어난 건 없었다. 어떤 것도 로라와 헬렌의 죽음보다 더 새롭거나 신선하지 않았다. 항상 네가 보는 그들의 마지막 모습은 차를 타고 도로를 달려가던 그들의 공포에 질린 얼굴일 거야. 토니 헤이스팅스는 경악해서 자신에게 말했다.

토니는 그 일에 대해 로라와 이야기를 나눴다. 그가 말했다. 최악의 순간은 레이와 터크가 억지로 당신이 탄 차에 탔던 거야. 그것도 참 끔찍했지. 그녀는 동의했다. 아니야. 그는 자신이 했던 말을 정정했다. 최악은 내가 처음에 덤불 속에 뭔가 있는 걸 봤다가 그게 당신이란 걸 깨달았을 때야. 로라는 미소를 지었다. 토니가 말했다. 당신이 내게 당신이 겪은 일을 직접 말해줄 수 있으면 좋을 텐데. 나도 그럼 좋겠어. 로라가 말했다.

헬렌은 밤에 쿵쿵 소리를 내며 계단을 한 번에 두 단씩 내려와, 쾅 소리를 내며 스크린도어를 열고 나갔다. 토니가 물었다. 헬렌의 물건을 어떻게 처리해야 할까? 헬렌의 동물 인형들, 도자기 말들. 당신의 조언이 필요해. 나도 알아. 로라가 말했다.

2

2층에서 불쌍하고 뚱뚱한 헨리가 〈지크프리트 장송행진곡〉을 록 음악처럼 너무 크게 틀어 놨다. 볼륨 줄여! 수잔 모로가 소리를 지르다가 전화벨 소리를 들었다. 아놀드가 뉴욕에서 건 전화였다. 그녀는 통화를 끝낸 후에 아놀드의 의기양양한 목소리를 머릿속에 가득 담은 채 원고로 돌아갔다. 아놀드의 목소리가 그녀의 독서를 방해하고 토니 헤이스팅스를 머릿속에서 지워버렸다. 아놀드는 그곳 병원에 대한 소식을 전했는데, 그는 모르고 있지만 그의 흥분이 그녀에겐 두려움이었다. 아놀드의 출세를 위해 이 집을 떠나야 하면 어쩌지? 그 의문에 그녀는 날카로운 시선으로 자신의 삶을 소파 위에서 둘러봤다. 벽지, 벽난로 선반, 그림, 계단, 난간, 집의 목조 부분 들을 보고 이어서 밖에 있는 잔디밭, 단풍나무, 거리 모퉁이, 가로등을 봤다. 여기엔 친구들도 있다. 마리아와 노르마. 칙워시에 가자고 아이들을 전학시켜야 하나. 아이들은 속상해하면서 친구들과 영원히 헤어지게 된다고 펑펑 울지도 모른다. 수잔도 그럴지 모른다. 그녀는 하찮은 집안 사정에 연연해 이기적으로 구는 것처럼 보일까봐 아놀드와 통화할 때는 이 문제에 대해 아무 말도 하지 않았다. 지금까지 자신의 권리를 주장했다가 나중에 기분 나빴던 적이 많았으니까. 그녀는 아놀드와 싸우고 싶지 않았다.

아놀드는 그녀가 자신의 결정에 따를 거라고 짐작했다. 심지어 둘이 같은 결정을 내렸다고 생각할지도 모른다. 그들은 이 문제에 대해 이야기를 나눌 것이다. 수잔은 그가 예상하는 질문들을 해서 그가 이미 결정한 문제들을 결정하도록 돕고, 그가 이미 생각한 일들을 말하고, 그의 이익을 다시 일깨워줄 것이다. 그녀는 외과 기술에 대한 아놀드의 애정과 환자들에 대한 관심과 의사로서의 명망과 전국적인 규모로 좋은 일을 할 수 있는 힘을 저울질해보고 검토할 것이다. 그 결정이 마음에 안 들어도 아놀드에게 손해가 되는 쪽으로 그를 휘두르는 것처럼 보이지 않도록 아무 말도 하지 않을 것이다. 아이들과 아이들에게 도움이 되는 점들은 언급하겠지만, 아놀드가 아이들은 적응할 수 있고 워싱턴이란 환경과 성공한 아빠가 아이들에게 줄 수 있는 장점들에 대해 이야기한다면, 물론 그를 지지할 것이다.

그의 목소리는 마치 고등학생 같았다. 거기서 사실상 내게 그 자리를 준다고 약속했어. 아놀드가 말했다. 잘됐네, 여보. 그녀가 말했다. 거기에 대해 이야기해보자고. 우리 모두를 위해 뭐가 최선인지 고려해봐야지. 당신과 아이들을 위해서도 말이야. 당신과 의논해보지도 않고 받아들이진 않을 거야. 모든 각도에서 다 고려해봐야지. 그는 이 문제를 어떻게 모든 각도에서 고려해볼 건지 몇 가지 제안을 했다.

아놀드와의 통화에는 그것 외에 다른 뭔가가 있었다. 좋지 않은 순간이 있었다. 남편의 성공에 대해 적절한 반응이 아닌 다른 질문을 했다는 걸 그녀는 너무 늦게 깨달았다. 그 질문은 그냥 실수처럼 지나갔지만, 통화가 끝난 후에도 걱정의 여지를 남겼다. 마치 가까스로 재앙은 피했지만 끝도 없이 생각에 빠져들게 되는 위험이 여전히 남아 있는 것 같았다. 그만해. 수잔이 스스로에게 말했다. 그냥 내버려둬. 상황이 지금보다 더 악화될 수도 있었어. 오늘 저녁은 독서를 할 거야. 그러려면 지금 이 복잡한 머릿속을 깨끗이 비워야 해.

대신 토니 헤이스팅스에 집중하자. 그는 슬픔에 빠져 일상에 무심한 채 가족의 죽음에 집착하고 있다. 토니가 집 안의 불을 다 끄고 밖을 내다봤을 때 수잔은 그를 어떻게 생각해야 할지 고민했다. 토니의 스타일 속에 에드워드의 아이러니가 스며들어서 그의 캐릭터가 더 복잡해졌다. 수잔은 토니의 비탄이 지나쳐 자기 연민으로 빠지면 그에게 더 이상 공감하지 못하게 될까 궁금했다. 이 소설이 토니의 우울한 모습을 길게 묘사하지 않기를 빌었다. 우울한 주인공에 대해 읽고 싶은 독자가 어디 있겠는가? 그녀는 우울한 사람들과 있을 때는 초조해지는 경향이 있는데, 아마도 에드워드와 살 때보다 더 심해졌을 것이다. 그들의 결혼 생활이 실패하기 전에 에드워드가 글이 잘 안 써지면 우울해하던 모습이 떠올랐다.

해변에 조약돌이 깔려 있고, 보트에서 에드워드가 물속으로 던진 담배가 꺼지면서 쉭 소리가 나는 가운데 그녀는 -그보다 훨씬 전에- 에드워드가 오랫동안 정신병원에 있었던 엄마를 용서하길 거부했던 기억이 났다. 수잔이 에드워드의 엄마를 변호했을 때 에드워드는 노로 물을 쳐서 그녀에게 튀기려 했다. 반면 지금까지 25년 동안 아놀드는 셀레나가 그레이 크레스트에 있는 호화로운 정신병원에서 거품을 물고 있을 수 있도록 매달 고액의 수표를 보내고 있다. 수잔은 아놀드가 예전에 경이로운 기쁨에 차서 자주 하던 말이 떠올랐다. "고맙게도 당신은 미치지 않았어." 오랜 세월이 흐르면서 아놀드는 그녀에게 익숙해져서 더 이상 그런 말을 하지 않는다.

9월에 파울라가 집에 왔다. 그녀는 유품들을 기부하고 처분하려고 왔다. 파울라는 로라의 옷장과 헬렌의 방에서 옷과 보석들을 싸고, 편지, 그림, 사진, 장난감과 인형 들을 정리했다. 그리고 파울라는 떠났고 학기가 시작됐다. 동료들과 학생들이 학교로 돌아왔다. 그건 좋았지만 수학과 아무 상관없는 질문들이 여전히 대화에 끼어들었다. 형씨, 당신 마누라가 당신 보고 싶대. 토니가 강의를 하거나 학생들에게 이야기를 하는 동안 갑자기 그때 일들이 불쑥불쑥 그의 생각을 비집고 들어왔다. 그리고 밤이면 집에 불을 다 끄고 창밖을 내다보는 새로운 습관이 생겼다. 그는 어두운 나뭇가지와 이웃들의 집으로 보이는 빛의 사각형들과 희미하게 빛나는 밤하늘을 보면서 자신의 집에 있는 동굴같이 널찍한 어둠을 느꼈고, 그가 안에서 보고 있는 걸 의식하지 못하고 밖에 사람이 지나갈 때면 특히 흥분했다.

토니는 이제 자신이 회복되는 중이라고 생각했다. 그는 자신이 속한 학과의 학과장인 케빈 멜크가 연 파티에 갔다. 파티에서 사람들은 게임을 했다. 제스처 게임이었다. 토니도 거들어서 게임에 쓸 단어들을 제안했다. '거리의 양지'와 '서구의 몰락'이었다. 그리고 자신도 직접 '녹터널 애니멀 하우스'를 제스처로 표현했다가 우레와 같은 박수를 받고 놀랐다.

파티가 끝난 후에 프란체스카 후턴을 차로 데려다줬다. 그녀는 변호사인 남편이 뉴올리언스에 가서 파티에 혼자 왔다. 토니는 늘 프란체스카를 좋아했다. 그녀는 프랑스어를 가르치고 있는데 키가 크고 살결이 희고 이목구비가 예쁜 금발 미녀다. 예전에는 가끔 둘 다 싱글이었으면 어떨지 생각해본 적도 있지만 이제는 이런 상황이 불편했다. 자신이 그녀를 바래다주는 이 상황이 기회일 가능성이 있었기 때문이다. 토니는 가족과 사별해서 고통스러운 지금 혼란에 빠지고 싶지 않았다. 그녀는 옅은 황갈색의 우아한 드레스를 입고 옆에 앉아 있었다. "수사에 단서는 나왔어요?" 그녀가 물었다.

"경찰이요? 내가 알기론 없어요."

"화나지 않으세요?"

"누구에게요? 경찰에게?"

"그놈들에게요. 놈들이 잡혀서 벌을 받길 원하지 않아요?"

"그래봤자 무슨 소용이 있어요? 그런다 해도 로라와 헬렌이 살아 돌아오지 않잖아요."

토니는 곧바로 자신이 한 말이 허세란 걸 깨달았다. 그녀는 이야기를 계속했다.

"뭐 당신이 화나지 않았다 해도, 난 화가 나요. 당신을 대신해서 화가 나요. 놈들이 죽어버렸으면 좋겠어요. 당신은 그렇지 않나요?"

"나도 무지 화가 나요." 그는 중얼거렸다.

2층에 있는 자신의 아파트 계단 밑에서 그녀가 말했다.

"우리 집에 들를 생각은 없죠?"

그는 심장이 쿵쾅거리는 걸 느끼면서 말했다. "난 집에 가는 편이 좋겠어요."

어두워진 집에서 토니는 그날 밤 있었던 일을 로라에게 말했다. 우린 제스처 게임을 했어. 그가 말했다. 난 파티의 스타였지. 파티가 끝나고 내가 프란체스카 후턴을 집에 데려다줬어. 그녀는 내가 화를 내면서 복수하길 원했지만, 난 당신에게만 집중하고 싶었어. 그리고 그녀는 나와 바람을 피우길 기대했지만 내가 거부했지. 토니는 집의 불을 다 끄고 다시 어둠 속에서 이 창문 저 창문으로 밖을 내다보며 말했다. 난 잊지 않을 거야. 아무것도 날 잊게 만들 수 없어.

그는 마치 지팡이를 짚은 사람처럼 뻣뻣하게 이 강의실에서 저 강의실로 이동했다. 옅고 은은한 금발 머리의 루이스 저메인이라고 하는 대학원생이 그의 사무실에 와서 말했다.

"교수님이 어떤 일을 당하셨는지 들었어요. 제가 유감스럽게 생각한다는 걸 알려드리려고 왔습니다." 그는 힘겹게 미소를 지으면서 고맙다고 인사했다. 그녀가 떠났을 때 토니가 말했다. 난 고독해질 거고, 내 머리는 백발이 되겠구나. 그는 자신의 결혼 생활의 역사에 대해 쓰기로 결심했다. 글을 쓰면 기억이 날 것이라고 생각했다. 그는 과거가 아직 현재의 일부라는 중요한 느낌, 존재감을 잃을까봐 두려웠다.

토니는 그런 이론을 입증하기 위해 구체적인 추억들을 모았다. 로라에게 자신이 지적인 사람이라는 걸 보여주기 위해 톨스토이를 읽었던 밤, 그녀가 활력에 넘치는 사람이란 걸 증명하기 위해 갔던 해변 여행, 그녀가 위트 있는 사람이라는 걸 확인하기 위해 했던 농담과 말장난 들은 정말 기억해내기 힘들었다. 그리고 멜크 학과장 부부에 대한 그녀의 판단력을 보여주기 위해 부엌에서 했던 토론들, 그녀의 너그러움과 다정함을 강조하려고 페터슨 거리까지 갔던 저녁 산책도 있었다. 그의 기억은 저항했다. 이렇게 억지로 끌려 나오고 싶어 하지 않았다. 토니는 테이블 위에 놓은 사진 액자 속의 그녀를 자유롭게 풀어주려고 노력했다. 그 사진 속 그녀의 얼굴에는 사진사가 잡은 미소가 고정돼 있었고, 그녀의 머리는 이마 한쪽으로 웨이브가 졌다. 그는 고개를 돌리고 기억이 그를 기습하길 기다렸다. 기억은 종종 느닷없이 찾아왔지만 그가 부탁했을 땐 오지 않았다. 그런 기억의 매복에 노출되려고 그는 오래된 습관들을 되풀이해서 말했다. 로라는 화랑 가는 길에 그를 수백 번 차로 학교에 태워다줬고, 그녀가 그의 조언을 구했다가 화랑에서 근사한 순간이 생길 때도 있었다. 한번은 로라가 마치 살아 있는 것처럼 생생한 모습으로 팔을 흔들면서 거리를 걸어 집에 오는 모습이 나타난 적도 있었다. 아, 그녀가 얼마나 힘차게 팔을 흔들었던가. 하지만 그를 매복했던 모든 기억은 굳어져버렸다. 기억이 그를 매복하는 순간이 점점 줄어드는 동안 그는 수많은 이미지들을 만들어냈다.

그러면서 그는 점점 나아졌다. 그는 승진과 종신 재직권 후보 문제로 교직원 미팅에 두 번이나 나가서 자신을 뽑아달라고 세 시간 동안 열정적으로 이야기했다. 그러다 빌 퍼먼과 학교에서 눈이 쏟아지는 밖으로 나왔을 때 비로소 자신이 사별했다는 사실을 기억해냈다. 그는 세 시간 동안 그 사실을 잊고 있었던 것이다. 또한 텅 빈 집과 눈 때문에 다시 떠오른 기억도 예전만큼 충격적이진 않았다. 이제 이런 일들이 자주 일어났다. 강의실에서, 독서를 하다가 그는 자신의 삶이 정상이 아니란 사실을 기억하지 못한 채 몇 시간씩 일하고 있었다는 걸 종종 깨달았다. 삶은 이렇게 계속되는구나. 그는 말했다. 항상 이를 갈면서 살 수만은 없구나.

그것은 그해 겨울에 내린 첫눈이었다. 토니는 빌 퍼먼과 함께 그 눈을 헤치며 차를 몰았다. 두꺼운 눈송이들이 거센 바람에 휘날려 차 주위를 빙빙 돌았다. 거리는 미끄럽고 위험했다. 그는 눈을 보면 슬픔이 다시 살아날 거라고 예상했다. 눈이 그들이 죽은 곳을 묻어버리고 있을 테니까. 토니는 그 숲속에 눈이 내리는 풍경을 상상할 수 있었다. 헬렌과 로라는 결코 보지 못할 겨울. 하지만 눈은 평화롭게 내렸다.

나중에 토니는 집에서 눈이 내리는 풍경을 봤다. 그는 다시 한 번 집 안을 돌아다니면서 불이란 불은 다 껐다. 그리고 가로등 불빛에 눈송이가 하염없이 쏟아지는 모습을 지켜봤다. 그는 숲속에 있는 산속 도로에 내리는 눈을 생각했다. 빈터를 덮고 있는 눈도. 그는 신발을 벗고 양말만 신고 집 안을 돌아다녔다. 가로등 불빛과 도시의 하늘에서 내리는 눈에 반사된 불빛이 커다란 집들 창문에 비치고 텅 빈 방들을 밝혔다. 그는 밖의 으스스한 불빛에 비친 이 집에서 혼자 아주 자유롭다는 생각을 했다. 요전까지 이렇게 했지만 지금은 상당히 정상이 된 것 같은 기분을 느끼면서 한 창가에서 다른 창가로 걸어 다니며 언덕과 후설 씨의 집을 올려다보고, 잔디밭과 눈 덮인 오크 나뭇가지들과 차고들과 거기 주차된 차들을 황홀하게 바라봤다.

그가 로라에게 그 점에 대해 물어봤을 때 그녀는 당신이 살아 있다는 사실이 기뻐, 라고 대답했다. 눈이 집 앞 잔디와 거리를 덮는 풍경을 지켜보면서 그는 자신의 몸을 의식하게 됐다. 그의 몸은 처음부터 슬픔에 무지했다. 그저 자고, 면도를 하고, 이를 닦고, 먹고, 마시고, 배설하는 행위만 꾸준히 지속했고, 속이 느끼하거나 가스가 차거나 쓰리지 않도록 식습관에 주의했다. 그리고 깨끗한 옷, 속옷, 셔츠, 신발을 입거나 신고, 더러운 옷은 플래서 부인에게 빨아달라고 내놨다. 지금은 눈이 내리니 외투를 입고, 머플러를 두르고, 모자와 장갑을 끼고, 내일 밖으로 나가면 혈액순환을 촉진시키기 위해 발을 쿵쿵 구를 것이다. 그는 속옷 속에 잠잠하게 있던 자신의 성기가 밤에 느끼는 이 묘한 기분에 혼란스러워 새벽을 연기하는 발레리나처럼 살짝 움직이는 걸 눈치 챘다. 그것이 자신만의 슬픔을 간직한 채 바지 속에서 시무룩해 있던 유일한 신체 부위였다. 하지만 그게 꿈틀거리기라도 할라치면 개를 꾸짖듯이 그 일을 떠올렸고, 그러면 금방 움츠러들었다.

하지만 그의 성기는 항상 독립적으로 생각해왔다. 결혼 생활이 좋았던 시절에도 이 끈질긴 물건은 항상 프란체스카 후턴과 루이스 저메인이란 여학생과 호피 무늬 비키니를 입은 해변의 여자들에게 눈길을 주곤 했다. 그는 이 부분과는 아무 상관이 없는 것처럼 옷에 싸여 있는 이 무법자 같은 갈망이 존재한다는 사실을 부인해왔다.

하지만 이제 그는 그가 알고 있는 여자들을 찬찬히 생각해봤다. 프란체스카 후턴, 엘리노어 아서, 루이스 저메인. 사랑이 아닌 섹스. 사랑은 할 수 없다. 다시 결혼한다는 건 생각도 못할 일이지만 섹스는 상상할 수 있다. 하지만 여자마다 문제가 하나씩 있다. 프란체스카는 유부녀다. 변호사인 남편이 출장을 자주 다니지만, 토니는 지저분한 관계에 얽히고 싶지 않다. 그리고 그녀가 보내는 신호들도 믿을 수 없다. 엘리노어 아서는 좀 더 분명한 신호를 보낸다. 그리고 그녀의 남편은 자신만큼이나 그녀도 자유롭기를 원한다는 짐작이 들었지만, 그녀의 불안해하면서 날을 세우는 성정 때문에 토니도 그녀를 만나면 덩달아 그렇게 됐다. 거기다 엘리노어가 그보다 훨씬 연상이라는 사실은 도저히 무시할 수 없다. 루이스 저메인과 있을 때는 편안했지만 그녀는 대학원생이다. 학생들과 사귀는 건 좋지 않다. 적당한 사람이 없으니 그는 이것도 운명이라고 여기고 쉽게 체념했다.

며칠 후에 금발 머리의 프란체스카 후턴이 그를 서점에 데려가 파울라의 아이들을 위해 선물을 고르는 걸 도와줬다. 토니는 그녀의 말없는 미소와 뭔가를 암시하는 눈이 마음에 들었다. 나중에 그는 조지와 엘리노어 아서 부부가 하는 저녁 초대를 받아들였다. 그것은 많은 사람들이 모이는 뷔페였다. 그는 록산느 퍼먼과 소파 가장자리에 앉아 학과에 대한 이야기를 나누며, 엘리노어가 안주인 역할에 너무 바빠서 그에게 관심을 기울이지 못해 다행이라고 생각했다. 크리스마스 직전에 루이스 저메인에게 카드를 한 장 받았다. 우아한 필체로 재치 있게 쓴 카드였다. 로라가 살아 있을 때는 그저 학구적인 관심에서 그를 짝사랑하는 게 아닐까, 라고 품었던 의심이 그 카드를 보자 떠올랐다.

토니는 시카고에 있는 남동생 알렉스의 가족과 추수감사절 식사를 같이하면서 자기 때문에 분위기가 침울해지지 않도록 하는 데 그럭저럭 성공했다. 크리스마스에는 뉴욕에서 30킬로미터 떨어진 파울라의 교외 주택에 열흘 동안 머물렀다. 그는 이제 머튼이 좋았고, 왜 전에 그를 싫어했는지 기억이 나지 않았다. 그는 조카들과 눈 덮인 교외 거리에 산책을 나갔고, 아이들과 같이 스케이트를 타고, 아이들이 마을 위에 있는 산중턱에서 새 스키를 타는 모습을 지켜봤다. 파울라의 집 북서쪽 모퉁이에 있는 그의 침실, 침대 하나가 들어가고 파울라의 책들이 빽빽하게 꽂혀 있는 책장 하나면 꽉 차는 그 방에서, 토니는 마치 새 인생을 시작하는 것 같은 느낌이 들었다. 그 방은 파란색 산악 지대처럼 보이는 새 벽지로 다시 도배했고, 깨끗한 시트 냄새가 났고, 헐벗은 나무들이 서 있는 산비탈이 내다보였다. 그는 계획을 세웠다.

토니는 새해를 맞이한 후 화요일에 그곳을 떠나 공항까지 차로 데려다주겠다는 머튼의 제안을 사양하고, 기차를 타고 뉴욕으로 갔다. 그는 집에 가기 전에 섹스 문제를 해결하겠다는 생각을 하고 있었다. 혼자가 되자 그의 가슴속에서 온 신경이 스파크가 튀는 전기처럼 팽팽해졌다. 강가를 따라 달리는 기차 안에서 그런 느낌이 들었다. 호텔 숙박계에 서명할 때도 숨통이 조여 들었다. 도심 근처에 있는 호텔은 허름했다. 그는 자신에게 말했다. 내 이름은 토니 헤이스팅스이고 수학 교수야. 난 여기가 아닌 다른 곳에 살고 있어. 난 나쁜 일을 겪었어.

나는 비싸고 우아한 곳에서 저녁을 먹을 거야. 그는 호화로운 호텔 레스토랑을 하나 발견했지만 식욕도 없었고 여러 코스를 거치며 오랜 시간을 기다릴 만한 참을성도 없었다. 저녁을 먹은 후에, 그는 소심하게 사람들 사이로 걸어 다니면서 자신의 모습을 보이지 않으려고 노력하는 사냥꾼처럼 지저분한 사창가 창문들을 몰래 흘끔거렸다. 그는 레이와 루와 터크가 여기 사람들 속에 숨어 있다가 그를 볼 거라고 생각했다. 나는 레코드 가게, 식당, 전당포, 아케이드 속에 있을 거야. 그는 말했다. 나는 다른 사람들처럼 성적인 본능이 있는 사람이야. 하지만 그의 마음은 강도와 온몸이 천에 돌돌 말린 고치 생각으로 가득 차 있었다. 그 생각이 마음속에서 이리저리 뒤틀리고 꼬여 있었다. 그는 술집에 들어가 바 스툴 위에 앉아 있는 한 여자 옆에 앉으면서 -원래 이럴 계획이었지만- 스스로도 놀랐다. 그녀는 30대로 흰 꽃들과 흰 활이 하나 그려진 검은 드레스를 입었다. 얼굴이 동그란 그녀는 두려운 표정이었다.

"안녕하세요?" 그녀가 말했다.

"안녕하세요."

"이름이 뭐예요?"

"토니. 당신은?"

"샤론."

그녀는 토니가 그녀와 같이 택시를 타고 가게 허락했다. 그는 낯선 사람이 몹시 두렵고, 한 번도 공공장소에서 여자를 낚아본 적이 없기 때문에

이 성공에 소심하게 경악했다. 그는 아직도 두려움이 가시지 않았고 이러다 죽는 게 아닐까 생각했지만, 여자도 두려워하는 표정을 보자 다소 안심이 됐다. 가는 길에 그녀가 말했다. "궁금해하실까봐 말하지만 난 매춘부가 아니에요."

토니는 이 말이 문 앞에서 그를 돌려보내겠다는 뜻인지 궁금했다. 그녀가 말했다. "난 직장에 다녀요. 백화점 매장에서 일하고 있어요. 싱글이고요."

계단에서 그녀는 새로운 사람들을 만나고 싶지만 그녀가 만난 대부분의 남자들은 소름 끼치는 인간들이었다고 말했다. 토니는 자신은 그렇지 않기를 빌었다. 그녀도 그러기를 빌었다. 그녀는 두려움을 참고 억지로 이야기하고 있었다. 토니는 그녀가 떨고 있는 걸 눈치 챘다. "추워요?" 그가 물었다.

"그렇진 않아요."

그녀는 연립주택 3층에 살고 있었다. 문 앞에 도착했을 때 그녀는 떨리는 걸 억지로 멈추려는 것처럼 심호흡을 했다. 그리고 미안해하는 것처럼 그를 슬쩍 봤다. "긴장이 돼서요." 그녀가 말했다.

토니는 그녀의 어깨에 한 손을 대려고 했지만 그녀는 쓱 피했다가 그의 손을 잡고 반지를 손으로 가리켰다.

"부인을 두고 바람피우는군요. 알겠어요."

"아내는 죽었어요."

그녀는 지갑에서 열쇠를 꺼내서 그를 안으로 들였다. 그리고 룸메이트가 다른 방에서 자고 있으니 조용히 하라고 했다.

그녀의 방은 작았다. 침대 위 보드에 그림엽서들이 꽂혀 있었다. 열어

놓은 옷장 속에 드레스가 몇 벌 걸려 있었다.

"뭣 때문에 죽었는데요?"

"살해됐어요."

토니는 침대 위에 앉아 샤론에게 그 이야기를 했다. 그녀는 무표정한 얼굴로 의자에 앉아 가만히 듣고 있었다. 그는 처음에는 간단하게 주요 사건들만 말했다. 그러다 의도치 않게 세세한 부분까지 말해버렸다. 사건이 일어난 처음으로 돌아가 하나도 빼놓지 않고 다 설명했다. 그녀는 멍한 표정으로 그를 빤히 보면서 이야기를 들었다.

"와우, 아저씨. 소름 끼치는 이야기네요." 그녀가 말했다.

토니는 덤불 속에 있는 마네킹들을 묘사하다가 불현듯 자신의 말을 멍하니 듣는 그녀의 얼굴에 떠오른 표정을 알아챘다. 그건 공포였다. 그녀는 낯선 사람이었지만, 그 역시 낯선 사람이었다.

그는 충격을 받아 이야기를 멈췄다. 레이, 터크, 루를 상상해서 떠올린 모습 때문에 그녀가 두려워하는 게 아니었다.

"미안해요. 이야기하다 그만 내가 흥분해버렸군요."

그녀가 방 주위를 둘러보는 게 마치 그와 자기 사이의 거리를 재고 있는 것 같았다.

잠시 후에 그가 말했다. "내가 가길 원해요?"

"네, 그러는 게 나을 것 같아요." 그녀가 말했다. 그녀는 다시 떨고 있었다.

토니가 현관으로 나왔을 때 그녀는 안도한 것처럼 보였다. 그녀가 문에 기대서 밀어 닫으려고 했을 때 토니는 마음을 바꿨다.

"내가 당신을 무섭게 했나요? 그럴 의도는 아니었어요." 토니가 말했다.

"맙소사. 이봐요, 당신 아내와 아이 이야긴 정말 유감이에요. 됐어요?"

토니 역시 안도해서 계단을 내려갔다.

호텔로 돌아가는 길에 레이와 터크와 루가 거리에서, 문간 그늘 속에서, 지하철에서 그를 지켜보고 있는 사이에 눈이 큰 샤론이 로라와 헬렌을 자신의 마음속으로 흡수하고 있었다. 그녀는 그의 기억을 살해하고, 그들을 모독하고 있었다.

그래서 토니는 그 기억을 다시 떠올렸다. 트레일러에서 레이가 그들에게 옷을 벗으라고 명령한다. 터크가 헬렌의 목에 칼을 대고 있는 동안 레이가 억지로 로라를 침대에 눕힌다. 그다음엔 헬렌 차례다. 로라가 소리를 지르며 달려들었을 때 레이가 그녀의 머리를 박살냈다. 엄마! 헬렌이 비명을 질렀다. 비명을 지르며 우는 사이에 그녀의 엄마는 바닥에서 죽어갔고, 레이는 헬렌의 팔이 부러질 때까지 비틀었다.

그런 식이었겠지. 놈들 모두 지옥에 가야 해. 토니 헤이스팅스는 말했다.

3

수잔은 원고를 내려놨다. 뭐가 마음에 걸리는 걸까? 그녀는 물었다. 토니가 지저분한 도시에서 섹스를 찾아다니는 모습을 지켜보면서 그녀는 이 스토리가 자신에게 맞는지 고민했다. 토니가 숲속에 있을 때는 공포가 남자와 여자라는 성을 초월했다. 하지만 남성성을 회복하려는 토니의 안간힘은 다른 문제였다. 토니는 섹스할 대상을 찾고 있었다. 거기선 아무런 전율도 느껴지지 않았다.

그녀의 마음에 걸리는 건 사실 다른 것이다. 독서란 바다의 물살을 헤치며 나아가는 수영 선수와 같다. 낮에 수잔의 마음은 육상에서 공기를 마시는 동물인데 독서를 할 때는 그 동물이 바닷물 속에 가라앉아 돌고래, 잠수함, 물고기로 바뀐다. 그녀가 수영을 할 때 이빨이 작은 상어 같은 것이 그녀를 꽉 물었다. 그녀는 그걸 자신이 볼 수 있는 물 위로 끌어낼 필요가 있었다. 토니 헤이스팅스가 비탄에 잠겨 있는 동안 그것이 그녀를 꽉 물었다.

바닷물에 빠졌을 때 그녀는 다시 아놀드와 했던 통화로 돌아왔다. 아놀드가 나무라던 기억이 났다. 그건 묻지 않았으면 좋았을 텐데. 그가 말했다.

내가 뭘 물었지?

통화 중 어느 순간 아놀드는 자기가 워싱턴으로 통근하는 방법을 제안했다. 그녀는 시카고에 아이들과 남아 있고 그가 주말마다 비행기를 타고 집에 올 수 있다는 것이다. 그 순간 일련의 연상 작용이 일어났던 게 떠올랐다. 통근이라면, 그에게 집이 두 개가 생기는 거고, 그렇다면 그 의미는······

그가 나무랐던 수잔의 질문이 뭐였든 상관없었다. 그는 왜 그녀가 그런 걸 알고 싶어 하는지 물었고 그래서 그녀가 뭐라고 대답했다. 그는 그 대답에 만족하지 않아서 계속 캐물었고, 그녀는 저항했다. 그러자 아놀드가 말했다. 당신 지금 린우드에 대해 묻고 있군.

난 그렇게 말하지 않았어. 수잔이 말했다.

아놀드가 초조하게 숨을 들이쉬는 소리가 들렸다. 당신이 그렇게 물었어. 그러니까 대답해주지. 그건 결정되지 않았어. 그럴 기회가 있긴 했어. 린우드의 언니가 워싱턴에 있거든. 당신이 이해할 거라고 생각했어. 그 질문은 하지 않았으면 좋았을 텐데.

아놀드는 그녀가 그 질문을 하지 않았으면 좋았을 거라고 했다.

이젠 그걸 다시 바닷속으로 떨어뜨리는 것 외에 달리 할 일이 없었다. 토니에게 돌아가자. 그 불쌍한 독신 여성을 소름끼치게 만들었던 토니에게. 그녀는 토니의 슬픔이, 스테파니에게 무슨 일이 일어난다면 어떻게 느낄지 에드워드가 상상해서 만들어낸 게 아닌가 하는 궁금증이 들었다. 그렇다면 에드워드는 이 이야기에 나온 대로 할까?

녹터널 애니멀스 14

토니 헤이스팅스가 오후에 집에 돌아왔을 때 우편함에 제발 전화를 달라는 지역 경찰의 쪽지가 들어 있었다.

"전화해달라고 했다고요?" 전화를 받은 여자가 말했다. "어디 보자. 헤이스팅스 씨인가요? 펜실베이니아의 안데스에서 곧장 전화해달라고 했네요. 그게 맞아요?"

그럴 것 같았다. "안데스에 있는 누구에게 전화를 하란 소린지 모르겠네요." 그 여자가 말했다.

"안데스는 사람 이름입니다."

그 번호로 전화를 하자 무스칵스란 사람이 받아서 말했다. "안데스는 여기 없는데요."

그는 메모를 남기고 8시까지 집으로 돌아올 수 있게 급히 피자 레스토랑으로 갔다. 8시에 곧바로 전화가 왔다.

"헤이스팅스 씨? 지난 사흘 동안 당신과 연락하려고 무진 애썼어요."

"뉴욕에 크리스마스를 보내러 갔습니다. 거기 여동생 집에 있었죠."

"여행 갔단 말이죠? 여행을 또 한 번 해야 할 것 같은데요."

"뭐라고요?"

"내일 뉴욕의 올버니로 날아와서 날 만났음 해요."

"뭣 때문에요?"

"좋은 소식이 있어요."

"내일이요?"

"비용은 우리가 댈게요. 내일 정오에 공항에서 날 만날 수 있는 비행편이 있어요."

"내일 수업이 있는데."

"취소해요."

"무슨 일입니까?"

"그냥 남자들을 몇 명 봐줬으면 해요."

"범인을 식별해달라는 건가요?"

"바로 그거죠."

"그게 좋은 소식입니까?"

"그럴 수도 있어요."

"그 사람들이 그자들이라고 생각해요?"

"당신이 말해주기 전까지는 난 아무 생각도 하지 않아요."

"그들은 어떻게 잡았습니까?"

"그건 말할 수 없어요. 나중에 말해줄게요."

토니는 전율이 커져가는 걸 느꼈다. 레이, 루, 터크를 직접 대면하게 된다.

"내일 수업은 중요한데."

"이것보다 더 중요해요? 참나."

"누가 내 수업을 맡아줄 수 있을지 알아보겠습니다."

"이제야 말이 좀 통하네. 내 말 잘 들어요. US 에어에 전화해서 체크인 해요. 우리가 당신 자리는 예약해놨어요. 내일 아침에 왔다가 밤에 돌아갈 수 있어요. 당일치기가 가능해요. 난 운전해서 거기로 가서 당신이 도착했을 때 공항에서 만날 겁니다. 그 정도면 불평할 수 없겠죠, 안 그래요?"

토니 헤이스팅스는 비행기를 타고 올버니로 갔다. 비행기의 유리창 밖으로 아무 특징 없이 뿌연 하늘을 보는 동안 두려움이 점점 커져가는 걸 느꼈다. 승무원이 그에게 진저에일과 비닐봉지에 든 땅콩을 줬다. 그는 땅콩을 우적우적 씹어 먹으면서 복수에 대한 생각을 되새기며 이 일이 그에게 어떤 의미인지 스스로에게 다시 일깨웠다. 정의, 응징, 종지부를 찍는 것이다. 바비 안데스가 그가 느낄 거라고 예상하는 감정을 느끼는 것이다. 쇠고랑을 찬 놈들의 눈을 똑바로 들여다보면서 이제 너희들 차례야, 라고 말해주는 기쁨.

놈들도 그의 눈을 빤히 바라보겠지. 지금 그게 두려운 걸까? 기억하려고 해봐. 그 장면을 머릿속에서 너무나 많이 돌려봐서 얼룩이 지고 색깔이 바래고 촉감과 맛이 흐려졌다. 하지만 그는 바로 그 시간으로 다시 돌아가고 있었다. 반드시 기억해봐.

비행기에서 통로 맞은편에 검은 수염이 있는 남자가 앉아 있었다. 그는 양복에 넥타이를 매고 무릎에 클립보드 하나를 올려놓고 있었다. 옷만 빼면 루처럼 보였다. 뒤쪽에 안경을 끼고 서류가방을 가진 남자는 터크처럼 생겼다. 피츠버그 공항의 타맥 포장도로 위에서 이어폰을 끼고 점프 수트를 입은 남자는 얼굴이 삼각형에 입술보다 이빨이 더 큰 게 레이처럼 보였다.

그들이 널 볼 거야. 하지만 네가 왜 두려워해야 해? 그들은 자유를 뺏긴 채 잡혀 있을 텐데. 바비 안데스가 널 챙겨줄 거야.

토니는 카펫이 깔린 터널을 통해 비행기에서 걸어 나오면서 자신이 바비 안데스를 알아볼 수 있을지 궁금해졌다.

그는 바비 안데스를 키가 작고 뚱뚱하고, 머리는 크고, 매끄럽고 반짝거리는 뺨에 면도 자국이 그늘진 남자로 기억하고 있었다. 그는 다가오는 남자가 안데스라는 걸 알고 있었다. 그의 얼굴을 알아봐서가 아니라 안데스와 만나기로 했기 때문이다. 눈 주위가 이상했지만 금방 이상한 점들이 사라지면서 그 눈과 두꺼운 입술이 기억났다. 그의 마음속에 단순한 형상으로 간직했던 안데스의 얼굴이 사실과 달랐던 것이다. 둘이 함께 출구를 향해 긴 통로를 걸어가는 사이에 그 단순화시킨 얼굴은 사라지고, 이상했던 느낌도 없어졌다.

"우린 에이잭스로 갑니다. 여기서 30킬로 떨어진 곳이죠. 미팅 시간은 2시예요. 5분도 안 걸릴 겁니다. 그리고 바로 집에 갈 수 있어요."

"내가 놈들을 집어내길 바라는 겁니까?"

"한 놈이라도 알아보게 되면 그렇게 말해요. 알아보는 놈이 나오면 진술서에 서명할 수 있습니다."

"세 놈 다 잡았나요?"

"우리가 어떤 놈을 잡았는지는 신경 쓰지 말아요. 그냥 당신이 아는 놈만 말해줘요."

"놈들을 어떻게 잡았나요? 지문으로?"

"그건 신경 쓰지 말라고 말했잖아요. 놈들을 가려낸 후에는 이야기해도 괜찮아요. 하지만 그 전에는 아무 말도 할 수 없어요."

그들은 차를 타고 시내를 빠져 나와 2차선 도로로 들판을 지나왔다. 에이잭스는 강변에 있는 공장 마을이었다. 그들은 콘크리트 기둥들이 있는 낡은 벽돌 건물로 갔다. 오래된 계단 위에 스테인드글라스 창문이 있었다. 방에 키가 크고 백발에 몹시 지친 얼굴의 남자가 하나 있었다. 바비 안데스가 소개했다. "바네스코 지서장님입니다. 이쪽은 토니 헤이스팅스 씨."

바네스코 지서장은 정중했다. 그들은 책상 앞에 앉았다.

"안데스 부서장에게 선생님의 사건 이야기는 들었습니다. 그 사람들이 두려운가요? 그중 하나라도 지목하기에 망설일 만한 이유가 있습니까?" 그가 물었다.

사실 그랬지만 토니는 수치스러워서 대답했다. "아닙니다."

바네스코가 말했다. "우리가 관심을 가지고 있는 사람들은 죄수들입니다. 당신이 그들을 범인으로 밝힌다고 해도 계속 감옥에 있게 됩니다."

바비 안데스가 말했다. "내 말 들어봐요. 당신의 진술이 무지하게 중요해요. 그 사실을 이해하겠어요?"

"네."

"이것 말고는 우리가 할 수 있는 게 거의 없어요. 그 점도 이해하겠습니까?"

바네스코가 말했다. "당신이 이제 보게 될 사람들이 다 용의자는 아닙니다. 이런 절차를 밟는 이유는 용의자들에게 공평한 기회를 주기 위해서입니다. 당신이 이 사람들 중에서 그들을 골라내면 그들의 신원 파악에 신빙성이 더해집니다."

토니는 불안했다. 그가 입을 열었다. "그동안 시간이 많이 흘렀습니다."

"이해합니다."

"그 모든 일이 하룻밤 사이에 일어났습니다."

바네스코가 말했다. "놈들의 얼굴을 자세히 보지 못했다는 말을 하는 겁니까?"

"보긴 봤지만 그때는 어두웠습니다."

"이해합니다. 제가 조언을 하나 해드리죠. 확실하지 않으면 그냥 지나치세요. 누군가 알아보게 되면 아, 하고 깨닫게 될 겁니다. 그 형태가 눈에 딱 들어오는 거죠. 이 말이 무슨 뜻인지 알고 있죠? 다만 너무 급하게 지나치지 말아요. 가끔은 한참 있다 알아보게 될 때도 있어요. 처음 몇 분은 모르는 사람처럼 보이다가 순간 감이 옵니다. 그러니까 확실하지 않으면 좀 기다리세요."

그들은 밖으로 나가서 계단을 내려가 교실 같은 방으로 들어갔다. 그리고 맨 앞줄에 앉았다.

바네스코가 말했다. "당신에게 네 명의 남자를 보여줄 겁니다. 용의자가 몇 명인지는 말하지 않겠습니다. 당신이 그들을 보고 언제 어디서든 알아보는 사람이 있다면 내게 말해주세요."

"언제 말하면 됩니까?"

"확신이 서는 대로 바로 말해주시면 됩니다."

"그들이 그 방에서 나가기 전에요?"

"걱정하지 말아요. 아무도 여기서 당신을 죽일 수 없으니까." 안데스가 말했다.

토니 헤이스팅스는 교실 의자를 뒤로 밀면서 숨을 쉬며 긴장을 풀려고 애썼다. 그는 덜덜 떠는 샤론이 자신의 연립주택으로 올라가던 모습이 떠올랐다. 문이 열리고 경찰 하나가 들어오고 그 뒤로 네 남자가 따라왔다. 그들은 칠판 앞에서 환한 불빛 속에 서 있었다. 토니 헤이스팅스는 당황해서 그들을 바라봤다.

첫 번째 남자는 덩치가 컸다. 그는 가슴이 팽팽하게 당겨지는 붉은 티셔츠를 입고 축 늘어진 동그란 얼굴에 곱슬곱슬한 금발 머리와 작은 콧수염을 길렀다. 두 번째 남자는 키는 그렇게 크지 않았고, 체크무늬 플란넬 셔츠에 여윈 얼굴이었다. 냉정해 보이는 눈빛이었고, 이마엔 금발 머리가 흘러내렸다. 세 번째 남자는 두 번째 남자와 체격이 비슷했고, 커다란 검은 테 안경을 쓰고, 검은 머리는 듬성듬성 나 있었고, 덥수룩한 검은 콧수염을 길렀다. 그는 점프 수트를 입고 있었고 얼굴은 통통 부었다. 네 번째 남자는 땅딸막했다. 그는 낡은 양복 재킷에 넥타이는 매지 않았고 은테 안경을 쓰고 있었다. 토니 헤이스팅스는 그중 누구도 알아보지 못했다.

그는 오랫동안 그 자리에 앉아 그들을 찬찬히 뜯어보면서 기억하려고 애썼다. 뒷짐을 진 채 서 있는 남자들은 지루해서 체중을 한 발로 옮겼다 다시 다른 발로 옮기며 움직였다. 안경을 쓴 두 남자는 그의 머리 위 방 뒤쪽에 뭔가 신비로운 영상이라도 있는 것처럼 보고 있었다. 비쩍 마른 얼굴에 금발 머리 남자는 마치 그가 누구인지 알아내려는 것처럼 노려보는 반면, 얼굴이 축 처지고 체격이 큰 남자는 방 주위를 흘끗흘끗 훔쳐봤다. 분명 죄를 지은 얼굴이었지만 토니는 한 번도 본 적이 없는 사람이었다.

이 낯선 네 명과 직면한 토니는 더 이상 레이나 루나 터크를 기억해낼 수 없었다. 지난 여섯 달 동안 그들의 이미지들이 그의 생각을 활활 불태웠는데도, 그는 그들을 다시 떠올리려고 시도해봤다. 레이가 저 금발 머리 남자처럼 덩치가 컸었나? 콧수염은 신경 쓰지 말고. 6개월 만에 저렇게 살이 찔 수가 있나? 아니면 얼굴이 비쩍 마른 저 남자? 그는 서서히 레이의 기본적인 외모를 기억해냈다. 앞머리가 대머리였던 게 떠올랐고, 삼각형 얼굴이 복원됐고, 작은 얼굴에 큰 이빨이 생각났다. 그리고 상대를 협박하던 그 큰 눈도. 그러니까 적어도 레이는 여기 없다. 루는 어떻고? 그를 숲속 도로로 이끌었다가 곧 그의 아내와 딸의 시체가 버려질 곳에서 억지로 차에서 내리게 했던 인간. 검은 수염을 면도하면 루의 얼굴은 어떻게 보일까? 루는 제외하자. 터크는 어떻지? 그는 터크의 안경이 기억났지만 이렇게 검은 테는 아니었다. 터크가 콧수염을 길렀다면? 토니 헤이스팅스는 땀이 나기 시작했다. 그는 터크에게 관심을 기울이지 않았다. 터크는 좀 더 인상이 강한 동료들에게 묻혀 있었다.

토니는 생각했다. 저 검은 테 안경을 쓴 남자가 터크일지도 몰라. 토니는 그 남자에게서 전에 알았던 사람처럼 낯익은 구석이 보이기 시작했다. 아주 오래전에 알았던. 하지만 확실한 건 아니었다. 바네스코에게 필요한, 딱 이 사람이다, 란 감은 오지 않았다. 이자는 아는 사람이란 생각이 들었지만 터크가 기억이 잘 나지 않았다. 터크에 대해 남은 건 철테 안경을 쓴 남자라는 일반적인 이미지밖에 없었다.

토니는 옆에서 바비 안데스가 괴롭게 숨을 쉬는 소리를 들었다. 앞에 서 있는 남자 하나가 중얼거렸다. "제기랄."

그 비쩍 마른 남자가 말했다. "이렇게 결정하는 데 오래 걸리면, 이 사건은 성립되지 않아."

이제 토니는 그 검은 테 안경을 쓴 남자가 터크란 걸 확신했다. 반면 터크가 기억이 나지 않으니 확신할 수도 없었다. 신원을 잘못 파악하는 건 아예 누구도 알아보지 못하는 것보다 더 나쁜 일이기 때문에 토니는 한숨을 쉬면서 말했다. "죄송합니다."

바비 안데스가 씩씩거렸다. "모두 내보내." 바네스코가 말했다.

바비 안데스가 클립보드를 바닥에 던졌다. "젠장, 이봐요!" 그가 말했다.

"죄송합니다." 토니가 말했다.

바네스코의 태도는 온화했다. "괜찮습니다. 확신할 수 없다면 그냥 통과시키는 게 낫습니다."

"이렇게 우리 사건이 날아가 버리는군요." 안데스가 바네스코에게 말했다.

"그럼 난 놈을 잡을 수 없는 거죠, 그렇죠?"

"그건 당신한테 달렸죠. 당신에게 증거가 있다면."

바비 안데스가 말했다. "망할!"

토니가 말했다. "아주 적은 가능성이 있긴 한데."

"뭐요?"

"한 사람이 그럴 듯했는데 확신이 서지 않았어요."

"그 사람을 다시 보고 싶어요? 다시 데려와요!"

"기다려." 바네스코가 말했다.

"확실하지 않아요. 그게 문제입니다."

"하나가 그래요? 그들을 다시 데려와요!"

"잠깐만요. 누구 말이죠?" 바네스코가 물었다.

"세 번째 남자요. 안경을 쓰고 콧수염을 기른 사람. 안경을 바꾸고 수염을 길렀다면 그 사람일 것도 같아요."

바비 안데스와 바네스코 지서장은 서로를 오랫동안 바라봤다.

"그 사람이 누구죠? 레이? 루?"

"확실히 그 사람이라곤 하지 않았어요. 정말 잘 모르겠어요. 만약 그 사람이 맞는다면, 놈들은 그를 터크라고 불렀어요."

"터크."

"그리고 다른 사람들은?"

"다른 사람들은 아닙니다."

바네스코가 물었다. "그 사람이 터크라고 확실히 판단할 용의가 있습니까?"

"그럴 수 없다고 했잖아요. 확실하지 않아요. 내가 저 사람이 터크라고 생각한 유일한 이유는 당신이 날 여기 데려와서 저 사람들 중에 아는 사람이 있는지 보라고 한 것뿐이에요. 당신에겐 저들을 이 사건과 연결시킬 이유가 있었겠죠."

바네스코와 바비는 서로를 봤다. 바네스코가 고개를 흔들며 말했다.

"이걸론 부족해."

문 밖으로 나가면서 그는 아버지처럼 바비의 어깨에 한 손을 얹고, 토니의 어깨에 또 한 손을 댔다. "이런 식으로 생각해봐요. 이게 시작이라고. 당신은 더 많은 증거들을 찾아야 해요." 그리고 그는 토니에게 말했다. "속상하지 말아요. 어두운 데서 본 얼굴을 찾기란 쉽지 않으니까."

바비 안데스는 토니를 차에 태워 다시 올버니 공항으로 데려다줬다. 그는 화가 나 있었다. "당신은 날 정말 확실하게 실망시키는군요." 그가 말했다. 그들은 계곡의 바닥을 따라 몇 킬로 동안 말없이 차를 타고 갔다.

"확신이 안 섰어요." 토니가 말했다.

"알았어요."

바비 안데스가 말했다. "당신이 터크일지도 '모른다고' 했던 그 남자. 그 남자가 누구인지 알고 싶어요?"

"그래요."

"그 남자가 스티브 아담스요. 당신 차 트렁크에 지문이 묻어 있던 그 남자란 말이요. 그게 바로 정황 증거라는 거지. 놈이 당신 차에 그 빌어먹을 손가락을 댔단 말이야. 그리고 당신은 그 전에는 그놈을 한 번도 본 적이 없고."

스티브 아담스. 사진에 있던 그 남자. 어깨까지 머리를 기르고, 예언자처럼 수염을 기른 그 사나이. 사람의 외모라는 게 정말 많이 변하는구나. 원래 터크는 별다른 특징이 없어서 그가 쓰고 있던 안경만 기억이 났는데.

터크의 그 모습은 스티브 아담스의 두 개의 사진 속 모습보다 훨씬 더 평범했다.

아마 스티브 아담스의 지문은 다른 순간에 내 차 트렁크에 묻었는지도 모른다. 이를테면 주유소에서 내 차에 기름을 넣어준 직원이었을지도 모른다.

"나머지 내용도 알고 싶어요?" 안데스의 목소리에 조소가 배어 있었다.

"네, 물론입니다."

"중고차 매장에서 차를 한 대 훔쳐 도망치려던 놈들이 셋 있었어요. 하나가 도망쳤어. 잡은 놈들의 지문을 떠보니 내가 쫓고 있던 스티브 아담스란 놈이 나온 거지. 당신이 그놈이 맞는다고 확인해줬더라면 내가 그놈을 인수해갈 수 있었는데."

한참 있다 바비 안데스는 또다시 침묵을 깼다. "증인이 협조하지 않는데 어떻게 더 많은 증거를 찾을 수 있겠어요?"

"나도 협조하고 싶습니다."

안데스는 토니를 공항 출입구 앞에서 내려줬다.

"다시 당신을 볼 일은 없을 것 같군요. 이 사건은 미래가 없는 것 같아요." 안데스가 말했다.

토니 헤이스팅스는 허리를 숙여서 창문에 손을 넣어 그와 악수하고 싶었지만, 안데스는 재빨리 차를 몰고 떠나버렸다. 비행기에서 토니는 확신했다. 그 검은 테 안경을 쓴 남자가 터크였다.

4

수잔 모로는 원고를 내려놓고 2층으로 갔다. 집 안에서 음악이 전쟁을 벌이고 있었다. 문틈으로, 어린 딸에게 차와 맥주의 즐거움을 말하는 눈물 어린 남자의 목소리가 나오는 광고 음악이 들렸다. 2층에서는 이국적이고 향수 어린, 의식에 쓰는 음악 같은 오페라《파르지팔》이 울려 퍼지고 있었다.

"로지, 침대로 가!"

살인범들을 쫓으면서 토니의 이야기가 새로운 방향으로 발전하면서 복잡해졌다. 수잔은 그게 좋았다. 그녀는 터크를 알아보는 데 어려움을 겪는 토니의 처지에 공감했고, 그 장면에서 마치 자신이 잘못한 것처럼 당혹스러웠다. 사람들이 어떻게 서로를 알아보는지 수잔은 항상 경이로웠다. 수잔은 방풍창을 파는 사람과 이웃인 겔링도 헷갈렸지만, 공항에서 본 일레인은 살이 쪄서 굴러가는 몸매로 변했어도 알아봤다. 거실로 돌아온 그녀는 원고 위에 앉은 마르타를 다시 밀어냈다. 독서의 세계 밑으로 또다시 불쾌한 저류가 흐르고 있었다. 그녀가 억압한 생각의 잔여물이거나 아니면 아까 했던 그 불쾌한 생각일 것이다. 그녀는 그 생각이 없어지길 빌었다.

녹터널 애니멀스 15

토니 헤이스팅스는 몸 상태가 좋지 않았다. 그는 어제 새벽 3시에 누가 전화를 걸었는지 알아내려고 애쓰고 있었다. 전화를 건 상대방이 말했다. "그러니까 당신이 토니 헤이스팅스다, 이거지?"

"당신 누구야?"

"아무도 아니야. 그냥 당신 목소리가 듣고 싶어서."

사람들이 그를 피하고 있었다. 그는 우연히 그런 이야기를 들었다. 잭 애플비가 자기 사무실에서 이렇게 말했다. "이 정도면 시간이 충분히 흘렀잖아." 다실에서는 마이러 로페즈가 말했다. "토니는 자기가 특별한 배려를 받을 자격이 있다고 생각하고 있어." 그의 친구들은 자신의 마누라가 얼마나 관대하냐에 따라 토니를 자신의 집에 초대할 수 있다는 사실을 깨닫게 됐다. 그는 사람들이 무슨 생각을 하고 있는지 알았다. 로라가 없는 그는 어둡고 아무 존재감도 없었다. 학생들은 뒤에서 그를 조롱했다. 여학생들은 그의 시선을 피하면서 그의 행동 하나하나를 주시하며, 금방이라도 그에게 소송을 걸 준비를 하고 있었다. 그는 '파리아(pariah)'라는 단어를 검색해봤다. 그것은 터번을 두른 인도 하층민으로 마당에 염소와 같이 묶여 있는 사람을 뜻했다.

그들은 그 비극에 대해 토니 탓을 하고 있었지만 대놓고 그런 말을 하진 않았다. 그가 그 사건에서 얼마나 쉽게 회복했는지도. 멜크네 집에서 했던 그 제스처 게임. 마치 신에게 선택된 사람처럼 계속 거만하고 뚱한 그의 태도. 그때 그 사건에 대해 궁금하지 않아? 내가 왜 저항하지 않았는지 안 궁금해?

이제 3월이었다. 그는 자신의 사무실에서 학생에게 소리를 지르고 있었다. "내가 학기 시작할 때 말했잖아! 학교에 불만을 제기하고 싶으면 그렇게 해!" 그 학생은 운동선수였다. 그는 '24'라는 숫자가 새겨진 티셔츠를 입고 있었다. 그의 큰 눈은 분노로 번득였고 머리는 양옆을 제외하곤 싹 밀어버렸다. 턱은 작았다. 그는 성큼성큼 걸어 나가면서 말했다. "곧 연락 받으실 겁니다." 그리고 루이스 저메인이 그를 위해 채점한 시험지들을 가져왔다. 그녀가 그 소리들을 들었을 수도 있었고, 아닐 수도 있었다. 그녀가 말했다. "헤이스팅스 교수님, 괜찮으세요?"

그가 뭔가 말하자 그녀가 말했다. "지금 어떤 심정이신지 알아요. 도움은 받고 계세요?"

"정신과 의사 말이야? 아무도 지금 내 심정이 어떤지 몰라. 대학원생이 하는 조언도 필요 없고."

그녀는 죄송하다고 했지만 생각보다 말을 심하게 한 토니는 그녀를 내보냈다. 그러고 나서 수치스러워했다. 연기를 하란 말이야. 불쌍한 루이스 저메인. 그녀는 아마 그를 좋아하는 유일한 학생이었을 텐데. 그런 그녀에게 참 잘하는 짓이다. 그는 급히 루이스를 찾으러 나갔다.

그는 커피숍에서 그녀를 발견했다. "사과하고 싶어. 내가 너무 심했어." 그가 말했다.

"괜찮아요, 헤이스팅스 교수님." 키가 큰 그녀는 풀어 내린 옅은 금발 머리를 흩날리며 안도해서 미소 지었다. 그녀가 말했다.

"제가 교수님을 위해 할 수 있는 일이 있다면 말씀해주세요. 저희는 교수님을 응원하고 있어요."

토니를 보는 그녀의 눈, 바다처럼 파란 눈이 자신의 마음을 알아달라는 갈망으로 차 있었다. 그는 그녀의 제안대로 커피숍에서 오랫동안 한가롭게 그녀와 이야기를 나눴다. 그리고 로라에 대한 이야기도 했다. 그녀의 얼굴에 따분해하는 표정이 떠오르는 걸 눈치 챘지만 계속 이야기했다. 그녀가 말했다. "이야기해주셔서 감사해요. 쉽지 않으셨을 텐데."

그가 말했다. "자네에 대해 말해보지."

그녀는 남자 형제들과 여자 형제들에 대해 이야기했지만 토니는 잘 알아듣지 못했다. 그의 집중력이 신통치 않았다. 그는 왜 대학원에 왔냐고 물었다. 그녀가 대답했다.

문득 그녀가 세운 계획들이 순진하고 어리석다는 생각이 들어서 토니가 말했다. "세상이 폭발하면 뭘 할 거야?"

그녀는 낙담해서 그를 바라봤다. "폭탄 말씀이세요?"

"그거, 핵폭탄. 방사능 낙진. 그것 때문에 누렇게 말라 죽는 거 말이지."

그는 세계의 미래를 책임지고 있다고 주장하는 백인들의 평화유지군 미사일과 각 도시에 하나씩 있는 탄두와 폭탄이 발사돼서 사람들이 희생된 후에 서로 상대방에게 하게 될 보복에 대해 말했다.

그녀는 어리둥절했다. "폭파되지 않을지도 모르잖아요."

하! 토니는 고개를 흔들고 입술을 핥으면서 의자에 등을 기대고 그녀에게 말했다. 그는 쇠창살처럼 사람의 살을 쏘고 지나가는 태양 폭발에 대해 이야기했다. 그리고 선제공격과 리드 타임(lead time, 어떤 일의 발단에서 최종 결과가 나오기까지의 시간)에 대해 말했다. 그는 불의 폭발이 일어난 후에 그 화재에서 살아남은 사람들에게 떨어질 죽음의 재에 대해 그리고 그 극심한 블랙아웃에 대해 말했다. 핵겨울(핵전쟁 후에 나타나게 될 것으로 여겨지는 추위 현상)과 새까매진 재에 대해 말했다. "그런 일이 일어나지 않을 거라고 생각해?"

그녀가 말했다. "냉전은 끝났어요."

그는 우월하고 차가운 격노가 치미는 걸 느꼈다. "자넨 그렇게 생각한 단 말이지? 다른 세상 사람들이 몰려오고 있어. 아랍인들, 파키스탄인들. 제3세계. 모두 핵을 보유할 거야. 그들에게 아무 불만도 없다고 생각해?"

그녀가 말했다. "전 그보다는 온실 효과가 더 걱정돼요."

하지만 그녀의 걱정은 그 정도로는 부족했다. 그는 그녀에게 삿대질을 했다. "세상은 죽어가고 있어. 질병들은 점점 더 치명적으로 발전하고 있고, 죽음의 경련이 이미 시작됐어."

그녀가 말했다. "누구든 내일 교통사고로 죽을 수 있어요."

그가 공격했다. "네가 죽은 후에도 다른 사람들이 계속 살아갈 거란 전통적인 지식은, 인류가 죽어가고 다른 사람들의 살아갈 이유인 모든 것들이 사라질 거라는 걸 알고 있는 것과는 달라."

유순해 보이는 문명인 토니 헤이스팅스는 괴짜에, 광인에, 괴팍하다. 쉽게 불같이 화를 낸다. 가끔은 하루 종일 성을 낼 때도 있다. 아침 식탁에서 읽는 조간신문은 격노할 일들로 가득 차 있다. 사설, 편지, 어리석음과 편견에 가득 찬 신문. 어느 4월의 아침에 그는 이웃에 사는 남자아이가 지름길로 그의 마당을 가로질러 후설 씨의 집 뒤로 가는 걸 봤다. 토니는 그 아이를 쫓아 달려갔다. "이봐, 너!"

아이가 멈췄다. "지나가도 되는 줄 알았어요."

"먼저 허락을 받았어야지. 그래도 되냐고 물어보란 말이야."

"지나가도 되나요, 아저씨?"

토니는 손을 휘둘러 아이를 보냈다. 정원은 갈색으로 시들었고, 새롭게 돋아나는 초록색 새싹들이 뾰족뾰족 올라왔다. 잡초가 무럭무럭 자라고 있었다. 곧 무성해질 것이다. 햅굿 부인이 전화를 걸어서 불평을 해댔다. 누군가 그의 박스에 교직원 모임 공지를 깜박하고 넣지 않은 것이다. 그는 비서에게 침착하게 말했다. 난 그저 그 일이 누구 책임인지 알고 싶을 뿐이야. 그 공지를 돌린 건 루스였다. 제가 교수님께는 안 넣었나요? 루스가 물었다. 다른 서류들 속에 있는 걸 못 보신 건 아니에요? 성질 내지 말고 사무실로 돌아가자.

소프트볼이 그의 차 앞 유리를 쳤다. 그는 끽 소리를 내며 브레이크를 밟았다. 그리고 차 문을 열고 달려 나가, 아이들이 도착하기 전에 먼저 배수로에서 그 공을 꺼냈다.

"빌어먹을, 그러다 사람이 죽을 수도 있었어."

"이제 공 돌려주시겠어요?"

그는 차 문을 쾅 닫고 잠근 후에 '그때'가 기억났다. 다섯 명의 소년들이 그의 차를 둘러싸고 차 앞에 서서 그가 가지 못하게 막고 후드를 두드리고 협박하며 애원하고 있었다. "그건 우리 공이에요, 아저씨."

그는 차에 시동을 걸고 조금씩 앞으로 나가보려고 애를 썼다. 못 나갈 이유가 없잖아? 이게 폭력의 문제라면 그의 차가 이 아이들을 곧바로 치고 나갈 수도 있었다. 아이들이 폭력을 쓸지 여부는 그에게 달렸다. 그는 조금씩 앞으로 나가 아이들을 뒤로 물러서게 했다. 아이들이 무슨 권리로 그가 법을 지키는 시민이라고 짐작하는지, 아니, 그걸 빌미로 이용해먹으려고 하는 건가? 아이들은 하나만 빼고 다 옆으로 물러났다. 그 아이는 얼굴이 하얗게 질린 채 두 손을 토니의 차 앞에 대고 힘을 주면서 차가 그를 억지로 밀어낼 때마다 한 발짝씩 뒤로 밀려났다. 아이의 얼굴은 토니처럼 격노로 가득 차 입술을 꽉 다물고, 눈이 활활 타올랐다. 그러다 그 아이 역시 포기하고 소리를 질렀다. "개자식!" 그러더니 휙 지나치는 토니의 차 창문을 탕 쳤다. 토니는 다음 블록으로 쏜살같이 달려가면서 백미러를 지켜봤다. 아이들의 공을 가지고. 그는 오늘 밤 더 많은 전화가 걸려올 것이라고 예상했다. 그는 창문을 열고 공을 밖으로 던져버렸다. 거울 속에 비친 아이들이 주차된 차들을 따라 그 공을 쫓아갔다.

진정해 토니, 성질 좀 죽이라고. 집은 그의 영혼을 되찾게 해달라고 그의 유령들에게 기도하고 예배를 드리는 교회였다. 그는 책들을 테이블 위에 놓고 앨범을 보관하는 거실의 책꽂이로 갔다. 그의 기도서였다. 그는 의자에 등을 기대고 눈을 감았다. 그 장면은 과거를 재현한 하나의 종교화와 같았다. 로라는 소파에 앉아 있고, 그는 의자에, 헬렌은 커피 테이블에 기대서 바닥에 앉아 말하고 있었다. "아빠가 그랬다고? 정말?"

그다음은 성경 수업 시간. "나는 수업을 끝내고 나오면 왜 매번 너희 아빠와 이야기를 나누게 되는지 궁금해하기 시작했어. 그러다 문득 깨달았어. 너희 아빠는 날 기다리고 있었던 거야. 난 설렜지."

헬렌은 재미있어 했다. "아빠랑 엄마는 완전 애기들이었네."

"우린 정말 그랬어."

전통적인 이야기. '네 아빠는 남자들 중에서 가장 한결같은 사람이란다. 오랜 시간을 두고 볼 때 그건 아주 좋은 장점이야.' 아빠를 찬양하라.

가족의 역사. 발랄하게 아빠와 엄마의 연애사를 물어보며 킬킬 웃는 딸.

"내가 무슨 말 하는지 알지? 정말 아빠랑 엄마를 연인으로 상상하는 건 완전 불가능하다니까."

"너희 아빠도 나름 애정이 많은 사람이야."

헬렌이 묻고 싶었지만 답은 듣고 싶지 않았던 질문, 헬렌은 결코 묻지 않았던 질문. 그것은 대답을 안 하는 것이 하는 거나 마찬가지인 질문이었기 때문이다.

가족의 의식. 1년 전 4월, 저녁 먹고 자전거 타기. 봄이 오는 신호. 새싹이 돋고, 새로운 새들이 날아오는. 딸이 앞장서고, 매일 저녁 경로를 바꿔, 다른 블록에서 또 다른 방향으로 돌곤 했다. 조용한 거리에서는 아빠가 맨 뒤에서 따라가면서 가족들의 뒤를 지키며 차가 지나갈 땐 경계하고, 주차된 차들과 차들이 달리는 도로 사이에 있는 큰 거리로 나갈 땐 바짝 긴장했다. 자전거를 타고 집으로 돌아오면 사방이 어두워졌다. 숙제할 시간, 오늘 밤 텔레비전은 안 돼. 모든 위험들을 떠나 이젠 평화로워진 시간.

가장 한결같고, 나름 애정이 많은 그가, 커피숍에 커피를 사러 들어갔다가 루이스 저메인이 프랭크 호손이란 남학생과 같이 앉아 있는 걸 보고 손을 흔들었다. 토니는 그 호손이란 남학생이 마음에 들지 않았다. 그녀가 그와 같이 있는 걸 보자 불쾌해졌고 어떻게 이 마음을 그녀에게 말해야 할지 생각했다. 프랭크 호손은 기름기가 번들거리는 얼굴에 지저분하게 수염을 기르고, 머리는 산발에, 잡초 속에 있는 동물처럼 경계하는 눈이었고, 입술은 벌어진 상처 틈으로 내부 장기들이 스며 나오는 것처럼 수염 사이로 툭 튀어 나와 있었다. 토니는 호손이 시험 때 부정행위를 했던 기억이 났다. 그렇지만 학교에선 그의 명성 때문에 그 사건을 조용히 덮었다. 그리고 비둘기 사건도 있었다. 토니의 사무실 밑에 있는 비탈길에서 남학생 둘이 야구방망이를 들고 있었는데, 호손도 그중 하나였다. "그거 줘봐." 호손이 말하더니 옹기종기 모여 있는 비둘기들에게 강속구를 날렸다. 그 공에 비둘기가 한 마리라도 맞았더라면 죽었거나 불구가 됐을 것이다. 한 여학생이 불평했다. "하지 마. 난 비둘기 좋아해."

"이놈들은 쥐새끼들보다 더 더러워." 우쭐한 살인자 호손이 말했다. 커피숍에서 토니 헤이스팅스는 어떻게 루이스에게 경고해야 할지 생각했다.

그래서 그다음에 프란체스카를 봤을 때 그녀에게 물었다. 프란체스카는 그에게 미소를 지어보였다.

"왜 그런 일에 신경 써요? 만약 그 남학생이 역겨운 인간이라면 그 여학생도 알게 되겠죠."

"남의 일에 상관마라, 이거군요."

"다른 용무가 있지 않는 한 그런 말은 하지 않는 법이죠."

그때 둘은 점심을 먹고 있었다. 토니가 말했다. "내가 요즘 예민해서요."

"나도 눈치 챘어요. 부탁인데 대학원생과 엮이지 말아요. 그런 문제까지 일으킬 필요는 없잖아요."

"그럼 내게 필요한 건 뭔데요?"

그러자 그녀가 그를 한동안 바라본 순간이 있었다. 그 순간이 점점 길어지면서 거기에 뭔가 의미가 담겼다. 그녀의 파란 눈이 진지하게, 미소도 없이 그에게 말하고 있었다. 그 순간이 지나고 그녀는 다시 평상시처럼 모종의 암시를 흘리는 미소를 지으며, 그와 공모자인 것 같은 분위기를 풍겼다. 그는 생각했다. 내가 뭔가 놓친 것 같은데, 방금 그녀가 뭔가 말했지만 이제 너무 늦어버렸어.

하지만 그는 정기적으로 그녀와 직원 식당에서 점심을 먹었다. 추억에 잠긴 것 같은 그녀의 얼굴은 다정했다. 토니는 생각했다. 그녀는 내 유일한 친구야. 그녀는 예전의 날 기억하고 있어. 그녀는 내가 이런 인간이 되고 싶지 않다는 걸 알고 있어. 토니는 그녀를 보며 생각했다. 사랑스럽고 아름다워.

그래서 말했다. "오늘이 목요일이군요."

"그런데요?"

"오늘 오후에 시간 있어요?"

"네. 왜요?"

그녀는 포크로 스파게티를 돌돌 말면서 그의 시선을 피했다. 가슴이 쿵 쿵 뛰었다.

"내 차로 같이 어디 좀 갈까요?"

스파게티를 먹느라 입술을 치켜 올린 채 그녀는 우아한 입에 묻은 토마 토소스를 닦아냈다. "어디요?"

"어디든."

"좋아요."

그걸로 결정됐다. 둘은 강 위에 전망이 좋은 곳으로 차를 몰고 갔다. 거 기서 언덕 밑으로 달리는 트럭 소리를 들을 수 있었다. 둘은 그 풍경을 바 라봤다. 가까이에서 또 다른 차 안에 또 다른 커플이 그 경치를 보고 있었 다. 토니는 지난 9개월 동안, 심지어 뉴욕에서 보낸 하룻밤에도 느끼지 못 했던 성욕이 일어 몸에서 열이 나는 게 느껴졌다.

그는 이산화탄소 보호막, 점점 더 더워지는 날씨, 암을 유발하는 태양 밑에서 사막화되는 지구에 대해 말했다. 그러다 이야기가 점점 장황해지 고 있는 걸 깨달았다. 그녀의 지루해하는 표정도 봤다. 그는 생각했다. 난 이제 더 이상 멋진 사람이 아니구나. 그의 성욕도 시들해졌다.

그는 프란체스카를 집에 데려다주면서 그녀가 그를 집 안으로 초대할지 궁금했지만 그녀는 그러지 않았다. 그녀는 오후 시간을 같이 보내줘서 고마웠다고 인사했고, 그녀의 일상적인 눈빛에서는 아무런 마법도 보이지 않았다. 그녀는 집으로 올라갔고 어린 소녀 하나가 나와서 그녀를 맞았다.

토니는 타이어에서 끽 소리가 날 정도로 차를 홱 돌려서 갔다. 그리고 빨간 불에서 급정거를 하고 나서 교차로로 다급하게 돌진했다. 뭔가 느껴졌지만 그게 뭔지 알 수 없었다. 그는 고속도로로 나가, 앞에 있는 차를 쌩 소리를 내며 앞질러서 양쪽 차선을 계속 오락가락했다. 중간에 낀 차에게 경적을 빵빵 울려서 그가 지나갈 수 있도록 그 차를 옆으로 밀어내기도 했다.

그 거친 기분이 가라앉았을 때 집에 가서 거실에서 쉬었다. 이게 뭐지? 로라가 아직 날 놓지 않으려고 하는 건가? 그건 아닌 것 같았다. 이건 마치 그가 토니로 돌아가기 위한 의식이 필요한 것 같았다. 그는 야만적이고 원시적인 남신을 상상했다.

그 이미지를 떠올리자 웃음이 터져 나왔지만 그 웃음엔 아무 감정도 담겨 있지 않았다. 그리고 다음 순간 자신이 한 어떤 생각에도 감정은 없다는 압도적인 확신이 들었다. 그는 자신이 최근에 한 행동들을 빛이 비치는 화면에서 보고 거기에 서린 공허함이 드러나는 걸 봤다. 한 시간 전 도로에서의 폭주는 그가 가지지 못한 뭔가를 감추기 위한 표현이었을 뿐이다. 그 폭로된 사실이 과거로 파고 들어가 마침내 그 재앙에까지 이르렀다. 거기서 찾아낸 건 가짜 혹은 가식밖에 없었다. 그는 가짜 감정을 연기한 것이다. 토니는 두려워졌다. 그 허위의 심연 때문에 두려워진 게 아니라 다른 사람이 그걸 알아내면 어쩌지, 하는 두려움 때문이었다. 그는 이 사실을 다른 사람은 절대 알아서는 안 된다고 생각했다. 이건 비밀이다. 그는 저물어가는 오후, 집에서 자신의 영혼을 찾아봤지만 고도로 계산된 슬픔의 전시 밑에는 하얀 무관심만 보였다. 그리고 그 무관심이 지겨운 짜증과 격노로 변한 걸 봤다. 토니는 비탄이 그에게 준 특권들을 알아봤다. 다른 사람이 모르는 건 그가 그들을 어떻게 속여 넘겼냐는 점이다. 그는 가식적인 인간으로 슬픔의 제스처들을 위조했다.

그는 아주 자유롭게 집 안을 왔다갔다 걸어 다녔다. 그러다 희미한 분노에 이끌려 책상으로 가서 바비 안데스에게 다음과 같은 쪽지를 타자로 쳤다.

제가 정확하게 식별하지 못했던 그 사람이 터크라는 걸 이제 확신한다는 말을 전하려고 이 편지를 씁니다. 놈들에 대한 추적을 늦추지 않으셨기를 빕니다. 제 힘이 닿는 한 모든 면에서 협조할 것을 약속드리겠습니다. 전 놈들이 법의 심판을 받게 하겠다고 굳게 결심했습니다.

5

다음 페이지에 '3부'라고 나와 있다. 좋아. 스토리에 변화가 생기는군. 수잔 모로는 이 이야긴 충분히 봤다. 수염을 통해 내부 장기들이 스며 나온다는 표현에 대해 그녀가 칭찬해주길 에드워드가 기대하는지 궁금했다. 아무래도 터번을 두른 인도 하층민과 염소가 나오는 부분은 수정하는 걸 잊어버린 것 같았다. 오늘 저녁은 얼마나 더 읽을 수 있을까? 그녀는 대강 시간을 계산해본다. 한 절반 정도 왔으니까 내일이면 다 읽을 수 있을 것이다. 이제 좀 쉬어야지.

"로지, 침대로 가!"

2층에서 작은 목소리가 들렸다. "난 침대에 있어요, 엄마."

제프리는 밖에 나가고 싶어 했다. 그녀는 문을 열어 제프리를 내보내줬다. 원래 그러면 안 되지만 늦은 시간이니 아무도 모를 것이다. 말썽 일으키지 마, 아저씨. 그녀는 부엌으로 갔다. 간식을 먹을까, 콜라 한 잔? 부엌은 춥다. 바깥 기온은 사정없이 떨어지고 있다. 아무도 보지 않는 텔레비전 시트콤에서 나오는 목소리들이 서재에서 들린다. 누군가 밤새 텔레비전을 켜 놨다.

그녀는 독서와 인생 때문에 의기소침해진 느낌이 들었다가 의아해졌다. 내가 책을 읽을 때는 항상 책과 싸우다 굴복하나? 그녀는 토니에 대한 동정과 분노 사이를 오락가락했다. 이 책을 다 읽은 후에 에드워드와 이야기할 필요가 없다면 좋을 텐데. 토니가 미쳐가거나 얼간이가 되어가는 중이라는 말을 하려면 토니가 정말 에드워드가 아니란 점을 확실히 해둬야 할 필요가 있다.

이제 토니는 가식적인 남자가 됐다. 그녀는 그 점이 궁금했다. 일반적으로 수잔은 공허하다는 말과 피상적이란 단어 사용에 회의적이었다. 그녀는 공허한가, 아니면 꽉 차 있나? 망할, 그걸 그녀가 어떻게 알겠냐마는, 자신이 아닌 타인이 그녀의 그런 면을 판단하는 것도 원치 않았다. 에드워드가 토니의 목소리를 통해 토니를 비난하고 있다면, 그건 남에 대해 비판을 잘하는 예전의 에드워드로 돌아간 것이다. 그가 그녀를 비판하면 그녀는 거부한다. 하지만 비판의 아픔이 수그러들어서 다 지나간 일이 되는 나중에는 좀 더 공정하게 독서를 하게 된다.

어쨌든 3부다. 뭔가 끝났다. 3부로 끝날까, 아니면 4부까지 이어지는 건가? 만약 3부로 끝나면 이건 소나타다. ABA 형식의 소나타. 그게 무슨 뜻이지? 다시 숲으로 돌아간다는 건가? 만약 4부라면 심포니인가? 사건을 진술하고, 장송행진곡을 하고, 스케르초(scherzo, 익살스럽고 분방한 성격의 짧은 기악곡)에 이어 피날레로 끝나는 형식. 이 소설에서는 지금까지 범죄가 일어나고 피해자가 발생하고 그에 대한 반작용과 지금까지 살인범들을 추적했지만 실패한 일이 일어났다. 그녀는 생각한다. 그녀는 생각한다. 토니 헤이스팅스가 파괴될 것인가, 아니면 구원받을 것인가? 형편없는 해피엔딩은 모든 걸 망치겠지만, 좋은 엔딩이 어떤 것일지는 상상하기 어렵다.

바비 안데스가 그 편지에 답장하지 않자 토니는 또 한 통을 보냈다.

다시 말합니다. 저는 그저 감나무에서 감 떨어지는 걸 기다리듯 마냥 기다리는 게 아니라 그놈들을 적극적으로 추적하고 있기를 바라고 있습니다. 부서장님이 에이잭스 경찰서에 재촉해서 아담스에게 압력을 넣어 공범들의 이름을 대라고 추궁했기를 바랍니다. 이 사건은 전국적인 경찰의 관심을 받을 만한 사건이며, 그런 성과를 거두기 위해 부서장님이 제대로 된 조처들을 취했기를 바랍니다. 이건 제게 가장 중요한 문제입니다. 부서장님이 이 사건을 일반적이거나 해결할 수 없는 사건으로 간주하지 않기를 바랍니다.

꽃이 활짝 핀 5월의 어느 날 늦게 차를 운전해서 집으로 돌아가는 길에 토니는 자신에게 잔소리를 했다. 다른 운전자들은 그가 차가 막히는 걸 욕하고 있다고 생각했다. 토니가 말했다. 이건 차가 몰리는 러시아워나 운전자들이 바짝 따라 붙어서 그런 게 아니야. 지금은 차에 소프트볼을 던지는 남자애들도 없잖아. 조간신문에 나오는 사악한 사설들도 없고, 탐욕스런 학생들이 나쁜 짓을 해놓고 그냥 넘어 가려고 하는 것도 아니고, 역겨운 프랭크 호손이 있는 것도 아니잖아. 심지어 온실 효과나 핵전쟁이 일어난 것도 아니고. 이건 그저 하나의 범죄, 하나의 악, 하나의 불만일 뿐이야. 내게 그 짓을 한 건 너희들이야. 범죄자들이나 악마들이 아니라 너희들이라고. 다른 건 다 너희들에게 집중하지 못하게 하는 방해물일 뿐이야.

토니는 생각했다. 만약 바비 안데스가 내가 보낸 편지가 도발적이라고 생각했다면 그것도 괜찮아. 그 편지 때문에 약이 올랐다면 더 좋아. 2주가 지났고, 그는 안데스가 답장을 하지 않을 거라는 사실을 다시 깨달았다. 토니 헤이스팅스는 고통에 차서 펜실베이니아의 형사가 보내는 편지를 기다리고 있었다. 그 형사는 5월 내내 그의 섭생과 구원될 거란 희망을 손에 쥐고 있었다. 그의 마당에 난 잔디는 누렇게 변했고 초록색 잡초들이 오래된 갈색 잔디의 세계를 침범했다. 매일 하늘은 화창했고, 사람들은 잔디를 깎고 정원을 가꿨지만 토니 헤이스팅스는 그와 상관없이 지난여름에 일어난 일에 계속 저항하고 있었다. 그는 어두워진 창문으로 밖을 내다보는 자신의 모습을 남들이 볼 수 없는 밤이 더 좋았다.

그는 자신이 뭘 원하는지 알고 있었기 때문에 기다릴 수 있었다. 그리고 아무것도 모르는 선량한 사람들에게 전보다 훨씬 덜 불쾌하게 굴었다. 그는 점심을 먹으며 프란체스카 후턴에게 그 점을 지적했다.

"난 아주 많은 엉뚱한 사람들을 탓하고 있었어요. 이젠 그게 누구 잘못인지 알아요."

"마침내 화를 내기로 결심했어요?"

큰 집에서 그는 계속 혼잣말을 하면서 격노를 완성해가고 있었다. 그가 말했다. 넌 토니 헤이스팅스가 되기 쉬울 것 같아? 그러기까지 40년이란 세월이 걸렸어. 토니 헤이스팅스란 인간을 만들기 위해 사랑이 많은 어머니와 지적인 아버지, 여름 별장, 뒤쪽 현관에서 하는 수업들이 필요했다고. 여동생이랑 남동생이랑 싸우면서 성질을 죽이는 법을 깨우치고 다른 사람들의 고통에 민감해지는 법을 익혀야 해. 다년간에 걸친 독서와 공부와 아내와 딸이 강제로 고통스런 습관을 익히게 해서 한 남자로 만들어냈단 말이야.

하지만 로라 헤이스팅스가 되는 건 훨씬 더 힘들어. 메이어 스트리트와 한델만 박사에 의해 하루하루가 오랫동안 축적돼 로라 터너가 생겼고, 도나와 진과 성장했고, 안개 낀 호수와 보보의 죽음과 스튜디오가 생긴 로라 헤이스팅스는 완성된 것이 아니라 막 마흔 살이 된 인생을 시작했을 뿐이야. 로라 헤이스팅스는 그녀가 살았던 40년 인생이 전부가 아니라 -전부였던 게 아니고- 인생이 약속한 대로 40년은 더 살아야 했어.

짐승들, 헬렌 헤이스팅스를 대체하는 건 더 쉬울 거라고 생각하나? 헬렌의 인생은 우리 셋 중에 가장 길어. 이제 막 50년에서 60년에 달하는 인생이 시작된 거야. 점점 더 커지는 세계 속에서 그보다 훨씬 커버린 이 아이는 원래 로라와 토니의 정액에서 추출돼서 조용한 노래와 리틀 골든북(랜덤하우스의 유아 책 시리즈)과 엄마아빠와 강아지를 사랑하고 노트에 시를 적으면서 세계 속 헬렌으로 성장하겠다는 어길 수 없는 계약을 한 거야.

우리 셋이 살지 못한 시간을 다시 쌓아올리거나 대체하는 것보다 더 힘들고 불가능한 일은 없어, 이 짐승새끼들아. 너희들의 차, 너희들의 불알, 너희들의 지저분한 여자친구, 너희들의 추레하고 작은 영혼으로도 대체할 수 없어. 토니 헤이스팅스는 그들의 차, 불알, 여자친구와 영혼을 상상했다. 그는 그들 가운데 살아가면서 그의 증오를 압도적으로 표현할 말들을 찾았다. 영화나 텔레비전 그리고 학교 깡패들에게서 사람들을 괴롭히는 악당이 되는 법에 대한 아이니어를 얻은 어리석은 성인 남자들을 충분히 비하할 수 있는 이야기. 도로로 나가서 고지식한 사람들을 겁주자. 이제 선생들이 째려볼 일도 없잖아. 얌전 빼는 아가씨들과 엉덩이가 탱탱한 엄마들에게 매운맛을 보여주는 거야. 문제가 생기면 해치우면 돼. 토니 헤이스팅스는 그가 느끼는 격노에 어울리는 적절한 단어들을 찾았다. 저질들. 끔찍하고 비겁한 새끼들. 천박하고 잔인하고 비열한 새끼들. 악마는 아니다. 그러면 놈들이 너무 품위 있어 보이잖아. 그가 찾는 말들은 악마보다 더 바닥에, 악질인 것이었다. 그런 말로 그는 자신이 잃어버렸다고 생각하는 영혼을 대체하려고 노력했다.

오후에 전화가 울렸다. 전화를 받으러 가면서 토니는 이미 상대가 누군지 알고 있었다. 그의 생각 속에 있던 그 거칠고 냉담한 목소리가 현실로 나타나는 걸 들었다. "토니 헤이스팅스 씨에게 전화를 걸었는데요. 토니 헤이스팅스 씨 맞아요?" 토니의 생각이 맞았다. 안데스도 맞았다. "안데스 씨, 접니다."

토니는 그가 하는 말을 들었다. "다른 사람의 신원을 확인해볼래요?"

"누군데요?"

"난 말하지 않을 겁니다. 그 사람이 누군지 당신이 내게 말하고 싶은지 지금 물어보는 거요."

"언제요? 어디서?"

"당신이 올 수 있는 대로 즉시. 여기서. 이번에는 그랜트 센터에서 합니다."

그래서 그는 또다시 여행을 준비했다. 이번에는 실패하지 않으리라. 이번에는 내가 보고 누구인지 알아낼 거야. 레이건, 루건, 다시 터크이건 꼭.

하룻밤을 보내야 해서 그는 두근두근 설레는 마음으로 짐을 꾸리고, 비행기에 탔다가 갈아타서 또 다른 소형 여객기로 계곡에 있는 작은 공항에 내렸다. 바비 안데스가 담장 너머에서 그를 기다리고 있었다. 토니가 안데스의 차에 타고 둘은 들판과 숲과 산 가장자리 밑을 달렸다. 공포의 땅으로 돌아온 것이다.

"당신은 꽤 집요한 편지를 두 통이나 보냈더군요. 정말 놈들을 잡고 싶어요?" 안데스가 말했다.

"무슨 일이 있었던 겁니까?"

"당신이 먼저 말해요. 전처럼 또 겁을 집어먹고 내뺄 건가요?"

"편지에 쓴 내 마음은 진심이에요."

"왜 마음이 변한 거요?"

"변한 게 아니에요. 난 놈들을 잡고 싶어요."

"그렇다고 엉뚱한 사람을 범인으로 지목하면 안 돼요, 알겠죠? 무슨 일이 있었는지 말해줄게요. 베어 밸리 몰에 있는 슈퍼마켓이 문을 닫기 직전에 강도짓을 하려던 놈들을 잡았어요. 한 놈은 잡고 한 놈은 죽었어요. 한 놈은 지난번처럼 놓쳤고."

"어떻게 그런 일이 일어났죠?"

"내가 말해줄게요. 거기엔 세 놈이 있었어요. 멍청한 얼간이들이지. 둘은 가게에 있고, 하나는 밖에 있는 차에서 기다리고 있었고. 놈들은 가게 뒤에 매니저가 있는 걸 못 본 겁니다. 놈들이 시킨 대로 여자 출납원이 손을 들었을 때 매니저가 총을 가지고 고함을 지르면서 앞으로 왔어요. '그 총 내려놔!' 그 얼간이 강도들이 돌아서서 닥치는 대로 총을 쏴서 시리얼 상자들을 맞췄고 시리얼이 우수수 쏟아져 내렸어요. 매니저도 거기 응수해서 쐈고. 매니저가 사격 실력이 좋아서 한 놈의 가슴을 맞춰서 쓰러뜨렸습니다. 병원에서 수술을 했는데 놈은 열두 시간 후에 사망했어요."

토니 헤이스팅스는 그 말이 좋은 소식인지 나쁜 소식인지 헷갈려 하면서 조용히 누가 죽었는지 궁금해했다. "다른 강도들은 어떻게 됐죠?"

"가게에 있던 다른 강도는 도망쳤는데 매니저가 쫓아갔어요. 그놈이 차에 타려고 했지만 경찰차가 모퉁이를 돌아서 미친 듯이 달려왔어요. 매니저가 경찰을 부르고, 경찰은 소리를 질러서 경고하고, 차에 있던 놈은 시동을 걸고, 차 밖에 있던 놈은 결국 차를 못 탔습니다. 경찰이 차의 타이어를 쏴서. 운전하던 놈은 항복했지만 차 밖에 있던 놈은 달아났어요."

"어떻게 그놈은 그럴 수 있었죠?"

"그냥 사라져버린 겁니다. 경찰이 총을 쏘기 시작했을 때 냅다 도망쳐서 어딘가에 있는 차 뒤에 숨었겠죠. 나도 그것까지는 몰라요. 놈을 쫓아갈 만한 인원도 없었고 놈이 어디로 갔는지도 모르고."

토니가 물었다. "내가 뭘 하길 바라는 겁니까?"

"우리가 잡은 놈을 당신이 알아볼 수 있는지 봐줘요."

"내가 왜 알아볼지도 모르는지 그 이유를 말해줄래요?"

"나중에요, 나중에."

그들은 사건이 시작됐던 그 들판들, 그 산중턱으로 돌아가고 있었다. 아직 이른 초록의 물결이 그 전에 있었던 갈색과 회색 겨울 풍경 사이로 스며들고 있었다. 그는 건너편에 모텔이 있는 경찰서로 차가 들어갈 때까지 아무것도 알아보지 못했다.

"시체도 한번 보는 게 좋을 것 같아요. 그건 뭐 꼭 필요한 절차는 아니지만. 우린 놈이 누군지 아니까." 안데스가 말했다.

"누구죠?"

"스티브 아담스. 당신이 터크라고 했던 남자."

"터크? 죽었다고요?"

"지문으로 놈이란 걸 알았죠."

"난 놈이 에이잭스의 감옥에 있다고 생각했는데."

"보석 중에 행방을 감췄다고 들었어요."

토니 헤이스팅스는 바비 안데스의 용모에서 달라진 점을 알아내려고 노력했다. 그는 살이 빠져서 입가와 코와 전에는 기름기가 돌면서 매끈했던 눈 밑이 주름져 있었다.

토니 헤이스팅스는 경찰서 건너편 모텔에 체크인 했다. 그가 경찰서로 돌아왔을 때 안데스가 말했다. "지난번처럼 라인업(lineup, 사람들을 한 줄로 세워서 피의자를 지목하는 절차)을 하는 게 낫죠?"

"그러려고 내가 왔다고 생각했는데요."

"당신을 놈에게 곧장 데려가서 놈이 누구인지 물어볼 수도 있지만, 당신은 한 줄로 쪼르르 세워놓는 걸 선호할 것 같아서."

"뭐든 마음대로 하시죠."

"가서 커피 좀 마시고 있어요. 라인업을 하려면 사람들을 좀 모아야 하니까."

마침내 라인업이 시작됐을 때 분위기는 그렇게 진지하지 않았다. 그들은 책상이 여러 개 있는 경찰서 사무실에서 라인업을 준비했다. 그리고 토니를 그 책상 중 하나에 앉혔다. 옆문으로 여섯 명이 들어와 카운터 앞에 한 줄로 섰다. 조금 시간이 흐른 후에야 토니는 이게 라인업이라는 걸 깨달았다. 여섯 명 중에서 첫 번째는 갈색 옷을 입은 여자로 지금 토니가 앉아 있는 책상에 몇 분 전까지 앉아 있던 사람이었다. 그녀는 킥킥거리고 있었다. 두 번째 남자는 제복을 입은 경찰로 피식 웃지 않으려고 노력하고 있었다. 그는 낯익어 보였는데 토니는 이들이 용의자로 위장해서 그에게 장난을 치려는 수작인가 하는 의문이 들었다. 나중에 그는 그 경찰이 조지란 경찰로 그날 범죄현장이 있었던 숲에서 그를 다시 모텔로 데려다줬던 사람이란 걸 깨달았다. 세 번째와 네 번째 사람은 수갑 하나를 같이 차고 있었다. 하나는 노란 머리에 묵직한 체구에 자동차 수리공 같은 작업복을 입고 있었고, 또 하나는 더러운 오픈칼라 셔츠를 입은 노인이었다. 다섯 번째와 여섯 번째 남자 역시 수갑을 같이 차고 있었다. 둘 다 수염을 기르고 격자무늬 셔츠를 입고 있었다. 한 사람의 수염은 갈색으로 덥수룩했다. 그는 자존심이 강하고 지적으로 보였다. 또 다른 사람의 수염은 검은색으로 서툴게 다듬어져 있었다. 그는 혼란스런 눈으로 방 안을 둘러봤고, 토니 헤이스팅스는 마치 쌍안경에 비친 이미지들이 합쳐지는 것처럼 모르는 얼굴이 그가 아는 얼굴로 변하는 과정을 경이롭게 지켜봤다.

토니는 그 눈을 알고 있었다. 그 눈은 밤에 그를 다른 눈빛으로 봤고, 수염 속에 있는 입도 그때는 달랐다. 토니는 그 남자가 방 주위를 둘러보면서, 자신이 왜 여기 있는지 그 이유도 모르고, 책상에 앉아 있는 토니도 찾아내지 못한 걸 지켜봤다. 그는 토니를 봐도 알아보는 기색이 없이 슥 지나쳐갔고, 토니가 확실히 판단하기 위해 뚫어져라 쳐다보는 것도 눈치 채지 못하고 있었다. 토니는 이제 그 사나이를 숲과 그 차를 배경으로 바라봤고, 기억 속에 저장된 이미지에 그의 모습을 겹쳐봤다. 레이와 터크와 함께 타이어 옆에 있던 그, 그가 트레일러에서 속도를 늦추려고 했을 때 차에서 토니 옆에 앉아 있던 그, 그가 또렷하게 내뱉었던 말들. 내려! 조심하지 않으면 그러다 죽어!

마침내 그 남자는 토니가 자기를 빤히 보는 걸 눈치 챘지만 여전히 그를 몰라봤다. 멍한 표정으로 어리둥절해서 토니를 봤다. 하지만 토니는 그를 알고 있었다. 자신이 얼마나 기쁜지 확신이 없었고, 그 기쁜 마음이 어떤 사태로 발전될 수 있을지 두려워하면서, 그는 바비 안데스에게 속삭였다. "맞아요."

안데스가 큰 소리로 말했다. "맞는다고? 뭐가 맞는다는 거죠? 아는 사람 있어요?"

"수염 기른 남자."

"어느 수염? 수염 기른 남자는 둘인데."

"저 끝에 있는 남자."

"저 끝에 수염 기른 남자? 붉은 격자무늬 셔츠에 청바지? 저 남자를 전에 본 적이 있어요?"

수염을 기르고 셔츠와 청바지를 입은 남자가 이제 당혹스런 표정으로 그를 보고 있었다.

"저게 루예요."

"루? 루가 누구죠?"

"내게 차를 운전하게 시켰던 놈. 다른 놈들이 내 차를 타고 갔을 때 자기 차를 운전하게 했던 남자. 숲속으로 들어가라고 하고 거기서 나를 내쫓은 남자."

"이 남자가? 이 남자는 이해를 못하는 것 같은데. 루, 어이, 당신 말이야! 당신 이름이 루야?"

"당신은 내 이름을 알잖아요. 내가 이미 말했는데. 무슨 일이요?"

"이 남자를 전에 본 적이 있어, 루? 신중하게 생각해. 이 남자를 전에 본 적이 있어?"

루는 토니를 빤히 봤다. 토니는 그 시선에 그를 알아보는 기색이 천천히 나타나는지 분간할 수 없었다. "아뇨."

"확실해?"

"모르는 사람이요. 저 사람이 누군데?"

"말해요, 토니. 루가 누군지 저 사람에게 말해요."

"작년 여름에, 당신이, 그 사람이."

"이 남자가?"

"이 남자와 이 남자 친구들이 우리를 주간고속도로에서 억지로 차에서 내리게 했어요. 그다음에 두 사람이 내 아내와 딸이 타고 있는 차에 억지로 탔고, 이 남자는."

"여기 이 남자 말이요? 루?"

"그래요. 루. 이 남자가 내게 자기 차를 운전하게 해서 날 숲속으로 들어가게 했고 거기서 내리게 했어요. 나중에 같은 장소에서 내 아내와 딸이 시체로 발견됐고."

"이 사람 말을 어떻게 생각해, 루?"

루의 얼굴에 이제 공포가 떠오르면서 거기 있었을지도 모르는 토니를 알아보는 기색이 모두 가려졌다. 그가 말했다. "당신이 무슨 소리를 하는지 난 하나도 모르겠어."

"이 남자의 아내와 딸에 대해선 뭘 알고 있지?"

"난 이 사람을 지금 처음 봤어."

"레이와 터크에 대해선 뭘 알고 있지?"

"그 사람들도 한 번도 들어본 적이 없어."

안데스가 토니에게 말했다. "한 가지만 더 물어봅시다. 정말 이 사람이 확실해요?"

"100퍼센트 확실해요."

"법정에서 위증죄로 처벌받을 수 있는 상황에서도 맹세하겠어요?"

토니가 숨을 들이쉬었다. "그래요."

그들이 토니를 데리고 시체 안치소로 가서 커버를 벗기고 짧은 수염이 난 밀랍처럼 창백한 얼굴의 시체를 보여줬다. 눈을 감았고, 안경은 쓰지 않았고, 코는 새의 부리처럼 날카롭고, 입은 찡그리고 있는 모습이 누구든 될 수 있을 것 같았다.

토니는 이 사람이 깨어 있는 모습을 상상할 수 없었다. 그는 터크와 얽힌 기억이 없었다. 심지어 에이잭스와 사진에서 알아볼 수 없었던 터크의 얼굴조차 기억이 나지 않았다.

"어렵군요. 이 사람이 터크인 것 같아요." 토니가 말했다.

"확실해요?"

"네." 그가 말했다.

바비 안데스가 그를 데리고 작은 식당으로 갔다. 그는 신이 나 있었다. "잘했어요. 이제 우리가 놈을 잡았어요."

그는 기뻐 어쩔 줄을 몰라 했다. 그리고 기침을 하고 또 했다. "우리가 놈을 살인 혐의로 기소할 겁니다."

"증거는 충분합니까?"

"증인으로 당신이 있고, 지문들이 있어요. 놈의 헤어 샘플을 확인할 겁니다."

그는 사건을 재빨리 훑어봤다. "이 루라는 놈의 지문이 트레일러와 차에 있었어요. 그래서 당신이 놈의 신원을 확인해주길 바랐던 겁니다."

"그럼 놈이 날 내팽개친 후에 정말 트레일러로 돌아갔군요."

"그래 보여요. 아마 놈은 돌아가서 당신을 어디다 내팽개쳤는지 그들에게 말했을 겁니다. 그래서 놈들이 시체를 가지고 돌아왔을 거고."

"날 잡으려고."

"내 장담하는데 당신 친구 레이가 우리가 잡은 그 강도단의 세 번째 놈일 거요."

"그 도망친 남자?"

"인상착의가 맞더라고요."

"그다음엔 어떻게 되는 겁니까?"

"우리가 루를 상대로 사건 조서를 꾸밀 겁니다. 당신은 여기 다시 돌아와야 할 거고. 그럴 각오가 섰어요? 그동안 난 레이를 찾을 거고."

토니 헤이스팅스는 다음 날 아침 기쁨에 떨면서 집으로 돌아갔다. 그는 루의 얼굴을 떠올리며 겁에 질린 그 눈을 바라보며 그의 얼굴에 침을 뱉고 싶다고 생각했다.

6

이제 우리가 이 악당들을 추적할 것 같아 보이네. 수잔이 3부에 표시하면서 말했다. 우린 터크를 죽이고, 루를 잡았고, 레이를 쫓고 있어. 좋아. 범죄가 마치 유독한 구름처럼 이 소설에 드리워져 있다. 이걸 씻어버려야 하는데 범인들을 쫓지 않고서는 그렇게 할 수 없다고 수잔은 믿었다. 루가 당황한 걸 보니 레이를 잡고 싶은 마음이 더 분명해졌다.

하지만 뭔가 기이한 일이 일어나고 있다. 경찰서에서의 그 경박한 라인업. 토니가 시체 안치소에서 터크의 신원을 파악한 장면. 이런 지저분한 힌트들을 흘리는 에드워드의 의도가 뭐지? 악질인 레이와 무고한 토니의 단순한 구분을 복잡하게 만들려고 이러는 건가? 이런 의문에 그녀는 약간 불쾌해지면서 이 이야기를 계속 읽어나가는 동안 균형 잡힌 시각을 유지할 수 있을지 궁금해졌다.

그리고 토니가 아내와 아이에게 바치는 구절 중에서 좀 더 압축적이면서도 드문드문 묘히게 세부적인 묘사로 격식을 차린 잔사늘도 불쾌해졌다. 그 불쾌한 느낌에 이어서 아놀드가 떠올랐다. 아놀드가 그녀를 칭찬하면 어떤 기이하고 세부적인 면들을 높이 평가할지 궁금했다. 에드워드에 대해선 그가 우울해했을 때 항구에 있는 그 보트가 기억났다. 에드워드가 말했다. 난 사람들에게 잊힐 거야. 아무도 내가 보거나 생각한 걸 결코 모를 거야. 그녀가 말했다. 내가 지금 그런 걸. 아무도 내 비전과 생각을 모르거든. 에드워드가 말했다. 당신은 작가가 아니잖아. 당신에겐 그런 건 큰 의미가 없어.

녹터널 애니멀스 17

토니는 점심을 먹으며 프란체스카 후턴에게 말했다. "우리가 두 놈을 잡았어요. 내가 한 놈의 신원을 확인했고 경찰이 다른 놈을 죽였죠."

그녀가 말했다. "그래서 기뻐요?"

"당연히 기쁘죠."

"경찰이 한 명을 죽였어요. 그게 기쁘단 말이에요?"

"그래요."

"경찰이 잡은 놈은 어떻게 하고 싶어요?"

"루? 정의가 실현되는 걸 보고 싶죠."

"이 경우엔 그 정의란 게 뭔데요?"

토니 헤이스팅스는 그 질문에 준비가 돼 있지 않았다.

"죽음? 놈이 사형을 받아야 하지 않나?"

토니는 이것이 정치적인 질문이라는 생각이 불현듯 들었다. 프란체스카의 정신 나간 우익 성향 때문에 토니는 그녀와 정치 토론을 하는 것은 항상 피했다. 그가 말했다. "루는 중요하지 않아요. 나쁜 놈이 아직 활개를 치고 다니고 있어요."

"그 사람은 사형을 받아야 하나요?"

토니는 프란체스카가 그의 마음을 안다면 사형을 반대하는 토니의 원칙을 놈들이 파괴시켜버렸다고 짐작할지도 모른다는 생각이 들었다. 토니는 인정했다. "내가 어떤 처벌을 원하는지 나도 모르겠어요."

그녀가 말했다. "당신은 놈들이 고통 받길 원하는 거죠, 그렇지 않나요?"

그 생각을 하자 토니는 어렸을 때 그랬던 것처럼 입술을 깨물었다. 그리고 말했다. "난 놈들이 내게 한 짓을 놈들도 그대로 당했으면 좋겠어요."

"그들의 아내와 딸이 살해되는 거."

"아니. 그걸 원하는 건 아니에요."

"그들이 죽어야 한다고 생각하는군요."

"그런 것 같아요."

"터크처럼. 터크가 죽은 방식에 만족해요?"

"터크는 중요하지 않아요. 그놈은 그저 레이가 하자는 대로 따랐을 뿐이에요."

"당신은 내 질문에 대답하지 않았어요."

"나도 모르겠어요. 터크는 강도짓을 하다가 죽었어요."

"그러니까 터크는 그래도 싼 인간이고 당신은 만족했군요."

"어쩌면 아닐지도 몰라요. 그건 벌이 아니었어요. 그는 자신이 뭣 때문에 벌을 받는지도 몰랐으니까."

"그자가 그걸 알면 좋겠어요?"

"난 놈들이, 자기들이 무슨 짓을 했는지 알기를 원해요. 놈들에게 정확히 자기들이 무슨 짓을 했는지 보여주고 싶어요."

"그들은 자신들이 무슨 짓을 했는지 알고 있어요, 토니."

"그게 어떤 의미인지 모르고 있어요."

"아마 알고 있을 거예요. 그냥 신경 안 쓰는 거지."

"놈들이 신경 쓰게 만들고 싶어요."

"뉘우치게 하려고? 얼마나 미안한지 말하게 하려고요?"

"난 그들이 정확히 얼마나 끔찍한 짓을 했는지 알게 만들고 싶어요."

"토니, 그게 가능해요?"

"아마 아니겠죠."

"그게 심지어 당신이 원하는 거긴 해요? 가령 레이가 그걸 알았다고 쳐요. 그래서 개과천선했어요. 그럼 레이가 자유로운 몸이 돼야 해요?"

"그건 절대로 안 되죠."

"레이는 자기가 당신을 아프게 했다는 걸 알고 있어요, 토니. 내 말을 믿어요. 그자는 알고 있어요."

"나도 놈에게 똑같이 해주고 싶어요."

"놈을 아프게 해준다. 하지만 죽이진 않는다?"

"죽일 거예요. 둘 다 할 겁니다."

"둘 다? 그자가 고통을 당하는 것만으론 충분하지 않나요?"

"난 놈이 죽어가는 고통을 겪게 만들고 싶어요."

"아, 고문이요?"

"난 놈이 자기가 죽어가고 있다는 걸 알기를 원해요. 그 이유도 알기를 원해요. 그게 내가 말하는 고통의 의미예요."

"당신 손으로 레이를 죽이고 싶나요?"

"나 때문에 자신이 죽어간다는 걸 그가 알았으면 좋겠어요."

"아하." 그녀는 주먹을 쥔 손으로 다른 손을 픽 쳤다. "당신은 놈이 얼마나 나쁜 놈인지 알기를 원하는 게 아니에요. 거기엔 눈곱만큼도 관심 없어요. 당신은 놈이 당신을 그런 식으로 다치게 해놓고 그냥 빠져나갈 순 없다는 걸 알리고 싶은 거예요. 당신의 자존심 때문에 그런 거라고요."

"놈이 내게 그런 짓을 해놓고 그냥 빠져나갈 순 없어요."

"이제야 솔직해지는군요."

그녀가 손에 얼굴을 기대자 금발 머리가 얼굴 한쪽으로 흘러내렸다. 그의 생각을 대변해주고 있는 그녀의 눈이 진지하면서도 아름다웠다.

"헬렌이 로라와 나에게 복수가 얼마나 원시적인 감정인지 설교하던 기억이 나요. 우린 복수와 정의를 아주 아슬아슬하게 구분했죠. 그때 나는 우리가 얼마나 문명인인가, 라는 생각을 했던 기억이 나요."

"당신은 문명인이에요. 문명인이 아닌 건 레이예요."

"그건 나에게 부담되는 말이에요." 토니가 말했다.

"당신이 부담이 된다고 생각하면 그렇게 되는 거예요."

최근에 사무실로 전화가 온 적이 있었다. 루이스 저메인이 그의 사무실에 있었다. 전화가 왔을 때 그녀는 막 들어와 있었다. 용건이 뭔지 궁금했다. 전화 속 목소리는 아는 목소리였다. "안데스예요. 여기 다시 와줄 수 있겠어요?" 그는 루이스의 용건이 뭐였는지 알아내지 못했다.

지금은 6월이고, 토니 헤이스팅스는 자유롭게 여행할 수 있었다. 거기로 세 번째 가는 여행이었다. 그는 자신의 차로 갔는데 하루 종일 걸렸다. 다음 날인 일요일 오후 그는 안데스와 같이 공터 야구장의 야외관람석 1루 쪽 제일 윗줄에 앉아 있었다. 홈팀의 흰 유니폼 셔츠에는 '쉐보레'라고 새겨져 있었다. 원정단은 '폴레빌'이라는 이름이 새겨진 회색 유니폼을 입고 있었다. 그곳은 계곡에서 25킬로 위에 있는 마을이었다. 외야는 철조망을 넘어 줄줄이 늘어선 집들까지 쭉 뻗어 있었다. 그 집들 위로 나무들이 서 있는 절벽이 있었고, 계곡 양쪽으로 평원이 넓게 펼쳐져 있었다. 고속도로 위의 차들은 3루 쪽을 보고 있었고 누군가 안타를 치자 경적을 울려 댔다.

모자를 쓰고 검은 안경을 쓴 바비 안데스는 태양이 그의 수척한 얼굴을 사정없이 내리쬐는 동안 담배꽁초를 의자 밑의 죽은 풀 위로 떨어뜨렸다. 바람이 불고 있었다. 아랫부분이 시커먼 비구름이 계곡을 가로지르는 두 개의 동그란 언덕 위에 도사리고 있었다. 태양이 그 비구름의 검은 아랫부분을 비추고 있었다.

그들은 홈팀의 19번 선수를 지켜보고 있었다. 그 선수는 경기는 안 하고 그들 밑에 있는 벤치에 앉아 있었다. 토니는 첫 번째 줄에 앉아 있는 팬들 사이로 가끔 그가 입은 유니폼의 등만 볼 수 있었다. 19번 선수는 가만히 못 있고 자꾸 몸을 흔들어댔다. 그는 야구장에 대고 소리를 지르고 있었다. 한번은 몸을 돌려서 관람석을 향해 고개를 들고 씩 웃었다. 얼굴을 알아볼 정도로 가깝진 않았다. 햇빛 아래에서 갈색으로 탄 그의 얼굴과 아주 작고 희고 냉정한 눈초리만 보였다. 그의 이름은 레이 마커스인데 루 베이츠와 스티브 아담스와 자주 어울려 다녔다는 제보가 들어왔다. 안데스는 인상착의 때문에 그가 바로 토니가 말한 레이일 거라고 확신하고 있었다. 그 가능성에 토니는 환한 햇빛 속에서도 오싹한 느낌이 들었다.

근처에 아무도 없었기 때문에 바비 안데스는 토니에게 경기가 계속 늘어지는 동안 그 이야기를 해줬다. 그가 루를 심문했지만 아무 단서를 찾지 못하다 허먼에서 만난 남자들에게 어떻게 정보를 얻었는지에 대한 이야기였다. 허먼은 그랜트 센터에서 계곡을 50킬로 올라가면 나오는 토핑에 있는 술집 이름이다. 루라는 인간은 멍청한 황소 같아서 입을 꽉 다물고 있겠다는 전략 하나밖에 없었다. 뛰어난 경찰 수사 결과, 루가 스티브 아담스와 같이 캘리포니아에서 온 사실이 밝혀졌지만, 무슨 수를 써도 베어밸리 강도 사건 현장에 있던 또 한 명의 남자가 누군지 절대 입을 열지 않았다. 토니의 사건에서는 루가 범인일 수가 없는 게 그때 그는 캘리포니아에 있었다고 했다.

바비 안데스는 루의 아내가 캘리포니아에 있는데 남편을 1년 반 동안 보지 못했고, 그것도 마누라가 잘 쫓아버린 거라는 말을 했다는 이야기를 했다. 루의 아내를 찾아낸 건 대단한 성과였지만, 거기서 쓸모 있는 정보는 나오지 않았다. 그동안 루는 토핑에서 패트리샤 커틀러란 여자와 동거하고 있었다. 그녀는 루만큼이나 멍청하고 고집이 셌지만 조금 다른 면이 있었다. 루보다 아주 조금 더 머리가 좋은 그녀는 바위처럼 어리석은 루가 감추고 있던 사실들을 드러냈다. 예를 들면 그들이 작년에 캘리포니아에 있지 않았다는, 수사에 도움이 되는 자백 같은 게 그랬다. 바비 안데스가 그녀는 루의 아내가 아니기 때문에 루에게 불리한 증언을 하지 않을 권리가 없다고 하자 그녀는 루와 같이 다닌 얼간이 하나를 기억해냈다. 그 얼간이는 정말 소름 끼치게 싫은 인간이지만 그의 이름도, 어떻게 생겼는지도 모른다고 했다. 그 남자가 루와 그녀가 동거하는 집에 온 적이 한 번도 없어서 본 적이 없으니까. 그 밀이 신빙성이 있는 세 레이는 두 남자와 엮이지 않고 따로 살아온 것 같았다.

안데스의 말에 따르면 그건 중요한 게 아니었다. 그에게는 필요한 게 있으니까. 뛰어난 형사는 자신이 사는 동네 사람들을 잘 알고 있다. 루와 터크와 친하고 싶어한 사람들은 하나도 없었지만 그 둘은 마을에서 유명했다. 허먼에서 그 둘을 똑똑히 기억하고 있었다. 여자들을 낚아서 데려가는 숲속 장소에 대한 소문도 있었는데 패트리샤 커틀러가 그건 모른다고 했다. 바비 안데스 형사는 아마 그 장소가 토니의 가족들이 살해된 트레일러로 그 사건이 일어나서 악명을 떨치기 전에 놈들이 그곳을 드나들었을 것이라고 판단했다.

먼저 레이에 대해서는 허먼에서 그들과 같이 있던 세 번째 남자를 본 기억이 난다고 한 사람이 있었고, 그다음에 다른 사람들도 기억해냈다. 허먼에 있던 사람들이 협조해서 ―여기 사람들은 평화를 사랑하고 경찰을 존경하며 이 사내들을 밖에서 악을 몰고 오는 외지인들로 간주하기 때문에― 마침내 그 세 번째 사내의 이름을 아는 사람이 나타났는데, 그게 바로 핵스포트에서 온 레이 마커스라고 했다. 그래서 우리가 여기 온 것이다. 그 말을 들어보니 놈을 보기 전에도 바비 안데스가 추적의 범위를 아주 잘 좁혀온 것 같았다. 심지어 그 빌어먹을 이름까지 똑같았다. 그는 핵스포트에서 레이 마커스에 대해 알아보고 다녔는데 거기서 레이가 아주 유명인사라고 했다. 레이는 임시로 허드렛일을 하다가 지금은 공구 공장에 다닌다고 했다. 과거에는 대개 잡다한 직업의 보조로 일해서 가끔은 전기 기술자 보조를 하고, 가끔은 배관공 보조를 했다. 거기다 경범죄 전과가 몇 건 있었다. 불법 침입, 폭행, 술집에서 싸운 일도 있었다. 강간죄로 고소됐지만 여자가 고소를 취하했다. 그리고 그와 친하다고 인정하고 싶어 하는 사람은 하나도 없었다.

바비 안데스는 공장에서 레이를 슬쩍 본 이야기를 해줬다. 토니가 말한 인상착의와 강도 사건에서 달아난 사내의 인상착의가 비슷했다. 지문은 없지만 그건 전부터 알고 있었고.

"왜 놈의 지문이 하나도 없는지 궁금해요." 토니가 말했다.

"아마 당신 아내 몸에 놈이 손을 댔을 텐데. 젠장, 그나마 그 정도 지문이라도 건진 게 운이 좋은 거지. 저 남자는 낯이 익어 보여요?" 안데스가 물었다.

"좀 더 가까이서 봐야 할 것 같은데요."

"시간은 충분해요."

바비 안데스는 세세한 면까지 자세히 알고 있었다. 그가 말했다. "내 짐작에 그 중고차 사건에 이 레이란 자는 관련되지 않은 것 같아요. 루는 관련된 것 같고."

"중고차 사건이요?"

"에이잭스. 당신이 터크를 알아보지 못했던 그곳 말이에요. 죽은 놈은 쉽게 알아보더니."

"난 그때 긴장하고 있었어요. 그때는 달라보였거든요."

"알았어요, 알았어. 나는 그 루라는 인간이 에이잭스에서 도망친 놈일 거라고 생각하고 있었어요. 검은 수염 말이에요. 난 루와 터크가 여행을 좀 해보기로 결심했다가 그런 일을 벌였다고 생각했어요. 자기들보다 더 한 악질을 만난 거지. 이들이 왜 여기로 돌아왔다고 생각해요? 패트리샤 때문에? 아니면 레이 때문에? 내가 보기에 레이는 처음부터 여기 살고 있었어요."

토니는 계산해봤다. 이곳은 바비의 사무실에서 50킬로 떨어져 있다. 그리고 놈들이 그를 잡아간 숲속 그 장소에서 25킬로 거리에 있다. 약한 사람들을 해치는 약탈자들은 밤에는 먼 곳까지 움직이는 법이다.

거센 바람이 불어 내야부터 투수의 마운드와 벤치들 주위로 먼지가 일어서 선수들이 눈을 닦을 수 있게 경기가 중단됐다. 두 개의 동그란 언덕 위에 있던 비구름은 산등성이 너머로 사라졌다. 머리 위 하늘은 맑게 개었고, 먹구름들은 다른 산등성이로 갔다.

7회에 19번 선수인 레이 마커스가 경기에 들어가서 우익수를 맡았다. 누군가 그에게 소리를 지르자, 그가 그쪽을 향해 씩 웃으면서 댄스 스텝을 밟았다. 그리고 엉덩이로 훌라 춤을 췄는데, 모자 챙 밑으로 작고 검은 얼굴이 보였다.

타자가 친 공이 그가 있는 쪽으로 갔는데 그가 꾸물거리는 바람에 2루로 굴러갔다. 누군가 우 소리를 내며 야유했다. 그가 가운데 손가락을 치켜들자 야유 소리가 더 커졌다. 그가 잡기 쉬운 범타를 잡자, 누군가 과장되게 환호했다. 9회 말에 그는 타석에 설 수 있는 순서를 기다렸다. "포수가 있는 쪽으로 내려가서 좀 더 가까이서 봅시다." 바비 안데스가 말했다.

그들은 모여 있던 얼마 안 되는 관중들 사이를 지나 포수 뒤쪽으로 갔다. 거기서 19번 선수가 다리를 흔들고, 땅바닥을 차다가 발끝으로 바닥을 쿡쿡 찌르고, 방망이를 휘두르다가 그걸로 투수를 가리키는 모습을 지켜봤다. 그의 이빨과 눈, 불그레한 얼굴에 있는 아주 작은 흰 점들. 딱 그 타입이라고 할 수 있을 것 같았다. 볼 하나와 스트라이크 세 개가 들어왔지만 그는 한 번도 방망이를 휘두르지 않았고, 매번 공이 들어왔을 때마다 심판에게 뭐라고 했다. 토니 헤이스팅스는 그의 표정을 보려고 애썼다. 그 남자는 벤치로 돌아가서 관람석에 있는 누군가에게 소리를 지르고 있었다. 그는 방망이를 들고 잠시 서 있었다. 갑작스런 침묵 속에서 그가 한 말이 허공을 가르며 들렸다. "좆까, 개새끼야!"

포수 뒤에서 토니 헤이스팅스는 그 남자가 벤치에 앉아 양동이에 있던 물을 국자로 떠서 한 모금 마시는 모습을 지켜봤다. 그는 모자를 벗고 팔로 머리를 쓸어 넘겼다. 툭 불거진 이마, 앞쪽 절반이 벗어진 대머리.

"그 사람 같아 보여요." 토니가 말했다.

"확실해요?"

"좀 더 자세히 보고 싶어요."

"기다려요."

게임이 끝나고, 관중이 흩어지고, 팬들이 선수들과 만났다가 흩어지기 시작했다. 토니 헤이스팅스는 바비 안데스를 따라 쉐보레 팀 주위에 모여 있는 사람들에게 갔다. 바비 안데스는 공을 하나 가지고 있었다. 그가 쉐보레 투수에게 갔다.

"카즈민스키 씨, 제 아들을 위해 여기에 사인해주시겠어요?"

키다리 청년인 카즈민스키는 놀라서 웃으며 말했다. "아, 저야 좋죠." 토니 헤이스팅스는 근처에 있는 레이를 봤다. 레이는 혼자 서서 멍하니 도로를 바라보고 있었다. 글러브는 옆구리에 걸려 있고, 모자는 손에 들고 있었다. 뭔가를 씹고 있는 그의 목울대가 올라갔다 내려갔다 하고 있었다. 그는 뭘 해야 할지 모르는 것처럼 보였다. 그는 거기에 오래 서 있었고, 토니는 그런 그를 바라봤다. 레이가 돌아섰다. 토니는 그의 얼굴을 정면으로 봤고 둘의 눈이 잠깐 마주쳤다. 토니는 충격을 받았지만 레이는 아무것도 기억하지 못했다. 그는 카즈민스키 주위에 몰려 있는 사람들을 보더니 땅바닥에 침을 뱉고 돌아섰다. 그리고 혼자 도로를 향해 천천히 걸어갔다.

"어때요?"

"저놈이에요." 토니 헤이스팅스가 말했다.

7

레이에게 씌운 포위망이 좁혀져서 흥분한 수잔은 한 장이 끝날 때마다 쉬는 사이에 토니가 프란체스카와 사형에 대해 토론할 때 조심스러워졌던 마음을 깜빡 잊을 뻔했다. 복수란 문제에 대한 수잔의 대답은 간단했다. 내 자식을 해치는 인간은 누가 됐든 죽여 버릴 거야. 감옥에 가도 좋아. 레이를 추적하는 것이 바로 그녀가 원하는 것이었고, 그 추적에 그녀는 스릴을 느꼈다. 그녀는 자신이 찬성하지 않는 어떤 이데올로기에 자신도 모르는 사이에 조종되는 일은 없기를 빌고 있었다.

녹터널 애니멀스 18

그들은 레이가 3루 너머에 있는 15년 된 지저분한 초록색 폰티악에 타는 모습을 봤다. "놈이 어디로 가는지 한번 봅시다." 바비 안데스가 말했다.

둘은 근처에 주차해둔 토니 헤이스팅스의 차에 탔다. "운전은 내가 할게요." 안데스가 말했다. 대로로 나가자 빽빽하게 늘어선 차들로 길이 막혀서 레이의 차가 앞에서 멈췄다. 그들은 레이의 차를 따라 중간에 차 두 대를 낀 채 핵스포트로 따라갔다. 그리고 놈이 주류 소매점에 차를 세우고 들어갔다가 여섯 개들이 팩 하나를 가지고 나올 때까지 기다렸다가 놈이 두 블록을 달려가서 우회전하는 모습을 바라봤다.

"놈이 집으로 가는군요. 갑시다." 바비 안데스가 말했다.

그들은 길에 차들을 세워놓은 좁은 일방통행로의 소화전 옆에 세워둔 레이의 차 쪽으로 갔다. 19번지에서 그는 여섯 개들이 팩 하나와 야구 글러브를 들고 왼쪽 보도로 걸어갔다. 길을 따라 작고 흰 두 가구용 주택들이 줄줄이 있었다. 안데스가 길거리에 주차된 차들을 사이에 두고 레이 옆으로 차를 몰고 갔다. 그리고 창밖으로 몸을 내밀었다.

"어이, 레이."

레이가 그를 바라봤다.

"어디 가는 거야?"

그는 가던 길을 멈췄지만 아무 말도 하지 않았다.

"뭐하는 거야?"

그는 가던 길을 막은 차 뒤에 서서 그들을 빤히 보기만 했다.

"이쪽으로 좀 와봐. 당신이랑 하고 싶은 이야기가 있어."

"무슨 이야기?"

"질문을 몇 개 하고 싶은데."

"꺼져." 그는 돌아서서 다시 걸어갔다.

"이봐, 나 좀 보라고. 내가 가서 데려오게 하지 말고."

그는 다시 멈췄다. "대체 넌 누구야?"

바비 안데스는 플라스틱 케이스가 씌워진 종이 한 장을 창문에 대고 들었다. 또 다른 손은 코트 주머니에 넣고 있었다.

멀리서 레이는 두 눈을 가늘게 뜨고 바비 안데스가 들고 있는 서류를 봤다. 그리고 주위를 둘러보더니 발을 움직였다.

"그게 뭐야?"

"와서 보라니까."

그는 바비의 창문으로 천천히 와서 허리를 구부리고 그 종이를 봤다. 그러더니 선글라스를 끼고 모자 밑으로 험상궂은 표정을 짓고 있는 바비 안데스를 새로운 눈빛으로 다시 봤다. 토니 헤이스팅스는 그 어떤 때보다 가장 가까이서 레이를 지켜봤다.

"이게 뭔데?"

"질문 몇 개 한다니까. 그게 다야. 뒤에 타."

"뭐하러? 난 아무 짓도 안 했어."

"네가 뭘 했다는 말은 안 했는데."

"여기서 물어봐." 레이가 말했다.

"차에서 하자고. 오케이?"

"알았다고, 알았어!" 그는 바비 안데스의 장단에 놀아주겠다는 듯이 어깨를 으쓱하더니 토니 차의 뒷문을 열었다. 바비 안데스가 차에서 나와서 레이와 같이 뒤에 탔다.

"당신이 운전해요." 안데스가 토니에게 말했다.

뒷좌석에서 안데스는 토니에게 어디로 가라고 길을 알려줬다. 그들은 거리 끝으로 갔다.

"어디 살아, 레이?" 안데스가 물었다.

"바로 저기." 레이가 문이 두 개에, 현관에 우편함이 두 개인 작고 흰 집을 보며 말했다. 그 집을 지나치는 사이에 그는 목을 길게 늘여 그 집을 바라봤다. 갑자기 토니는 그가 불쌍해졌다.

"몇 가지 질문에 대답해서 우리를 도와주면 돼. 우회전해요, 토니." 안데스가 말했다.

토니가 핵스포트에서 두세 블록 정도 가서 계곡의 주 도로로 나오자 토핑 10과 베어 밸리 25와 그랜트 센터 40을 가리키는 표지판이 나왔다.

"혼자 살아, 레이?"

"그게 당신과 무슨 상관이야?"

"그건 상관없지."

"같이 사는 사람이 있지."

"나도 알아. 여자랑 살잖아."

"그런데 왜 묻는 거야?"

"결혼했어?"

"망할."

바비 안데스가 웃었다. 토니는 운전하느라 레이의 얼굴을 볼 수 없었다. 그는 뒷좌석에 앉아 있는 커다랗고 흰 야구 유니폼을 의식하고 있었다. 백미러로 볼 수 있는 거라곤 그의 야구 모자뿐이었다. 그는 윤리적으로 불쾌한 책임감을 느꼈다. 대타로 나온 저 우익수가 나 때문에 체포돼서 경찰에게 시달리고 있다.

"내가 당신이랑 이야기하고 싶은 이유는 그랜트 센터에 당신 친구가 하나 있는데 당신이 그 친구를 도와줄 수 있지 않을까 싶어서 말이야."

레이는 아무 말도 하지 않았다.

"루 베이츠라고 지금 감옥에 있는데 아마 당신도 들어봤을 거야. 사실 친구가 둘인데 하나는 죽었어. 스티브 아담스라고 당신도 알지?"

"둘 다 한 번도 들어본 적 없어."

"그거 재미있네. 정말 루 베이츠란 이름을 한 번도 들어본 적 없어?" 바비 안데스가 말했다.

"그런 이름을 가진 사람은 하나도 몰라."

"그럼 그 사람의 다른 이름으로 아나 보지. 생각해봐. 적어도 그 사람이 감옥에 있다는 말은 들어봤잖아."

"아니. 그게 무슨 소리지?"

"베어 밸리 몰 슈퍼마켓에 강도가 들었다는 말은 들어봤지? 그건 분명 들어봤을 거야. 거기서 사람 하나가 죽었어."

"그걸 왜 나한테 묻고 있는 거야? 난 그런 이야긴 들어본 적도 없는데."

"아까도 말했지만 그거 참 이상하네. 당신과 그 두 사람이 아주 친한 친구라고 말하는 사람들이 많거든."

"어떤 사람들?"

"그냥 사람들. 토핑에 허먼이라는 술집 알지?"

레이는 오랫동안 입을 다물고 있다가 대답했다. "알아."

"안다고? 좋네. 거기 자주 가지?"

"자주는 아니고 가끔."

"거기서 다른 사람들이랑 어울리지 않나?"

"그렇다고 해서 그 사람들이 누군지 내가 안다는 뜻은 아니야."

"그래? 거기 사람들이 그러는데 당신이 허먼에서 그 루 베이츠와 터크 아담스란 친구와 어울려 다녔다던데. 거기에 대해선 아는 거 없어?"

레이는 또다시 오랫동안 아무 말도 하지 않았다. "그 사람들이 그 사람들이야?"

"지금 자기가 어울려 다니던 사람들이 누군지도 몰랐다는 말을 나보고 믿으라는 거야?"

레이는 아무 대답도 하지 않았다. 차에 침묵이 흐르면서 창문으로 바람이 들어왔다. 산등성이 사이에 있는 계곡 바닥의 초록색 들판 사이로 길고 곧은 도로가 쭉 뻗어 있었다. 토핑으로 갔다가, 그다음엔 레이와 같이 베어 밸리로 가고 있다. 토니 헤이스팅스는 거의 1년 동안 머릿속에 담아둔 이 사내에 대한 증오를 잊어선 안 된다.

레이가 말했다. "원하는 게 뭐야?"

"지금은 질문 몇 개만 하면 돼."

"난 아무 짓도 안 했다니까."

"당신이 무슨 짓을 했다고 말한 적 없는데." 또다시 바람 섞인 침묵만 흘렀다. 토니는 간신히 그 질문을 들었다. "당신이 한 적이 없다고 하는 그 짓을 했다면 어땠을까?"

"뭐야? 지금 내게 덫을 놓으려는 수작이야?"

바비 안데스는 다시 웃었다. "내가 어떤 종류의 덫을 놓을 수 있겠어, 레이? 당신이 아무 짓도 안 했는데 내가 어떻게 덫을 놓을 수 있겠냐고."

"이건 어리석은 짓이야."

"뭐가?"

"당신은 지금 내게 바보 같은 질문들을 하고 있잖아. 알고 싶은 게 뭐야? 자, 물어봐."

"난 그냥 당신 친구들이 관련된 그 강도 사건에 대해 당신이 뭘 알고 있는지 알고 싶어. 만약 당신이 뭔가 들었다면 말이야. 아니면 뭔가 알고 있거나. 다만 당신은 그 사람들이 당신 친구가 아니라고 주장하는데. 어쩌면 그 사람들을 가명으로만 알고 있을지도 모르지. 그러니 어떻게 생각해, 레이?"

그들의 대화를 듣고 있는 토니는 안데스의 질문에서 좋은 기회가 나오길 간절히 바라고 있었지만 지금 일어나고 있는 일이 불편해졌다. 그는 야구 유니폼과 군중 속에서 엉덩이를 흔들던 이 우익수를 의식하는 동시에 숲속에 있던 그 남자를 떠올리려고 애썼다.

"난 아무것도 모른다니까. 그들이 내게 상의한 것도 아니고."

"그러니까 그들을 알고 있는 거네?"

"만약 그들이 허먼에 있던 그 사람들이라면 당연히 알지. 아주 조금."

"가명으로 말이지."

"그들의 이름은 기억 안 나."

"오케이, 그럼 이제 당신이 거짓말쟁이란 사실은 확인됐고."

"난 거짓말쟁이가 아니야. 왜 나를 거짓말쟁이라고 하는 거야? 제기랄."

"그건 잊어버려. 당신이 진실을 말할 때 망설이는 걸 눈치 챘으니까. 당신이 루와 터크를 모를 이유는 없어. 그들을 아는 많은 사람들이 그들과 같이 강도짓을 한 건 아니니까. 그 많은 사람 중 단 한 사람만 그 강도짓을 같이 했으니까."

레이는 아무 말도 하지 않았다.

"그 사람이 누군지 혹시 알아?"

"난 몰라."

"뭐 들은 거 없어? 소문이라도?"

그는 묵묵부답이었다.

"내가 소문을 하나 들었는데." 바비 안데스가 말했다.

"그래?"

"당신이 그 세 번째 강도였다고 어떤 사람들이 그러던데."

"난 그 강도가 아니라고 당신이 말한 것 같은데."

토니는 자신이 레이를 동정하고 있다는 걸 깨닫고 충격 받았다. 그는 기억을 떠올리려고 안간힘을 썼다. 예를 들어 이런 말. 형씨, 당신 마누라가 당신 보고 싶대.

"난 그런 말 안 했는데. 내가 그랬나? 난 한 번도 그게 당신이라는 말도 하지 않았고, 아니라는 말도 안 했어."

"이봐. 지금 날 취조하고 있는 거야?" 레이가 말했다.

"그렇지. 지금 우리가 하고 있는 게 취조지. 안 그래?"

"당신은 내 권리도 읽어주지 않았잖아."

"아, 자기 권리를 알고 있군, 레이."

"당신은 원래 그걸 나에게 읽어줘야 한다고."

"난 읽어줬는데. 안 그래요, 토니?"

그랬나요? 토니가 자기 장단에 맞춰주길 기대했다면 안데스는 충격을 받았겠군.

"빌어먹을. 이건 불법이야."

"당신은 전에도 그 권리란 거 실컷 들어봤잖아. 이미 달달 외우고 있으면서 내가 또 읊어주길 바라는 거야?"

"이건 불법이야. 난 변호사가 옆에 있어야 한단 말이야."

"레이, 지금 당신은 날 도와주려고 비공식적인 질문에 대답하고 있는 거야. 난 당신을 그 어떤 혐의로도 기소하지 않았어. 변호사를 원한다면 우리가 당신을 그랜트 센터로 데려가서 고발해야 해."

"어쨌든 지금 하는 수작을 보니까 그랜트 센터로 가고 있는 것 같은데 뭘."

"지금 우리는 그냥 드라이빙을 하고 있는 거야. 아무 짓도 안 했다면서 왜 변호사를 원하지?"

"맞아, 난 아무 짓도 안 했어."

"우리가 그랜트 센터로 갈 때 변호사를 대주지."

"그랜트 센터로 안 간다며?"

"마음을 바꿨어. 당신이 그 권리를 염두에 둔 순간부터 바꿨어."

그의 차를 도로에서 밀어내고, 로라와 헬렌을 강제로 트레일러로 끌고 가고, 로라의 머리에 망치를 내려친 남자에게 동정심을 느끼다니. 하지만 지금 이자는 그저 고양이와 생쥐 게임을 감당해내지 못하는 멍청한 얼간 이일 뿐이다. 토니 헤이스팅스는 이자의 악당 캐릭터를 다시 정립하고 그 의 속에 있는 악마를 찾아내려고 애썼다.

"아, 이러지 맙시다. 날 그랜트 센터로 끌고 갈 필요는 없잖아. 난 당신 이 물어보는 질문에 다 대답하고 있다고. 안 그래요?"

"글쎄, 난 잘 모르겠는데. 그 강도 사건에 대해서 내가 새로 알게 된 건 하나도 없는 것 같은데."

"그건 정말 미스터리한 일이야. 안 그래요?"

"흠, 솔직히 말하면, 레이. 난 이게 무슨 대단한 미스터리라고 생각하지 않아. 그럼, 아니지. 난 대부분의 팩트를 다 수집했거든. 그리고 있지, 당신 에게 물어보고 싶은 다른 게 있어. 이 차 알아보겠어?"

"무슨 차?"

"이 차. 지금 우리가 타고 있는 차."

토니 헤이스팅스는 등골이 오싹해지는 게 느껴졌다. 이 남자를 여기로 데려왔다는 불편한 책임감과 이제 정면으로 대면해야 한다. 아니면 그가 진실에 가까이 다가가는 모습을 보면서 고소해하든가. 아마 둘 다겠지.

"이 차? 내가 왜 이 차를 알아봐야 하는데?"

"이 차 낯익지 않아? 이걸 보면 생각나는 거 없어? 과거가 떠오르지 않아?"

"아니, 전혀. 내가 왜 그래야 하는데? 무슨 기억이 떠오를지도 모르지만 전혀 기억이 안 나는 걸." 저 자식은 농을 치고 있다. 생각해봐, 이 쓰레기야. 토니는 마음속으로 말했다. 이제 연민은 사라졌다.

"이 차를 운전한 기억이 안 난단 말이야?"

"이게 뭔데? 이게 내 차인가? 난 이런 차를 가졌던 기억이 없는데." 그는 확실히 이 차를 기억하지 못했다.

"그럼 이 차를 운전하고 있는 사람은 어때?"

"뭐라고?"

"이 차를 운전하고 있는 저기 저 내 친구 토니 말이야. 저 친구 기억 나?"

"안 보이는데. 뒤로 돌아보라고 해봐."

"차를 세워요, 토니."

토니 헤이스팅스는 속도를 줄이다가 자갈이 깔린 갓길에 멈췄다. 그는 심장이 무겁게 쿵쿵 뛰는 동시에 충격적이고 탐욕스런 공포와 또 다른 여러 가지 감정을 느꼈다. 잊어버리고 있었지만 그가 받게 될 시험은 아주 위협적일 것이다.

"몸을 돌려서 이자에게 얼굴을 보여줘요."

큰 소리를 내며 트럭이 달려가는 바람에 거센 바람이 한 줄기 불어와서 차가 흔들렸다. 토니는 몸을 돌렸다. 쉐보레라는 글자가 찍힌 옅은 흰색 야구 유니폼을 입고 모자 챙 밑에 있는 그 남자의 얼굴을 봤다. 그를 보는 그 눈, 작은 입에 비해 너무 큰 이빨. 그의 기억에 떠오르는 모습이었지만 지금 얼굴과는 좀 달랐다.

"이 사람은 누구지?" 레이가 말했다.

"이 사람이 기억 안 난단 말이야?"

"기억난다는 말은 못하겠는데."

그는 입 안쪽을 씹고 있었다. 턱을 움직이는 미세한 모습이 보였다. 그런 내내 경계하는 눈빛으로 토니를 알아차리지 못한 채 그를 빤히 보고 있었다. 토니는 모든 걸 봤다. 툭 튀어나온 눈, 눈 가장자리에 맺힌 땀방울, 흰자에 있는 붉은 핏줄과 코, 콧구멍, 콧구멍에 난 털, 비뚤어진 앞니 두 개. 하나는 툭 튀어나온데다 끝이 뭉그러져 있었다. 그런 레이가 토니를 보면서 그의 대답을 기다리고 있었다.

"이 사람을 기억해요, 토니?"

"네."

"이 사람의 기억을 되살려봐요."

"난 널 기억해." 토니가 말했다.

"어디서 봤는지 말해줘요."

"작년 여름, 베어 밸리 출구 근처 주간고속도로에서."

레이가 빤히 그를 바라보며 그가 할 말을 기다리고 있었다.

"이자가 한 짓을 기억나는 대로 말해줘요."

레이의 눈을 보자 토니는 자신이 그 말을 할 수 있을지 알 수 없었다. 그래도 시도해봤다. "네가 내 아내와 딸을 죽였어." 그는 마치 거짓말을 하는 것처럼 자신의 목소리가 떨리는 걸 의식했다.

토니는 레이의 큰 눈이 살짝 더 커지고, 뺨 안쪽을 씹던 걸 조용히 멈췄지만 다른 변화는 없는 걸 봤다.

"당신 미쳤군. 난 누구도 죽이지 않았어."

"전부 다 이야기해요."

"주간고속도로에서 너와 네 친구들. 너희들이 우릴 도로에서 억지로 밀어냈어." 토니의 목소리는 다른 사람들도 들을 수 있을 만큼 거칠었고, 억지로 말해야 해서 떨리고 있었다.

"이자에게 그 친구들이 누군지 말해요."

"루와 터크."

"그거 기억나, 레이? 고속도로에서 거칠게 놀아나면서 다른 차들의 담력을 시험했던 거. 기억나?"

레이의 목소리는 아주 부드러웠다. "당신은 미쳤어."

"너희들이 우리 차를 세웠어. 내 차 타이어 하나가 펑크가 났지. 루와 터크가 그걸 고쳤어. 그다음에 너랑 터크가 내 아내와 딸이 탄 차에 타고 나는 루와 같이 너희 차를 억지로 타게 만들었어."

"그다음엔 어떻게 됐죠, 토니?"

"루가 날 숲속으로 데려가서 거기서 날 차 밖으로 쫓아냈어요. 난 걸어서 돌아와야 했고." 내게 굴욕을 주면서 즐기던 걸 생각하며, 놈은 조심스럽게 쓴 가면 속에서 내가 그 일을 고백하는 걸 들으며 또다시 즐기고 있을까?

이제 토니는 목소리에 힘이 더 들어가고 더 강력하게 주장하면서 굴욕을 복수로 바꿔가고 있었다. "그때 너희들이 내 차를 타고 숲으로 다시 돌아왔지. 너희들이 내 이름을 불러서 날 다시 덫으로 끌어 들이려고 했어. 너희는 루가 날 버린 그곳으로 갔지. 다시 나왔을 때 날 보고 내 차로 나를 치어 죽이려고 했고."

"왜 거기로 돌아간 거야, 레이?"

"당신 미쳤어."

"우리가 거기서 뭘 발견했는지 이자에게 말해요, 토니."

"당신이 말해요."

"내가 그럴 필요가 있을까요? 너도 알잖아. 안 그래, 레이?"

"당신은 미쳤어. 대체 당신이 무슨 소리를 하는지 난 모르겠어."

"내 아내와 딸의 시체. 너희들이 거기로 그 시체들을 가져와서 버렸잖아."

두 개의 하얀 마네킹들의 이미지에 이어 흰 천으로 돌돌 만 고치 두 개가 떠오르면서, 갑자기 오래된 슬픔의 기억이 돌아와 토니 헤이스팅스의 눈이 촉촉해졌다. 레이도 그걸 볼 수 있었다. 토니는 자신의 슬픔이 레이의 가면 밑에 있는 욕정을 건드린 게 분명하다는 걸 눈치 챘다. 순간 레이의 미소가 살짝 보였다. 큰 미소는 아니었지만 그 정도면 충분했다. 그가 작년 여름에 본 바로 그 미소, 가학적이고 경멸하는 미소로 인해 토니가 잊어버릴 뻔했던 격노가 되살아나면서 마음속에 품었던 동정심이 날아가 버렸다. 레이는 가면을 다시 썼지만 너무 늦었다.

"네가 그놈이야. 난 널 알아." 토니가 말했다.

"어떻게 생각해, 레이?"

"당신은 미쳤어."

"오케이, 그랜트 센터로 갑시다. 널 체포해야겠어."

"당신 지금 실수하는 거야."

"난 그렇게 생각하지 않아, 레이."

그랜트 센터로 차를 몰고 가면서 토니 헤이스팅스는 돌아보지 않았다. 그는 입술을 깨물었다. 용기를 내려고 할 때 했던 어렸을 적 버릇이었다. 그는 분노 섞인 기쁨으로 가득 차 차를 세게 몰았다.

8

수잔 모로는 레이가 잡혔다는 기쁨에 들떠서 여기서 멈추지 않고 앞으로 무슨 일이 일어날지 기대하면서 계속 읽었다. 쾌감을 느낀 그녀는 허구의 정당한 분노를 즐길 것이다.

녹터널 애니멀스 19

토니는 레이에 대한 생각에 골똘히 빠져 있었다. 레이는 거리 맞은편 경찰서 유치장에 갇혀 부루퉁하게 있고, 토니 헤이스팅스는 추운 모텔에서 잠도 안 자고 레이의 지저분한 미소 뒤에 숨은 말들을 상상하고 있었다. 그리고 그 말들을 끌어내고 있었다. 난 널 기억해. 넌 우리가 네 여자들과 달아나게 놔둔 놈이잖아. 네 여자들 간수를 참 잘도 하더군.

토니는 다음 날 아침 경찰서로 돌아가 바비 안데스와 구내식당에서 아침을 먹었다. 안데스의 눈에는 핏발이 섰고, 얼굴에 깊이 파인 주름 때문에 얼굴이 더 처져 보였고, 눈과 코 주위에 분노와 좌절 때문에 새로운 주름이 져 있었다. 노인처럼 쟁반을 들고 오는 그는 전에는 못 봤었는데 다리도 절고 있었다. 피부는 마치 변색된 것 같아 보였다.

"빌어먹을." 안데스가 말했다.

"뭐라고요?"

"망할, 이라고 했어요."

"저도 그렇게 들었다고 생각했습니다."

그는 고개를 숙이고 가져온 스크램블드에그를 막 퍼먹었다. 계란이 입가로 흘러내렸다. 그는 커피 잔을 세 번이나 다시 채우고 나서야 플라스틱 의자에 등을 기대고 앉았다.

"이제 당신 친구 레이를 데리고 기억을 일깨워주는 투어를 가볼까 해요. 당신도 같이 갔으면 싶은데."

"어디로요?"

"베어 밸리의 그 관광 명소들."

토니는 순간 엄청난 공포가 느껴졌다. "내가 있어야 하나요?"

"네."

"왜요?"

"그게 놈에게도 좋을 것 같아서."

토니 헤이스팅스는 바비 안데스에게 다른 목적들도 있을 거라는 짐작이 들었지만 대체 그게 뭔지 생각해낼 수 없었다.

권총과 호루라기와 열쇠들을 가지고 있는 간수가 바깥쪽에 있는 철문을 열고 그다음에 감방 문을 열고, 초록색 군인 작업복을 입고 모자는 안 쓴 레이 마커스를 데리고 나왔다. 그가 입고 있던 야구 유니폼은 안 보였다. 그의 이마는 토니 헤이스팅스가 기억하던 그대로 대머리였다.

"또 당신이군." 그가 말했다.

"우리랑 같이 잠시 드라이브나 가지."

그들은 위에 경광등이 달리고 옆에는 페인트로 경찰 배지가 칠해진 커다란 경찰차로 갔다. 조지라고 토니가 기억하는 경찰이 운전석에 탔고 토니가 그 옆에 탔다. 바비와 레이는 뒤에 탔다.

"어디 가는 거요?"

"관광하러 간다니까."

레이가 토니를 봤다. "저 사람은 왜 같이 가지?"

"이 사건에 관계돼 있으니까."

"난 저 사람을 원하지 않아. 저 사람을 데리고 갈 순 없어."

"뭐가 문제야, 레이? 난 누구든 내가 원하는 사람을 데려갈 수 있어."

"당신은 저 사람을 데려갈 수 없어. 저 사람은 내게 편견을 가지고 있어. 거짓말을 한단 말이야."

"미안해, 레이. 이 문제에 대해 넌 아무것도 할 수 없어."

"이런 식으로 나오면 사건이 성립되지 않을 거야."

"그러면 너로선 더 좋은 거잖아. 안 그래, 레이?"

조지가 운전해서 그들은 계곡의 주요 도로로 나가서 그들이 어제 왔던 길로 다시 갔다. 안데스가 말했다.

"권리에 대한 말이 나와서 말인데, 레이, 이 차에 테이프가 돌아가고 있는 거 알고 있으라고. 내가 지금 너에게 하는 말을 테이프가 다 듣고 있어."

"좋네."

"우린 네가 기억할지도 모르는 장소 몇 곳으로 돌아가고 있어. 그 장소들에 대해 네가 말해주면 도움이 될 거야. 네가 기억이 안 나면 토니가 할 거고."

앞좌석에서 토니는 옆으로 몸을 기대 뒤에 탄 레이와 바비를 봤다. 레이는 학교 교사처럼 혀를 끌끌 차면서 이게 무슨 비윤리적인 짓이냐고 고개를 절레절레 흔들고 있었다.

"누가 이 남자의 아내와 남동생을 죽였는지에 대해 내가 뭔가 말할 거라고 생각한다면 시간 낭비 하는 거요."

"남동생이라고, 레이?"

"그거나 이거나."

"딸이야, 레이, 딸이라고. 어떻게 딸과 남동생을 헷갈릴 수 있어?"

"내가 그게 딸인지 남동생인지 어떻게 알아?"

"레이, 그건 네가 잔머리를 잘못 굴린 거야. 사실 그건 아주 멍청한 짓이었어. 아유, 내가 다 창피하네. 그건 자백이나 마찬가지인 발언이야."

레이는 찔끔해서 주위를 둘러봤다. "무슨 뜻이야? 자백이나 마찬가지라니? 대체 지금 무슨 소리를 하는 거야?"

"그건 멍청한 소리였어, 레이. 네가 네 생각보다 훨씬 더 멍청하다는 걸 만천하에 드러낸 말이었다고."

레이는 부루퉁해서 고개를 돌리고 창밖을 내다봤다.

"너도 죽은 사람이 아내와 딸이란 걸 잘 알고 있잖아. 꼭 그 자리에 있어야 알 수 있는 게 아니잖아."

레이는 계속 창밖을 보고 있었다. "난 신경도 안 썼어. 난 신문 기사는 잘 보지도 않는다고."

"그런 건 신문을 볼 필요도 없어, 레이. 토니가 어제 너에게 말했잖아."

"그 말도 별로 신경을 안 써서."

"그리고 어젯밤 우리가 한 면담에서 내가 딸이란 말을 스무 번은 했어."

"알았어, 알았다고, 딸이라고. 날 바보로 보는 거야?"

"진정해, 레이. 우린 널 족치려고 나가는 게 아니야."

"잘도 안 그러겠군."

"네가 우리에게 진실을 말해주면 우리 둘 다 훨씬 편해질 거야."

"난 진실을 말하고 있어."

"우리 둘 다 진실을 말해야 해, 레이. 너도 그렇게 하란 말이야. 네가 협조하면 좀 더 좋은 조건을 확보해줄게."

"뭐보다 더 좋다는 거야?"

"네가 진실을 말하지 않으면 받게 될 벌보다 더 나은 걸 주겠다는 거지."

"난 내가 범인일 수 없는 이유를 이미 말했잖아. 더 이상 뭐가 더 필요해?"

"그 이야기를 계속 고집하겠다고?"

"맙소사, 그게 사실인데 고집하고 말고가 어디 있어?"

"토니에게 그 이야기를 해줘. 토니가 그걸 믿을 것 같아?"

"저 사람이 믿든 안 믿든 내가 뭔 상관이야?"

"난 상관있어, 레이. 토니는 네가 자기 아내와 아이를 죽였다고 믿고 있어. 그날 밤 네가 뭘 하고 있었는지 네 입으로 토니에게 말해."

"당신이 말해."

"난 잊어버렸어. 네가 한 이야기를 이미 잊어버렸다고."

"이 개자식."

"다시 말해봐, 레이. 내게 테이프가 있거든. 아마 그 테이프 덕분에 네 이야기를 기억하는 데 도움이 될지도 모르지."

"내가 당신에게 말했잖아. 당신은 그 이야기를 다른 테이프에 녹음했고. 난 레일라와 있었어. 밤새도록. 당신도 내가 무슨 말을 하는지 알고 있잖아. 텔레비전을 봤어. 애틀랜타 브레이브스가 다저스를 6대 4로 이기고 있었어. 한번 찾아봐, 이 빌어먹을 인간아. 맥주 두어 캔 마시고, 침대에 가서 밤일도 하고. 레일라에게 물어봐. 레일라에게 물어봤어?"

"그건 걱정하지 마."

"레일라에게 물어보는 게 좋을 거야. 그게 당신 일이잖아. 그렇게 하지 않으면 공정하지 않잖아."

"내가 아까 말했잖아, 레이."

그들이 우회전을 하자 검은 도로가 숲속으로 들어갔다. 그 도로가 산을 올라가면서 앞뒤로 구불구불 뻗어나갔다. 토니는 그 길과 여기저기 꺾어지는 그 지점들이 기억나 숨이 받아졌다.

"너의 알리바이에 대해 물어볼 게 있어, 레이. 그날 밤이 언제라고 했지?"

"7월 19일이라고 했잖아. 내 말을 못 믿겠으면 그날 경기 점수를 찾아보면 되잖아."

"그게 20일이나 21일이 아닌 건 확실해?"

"그때가 언제인지 난 알고 있어."

"내가 질문을 할게. 26일 밤에는 어디 있었어? 작년 7월 26일."

레이는 어리둥절했다. "지금 뭘 물어보고 있는 거야? 그건 그날 밤이 아니잖아."

"아니지. 난 그냥 네가 작년 그날 밤 어디 있었는지 궁금한데."

"망할, 그건 1년 전 일이야, 이 양반아."

"음, 그렇다면 어떻게 19일 밤은 그렇게 생생하게 기억하면서 26일 밤은 기억을 못할 수가 있어?"

레이는 불안해했다. 그의 눈이 흐려지면서 두려워하는 게 보였다. 그는 뭔가 생각했다.

"어쩌면 그날이 우리 엄마 생일인지도 모르지."

"그게 너희 엄마 생일이었어, 레이? 아, 그건 우리도 확인해볼 수 있는데."

레이는 망설였다. "내가 어쩌면, 이라고 했잖아. 내 말은 그럴지도 모른다는 얘기지. 그럴 수도 있었고 아닐 수도 있었고. 하지만 아니었어." 그는 다시 생각했다. "그건 신문에 나왔어. 그래서 기억하고 있었어."

"그건 설명이 좀 필요한데."

"내 말은 다음 날 아침에 우리가 신문에서 그 기사를 봤다는 거지. 레일라랑 내가 이 남자의 가족이 어떻게 죽었는지 그걸 보고 말했지. 정말 흥미로운 사건이다. 그리고 그 일이 일어났을 때 우린 뭘 하고 있었나, 하는 이야기들. 그때 우리는 야구를 보고 있었고 그다음에 잠자리에 들었어."

갑자기 레이가 토니를 봤다. "당신이 가족을 잃었다니 유감이요. 그건 참 안타까운 일이지. 하지만 난 그 일과 아무 상관이 없어요. 내 말을 믿어요."

"그 다음 날 아침 신문이라고, 레이?"

레이는 생각했다. "그 다음 다음 날 아침."

그들은 흰 교회를 지났고 잠시 후에 커브 길을 빨리 돌아 여전히 숲속 배수로 위에 있는 트레일러로 갔다. 그 광경에 토니는 충격을 받아 가슴이 덜컥 내려앉았고 문득 레이를 잘 봐야겠다는 생각이 들었다. 레이는 그 광경을 흘끗 봤는데 그 순간의 눈빛과 보고도 안 본 척하는 태도와 그 후에 짓는 얼굴 표정을 볼 수 있었다. 토니는 레이가 어떤 생각을 하고 있을지 추측해봤다. 그렇게 잘난 너희들이 그 일이 어디서 일어났는지도 모르고 있구나. 레이는 그렇게 생각하고 있을 것 같았다. 토니가 안데스를 슬쩍 봤는데 안데스는 자신이 잡은 죄수의 눈빛을 관찰하고 있었다.

그들은 언덕으로 내려가는 또 다른 도로가 나온 곳에 이르렀다. 그날 밤 토니는 그 길을 내려갔고, 또 잠시 후에 숲속으로 올라갔다. 그 도로는 처음에는 넓어지는 것 같다가 다시 좁아지면서 토니가 기억했던 것보다 훨씬 더 황무지 같은 모습으로 변해 풀이 길 한가운데까지 높이 자라 있고, 초록색 덤불들이 도로로 기울어져 차를 할퀴고, 둥근 바위들과 나무들과 도랑들 주위로 길이 꽉꽉 꺾여서 돌아갔다. 이곳이 토니의 머릿속을 차지한 후로 거의 1년이 지나갔다. 이제는 그가 여기 두 번밖에 안 와봤다는 사실을 믿기 힘들었다. 그 후로 여기에 나뭇잎들이 떨어졌고, 나뭇가지들이 잎을 다 떨어뜨렸고, 산에는 눈이 두껍게 쌓였고, 사방에서 관목과 덤불과 높은 나뭇가지들 위에 초록색 새순이 올라오고 있었다. 이 모든 초록색이 새로웠다. 그가 비틀거리며 걸어가다 다시 돌아왔던 곳에서 다른 식물들이 성장하고 있었다. 그걸 보자 토니는 그의 슬픔이 초록색 고통을 뚝뚝 흘리며, 그동안 흐른 시간 속에 남겨지고 잊힌 모습이 떠올랐다. 그런데 자신은 그 후로 그 슬픔을 방치한 채 가면을 쓰고 꼭꼭 잠긴 자신의 집에서 오랫동안 어리석게 겨울잠만 잤다는 수치심이 들었다.

뒤에서 아무것도 모르는 척 가식적으로 꾸민 목소리가 들렸다.

"여긴 또 뭐하는 곳이래?" 그는 숲속에서 횡포를 부리던 그 똑같은 목소리가 기억났다. 형씨, 당신 마누라가 당신 보고 싶대. 토니는 다시 창밖의 나무들을 내다보고 있는 그 얼굴을 봤다. 그렇게 해서 레이를 몰아붙여

자신을 보게 만들기라도 할 것처럼 그를 뚫어져라 봤다. 그는 바비 안데스가 아주 희미한 미소를 띤 채 레이가 아닌 그를 보고 있는 걸 깨달았다.

이 말을 한 사람은 안데스가 아니라 토니였다. "당신이 아는 곳이잖아."

이제 레이는 정말 그를 쳐다봤다. 아주 오랫동안 보다가 말했다. "솔직히 말하는데 난 모르겠거든." 하지만 이제 바보 흉내는 내지 않았다. 이제 그의 목소리는 분명히 비꼬고 있었고, 그의 시선은 멍청하거나 혼란스럽지 않았다. 토니 헤이스팅스는 그동안 시간이 전혀 흐르지 않은 것처럼 그의 적을 바라보고 있었다. 이제 레이의 생각을 짐작할 필요도 없이 분명하게 알 수 있었다. 이게 뭐야, 이봐, 이걸로 날 잡았다고 생각해? 이런, 너랑 너희 경찰들은 무덤을 파고 있는 거야. 이걸론 날 잡아넣을 수 없거든. 증거 없이 너의 증언 하나만으론 날 법정에 세울 수 없어.

그들은 길 끝에 도착했다. 경찰차들이 지나갔던 길은 다 새로 자란 풀에 덮여 있었다. 토니는 그가 보지 않은 덤불 속이 푹 꺼진 걸 봤다. "차에서 내리겠어요, 토니?" 안데스가 말했다.

좋아요, 그러죠. 그는 덤불을 향해 걸어갔다. 그곳을 본 적이 있다는 기억이 떠올랐다. 그곳으로 다가가면서 갑자기 그들의 물건인 뭔가를, 경찰이 미처 발견하지 못해서 겨울 내내 그곳에 남아 있었던 뭔가를 발견하게 될 것 같은 위험을 알아차렸다. 그 가능성에 소스라쳤다. 멈춰야 한다는 생각이 들었지만 그럴 수 없었다. 그는 덤불 옆에 멈춰 서서 그곳이 정확히 어딘지 모른다는 사실을 깨달았다. 바비 안데스가 그의 팔꿈치를 잡았다. 그의 눈이 번득이고 있었다.

토니 헤이스팅스는 차 창문으로 가서 차 속에 앉아 있는 레이를 내려다봤다. "난 알고 싶어. 네가 그들을 데려왔을 때 이미 차 속에 죽어 있었나?

아니면 여기서 죽였나?"

"난 그 사람들을 안 죽였다니까, 이 사람아." 레이는 부드러운 목소리로 그를 조롱하고 있었다.

"우리에게 할 말이 하나도 없단 말이지, 그렇지, 레이?" 안데스가 말했다.

"다시 말하지만 당신들은 시간 낭비 하고 있다니까."

토니 헤이스팅스는 그렇게 생각하지 않았다. 그는 뭐든 하고 싶은 걸 할 수 있는 힘을 가지게 됐다는 점을 점점 더 크게 의식하고 있었다. 그들은 차를 타고 그곳을 나왔다. 다시 도로로 돌아왔을 때 토니가 배수로를 가리키며 말했다. "저기서 네가 날 차로 치려고 했잖아."

레이는 내내 토니 혼자만 볼 수 있을 정도로 살짝 싱글거리고 있었다. 그때 네놈이 도로 밖으로 도망치는 센스만 없었어도. 근데 거기서 뭘 하고 있었던 거야? 난 네가 메인에 있는 여름 별장으로 가고 있는 줄 알았는데.

그들은 산속 도로로 올라가 산등성이 반대편으로 내려갔고, 커브 길에서 조지가 트레일러 옆에 있는 자갈밭 위에 차를 세웠다.

"이건 또 뭐야?" 레이가 물었다.

"저 안을 들여다보고 싶어?" 바비 안데스가 말했다.

"뭐하러?"

"그냥 한번 보는 거지."

그들은 모두 트레일러로 갔고, 토니는 예상치 못했던 충격에 뒤처져서 따라갔다. 경찰관인 조지가 레이의 팔을 잡고 바비 안데스가 열쇠를 들고 트레일러 문을 열었다. 공포에 찬 토니는 상상 속에서 종종 그려보던 이곳을 아무 준비도 없이 보게 됐다. 그가 여기에 들어가야 할까? 바비 안데스가 스위치를 켜자 불빛이 그를 안으로 잡아끌었다. 창문에 있는 커튼처럼 프린트 직물이 걸려 있을 거라고 상상했던 벽은 회색으로 텅 비어 있었다. 문 옆에 작은 스토브 하나와 놋쇠 침대 기둥들이 있는 침대가 있었다. 하나 있는 쓰레기통은 신문지로 가득 차 있었다.

"저 침대 위에서 그들을 강간했을 걸로 추정되는데." 안데스가 말했다.

"난 아무도 강간하지 않았어."

"이러지 마, 레이. 우리가 네 전과를 봤어."

"빌어먹을, 그 고소는 취하됐어. 난 아무도 강간하지 않았어."

토니는 침대 옆에 있는 레이 앞에 섰다. 그는 그 침대가 아주 작아서 놀랐다. 그것은 기둥이 있는 간이침대 같았다. 그리고 레이는 그보다 키가 조금 작았다. "난 알고 싶어, 레이. 네가 그들에게 정확히 무슨 짓을 했는지 알고 싶어." 토니는 마치 자신의 몸속에서 스팀 엔진이 돌아가는 것처럼 자신의 말이 뿜어내는 압력에 놀랐다.

"그건 다른 사람에게 물어야지, 이 사람아."

"난 그들이 뭐라고 했는지 알고 싶어. 로라가 뭐라고 했는지, 헬렌이 뭐라고 했는지 알고 싶다고. 너 말고는 내게 그걸 말해줄 사람이 없어."

토니는 아주 가까이서 레이의 충혈된 두 눈, 너무 큰 이빨, 조소 어린 미소를 들여다봤다. 아니, 그건 그들과 나 사이의 개인적인 일이야. 넌 밖에서 하이킹을 하고 있었잖아. 너에게 그 숲에서 나올 센스가 없었다면 또 모르지. 그건 네가 상관할 일이 아니야, 형씨.

"네가 그들을 어떻게 죽였는지 알고 싶어. 그들이 무슨 일을 당하게 될지 알고 있었는지 알고 싶어. 난 알고 싶다고, 빌어먹을."

아니, 넌 알고 싶지 않을 걸. 너같이 폭력과 싸움이라면 질색하게 자란 인간들은 알고 싶지 않을 거야. 그 이야기를 들었다간 토할지도 몰라.

"그들이 어떤 고통을 겪었는지 알고 싶어, 레이. 그들이 고통스러워했는지 알고 싶다고. 그들이 어떻게 느꼈는지 알고 싶단 말이야."

이제 와서 그걸 알고 싶진 않을 거야. 너도 알고 있잖아. 그런 건 알고 싶지 않다는 걸.

"대답해봐, 이 개자식아."

"이봐요, 당신 정신이 나갔군." 레이 마커스가 말했다. 그 목소리는 바로 형씨, 하고 부르던 그 소리였다. 젠장, 빌어먹을. 이봐, 친구, 넌 불평할 이유가 없잖아. 난 네가 그 여자들하고는 이제 끝났다고 생각했는데.

레이의 눈은 계속해서 이야기하고 있었다. 내가 그랬잖아. 네 마누라가 널 보고 싶어 한다고. 우리가 널 불렀을 때 네가 나왔더라면 어떻게 됐을까? 네가 그들을 좀 더 많이 사랑했더라면 어떻게 됐을까? 젠장, 난 그때 너에게 호의를 베풀고 있다고 생각했는데.

그의 얼굴이 바로 토니 앞에 있었다. 깊이 베인 자국이 있는 야구공같이 작고 단단한 턱에, 보기 흉한 이빨에, 그 조소. 토니는 재빨리 생각했다. 만약 그가 할 수 있다면, 맞다, 경찰들이 그를 막기 전에 재빨리 온 힘을 다해 할 수 있었다. 바비 안데스가 토니의 팔을 잡고 그를 뒤로 끌어당겼다. "진정해요, 진정해." 조지는 총을 빼서 스토브 옆 바닥에 대자로 뻗어 있는 레이에게 겨눴다. 레이의 얼굴에 피가 흐르고 있었고, 그의 입은 엉망이 됐다. 단 1초 사이에. 그때 레이가 바닥에서 벌떡 일어나 덤벼들었지만 조지가 그의 팔을 낚아채서 뒤로 비틀어 잡았고, 바비 안데스가 그 사이에 들어가 재빨리 수갑을 채웠다. 레이는 입에 손을 대고 있었는데 온통 피범벅이었다.

그는 토니에게 소리를 바락바락 지르고 있었다. "너어 고오오 하거."

"저놈이 뭐라고 하는 겁니까?"

"당신을 고소하겠다고 하네요. 걱정하지 말아요. 당분간 이 자식이 누굴 고소할 일은 없을 테니까."

"너이드 모오 고오 하거."

"경솔한 짓이야, 레이. 네가 도망치려다 무슨 꼴이 났는지 좀 보란 말이야."

"도마? 비더머그."

레이는 조지와 같이 수갑을 차고 있었다. 안데스가 그의 어깨를 토닥였다. "괜찮아, 레이, 우리가 너에게 치과의사를 하나 붙여줄게. 이 자식 이빨 챙겼어, 조지?" 그는 레이에게 손수건을 줬다.

그들은 다시 차로 돌아갔다. "이번엔 내가 운전하죠." 안데스가 말했다. 같이 수갑을 찬 조지와 레이가 뒤에 타고, 토니는 아까처럼 조수석에 탔다. 바비 안데스가 토니를 바라봤는데 그의 눈이 반짝이고 있었다.

"아주 좋아요. 당신에게 그런 면이 있는 줄 몰랐어요."

전에는 누구도 때린 기억이 없는 토니는 엄청난 느낌이 들었다. 어마어마하게 흥분하고 들뜬 동시에 정의로운 복수를 한 것 같은 기분이었다.

수잔 모로는 레이 마커스의 얼굴에 주먹을 한 방 먹여서 그를 스토브 옆으로 쓰러뜨린다. 오호.

그녀는 원고를 내려놓았다. 이제 와서 독서를 중단하는 건 너무 힘들 것 같지만 그만 읽고 자야 할 시간이다. 독서의 세계와 현실 세계가 다르니 인생에 불쑥 끼어든 이혼처럼 독서도 또다시 고통스럽게 중단됐다. 수잔같이 할 일이 많은 사람은 밤새 책을 읽을 수 없다. 그리고 결말을 보기 전에 독서를 멈춰야 한다면 여기서 멈추는 편이 낫다.

그녀가 원고를 읽고 있을 때 도로시와 아서가 데이트를 마치고 돌아왔다. 도로시의 귀가 시간을 존중해서 처신을 잘한 것이다. 그들은 그 후로 계속 텔레비전을 보고 있었다. 2층에서는 닫힌 문 뒤로 바그너의 선율이 계속 울려 퍼지고 있다. 사랑과 죽음을 동일시하는 《트리스탄》(실제 오페라명은 《트리스탄과 이졸데》).

그녀는 레이에게 세게 한 방 먹이고 들뜬 기분으로 욕실에 갔다. 그녀가 들뜬 이유가 뭐건 토니의 이유와 같지는 않을 것이다. 얼마 전 정당한 분노를 즐기겠다고 한 건 무슨 뜻이었을까? 정확히 그녀는 누구에게 화가 난 걸까? 아무도 없다고? 모든 사람을 사랑하고, 모든 사람에게 마음을 터놓는 수잔.

그래서 그녀는 기억해냈다. 우리 워싱턴으로 이사 가지. 가긴 가나? 그 문제는 마치 고치에 싸인 곤충처럼 돌돌 말린 비단 같은 독서에 휘감겨 있었다. 하지만 그 문제는 곧 다시 나타날 것이고, 그러면 그것에 대해 생각해봐야 할 것이다.

도로시와 아서에게 텔레비전은 그만 보라고 해야 할까? 그녀는 텔레비전 수상기 앞에서 청춘을 낭비한다고 그들을 야단치고 싶은 극적인 충동을 가라앉혔다. 텔레비전과 워싱턴 이사와 레이를 강타한 일이 머릿속에서 사정없이 엉켜서 그녀가 부수고 싶은 것이 텔레비전 같은 기분이 들었다. 그래서 수잔은 외계인이 와서 도로시가 텔레비전 앞에서 입을 헤 벌리며 화면을 보고 있는 것과 그녀가 입을 헤 벌리고 책을 보고 있는 것이 무슨 차이가 있냐고 묻는 상상을 했다. 그녀의 애완동물인 마르타와 제프리는 그녀가 꼼짝 않고 책에만 시선을 고정하고 있는 걸 보고 괴상하다고 생각한다. 그녀는 읽을 수 있는 능력이 자신을 문명인으로 만들어준다는 점을 계속 증명할 필요가 없으면 좋겠다고 생각했다.

두 번째 막간

1

그만 일어나, 수잔. 빛, 텅 빈 네모난 창문, 방문 밑으로 슬금슬금 물러나는 세계가 눈에 들어온다. 그 문틈으로 밝고 새로운 하루가 들어온다. 좋은 아침이야, 수잔. 오늘 하루 스케줄을 정리해봐야지.

그녀의 마음은 질서 있고 체계적으로 변했다. 하지만 뒤로 슬금슬금 물러나는 그 세계가 창문에 얼어붙은 성에처럼 아직도 반짝거리고 있다. 그 세계에서는 모든 것이 연결돼 있다. 에드워드, 토니, 수잔의 다양한 마음이 앞뒤로 연결되고, 모두 같아 서로 교체될 수 있다. 이윽고 눈부신 빛이 스러지면서 같았던 마음들은 달라지고, 다시 수잔은 독자로, 에드워드는 작가가 된다. 하지만 수잔은 자신이 작가라는 기이한 생각을 그대로 간직하고 있다. 마치 마음과 현실 사이에 아무런 차이도 없는 것처럼.

그건 아주 흥미로운 생각이어서 그녀는 부엌에서 아침을 먹은 후에 양손에 접시를 하나씩 들고 있다가 문득 멈춰 서서 그게 무슨 뜻인지 논리적으로 밝혀보려고 노력했다. 수잔은 자신을 관찰한다. 그녀는 단어들을 본다. 그녀는 하루 종일 혼잣말을 한다. 이런 것들로 그녀를 작가라고 할 수 있을까?

수잔은 생각했다. 만약 글쓰기가 생각을 언어에 끼워 맞추는 거라면 모두 글을 쓴다. 구별 짓는다. 그녀가 말하려고 준비한 단어들, 그건 담화지

글이 아니다. 담화를 위한 말이 아니라면 그건 몽상이다. 수잔이 작가라면, 그녀가 쓸 말은 담화나 몽상이 아닌 지금 같은 말, 즉 그녀처럼 일반화하는 습관이 있어야 한다. 그녀만의 단어들을 구성하고 묘사하는 법칙이 있어야 한다. 수잔은 늘 나중에 쓰기 위해 간직하고 있는 단어들 속에 생각을 채우고 있다. 그녀는 또 다른 일반화를 한다. 글을 쓴다는 건 나중에 쓸 단어들을 모아두는 거야.

글쓰기에 대한 수잔의 열망은 항상 편지, 중간중간 적는 일기, 육아에 대한 회상록같이 소박했다. 가끔 여성의 권리에 대해 편집자에게 편지를 보낸다. 물론 예전엔 그녀도 더 많은 걸 갈망했다. 그녀는 작곡가, 스케이트 선수, 대법원 판사가 되고 싶었다. 수잔은 그녀가 포기한 것이 글쓰기가 아니라 다른 것, 그보다 덜 중요한 것을 포기한 것처럼 아무 후회 없이 포기했다.

수잔은 작가가 되길 거부하는 자신의 마음과 자신이 항상 작가였다는 마음의 차이를 구분할 필요가 있었다. 확실히 그녀가 거부했던 건 글쓰기가 아니라 그다음 단계인 글을 유포하는 과정이었다. 글을 교정하고 홍보해서 다른 사람들이 그 글을 읽도록 설득해야 한다. 이런 광범위한 과정을 한마디로 요약해 출판이라고 한다. 화창하지만 점점 어두워지면서 눈이 올 것 같은 날, 집안일을 하면서 수잔은 그건 참 안타까운 일이었다고 생각한다. 출판을 포기함으로써 글쓰기로 나누는 대화에 참여할 기회, 그녀가 쓴 글을 읽고 다른 사람들이 쓴 글을 읽을 기회를 포기했기 때문이다. 그리고 에드워드를 생각하며 -이 모든 생각을 초래한 장본인- 그녀도 에드워드만큼이나 머리가 좋은데 만약 자신이 다년간 글쓰기 기술을 익혔다면 그의 소설만큼이나 좋은 소설을 쓸 수 있었을 것이기 때문에 허영심에도 상처를 입었다.

그녀는 왜 글을 쓰지 않았을까? 항상 글쓰기보다 다른 일들이 더 중요하게 생각돼서 쓰지 않았다. 그게 뭔데? 남편, 아이들, 전문대 신입생들에게 영어를 가르치는 거? 수잔에겐 다른 이유가 필요하다. 출판 과정의 뭔가에 미묘한 혐오감이 들었다. 그녀는 에드워드가 글을 쓴다고 분투하던 시절에 그런 걸 봤다. 그리고 직접 글을 쓰려고 했을 때 느꼈다. 다른 사람이 읽을 글을 쓰기 위해 정직하지 못하게, 미묘하게 거짓말을 해야 한다는 압박이 느껴지는 것 같았다. 거짓말을 한다는 불편한 느낌. 그때 글을 쓰면 그런 기분이 들었고, 심지어는 지금도 편지나 크리스마스카드 같은 간단한 글을 쓸 때 그런 마음이 든다. 이런 글쓰기는 그녀가 뭐라고 하건 혹은 하지 않건 거짓말인 것이다.

다른 사람의 존재, 그게 수잔이 글쓰기를 포기한 주된 원인이었다. 다른 사람, 즉 독자라는 존재가 그녀가 쓰는 글을 오염시킨다. 독자의 편견, 취향, 독자는 그녀와 다르다는 점, 그리고 그녀가 무슨 글을 써야 할지 할리우드 제작자나 시장 조사원처럼 통제하려 들까봐 싫었다. 하지만 심지어 그녀의 영혼 속에 있는 공개하지 않은 글도 그 글과 그녀가 표현하고 싶은 문장 사이에 간극이 있다. 수잔이 쓴 문장은 진실을 단순화시킨다. 그러지 않으면 엉망이 되고, 그녀는 모호함이란 새롭게 추가된 악덕 속에 갇혀 꼼짝 못하게 됐다. 그녀는 단어들을 쳐내고, 과장하고, 왜곡시키고, 마치 페인트로 칠하는 것처럼 결핍된 부분을 감춰서 명확한 문장을 만들어낸다. 이런 글을 쓰면 자신의 글이 명료하거나 깊이가 있다는 환상에 빠지게 되고 그녀는 그 환상을 진실보다 선호하면서 곧 그게 진실이 아니란 점을 잊어버린다.

글쓰기의 본질적으로 부정직한 면은 기억도 더럽힌다. 수잔은 자신의 기억들을 이야기로 쓴다. 하지만 이야기는 기억처럼 스쳐지나가는 것이 아니라 그 스쳐지나가는 순간들을 보관할 작은 방들을 시간을 두고 쌓아올린 것이다. 이야기는 기억을 텍스트로 바꾸면서 깊이 파고 들어가고, 찾아보고 싶은 정서적 욕구를 해소시킨다. 그녀가 기억한 에드워드가 그런 텍스트고, 아놀드와 그녀의 결혼 초반부는 오래전 수많은 글쓰기를 통해 확립된 것이다. 이제 이런 오래된 텍스트들을 다시 읽게 돼서 그녀는 어쩔 수 없이 그 텍스트들을 다시 써야 했다. 그녀는 최선을 다해 아주 열심히 쓰면서, 살아 있는 기억의 환영들을 다시 불러들이고 있다. 진실한 이야기는 다 죽어버렸으니까.

2

　수잔이 처음에 에드워드의 책을 읽기로 동의했을 때 그 책이 그녀에게 이런 영향력을 발휘하리라는 걸 알았어야 했다. 지난 20년이란 시간이 하나도 흘러가지 않은 것처럼 에드워드가 부활하리란 점을 예측했어야 했다. 그리고 그가 살아나면서 이혼과 초기의 아놀드와 그녀가 생각하고 싶지 않은 다른 질문들도 떠오를 것이란 점을 예견했어야 했다. 하지만 이렇게 불안스런 흥분을 느낄 거라는 미래를 내다볼 수 있었을까? 그녀는 지금의 이 불안을 이해하지 못하고 있다. 이 불안은 그 원인에 비해 터무니없이 심각하다. 그녀는 이 소설 속 토니의 이야기가 에드워드를 그녀의 마음속에서 부활시켰다는 점을 제외하고도, 보이지 않는 방식으로 그녀에게 또 다른 영향을 미치고 있는 건 아닌가, 하는 생각이 들었다. 토니의 이야기 어딘가에 위협이 도사리고 있었지만 그게 뭔지 혹은 어디서 오는지 알 수 없었다. 그녀는 집안일을 하는 동안 기억을 뒤져 그걸 찾아보려고 애썼다.

　그때 상황은 이렇다. 수잔이 글쓰기에 미쳐가는 에드워드의 아내였을 때, 아놀드는 고기 써는 칼을 휘두르며 미쳐가는 셀레나의 남편이었다. 수잔이 그 기억들을 떠올려 다시 글로 쓸 때 생기는 문제점은 그 과거의 부부 관계들이 어떻게 현재의 관계로 변했는지에 대해 설명하는 것이다.

　그들이 살던 아파트는 각 층마다 두 채씩, 총 여섯 채로 계단을 통해 연결돼 있었다. 수잔과 에드워드는 2B에 살았고, 아놀드와 셀레나는 3A에 살았다. 건물 뒤쪽 담장 안에 잔디밭과 나무 한 그루와 피크닉 테이블 두 개가 있었다. 거기서 피크닉도 하고, 햄버거도 굽고, 숯불 석쇠 위에 냄비를 놓고 옥수수를 삶아 먹기도 했다. 수잔과 에드워드는 거기서 아놀드와 셀레나를 처음 만났다. 아놀드는 병원에서 일하는 걱정이 많은 젊은 인턴으로, 근무 시간은 끔찍하게 길었지만 그날은 비번으로 쉬고 있었다. 셀레나는 아놀드가 이제껏 본 중에 가장 아름다운 여자였다. 칠흑같이 검은 머리, 백옥 같은 피부, 바다처럼 파란 눈에 인조 속눈썹을 붙이고, 눈이 부신 미소에 생기가 넘치고, 목소리는 부드럽고 다정했다. 그녀는 마치 고양이 왕국의 공주처럼 남녀노소를 가리지 않고 모두에게 애교를 떨었다. 그런 한편으로 그녀는 온몸에 전기가 흐르는 것처럼 항상 긴장돼 있었다. 반면 아놀드는 덩치가 큰 곰 같은 남자로 항상 아내를 걱정해서 햄버거, 콜라, 마시멜로 같은 걸 가져다주며 주위에서 맴돌았다. 에드워드가 로스쿨을 그만두고 작가가 된다고 자랑했을 때 아놀드는 예의 바르게 대꾸하면서도 당황해했다. 그리고 아놀드는 애매하게 기분 좋은 눈빛으로 수잔을 응시했다. 아놀드는 잿빛이 도는 짧은 곱슬머리에, 티셔츠를 입고, 두꺼운 팔에도 잿빛 털이 나 있고, 눈썹도 같은 색이었다. 그는 병원 응급실에서 근무하면서 거기서 겪은 여러 가지 일에 충격을 받은 목소리로 그 일들을 묘사했다. 반면 셀레나는 아름답고 사악한 마녀처럼 아이들에게 다가갔고, 에드워드는 그런 그녀를 게슴츠레한 눈으로 봤다.

그 파티 이후로 아놀드와 수잔과 에드워드는 계단에서 자주 마주쳤지만 셀레나는 한 번도 본 적이 없었다. 수잔은 그 후로 셀레나를 한 번도 못 봤지만 가끔 위층에서 오페라 가수 같은 소프라노 목소리가 들렸다.

셀레나는 에드워드가 숲속에서 타자기를 가지고 혼자 시간을 보내던 10월 중순에 입원했다. 그건 저쪽 아내와 이쪽 남편이 멀리 있어서 각각의 배우자들이 서로를 알아갈 수 있는 참 편리한 상황이었다. 하지만 수잔이나 아놀드나 서로에 대해 생각하지 않았고, 아놀드의 당면한 문제는 셀레나에게서 칼을 뺏는 것이었다. 일요일 오후, 수잔은 혼자서 외롭게 미식축구 경기를 보고 있었다. 그녀는 한 번도 미식축구를 본 적이 없었기 때문에 자신이 그러고 있는 걸 인정하는 건 부끄러운 일이었다. 하지만 그녀는 정신이 너무 산만해서 책을 읽을 수도 없었고, 거기다 다림질을 하면서 막 텔레비전을 켰을 때 터치다운으로 점수 따는 장면이 나왔다. 그래서 그녀는 에드워드가 아니라 제이크에 대한 기억을 가지고 그 경기를 지켜봤다. 제이크는 매주 토요일 그녀를 데리고 경기를 보러 가서는 야외 관람석에서 차가운 손을 그녀의 코트 안으로 쏙 밀어 넣곤 했다. 그녀가 그걸 막 기억했을 때 누군가가 그녀의 아파트 문을 세차게 두드렸다. 아놀드는 잔뜩 긴장해서 자신의 아내에 대해 경고하며 수잔을 그녀의 미래로 인도했다. 덩치는 산만 한 남자가 아이처럼 겁에 질려서 위층에 가서 발작을 일으킨 셀레나를 도와줄 수 있겠냐고 수잔에게 물었다. 셀레나가 그런 상태인 건 몰랐지만 응급 상황이란 걸 알아차린 수잔이 아놀드와 급히 위층으로 올라갔다가 나중에야 에드워드와의 삶 역시 응급 상황으로 시작됐다는 게 기억이 났다.

셀레나는 고기 써는 칼을 가지고 욕실에 있었다. 그 칼로 셀레나가 무슨 짓을 할지 모르니 조심해요. 아놀드가 말했다. 그 말에 수잔은 무기랍시고 아무거나 덥석 들었는데 나중에 보니 빗자루였다. 그녀의 기억 속에, 처음 아놀드의 아파트에 들어갔을 때 양손으로 빗자루를 잡고 미친 여자가 들고 있는 칼을 막을 준비를 한 자신의 모습이 보였다. 그 미친 여자는 공교롭게도 아놀드가 이제까지 본 중 가장 아름다운 여자인 그의 아내였다. 사실 수잔은 그때는 그런 사실을 몰랐지만 나중에 아놀드가 그녀에게 쓸데없이 그 말을 자주 했다.

차가운 햇살이 높은 창문으로 흘러 들어오고 문을 다 열어놓은 아파트로 들어왔을 때 아놀드가 셀레나를 불렀다. 셀레나, 수잔이 왔어. 나와서 수잔을 만나보지 않겠어?

수잔? 문 뒤에 가려진 목소리는 현관에 있는 욕실 너머에서 금속을 긁는 것처럼 날카로웠다. 오늘은 오페라의 소프라노 가수 같은 소리는 아니었다. 난 그냥 망할 화장실에 간 거야. 수잔이라고? 이웃집 여자? 너 그 여자를 데리러 간 거였어? 이 쥐새끼 같은 인간.

이러지 마, 셀레나.

볼일은 다 보고 나가야지.

아놀드가 수잔을 옆으로 데리고 가서 말했다. 내가 병원에 전화했어요. 병원에서 사람을 보낸다고 했어요. 문이 열리고 셀레나가 나왔다. 청바지에 더러운 흰색 티셔츠에, 머리는 산발을 한 초췌한 미녀였다. 수잔이 빗자루를 들고 있는 동안 셀레나는 자신이 칼을 들고 있다는 걸 인식하지 못했다.

안녕, 수잔. 오늘 기분은 어때요?

아놀드가 말했다. 손에 들고 있는 그건 뭐야, 셀레나?

아, 빌어먹을. 아놀드, 자기 마누라를 이렇게 굴욕스럽게 만들다니 창피한 줄 알아. 낯선 사람을 데려와서 우리 문제의 증인으로 세우고 말이야. *실례해요, 수잔.* 나라면 당신에게 그런 짓은 안 해. 난 외간 남자를 데려와

서 당신을 보고 비웃으라고 시키진 않는다고.

당신을 비웃는 사람은 아무도 없어. 아놀드가 말했다.

물론 내 얼굴에 대놓고 비웃는 사람은 없지. 수잔, 내가 사과할게요. 아놀드를 대신해서 사과할게요. 난 그냥 부엌에서 일을 좀 하고 있었는데 왜 이 칼을 들고 있으면 안 되는지 모르겠어요. 이건 그냥 고기 써는 칼이잖아요. 당신은 부엌에서 칼 안 쓰나요, 수잔 셰필드?

이러지 말라니까, 셀레나. 아놀드가 말했다.

지금까지 지내온 세월 동안 수잔이 가장 잘 기억하고 있는 것은 앰뷸런스에 탄 남자들이 도착했을 때 셀레나가 지른 목소리였다. 오페라 가수 같지 않고 아주 비통한 목소리였다. 네가 이런 수작을 부릴 속셈이었구나. 내가 진작 알아차렸어야 했는데.

수잔은 아내를 병원에 입원시키고 혼자서 끔찍한 근무 시간을 채우면서 걱정하느라 전전긍긍하는 덩치 큰 아놀드가 불쌍해졌다. 그는 밤 10시 반에 응급실로 출근하려고 계단을 내려가던 중이었다. 수잔은 문 밖으로 머리를 내밀고 셀레나는 잘 있는지, 그녀가 뭔가 도울 일이 있는지 물었다. 그 당시에는 아무도 그게 이들의 미래일 거라고 짐작하지 않았다.

뭘 해야 했을까? 식료품점 계산대 줄에서 그녀 뒤에 선 아놀드가 혼자 요리해 먹을 만한 재료 몇 개를 설명했다. 셀레나는 잘 지내요? 아내는 아마 다음 주에 집에 올 거예요. 수잔은 그의 얼굴에 떠오른 단순하고 싹싹한 곰 같은 표정을 보고 그걸 불안해하는 표정, 정기적으로 셀레나가 칼을 휘두르고, 다년간 앰뷸런스를 불러서 아내를 한동안 떠나보냈다가, 다시 그가 본 최고의 미녀가 망가져서 돌아왔다가 칼을 좋아하는 성향이 다시 폭발할 때까지 지켜봐야 하는 막연한 미래 때문에 그늘이 져 있는 모습으로 해석했다. 아놀드를 동정하게 된 수잔은 셀레나만큼이나 정기적으로 야생의 천사에게 영감을 받아 위대한 작품을 쓰러 떠나는 작가 남편에게서 아놀드에게로 관심을 돌렸다.

이 불쌍한 남자는 응급실에서 일어나는 악몽들에 대처하기 전에 먹을 음식을 직접 요리했다. 흠, 수잔은 그를 저녁식사에 초대할 정도로 친절한 이웃이었다. 당신은 묻는다. 그 늙고 무심한 마트 출납원 앞에 서 있는 수잔은, 숲속에서 방황하는 남자의 아내가 정신과 병동에서 방황하는 여자의 남편을 위해 요리해주는 게 부적절한 행동이라는 걸 의식하고 있었을까? 이것은 그 역사의 중심이 되는 지점 중 하나였다. 그 일로 인해 초래된 결과 때문에 수잔 같은 사람이 과거를 돌아보게 됐으니까.

남편이 멀리 떠나 있을 때 아내 없이 혼자 사는 이웃을 위해 좋은 일을 해주는 게 나쁜 일일까? 그녀가 도와주지 않았다면 직접 요리하거나 식당에 가서 요기를 했을 사람에게? 이 질문엔 두 가지 측면이 있었다. 하나는 이웃들이 어떻게 생각할 거냐는 점이었다. 수잔은 아무런 거리낌 없이 이웃들을 무시했다. 그들은 그들만의 인생을 사느라 이웃과 교류도 없어서 지난여름의 피크닉 이후 그들의 이름조차 거의 잊혀졌다. 또 다른 면은 자신을 어떻게 생각하느냐는 점으로, 거기엔 두 가지 선택권이 있다. 하나는 아무것도 생각하지 않는다. 완벽하게 천진난만한 상태로 있으면 아무도 예견할 필요가 없는 변화가 생길 것이다. 수잔은 확실히 그렇게 아무 생각도 하지 않기 위해 노력했다. 또 하나의 선택권은 그냥 밀고 나가면서 생각하는 것이다. 하지만 이 말에는 그 관계에 뭔가 생각할 것이 존재한다는 뜻이 있다. 그녀는 그때, 이 문제는 그녀와 아놀드가 문제라고 생각할 때만 문제가 된다고 판단했다. 당연히 둘은 그게 문제가 된다고 생각하지 않았다. 이건 그저 이웃에게 봉사하는 자연스러운 행위일 뿐이니까. 좋은 이웃이자, 타인에게 봉사하는 걸스카우트이자, 믿을 수 있는 친구가 되는 것이다. 단순한 로스트비프, 노릇노릇한 감자, 롤빵, 냉동된 콩으로 만든 요리. 그들은 그녀가 에드워드와 같이 썼던 식당의 작은 테이블을 사이에 두고 마주 봤다. 그들은 셀레나와 에드워드에 대한 이야기, 응급실에서의 삶, 밤새 근무하고 다음 날까지 근무하는 사람의 진 빠지는 스케줄에 대해 이야기를 나눴다. 그들은 서로에 대해 아는 게 거의 없었다. 그녀는 아놀드가 정말 어떤 사람인지, 어떻게 셀레나 같은 여자와 엮이게 됐는지 알아보려고 노력했다. 만약 그녀가 최고의 미녀라서 그렇게 엮이게 된 거라면 그는 어떤 사람일까? 그녀는 아놀드를 다소 단순한 멍청이, 하지만 착한 멍청이로 생각하고 있었다. 그녀는 아놀드와 이야기를 나누면서 와인을 마실 때 배어나온 슬픔을 좀 더 많이 표현해보라고 부추겼다. 그들은 부모님, 형제자매들과 셀레나 때문에 생긴 문제를 깨닫기 전에 그가 품었던 오래된 희망들에 대해 이야기를 나눴다. 그는 부모님에게 손자를 안겨드리지 못하는 운명을 감수해야 하는 그런 슬픔에 대해 이야기했다. 그리고 정기적으로 아내를 입원시켜야 하는 슬픔에 대한 이야기도. 그리고 고기 써는 칼 같은 무기들이 계속해서 나타날 것이기 때문에 생긴 두려움에 대해서도. 그녀가 계속 부추기는 동안 그가 견뎌야 했던 문제들이 다 나왔다.

피차 서로에 대한 생각은 없었다. 에드워드는 2주 후에 돌아올 것이다. 그는 작가로서 자신의 미래를 만드는 중이다. 아놀드는 그 이야기에 별로 집중하지 않았다. 에드워드의 문제는 그의 문제에서 아주 멀리 떨어져 있었으니까.

하지만 결국 이건 평범한 저녁식사는 아니었다는 점을 인정해야 한다. 식탁에 놓은 양초들은 그녀가 의도하지 않았던 디테일이었다. 그녀는 센터피스로 부엌에 있던 꽃들-히비스커스-을 놓고, 할머니가 쓰시던 은식기와 고급 도자기를 꺼내면서 이건 그저 어려움에 처한 온순한 이웃 남자가 출근하기 전에 식사를 해야 해서 차린 거야, 라고 생각하려고 노력했다. 그러다 아놀드가 도착하기 5분 전에 고기 요리가 거의 완성됐을 때 평범한 조명 아래서 너무 황량해 보이는 방을 보고 어쩌할 바를 모르다 그걸 감추려고 양초를 몇 자루 켜야겠다고 생각한 것이다. 이 방은 그냥 단순한 방이 아니었다. 에드워드와 식사할 때와 달라진 건 없지만 그때는 에드워드의 부재가 뚜렷하게 드러나 헐벗은 방처럼 보였다. 그래서 그런 부재를 보충할 만한 것으로 그녀가 생각해낼 수 있는 유일한 이미지는 양초밖에 없었다. 결혼 선물로 받아서 딱 한 번 쓴 촛대들의 먼지를 털어내고 서랍에서 꺼낸 양초 몇 자루를 꽂았다.

하지만 촛불 아래에서도 수잔 셰필드와 아놀드 모로는 타인의 배우자라는 가면을 유지했다. 그래도 수잔은 그녀의 머리나 목이나 명치에서 높게 울리던 그 전율이 느껴지면서 그 순간이 아주 특별하다고 생각했다. 마치 피크닉에 왔던 셀레나, 가르랑거리는 고양이 같은 목소리의 셀레나, 아인슈타인의 공식인 $e=mc^2$처럼 그 존재 자체가 완벽하게 에너지로 전환될 수 있는 것 같은 셀레나처럼 그 순간 전기가 흘렀다. 아놀드가 변압기처럼 셀레나의 전기를 수잔의 전기로 바꿔서 수잔은 내가 만약 무슨 짓이든 할 수 있는 사람이라면 에드워드가 없는 이 좋은 기회에 얼마나 자유롭게 즐거운 일들을 할 수 있겠냐고 생각했다. 수잔은 원래 그렇게 친절한 사람이 아니었다. 수잔은 그저 에드거스 레인 출신으로, 대학 신입생에게 영어를 가르치고, 아주 체계적이고, 일관성이 있고, 문법에 맞는 말을 하고, 융통성이 있으면서도 항상 스스로를 고치고 개선할 준비가 된 사람이었다. 이런 수잔이 물고기들이 날아다니고 바닷속에 새가 있고 산과 숲과 개울로 가득 찬 즐겁고 거친 생각, 안개 속에서 페니스를 찾아 헤매고 자웅동체인 구름 속에서 동굴을 탐험하는 생각을 했지만 그건 그저 생각일 뿐 행동에 옮기지도, 입 밖에 내지도 않았다. 그건 그저 지금 이 상황에는 없는 수잔의 이면일 뿐이었다.

그들의 대화를 엿들은 증인이나 테이블 밑에 숨겨 놓은 녹음기가 있었다 해도 에드워드나 셀레나에게 보고할 수 있을 만한 그런 일은 그날 밤 하나도 일어나지 않았다. 그렇긴 해도 아놀드가 피와 뼈들, 심장마비와 절단된 부위와 참수된 몸 들을 다루기 위해 떠났을 때 수잔은 너무 들떠서 참을 수 없을 지경이었다. 우린 다시 이렇게 만나야 해. 그녀는 스스로에게 다짐했다. 이제 그녀는 자신이 뭔가 원한다는 걸 알았지만 여전히 그 점에 대해 생각해볼 자유를 스스로에게 허용하진 않았다. 수잔에게 고마워하는 곰 같은 아놀드가 문가에 서 있었을 때 수잔이 물었다. 모레 밤에 다시 오시겠어요?

그녀는 침대로 가서 에드워드를 사랑하는 삶이 어떤지 떠올려보려고 애를 썼다. 그런 이후에 그녀가 아놀드에게 대접한 저녁 식사는 촛불 없이 그냥 머리 위의 알전구만 켜놓은 극히 소박하고 현실적인 환경에서 했다. 하지만 그 후에 셀레나가 병실에서 구속복을 입고 잠을 자보려고 숨을 거칠게 쉬는 동안, 숲속 오두막집에 있는 에드워드가 스스로에 대해 알아가려고 노력하면서 우울해하는 동안, 수잔과 에드워드가 쓰는 침대에서 아놀드가 그녀와 하고 싶어 했던 일에 대해 수잔은 저항하지 않았다. 아놀드가 나중에 다시 위기로 가득 찬 응급실 근무로 돌아갔을 때 수잔은 뒤늦게 슬퍼하려고 노력했다.

3

나중에는 아주 존경받을 만한 위치에 오른 수잔과 아놀드는 그녀의 강의 스케줄과 아놀드의 근무 시간 사이에 틈틈이 섹스를 했다. 처음엔 어두운 뒷방에 있는 에드워드의 침대에서 했다. 뒤쪽에 골목이 있는 그 방은 책과 잡지들, 빨래 건조대, 오렌지 상자, 작은 TV 세트로 가득 차 있었다. 나중엔 셀레나의 방에서 했다. 그 방은 바람에 나부끼는 커튼이 달린 높은 창문으로 지붕들이 보이고, 열린 옷장에는 바람이 잘 통하는 드레스들과 향수 냄새가 희미하게 남아 있었다.

에드워드의 침대에 앉아 있는 젊은 수잔의 눈에 아놀드 모로의 발기된 놀라운 성기가 들어왔을 때 그녀의 머릿속에서 종이 울리는 소리가 들렸다. 그녀가 그 성기를 몸속에 받아들이기로 결심한 직후 또 다른 종소리가 들렸다. 종소리구나, 에드워드, 안녕. 그녀의 머리가 말했다. 그렇게 에드워드는 떠나갔다. 그녀는 자신이 어떤 사람인지 깨닫고 충격에 빠졌다. 그 전에는 결코 그녀의 결혼 생활이 위태로워졌다는 생각이 들지 않았다.

그녀는 결혼 생활을 끝낼 의도가 아니었다. 그건 어떤 면에서 끝나기도 했지만 그렇지 않기도 했다. 에드워드는 돌아올 것이고 그 불륜에 대해 전혀 모를 것이다. 아놀드는 셀레나에게 돌아갈 것이고, 수잔은 이제 부정한 아내가 됐다. 그 새로운 관계의 전기가 튀는 것 같은 기쁨에 저항하면서 그녀는 자신이 저지르는 부정한 짓에 반감을 품었다. 에드워드가 알게 된다면 괴로워할 것이고, 그들의 희망은 배신당할 것이다. 수잔은 이제 비밀이 생겼고 욕망에도 싫증난 여자가 됐다. 그녀가 아놀드에게 어떻게 할 거냐고 물었다. 아놀드는 이미 다 생각해 놨다.

누가 말할 건데? 당신이 말할 거야? 그가 말했다. 그는 남성 특유의 철학-남성이라는 성에 자아를 결부시키고 그걸 지나치게 강조한다-으로 섹스는 셀레나에 대한 그의 책임이나 에드워드에 대한 그녀의 책임과 아무 상관이 없다고 했다. 그리고 그는 절대 그녀를 버리지 않을 것이라고 했다. 아놀드는 특히 질투를 혐오했다. 그는 질투가 모든 감정 중에서도 가장 어리석은 감정으로 소유욕과 권력욕을 사랑이라고 착각하는 것에 지나지 않는다고 했다. 그는 땀에 젖은 몸으로 섹스의 여운이 남은 상태에서 침대 시트 위에 누워 수잔과 이야기를 나누다 그런 말을 했다.

그녀는 에드워드를 발기시키기 위해 같은 논거를 -섹스는 자연스러운 거야- 썼던 기억이 났다. 하지만 그것과 이건 달랐다. 먼저 그 논거는 결국 결혼으로 이어졌다. 하지만 이미 이 사소한 죄 혹은 본성-그게 뭐든-의 맛을 조금 본 그녀는 좀 더 나은 삶을 언뜻 봤다. 아놀드가 그녀에게 그의 놀라운 성기를 보여주기도 전에 그녀는 생각했다. 내가 아놀드와 결혼했더라면. 아무 부담이나 자의식 없이 2주 동안 바람을 피우면서 그녀는 우월한 아놀드와 불쌍한 에드워드를 비교했다.

근육질의 체격과 통통한 얼굴, 잿빛 머리의 아놀드는 마른 체격인 에드워드보다 훨씬 더 성격이 너그럽고 자연스러웠다. 그의 태도는 침착했고, 성격은 조용했다-지금까지는-. 그는 젠체하지 않았고, 지성을 과시하지 않으면서도 지적이었고, 분명 자신의 전문 분야에서는 아주 뛰어날 것이고, 그 외에 다른 분야에서는 매력적일 정도로 바보 같을 것이다. 그녀는 아놀드의 바보 같은 면과 그녀의 지성에 경의를 표하는 그의 태도가 마음에 들었다. -나중에 결혼 문제가 나왔을 때 아놀드를 설득해서 그의 철학을 버리게 하는 건 쉬웠다. 아놀드는 그녀와 논쟁하지 않고 그의 철학을 포기했는데 그것은 그녀의 지성에 대한 기분 좋은 양보이기도 했다. 어쨌든 그녀는 그렇게 생각했다.-

수잔은 인생에 사기를 당한 기분이 들었고, 셀레나가 부러웠다. 셀레나는 자신이 가진 행운에 감사하지도 않는데 수잔은 그런 행운을 가끔 빌려쓸 수만 있었다. 그녀는 학생들을 가르치고, 시험지를 채점하고, 장을 보는 그런 일을 하면서 셀레나에게서 옮겨온 전기에 너무 강하게 충전돼 있어 지겨운 에드워드가 돌아오면 마치 신데렐라가 다시 비천한 신세로 돌아가는 것 같은 기분이 들까봐 두려워했다. 아놀드의 마법의 섹스. 그렇다고 그가 아주 대단한 연인이었다는 건 아니다. 그저 그때 그 상황 때문에 그렇게 느껴졌을 뿐이다. 흠, 현재의 수잔이 그때 아놀드가 왜 그렇게 멋있어 보였는지 기억하기는 힘들다.

에드워드가 안됐다고 느낀 그녀는 왜 그를 사랑했는지 기억하려고 애썼다. 현재의 수잔으로선 이게 훨씬 더 힘든 일이다. 일단 아놀드와 결혼한 후로 에드워드의 기억을 최대한 불쾌하게 만들어야 했으니까. 그녀는 에드워드가 마치 무너진 성인 것처럼 사랑이나 뭐 그런 감정으로 기억되는 시간과 장소 덩어리를 쌓아올려 다시 지으려고 했던 기억이 났다. 그 성은 곧 두 번째이자 마지막으로 무너질 것이다. 그녀는 에드워드가 아니라 고향이나 그녀의 유년기나 그녀의 엄마나 뭐 그런 걸 다시 짓고 있는 것처럼 회한이 떠올랐다.

뭐가 잘못된 걸까? 수잔은 그저 성적인 모험을 합리화하자고 에드워드와 이혼하고 아놀드와 결혼할 순 없었다. 그녀에게도 나름 불만이 있었다. 그녀는 자신이 모든 걸 희생하고 일해서 그를 먹여 살려 작가로 만들게 될 거라곤 예상하지 못했다. 그가 자아를 찾겠다고 한 달이나 떠나 있을 거라곤 생각하지 않았다. 그녀는 화를 낼 이유가 많았다. 수잔, 너에게 그런 이유가 필요했다면 말이야.

반면 현재의 수잔은 당시의 수잔이 그 결혼 생활을 유지하기 위해 에드워드의 사랑스러움을 발견해서 살아 있는 동물이나 아니면 작은 동물 인형들을 껴안는 것처럼 그 연약한 느낌을 껴안았던 걸 기억해냈다. 마치 좀 더 최근에 아놀드의 사랑스러움을 껴안았을 때처럼 말이다. 아놀드의 사랑스러움은 에드워드의 사랑스러움과 아주 많이 닮았기 때문에 이 두 마리의 동물은 아마도 같은 존재일 것이고, 따라서 수잔의 사랑스러움이라고 불러야 할 것이다.

아놀드와 수잔은 에드워드가 돌아오기 전에 끝내주게 야하게 놀아볼 계획이었지만 아놀드의 근무 스케줄이 변경돼서 허사로 돌아갔다. 그녀는 그날 밤 아파트를 청소하면서 시간을 보냈다. 그녀는 에드워드의 아내의 마음가짐으로 돌아가야 했는데, 그러려면 차라리 바쁜 게 나았다. 그리고 그녀는, 공황 상태에 빠져 있었다. 아놀드와 다시 만날 계획을 세워놓지 않았고, 그들의 미래가 어떻게 될지도 몰랐기 때문이다. 그들은 그것에 대해 의논하는 걸 잊어버렸다.

그때 에드워드가 집에 왔다. 그는 시외버스 정류장에서 전화를 했고 저녁 시간에 도착했다. 불쌍한 에드워드는 돌아와서 기뻐했다. 사랑스러운 수잔. 둘이 같이 술을 한잔 하고 식사를 하는 동안 수잔은 그들의 결혼 생활에 일어난 큰 변화를 감지할 수 있을 만한 초감각적 지각 능력이 그에게 있는지 궁금했다. 부정한 아내. 에드워드에게 그런 능력은 없었다. 그는 우울해 있었다. 집을 떠나기 전에도 우울했지만 여전히 우울했다. 숲속에서도 글은 써지지 않았다. 그는 낙심했다. 그가 말을 너무 많이 해서 공감하기도 힘들었지만 그래도 수잔은 전보다 더 열심히 노력했다. 그는 이룬 게 하나도 없었다. 그는 오두막집에서 썼던 글을 다 버렸다. 뭐라고? 정말 버린 건 아니고 여행가방에 그 페이지들이 들어 있지만, 마음속에서 몰아내 버렸다.

저녁 내내 수잔은 에드워드의 불평을 들으면서 그가 알게 되면 무슨 일이 일어나게 될지 생각했다. 그는 자신의 문제에 너무 몰두하느라 아무것도 눈치 채지 못했다. 그들은 잠자리에 들었다. 그녀는 자신이 힘들게 헐떡거리는 에드워드의 방식보다 더 부드럽고 느린 아놀드의 방식을 선호한다는 새로운 사실을 깨닫고 경악했다. 에드워드가 헐떡거리는 동안 그녀는 계속 에드워드의 방식을 더 좋아하려고 하면서 그와의 사랑을 되살려보려고 했다. 달리 뭘 할 수 있겠는가?

그녀는 이제 계단에서조차 아놀드를 보지 못했다. 메시지도 없었다. 일주일 뒤에 셀레나가 집에 온 걸 알았다. 불안한 마음을 감추고 그녀는 에드워드에게 셀레나의 고기 써는 칼에 대해 말했다. 그 일이 소문나기 전에 이야기를 해줘야 했다. 에드워드는 조금 관심을 보였다.

수잔은 아놀드가 그녀에게 아무 말도 하지 않은 걸로 봐서 둘의 관계는 끝났다고 판단했다. 그녀는 혼란스럽고 화가 났지만 그 분노를 에드워드를 위해 썼다. 그녀는 에드워드의 문제에 모든 관심을 집중했다. 에드워드는 고맙게 생각했다. 문제는 그가 작가가 아니라서가 아니라 그냥 너무 서둘러서 그렇다고 그가 설명했다. 에드워드는 글쓰기에서 미숙한 단계를 거쳐 갈 필요가 있다고 했다. 그녀는 그의 기분이 상하지 않게 충고를 해주려고 노력했다. 그는 쉽게 마음을 다치고 아주 감정적으로 변해 그녀에게 의지했다. 에드워드는 오래전에 쓴 글들을 다 꺼내놓고 그의 스타일, 주제와 소재에 대해 뭐가 문제냐고 물었다. 솔직히 말해줘. 에드워드가 말했다. 그녀는 솔직히 뭐가 거슬리는지 설명하려고 했다. 그건 실수였다. 그렇게까지 솔직할 필요는 없었어. 에드워드가 말했다.

수잔은 마음속으로 -지금의 수잔은 그걸 안다- 에드워드가 글쓰기를 포기하고 현실적인 일로 자리를 잡기 바랐다. 글쓰기가 현실적인 일이 아니란 말은 아니지만, 그녀는 에드워드가 자신에게 맞지도 않는 낭만적인 꿈에 사로잡혔다고 생각했다. 그도 내심은 다른 사람들처럼 속물이었다. 에드워드에게는 논리적이고 질서정연한 두뇌가 있었다. 그녀는 그가 성공적인 사업가가 되는 건 상상할 수 있지만, 글쓰기는 그저 어딘가에서 우연히 발견해 그의 자아를 오염시키고 그의 성장을 저해하는 방해물로 보였다. 그녀는 그런 생각을 하지 않으려고 애썼다. 에드워드의 바람대로 그를 격려하면서 그런 생각을 하는 자신이 위선자처럼 느껴졌다. 에드워드가 한번은 가차 없이 솔직하게 말해달라고 부탁했을 때 그럴 생각이었다. 그녀는 그에게 작가가 될 충분한 소질이 있는가에 대한 문제를 제기하려고 했다. 당신은 꼭 작가가 돼야 해? 그녀가 물었다. 그건 실수였다. 그는 마치 그녀가 자살을 하라고 권한 것처럼 반응했다. 차라리 나보고 내 눈을 가리라고 하는 게 나을 거야. 글을 쓰는 건 보는 것과 같아. 글을 안 쓰면 장님이 되는 거야. 그녀는 다시는 그런 실수를 하지 않았다.

그녀의 사무실로 아놀드가 쓴 쪽지가 배달됐다. "그냥 말해두는 거야. 셀레나가 알고 있어. 별문제는 없어. 내가 다 잘 통제하고 있어."

셀레나가 안다고? 그러자 여러 가지 의문이 떠올랐다. 아놀드가 말했을까, 아니면 셀레나가 추측한 걸까? 둘이 싸웠나? 셀레나가 이번에는 칼을 다른 용도로 쓰려 하지 않을까? 에드워드가 돌아온 후로 아놀드가 그녀에게 한 말이 이것뿐이란 사실에 대해선 어떻게 해석해야 하지?

그 소식으로 에드워드가 알게 될 가능성이 높아졌다. 그녀와 아놀드는 비밀을 지키겠지만 셀레나는 그럴 이유가 없었다. 에드워드가 테이블 앞에 앉아 마치 치욕을 당한 것처럼 자신의 실패에 집착하고 있는 동안 수잔은 또다시 셀레나가 발작을 하게 되면 무슨 짓을 할지 궁금해했다. 그녀가 에드워드에게 말할 필요도 없었다. 그 뉴스가 담쟁이덩굴을 타고 번지는 질병처럼 우울증에 빠져 은둔한 사람들에게도 들어올 거니까.

에드워드가 갑자기 그 일을 알아내서 슬퍼하고 그녀에 대한 믿음을 잃고 그녀로서도 당혹스런 굴욕을 당하는 충격을 방지하려면 그녀가 먼저 고백해야 했다. 그녀가 원하는 방식으로 고백하는 것이다. 자진해서 고백하면 에드워드에게도 그 관계가 끝났다는 걸 보장할 수 있을 것이다. 당신이 집에 없을 때 외롭고 힘들어서 잠깐 한눈을 판 거야. 내가 이렇게 자발적으로 말하는 이유는 당신이 날 믿을 수 있다는 걸 알려주려고 그런 거야. 다시는 그런 일 없을 거야.

시간이 흘렀다. 그런 말을 계획하긴 쉬웠지만 실천하긴 어려웠다. 아놀드에게서 아무 연락이 없어서 그녀는 이렇게 잊히는 게 아닌가, 하는 생각이 들었다. 그들은 계단에서 셀레나와 우연히 마주쳤다. 수잔과 에드워드는 들어오고 셀레나는 나가는 길이었다. 셀레나는 그녀를 사납게 노려보고 나서, 생각에 찬 표정으로 에드워드를 봤다. 수잔은 그걸 보고 숨이 턱 막혔다. 무슨 일이야? 에드워드가 말했다. 그들은 장을 본 무거운 봉지들을 들고 있었다.

어떻게 에드워드에게 말하지? 어떻게 알려주지? 나는 뭘 두려워하는 걸까? 그의 감정이 상하는 거? 그의 우울증이 더 악화되는 거? 그를 자살로 모는 거? 이러지 마, 수잔, 그렇게 고결한 척하지 마. 그를 잃는 거? 그보다는 체면을 잃는 게 더 두렵겠지. 이 집에서 너의 지위. 그가 전과는 다른 눈빛으로 널 보는 거. 그가 흥분해서 다짜고짜 소란을 일으킬 건 말할 것도 없고.

적어도 너는 네 입장을 미리 알아야 해. 그녀는 에드워드 옆을 지킬 생각이었다. 그를 사랑하고, 안심시키고, 겸손해지려고 했다. 그녀는 그가 가장 연약할 때를 골라 대놓고 말할 것이다. 침대에서 발가벗은 몸으로 그의 옆에 누워, 머리카락이 코끝에 감겨 있고, 그가 글쓰기에 대한 집착에서 잠시 벗어난 것에 안도하고 있을 때. 여보, 내가 고백할 게 하나 있어. 아냐, 이건 너무 단도직입적이야. 좀 더 부드럽게 말해보자. 자기야, 자기 마누라가 혹시. 아니야, 이것도 아니고.

간접적으로 접근해서 그에게 열렬한 애정공세를 퍼부어 절대 그녀가 나쁜 말은 할 수 없을 거라고 생각하는 상태로 만드는 거야. 점심 먹는 에드워드의 뒤로 살짝 다가가서 그의 뺨에 내 뺨을 대고 속삭이는 거야. 에드워드, 내 사랑, 내가 당신을 얼마나 사랑하는지 알아?

효과적인 방법은 뭔가 한창 다른 일을 하다가 우연히 터트리는 것이다. 그녀는 매일매일 에드워드가 이야기하고, 씹고, 당당하게 고개를 들고, 끙소리를 내고, 트림하는 걸 지켜보면서 그가 아직 모른다는 사실을 깨달았다. 아직 큰 변화는 일어나지 않았고, 그 결과도 밝혀지지 않았다.

고백을 하는 최선의 방법은 뭔가에 이미 화가 나 있는 상태에서 한창 불만을 쏟아놓는 와중에 여세를 몰아 털어놓는 것이다. 결국 그렇게 됐다. 둘이 글쓰기에 대한 토론을 하는 와중에 일어났는데 그것만이 그들이 요즘 이야기하는 유일한 것이었다. 수잔이 말했다. 제기랄, 당신이 로스쿨을 계속 다녔으면 좋았을 것 같아. 에드워드가 대꾸했다. 당신이 그런 식으로 말할 때면 마치 바람피우는 것 같아.

그녀가 그 말에 쏘아붙였다. 그게 어떨지 상상도 못하면서.

에드워드는 자신의 말을 한껏 강조했다. 이보다 더 나쁠 순 없겠지.

나쁠 수 없다고? 그래서 그녀는 말했다. 앙심을 품고 한 게 아니라서 기회가 보인 순간 겸허하고 슬픈 마음으로 변해버렸다. 어쨌든 그녀는 털어놨고 이렇게 그 고백을 맺었다. 이제 다 끝났어. 앞으로 그 관계엔 미래도 없고, 난 사랑에 빠진 것도 아니었어.

아이 같은 에드워드. 그는 그녀를 빤히 쳐다봤다. 지금까지 그렇게 큰 눈은 본 적이 없었다. 그의 패기 없는 질문들이 이어졌다. 누구와? 어디서? 당신은 이혼하길 원해? 그게 그럴 만한 가치가 있어?

에드워드는 신음하면서 몸을 쭉 펴고 방 안을 돌아다니면서 여러 가지 반응을 시도했다. 내가 어떻게 해야 해? 내가 어떻게 행동해야 하는 거야? 그가 말했다.

그게 수잔이 기억하는 에드워드의 모습이었다. 그는 화내지 않았다. 계속 그녀에게 이혼을 원하지 않는지 물어보고 확인했다. 감히, 그를 사랑하느냐는 질문은 하지도 못했다. 그래서 에드워드가 묻지도 않았는데 그렇게 말했다.

지금 수잔이 생각하기에 그때 그녀의 고백에 에드워드는 기운을 차린 것 같았다. 끝없이 지속되던 우울증이 잠시 멎은 것이다. 이후의 잠자리에서 그는 상상 속에 있는 이름 없는 그녀의 연인에 대해 생각하며 즐기는 것 같았다. 그는 약삭빠르게 그 연인과 자기를 비교해달라고 부탁하진 않았다. 그녀는 자신이 에드워드와의 사이에 있는 줄도 몰랐던 벽을 무너뜨렸다는 생각이 들었다. 이제 우린 서로를 더 잘 알게 됐어. 그녀는 생각했다. 그렇게 로맨틱하지도 않고, 생각보다 우리 둘 다 훨씬 더 약하지만 그래도 그걸 알아두는 건 좋을 것 같아. 그녀의 결혼 생활은 전보다 더 강해질 거라고 생각했다. 그래서 기쁘다고 믿었고.

4

수잔의 공식적인 기억에 거의 1년이란 틈이 있다. 에드워드가 숲속에서 돌아왔을 때와 그녀가 아놀드와 결혼한 사이의 틈. 수잔이 그때를 돌아보면 항상 그 시간이 텅 비어 있다. 그동안 아무 사건도 없었을 리가 없는데. 매일 학교에 차를 몰고 갔으니 눈이 내린 풍경들과 진창이 된 거리도 분명 있었을 것이다. 장을 보고, 청소하고, 에드워드를 위해 요리도 했을 것이다. 그리고 다양한 감정을 느끼고, 언쟁하고, 영화를 보고, 친구도 한두 명 만났을 것이다. 그녀는 그 아파트를 떠올린다. 어두운 벽, 아주 작은 부엌, 바닥에 책이 흩어진 침실과 골목이 보이는 방.

그 기간에 대한 기억이 봉인된 이유는 그 시절이 곧 획기적인 변화로 끝나기 때문이다. 아놀드가 새로운 법, 가치, 우상, 모든 것을 가지고 에드워드를 대체한다. 새 정권은 자신을 보호하기 위해 역사를 다시 쓰면서 에드워드 시대를 마치 중세처럼 역사 속에 묻어버린다. 에드워드가 그녀의 삶에 다시 돌아와서야 현재의 수잔은 그동안 숨겨져 있던 이야기를 깨닫고 상상의 고고학을 통해 그 오래된 이야기를 다시 쓰는 데 도전하게 됐다.

그 이야기를 다시 읽으며, 수잔은 시간이 흐른 후에 봐서 그 1년이 그렇게 음울해 보이는지 아니면 실제로 그랬는지 알고 싶었다. 중세 시대는 얼마나 어두웠을까? 그녀는 집안일을 하면서 궁금해했다. 그 이야기에서는 에드워드의 변화가 감지된다. 불안해하면서 신랄하고, 초조해하면서 그녀를 비웃는 수위가 점점 높아졌다. 그는 기이하고 추한 농담들을 했다. 신문을 읽으면서 정치가들, 신문에 투고하는 사람들, 칼럼니스트들, 독자들에게 조언하는 사람들을 비웃었다. 그녀와 그녀의 동료들을 분리해서 그 동료들을 비판하고 조롱했다.

그 기억에 따르면 에드워드는 글쓰기에 대한 이야기를 멈췄다. 놀라운 일이지만 당시 수잔이 놀랐는지 어쨌는지 기억이 나지 않는다. 그는 더 이상 글쓰기에 대해 불평을 늘어놓거나 의견을 달라는 요구도 하지 않았다. 그는 그녀에게 속내를 털어놓지 않았고 심지어 서재에서 그가 하는 일이 글쓰기라는 것조차 인정하지 않았다.

기억으로 쓴 이야기는 무시하지만 수잔이 지금 기억하는 건 에드워드가 그녀의 불륜에 대해 침묵을 지켰다는 점이다. 그는 그녀를 비난하지 않았다. 적어도 대놓고는 하지 않았다. 처음에 머뭇거리며 질문을 몇 개 한 뒤로는 단 한 번도 설명해달라고 하지도 않았다. 그리고 사랑을 요구하는 것도 회피했다. 마치 그녀가 두려운 것처럼 조심스럽게 대했다.

그녀는 아놀드의 말을 아주 쉽게 기억한다. 그것은 그 이야기의 성서와도 같은 핵심이지만, 그들이 어디서 혹은 언제 이야기를 할 수 있었는지 기억하는 건 힘들다. 에드워드가 돌아온 후로 그들의 관계는 끝난 것으로 되어 있으니까. 그녀는 그 관계가 끝났다고 생각했다. 하지만 아놀드가 이야기를 하자고 고집을 피워서 그녀는 방법을 마련해 다른 작문 교사들과 함께 쓰는 사무실에서 아놀드가 낮은 목소리로 절박하게 속삭이는 말을 들었다. 사랑스러운 수잔, 그녀같이 착하고 지적이고 현명한 여자만이 그를 다시 인간처럼 느끼게 만들어줄 수 있다고. 그는 셸레나에 대해 모골이 송연해지는 일화들을 말했다. 그녀의 격노와 질투, 고기 써는 칼, 약과 펜치. 셀레나는 자신의 옷들을 창문 밖으로 던져버렸는데 챙이 넓은 모자가 프리스비처럼 거리 맞은편으로 날아갔다. 밤에 발가벗고 뛰쳐나갔다가 경찰이 집으로 데려오기도 했다.

그런 이야기를 하면서 아놀드는 수잔에게 도움과 위로를 청했다. 그는 그 생활에 질릴 대로 질려 있었다. 그는 이 상황에서 올바른 게 뭔지, 그가 지켜야 할 의무들이 뭔지 알고 싶었다. 수잔이 뭐라고 했지? 물론 해야 할 말만 했다. 그녀는 그가 했던 질문을 다시 그에게 했다. 양면성을 지닌 그 질문을. 아놀드는 아이도 없고 애정은 죽고 그가 결혼한 여자는 더 이상 존재하지 않는 의무적인 관계에서 풀려나고 싶다고 했다. 그리고 그걸 고마워하지도 못하는 미친 여자를 위해 행복해질 수 있는 가능성을 포기해야 하는 말도 안 되는 상황에서도. 셀레나의 입장에서는 그녀가 아파서 갇혀 있고, 무력하고, 혼자일 때 버려진다는 게 잔인할 것이다. 셀레나는 아플 때나 건강할 때나 함께하겠다는 서약에 크게 의지하고 있다. 하지만, 맙소사. 아놀드가 말했다. 그녀가 평생 정신병원에 갇혀 있으면 난 어떡하라고. 그렇진 않더라도 항상 싸우고, 싸우고, 또 싸우는 힘든 시간만 있으면 어떡해.

둘 사이를 중재해달라는 부탁을 받은 수잔은 그 문제에서 제삼자의 입장을 취하려고 노력했다. 그건 당신에게 달렸어. 그녀는 헨리 제임스(Henry James, 미국 소설가 겸 비평가) 소설에 나오는 여주인공처럼 말했다. 아놀드는 가끔 폭발할 때도 있었다. 그는 섹스를 안 하고 살 수 있는 사람이 아니었다. 그건 그의 본성이 아니었다. 셀레나가 그걸 깨달았을까? 그들도 그걸 깨달았을까? 그들이 누군데? 수잔이 물었다. 당신 부부 말이야. 아놀드가 말했다. 그는 자신의 경우와 수잔의 경우를 비교했다. 당신은 당신의 그 순한 남편과 사랑하고 섹스하면서 행복하게 살고 있잖아. 당신도 정상이고, 남편도 정상이고, 사랑으로 가득 찬 정상적인 대화를 나누고 있고, 걱정할 건 하나도 없지. 수잔은 그의 말을 부인하려 들지 않았다.

하나의 비밀이 다른 비밀로 이어졌다. 그들은 살고 있는 아파트에서 만날 수 없었기 때문에 수잔의 사무실 전화로 메시지를 전달했고, 아놀드의 친구 방에서 만나거나 위험하게 공원의 후미진 곳이나 수업이 끝나고 비어 있는 사무실에서 만났다. 에드워드는 수잔의 늦은 귀가를 아무렇지 않게 받아들였다. 이 오래된 이야기는 다시 딜레마를 만들어냈다. 그녀는 자신의 이야기가 어떤 종류의 이야기인지 모르기 때문이다. 유부녀가 유부남인 연인과 관계를 다시 시작한다. 남편은 과거의 불륜은 알고 있지만 현재의 불륜은 모르고 있다. 그리고 그녀의 애인은 정신병원에 들어간 아내에게서 벗어나고 싶지만 그 점에 대해 아무 조치도 취하지 않았고, 아내에 대해 자신이 지켜야 할 의무가 뭔지에 대해서도 결정하지 않았다. 그래서 수잔은 다시 한 번 부정한 아내가 됐다. 당신이 부정한 아내라면 그 미래는 뭘까? 새로운 인생으로 가는 과도기, 에드워드를 허물어가는 한 단계인가? 아니면 하나의 부정에 이어 또 다른 부정을 저지른다는 건 그녀가 약한 인간이라는 사실을 빼도 박도 못하게 확실히 인정하는 것일까? 이 문제가 어려운 이유는 그녀가 충직하고 진실한 사람이기 때문이다. 그녀가 에드워드의 아내로 남아 있으려면, 부정한 아내이더라도, 에드워드라는 성을 수호하고 그 성의 우상들을 보호해야 한다. 만약 이게 과도기라면, 지체 없이 이 성을 허물고 에드워드에게 진실을 말하고 부부의 연을 끊어야 한다. 사랑, 사랑이라. 아놀드는 사랑에 대해 말했다. 하지만 그는 지금 상황에 만족하는 것 같았고 그녀는 어떻게 해야 할지 알 수 없었다. 분명 그녀의 마음속은 강렬한 감정들로 가득 차 있었지만 기억 속 이야기는 오로지 그녀의 딜레마만 기억하고 있었다.

그 연대기에 따르면 그녀는 불륜을 다시 시작하면서 아놀드와 결혼하기 위해 에드워드와 이혼한 것으로 나와 있다. 하지만 지금 수잔이 돌이켜 보면, 당시 그녀는 다른 사람들이 결정을 내릴 때까지 결코 결정을 내리지 못했다. 이혼이 결정되기 전에 에드워드와 얼마나 많은 토론을 했는지 그리고 얼마나 많은 변화와 애매한 결정들이 재빨리 취소됐다가 결국 하게 됐는지 기억할 수 없었다. 그때 에드워드의 침묵이 기억난다. 그녀는 에드워드가 글쓰기에 실패해서 입을 다물었다고 생각하고 그가 자살을 생각하고 있을까봐 두려워했다. 그녀가 매혹적인 죄책감으로 가득 찬 모험을 끝내고 집으로 돌아오면 에드워드가 그렇게 비참해 하는 동안 기쁨을 느꼈던 자신이 수치스러워졌다. 에드워드는 그녀가 도서관에서 연구 논문들을 확인하고 있다고 생각했던 저녁에도 집에 있었다. 그리고 어느 날 밤엔 마치 그녀가 눈치 채주길 바라는 것처럼 한숨을 쉬면서 신음하는 소리가 들리기도 했다. 아침에 일어나면, 둘은 차례대로 화장실에 다녀와서 아침을 차려 말없이 먹었다. 그들은 커피를 놓고 아무 말 없이 앉아 있었고, 에드워드는 비가 내리는 닫힌 마당 너머에 있는 서점 뒤쪽을 멍하니 보고 있었다. 그가 한 첫 마디는 갑작스러웠다. 난 마침내 뭐가 잘못됐는지 이해했어. 내가 당신에게 너무 많은 기대를 하고 있어.

그녀는 그를 달래는 말을 했지만 그는 다른 쪽으로 거침없이 나가고 있었다. 입 다물어, 난 지금 당신에게 충고하고 있는 거야. 당신은 나와 이혼해야 해. 빠를수록 좋아. 아무도 내가 당신에게 기대하는 그런 걸 요구할 권리는 없어.

　그 후에 한 이야기들은 혼란스럽기 그지없었다. 그들은 결정을 내렸다가 그 후 몇 주에 걸쳐 다시 마음을 바꿨다. 그 시간은 가식적인 말과 모순으로 가득 차 있었다. 아무도 서로의 입장을 제대로 알지 못했다. 소문이 퍼지기 시작했다. 하지만 서서히 이혼이란 주제로 다시 돌아가기 시작하면서 일이 간단해졌다. 이혼의 공식적인 이유는 수잔이 에드워드의 글에 대한 진가를 알아보지 못했다는 것이었다. 에드워드는 자신의 글이 진지하다고, 정말로 진지하다고 계속 주장했다. 당신은 날 존중하지 않아. 에드워드는 종종 그렇게 말했다. 당신은 진정한 나를 보지 않는다고. 하지만 수잔은 내심 에드워드가 글을 쓰다가 말 것이라고 항상 생각하고 있었기 때문에 그의 그런 불만들을 심각하게 받아들이지 않았다. 그녀는 에드워드가 이혼을 원한 진짜 이유는 그녀가 아놀드와 바람을 피웠기 때문이라고 짐작했다. 이혼의 공식적인 이유 이면에 마치 질투심이 도사리고 있는 것처럼 에드워드가 그 불륜에 대해 이야기하는 걸 주저했으니까.

　그래서 그들은 이혼했다. 에드워드와 수잔, 아놀드와 셀레나 모두 이혼하고 아놀드와 수잔이 결혼했고, 나중에 에드워드가 스테파니와 재혼했다. 그동안 셀레나는 계속 정신병원에 있었다. 공식적으로 그들의 이혼은 우호적이었다. 그들은 공손했고 재산에 대한 소유권을 놓고 다투지도 않았지만 우울한 분위기가 감돌았다. 대화는 힘들었고, 특히 수잔이 그 집에서 나간 후로 더 그랬다. 둘이 이혼 법정에서 만났을 때도 싸우진 않았지만 수잔은 그간의 모든 과정 자체가 싸움처럼 느껴졌다.

　그 자리에 새롭고 로맨틱하고 목가적인 이야기가 들어왔다. 수잔의 이야기에서 두 번째이자 마지막 이야기. 오래된 형태지만 새로운 그릇에 담자 진부함이 덜했다. 인디애나 둔스 국립 호안, 브룩필드 동물원, 시카고 과학 산업 박물관. 둘이 마음 놓고 밖에서 만날 수 있는 자유. 선물들, 보석과 옷들. 수잔은 아놀드가 하는 일을 평가하지 않아도 돼서 안도했고 그가 직장에서 승승장구하는 걸 바라게 됐다. 유일한 단점은 그의 섹스 철학이었고, 어쩌면 그가 아내로부터 바라는 것에 대한 배려가 부족한 것인지도 몰랐다. 그녀는 그에게 그 섹스 철학을 바꾸라고 요구했다. 그럼 그러지 뭐. 그는 그 철학을 정절과 진실의 신조로 바꿨다. 그녀는 시행착오를 통해 결혼 생활에 대한 기대에 대해 배웠다.

그것은 기쁨의 시간이었지만 수잔은 많이 울었다. 과거를 회상하는 이야기에서 감정을 되찾아내기란 힘들다. 감정은 밖으로 드러나는 효과가 없기 때문이다. 하지만 울음은 이야기로 묘사할 수 있는 사건이다. 그녀는 자신이 다시 세워야 하는 정직한 수잔을 위해 울었다. 그리고 어머니와 아버지를 위해, 열다섯 살의 에드워드를 위해, 보트에서 보냈던 시간들, 어렸을 적 연인이라는 신화와 분투하는 예술가의 삶을 위해 울었다. 수잔은 시카고에 온 엄마가 에드워드에게 기회를 한 번 더 주라고 설득하면서 에드워드는 항상 자신이 기른 아들일 거라고 말하자 또 울었다.

그녀는 아놀드가 셀레나와 이혼하지 않을까봐 울었고 자신의 생각이 틀렸을 때 셀레나를 위해 울었다. 그녀는 울고 있을 셀레나를 위해 울었고, 셀레나가 절대로 병원에서 퇴원하지 못할 거라고 말한 의사와 아놀드가 셀레나를 평생 경제석으로 보살피도록 만든 변호사 때문에 울었다.

수잔은 평소에 많이 우는 편이 아니었지만, 그때는 감정적으로 격앙된 시절이었다. 눈물을 흘리는 예전의 수잔은 아직 어린아이였다. 아놀드와 결혼해 성숙해가는 수잔은 좀 더 현명해지긴 했지만 큰 차이는 없었고, 그녀는 첫 번째 결혼에서 한 실수들을 바로잡을 수 있을 거라고 기대하면서 재혼했다. 현재의 수잔은 과거의 잘못들을 바로잡았다는 걸 인정했다. 아놀드가 에드워드보다 더 나은 사람이라서가 아니라 시간이 어쩔 수 없이 그렇게 만든 것이다. 그렇게 됐다. 아놀드는 에드워드와 달랐지만 같은 면도 많았고, 수잔은 에드워드와 계속 같이 살았다면 그런 문제들을 바로잡지 못했을까, 하는 의문을 앞으론 결코 풀 수 없게 됐다. 그녀는 에드워드가 충직한 스테파니와 살면서 자신처럼 과거의 과오를 바로잡았을 것이라고 짐작했다.

하지만 그건 중요하지 않았다. 성숙해진 수잔이 아는 건 이것이다. 그 일이 어떻게 시작됐건, 그 어떤 수상쩍은 방식이나 그 어떤 먹구름 밑에서, 자신이 옳다고 믿고 했건 잘못했다고 생각하면서도 그냥 했건 그 어떤 기만과 배신을 저질렀어도 그들이 하나의 세계를 만들어냈다는 것이다. 그 세계는 그녀의 세계고 반드시 보호해야 한다. 그녀는 아직도 가끔 다른 세계를 상상하던 걸 기억할 수 있었다. 그녀는 박사 학위를 딸 것이라고 생각하면서 대학원에 갔다. 그녀는 교수가 돼서 대학원생들을 가르치고, 책을 쓰고, 한 학과를 맡고, 외부 강연 투어를 다녔을지도 모른다. 대신 그녀는 자리가 날 때 파트타임으로 강의를 한다. 돈이나 경력을 보고 하는 게 아니라 운동 삼아 한다. 그녀는 영문과에 있는 루 앤 같은 여자가 수잔이 한 희생에 대해 말하고, 그녀를 불쌍하게 생각하고, 아놀드를 무슨 독재자나 노예의 주인처럼 비난할 때면 짜증이 났다. 자신의 선택이었는지 아니면 저절로 ─이 일은 아주 서서히 일어났다─ 그렇게 됐는지 확실히 모르겠지만 그녀는 한 가족의 엄마가 됐다. 그 가족은 도로시, 헨리, 로지와 아놀드와 그녀 자신이고, 그녀가 엄마다. 이것이 그녀의 삶에서 중요하다고 생각하는 유일한 것이다. 이건 의심의 여지가 없다. 좋든 싫든 이게 나야. 그녀는 말한다. 그녀는 그걸 알고 있고, 아놀드도 알고 있다. 그것이 둘이 같이 알고 있는 진실이었다.

그들은 3년 전 마릴린 린우드의 이해와 함께 이 생각을 토대로 만족스럽진 않지만 어쨌든 합의를 봤다. 결코 말로 표현하진 않았던 암묵적인 합의는 그때 일어난 일련의 사건들로 이뤄진 것이다. 아놀드가 계속 이 가정에 남아 남편이자 아버지 역할을 하기로 했다. 많은 이야기 끝에 더 이상 그 이야기는 하지 않기로 한 결정을 린우드가 이해했다는 게 입증됐다. 린우드는 아놀드와 가끔 만나는 사이였다. 장기적으로 보면 그 만남은 결국 아무 의미가 없었다.

수잔은 아놀드 옆에서 그의 뒷바라지를 하고 있다. 바로 그렇다. 그녀는 한 번도 이런 상황을 이런 말로 생각해본 적이 없었다. 그녀는 항상 스스로 자신의 이익을 알아서 챙기는 건강하게 이기적인 사람이라고 생각했고, 그게 사실 아닌가? 그녀는 지금도 그의 옆에서 그를 뒷바라지하고 있고, 과거에도 항상 그랬다. 그가 아놀드라서가 아니라 과거의 어느 한때 그에게 정착해 그의 아내가 됐기 때문이다. 그 후로 세상은 그들 주위를 둘러싼 크리스털로 변했다. 그녀는 린우드 건에서도 매컴버 교수의 의료 과실 사고 소송에서 그를 지지했던 것처럼 자동적으로 그를 지지했고, 아놀드가 출세를 하기 위해 워싱턴으로 간다면 -집을 팔고, 아이들을 학교와 친구들에게서 떼어놓고, 그런 모든 일- 그와 함께 갈 것이다. 그녀는 그렇게 할 것이다. 물론 그렇게 할 것이다.

이건 단지 그들과 그들의 자식들, 집, 차, 개, 고양이, 수표와 논문을 쓰는 일 같은 것들이 은행 예금 같은 보호 기관을 만들어냈기 때문이 아니라, 춥고 고독하고 위험한 세상에서 쉴 수 있는 은신처에서 서로가 필요하기 때문이다. 그녀가 지금 읽고 있는 이 책은 그 점을 알고 있다. 역경에 처한 토니는 그녀가 얼마나 이런 일상에 치열하게 매달리고 있는지 이해할 것이다. 그래야 한다. 하지만 그래서 불안하기도 했다. 그녀는 에드워드의 책을 믿지 않으니까. 왜 그런지는 알 수 없었다. 이 책은 그녀의 마음속에 알 수 없는 불안을 일으킨다. 왜 그렇게 불안한지 알 수 없지만 이야기 자체에서 나오는 공포와는 다른 것 같고 그보다는 그녀에게서 나오는 공포 같다. 그녀는 생각한다. 만약 에드워드가 토니나 다른 방식으로 인생에 대한 그녀의 믿음을 흔들 의도라면 그녀는 저항할 것이다. 그게 다다. 그녀는 그냥 저항할 것이다. 인생에는 단순히 책을 읽는 것만으로는 바꿀 수 없는 것들이 존재한다.

세 번째 독서

1

수잔 모로는 하루 종일 힘들게 일한 뒤 책으로 돌아온다. 진공청소기를 돌리고, 포장지를 치우고, 가젯(gadget, 특별한 이름이 붙어 있지 않은 작은 기계장치나 도구, 부속품)과 장난감 들을 2층에 갖다 놓는다. 한 시간 동안 공과금을 내고 또 한 시간은 모린에게 전화 통화로 온갖 이야기를 다 했다. 지금 머릿속에서 하고 있는 생각만 빼고.

도로시와 헨리는 파울러네 가족과 스케이트를 타고 있다. 눈이 내리고 있고, 집에 오는 도로는 위험할 수 있다. 로지는 침실에서 볼륨을 낮춘 채 텔레비전을 보고 있다. 사랑스러운 아이. 제프리는 소파에 있다. 아, 이 똥개야, 이러면 안 되는 거 너도 알잖아. 아까 먹은 피자 때문에 그녀의 입가가 화끈거린다.

수잔 모로는 상자를 열어서 원고를 테이블 위에 부어놓고 빨간 표시를 찾는다. 다 읽은 페이지들은 상자 속에 엎어 놓고 안 읽은 원고는 커피 테이블에 쌓아 놓는다. 남은 원고는 읽은 원고보다 훨씬 적다. 수잔은 그녀가 바라는 결말이 나오기엔 남은 원고가 충분하지 않을 거라는 걸 예견한다. 그녀는 이미 이 원고 속에 타자로 쳐진 실망스런 결말이 그녀를 기다리고 있다는 걸 예감한다.

그녀는 무릎 위에 페이지들을 놓고 기억하려고 애를 쓴다. 간밤에 본 마지막 페이지를 보고, 그녀는 토니가 트레일러 안에서 레이 마커스의 이를 박살내는 장면을 발견한다. 그녀는 자신의 정당한 격노를 기억한다. 그 전에 토니와 바비 안데스가 야구 유니폼을 입은 레이를 차에 태웠고 그 전에 토니는 터크의 신원을 확인하지 못한 상태에서 루 베이츠를 알아봤다.

에드워드가 쓴 이 모든 이야기에 그녀는 부끄러워진다. 그녀는 원고 페이지들을 들어서 읽을 준비를 한다.

녹터널 애니멀스 20

우리가 기소하는 즉시 그랜트 센터에서 레이 마커스와 루 베이츠의 재판이 열릴 겁니다. 그때 당신은 여기로 돌아와야 합니다. 지방검사인 고면 씨가 사건을 담당할 겁니다. 적어도 두 달은 걸릴 겁니다.

판사가 주재하는 심리에서 단호하게 검사의 질문에 대답했다. 레이를 똑바로 보면 레이도 그를 똑바로 봤다. 멍든 얼굴. 이봐, 당신 고소할 거야. 아니, 그럴 일 없어. 그는 변호사와 배심원 들을 확신에 찬 태도로 대했다. 구석에 성조기가 보이고, 기자들이 모여 있다.

토니는 차를 몰고 집으로 돌아오면서 열어 놓은 창문으로 바람이 세차게 부는 걸 느끼며 자신이 부르는 노래를 들었다. 해방이다. 6월의 고속도로, 화창하고 생기 넘치는 들판, 땅에서 파낸 비옥한 흙, 말과 소 들이 진한 똥 냄새를 풍기며 우리가 먹을 것들의 뿌리가 있는 밭을 갈고 있다.

〈노래해 노래해 노래해〉, 〈크리스토퍼 콜럼버스〉(〈Sing Sing Sing〉, 〈Christopher Columbus〉, 두 곡 다 베니 굿맨의 재즈곡). 내가 해냈다. 토니는 손가락 마디가 아직 아팠지만 그때는 눈치도 못 챘다. 튀어나온 이빨 끝에 맞아 주먹이 찢겨졌는지 깊은 상처가 나 있었다. 그는 그 고통이 일깨워주는 그 일의 가치를 한껏 음미했다.

집에 돌아가서 파티 하자. 커다란 6월 오후의 하늘 아래 쾌적한 온도의 바람이 불어오고 있다. 화창한 하늘에 구름이 낀 곳을 토니는 평소보다 속력을 내서 트럭과 캐딜락과 폴크스바겐 들을 쌩쌩 앞질렀다. 그의 사랑에서 아무것도 내주지 않은 채 이제 토니 헤이스팅스가 다시 인생을 시작할 때가 됐다고 노래 불렀다. 그를 괴롭히던 문제를 해결한 것이다. 손댈 수도 없었던 놈을 한 방 먹여 기절시켰다. 유리병을 깨서 그 속의 미니 배를 꺼낸 토니. 풀려날 수 없는 걸 풀어주는 대단한 토니. 그는 영리하게 속도위반 단속 지역들을 피해갔고, 오늘은 어떤 경찰도 그를 잡지 않았다. 집에 도착해도 시간이 남았다. 그는 벌거벗은 채 샤워기 앞에 서서, 희망으로 가득 찬 자신의 얼굴을 찬찬히 봤다. 사실 파티는 두 개였다. 퍼먼의 집에서 하는 교직원 파티와 루이스 저메인이 직접 보낸 '오시면 좋겠어요'라고 쓴 대학원생 파티 쪽지. 두 파티의 시간이 겹쳤다.

토니는 레이가 마지막으로 물었던 곳에 반창고를 붙였다. 그는 두 파티 중 하나를 골라야 하는 사실에 유감스러워 하면서 퍼먼의 파티에 맞춰 옷을 입었다. 그의 선택이 부풀어 오르는 희망을 축소시켰다. 사실 그게 어떤 희망이었는지는 토니도 몰랐다. 누군가에게 중요한 말을 하고 싶은 욕망? 누구에게 무엇을? 그는 퍼먼의 파티를 기대해보려고 노력했다. 프란체스카 후턴? 그는 집을 나가기 전에 주위를 재빨리 훑어보면서, 침대보를 가지런히 펴고, 욕실에 깨끗한 수건을 걸고, 바보 같은 짓을 한다고 자신을 꾸짖었다.

멜크 부부, 아서 부부, 워싱턴 부부, 가필드 부부. 프란체스카 후턴은 잔을 하나 들고 현관문 옆에 남편과 서 있었다. 토니는 그녀에게 남편이 있다는 걸 잊고 있었다. 손님들은 모두 6월의 황혼이 지는 밤 9시에 스크린도어가 있는 뒤쪽 현관과 밖의 잔디밭과 정원에 잔을 들고 모여 서 있었다. 이국적인 밤이다. 꺼지지 않을 불빛, 집의 유리창에서 아직 불빛들이 반짝이고 있었고, 반딧불이 같은 것들도 있었다. 보는 것마다 모두 로라를 떠올리게 했다. 불빛과 반딧불이를 보자 로라가 떠올랐다. 음료수를 들고 서 있는 사람들도.

토니는 다른 파티에 갈 걸 그랬다고 후회했다. 프란체스카에게 남편이 있다는 걸 깨닫기 전에 그녀에게 하고 싶은 중요한 말이 뭐였는지 기억해 보려고 했다. 유일하게 생각나는 건 그들이 레이를 잡았고 그가 직접 놈에게 한 방 먹였다는 소식이었다. 그 소식은 중요한 의미로 가득 찬 것 같았지만, 그가 현관에 나와 자신을 아주 잘 아는 이 좋은 친구들한테 그 이야기를 하면 어떻게 될지 깨닫자 마치 끈을 묶지 않은 풍선처럼 그 의미들이 밖으로 질질 흘러나와버렸다.

정원에서 엘리노어 아서가 뭔가에 대해 이야기를 하면서 천천히 어두운 산골짜기가 있는 가장자리를 향해 걸어가기 시작했다. 토니는 그녀를 따라가야 할 것 같은 의무감이 느껴졌다. 그녀는 영어를 가르치는 것에 반대해서 수학을 가르치는 문제에 대해 이야기하고 있었다. 그것이 그녀의 일이었다. 그녀는 그 점에 대해 논쟁을 하려고 했다. 토니는 이 주제나 다른 주제에 대해 그녀에게 반대할 마음이 전혀 없었지만, 그녀는 토니가 논쟁에 응하려 하지 않자 짜증을 냈다. 그래서 토니에게 왜 한 번도 어떤 문제에서 확실한 입장을 취하지 않느냐고 우기려 했다. 토니가 거기에도 반응을 보이지 않자 그녀는 다른 주장을 하려고 했다. 그녀는 그를 무척 안타깝게 생각하면서, 아직도 사별로 인해 입은 타격에서 헤어 나오지 않고 있다고 주장했다. 그것도 토니가 반박하지 않자 -그날 하루 종일 그건 더 이상 사실이 아니라고 자신에게 말하고 있었지만- 그녀는 교회 그룹들, 자연보호협회와 토니의 부탁만 기다리고 있는, 토니를 동정하는 친구들에 대해 이야기했다. 그는 뒷짐을 지고 생각에 잠겨 고개를 숙인 채 마치 암소나 황소처럼 조심스럽게 다시 안으로 돌아가려 했지만 그녀는 여전히 그가 묶여 있는 곳에 박힌 말뚝처럼 우뚝 서서 가지 않으려 했다. 그때 그녀에게 술을 한 잔 더 가져다줘야겠다는 아이디어가 떠올랐다. 그는 프란체스카와 같이 엘리노어에게 돌아왔고, 문득 생각나 레이에 대해 이야기를 했다.

"난 그만 자제력을 잃고 놈을 때려 눕혔어요."

엘리노어 아서는 기뻐했다. "그 살인자? 아, 잘했어요. 내 장담하는데 그놈이 그 덕분에 자신이 무슨 짓을 저질렀는지 생각하게 됐을 거예요."

그럴 것 같진 않은데. 토니는 생각했다. 그는 프란체스카를 보면서 미로와도 같은 다른 메시지들 틈에서 자신에게 보내는 메시지를 찾았다. 그녀의 눈은 아직 환했지만 그 눈에 떠오른 표정이 무슨 의미인지 짐작할 수 없었다. 그는 바보가 된 기분이었고 전의 그 강렬했던 경험이 이제는 파티에서 하는 시시한 자랑이 된 느낌이었다. 프란체스카가 로라의 눈으로 그를 보는 동안 토니는 자신이 부끄러워졌다.

그는 학생 파티에 가기로 결심했다. 무례하게 보이지 않도록 뷔페가 나올 때까지 기다렸다가 프란체스카 후턴과 제럴드와 엘리노어 아서와 빌과 록산느 퍼먼에게 작별 인사를 하고, 자정이 되기 몇 분 전에 향기로운

6월의 밤으로 나와 새 잎이 돋은 단풍나무 밑에 세워둔 차로 급히 가면서 아직 파티가 안 끝났을지 궁금해했다.

그는 오래된 건물의 3층에 있는 아파트로 가야 하는데 거리가 좁아서 세 블록 떨어진 곳에 주차해야 했다. 아파트로 다가가자 음악 소리가 들렸다. 또다시 바보 같은 짓을 하는 건 아닌지 불안해졌다. 저 시끄러운 음악 속에 있는 젊은이들에게 그가 무슨 관심을 가질 수 있을까? 교수 파티보다 여기 파티를 더 좋아할 이유가 뭐가 있나? 그 답은 루이스 저메인이었다. 그녀에 대해선 아무것도 모르지만. 다만 그녀가 그에게 자주 하는 찬사들과 등사판으로 인쇄된 파티 초대장에 그녀가 끼워 넣은 개인적인 쪽지를 제외하고.

그는 좁은 계단들을 올라가 소음의 정글로 들어갔다. 꼭대기 층에 있는 아파트 문이 열려 있었다. 시끄러운 방은 사람들로 북적거렸다. 동료인 가베 달톤이 문설주에 기대어 서 있었다. 수염을 기르고 파이프를 물고 맥주가 든 플라스틱 컵을 든 채, 존경하는 표정으로 그를 보면서 열성적으로 듣고 있는 학생 셋에게 설교를 하고 있었다. 방 안에는 토니의 세미나를 듣는 팀원들이 있었다. "헤이스팅스 교수님, 부엌에 맥주 있습니다."

가베 달톤을 보니 기뻤다. 그가 있어서 이 자리가 덜 어색한 것 같았다. 그는 콧수염으로 강조한 권위적인 표정으로 파이프를 사정없이 휘두르며 이 이야기를 하다가 저 이야기를 하고 있었다. 감언이설로 아이들을 홀리고 있는 것이다. 그는 독백을 중단하지 않으면서 토니의 팔을 슬쩍 만졌다. 거기엔 동굴에서 나온 걸 보니 기쁘네, 친구, 같은 말하지 않은 의미들이 담겨 있었다. 토니는 주위를 둘러보고 실망했다. 그리고 부엌으로 갔다가 루이스 저메인을 발견했다.

그녀는 냉장고에 기대어 오스카 자메티와 마이러 슬루와 이야기하다 그를 보고 손을 흔들었다. 큰 키에 파란색과 붉은색이 들어간 티셔츠, 파란 스카프를 금발 머리에 묶은 그녀는 아주 화려해보였다. "맥주 좀 갖다 드릴게요."

그녀는 구석에 있는 맥주 통을 펌프질해서 그에게 컵을 건넸다. 부엌은 다른 방보다 조용했다. 루이스는 그가 올 거라고 믿었는지 그가 오자 기뻐했다. 오스카 자메티가 토니에게 질문을 하나 해서 그가 이야기를 시작했다. 학생들은 공손하게 그의 주위에 서서 들었고, 가베 달톤처럼 그도 이 학생들보다 훨씬 연장자에 학식도 높은 입장이라는 부담에서 풀려나 국가와 정치와 수학과 수학 학과에 대해 이야기했다. 토니는 감탄하는 눈빛으로 자신을 올려다보는 그들이 아주 예의 바르다고 생각했다.

그는 루이스 저메인의 티셔츠 위로 가슴이 살짝 솟아 있는 걸 눈여겨봤다. 그는 그녀에게 다른 방식으로 말하고 싶었고, 뭔가 다른 걸 말하고 싶었다. 그녀가 관심을 가지고 열정적으로 자신의 말을 들었다고 토니는 생각했다. 그녀의 눈이 그를 향해 은은하게 빛나고 있는 것 같았다. 그는 그녀를 다른 사람들로부터 떼어낼 수 있으면 좋겠다고 생각했다. 그리고 그 방법을 고민했다. 그녀가 여기 어떻게 왔는지, 어떻게 집에 갈 것인지, 예를 들어 그가 그녀를 집에 데려다줄 수 있는지 없는지를 생각했다. 그녀에게 충격을 주거나 다른 사람들의 관심을 끄는 일 없이 자연스럽게 제안할 수 있다면 좋겠는데.

토니는 자신의 이야기를 하기 시작했다. 주간고속도로에서 그날 밤 일어난 일을 전부 다. 모두 이미 알고 있을 것이라고 짐작했지만 한 번도 학생들에게 이 이야기를 한 적은 없었다. 토니는 자신이 이야기하고 있으면서도, 자신이 그러고 있다는 걸 믿을 수 없었다. 그리고 그런 이야기를 한다는 것에 수치심을 느꼈지만 어쩔 수 없었다. 그는 수줍어하며 최대한 꾸미지 않고 이야기를 했지만 중요한 사실은 하나도 빼지 않았다. 그는 그이야기를 마치 모두가 반드시 알아야 할, 세상에 대한 교훈처럼 말했다. 그들은 표정이 심각해지고 고개를 흔들면서 깜짝 놀란 것처럼 보였다. 그는 그에게 키스하고 싶어 하는 것처럼 보이는 루이스의 외경심 어린 큰 눈을 지켜봤다.

이야기가 끝난 뒤 마이러 슬루가 말했다. "이제 전 가야 할 시간이에요."

토니가 말했다. "나도 그래. 아마 곧 가겠지." 그다음에 너무 크지 않은 목소리로 말했다. "내 차로 태워다줄까?" 마이러 슬루는 그 말을 못 들었고, 다른 사람들은 돌아서서 다른 곳에서 이야기를 하고 있었다. 그는 루이스 저메인을 똑바로 보며 다시 그녀에게 말했다. "내가 태워다줄까?" 키스하고 싶어 하는 그 눈과 얼굴이 기쁨에 찬 놀라움을 가렸다.

"어머, 고맙습니다." 그녀는 그렇게 말하면서 망설이다 덧붙였다. "전 노라 젠슨과 같이 왔어요."

토니는 실망한 기색을 드러냈다. 그녀가 말했다. "제가 가서 노라에게 물어보고 올게요." 그리고 다시 생각한 후에 말했다. "아래층에서 만나요." 마치 둘의 만남을 은폐하는 음모를 꾸미는 것처럼. 토니의 심장이 쿵쿵 뛰었다. 그녀가 노라를 찾으러 갔을 때 그녀의 얼굴에 미소가 흘러나오려는 걸 참는 걸 토니는 눈치 챘다. 그의 위엄이 조금 흔들렸다. 그는 아직도 문가에서 장황하게 말을 늘어놓고 있는 가베 달톤에게 작별 인사를 하고 혼자 아래층으로 내려가 루이스 저메인을 기다리면서 심장이 쿵쿵 뛰는 소리를 들으며 그녀가 정말 올지 궁금해했다.

2

텍스트에 있는 여백은 챕터 구분이 아니었지만, 수잔 모로는 뭔가에 막혀 독서를 멈췄다. 그녀는 이제 섹스 장면이 나올 걸 예상했다. 그 장면에서 에드워드 생각을 몰아낼 수 있지 않는 한 그걸 읽고 싶은지 확신이 서지 않았다. 긴장한 에드워드. 현실에서 에드워드의 성적 상상력은 그렇게 크지 않았다. 그녀는 그에게 짜증이 났다. 교직원 파티에 대한 그의 우월감에 젖은 묘사라니. 그녀는 학계 사람들이 대부분의 다른 사람들보다 훨씬 똑똑하고 교양이 있다고 생각해서 교직원 파티를 좋아한다. 그녀는 토니에게도 짜증이 났다. 그가 학생들에게 자신의 개인적인 비극을 이야기했을 때 충격을 받았고, 남자로서 엘리노어보다 젊은 루이스를 더 좋아하는 면이 지겨웠다. 그리고 가르치는 학생과 섹스하는 윤리적인 문제에 대해 에드워드나 토니가 생각이나 해봤는지 모르겠다.

뭐가 그녀를 괴롭히면서 그녀의 독서를 방해하고 있는 걸까? 로지는 전화기에 매달려 캐롤과 하염없이 수다를 떨고 있다. 아놀드가 뉴욕에서 전화하면 어쩌지? 신경 쓰지 마. 로지가 수다 떨게 놔두자. 수잔은 아놀드가 전화하지 않기를 빌었다. 그 생각에 그녀는 놀란다. 왜 그런 걸 바라는 거지? 그녀는 그럴듯한 이유도 없이 그의 전화를 두려워하고 있다가 갑자기 그가 돌아오는 것도 두려워하고 있다는 걸 깨달았다. 내일, 내일이지?

그녀는 마음의 준비를 할 수 있는 시간이 하루만 더 있으면 좋겠다고 생각했다. 그녀는 아놀드가 그녀에게 무서운 선물을 가져오는 상상을 했다. 어떤 선물은 선물이 아니라 치명적이다. 그게 어떤 선물일까? 알 수 없다. 그녀의 머릿속에 형태도 없고 석탄처럼 불투명한 생각 덩어리가 있다.

그녀는 밖에서 내리는 눈 때문에 도시의 소리가 바뀌는 걸 감지했다. 눈이 차를 덮는 소리를 들었다. 내일이면 저 눈을 다 긁어내서 청소해야 할 것이다. 그리고 보도에 내린 눈은 삽으로 퍼서 치워야 할 것이다. 그녀 아니면 헨리가 하겠지. 그녀는 남이 만든 이야기를 읽고 있다는 그 기이함에 사로잡혔다. 그녀가 마치 무아지경 같은 특별한 상태에 빠져 있는 동안 다른 사람은 -에드워드- 어떤 상상들이 현실인 척하고 있다. 나중에 생각해봐야 할 질문이 떠올랐다. 내가 정말 지금 뭘 하고 있는 거지? 이걸로 내가 뭘 배우고 있는 건가? 에드워드, 당신과 나의 이 협력 작업 때문에 세상이 더 나아졌나요?

토니의 세계는 수잔의 세계와 닮았다. 그 한가운데에 있는 폭력만 빼면. 그런데 그 폭력 때문에 둘의 이야기는 전적으로 다르다. 이런 불운을 목격하도록 유도돼서 내가 얻는 게 뭘까? 수잔은 궁금했다. 이 소설은 토니의 인생과 내 인생 사이의 차이를 확대시키는 걸까, 아니면 우리 둘을 합치는 걸까? 이건 날 위협하는 걸까, 아니면 달래주는 걸까?

그런 질문들이 그녀의 머리를 스쳐갔지만 잠시 독서를 중단했는데도 아무 답도 떠오르지 않았다.

그는 계단 밑에서 기다렸는데 거기에 학생 둘이 서서 담배를 피우고 있었다. 루이스 저메인은 오지 않았다. 그는 노라 젠슨이 루이스에게 말하는 장면을 상상했다. 그러지 말고 그냥 내가 데려다줄게. 그 말에 루이스가 이렇게 대꾸할까? 하지만 난 헤이스팅스 교수님이랑 같이 가고 싶어.

그동안 다른 사람들이 내려왔다. 달톤 교수가 아직도 그를 따라오는 두 남학생과 이야기하고 있었다. 노라 젠슨도 마이러 슬루와 같이 내려왔지만 루이스는 없었다. 그는 루이스가 비상계단인 뒤쪽 계단으로 슬쩍 빠져나간 게 아닌가, 하는 생각이 들었다. 그는 절망하기 시작했다가 다리가 얇은 사람이 맨 위 계단에서 내려오면서 그보다 더 위에 있는 사람에게 이야기를 하는 게 보였다. 청바지와 레이스가 달린 신발, 붉은색과 파란색 티셔츠. 맞다. 루이스 저메인이었다. 루이스가 그를 간절한 표정으로 바라봤고 토니는 그녀가 자신의 손을 잡을 거라고 생각했다.

"사정이 좀 복잡했어요." 그녀가 말했다.

토니는 그녀와 같이 차로 걸어갔고 다른 학생들은 둘을 지켜보면서 그 상황을 판단하고 있었다.

"뭐가 복잡하지?"

"중요한 건 아니에요. 태워다주셔서 감사합니다." 그녀가 말했다.

"내가 좋아서 하는 건데 뭐." 그는 그녀의 얼굴에 기쁜 표정이 떠오른 걸 눈치챘다. 그는 루이스를 차에 태웠고 그녀는 몸을 기울여 그가 앉는 쪽의 문을 열었다. 그리고 앉아서 무릎에 두 손을 올려 포개면서 한숨을 쉬었다. 가짜 한숨이라는 생각이 들었다. "무슨 문제 있나?"

"잭 빌링스도 저를 집에 데려다주고 싶어 했거든요. 잭에게 교수님이랑 같이 간다고 말해야 했어요."

토니 헤이스팅스는 깜짝 놀랐다. "그 친구와 같이 가고 싶어?"

"지금은 너무 늦었어요."

"자네를 친구들에게서 떼어낼 생각은 아니었는데."

"신경 쓰지 마세요." 그는 잭 빌링스가 그녀의 남자친구인지 궁금해졌다. "전 교수님이랑 같이 가고 싶었어요." 그녀는 재빨리 덧붙였다. "교수님이 괜찮으시다면."

토니는 생각했다. 이 여자는 루이스 저메인이고, 모르는 타인이다. 나는 지금 그녀를 차로 집에 데려다주고 있다. 그는 둘의 사이를 막는 금기가 뭐였는지 생각해보려고 노력했다. 그녀는 마치 가까운 가족처럼 옆에 앉아 있다. 그녀는 자신이 로라라고 생각하는 건가? 루이스를 차로 데려다주는 걸 금지하는 법은 없다. 이건 그저 예의상 하는 일이자 호의를 베푸는 것이다. 하지만 그녀는 내가 그녀를 차로 태워다주기만 한다고 생각할까? 우리가 같이 가는 걸 본 학생들은 우리가 연인이라고 생각할 것이다. 하지만 우리는 연인이 아니다. 루이스 저메인이 우리가 연인이라고 생각하지 않는 한 말이다.

토니는 그녀에게 꼭 말해주고 싶다고 생각한 게 뭐였는지 의아해했다. 내가 지금 뭘 하고 있는지 난 알고 있나? 그녀가 날 집으로 들어오라고 초대하면 어떻게 하지? 다시 그 금기가 떠올랐다. 그는 지금 이 상황이 그가 루이스 저메인을 유혹하는 것처럼 보일지 궁금했다. 그녀는 그렇게 생각할까? 그렇다면 좀 더 경계하고 핑계를 대면서 빠져나가야 하는데. 그러니까 아마 그녀는 그가 유혹해주길 기대하는 모양이다. 그녀가 그를 유혹하려고 시도하는 것도 가능할까?

"다 왔어요." 그건 필사적인 질문이었다. 무슨 질문이? 저쪽 뒤에 있는 그녀의 집은 앞쪽 현관에 우편함이 여섯 개 있는 길고 하얀 집이었다. "들어오시겠어요?"

토니는 그러면 안 될 이유를 애써 찾았다. "너무 늦지 않았나?"

그녀의 얼굴은 어둠에 가려 표정을 읽을 수 없었다. "들어오시면 영광이겠어요."

"주차할 곳을 찾아야겠어."

아마 그녀는 그를 유혹하려는 의도는 아니었을 것이다. 그저 그에게 커피를 대접하려는 마음이었을 텐데, 그렇다면 금기에 대해선 걱정할 필요가 없다. 그들은 그 거리에서 반 블록 올라간 곳에 차를 주차하고 같이 언덕 아래로 내려와 그녀의 아파트를 향해 걸어갔다. 보도가 울퉁불퉁해서 둘의 어깨가 부딪쳤다. 그녀의 집 창문들은 다 어두웠고 복도에는 불이 켜져 있었다. 그녀는 저메인이라고 써진 자신의 우편함을 확인했다. 그가 그녀를 따라 2층으로 가서 여기저기 긁힌 소나무 문 앞에 서 있는 동안 그녀는 열쇠를 찾아 지갑을 뒤졌다. 그의 너덜너덜해진 심장이 정신없이 뛰었다.

로라가 죽었기 때문에 이건 불륜이 아니다. 그녀의 죽음을 애도하는 것도 아니었다. 11개월이 지나갔고, 인생은 계속 살아가라고 잔인하게 요구했으니까. 스물여덟이나 서른 살 정도인 그녀는 성인으로 마흔다섯인 그보다 아마 더 많은 애인이 있었을 것이다. 연애를 할 수 있는 능력이 망가진 것도 아니었다. 그 박정한 싱글 여성이 치유해줄 수 없었던 상처는 이제 나았으니까. 그녀가 대학원생이라서 그런 것도 아니었다. 그녀는 대학원 코스들을 다 끝냈고 그는 오늘 밤 그녀에게 공적인 권위는 절대로 휘두르지 않겠다고 맹세했으니까.

그들은 안으로 들어갔다. 소파 하나와 테이블 하나만 있는 거실은 휑했다. 그녀는 소파 옆에 있는 전등을 켜고 재즈피아노 레코드를 틀었다. 거실에 몽마르트 언덕 포스터가 있었다. 토니는 소파에 앉았는데 속이 부서져서 엉덩이가 바닥에 닿다시피 했다.

"와인 드시겠어요?"

그녀는 그의 옆에 앉았다. 둘의 무릎이 마치 산봉우리처럼 위로 솟았다. 토니가 그녀에게 무슨 말을 하고 싶었건, 지금이 바로 그때였다. 아마 그랜트 센터에서 있었던 사건들과 관계가 있는 이야기겠지만, 그는 파티에서 자신의 이야기를 했을 때 그 이야긴 하지 않았다. 마치 그 이야기 자체에 숨겨진 해설이 있는 것처럼 그녀를 위해 남겨둔 것이다. 너무 은밀한 이야기라 그는 그 비밀의 문을 열고 들어갈 비밀번호조차 없었다. 그걸 제외하면 그가 이야기할 수 있는 건 그라는 존재가 다른 존재로 변했다는 것이다. 그 소식은 아주 엄청난 소식이었지만 모호했다.

만약 그가 레이를 팬 행동에 결집된 정서적 힘과 다양한 의미를 말로 표현할 수 있었다면 좋았을 텐데. "내가 놈을 정말 힘껏 때렸어." 그가 말했다.

"교수님은 저희 집에 교수님이 이렇게 앉아 있는 게 어떤 의미인지 모르실 거예요." 부드러운 불빛 속에서 보이는 눈과 그 얼굴은 키스에 대한 갈망으로 차 있었다. 교수에게 빠진 학생, 확실히 그녀가 더 이상 그의 학생이 아니란 건 좋은 일이다.

그녀는 머리를 묶었던 파란 스카프를 벗고 머리를 흔들어서 머리카락이 흘러내리게 했다.

"전 종종 교수님을 여기에 초대하는 생각을 했어요. 제 말은 교수님이 사별하신 후로."

토니가 말했다. "자넨 좋은 친구지."

"전 교수님의 친구가 되고 싶어요. 단순한 학생은 되고 싶지 않아요. 그게 거슬리세요?"

"전혀. 난 자네를 학생으로 생각하지 않아. 난 자네를." 그 공백을 메우려고 하면서 토니는 생각했다. 혼자서는 이것도 못하겠네.

"뭐라고 생각하죠, 토니?"

"친구로 생각하지." 그건 아까 말했잖아. -그녀가 너를 토니라고 불렀어.-

"난 교수님이 여자라고 말할 거라고 생각했는데."

"그렇게 말하려고 했어."

그녀는 토니를 진지한 표정으로 보면서 천천히 말했다. 그는 이렇게 긴장된 상황에서도 자신이 연극을 하고 있는 것처럼 느껴졌고, 그녀도 그렇게 느껴졌다. 그녀는 그를 보는 걸 멈췄다가 다시 보면서 말했다. "그 말은 저와 자고 싶다는 뜻인가요?"

숨 쉬어, 이 친구야. 이건 예상보다 진도가 빠른데. "그게 내 뜻인가?"

"그렇지 않나요?" 그녀의 눈은 컸다.

"아마 그럴 거야."

"아마?"

"흠, 맞아. 그게 내 뜻이야."

"그러고 싶어요?"

"그래."

이제 조용해졌다. "저도요."

그녀가 말했다. "한 가지 문제가 있어요."

"혹시 남자가 있나?"

"그건 아니에요. 잭 빌링스가 좀 이따 우리 집에 올 것 같은 생각이 들어요. 아무래도 저를 보러 다시 올 것 같아서."

"그 친구가 당신과 자고 싶어 하나?"

그녀는 고개를 끄덕였다.

"둘이 사귀는 사이?"

"잭은 그렇게 생각하고 있어요." 그녀는 두 손을 벌려 보였다.

"죄송해요. 전 그저 교수님과는 기회가 있을 거란 생각을 결코 못했어요."

그러니까 그게 금기였던 것이다. "내가 끼어들지 말았어야 했는데."

"전 당신이 끼어들길 원해요." 그녀는 잠시 생각했다.

"어디 모험을 한번 해보죠. 잭이 오면 제가 집 안으로 들이지 않겠어요. 아프다고 할게요."

그에게 아이디어가 하나 떠올랐다. 안 될 것 없잖아? "내 집에 가고 싶어?"

"아, 그거 좋은 생각인데요."

잭 빌링스가 오기 전에 빨리. 그녀는 욕실로 달려가 흰 가운을 하나 꺼내오면서 뭘 가져가야 할지 급하게 결정하느라 주위를 둘러봤지만 칫솔 하나 말고는 아무것도 생각해낼 수 없었다. "서둘러요." 그녀는 잭 빌링스가 이미 문 앞에 있는 것처럼 말했다.

그들이 집에서 나왔을 때 차 한 대가 천천히 오고 있었다.

"맙소사, 잭이에요." 그녀가 말했다. 그 차는 계속 갔다.

"왜 멈추지 않지?" 그녀가 말했다.

토니는 그 숲을 떠올렸다.

"그 친구가 날 봐버렸어."

"교수님에게 말썽이 일어나게 하고 싶지 않은데."

"걱정하지 마. 그건 네 문제가 아니야."

차에서 그녀가 말했다. "제가 내일 설명할게요. 뭔가 할 말을 생각해볼게요."

토니는 생각했다. 이러다 말썽이 일어날까? 내가 루이스 저메인과 그녀의 남자친구가 헤어진 책임을 지고 싶을까? 어떤 공적인 입장을 취해야 할지 내가 알고 있는 걸까?

루이스 저메인은 한밤중에 그의 집에 왔다. 그는 집 안의 불을 켰다. 그녀는 행복하게 주위를 둘러봤다.

"전 항상 여기 와보고 싶었어요. 사모님이 돌아가시기 전에도."

그녀는 로라의 거실 한가운데에 서서 로라의 그림들, 피아노, 책꽂이, 소파, 의자, 커피 테이블을 보고 있었다. 그녀는 로라가 아니기 때문에 로라의 세계를 훼손시키고 있었다. 그녀는 그의 아내도 아니고 딸도 아니고 토니는 그녀에 대해 아는 게 거의 없지만 그녀를 한 식구로 붙잡고 싶었다. 이 역설적인 상황에 현기증이 났다.

그녀가 말했다. "당신이 다 보여주면 좋겠어요."

"지금?"

그녀는 웃더니, 그에게 다가와 똑바로 마주 서서 말했다. "내일 해도 돼요." 그리고 토니에게 키스했다. 그게 둘의 첫 키스였는데, 이미 그를 탐색하면서 그가 한때 수줍어한다고 생각했던 이 젊은 여자는 이런 키스에 대해 알아야 할 건 다 알고 있었고, 그보다 더 잘하는 것 같았다. 그녀는 배와 하체를 그에게 찰싹 붙이고 고개를 뒤로 젖혀 그를 보면서 말했다.

"축제는 어디서 할까요?"

"2층에서?"

"부부 침실이요? 신난다. 가요."

그는 좀 짜증이 났다. 그들은 2층으로 갔다. 문 앞에서 그는 불을 켜고 멈췄다. 로라의 유령이 있었다. 그녀가 금기를 풀어줬다고 생각했기 때문에 놀랐지만 로라는 아직 이 방을 떠날 준비가 되지 않았다. 그는 헬렌의 방을 들여다봤는데 거기도 금지돼 있었다. 그다음에 서늘하고 중립적인 손님방으로 갔다.

"여기로 가자고."

축제. 그녀가 팔짱을 끼고 티셔츠를 벗은 후에 둘이 내내 서로를 바라보며 옷을 벗었다. 그녀는 더 이상 의기양양한 미소를 감추지 않았다. 그녀는 말랐고, 엉덩이의 그림자가 홀쭉한 허벅지 위로 비쳤다. 그녀는 그의 성기를 만졌다. 그의 학생이었던 이 여자.

소리 죽인 웃음과 중얼거림과 코를 비벼대고 서로 간질이는 순간이 뒤따랐다. 그녀의 몸은 그가 평생 알았던 것처럼 아주 친숙했다. 거기요, 좋아요, 그렇게 해주면 좋겠어요. 난 당신과 이럴 거라고는 꿈도 못 꿨는데. 서두르지 않았지만 시간이 부풀어 올라 가득 차면서 더 이상 미룰 수 없었다. 그는 루이스 저메인 위로 몸을 기울여서 그녀를 찾으려고 움직이다 마침내 거기에 이르렀다. 이렇게 돌아오니 얼마나 좋은지. 그는 생각했다.

토니는 자신의 손님방에서 머리가 길고 비쩍 마른 루이스가 그의 위에 누워 그에게 매달려 있는 사이에 문간에서 누군가 지켜보는 걸 의식하게 됐다. 축출된 잭 빌링스. 이 의식은 격렬한 단계로 이동하면서 계기판 바늘이 올라가기 시작했다. 그건 잭 빌링스가 아니었다. 그건 다른 침대에 누워 있는 다른 사람이었고, 그사이에 색이 변하고, 눈 위에 햇빛이 환하게 빛나고, 혼자 스키 타는 사람이 불타오르는 것 같은 눈으로 덮인 언덕 아래로 쑥 내려가서 깊은 회색 그늘 밑으로 떨어졌다. 다른 침대에서 누군가 그에게 등을 돌린 남자에게 강간을 당하고 있었다. 그 남자의 등을 바비 안데스가 막대기로 때리고 있었다. 토니 헤이스팅스는 자신이 루이스 저메인에게서 마지막 풍성한 황금을 뽑아내고 있는 사이에 자신의 몸이 분열돼 실룩거리는 몸에서 영혼처럼 솟구쳐 나와 다른 침대에서 강간을 하고 있는 남자를 잡아당기는 게 느껴졌지만 영혼이라서 그를 만질 수 없었다.

방은 장례식 때 그랬던 것처럼 조용했다. 그녀는 그의 머리 뒤쪽을 쓰다듬고 있었다. 사람들은 조용했다. 아마 떠난 것 같았다. 그는 다른 침대를 봤다가 이 방에 다른 침대는 없는 걸 발견했다. 다정하고 연약한 루이스 저메인만 방금 잠에서 깬 아이같이 희미한 미소를 짓고 있었다. 토니는 그녀가 아직 살아 있어서 안도했고 그녀에게 다정한 감정이 느껴졌다. 그는 방금 겪은 폭력에 혼란스러웠고 거기에 다른 침대는 없는 걸 보고 충격을 받았다. 그 두 개의 침대는 알고 보니 같은 침대인 것 같았다. 그렇다면 여자를 강간하는 남자는 그인데 그들이 그를 막으려 한 것이다. 그리고 그 일에 개입하려고 애썼던 그의 영혼은 그저 영혼이었을 뿐이다.

토니는 실망했다. 루이스 저메인과 함께한 시간은 그 자체로 좋았지만 아직 그 사건이 종결되지 않았기 때문에 마냥 좋을 수만은 없었다. 그는 루이스에게 물었다. "오늘 자고 가겠어?"

"그건 이미 결정됐다고 생각했는데요."

그는 한밤중에 그녀를 깨워서 말하고 싶었다. 이봐, 그녀가 메인에 있는 집 뒤의 블루베리 밭에서 그를 유혹했던 거 기억나? 헬렌이 친구와 자전거를 타고 있고, 그와 로라는 블루베리 바구니를 하나씩 들고 나갔다. 그녀는 반바지와 얇은 셔츠를 입고 있었다. 햇볕이 환하고 따뜻했던 날로 주위는 완벽하게 고요했다. 그는 뒤에서 로라가 웃는 소리를 듣고 돌아섰다가 그녀의 블라우스가 벌어져 있고 입고 있던 반바지 허리를 밀어 내리려고 하는 걸 봤다. "거기 사나이, 어떻게 생각해요?" 그녀가 말했다. 그 후에 까끌까끌한 땅바닥에 침묵이 흐르면서 윙윙거리는 소리만 들렸다. "긴장 풀어." 그녀가 그의 귀에 대고 말했다. "여기는 아무도 안 와." 그다음엔 물가로 갔다. 그녀를 쫓아 바위들이 있는 곳으로 가서 그녀가 먼저 벌거벗은 몸으로 물속으로 뛰어들었고, 그다음에 그가 들어갔다. 물속은 무시무시하게 차가워서 들어갔다가 얼른 나왔다. "이런, 수건을 깜박하고 안 가지고 왔잖아." 그리고 온몸이 따끔거리는 걸 느끼며 집으로 달려갔다. 운동선수 같은 로라는 팔을 크게 휘두르며 걷는다. 겨울에 스케이트 탈 때 그는 가끔 그녀와 같이 링크에 가서 그녀의 피루엣(pirouette, 한쪽 발로 서서 빠르게 도는 것)과 피겨를 지켜봤다. 거기서 그녀는 발목이 약하고 아무 소질도 없는 그에게 스케이트를 가르쳐줬다. 그녀는 한번은 친구인 미라와 북부 지역으로 스케이트 여행을 갔다가 늦게 돌아왔다. 그는 새벽 5시까지 안 자고 깨어 있었는데 그녀는 아직 도착하지 않았다. 그래서 그녀가 탄 차가 얼음이 언 고속도로에서 다른 차와 충돌해서 사고가 났을 것이라고 생각했다. 그녀의 잘못은 아니었다. 로라에겐 전화를 하지 못할 만한 이유가 있었는데, 그건 지금 잊어버렸다. 루이스 저메인에게 그런 이야기를 해줄 만한 어두운 밤이다. 대개 걱정시키는 사람은 헬렌이었다. 로라와 토니는 자는 척했지만 서로 상대가 깨어 있는 걸 알고 있었고, 그러다 로라가 침대에서 벌떡 일어나 앉아 말하곤 했다. "얘 아직 안 왔어?" 결혼과 걱정은 떼려야 뗄 수 없는 한 쌍이란다, 루이스. 의사가 정기 검사에서 비정상적인 조직을 발견했을 때 그들은 그 조직을 제거하는 단계를 하나씩 거치면서 기다렸다가 중국식 레스토랑에 가서 저녁 식사를 하며 그들의 미래가 마침내 다시 자유롭고 깨끗해진 것을 축하할 수 있었다.

그는 루이스를 위해 생각했다. 결혼하면 걱정하게 될 거야. 하지만 그녀가 죽으면, 그런 걱정들도 멈춘다. 그걸로 안도하게 될지도 모른다. 그는 시트 속에서 불룩 튀어나온 루이스 저메인을 보며 생각했다. 이 상황이 다 정리되면 결혼하자.

3

그다음 페이지는 '4부 시작'이라고 표시돼 있었다. 5부가 나올 만한 분량이 아니었기 때문에 이것은 4악장 심포니고, 지금 우리는 4분의 3 지점까지 왔다. 이쯤이면 이 책의 형태가 분명하게 나와야 하지만 수잔은 아직도 이 속에 뭐가 있을지 예측할 수 없었다.

메인의 그 집 뒤에 블루베리 밭이 있었다. 거기서 수잔과 에드워드는 바구니를 들고 그 블루베리들을 땄다. 하지만 섹스는 하지 않았다. 수잔은 블라우스를 벌리지도 않았고, 반바지를 끌어내리지도 않았고, '거기 사나이'라고 부르지도 않았다. 에드워드는 그녀가 그랬기를 바라고 이걸 쓴 걸까? 그녀는 에드워드의 책에 나오는 성적 묘사가 불편했다. 레이에게 세게 한 방 먹였다는 생각에 움츠리고 있던 토니의 물건이 발기했다. 루이스와 사랑을 나누는 동안 토니가 본, 강간하고 몸싸움을 하는 환영. 토니의 섹스가 온통 강간과 죽음으로 가득 차 있는 건 레이 때문에 생긴 트라우마일까? 아니면 에드워드는 지금 그게 섹스라고 믿고 있는 것일까? 스테파니에게 이걸 물어봐야 하는 건가?

수잔은 에드워드에게 아놀드는 폭력적인 섹스를 거부한다고 말할 것이다. 아놀드는 누구도 강간하고 싶어 하지 않고, 여자의 의지에 반해서 섹스를 한다는 건 생각도 못한다. 수잔 모로는 남편을 믿는다. 그녀는 궁금했다. 남자들은 정말 온순한 무리와 난폭한 무리로 나뉘는 걸까? 아놀드의 폭력성은 다른 분야에 할당됐다. 깨끗이 씻고 장갑을 낀 손, 수술 트레이와 외과용 메스, 조절된 압력과 섬세한 절개, 집중과 통제를 통해 이뤄지는 의식적인 단계들에 그 폭력성을 쏟는다.

그들의 섹스는 이렇다. 수잔이 샤워를 한 후에 방에 들어와 문을 닫고, 침대 램프를 켠다. 아놀드는 침대에서 뭔가를 읽고 있다. 참을성이 없는 아이들이 집 안을 멋대로 돌아다니고, 아래층엔 텔레비전이 켜져 있고, 2층의 닫힌 문을 통해 비르기트 닐슨(Birgit Nilsson, 스웨덴의 소프라노 가수)이 브룬힐데(오페라 《니벨룽겐의 반지》에 나오는 인물)를 다 망치는 노래가 흘러나온다. 그녀는 짧은 잠옷을 입고, 귀와 목에 향수를 뿌려 분위기를 잡는다. 그녀는 그가 책을 읽고 있는 곳 가까이에 선다. 그는 그녀의 무릎을 근엄한 표정으로 보고, 책을 내려놓는다. 그는 세심한 손길로 그녀의 다리 뒤쪽을 쓸어 올라 엉덩이 아래쪽으로 갔다가 앞쪽으로 돌아온다. 그녀는 남편인 위대한 외과의사의 커진 성기를 보는 게 좋다. 그의 눈은 야구 경기를 앞둔 소년 같고, 그녀는 자신의 뺨에 스치는 그의 조금 억센 머리카락의 감촉과 그녀의 몸속에서 그가 하는 사정을 사랑한다.

그렇게 사랑을 나누는 동안 가끔 그녀는 셀레나가 병원에 있을 때 그랬던 것처럼 처음으로 사랑을 나누는 척하거나, 아니면 역사를 바꿔서 10대 때 초기에 했던 데이트인 척한다. 가끔은, 아놀드와 이혼했지만 레스토랑에서 우연히 만났을 때 다정하게 대하거나, 아놀드와 밤의 해변에 있거나, 조타장치를 갖춘 슬루프(Sloop, 돛대가 하나인 범선)를 같이 타고 동거만 하면서 전 세계를 항해하며 돌아다니거나, 둘이 방금 막 누드 신을 찍은 영화배우인데 파파라치들에게 들킬까봐 불안한 마음으로 그의 집에 간다거나, 촬영 팀 앞에서 그와 함께 누드 신을 찍는 도중에 격렬한 정사에 빠지는 상상을 했다. 아니면 그녀와 아놀드가 정상회담에서 외교 의례를 마친 후에 슬쩍 빠져 나가 밀회를 즐기는 정치 지도자들인 로널드 레이건과 마가렛 대처라고 상상했다. 그녀는 아놀드에게 이런 상상을 말하지 않았다. 아놀드는 그의 굵고 긴 성기 덕분에 그녀가 이렇게 흥분하는 거라고 짐작했다.

그런 생각을 하자 이 모든 게 끝나버린 것처럼 묘하게 서글퍼졌다. 그렇진 않아, 그런 생각은 그만해. 그녀는 자신을 꾸짖었다. 읽어, 읽으라고. 오늘 밤은 이 책이 마음에 들었다. 머리에 쏙쏙 잘 들어왔다. 그녀는 에드워드처럼 자기중심적인 사람이 어떻게 이렇게 이야기를 통해 아주 쉽게 현실에서 빠져나오게 하는 동시에 읽는 그녀가 자신을 돌아보게 만드는지 궁금했다. 이 책을 보니 에드워드에 대한 감정이 나아졌다. 적어도 그러기를 바랐다.

.

녹터널 애니멀스 21

바비 안데스가 다시 전화했다. 토니 헤이스팅스가 루이스 저메인과 두 번째 데이트를 하려고 샤워하던 중에 전화벨이 울렸다. 그는 어쩔 수 없이 물을 뚝뚝 흘리면서 타월을 몸에 감고 전화기가 있는 책상 옆에 앉았다. 그러면서 길 건너편에서 반바지를 입은 부부가 선명한 붉은색 차를 세차하는 걸 무심코 봤다.

전화기에서 바비의 목소리가 들렸다. "당신이 좋아하지 않을 만한 뉴스가 있어요."

토니는 기다렸다. 잡음이 들리는 가운데 나오는 아주 작고 죽어버린 말들. 나쁜 소식이다. 그들이 레이 마커스를 풀어준다고 했다. 누구? 레이 마커스? 그 레이, 레이를 놔준단 말이야?

"무슨 말입니까, 그들이 레이 마커스를 풀어준다니?" 토니가 말했다.

그는 바비 안데스가 전화선을 통해 가늘고 콧소리가 섞인 목소리로 설명하는 걸 들었다. 경찰에서 공소를 철회하고 이 사건을 접는다고 했다. 그 빌어먹을 지방검사 고먼이 증거 부족으로 공소를 철회한다고.

토니는 타월로 머리를 닦고 있었다. 그의 축 늘어진 페니스는 무릎 사이로 노출돼 있었고, 물에 젖은 털이 숭숭 난 다리가 보였다. 그리고 길 건너편에선 반바지 밑으로 희고 완벽한 각선미를 뽐내는 다리를 쭉 뻗은 여자가 선명한 붉은색 차 지붕 위로 몸을 기울여서 차를 닦고 있었다.

"확증이 필요해요." 바비의 목소리가 들렸다.

그 여자가 몸을 더 앞으로 기울이자 반바지 뒤쪽이 위로 올라가서 엉덩이 밑이 살짝 드러났다.

"뭐라고 하셨죠?"

"뭐, 적어도 당신은 그 자식 이빨을 강타한 즐거움을 맛봤잖아요."

전화선으로 다른 목소리들, 여자가 웃는 소리가 들렸다.

"그게 정치라는 거요, 토니. 그런 거지."

침묵 속에서 길 건너편의 여자가 호스를 남자친구에게 돌리자 그 남자가 그녀에게 스펀지를 던졌다. 루이스 저메인은 그와 6시에 만나기로 했는데.

전화선을 통해 시골의 수십 킬로를 거쳐 오느라 얇게 늘어진 목소리로 바비 안데스는 토니가 그랜트 센터로 또 한 번 오길 원했다.

토니는 거부하려고 노력했다.

"거기로 차를 몰고 가려면 열 시간, 열두 시간이 걸려요. 난 계속 거기로 돌아갈 순 없어요." 그가 말했다.

그러자 바비 안데스의 목소리가 들렸다.

"최대한 빨리 여기 왔으면 해요. 마커스는 이 주를 떠나려고 할 겁니다. 그러기 전에 먼저 와서 모텔에서 하룻밤 자요."

이건 독단적인 통보다. 그의 사생활, 루이스 저메인, 샤워 후 무릎 사이에서 휴식을 취하고 있는 토니의 당혹스런 성기를 침해한 것은 말할 필요도 없고. "난 오늘 밤 데이트가 있어요."

소음이 들렸다.

"뭐라고요?"

"만약 당신이 레이 마커스의 턱주가리를 후려친 것에 만족한다면, 그걸로 적절한 처벌을 했다고 생각한다면 할 수 없고."

그래서 토니는 내일 출발하겠다고 했다. 그는 생각했다. 내가 속상할 이유는 없어. 그리고 난 아직 속상하지 않아. 하지만 나중엔 속상할 거야. 나중엔 충격을 받고 그 생각에서 헤어 나오지 못하겠지.

화가 나야 하나. 토니는 생각했다. 그것은 모욕이었다. 넌 그들이 적어도 내 말과 레이의 말에 같은 무게를 두고 배심원들이 판단하게 할 거라고 생각했지? 넌 그들이 내가 피해자라는 건 말할 것도 없고 내가 지금 어떤 삶을 살아가고 있는지 알 것이고, 그 자식의 전과를 봐서도 내 말이 더 신빙성이 있을 거라고 생각했잖아.

그래서 토니는 다음 날 아침 일찍 동이 트는 새벽 6시에 출발해서 짧게 끝난 루이스 저메인과의 두 번째 밤에 대한 기억을 품고 운전했다. 어젯밤 토니는 그녀를 집으로 다시 데려왔고 그녀는 그가 짐 싸는 걸 도와줬다. 그는 그녀에게 정신을 집중하려고 노력하면서 즐거운 시간을 보내며 두려운 마음을 진정시키려고 애를 썼다. 토니는 자명종 시계 소리 때문에 4시 반에 일어났고 뭔가 끔찍한 일이 벌어지고 있는 동안 잠을 자버렸다는 충격을 느꼈다. 그는 옆에 있는 그녀를 깨워서 부엌에서 같이 아침을 먹었다. 그는 눈이 부은 그녀를 새들이 명랑하게 지저귀고 햇살이 반짝이는 새벽 6시에 다시 그녀의 아파트로 데려다줬다. 그녀는 침대로 돌아가 미처 못 잔 잠을 다시 잘 것이다.

토니는 그녀가 졸린 얼굴로 손을 흔드는 걸 지켜보고 텅 빈 도로를 따라 주간고속도로로 나왔다. 그 도로를 타고 가자 들판에 안개가 서린 평평한 시골이 펼쳐졌다. 루이스가 떠나자 그동안 그가 싸우고 있었던 공포가 그를 점령했다. 뭔가 끔찍한 일이 일어날 것이다. 재앙이 닥쳐오고 있었다. 그날 일어날 그 재앙을 어떻게 견딜지 고민하면서 운전을 계속했다.

길고 지겨운 여행이 시작됐다. 그 길은 아주 낯익어서, 천천히 하나씩 전과 같은 풍경이 나왔다. 커브 길을 돌면 새삼스러울 것도 없이 농가와 농가, 다리와 다리, 숲과 들판 들이 하루 종일 나왔다. 새된 바람 소리와 함께 계속 쿵쿵거리면서 지속적으로 존재감을 드러내는 타이어는 언제든 폭발할 수 있고, 엔진은 언제든 다 타버릴 수 있고, 차체는 언제든 덜커덕 소리를 내며 산산이 부서질 수 있었다. 매번 주행거리 표지판을 볼 때마다 초조함이 일었다가 완만하게 구불구불한 도로가 나오면 다시 진정됐다. 이 여행이 잠시 그를 보호해주면서 위험과 다른 모든 것들을 저지하며 그의 마음을 사로잡았다.

토니는 자신이 뭘 두려워하고 있는지 이해하려고 애썼다. 아마도 레이 때문에 두려운 거라고 짐작했다. 자유의 몸이 된 잔인한 레이가 지난여름 실패했던 걸 마무리하기 위해 그를 찾고 있을 거라는 두려움이었다. 형씨, 당신 마누라. 그리고 부서진 이빨 때문에 동기가 하나 더 추가됐을 것이고. 그러다 시간이 흐르면서 새로운 두려움이 생겼다. 레이가 루이스 저메인을 노릴 것이다. 당연히 그렇게 할 것이다. 내 여자들을 통해 날 파괴하려는 것이다. 그러니까 더 속력을 높여야 한다. 놈이 슬그머니 자취를 감추기 전에 막아야 한다.

도시를 지나면서는 커피를 마셔야 해서 잠시 다른 것에 정신을 쏟았다. 다시 자유로워졌을 때, 차의 지붕으로 몸을 기울이느라 위로 들린 반바지 밑으로 엉덩이가 살짝 보이는 여자를 제치고 바비 안데스가 그의 생각 속으로 들어왔다. "만약 당신이 레이 마커스의 턱주가리를 후려친 것에 만족한다면." 바비를 믿자. 그에게 뭔가 몰래 준비해둔 계획이 있다. 토니는 불현듯 생각했다. 내가 두려운 건 단지 레이 때문만이 아냐. 그는 바비 안데스를 두려워하고 있었다. 왜? 그의 엄격한 윤리 의식 때문에? 그의 경멸 때문에? 아직 분명하진 않지만 제때 그걸 알아차리지 않으면 뭔가 고약한 일에 말려드는 게 아닐까?

점심을 먹은 후로는 어떤 이유로도 그 불편한 마음을 설명할 수 없을 것 같았다. 마치 채무를 이행하지 않은 것 같은 느낌이 들었다. 그가 막대한 빚을 졌는데 지불 만기일은 지나버렸고 압류가 임박한 그런 느낌이 계속 들었다. 난 누군가에게 뭘 빚지고 있어. 재정적인 채무는 아니었다. 그 채무는 레이 마커스나 바비 안데스나 로라와 헬렌과 관계된 것이었다. 루이스 저메인일 수도 있지만 그럴 가능성은 희박한 게 그녀는 만난 지 얼마 안 됐다. 그 공포가 다시 드리워지고 있었다. 그건 마치 유령 같고 초자

연적인 현상 같았다. 뭔가 끔찍한 일이 일어날 거야. 뭔가 끔찍한 일이 이미 일어났어. 앞으로 일어나거나, 이미 일어났거나, 아니면 그 둘 다일 것이다.

지금 뭔가 끔찍한 일이 일어나고 있다면 그건 더 나쁠 것이다. 아직까지 나쁜 일은 일어나지 않았으니까. 빌어먹을 지방검사 고먼이 이 사건은 성립될 수 없다고 결정했다. 토니가 본 걸로는 충분하지 않으니까. 토니가 레이의 신원을 확인한 것과 숲속의 세 남자가 벌인 그 범죄는 확인할 수 없다고 판단한 것이다. 이제 레이 마커스도 없고, 숲속의 세 남자도 없고, 숲도 없고, 범죄도 없다. 토니 헤이스팅스가 오해한 것이다. 토니는 그 생각을 하면 울부짖고 싶었다. 그들이 날 믿지 않는다면 난 누구지? 내가 기억하는 걸로도 충분하지 않다면 내가 기억하는 건 뭐란 말이야? 내 인생은 어디로 가버렸냐고? 그 일이 일어난 후 난 대체 뭘 하고 있었냐고?

오후가 저물어갈 무렵 오하이오 주 동부의 완만하게 경사진 지방에서 커피를 또 한 잔 마시자 그의 머리는 맑아졌고, 세상은 다시 정상으로 보였다. 그는 마음속에서 계속 떠오르는 그 질문을 방에 가뒀지만 다시 그 질문이 들릴 거라는 느낌은 가시지 않았다. 그는 자신에게 이성적인 질문을 했다. 대체 이 여행의 정확한 목적은 뭐지? 그는 자신이 모른다는 걸 깨닫고 소스라쳤다. 레이 마커스는 풀려났고 안데스는 내가 오길 바란다. 도와달라고 했지만 어떻게 도와달라는 말은 하지 않았다. 이런 애매모호한 목적만으로 가기엔 이 여행은 너무 멀고 고통스러웠다.

그는 바비 안데스의 요청에 그가 몇 번이나 장거리 여행을 했는지 세어봤다. 이번이 1년 동안 그랜트 센터로의 네 번째 방문이다. 이게 다 그 세 놈을 추적하느라 그런 것이다. 그는 생각했다. 내가 미친 게 분명해. 이건 미친 짓이야.

이번 여행의 목적이 극히 모호하다는 면에서 그 점이 입증됐다. 그동안 했던 여행들은 그나마 구체적인 목적이 있어서 이해가 됐다. 그는 바비 안데스에게 전화로 언급하기엔 안전하지 않은 은밀한 계획이 있을 거라고 짐작했다. 아, 이건 미친 짓이야. 그가 말했다. 미친 건 내가 아니라 바비 안데스야.

그들은 그랜트 센터가 아니라 토핑의 카운터가 있는 레스토랑에서 만났다. 그들은 밖에 주차한 그들의 차 앞부분과 마주 보고 있는 창가 부스에 앉았다. 토니는 저녁으로 그레이비소스를 잔뜩 뒤집어쓴 질긴 회색 로스트비프를 시켰다. 그리고 음식을 내려다보면서, 포크에 스파게티를 말아서 입으로 가져갔다가 넣지 않고 그냥 접시를 옆으로 밀어놓고는 손도 안 대는 바비와 마주 봤다. 토니 헤이스팅스는 그를 보고 속으로 말했다. 이 남자는 미쳤어. 그리고 잠시 후에 말했다. 나도 미쳤고.

바비 안데스가 말했다. "내가 암에만 안 걸렸어도."

"무슨 암이요?"

바비 안데스가 노려봤다. "내가 말했잖소. 빌어먹을 6개월밖에 안 남았다고."

토니 헤이스팅스도 같이 노려봤다. "당신이 나에게 말했다고요?" 그가 그런 중요한 메시지를 잠꼬대처럼 흘려들었던 걸까?

바비 안데스는 법원에서 지명한 젠크스라는 변호사와 고먼이 거래를 해서 레이를 풀어줬다는 이야기를 하고 있었다. 정치적인 거래지. 우리 하나씩 양보합시다, 이런 거.

토니가 물었다. "언제 내게 당신의 병에 대해 말했어요?"

"난 지금 젠크스와 고먼에 대한 이야기를 하고 있는 거요."

"대체 지금 당신이 무슨 소리를 하는지 이해가 안 돼요."

"그들은 내가 물러나길 원해요."

"왜 그런답니까?"

바비 안데스는 대답하지 않았다.

"그 살인사건 수사를 그냥 접을 거라는 말인가요?"

그래요, 바로 그거예요. 바비 안데스가 설명했다. 그들은 이 사건이 준비가 엉망으로 돼 있고, 수사도 대충 했고, 증거도 없고, 그나마 모은 증거도 절차를 제대로 밟지 않아서 재판까지 가도 승산이 없을 거라고 했다. 안데스의 말에 따르면 고먼 그 개자식은 자신이 질 것 같은 사건을 맡는 건 죽을 만큼 두려워해서 그를 벌주는 거라고 했다. 안데스는 토니에게 그 말에 화가 났냐고 물었다.

"내가 그들을 봤어요, 바비."

"그래요, 그래, 그렇죠."

"그들이 루도 그냥 포기한다는 겁니까?"

루는 아니다. 그들에겐 루의 지문이 있다. 그래서 그 빌어먹을 토니 헤이스팅스 사건 재판에 그를 범인으로 내세운다고 했다. 레이가 주도한 범죄들에 대해 루에게 책임을 묻는데 당신이 만족한다면 그걸로 된 거지 뭐.

"레이를 잡지 못하면 아무 의미가 없어요." 토니가 말했다.

"당신이 그렇게 생각할 줄 알았어요." 안데스가 말했다. 그는 레이가 풀려난 이유에 대해, 그들이 레이에 대해 가지고 있는 증거라곤 토니의 말뿐인데 젠크스가 고먼에게 그 사건으로 법정에서 이길 수 없을 거라고 겁을 줬다고 말했다. 그리고 이게 안데스가 맡은 사건이기 때문에 고먼은 이제 그가 은퇴해서 플로리다에서 암 보험금이나 타먹을 때가 됐다고 말했다는 것이다.

"당신은 내게 암에 대해 말한 적이 없어요."

"요즘 내가 무능하다는 말이 돌고 있어요. 고먼은 그 말을 입증하고 싶고."

"내가 고먼에게 말하면 어떨까요?"

바비는 하하하 소리를 내며 웃었다. 당신이 한 말의 문제는 레이에게 빈틈없는 알리바이가 있다는 거요. 그야말로 철통 같은 알리바이가. 그는 레일라 후지스와 같이 있었어요. 레일라가 그걸 보증하고, 레일라의 이모가 그걸 보증하니 그들이 뭘 할 수 있겠어요?

"또 다른 문제가 있어요."

"무슨?"

"내 말을 들어봐요. 고먼은 당신이 레이의 신원을 파악한 걸 믿을 수 없대요. 진정해요. 이건 감정적으로 받아들일 말이 아니라 법률가들끼리 하는 말이니까. 레이는 알리바이도 있고, 그걸 보증해주는 여자도 있잖아요. 게다가 그때는 밤이었으니까 당신이 착각했을 가능성도 높고. 그리고 당신은 터크의 신원을 확인하지 못했잖아요. 그것 때문에 고먼이 더 이 난리를 치는 거요. 당신이 터크의 신원을 확인하지 못했기 때문에."

"레이는 터크보다 훨씬 더 생생하게 기억났어요."

"나한텐 그런 말 할 필요 없어요. 난 당신을 믿으니까. 우린 분명 그 트럭에 탄 당신 친구를 써먹을 수 있었을 텐데."

"누구요?"

"그 귀머거리 노인. 그 남자가 레이를 알아볼 수 있었을 텐데."

"그 사람은 아마 그 사건에 대해 모르고 있나 보죠."

"이 지방 사람들은 그 사건을 다 알고 있어요. 그 개자식이 겁을 집어먹고 나오질 않는 거야. 자기 일이 아니니까 신경 안 쓴다 이거지, 개자식."

"그래서 어떻게 할 셈이죠?"

바비 안데스에 따르면, 확실한 방법은 누군가의 입을 열게 하는 것이다. 루 베이츠에게 그 수법을 써보려고 해봤지만 경찰들이 그러게 놔두지 않았다고 했다. 고먼이 피의자에게 아주 정중하게 질문하는 것만 허락했기 때문이다. 황소 같은 루 베이츠에게 정중하게 물으면 대답을 들을 수가 없지. 바비 안데스의 말에 따르면 루 베이츠는 바보라고 했다. 그는 관등성명과 군번에 매달리는 군인처럼 단 한 가지 생존 법칙만 가지고 있다고 했다. 레이를 모른다. 그의 진술은 그걸로 끝이라고 했다. 바비가 허먼에 온 손님들이 한 말을 그에게 해주자 루가 말했다. "내가 그와 맥주를 마셨다 해도 난 그가 누군지 전혀 몰랐어요." 혼자 모든 죄를 다 뒤집어쓰는 건 불공평하지 않느냐고 바비가 묻자 루는 바비가 무슨 소리를 하는 건지 모르겠다고 대답했다.

바비 안데스가 베어 밸리 몰에서 도망친 세 번째 남자가 누구냐고 묻자 루는 모르겠다고, 또 다른 남자가 있었냐고 물었다. 수염을 기른 돌처럼 무표정한 큰 얼굴로.

바비 안데스는 포크를 내려놓고 담배에 불을 붙였다. 그는 이 좌절을 즐기고 있었다. 그는 레이를 적어도 강도 혐의로 잡아둘 수 있을 거라고 생각했지만 이제는 그 가게 점원이 그를 범인으로 식별하지 못했다. 그는 고먼이 한 말을 인용해서 들려줬다. 당신에게 있는 거라곤 허먼에 있는 사람들이 그들이 같이 맥주를 마셨다는 것과 헤이스팅스가 -당신 말이야-

그의 유니폼 뒤쪽만 보고 그를 알아봤다는 거지. 그것도 당신이 그가 누군지 헤이스팅스에게 말해준 다음에 말이야. 그리고 레이의 전과도 써먹을 수 없어. 제대로 된 전과가 없잖아.

바비가 토니를 오랫동안 쳐다봐서 토니는 불안해졌다.

"이건 당신이 정의가 실현되는 걸 얼마나 절실하게 보고 싶으냐에 달린 거요."

그는 지금 조지가 레이를 감시하고 있기 때문에 조지 몰래 슬쩍 빠져나가진 못할 거라고 말했다.

토니가 말했다. "무슨 뜻입니까? 내가 얼마나 절실하게 보고 싶으냐니?"

"그것 참 좋은 질문이요."

토니는 기다렸다. 바비 안데스는 먹지도 않은 스파게티를 조금 더 옆으로 밀어 놨다. "먹을 수가 없군. 토할 것 같아."

"아픈가요?"

"지금 몇 시요? 8시인가?"

"맞아요."

"내 시계도 그렇게 돼 있군. 조지가 전화할 거요. 여기서 8시에 내게 전화하기로 했지."

"무슨 생각하고 있는 겁니까?"

바비는 어깨를 으쓱했다.

"식사를 할 수 없나요? 먹지도 못하면 어떻게 살아요?"

그는 다시 어깨를 으쓱했다. "그때그때 달라요."

"이렇게 애써주셔서 고맙습니다."

"가끔은 먹을 수 있을 때도 있고, 가끔은 못 먹을 때도 있고. 여긴 지독한 냄새가 나는군."

"가까운 친지나 가족이 있나요?"

바비 안데스는 새 담배에 불을 붙였다가 피우지도 않고 꺼버렸다. "사적인 질문 하나 합시다. 우리끼리니까 괜찮죠? 레이 마커스를 내가 어떻게 하길 원해요?"

그 질문에 토니는 경악했다. 이 무슨 기묘한 표현인가? "당신이 뭘 할 수 있는데요?"

바비 안데스는 그 질문을 잠시 생각해보는 것 같았다.

"뭐든 당신이 원하는 대로." 그가 말했다.

"난 당신이."

"난 잃을 게 없어요."

토니는 그 말을 이해하려고 노력했다. 바비 안데스가 말했다. "내가 질문을 다시 해볼까요? 이렇게 표현해보죠. 레이 마커스가 법의 심판을 받게 하기 위해 당신은 어느 선까지 갈 용의가 있죠?" 그는 또 새 담배에 불을 붙였다.

토니는 생각했다. 대체 이게 무슨 뜻이야? 또다시 바비 안데스의 말이 들렸다. "법의 엄중한 절차를 벗어날 용의가 있소?" 방금 느낀 가벼운 흔들림이 지진이 일어난 거라면 이상할 건 없겠군.

"저요?"

"아니면 내가."

토니는 좀 더 분명한 표현을 찾았다. "그러니까 당신 말은 법을 조금 어긴다는 건가요?"

바비 안데스가 설명했다. 만약 빌어먹을 법적인 세부 조항들 때문에 정의가 실현될 수 없다면 당신은 그 정의가 실현될 수 있도록 법을 돕기 위해 뭘 해야 하겠냐고.

토니는 무서웠다. 그는 그 일반적인 질문에 대답하고 싶지 않았다. 그래서 대답했다. "구체적으로 뭘 말하고 있는 겁니까?"

안데스는 짜증을 냈다. "당신이 정말 그놈을 잡고 싶은지 알려는 거요."

물론 토니는 놈을 잡고 싶었다. 안데스는 넌더리를 냈다. 그는 그저 토니가 그의 방법을 싫어하지 않을지 알고 싶다는 것이었다. 토니는 의아했다. 당신 방법에 무슨 문제가 있는데?

바비 안데스는 진정하고 심호흡을 한 번 하면서 기다렸다.

"로스쿨 나온 신입 얼간이들 중에 내 방식을 좋아하지 않는 인간들이 있어요. 그들은 레이 마커스가 법정에 서면 내 방식이 문제를 일으켜서 그들에게 불똥이 튈까봐 겁을 내고 있어요."

토니는 또 다른 공포의 조짐을 느꼈다. "그런 일이 일어날 수 있나요?"

"경찰들이 의리를 지키면 그럴 일은 없겠죠. 썩을 놈들." 그는 세상이 끝난 것처럼 깊은 한숨을 쉬었다. "그래서 내가 반드시 알아야 해요."

뭘 알아야 한다는 거야?

"당신도 겁먹고 내뺄지 그거 말이요. 당신이 강압적인 경찰 수사를 혐오하는지."

토니는 그 질문에 대답하고 싶지 않았다. 왜 나에게 그런 걸 묻는 건데? 그는 생각했다.

"이놈이 당신 아내와 딸을 강간하고 죽였어요."

"나에게 그런 말은 할 필요가 없어요."

바비 안데스는 만족하지 못한 것 같았다. 그는 그 점을 계속 밀어붙였다. 법에 따르면 놈은 벌을 받아야 하지만, 법이 처벌하지 못하면 당신은 놈이 풀려나길 원하는 거요? 법이 정말 놈이 풀려나길 바라는 걸까?

"달리 뭘 할 수 있겠어요?"

"당신이 법을 도울 수 있죠. 아까 내가 말한 것처럼."

토니는 자꾸 그 말의 다른 표현을 떠올리지 않기를 빌었다. 그는 바비 안데스의 기분을 거스르고 싶지 않았다. 그가 말했다. "사적 제재를 가한다는 건가요?"

"법을 대신해서 행동하는 거죠."

"뭘 하려고요?"

안데스는 대답하지 않았다. 그는 토니를 보지 않고 뭔가 씹느라 입을 움직이고 있었다.

"뭘 한다는 거죠, 바비?"

대답이 없었다.

"법을 대신해서 뭘 한다는 겁니까?"

이제 안데스는 그를 봤다가, 고개를 돌렸다가, 다시 봤다.

"당신은 어떻게 생각해요?"

토니에게 두 가지 가능성이 떠올랐다. 하나를 생각하니 무서워졌다. 그는 다른 하나를 언급했다. "새 증거를 확보하는 거?"

안데스는 반쯤 웃었지만 정말 웃은 건 아니었다. "그게 가능하다고 생각해요?"

"그걸 내가 어떻게 알아요?"

카운터에 있던 여자가 불렀다. "당신 이름이 안데스인가요?"

바비 안데스가 가서 통화를 했다가 몇 분 후에 돌아왔다.

"오케이. 레이 마커스는 지금 허먼에 있어요. 난 가서 놈을 잡아올 생각이에요. 이건 망할, 당신 사건이잖아요. 난 지금 알아야 해요. 당신도 참여할 용의가 있는 거요, 아니면 내게 배신 때릴 거요?"

"뭐에 참여한다는 거죠? 당신은 아직 말 안 했잖아요, 바비."

바비 안데스는 천천히, 조심스럽게 그리고 참을성 있게 말했다. "난 그 빌어먹을 개자식이 법의 심판을 받게 하고 싶소." 그의 목소리에 감정적인 문제가 있는 걸 토니는 눈치 챘다. "난 놈을 내 캠프로 데려갈 거요. 당신도 거기 왔으면 좋겠고."

"내가 뭘 해야 하는 겁니까?"

"거기 있는 거지. 날 믿고 거기 있어요."

"그다음엔 뭐죠? 내 말은 당신 계획이 뭐냐고요?"

바비 안데스는 뭔가 특별한 걸 말할까 말까 결정하는 것처럼 잠시 생각했다.

"내가 아까 물어봤잖아요. 내가 뭘 하길 바라냐고."

"나도 모르겠어요. 당신은 뭘 하고 싶죠?"

"난 그 빌어먹을 개새끼가 법의 심판을 받길 원한다고."

"알았어요."

"그러니까 당신이 말해요. 당신이 판사가 돼 보라고."

"그게 무슨 뜻이냐고요?"

"그가 어떤 벌을 받아야 할까? 징역 5년 채운 후에 가석방, 그래요?"

바비가 대체 그의 입에서 무슨 말이 나오게 하려고 이렇게 들들 볶는지 궁금해서 토니는 아무 말도 하지 않았다.

"그 이상을 바랄 거 아니에요? 그렇죠?" 토니는 어질어질한 머리로 바비를 바라보면서 속이 메스꺼워지는 와중에 추측해보려고 노력했다.

"당신이 사형 제도를 반대하는 겁쟁이가 아니길 빌겠소."

"아, 안 돼. 그건 아니에요." 토니는 충격을 받아서 온몸이 싸늘해졌다. 레이를 죽이라는 허락, 그게 안데스가 요구하고 있는 건가? 다시 물어보는 토니의 목소리가 갈라졌다. "당신, 대체 뭘 하려고 그러는 겁니까?"

바비 안데스가 묘하게 뭔가를 탐색하는 눈으로 그를 바라봤다. 그러다웃었다. "긴장 풀어요." 그가 말했다. 그는 이야기를 시작했다가 갑자기 뚝끊더니, 다시 좀 더 조용히 말했다. "난 놈을 캠프로 데려가서 한동안 거기둘 생각이요. 놈에게 매운맛을 보여주고 싶어요. 좀 거칠게 다뤄서 고통스럽게 만들고 그러면서 놈이 어떻게 나오는지 보는 거지. 당신은 그러면 좋을 것 같아요?"

토니는 그걸 즐기는 상상을 할 수 있었다. 어두컴컴한 곳에서 비치는한 줄기의 환한 먼지처럼 그 가능성을 볼 수 있었다.

"그건 당신 사건이니까 당신이 그걸 봤으면 해요. 당신이 도울 수 있어요."

바비의 그 말보다는 달래는 어조에 안도한 토니 헤이스팅스는 몇 개의의문이 남아 있었지만 -두세 개는 확실하고 다른 의문들은 좀 모호하지만- 바비 안데스의 눈에서 초조해하는 기색을 봤다. 죽음이나 아니면 세상의 종말을 두려워하는 것 같은 그런 눈빛이었다.

"놈이 자백하게 만들 수 있다면 좋겠죠." 토니가 말했다.

바비 안데스가 웃었다.

4

수잔 모로는 완곡한 표현들의 전쟁 속에서 새로운 문제가 —이게 독자를 헷갈리게 만드는 장치가 아니라면— 부상하는 과정을 지켜봤다. 수잔은 이 문제, 즉 바비 안데스가 직접 법적 제재를 가한다는 게 진심처럼 느껴졌다. 토니 헤이스팅스가 존 웨인이 되는 셈이군. 이제 남은 페이지를 보니 기껏해야 다섯 챕터, 혹은 네 챕터가 남았을 가능성이 큰 상황이라 그녀가 실망할 가능성도 컸다.

그런 한편 대화는 마음에 들었다. 수잔은 대화를 좋아한다. 인쇄된 활자가 덧없이 스쳐가는 단어들을 마치 도로 위에서 납작해진 동물들처럼 붙들어 매놓고, 그곳으로 다시 돌아가 그들이 내린 그릇된 결론을 살펴보고, 이 맥락과는 상관없는 말이지만 바비 안데스가 이곳은 역한 냄새가 난다고 했던 것처럼 그렇게 말할 수도 있는 것이다. 하지만 이 모든 상상의 펜실베이니아와 오하이오 뒤에 작가인 에드워드의 자아가 버티고 있다. 토니 헤이스팅스, 레이 마커스, 바비 안데스, 루이스 저메인, 로라와 헬렌의 그늘—수잔은 이 사람들이 그녀와 모종의 관계가 있다고 상상한다—. 이들은 모두 스크린에 투사된 위대한 에드워드의 자아의 상징들이다. 25년 전 그녀는 서툴고 세련되지 못한 방법으로 그녀의 인생에서 에드워드를 내쫓았다. 이제 그 일이 에드워드에게 아주 미묘하게 작용해, 그녀의 자아를 빨아들이고, 그녀의 자아를 그의 자아로 바꾸고 있다.

녹터널 애니멀스 22

토니는 자신의 차를 타고 바비 안데스의 차를 따라 토핑에서 허먼으로 이어지는 조용한 거리를 달렸다. 허먼 주위에 큰 주차장이 하나 있었다. 허먼은 큼지막한 단층 건물로 창문에 붉은 간판이 있었다. 그 간판은 황혼보다 더 밝은 불빛을 드리워서 밤을 재촉했다. 바비가 토니의 차로 왔다. "여기서 기다려요." 그가 말했다.

차에서 토니가 허먼의 문을 지켜보는 동안 밤이 됐다. 잠시 후에 두 남자가 나왔다. 토니는 바비를 알아봤고 또 한 남자가 레이라는 걸 깨달았다. 그들은 간판 불빛 아래에서 이야기를 나눴다. 레이는 엉덩이에 두 손을 짚은 채 서 있었고, 안데스는 등을 구부리고 그를 올려다보고 있었다. 레이는 지겹다는 몸짓을 하더니 문으로 돌아섰다가 마음을 바꿨다. 문 안에서 경찰 두 명이 나타났다. 레이가 몸을 움직였다. 경찰 하나가 레이의 어깨를 건드렸다. 레이가 뒷걸음치다가 굴복하는 사이에 경찰이 그에게 수갑을 채워서 바비의 차로 데려갔다. 바비가 토니에게 왔다.

"우린 내 캠프로 갈 거예요. 캠프는 베어 밸리에 있어요. 당신은 날 따라와요."

그들이 달리는 동안 밤이 깊어졌다. 경찰차가 제일 앞에 있고 그 뒤를 차 두 대가 따라서 빠르게 계곡 도로를 달렸다. 지나가는 차 한 대가 토니와 바비 사이에 들어왔다가 바비를 앞질렀지만 감히 경찰차는 앞지르지 못해서 그 후 8킬로 동안 네 대의 차가 대열을 이뤄 달렸다.

그는 앞에 있는 차들이 방향 지시등을 켠 걸 보고, 뒤에 아무도 없었지만 따라 했다. 좌회전을 하자 '화이트 크리크'라는 표지판이 있는 샛길이 나왔다. 벌판 두 개 사이에 쭉 뻗어 있는 그 길은 좁고 바닥이 울퉁불퉁해서 천천히 가야 했다. 토니는 앞의 평평한 계곡 바닥에서 산등성이가 올라오는 걸 볼 수 있었다. 들판이 끝나는 곳에서 도로는 왼쪽으로 꺾어졌다. 절벽 밑에 오른쪽으로 좁은 개울이 하나 있고 그 너머로 숲이 보였다. 개울 옆 작은 숲속에 있는 오두막집의 불빛이 보였다. 차 두 대가 나무들 밑에 섰고 토니는 그 옆에 차를 세웠다. 모두 나왔고 토니도 그들을 따라서 들어갔다.

"내 캠프요." 바비 안데스가 말했다.

그들은 철망이 달린 현관으로 들어갔다. 작은 방이 사람들로 북적거리는 것 같았고, 잠시 후에야 그들이 누군지 볼 수 있었다. 여자가 하나 있었고 나머지는 모두 허먼에서 나온 사람들이었다. 경찰 두 명, 바비 안데스, 레이 마커스. 바비 안데스는 손에 권총을 들고 있었는데 그걸 보자 토니는 마치 노출된 성기를 본 것처럼 충격을 받았다. 바비는 그 여자를 노려보고 있었다. 바비가 말했다.

"어떻게 당신이 여기 와 있어?"

그녀는 그보다 키가 컸다. 스웨터에 바지를 입은 그녀는 지친 얼굴이었다. 대략 40대로 교사일지도 몰랐다.

"루시가 데려다줬어."

"망할."

레이가 토니의 존재를 눈치 챘다. "이봐, 저자가 여기서 뭐하는 거야?"

그 방 한가운데에는 테이블이 하나 있고, 간이침대 하나와 낡은 의자가 몇 개 있었다. 벽감에 스토브와 싱크대가 있었고, 뒤쪽에 스크린도어가 있고 열린 문으로 침실이 보였다. 레이가 찬 수갑이 들보에 걸린 전등 불빛에 반짝거렸다. 그는 간이침대 위에 앉았다.

경찰 두 명은 떠났다. 토니는 그들이 탄 차가 가는 소리를 들었다. 바비가 그 여자를 토니에게 소개했다. "이 사람은 잉그리드 헤일." 그가 말했다.

"안녕하세요, 잉그리드." 토니가 말했다.

잉그리드는 호기심 어린 표정으로 토니를 봤다.

"그러니까 당신이 헤이스팅스 씨군요. 정말 힘들었겠어요."

"나도 힘든데." 레이가 말했다.

"닥쳐." 바비 안데스가 말했다. "나에게 미리 말해줄 수도 있었잖아." 그는 잉그리드에게 말했다.

"내가 당신이 여기 올 줄 어떻게 알았겠어? 어쨌든 여기서 뭘 하고 있었던 거야?"

그녀는 낯선 사람들 앞에서 싸우는 게 창피한 것 같았다.

"경찰 업무야. 난 그저 일을 하고 싶다고, 제길."

"여기서? 당신이 언제부터 여기서 경찰 업무를 본다는 거야, 바비?"

그는 내면의 메시지를 받고 경악한 사람처럼 얼굴이 하얗게 질린 채 서 있었다. "맙소사. 토할 것 같아." 그는 권총을 잉그리드에게 떠밀었다.

"자, 이거 잡고 있어."

"뭐라고?" 그녀는 마치 불덩어리를 받은 것처럼 공중으로 던졌다.

"나한테 이런 거 주지 마." 그녀는 그걸 다시 바비에게 줬다.

바비는 그걸 토니의 손에 떠밀었다. "그걸 써요. 놈을 쏴요. 난 곧 돌아올게요." 토니는 자신의 손에 묵직하게 잡힌 권총을 보며 이걸 어떻게 쏘는 걸까, 생각했다. 바비는 뒤쪽으로 나갔다. 스크린도어 밖에서 그가 토하는 소리를 들을 수 있었다. 레이가 킬킬 웃었다.

"그거 어떻게 쓰는 건지는 알아?" 그가 말했다.

바비 안데스는 한동안 밖에 있었고, 더 이상 아무 소리도 들리지 않았다. "젠장." 레이가 말했다.

바비 안데스가 돌아왔을 때 레이가 말했다. "이건 불법이야. 이게 합법적인 거라면 날 이 망할 곳이 아니라 그랜트 센터로 데려갔겠지."

바비가 토니에게 총을 뺏어서 공이치기를 잡아당겼다. "이 정도면 합법적인 거지."

"당신은 대가를 치르게 될 거야."

토니는 잉그리드 헤일이 혀를 차는 소리를 들었다.

"당신은 내게 거짓말을 했어. 새로운 증거는 없는 거야. 새 증거가 생겼다면 나를 왜 그랜트 센터로 데려가지 않았지?"

바비 안데스는 총을 살펴보고 있었다.

"난 여기가 더 좋아. 훨씬 여유롭거든."

"꼴을 보아하니 이런 수작을 전에도 해본 것 같군. 이 사람이 날 무너뜨릴 거라고 생각했다면, 이미 그런 수법은 안 통한다는 거 봤잖아."

"바비." 잉그리드가 말했다.

"그래, 당신이 여기 있어. 여기 있다고. 당신은 앞으로 보게 될 일이 마음에 안 들 거야. 하지만 당신 때문에 내 계획을 바꿀 순 없어." 바비가 잉그리드에게 말했다. 토니는 바비의 말에서 어딘가 자랑하는 것 같은 느낌을 받았다. 이를테면 당신은 경찰 업무라는 게 정말 어떤 건지 보게 될 거야, 라는 그런 느낌.

"아무래도 난 침대로 가야겠어."

"아무래도 그래야 할 것 같아. 어이, 레이. 오늘 오후에 카길 마운틴에서 뭘 하고 있었지?" 바비가 말했다.

"당신이 미행하는 거 알고 있었어."

"넌 거기서 레일라가 모르는 여자와 살고 있지?"

레이는 아무 말도 하지 않았다.

"말 안 할 거야? 상관없어. 사실 관심 없어, 레이."

"그럼 왜 묻는데?"

"시간 때우려고, 레이."

"뭐하러? 뭘 기다리고 있는 거야?"

"네가 좀 생각할 시간이 됐어. 넌 중대한 결정들을 내릴 시간이 필요하거든. 너의 빌어먹을 목숨이 위험에 처해 있는 때니까."

"생각할 건 하나도 없어, 이 양반아. 내 마음은 깨끗해."

"이봐, 내 말 좀 들어봐. 만약 네 친구 루 베이츠가 네가 헤이스팅스 살인사건에 연루돼 있다고 말하면 어쩔 거야?"

레이는 좀 있다 반응했다.

"누구?"

"그건 아니지, 레이, 그런 수작 부리지 마. 이 세상에서 너의 유일한 친구, 너도 루 베이츠를 알고 있잖아."

"내게도 친구는 많거든, 이 개자식아."

"물론 그러시겠지. 맞아, 친구 엄청 많더라. 그들이 네가 범죄에 연루됐다고 하면 어쩔 거야? 만약 루 베이츠가 자백하면? 너와 터크 아담스와 루 이렇게 전모가 밝혀지면?"

레이는 거기 앉아서 생각했다.

"그는 거짓말을 하고 있는 거야."

"난 그렇게 생각 안 하는데. 왜 루가 자신도 연루되는 범죄에 거짓말을 하겠어?"

레이는 방 안을 둘러봤다.

"넌 거짓말을 하고 있는 거야. 만약 루가 그렇게 말했다면 넌 나를 그랜트 센터로 데려갔을 거야."

"우린 널 그랜트 센터로 데려갈 거야. 걱정하지 마. 맥주 마실래?"

"그거 독이 든 거야?"

바비 안데스는 웃었다. 그는 잉그리드 헤일에게 고개를 끄덕여 보였다. "우리 맥주 좀 갖다 줘." 그녀는 뒤로 갔다가 맥주 여섯 개가 든 종이 팩을 가져왔다.

그녀는 세 남자에게 맥주를 하나씩 주고 자신도 하나 마셨다. 바비 안데스는 맥주를 땄지만 마시진 않았다. 레이는 수갑을 찬 양손으로 맥주를 들어서 입에 대고 마셨다. 바비가 잉그리드에게 말했다.

"내가 전화 좀 하고 올 동안 토니가 이 친구를 지키는 걸 도와줄 수 있겠지?"

그녀는 깜짝 놀랐다. 토니도 마찬가지였다. "무슨 전화?"

"경찰 업무야, 알았지? 내가 해야 하는 일이라고. 당신이 놈을 감시하고 있으면 내가 몇 분 있다 올게."

"놈을 감시해? 어떻게?"

"토니가 놈을 감시할 거야. 그렇죠, 토니? 이 총을 받아요. 자, 내가 어떻게 쓰는지 보여줄게."

그들은 벽감으로 가서 시범 보이는 모습을 레이가 보지 못하게 등을 돌리고 했다. 레이는 간이침대 위에 앉아 능글맞게 웃고 있었다. 토니는 자신이 얼마나 무서워하고 있는지 인정하고 싶지 않았다. 비참해진 잉그리드가 토니에게 물었다. "그거 쓸 수 있겠어요?"

"시도해볼 순 있죠." 토니가 말했다.

"당신은 내가 아주 위험한 사람이라고 생각하겠군요." 레이가 말했다.

"넌 위험하지 않아. 넌 바퀴벌레야. 이건 해충 방제하는 거야. 해충 방제 연습이라고."

"우릴 두고 가지 마, 바비." 잉그리드가 말했다.

"진정해. 5분밖에 안 걸려. 이놈을 우리가 묶어놓으면 좋겠어? 그러면 기분이 좀 나아지겠어?" 그는 레이를 봤다. "오케이, 쓰레기야. 아무래도 널 뭐로 좀 묶어놔야 할 것 같다." 그는 주위를 둘러봤다. "저기 저 침대 프레임에." 그가 말했다.

"토니, 열쇠 가지고 수갑 한쪽을 풀어서, 놈을 침대 프레임에 걸어놔요."

바비 안데스는 침대 옆으로 가서, 토니를 보호하려고 레이에게 권총을 겨눴다. 토니는 레이에게 그렇게 가까이 가는 게 긴장됐다. 레이는 히죽거리고 있었다. 그때 그 잔인한 웃음이 떠올랐다. 그리고 그의 입에서 양파 냄새가 났다. 토니는 딜딜 떨리는 손으로 레이의 왼쪽 손에 찬 수갑을 서툴게 풀었다. 그리고 그 수갑을 밑으로 끌어당겨서 침대 프레임 가까이 가져가느라 레이가 몸을 앞으로 구부려야 했다. 토니는 레이가 공격할지 몰라 두려워서 바비 안데스가 권총으로 그를 보호하고 있다는 사실을 스스로에게 일깨워줘야 했다.

"맙소사, 이봐요. 날 이런 식으로 앉게 할 수는 없어." 그는 몸을 웅크렸다.

"바닥에 앉아." 안데스가 말했다.

"빌어먹을." 그는 등을 침대에 기댄 채 바닥에 앉았고, 토니가 수갑을 프레임에 채웠다. "그럼 맥주는 어떻게 마셔?"

"남은 한 손으로 마셔."

바비는 뒤로 물러서서 마치 그림을 감상하는 것처럼 레이를 봤다. "그러면 좀 더 안전한 기분이 들 것 같아?" 레이가 말했다. 그녀는 바비를 애원하는 눈빛으로 봤다. "오케이." 바비가 말했다. "좀 더 안전하게 해주지. 토니, 내 차에 가서 족쇄 가져와요."

그래서 그들은 족쇄를 채웠다. 레이는 바닥에 앉아 침대 프레임에 고정된 수갑 찬 한 손을 들고 있었고, 두 발은 묶여 있었고, 자유로운 한 손으로 맥주 캔을 들어 계속 홀짝홀짝 마셨다.

"이건 잔인한데." 잉그리드가 말했다.

"그래, 이건 잔인해." 레이가 말했다.

"당신은 잔인한 걸 원해, 아니면 안전한 걸 원해? 난 5분 후에 돌아올 거야. 그 총을 써야 한다면, 써요." 그는 나갔고, 그들은 바비가 차를 돌려서 도로를 달리는 소리를 들었다.

마치 바비가 소음을 가져가버린 것처럼 주위가 갑자기 조용해졌다. 토니의 무릎 위에 있는 총이 무거웠다. 그는 족쇄를 차고 침대 옆 바닥에 다리를 쭉 뻗고 있는 레이를 봤다. 그는 한 손을 총신에 대고, 다른 한 손은 안전장치를 풀고 공이치기를 당기는 데 필요한 동작을 기억해서 쏠 준비를 했다. 그리고 생각했다. 맙소사, 난 무릎에 권총을 놓고 앉아 있어. 날 1년 동안 고문한 적을 포로로 잡고. 놈이 족쇄를 차고 있어서 다행이야. 그렇지 않았으면 한 번도 안 써본 이 권총의 위력에 의지해야 하는데.

레이가 말했다. "당신들은 미쳤어."

"바비는 좋은 사람이야." 잉그리드가 말했다.

토니는 철망이 쳐진 창문을 통해 밤의 소리를 들었다. 멀리서 개구리 소리, 어딘가에 있는 연못, 그리고 잠시 후에는 현관 가까이 있는 강물 소리가 들렸다. 멀리 떨어진 도로에 있는 차들 사이에 침묵이 퍼져가는 걸 들었다. 그는 황무지의 무법 상태를 기억해내고 그가 지고 있는 책임의 무게를 느꼈다. 이게 다 나 때문이야.

바비 안데스가 간 뒤로 오랜 시간이 흘렀다. 토니가 잉그리드에게 물었다.

"전화가 어디 있어요?"

"저 밑에, 주유소에 있어요." 그녀가 말했다. 그녀는 바비가 왜 이렇게 늦게 오는지 궁금해했다. 그녀는 냉장고에서 맥주를 더 꺼내 와서 하나는 토니에게 줬지만 토니가 사양했다. 그리고 또 하나는 바닥에 있는 레이에게 줬다. 그녀는 계란 몇 개와 베이컨을 튀겼다.

"와, 엄마, 우리한테 먹을 거 해주는 거야?" 레이가 말했다.

그들이 레이를 풀어주는 걸 두려워해서 레이는 먹기가 좀 힘들었다. 그는 한 손만 쓸 수 있었다. 그는 잉그리드가 정말 좋은 숙녀지만 자신이 동물원의 빌어먹을 동물 같은 느낌이 든다고 말했다.

그녀는 발을 바닥에 대고 가볍게 두드리기 시작했다. "바비, 바비." 그녀가 말했다.

"보아하니 그 인간은 달아나고 당신들만 놔둔 것 같은데. 당신들과 나, 우리 셋만 말이야." 레이가 말했다.

방 안은 대들보에 6와트짜리 전구 하나만 있어서 희미했다. 갈색 판지 벽에는 압정으로 야생의 동물, 산을 찍은 잡지 사진들과 3년 된 달력이 고정돼 있었다. 구석에는 낚싯대, 삽 한 자루, 2인용 톱 하나가 포개져 있었다. 오래되어 스컹크 냄새처럼 퀴퀴한 냄새가 풍겼다. 밤인데도 토니는 나무들, 눅눅한 비애의 느낌, 썩어버린 기억, 바비 안데스의 비참함으로 집을 둘러싼 동굴 같은 분위기를 의식하고 있었다.

얼마 후에 잉그리드가 토니에게 그의 아내와 딸에 대해 물었다. 레이는 둘을 지켜보면서 그들이 하는 말을 다 듣고 있었다.

"우린 매년 여름에 메인에 갔어요." 토니가 말했다.

"결혼 생활은 행복했나요?"

"좋았어요. 이상적인 결혼 생활이었죠."

"문제는 없었나요?"

"기억나는 건 없네요."

그녀가 말했다. "그것 참 특이하군요." 레이가 키득키득 웃었다.

그녀가 바비는 결혼 생활이 불행했다고 말했다. 바비가 바람피우고 다녔는데 부인이 그걸 못 참고 결국 이혼했다. 그의 딸은 10대 때 자살했고, 그의 아들은 이곳을 떠나서 6년 동안 한 번도 돌아오지 않았다. 이곳은 바비의 가족이 옛날에 여름을 보내던 곳이었다.

"바비는 내게 아이가 하나밖에 없다고 했는데." 토니가 말했다.

"바비는 사람들에게 그렇게 말해요."

그녀는 결혼을 할 만한 가치가 있다고 믿지 않았다. 그녀는 말콤 박사의 병원에서 접수계원으로 일하고, 남은 시간엔 역사 로맨스를 쓰고 있었다. 그녀는 지난 5년 동안 주말마다 바비의 캠프에 왔다. 그녀는 바비의 병을 언급하면서 지지리 복도 없는 사람이라고 했다. 그가 이대로 무너질까 두려워서 자신의 원칙을 희생하고 남은 6개월 동안 바비를 행복하게 해줄까 고민 중이라고 했다. 바비는 요즘 너무 화가 나고 사나워 보이는데, 문제는 말콤 박사였다. 그녀는 사나운 눈빛으로 레이를 힐끗 봤다. "이건 뭐비밀도 아니에요. 둘이 서로에 대해 알고 있어요." 레이가 낄낄 웃었다.

그 말로 그녀는 공식적인 바람둥이가 됐다. 하지만 그녀는 절제력이 있고 아주 정상적으로 보였다. 사실 그녀는 사랑에는 관심 없다고 말했다. 그녀가 동시에 두 사람과 관계를 맺고 있지만 그건 모두에게 편리하고 다정한 관계이기도 했다. 그녀는 그들에게 안정감을 주는 역할을 하고 있지만 자신이 정열적인 타입은 아니라고 했다.

그녀는 토니에게 말했다. "당신은 어떤 타입의 사람인지 분간할 수가 없군요. 완벽한 결혼 생활을 하는 사람이라니 당황스럽네요." 그녀는 레이를 봤다. "당신은 말이야. 당신이 어떤 사람인지는 신만이 아실 거야."

"난 그저 평범하고 단순한 사람이요, 부인." 그가 말했다.

"퍽도 그러겠다."

그녀가 토니에게 말했다. "바비가 오늘 밤 무슨 일을 할 계획인지 알아요?"

토니는 몰랐다.

"경찰 업무라니. 이 숲속에서? 우리가 언제 자게 될지 아무도 모르겠군." 그녀가 말했다.

"그거 참 맞는 말씀이야, 부인. 아, 난 잠 좀 자야 하는데." 레이가 말했다.

그녀는 그를 무시했다. 그리고 토니에게 말했다.

"어쩌면 당신이 바비를 도울 수 있을 거예요."

"제가요?"

"당신은 교수잖아요. 바비는 당신 같은 사람들을 존경해요. 당신이 그와 이야기를 해서 진정시킬 수 있다면."

토니는 바비 안데스가 그를 돕고 있다고 생각했기 때문에 속이 울렁거렸다. 그 반대는 한 번도 생각해본 적이 없는데.

그녀는 그의 표정을 보고 어깨를 으쓱했다.

족쇄를 차고 바닥에 앉아 있는 레이가 큰 소리로 말했다.

"이봐요, 부인. 날 좀 도와주지 그래요?"

"난 당신과는 어떤 것도 엮이고 싶지 않아." 그녀가 말했다.

"잔인하네. 아까 당신이 그렇게 말했잖아요. 내 등 근육에 경련이 일어났어요. 움직일 수가 없어요. 마치 동물원의 빌어먹을 동물이 된 느낌이라고."

"바비가 돌아올 때까지 기다려야 해."

"거 참, 그 인간은 안 온다니까."

"뭘 원하는 거야? 난 절대로 널 풀어주지 않을 거야."

"제기랄, 난 지금 당신에게 날 풀어달라고 요구하고 있는 게 아니야. 그냥 이 빌어먹을 족쇄를 풀어서 의자에 앉게 해달란 거지. 당신에겐 총이 있잖아. 뭘 더 원해? 난 아무 데도 안 간다고."

토니는 잉그리드가 그를 보고 있다는 걸 알고 있기 때문에 그녀를 보고 싶지 않았다. 그는 레이의 족쇄를 풀어줘야 한다고 잉그리드가 생각하는 걸 알고 있었다. 그도 바닥에 있는 레이를 보자 수치스러운 느낌이 들었다. 하지만 그걸 풀어주려니 불안해졌다.

"어떻게 생각해요?" 그녀가 말했다.

"바비가 올 때까지 기다리죠." 그가 말했다.

잠시 후에 차 한 대가 다가와 불빛이 창문을 비췄다. 의자에 앉아 책을 읽고 있던 잉그리드가 중얼거렸다. "정말 다행이다."

밖에서 차 문이 열리는 소리가 나고, 자갈 위를 가볍게 걷는 소리가 들리더니 이어서 스크린도어가 열리고 붉은 미니스커트를 입은 젊은 여자 하나가 들어왔다. 그녀는 혼란스러운 표정이었다. 레이가 고개를 들었다. "흠." 그가 말했다.

"맙소사, 수잔이잖아." 잉그리드가 말했다.

수잔이라는 젊은 여자가 바닥에 앉아 있는 레이를 봤다.

"이게 무슨 일이야?" 수잔이 말했다.

"바비는 어디 있어?" 잉그리드가 물었다.

"그걸 내가 어떻게 알아? 바비 여기 없어?"

"넌 여기 뭐하러 왔어?"

"레슬리가 또 날 쫓아냈어."

잉그리드가 웃었다. "뭐 네가 숲속에서 잘 용의가 있다면."

수잔이란 여자가 레이의 족쇄를 보고 있었다.

"지금 게임하는 거야?"

"여기서 수사 업무를 보고 있는 거야. 이 사람들은 토니 헤이스팅스와 레이 바커스. 레이 바커스는 죄수야."

"진짜 죄수?"

"안녕, 수잔. 만나서 반가워요." 레이가 말했다.

"토니는 다른 도시에서 왔고, 레이는 살인 혐의로 기소됐어."

"이젠 아니야. 공소 철회됐어." 레이가 말했다.

수잔은 이목구비를 강조해서 화장을 진하게 했다. 눈 주위는 어두운 색으로 둘러싸여 있었다. 그녀는 레이를 보고 살짝 몸을 움츠렸다.

"내 말 들어봐요, 수잔. 당신 친구들에게 이제 날 바닥에서 일어나게 해 줘도 된다고 말해요."

"저 사람이 지금 무슨 소리를 하는 거야?"

"족쇄가 싫대."

수잔은 순간 헉 소리를 냈다. 방금 토니의 무릎에 권총이 있는 걸 본 것이다.

"당신 경찰이에요?"

"토니는 레이가 기소된 범죄의 피해자야."

"아까 그 범죄가 살인이라고 하지 않았어?"

"하, 이 사람들은 내가 자기들에게 덤벼들 거라고 생각한다니까. 자기들에겐 총도 있고 내게 수갑을 채워놓고도 여전히 덤벼들 거라고 생각하다니 원."

"아, 빌어먹을. 그냥 놈을 의자에 앉혀요." 잉그리드가 말했다.

토니 헤이스팅스는 잉그리드의 단호한 말에 기뻤다. 그는 자신들이 지나치게 레이를 경계한다는 걸 알고 있었고, 그것 때문에 겁쟁이가 된 기분이었다. 조심만 하면 된다. 그들은 아주 신중하게 했다. 잉그리드가 레이의 관자놀이에 총을 대고 있는 동안 토니가 레이의 수갑 고리를 침대 프레임에서 뺀 다음 양손에 수갑을 채웠다. 그리고 족쇄를 풀어줬다. 토니는 물러서서 잉그리드에게 권총을 받았고, 레이는 안간힘을 써서 일어나 의자에 앉았다.

레이는 분한 표정으로 그들을 봤다. "맙소사." 그가 수잔에게 말했다.

"이 사람들은 내가 우주에서 왔다고 생각하나."

"바비가 이 남자를 어쩔 건데?" 수잔이 말했다.

"수사를 한다니까. 그나저나 이 인간은 왜 이리 안 오는 거야?" 잉그리드가 말했다.

"바비는 어디 있어?"

"전화를 걸고 있어. 간 지 한 시간이나 됐어."

"그는 미쳤어." 레이가 수잔에게 설명했다. "여기 이 부인이 토니에게 바비는 미쳤고, 그래서 자기는 어떻게 해야 할지 모르겠다고 했어."

"당신 입 다물어. 당신은 아무것도 몰라."

"당신은 그가 해고될까봐 걱정하고 있어."

"입 닥치라고 했지. 당신은 아무것도 몰라."

"난 그렇게 멍청하지 않아, 부인."

"넌 괴물이야. 넌 살인자야. 넌 강간범이라고. 넌 끔찍한 놈이야."

"그렇게 욕할 거 없잖아. 그건 나쁜 거야."

5

수잔은 소설에 그녀의 이름이 나타난 것에 대해, 순간적으로 스쳐지나가는 생각을 하거나 에드워드가 쓸데없이 등장인물의 이름을 수잔으로 지었다는 걸 기억할 시간이 별로 없었다. 그보다는 바비 캠프의 비애를 음미하고 숲속이나 해변에 있는 오두막집들, 페놉스콧 만 혹은 어렸을 때 갔던 케이프, 지금은 미시건에 있는 여름 별장과 그곳에 스민 슬픔에 대해 생각할 시간만 있었다. 그런 슬픔은 유년기가 끝나고 그런 별장이 사라졌다는 슬픔이나, 여름이 끝나 별장의 창문마다 판자로 막아야 하는 그런 일반적인 슬픔이 아니라, 여름이란 계절의 절정에서 느끼는 슬픔, 햇살 찬란한 관광의 나날뿐 아니라 해먹에서 보내는 흐린 날들, 8월의 침묵, 새들의 떠남, 국화꽃, 모든 인사를 작별로 하게 되는 슬픔인 것이다. 겨울과 나머지 계절을 생략해버리고 1년이란 시간의 기준을 여름으로만 헤아리는 슬픈 허영심.

그녀는 갑자기 현실로 돌아왔다. 거리에 차들이 지나간 자국을 눈이 덮고 있다. 높은 지붕 밑 얼음 위에서 꺅꺅거리는 소리와 음악 소리와 함께 활 모양과 8자 모양이 그려진다. 헨리는 발목에 쥠쇠를 채운 스케이트 화를 신고, 친구 일레인의 짧은 스커트 속에 있는 요정의 엉덩이 같은 엉덩이를 따라가고 있다. 일레인은 큰 사내아이들과 시속 160킬로의 속도로

스케이트장 한가운데로 휙 달려가 버린다. 새로운 삶의 순환이 시작되는 순간이다.

녹터널 애니멀스 23

그래서 토니 헤이스팅스는 바비 안데스의 캠프에서 무릎에 총을 올려놓고 앉아서, 레이 마커스가 간이침대 위에 앉아 수갑을 찬 손을 무릎 위에 올려놓은 모습을 지켜보고 있었다. 붉은 미니스커트를 입은 수잔은 등의자에 앉아 있었다. 잉그리드는 벽감에서 초조해하고 있었다. 레이는 싱글거리는 얼굴로 수잔의 다리를 보고 있었다. 그들은 바비 안데스를 기다리면서 그에게 무슨 일이 일어났는지 궁금해하고 있었다. 토니는 이자가 순순히 잡혀 있는 이유는 도망치려 하면 내가 이 총으로 그를 죽일 거라고 믿고 있기 때문이라고 생각하고 있었다.

수잔은 토니와 레이에게 자신을 소개했다. "난 바비 안데스의 사촌이에요. 레슬리에게 쫓겨나면 항상 여기로 와요."

"언제든 좋을 때 와요." 레이가 말했다.

그녀는 자신의 허벅지를 보는 레이의 시선을 의식하고 그를 대담하게 봤다. "이봐요, 아저씨. 아저씬 누굴 죽였죠?"

"난 아무도 안 죽였다니까."

그녀는 토니에게 물었다. "이 사람이 누굴 죽였죠?"

"내 아내와 딸을 죽였어요."

그녀가 눈을 크게 떴다. "언제 그랬어요?"

"1년 전."

그녀는 다시 간이침대 위에 앉아 있는 그를 봤다. 그가 외계인이나 다른 종족인 것처럼 달라 보였다. 레이는 못 들을 거라는 듯 속삭이는 목소리로 -물론 그는 들을 수 있지만- 수잔이 말했다. "확실해요?"

"당연히 확실하죠. 놈이 그러는 걸 봤으니까." 토니가 말했다.

그는 방 안에 있던 사람들이 충격을 받은 걸 느꼈다. 레이가 몸을 앞으로 기울였다.

"와, 당신은 거짓말쟁이야, 형씨. 당신도 그걸 알고 있고."

그래서 토니는 마침내 간이침대 위에 앉아 있는 그의 진짜 청중을 의식하면서 그 이야기를 다시 했다. 레이는 안 듣는 척했지만, 토니는 이 이야기를 너무 많이 해서 더 이상 진실이 아닌 것처럼 느껴졌다.

수잔이 중얼거렸다. "너무 끔찍하네요. 너무 끔찍한 일을 겪으셨어요." 그리고 또 말했다. "이제 정상적인 삶으로 돌아오신 건가요?"

그는 네, 라고 할 뻔하다 어둡고 낯선 오두막집의 방 맞은편에 있는 레이와 자신의 무릎 위에 있는 권총을 보고 말했다. "아뇨."

"아니라고요?"

토니는 이 방에 있는 사람들을 다 죽이고 싶다고 생각했다. 아니, 그건 멍청한 짓이야. 그는 마음을 바꿨다. "난 괜찮아요." 그가 말했다.

수잔이 그를 격려하기 위해 물었다. "무슨 일을 하세요?"

"난 수학 교수예요."

그녀는 수학에 대해선 할 말이 하나도 없었다. 토니가 물었다. "당신은 무슨 일을 해요?" 그는 그녀가 매춘부같이 평판이 안 좋은 일을 할 거라고 생각했고, 그걸 어떻게 표현할지 궁금했다.

"전 가수예요."

"정말요? 어디서 노래해요?"

"지금은 노래할 수 있는 자리가 없어요. 난 그린 애로우에서 일하고 있어요."

"그게 뭐예요?"

"술집이야." 레이가 말했다.

"그건 나이트클럽이에요." 수잔이 말했다. 레이가 능글맞게 웃었다.

그녀는 하품을 했다. "미안해요." 그녀가 말했다.

"바비, 바비, 너무 늦잖아." 잉그리드가 말했다. 그녀는 수잔을 보고 말했다. "넌 자야겠다."

"당신들 모두 자는 게 좋겠는데." 레이가 말했다.

"넌 침실에서 자고 싶니?" 잉그리드가 수잔에게 물었다.

"미안하지만 난 여기서 잘 수 없어. 애인이 날 기다리고 있거든." 레이가 말했다.

"바비가 싫어하지 않으려나?"

"바비가 싫어하건 말건." 잉그리드가 말했다.

"아, 그것 참 말 잘했다. 잘했어요." 레이가 말했다.

"당신 침대를 차지하고 싶진 않은데." 수잔이 말했다.

"간이침대를 써요. 여기서 자. 우린 상관없으니까." 레이는 토니를 보며 씩 웃었다. "그렇지, 토니?" 토니는 자신이 그를 증오한다는 건 떠올렸다.

"어쩌면 토니도 자고 싶을지 몰라. 당신과 토니가 간이침대에 눕겠어? 난 상관없다니까. 잉그리드가 날 감시하면 되지. 잉그리드, 오케이?"

"역겨운 소리 하지 말아요." 수잔이 말했다.

"내숭 떨지 마, 아가씨. 난 그린 애로우에서 일하는 아가씨들 잘 알아.

아주 정이 많은 아가씨들이지. 안 그래, 수잔?"

"저자의 말은 무시해." 잉그리드가 말했다. 그리고 토니에게 물었다.

"바비가 당신을 여기에 밤새 있게 할 계획이란 걸 알았어요?"

"난 모텔에 방을 잡아 놨어요." 토니가 말했다.

"사정이 그렇다면 난 바닥에서 잘 수 있어요." 수잔이 말했다.

"아까 말했던 것처럼 당신은 간이침대에서 잘 수 있다니까. 토니랑 같이. 불을 다 끄고 마을로 갈 수도 있고. 나랑 잉그리드는 상관없다니까."

"입 닥쳐. 참고로, 개자식아, 그런 애로우에 다른 아가씨는 없거든. 거기서 일하는 사람은 나 하나야. 그러니까 넌 네가 무슨 소리를 하는지도 모르고 있어." 수잔이 그렇게 말하고 토니에게 돌아섰다. "상소리를 해서 미안해요. 하지만 개자식은 개자식이죠."

레이는 초조해하면서 의자 위에서 몸을 꼼지락거리고 있었다. 그는 마치 일어서려고 할 것처럼 몸을 계속 움직였고, 그렇게 할 때마다 토니는 총을 잡은 손에 힘을 줬다. 그는 계속 자신이 가지고 있다고 생각되는 이 힘에 의지하고 있는 현실을 생각하게 됐다. 한 인간이 권총 한 자루라는 수단으로 다른 인간을 제압하고 있다. 그는 생각했다. 내가 이 권총을 쓰는 법을 기억하고 있나? 만약 그래야 한다면, 놈이 날 덮치기 전에 놈을 맞힐 수 있을 정도로 겨냥을 잘할 수 있을까? 만약 놈이 일어나서 돌아다니면 놈을 죽이겠다고 협박할 수 있을까? 내가 실제로 그렇게 할 수 있을까? 그리고 만약 그렇게 한다면, 법적으로 댈 수 있는 이유는 뭐가 있지? 그 질문에 그는 경악했다. 그 점에 대해선 생각해보지 않았다. 지금은 바비의 지시를 따르고 있지만 만약 그 지시가 불법이라면? 납치를 도와주려고 살인을 한다? 그는 생각했다. 아, 난 이 총을 쓸 수 없어. 차라리 이 총을 안 가지고 있는 게 낫겠어.

그러다 다시 생각했다. 지금 이 상황에서 우리가 안전한 유일한 이유는 저자가 지금 내가 무슨 생각을 하고 있는지 모르기 때문이야. 그는 아직도 내가 이 총을 쓸 수 있다고 믿고 있어. 그게 저자와 나의 차이야. 저자가 내 마음을 알아채는 즉시 우리는 끝나는 거야.

어둡고 여기저기 거미줄이 쳐진 오두막집에서 토니는 목재 속의 곰팡이 냄새를 맡을 수 있었다. 바비 안데스가 버리고 가버린 토니는 지금 큰 곤경에 빠져 있다. 안데스는 이 상황이 곤경이 아니라 제대로 돌아가고 있는 영리한 계획이며, 토니는 방관자이자 득을 보는 사람이라고 하지만. 그게 바비 안데스와 토니의 차이다. 그는 잉그리드가 있어서 정말 다행이라고 생각했다. 그녀는 지금 상황을 명확하게 판단하고 있으니 날 도와줄 거야. 바비 안데스가 서둘러주면 좋을 텐데.

그는 아무래도 족쇄를 다시 채우는 게 좋을 것 같다고 생각했다. 잉그리드에게 그렇게 제안해야지 싶었다. 레이가 보는 앞에서 그렇게 하는 게 안전하다면 말이다.

너무나 다행스럽게도 잠시 후에 또 다른 차 소리가 들렸고 다시 창문에 불빛이 비쳤다. 차 소리와 거친 남자 목소리들이 들렸고, 자갈길을 지나 오두막 앞으로 걸어오는 소리가 들렸다. 검은 수염을 기른 남자가 한 명 들어왔고 안데스가 권총을 들고 따라 들어왔다. 토니는 수염을 기른 남자를 곧바로 알아보진 못했지만 루 베이츠일 거라고 추정했다. 루는 수갑이 등 뒤에 채워져 있었기 때문에 구부정하게 서서 걸어왔다.

루 베이츠는 오두막집 안에 있는 사람들을 모두 둘러보면서 이게 무슨 상황인지 파악하려고 했다.

"개자식." 레이가 말했다.

바비 안데스가 루에게 간이침대 위에 앉아 있는 레이 옆에 앉으라고 손짓했다. 그리고 수잔을 빤히 바라봤다.

"이게 뭐야? 빌어먹을 파티라도 하는 거야?"

"레슬리에게 또 쫓겨났어."

그는 잉그리드를 노려봤다. "당신이 수잔에게 오라고 했어?"

"대체 어디 있었어, 바비?"

"당신이 쟤를 불렀냐고 내가 물었잖아!"

"수잔은 항상 여기 오니까 온 거야."

"괜찮아요?" 고음인 수잔의 목소리는 아주 작았다.

토니는 그들이 레이의 족쇄를 풀어준 걸 바비가 언제 눈치 챌지 궁금했다.

"나는 시내에 가야 했어. 놈을 직접 데려 와야 했다고." 바비가 말했다.

"왜 우리에게 말하지 않았어?"

"나도 몰라. 난 조지가 근무 중일 줄 알았지. 조지가 놈을 데려올 줄 알았다고." 그는 다른 사람들이 너무나 멍청해서 짜증이 날 대로 난 상태였다.

"이 남자는 누구야?" 잉그리드가 말했다.

"당신은 알고 싶지 않을 거야."

"왜 다른 사람이 이 사람을 데려올 수 없었던 거야?"

"이놈은 안 돌아가." 바비가 말했다. 그는 이 일에 아무 상관이 없는 사람에게 말하는 남자 특유의 경멸하는 어조로 말했다. 그는 방 한가운데에 서서 모여 있는 사람들을 봤는데 창백한 얼굴이 몹시 역겨운 표정이었다.

"빌어먹을, 토할 것 같아." 그는 등의자에 앉았다. 레이의 얼굴에 경계하면서도 호기심 어린 표정이 떠올랐다. 바비는 레이의 다리는 보지도 않았다. 그는 천천히 진정하고 수잔을 봤다. 그리고 말했다. "까칠하게 굴어서 미안한데 난 여기서 업무를 좀 봐야 해. 손님들이 올 거라곤 생각 못했어."

"경찰 아저씨." 레이가 말했다.

"당신들이 오늘 여기서 본 일에 대해선 비밀을 지켜줄 거라고 믿어. 괜찮다면 당신들은 나중에 침실로 보내야 할지도 몰라." 바비가 여자들에게 말했다.

"경찰 아저씨, 화장실에 가도 되나요?"

"아, 망할."

"그래, 망할이야. 맞아, 경찰 아저씨. 그것도 급하다고."

바비가 으르렁거렸다. "일어나." 그가 말했다. 그는 레이를 데리고 뒤로 갔다. 오두막집 안에 있는 사람들은 그들이 뒤쪽에 있는 나뭇잎들을 저벅저벅 밟는 소리를 들었다.

수잔은 미심쩍은 표정으로 잉그리드와 토니를 봤다. 잉그리드가 눈썹을 추켜올렸다. 루 베이츠는 바닥을 뚫어져라 보고 있었다. 마침내 수잔이 그에게 돌아섰다. "당신이 누군지 물어봐도 되나요?" 그녀가 말했다.

그는 대답하지 않았다. 수잔이 다시 물었지만 그는 여전히 대답하지 않았다. 토니가 말했다. "저 사람은 루 베이츠예요. 아까 그자와 같이 내 아내와 딸을 살해한 또 다른 사람이죠."

루는 눈을 들어서 침울한 표정으로 토니를 보더니 다시 바닥을 내려다봤다. 수잔이 말했다. "아, 이제 어떤 상황인지 이해가 되네."

잉그리드에게 책이 한 권 있었다. "넌 책이나 읽는 게 낫겠어." 그녀가 수잔에게 충고했다.

잠시 후에 레이와 바비가 돌아왔다. 이제 레이는 수갑을 벗고 있었다. 그는 루 옆에 앉았고, 바비는 등의자에 앉았다. 레이는 잉그리드를 보고 유쾌하게 말했다. "당신은 밖에 있는 라임을 좀 써야 할 것 같아. 라임이 여자들과 아이들을 강하게 만들어주는 효능이 있지."

"닥쳐." 바비가 말했다. 그는 수잔에게 몸을 돌려서 말했다. "그러니까, 내가 널 믿어도 돼?" 그는 레이가 똥을 싸겠다고 말을 끊기 전에 하던 말을 끝내려고 했다.

"누구? 나? 당연하지."

"이봐. 이 일은 내가 듣기에 합법적이지 않아. 비밀이니 뭐니 하는 똥 같은 소리 말이야. 들으면 들을수록 영 아니라고, 형씨."

"참나. 네가 지금 합법적이냐 아니냐를 걱정해? 네가?" 바비의 입술 색은 안색과 똑같이 창백했다. 그는 천천히 크게 숨을 쉬면서 싱긋 웃었다.

"내가 너에게 그런 걱정은 하지 말라고 했잖아." 그는 등의자에 기대어 앉아 이 광경을 즐기는 것처럼 그들을 바라봤다.

토니도 그들, 레이와 루를 바라봤다. 그 때문에 여기에 죄수로 잡혀온 그들, 그에게 한 짓의 대가를 치르고 있는 그들. 지난여름에 숲속에서 일어난 일이 그때 끝나지 않고 그가 상상도 하지 못한 방식으로 계속 전개되고 있었다.

"오케이, 여러분." 바비가 말했다.

"이봐, 루. 이 사람에게 너 뭐라고 했어?" 레이가 말했다.

"난 아무 말도 안 했어."

"저 사람이 그러는데 네가 날 이 남자 아내와 아이의 살인사건에 연루시켰다던데."

"망할, 저 사람이 네가 그랬다고 그랬어."

잉그리드는 혀를 끌끌 찼다. 그녀는 등을 돌리고 가지고 있던 책을 열심히 읽었다.

레이는 비열하게 웃었다. "저 사람이 우리를 속이려 하는 거라고 생각하지 않아?"

루는 격분하기도 하고 충격을 받아 바비를 바라봤다.

"당신은 법을 지켜야 하잖아. 이게 대체 무슨 헛소리야?"

바비 안데스가 웃었다. "닥쳐. 너희들, 서로에게 할 말 없어?"

"무슨 할 말이 있다고 그래? 네가 우리한테 구라 쳤잖아."

"당신 부끄러운 줄 알아, 법을 지키는 경찰이." 루가 말했다. 정말 화가 나고 환멸을 느낀 목소리였다.

"그걸 네 교훈으로 삼아."

"뭐라고?"

"그 교훈이란 뭐냐. 이 방에 있는 사람들은 모두 네가 무슨 짓을 했는지 알고 있어. 그러니까 누가 누굴 연루시켰는지 그건 개똥만큼도 중요하지 않단 말이야. 난 너희들이 내게 무슨 말을 하든 아무 관심 없어."

아무도 입을 열지 않았다.

"내가 안단 말이야. 더 이상 뭐가 더 필요해? 내 말 알아들었어?"

레이가 말했다. "그럼 우리는 지금 여기서 뭐하고 있는 건데?"

"네가 지금 하고 있는 거."

"뭐라고?"

"네가 무슨 짓을 했는지 난 아니까."

"무슨 말인지 이해가 안 되는데."

"이해하게 될 거야. 난 잃을 게 하나도 없어. 그 점을 잘 생각해봐."

"지금 우리를 협박하는 거야?"

바비 안데스가 다시 웃었다. 그 웃음은 기운이 하나도 없고, 답답하고, 고약했다. "난 암으로 죽어가고 있지만 너희들이 먼저 죽을 거라고 봐."

"괜히 우리에게 화풀이 하지 마."

"우린 파티를 할 거야."

레이는 이제 아주 불편해보였다. "이봐, 당신 조심하는 게 좋을 거야." 그가 말했다.

"내가 뭐 하나 말해줄까, 자기들. 넌 지금 자유의 몸이라고 생각하고 있어, 레이. 하지만 지금 널 봐. 넌 여기 있잖아. 한번 생각해봐. 아, 난 정말 네가 불쌍하다."

레이는 대답이 없었다.

바비 안데스는 복통이 있는지 아니면 속이 뒤틀리는지 허리를 쭉 폈다. "너희들은 차에 여자 식구들을 태운 남자를 괴롭혀서 미안하다고 느끼게 될 거야. 너희들은 죽는 편을 선호할지도 몰라. 너희들은 쓰레기야, 그거 알아? 악취가 난단 말이야. 스컹크, 맞아, 너희들은 스컹크야. 정확히 말해서 살아 있는 스컹크는 아니고 그보단 죽은 스컹크에 가깝지." 바비는 계속 몸을 비틀고 있었다.

바비가 그를 위해 말하고 있고, 자신이 생각한 심경을 대변하고 있어서 토니는 당혹스러웠다. 하지만 바비는 환자다.

"어디 아파, 바비?" 잉그리드가 말했다.

그는 레이 마커스를 보고 말했다. "너 장염에 걸려본 적 있어? 암에 걸렸는데 장염까지 걸려본 적 있어? 한 번이라도?"

잉그리드가 속삭였다. "바비?"

바비 안데스가 레이 마커스에게 말했다. "그렇게 실실 쪼개지 마, 이 개
새끼야."

잉그리드가 바비에게 말했다. "아무래도 당신 좀 누워야겠어."

바비가 루에게 말했다. "넌 죽었어. 개자식."

잉그리드가 바비의 어깨를 만졌다.

"너 한 번이라도 뱃속에 총알이 들어가 본 적 있어?"

그는 심호흡을 했다. 그녀는 젖은 수건을 들고 와서 바비의 이마 위에
올려놨다. "아, 망할." 바비가 말했다. 그는 그 수건을 옆으로 밀어버리고
토니에게로 몸을 돌렸다.

"난 지금 놈들을 죽일 생각을 하고 있는데." 바비가 말했다.

"저들을 죽인다고요?" 토니는 정신이 번쩍 들었고, 두 남자 역시 경직
됐다.

"아직 확실하게 마음먹은 건 아니고. 지금 하거나 아니면 나중에 불시
에 죽이거나. 법이 뭘 요구하는지 당신도 알고 있잖아요. 놈들은 변호사를
써서 지들이 빠져나갈 수 있다고 생각하지만, 그건 놈들이 착각한 거지.
이미 사형 선고는 내려졌어. 언제 집행되나, 그게 문제지." 그는 레이와 루
를 봤다. "너희들도 그 말이 무슨 뜻인지 알지, 그렇지? '집행된다' 이 말은
사형수를 전기의자에 앉히는 것처럼 사형을 실시한다는 거야. 나도 너희
들을 어떤 방법으로 사형시킬지 말해줄 수 있으면 좋겠어. 왜 그러냐면 모
르는 게 훨씬 더 끔찍하거든. 하지만 유감스럽게도 난 알려줄 수 없어." 그
리고 바비 안데스는 마치 설명하는 것처럼 토니에게 고개를 돌려서 말했

다. 물론 두 남자는 계속 듣고 있었다. "있죠, 내가 이들을 놓아주면 이 불쌍한 인간들은 참 힘들게 지낼 거요. 자기들 신세가 어떻게 될지 모르거든. 경찰들이 사방에 쫙 깔려서 바쁘게 작업할 거야. 예를 들어 레이는 체포에 저항하다 살해될 수도 있어. 아니면 지 친구라고 생각한 어떤 놈하고 보석가게에 침입할 수도 있고, 늦은 밤 자기 집에 들어갔다가 부엌에서 강도가 쏜 총에 맞을지도 몰라. 그걸 누가 알겠어? 누굴 믿어도 될지 절대 알 수 없어. 절대."

"조심해, 형씨. 이 방엔 증인들이 많아."

"지금 내 숙녀들 이야기를 하는 거야, 이 사람아? 이들은 자기들이 지금 뭘 보고 있는지 아주 잘 알고 있어. 그렇죠, 아가씨들?"

이게 다 토니를 위한 일이었지만 토니는 어이없게도 수치스러운 기분이 들면서 바비 안데스가 이런 무서운 이야기로 뭘 얻을 속셈인지 궁금했다. 그리고 그가 어떻게 이 일로 인해 어떤 법정에서건 레이 마커스를 상대로 한 그의 사건이 패소하지 않으리라 확신하는 건지도 궁금했다.

수갑이 등 뒤에 채워진 루는 어깨를 앞뒤로 비틀고 있었다. "불편해?" 바비가 말했다. 그는 가서, 루의 수갑을 풀어주고 아버지처럼 어깨를 토닥였다. 이제 두 남자 모두 양손을 자유롭게 쓸 수 있게 됐고, 바비는 아픈 몸으로 그들을 보며 싱글거리고 있었다.

바비는 다시 의자로 돌아갔다. 그리고 토니에게 대화하는 투로 말했다. "난 그동안 고문에 대해 연구해왔어요."

토니는 잉그리드가 숨을 헉 들이쉬는 소리를 들었다.

"내가 듣기로 이자들은 고문에 능하다던데. 하지만 이들은 아마추어들이야. 난 법적인 고문을 연구했거든. 정부에서 하는 고문은 여기 이자들이 여자들과 아이들에게 하는 개인적인 고문보다 훨씬 더 효율적이야." 바비가 말했다.

"넌 대가를 치르게 될 거야." 레이가 중얼거렸다.

바비가 정말로 법적인 해결책을 포기한다면, 그가 정말로 자신의 방식으로 놈들을 처형할 가능성이 토니를 엄습했다. 만약 그렇다면 자신은 뭘 해야 할지 토니는 생각했다. 만약 그가 끼어든다면. 그는 평생 한 번도 그런 적이 없지만. 그런 상황에서 자신이 뭘 막아야 하는지 알고 있어야 한다. 거친 말, 강압적인 경찰 수사? 고함지르기, 심리적 전술. 대신 그는 뭘 제안해야 할까?

"정부가 하는 고문은 목적이 있어야 해. 그 목적은 자백을 받는 거야. 정부는 이렇게 말하지. 표면적인 목적. 너희들 표면적이란 말이 무슨 말인지 알아? 진짜 목적은 다른 거란 뜻이야. 진짜 목적은 그들이 죽고 싶게 만드는 거야."

토니가 끼어들려고 할 때 문제는 바비가 이미 말 달리듯 자신의 계획을 일사천리로 진행시키고 있었고, 적법성이나 투명성 같은 절차 관련 질문으로는 이제 그를 멈출 수 없다는 것이다.

"아무도 자백에 대해선 신경 안 써. 고문의 위대한 점은 고문을 받는 쪽이 자연스럽고 본능적으로 죽기를 바라게 된다는 거야. 이 정도면 내가 잘 정의했나요, 토니?"

그래서 토니가 말했다. "바비."

"뭐요?"

토니는 뭐라고 해야 할지 몰랐다. 바비가 말만 이렇게 하는 거라면 토니는 얼간이가 된 기분이 들 것이다.

"놈들을 어떻게 해야 할까요, 토니?"

"나도 모르겠어요."

바비 안데스는 그 말을 다시 생각했다. 그는 그의 권총을 보고, 무게를 가늠해보고, 들어서, 시험 삼아 레이의 머리를 겨냥했다. 레이는 피했다가 다시 똑바로 앉았다. 바비는 총의 공이치기를 당겼다가, 풀었다가, 다시 겨냥했다가, 내려놨다. 그는 오랫동안 레이와 루를 보다가 다시 루와 레이를 보다 일어섰다. 그는 레이에게 윙크하고 권총을 잉그리드에게 건넸다. "자, 이거 들고 있어." 그녀는 그걸 다시 바비에게 건네고 부엌으로 갔다. 바비가 권총을 수잔에게 건네자 그녀는 경악하면서 손가락 끝으로 권총을 잡았다. 그는 뒤쪽으로 가서 벽장문을 열고 쭈그리고 앉아 바닥에 있는 뭔가를 찾았다.

루가 침대 가장자리에 앉아 있는 동안 레이는 두 손을 머리에 받치고 침대에 몸을 기울였고, 토니는 의자에 앉아 권총을 든 채 그들을 바라봤다. 레이가 킬킬 웃었다. "너 겁나냐, 루?" 그가 물었다. 그는 루의 옆구리를 간질였다. "집어치워." 루가 말했다.

"저 사람은 좋은 사람이 아닌데. 저러다 제정신이 돌아오면 아주 큰일을 당하게 될 거야." 레이가 말했다. 그는 바비가 벽감에 있던 낚시도구 상자를 테이블에 올려놓는 걸 지켜봤다.

또 다른 등의자에서는 수잔이라고 성은 없는 여자가 바비의 총이 마치 똥이라도 되는 것처럼 손 대는 걸 역겨워하면서, 그 차가운 금속이 그녀의 밖으로 드러난 하얀 허벅지에 닿지 않게 하려고 애쓰고 있었다. 부엌에서 잉그리드는 요란한 소리를 내고 있었다. "내가 죄수를 감시하게 될 줄 몰랐네." 수잔이 말했다.

그들은 바비가 낚시도구 상자에서 뭔가 꺼내서 들고 검사하는 걸 봤다. 그는 일어서서 벽장에서 녹이 슨 원형 낫을 하나 꺼내 날을 만져보더니 다시 넣고, 오래된 자동차 배터리같이 생긴 걸 테이블로 가져왔다. 그는 다른 사람들에게 등을 돌린 채 앉아서 긴 철사 하나를 치켜들었다. 그리고 뭔가를 포켓 나이프로 자르고, 철사를 위로 들어서 고리를 만들고, 다시 그 위로 몸을 기울여 나이프로 금속성의 뭔가를 긁었다. 바비 주변에 낚시 바늘과 철사 조각들이 흩어져 있었는데, 그가 뭘 하는진 볼 수 없었다.

잉그리드는 싱크대에서 물을 튀기며 설거지를 하고 있었다. 양철 접시들이 탕탕 부딪치는 소리가 들렸다. 수잔이 꽥 소리를 질렀다. 권총이 그녀의 허벅지 위로 미끄러졌다.

"이걸 꼭 써야 할 때 쓸 수 있을지 모르겠네." 수잔이 말했다.

레이가 몸을 일으켜 똑바로 앉았다.

"그건 아주 위험한 무기야. 그런 걸 다룰 땐 조심해야지." 레이가 말했다.

레이는 뭔가 꿍꿍이가 있었다. 토니는 그걸 알 수 있었다. 레이는 루를 보면서 의사소통을 하려고 했지만, 루는 침울하게 앉아서 눈치를 못 채고 있었다. 바비가 주위를 둘러보다가 다시 하던 일에 정신을 집중했다. 그는 테이블 위로 몸을 기울이고 뭔가 슥슥 가는 소리를 냈다.

"화장실 좀 갈 수 있을까?" 레이가 말했다.

"방금 갔다 왔잖아."

레이가 일어섰다. "조심해." 토니가 말했다.

"알았다고, 알았어. 그냥 다리 스트레칭 좀 하려는 거야." 그는 벽에 압정으로 붙여놓은 잡지 사진들을 가서 봤다.

"앉아." 토니가 말했다.

"거 참, 난 운동 좀 해야 한다고."

"앉으라고."

"네, 보스." 그는 앉았다.

벽감에 있는 테이블 앞에 앉아 있던 바비가 몸을 돌려서 그들을 바라봤다. 그는 나이프와 한 쌍의 철사를 손에 들고 있었다. 그는 다시 하던 일로 돌아갔다.

"토니가 시키는 대로 하는 게 좋을 거야." 바비는 등을 돌린 채 말했다.

레이가 말했다. "그런 거 쏴 보긴 했어?"

토니는 대답하고 싶지 않았다.

"내 장담하는데 한 번도 없었겠지." 레이는 조용히 말했지만 바비가 들을 수 없을 정도로 작은 목소리는 아니었다.

"이봐, 토니. 네가 날 쏘면 어떤 변명을 댈 거야?"

"그건 내 문제지 네 문제가 아니야."

"이건 합법적이지 않아. 이건 납치라고. 네가 날 쏘면 그건 경찰 업무가 아니라 살인이야."

토니는 오싹해지면서 전에는 그러길 바랐지만 이젠 자신이 레이를 쏘는 일은 일어나지 않기를 빌었다. 그러려면 이 권총을 바비에게 다시 줘야 했다. 그는 바비가 지금 하는 일을 어서 끝내길 빌었다.

"어디서 가르치는 거야, 교수님?" 레이가 물었다. 그는 다시 일어났다.

"어서 가자고, 루."

"뭐라고?"

레이가 옆으로 가서 벽을 따라 문을 향해 걸어가고 있었다.

"어서 가자고, 움직여!"

루는 멍한 표정으로 레이를 바라봤다.

"앉아." 토니가 말했다. "바비!"

"어서 가자니까, 이 멍청아. 이제 갈 시간이 됐어." 레이가 말했다.

토니가 벌떡 일어섰다. 그는 총의 공이치기를 당기면서 레이가 문으로 가지 못하게 막으려고 했다. 벽감에서 그는 바비 안데스가 일어서는 걸 봤다. "놈을 쏴요, 토니." 바비 안데스가 말했다.

"어서 가자고, 어서 가."

"너 미쳤어? 저 남자는 권총을 가지고 있어."

"움직이라니까, 자식아, 움직여!"

문 앞에 서서, 토니는 총을 올리고 겨눴다. "멈춰, 멈추라고!" 그 순간 레이가 그에게 덤벼들었고 토니는 레이에게 총을 뺏길까봐 두려워서 옆으로 피했다. 루가 그걸 보곤 그도 달려들었고 수잔이 비명을 질렀다.

닫힌 문 앞에서 레이는 자물쇠를 더듬더듬 만져서 풀고 밖으로 도망쳤다. 이제 바비가 움직였다. 토니는 그가 앞으로 돌진해, 수잔의 손을 움켜쥐고 하는 말을 들었다. "그거 내놔." 이때 안쪽 문이 루의 얼굴을 치는 걸 봤고, 레이가 철망이 달린 현관 밖으로 달려가는 소리를 듣고 루가 문을 열고 달리는 게 보였다. 바비는 토니와 같이 달려가다가, 그를 옆으로 밀어버리면서 소리 질렀다. "이제 너희들은 잡혔어!" 그러고는 바로 문 밖에서 거대한 폭발음이 들려서 그의 모든 감각이 혼란스러워졌다.

그는 폭탄이 터졌다고 생각했고 판지로 만든 천장이 무너질 거라고 생각했다. 그는 옅은 파란색 연기를 보고, 화약 냄새를 맡고, 바비가 위로 치켜든 권총을 봤다. 바비는 계단을 뛰어 내려가 루를 쫓아갔다. 수잔이 비명을 지르고 있었다. 토니가 그녀를 봤다. 그녀는 주방용 칼을 한 자루 들고 있는 반면 잉그리드는 비눗물이 가득 든 설거지통을 들고 언제라도 던질 준비를 하고 있었다.

밖에서 또 다른 폭발음이 들렸고, 또 한 번 들렸다. 그는 현관으로 달려나가서, 바비가 길에 서서 권총을 겨냥하고 있는 걸 봤고, 또 한 남자가 강가를 따라 달리는 걸 봤다. 그 남자가 계속 달리는 동안 또 총 소리가 났다. 그 남자는 강가 길 옆 나무들 밑으로 사라졌다. 그때 토니는 또 다른 남자가 강 근처 풀 위에 누워 있는 걸 눈치 챘다.

이제 현관 옆에 수잔이 서서 헐떡거리고 있었고, 잉그리드는 타월에 손을 닦고 있었다. 키가 작고 뚱뚱한 바비 안테스는 길에 서서 셔츠를 바지에 찔러 넣고 있었다. 그는 그 남자가 도망친 강가를 따라 숲으로 가는 길을 보고 있었다.

"차 키 가져와요. 저놈을 잡아야 해요." 바비가 말했다.

"기다려, 바비." 잉그리드가 말했다.

토니의 차 열쇠는 그의 주머니에 있었다. 풀 위에 누워 있는 남자는 루였다. 그는 신음하면서 두 손을 땅바닥에 짚고 일어나려고 했지만 할 수 없었다. 그는 그들을 보며 소리를 질렀다. "누가 날 좀 도와줘요, 제발!"

잉그리드가 집 안으로 들어갔다가 타월 한 장을 가지고 나왔다. 바비 안테스는 강을 내려다보고 있거나 생각하고 있었다.

"난 다쳤다고요. 젠장!" 루가 말했다.

"이건 아무 소용이 없군." 바비가 말했다. "우린 나중에 놈을 잡을 거요." 그는 토니를 봤다. "왜 놈을 안 쐈어요?"

그의 머릿속에 재빨리 대답이 떠올랐다. 그건 당신 일이잖아요. 하지만 그렇게 말할 수 없었고 대신 할 말이 생각나지도 않았다. 잉그리드는 수건을 손에 들고 잔디밭을 가로질러 루가 있는 곳으로 갔다.

"가지 마!" 바비가 말했다.

"이 사람은 다쳤어. 우리가 상태를 봐줘야지."

"돌아와!"

"그만 해, 바비. 그리고 옷 입어. 이 사람을 병원에 데려가야 해."

"조용히 해."

"기다리는 동안 이 사람이 죽을 수도 있어."

바비는 무슨 생각에 한없이 몰두해 있다가 갑자기 움직였다.

"뒤로 물러서." 그가 말했다. 그는 루에게 걸어가서 그의 머리에 대고 총을 쐈다.

두 여자 중 하나가 말했다. "맙소사!"

다시 그 장면을 보면 이렇다. 루가 땅바닥에 누워서, 고통스러워 엉엉 울면서 애원하는 얼굴로 군인처럼 성큼성큼 다가오는 바비를 보고 있었다. 바비는 사형집행자처럼 총을 그에게 겨눴다. 루는 충격을 받은 표정으로 팔로 자신의 머리를 가리고 몸을 굴려서 도망치려 했다. 그때 폭발음이 들렸고 그의 몸은 마치 점핑빈(jumping bean, 멕시코산 등대풀과의 씨앗으로 씨앗 속에 벌레가 생겨서 그것이 움직이는 대로 씨앗이 움직이는 것처럼 보여 이런 이름이 생김)처럼 털썩 뛰어올랐다가 뒤로 쓰러져서 다리를 차다가 축 늘어졌다.

수잔은 아이처럼 울었다.

바비는 이제 죽었을 루를 쿡쿡 찔러보더니, 몸을 기울여 그의 얼굴을 보고, 다시 현관에 있는 다른 사람들, 아니면 그들의 머리 위에 있는 뭔가를 향해 돌아왔다. 그는 총을 들어 그들을 향해 겨냥하고 다시 총을 발사했다. 수잔은 엄청난 공포에 사로잡혀 비명을 지르며 안으로 달려갔다.

"조용히 해. 너희들에게 총 쏘고 있는 게 아니야." 바비가 말했다.

그는 절뚝거리면서 배를 잡고 그들에게 돌아왔다. 총은 그의 손에 걸려 있었다. "안으로 들어가. 다들 한 무리의 얼간이들 같아 보여."

그가 마지막으로 쏜 그 총이 어딜 겨냥하고 있었건 간에, 실제로 맞춘 건 문의 용수철이었던 게 분명했다. 이제 스프링이 박살난 문이 달랑달랑 매달려서 찢어진 철망 옆에서 흔들리고 있었다.

6

녹터널 애니멀스 24

그들이 바비 안데스의 캠프에 있는 동안 숲속에서 일어난 대참사의 여운은 사라졌다. 미니스커트를 입은 수잔이라는 여자, 행주를 든 잉그리드, 쓰지도 않은 권총을 들고 있는 토니 모두 충격을 받은 채 테이블 옆에 서 있었다. 경찰 업무에 바빴던 바비 안데스는 바지를 고쳐 입고, 그가 썼던 권총을 들고 있다. 루 베이츠는 뇌에 총알이 관통된 상태로 밖의 풀밭 위에 누워 있다.

"망할. 대체 어떻게 된 거요, 토니? 총이 작동 안 됐어요?" 바비가 말했다.

토니가 느끼고 싶었던 격분은 당연히 그가 해야 했던 일을 몰랐다는 수치심에 수그러들고 말았다. 그래서 아무 말도 하지 않았다.

바비가 수잔을 봤다. "무섭게 해서 미안해. 박쥐 한 마리가 보였어."

"박쥐라고, 바비? 당신은 우리에게 총을 쏘고 있었어!"

안데스의 표정이 변했다. 그는 테이블 위에 총을 내려놓고 뒷문으로 나갔다. 그들은 그가 물개처럼 괴롭게 숨을 내쉬는 소리를 들었다.

그리고 다시 돌아왔다. "빌어먹을, 하필 이럴 때 아프다니."

그는 테이블 앞에 앉아서 심호흡을 했다. "움직여야 해요." 그가 말했다.

"바비, 저기 밖에 당신이 죽인 남자가 있어." 잉그리드가 말했다.

"내게 시간을 좀 줘."

그녀는 토니와 수잔을 봤는데, 모두 서로의 얼굴만 봤다.

"바비, 우리가 어떻게 해야 하지?"

"괜찮아. 모두 다 통제되고 있어." 바비가 말했다.

"우리가 어떻게 해야 하냐고! 당신이 저 남자를 죽였어!"

"맞아. 놈이 도주하려 했어."

"당신이 의도적으로 저 사람을 죽였잖아."

"놈이 도주하려고 했잖아. 무슨 문제 있어?" 바비가 그녀를 보며 말했다.

"당신이 그를 또 쐈잖아. 머리에 말이야."

방은 조용했고, 모두 그를 보고 있었다. 또다시 강가에서 개구리 소리가 들렸다. 바비는 손으로 머리를 쓸어내리며, 입을 열어 말을 하려다 마음을 바꿨다.

"왜 그랬어?"

"첫 발에 명중을 못 시켰으니까. 젠장." 그는 자신의 주머니를 더듬어서 차 키를 꺼냈다. "난 가야 해."

"어디로 간단 말이야, 바비?"

"전화하러." 잉그리드가 그의 어깨를 만지자 그는 그녀의 손을 밀어냈다. "만지지 마. 난 괜찮아."

"토니를 보낼 순 없어?"

이 말에 토니는 놀랐지만 바비도 마치 잉그리드를 미친 사람처럼 봤다.

"토니는 할 수 없어." 바비가 말했다.

"뭘 할 수 없다는 거야? 토니가 경찰서에 메시지를 전달할 수 있잖아. 더 이상 뭘 원해?"

"난 그 개자식이 밖에 있을 때 잡고 싶어."

"아, 안 돼, 바비."

"아, 되거든, 잉그리드. 난 그 개자식을 꼭 잡아야 해."

"우린 여기다 그냥 내버려두고?"

그는 일어서서 옷매무새를 정돈하고 문으로 걸어갔다. 잉그리드가 소리를 질렀다. "바비!"

"긴장 풀어. 토니에게 권총이 있잖아. 토니가 어떻게 쓰는지 기억하고 있다면 말이야."

"저기 밖에 남자가 누워 있어."

"그냥 누워 있으라고 해. 그 남자는 건드리지 마. 집 안에만 있으면서 내일 아침 일찍 낚시꾼이 걸어가다 걸려 넘어지길 빌어."

그는 밖으로 나갔다. 그들은 차가 떠나는 소리를 들었다. 잉그리드가 말했다. "망할 인간, 지옥에나 가버려!"

수잔이 말했다. "바비가 한 짓은 합법적이었던 건가요?"

"그 남자를 쏜 거 말이야?"

"경찰이 그래도 돼요?"

"그 남자는 도망치려 했어. 하지만." 잉그리드가 덧붙였다. "머리에 쏜 그 두 번째 총알. 그럴 필요는 없었는데."

"그것 때문에 바비에게 말썽이 일어날까요?"

"그것도 그렇고."

"또 뭐가 있는데요?"

"바비는 그 다른 남자를 잡고 있을 법적 근거가 없었어."

"레이 말이에요?"

"그건 다 불법이었다고." 잉그리드가 말했다.

"그것 때문에 문제가 생길까요?"

"그건 생각하고 싶지 않아."

"우리가 아무 말도 안 하면."

"그들은 알 거야. 시체에 난 상처들을 보면 알지. 문제는 동료들이 바비를 지원해주냐는 거지." 잉그리드가 말했다.

토니가 받은 충격이 변질되고 있었다.

"대체 바비가 뭘 하려고 했던 걸까요? 내 말은, 경찰에서 진상을 알아내면 바비는 망하는 거 아니에요?" 수잔이 말했다.

잉그리드는 건성으로 웃었다. "언제 누가 알아내는데? 내 생각에 바비는 신경 안 쓰는 것 같아. 바비는 지방검사가 놈을 쫓지 않으면 자기가 하겠다고 결정한 것 같아." 잉그리드는 바비의 생각을 알아내려고 애를 썼다. "내가 이해를 못하겠는 건 어떻게 그렇게 경솔할 수 있었냐는 거야."

"바비가 경솔했나요?" 수잔이 말했다.

"아까 그 테이블 앞에서 뭔가를 만지작거리고 있었던 거. 바비는 토니가 놈들을 막기를 기대하고 있었던 거야. 그건 평소의 바비 같지 않은데." 잉그리드가 토니를 봤다. "당신은 그 남자가 죽어서 기쁘겠군요."

토니는 그 점에 대해선 생각할 수 없었다. 그는 레이가 도망쳤을 때 그가 어떻게 하기를 바비가 기대했는지에 대한 문제로 머리가 복잡했다. 루 베이츠가 더 이상 루 베이츠가 아니게 된 것처럼 그의 죽음은 더 이상 중요하지 않아 보였다. 토니는 터크의 죽음만큼이나 루의 죽음에 아무 만족을 느끼지 못했다. 시간이 그가 겪은 범죄를 다시 정의했고, 이제 중요한 범인은 레이 하나밖에 없었다. 언제나 중요한 놈은 레이였는데, 또다시 토니가 두려워하다 레이를 놓아준 것이다.

"밖에 있는 남자 죽은 거 확실할까요?" 수잔이 말했다.

"그 남자는 머리에 총을 맞았어." 잉그리드가 말했다.

"하지만 안 죽었을지도 몰라요. 아무래도 우리가 가서 확인해야 하는 거 아닌가?"

"그 사람은 죽었어. 그건 확실해."

"혹시 모르니까 누가 가서 봐야 할 것 같은데."

"난 싫어."

나도 싫어요. 수잔이 돌아서서 그를 봤을 때 토니도 마음속으로 잉그리드가 했던 말을 되풀이했다. 그들은 문 안에 서서 바비의 젊은 사촌으로 토니와 레이 둘 다 매춘부라고 생각했지만 사실은 그냥 미니스커트를 입은 아이 같은 여자가 손전등을 가지고 밖에 나가서 강가에 있는 검은 형체에 조심스럽게 다가가는 모습을 지켜봤다. 수잔은 용감하게 그 형체 옆에 쭈그리고 앉아 그를 찬찬히 봤는데, 그녀의 무릎이 어둠 속에서 창백해 보였다. 그들은 그녀가 그 남자의 시체 위에 손전등을 대고 여기저기 비추고, 그녀가 손으로 그의 얼굴을 만지는 걸 봤다. 돌아온 수잔의 얼굴이 창백했다. "그 남자는 눈을 뜨고 있었어요." 수잔이 말했다.

"사람들이 죽을 땐 원래 그래. 눈을 뜨고 있지만 아무것도 볼 수 없지." 잉그리드가 말했다.

일이 틀어졌다. 음식이 상하고, 우유가 맛이 가고, 고기가 썩은 것처럼 그렇게 변질돼버렸다. 캠프의 희미한 불빛 속에서 사고가 일어나고 뭔가 파괴된 분위기가 흘렀다. 루 베이츠의 죽음은 정상적인 죽음이 아니었다. 토니는 자신이 가진 총으로 레이와 루를 막지 못했기 때문에 루가 죽었나,

라는 생각을 했다. 하지만 그들을 막을 수 있었던 유일한 방법은 그들을 쏘는 것이었을 거고, 그러면 바비가 아닌 그가 살인자가 됐을 텐데, 그건 지금 상황보다 더 나빴을 것이다. 따라서 이건 그의 잘못이 아니었다. 그가 느낀 바보 같은 격노의 이유가 명쾌하게 밝혀졌다. 혹시 바비는 토니가 루와 레이의 사형집행인이 되도록 의도한 게 아니었을까. 그 질문은 참을 수 없었다. 뭐가 잘못됐건, 그는 주동자가 아니라 그저 목격자였을 뿐이라고 속으로 주장했다.

수잔이 다시 하품했다. 토니는 밤새 한숨도 못 자고 숲속을 걸어서 빠져나와 도로를 걷다가 아침 일찍 일어난 농부를 발견했던 때를 떠올렸다.

"너 방에 들어가서 좀 누울래?" 잉그리드가 말했다.

"저기 밖에 저 사람이 있어서 잠을 못 자겠어요." 수잔이 말했다.

"나도 그래. 바비가 곧 돌아올 거야." 잉그리드가 말했다.

"그럴까? 난 바비가 그 남자를 잡으러 갔다고 생각했는데."

"만약 그랬으면 바비를 가만 안 두겠어."

하지만 바비 안데스는 벌써 돌아왔다. 진입로에서 차 소리가 들렸다. 또다시 창문에 헤드라이트 불빛이 비치고, 차 문이 열리는 소리가 들렸다. 그들은 바비 안데스가 오두막집으로 성큼성큼 올라와서 재빨리 방에 들어온 걸 봤다. 그는 아까와 달라 보였다.

"빨리 왔네. 이제 경찰이 오는 거야?"

"내가 시내로 가야 해." 그가 말했다.

"안 돼, 바비. 또 이러지 마."

그의 얼굴에 나타난 변화를 토니는 눈치 챘다. 가죽 같은 얼굴에 더 이상 불안정하고 쇠약한 병색은 비치지 않고, 그저 아까보다 표정이 더 굳어 있었다.

"윅햄이 전화를 받았어. 내가 직접 앰블러를 만나야 해."

그는 공황 상태에 빠지진 않았지만 절박했다. 모든 것이 그의 뜻대로 통제되고 있었지만 이 상황을 유지하려면 노력해야 했다. 이성을 잃지 않는 한 재앙은 터지지 않을 것이다.

"가기 전에." 바비가 말했다. 그는 마치 그들이 주목하길 기다리는 것처럼 세 사람을 둘러봤다. 이미 세 사람은 그를 뚫어져라 보고 있었는데. "오늘 밤 어떤 일이 일어났는지 모두 알아야 해."

"어떤 일이 일어났는데?"

"여기서 일어난 일 말이야. 너희들이 본 일."

"그건 내 눈으로 봤어." 잉그리드가 말했다.

"그랬어?" 바비가 그녀를 노려봤다.

"아." 그녀가 대꾸했다. 불안한 침묵이 흘렀다.

"우리가 거짓말하기를 바라는 거야? 제발, 바비, 우리에게 그런 거 시키지 마." 잉그리드가 말했다.

"거짓말하기 싫다고? 당신은 그럼 진실만을 말하고 싶어, 하느님 앞에서? 오늘 밤 당신이 본 모든 걸? 그게 당신이 원하는 거야?"

잉그리드는 비참해 보였다. 토니는 가슴이 두근거려 미칠 것 같았다. 그녀가 말했다. "아, 바비, 당신."

바비의 핏발이 선 눈은 축 처져 있었고, 입은 마치 숨을 쉬려는 물고기처럼 벌리고 있었다. 항상 그랬지만 토니는 이제야 알아차렸다.

"난 상관없어. 난 당신이 그럴듯한 이야기를 하나 알고 있으면 좋겠다고 생각했을 뿐이야. 당신이 원하지 않으면 맘대로 해."

그녀는 의자에 털썩 주저앉았다. "좋아. 그래서 우리가 어떤 이야기를 해야 하는데? 지금 우리에게 말해줄 거야?"

"루 베이츠를 쏜 사람은 레이 마커스였다고. 두 발을 쐈지. 한 발은 몸에, 또 한 발은 머리에."

"맙소사." 잉그리드가 대꾸했다.

"루를 쏜 이유는 루가 법정에서 증언하는 데 동의했기 때문이야."

모두 조용히 그 이야기를 심사숙고했다. 잉그리드는 토니에게 도와달라는 필사적인 표정을 지었지만 토니는 외면했다.

"그건 말이 안 돼." 잉그리드가 말했다.

"그 정도면 아주 충분히 말이 돼."

토니는 레이 마커스가 루 베이츠를 쏘는 장면을 마음속에 그려봤다.

"루가 어떻게 죽었는지 알고 싶어? 정말 알고 싶지, 안 그래? 루가 여기에 죄수로 잡혀 있는데 갑자기 총을 가지고 나타날 수는 없는 거잖아. 그렇지? 알고 싶어?"

"그럼 우리에게 그 이야기도 해주는 게 낫겠어." 잉그리드가 말했다.

"내가 말해줄게. 레이는 죄수가 아니었어. 내 말은 레이가 여기 있긴 했지만 왔다 갔단 말이야. 레이는 여기서 우리와 이야기를 한 후에 가기로 해서 내가 루 베이츠를 데리러 가는 길에 레이를 길가에 내려줬어. 다만 놈은 집에 가지 않았어. 아니면 집에 갔다가 총을 가져왔거나 아니면 어딘가에서 총을 확보해서 다시 차를 얻어 타고 돌아왔고 그때 루를 총으로 쏜 거야. 매복했다가 습격한 거지. 오두막 밖에서 숨어 있다가 내가 루를 집으로 데려가는 순간 루를 쐈어. 완전히 기습한 거지. 탕 탕."

"당신은 이미 다 생각해놨군." 잉그리드가 말했다.

"그거면 충분해."

"그건 터무니없는 소리야."

"아니, 그렇지 않아."

"그런 이야기론 당신은 빠져나갈 수 없어."

"빠져나갈 게 뭐가 있어? 앰블러도 내 편이고 조지도 내 사람이야. 그저 당신들만 동의하면 돼. 쓸데없이 입을 놀리지만 않으면 된다고."

"위증을 하란 말이야?"

"하, 이 사람아. 지금 이 상황을 미래의 시각으로 생각해봐. 시간만 있었다면 어차피 일이 그렇게 됐을 거야."

"이러지 마, 바비."

"이러지 말라니 무슨 뜻이야? 난 지금 당신들에게 내 남은 평생 스캔들 없이 살 수 있는 방법을 제안하고 있잖아. 그 남은 인생이 얼마나 될지 모르지만. 만약 그게 위증이라고 생각되면 날 신고해. 난 눈곱만큼도 상관 안 해."

그녀는 토니를 보다가 수잔을 봤다. "당신들은 이렇게 할 수 있겠어?"

"나? 내가 뭘 해야 하는데?" 수잔이 말했다.

"넌 레이 마커스가 여기 없었다고 해야지." 잉그리드가 말했다.

"레이는 네가 오기 전에 간 거야." 바비가 말했다.

수잔은 그 말을 이해했다. "아, 그다음에 그 남자가 돌아와서 수염 기른 다른 남자를 쏜 거라고?"

"맞아. 만약 경찰이 너에게 물으면 그걸 봤다고 하면 돼. 아니, 잠깐, 넌 실제로 그를 보진 않았어. 넌 수염 기른 남자도 보지 않았어. 넌 그저 내가 수염을 기른 남자를 차에서 데리고 나왔을 때 총소리를 들었을 뿐이야."

"난 그렇게 말해야 한다, 이거지?"

"그렇지."

바비는 안도하고 자신의 계획에 만족하는 것처럼 보였다. 내가 이 시나리오에 반대하면 바비 안데스를 파괴하는 거라고 생각한 토니는 증인석에서 받을 질문들을 생각하느라 정신없었다.

잉그리드가 말했다. "레이란 남자가 부인할 거야."

"놈의 증언은 아무 가치가 없어. 놈은 토니의 가족을 죽인 사실도 부인했어."

"그 남자가 경찰에 가서 신고할 거야."

"그놈은 그렇게 멍청하지 않아."

"그 남자는 경찰에 가서 자신이 본 일을 말하겠지. 그 사람이 다 말할 거야, 바비. 당신이 어떻게 자기를 납치해서 수갑을 채웠는지, 그리고 어떻게 당신이 루를 죽였는지 전부 다."

"아니. 그는 그러지 않을 거야."

"당신이 그걸 어떻게 알아? 내가 그자였다면 난 그렇게 할 거야."

"놈이 그러지 않을 이유는 경찰이 루를 살인한 혐의로 그를 체포할 거라는 걸 아니까. 놈은 나를 알고, 내 친구들을 알고, 당신 셋이 증인들이라는 사실도 알아. 그래서 경찰에 가지 않을 거야. 하지만 간다면 현실이 어떤지 알게 되겠지. 아무도 그를 믿어주지 않는 현실 말이야."

"당신 참 냉소적이야."

"뭐가 냉소적이야? 나랑 입씨름을 할 생각하지 마. 이게 냉소적이라고 생각되면 대안을 줘봐. 냉소적이지 않게 할 수 있는 방법을 말해보란 말이야." 그는 멜로드라마의 주인공처럼 자신의 감정에 한껏 취해 있었다.

이 모든 일이 자기 때문에 일어난 토니는 고뇌에 가득 차서 자신이 해야 할 아무 알맹이도 없는 이야기를 머릿속으로 더듬어보면서 그가 받을 질문들을 생각하고 있었다.

"바비." 그가 말했다.

"만약 레이 마커스가 루 베이츠를 죽였다면 언제 여기를 떠났죠?" 그리고 질문은 더 있었다. "놈은 어디로 갔죠?" 그리고 또 있었다. "놈이 어떻게 권총을 손에 넣었죠? 어떻게 여기로 돌아왔나요?"

"그건 내가 알아서 할게요. 놈은 나랑 같이 여길 나갔어요. 난 놈을 시내에 데려다줬어요. 어, 여기 있는 잉그리드와 엮이게 하고 싶지 않아서 그렇게 된 거죠. 놈이 그때 시내에서 뭘 하고 있었는지는 아무도 모르고. 아마 총을 손에 넣었겠죠. 그리고 차를 얻어 타고 다시 여기로 돌아왔어요. 그 점은 걱정하지 말아요."

그는 마치 병든 스카우트 대장처럼 그들을 바라봤다. 이제 다 이해했어? 내가 너희들만 두고 가도 돼? 빈틈은 다 메운 거지?

"다시 요약해볼까요? 좋아요. 내가 레이를 데려왔어요. 그랬다가 잉그리드가 여기 있는 걸 보고 다시 시내로 데려갔어요. 당신은 여기서 기다리고 있고. 수잔이 왔어요. 당신은 내가 대체 어디 있는지 궁금해하고. 잠시 후에 내가 돌아왔어요. 내가 루를 데리고 집으로 걸어오는 사이에 탕 탕 두 방이 울려요. 당신이 뛰어 나가서 한 남자가 땅바닥에 쓰러져 있고, 또 다른 남자는 달아나는 걸 본 겁니다. 간단하죠, 그렇죠?"

토니는 지금 이 상황에서 법을 어긴 사람이 레이 마커스가 아니라 자신이란 점이 너무 분통이 터졌다.

"레이는 걱정하지 말아요. 놈은 체포에 저항하다 살해될 테니까. 알았죠?" 그리고 그는 잉그리드에게 돌아섰다. "나 때문에 충격 받았어?"

그녀는 아무 말도 하지 않았다.

"난 해야 할 일이 있어. 그리고 그 일을 해낼 방법을 찾아내야 해."

아무도 입을 열지 않았다.

"제기랄. 모두 빌어먹게 정직하다 이거지. 당신도 그래요, 토니? 당신 아내와 딸이 살해됐는데 당신은 여기 앉아서 박 터지게 생각만 하겠다 이 거요?"

"바비. 당신 항상 이렇게 수사해?" 잉그리드가 말했다. 그녀는 마치 그를 생전 처음 보는 사람 보듯 봤다.

"당신, 지금 내가 일하는 방식을 비판하는 거야?"

그들은 잠시 서로를 노려봤다. 잠시 후에 바비가 굴복했다.

"아니야. 평소에는 이러지 않아." 그는 이제 이성을 찾은 목소리였다.

"아니. 전에는 한 번도 이렇게 해본 적이 없어." 이젠 후회하는 목소리였다.

"당신 정말 똥고집이야, 바비. 왜 그냥 죄수를 데리고 있다가 통제력을 잃었다고 하지 않아? 그래서 이성을 잃고 놈을 쐈다고. 그랬다고 사람들이 당신을 죽이겠어?"

바비는 그녀의 말을 생각했다. "그게 그렇게 간단하지 않아. 난 죄수에 대한 통제력을 잃는 사람이 아니야. 난 내가 만든 이야기가 더 마음에 들어." 그가 마침내 말했다.

토니는 그에게 엄하게 따져 물을 냉정한 경찰관들을 생각하고 있었다.

"내가 앰블러에게 설명할게. 앰블러가 다 알아서 할 거야. 당신들은 아마 아무 말도 안 해도 될 거야."

바비는 손수건으로 총을 닦고 문으로 갔다. "금방 올게."

그들은 현관에서 바비를 지켜봤다. 그는 누워 있는 루의 옆을 지나, 나무뿌리 같은 그늘이 진 곳을 지나, 강가로 내려가서 강물 속에 권총을 던졌다. 돌아왔을 때 바비가 말했다. "그게 진실이 아니라서 걱정이 된다면, 그게 본질적인 진실이라고 생각해. 내가 말한 일이 곧 일어날 일이었다고." 그리고 토니에게 말했다. "토니, 마커스를 잡는 데 당신의 도움이 필요해요."

그 말에 토니는 더럭 겁이 났고, 또다시 잉그리드가 반대했다.

"당신이 어떻게 놈을 잡을 수 있어? 놈은 숲속에 있는데."

"놈이 숲속에 있으면 우린 개들을 풀어서 놈을 쫓을 거야. 만약 놈이 숲속에서 나오면 히치하이크를 할 거고. 그러니까 놈이 차를 얻어 타기 전에 우리가 놈을 잡을 수 있어."

"놈이 어디 있을지 몰라."

"아니, 그렇지 않을 걸. 아침이 되기 전에 놈이 갈 수 있는 길은 두 개밖에 없어. 우리가 빨리 거기에 도착하면." 그는 토니를 봤다. 토니의 마음은 공포로 가득 차 있었다.

"당신은 당신 차로 가고 난 내 차로 갑시다."

"레이를 사냥하려고요?"

"긴장 풀어요." 바비는 웃지 않았다. "당신은 조지 레밍턴의 집으로 가요. 가서 조지를 깨워서 조지의 개들이 필요하다고 말해요."

"그건 당신이 해." 잉그리드가 말했다.

"빌어먹을, 이 여편네야. 난 앰블러가 아직 근무 중일 때 만나야 해."

"왜 앰블러여야 하는데?"

그는 은밀한 표정을 지었다. "마일스보다는 앰블러에게 보고하는 게 나아."

바비 안데스는 종이 한 장을 가지고 테이블로 갔다. 그는 지도를 그렸다. "여기요, 토니. 조지가 깰 때까지 문을 계속 두드려요. 조지에게 이 쪽지를 주고 내가 그의 개들이 필요하댔다고 말해요. 조지에게 남자 하나가 도망치고 한 남자가 죽었다고 해요. 나머지는 내가 말할 테니 아무 말 말고. 그다음에 여기로 돌아와요."

잉그리드가 말했다. "저기 밖에 죽은 남자가 있는데 나랑 수잔만 두고 갈 셈이야?"

"달리 선택의 여지가 없어."

그녀는 아무 말도 하지 않았지만 바비는 그녀의 마음을 이미 알았다. "엿이나 먹으란 거지?" 그가 말했다. "어서 갑시다, 토니."

순종적인 토니가 일어서서 끔찍한 기분으로 따라갔다. 문가에서 바비가 돌아서서 일장 연설을 했다.

"다시 나를 보게 될 때는 난 동료들과 같이 있을 거야. 내가 동료들에게 레이가 어떻게 루를 죽였는지 말할 거야. 그게 마음에 들지 않으면 내 동료들에게 뭐든 멋대로 말해도 돼. 난 쥐똥만큼도 신경 안 쓰니까."

그는 토니가 그에게 아무짝에도 쓸모없는 그의 권총을 건네려고 하는 걸 봤다.

"가지고 있어요. 당신이 마커스를 볼지도 모르잖아요."

"그럴 일이 있을까요?" 그는 차 안에 있을 테니까 무서울 일은 하나도 없다고 스스로에게 말해야 했다.

"만약 놈을 보게 되면 차에 태워요. 놈의 손을 앞쪽 유리창과 뒤쪽 유리창 사이에 끼워서 수갑을 채우고."

그는 쓰지도 못했던 권총을 이용해서 그렇게 하란 소리다.

"놈을 어디로 데려가죠?"

"여기요. 우리가 올 때까지 놈을 차에 둬요."

"놈이 도망치려고 하면 어떻게 해요?"

"쏴버려요."

토니가 그를 봤다.

"정당방위예요. 정당방위로 놈을 쏘라고요." 바비가 말했다. 그는 마치 잉그리드가 무슨 말이라도 한 것처럼 그녀에게 얼굴을 돌렸다. "난 그저 토니에게 제안을 하는 것뿐이야. 토니는 자기 마음대로 뭐든 할 수 있어. 만약 놈을 쏠 필요가 있다면 정당방위니까 그렇게 하란 소리야. 난 그 말을 해준 거야." 그는 토니의 팔을 다독였다.

"최악의 경우 꼼짝 말고 그대로 있어요. 우리가 당신을 찾아낼게요."

토니 헤이스팅스와 바비 안데스는 각자 차로 갔다. 가기 전에 바비는 잉그리드와 작별 인사를 시도했다. 그녀는 홱 돌아섰다가 이내 굴복했다. 토니는 자신의 차에 탔다. 바비가 와서 그의 유리창에 몸을 기울였다. "기분이 어때요? 우린 수염 기른 놈을 잡았으니 이제 두 놈 잡은 거요. 이빨 큰 놈, 그놈은 이제 잡을 거고. 당신도 곧 보게 되겠지."

넋에 걸린 토니는 마지막으로 절박하게 마음속으로 그에게 항의했다. 내가 거짓말을 하게 만들지 말아요. 하지만 바비가 그를 신랄하게 조롱할게 너무 두려워 솔직하게 말하지 못하고 대신 이렇게 말했다. "당신이 곤란한 상황이 됐나요?"

"나도 몰라요. 어차피 상관도 없고."

토니는 엄청난 저항감을 느끼면서 차에서 꼼짝하지 않고 앉아 있었다. 그는 안데스가 차에 타서 시동을 켜고 라이트들을 켠 뒤 잠시 가만히 있다가 소리치는 걸 지켜봤다. "뭘 기다리고 있는 거요?"

"당신 먼저 출발해요." 토니가 말했다.

토니를 믿지 않는 것처럼 바비는 토니가 시동을 걸 때까지 기다렸다가 나갔다. 하지만 아직도 못 믿는지 모퉁이에 멈춰서 토니가 먼저 움직이길 기다렸다. 토니가 후진하자 헤드라이트 불빛들이 잔디 위를 쓸고 가면서 강가에 누워 있는 시체를 드러냈다. 회색 체크무늬 셔츠에, 검은 수염에 흰 목덜미의 작아 보이는 시체가 보였다. 토니는 왜 그의 죽음에서 아무런 희열도 느낄 수 없는지 그리고 무엇이 그자에 대한 그의 격노와 공정함을 망쳤는지 궁금했다. 그는 투명한 밤 풍경에 깜짝 놀랐다. 그는 한 번도 죽은 남자를 땅바닥에 놔두고 간 적이 없었는데.

7

수잔 모로가 읽는 책이 끝나가고 있었다. 기껏해야 두세 챕터 남았다. 페이지 위에서 권총이 폭탄처럼 발사됐고, 모든 것이 재앙과 같은 결말을 향해 소용돌이치며 밑으로 빨려 들어가고 있다.

폭력은 교향곡의 금관악기처럼 그녀를 전율하게 만든다. 마흔이 훌쩍 넘은 수잔은 한 번도 살인하는 걸 본 적이 없다. 작년에 맥도널드에서 권총을 든 경찰 하나가 샌드위치를 먹고 있는 남자를 덮치는 걸 봤다. 그게 그녀가 지금까지 살면서 본 가장 큰 폭력이었다. 폭력은 공원, 빈민가, 아일랜드, 레바논, 세상 어디서든 발생하지만 그녀의 삶에는 존재하지 않았다. 아직까지는.

똑똑, 나무를 두드리며 행운을 빈다. 안전하게 보험을 든 수잔은 임박한 재앙을 먹고 살아간다. 그녀가 알고 있는 모든 일은 이미 일어난 일인 반면 미래는 보이지 않으니까. 책에는 미래가 없다. 그 자리에 폭력이 있고, 공포 대신 스릴, 마치 롤러코스터를 타는 것 같은 스릴이 있다. 책은 말한다. 어떤 것이 가능한지 절대 잊지 마. 안정된 가정과 가족이 ―세상과는 달리― 있는 운 좋은 수잔이 토니처럼 한밤중에 잔인한 사람들을 만날 수도 있잖아. 너에게 총이 있다면 네가 토니보다 더 잘 쓸 수 있겠어?

에드워드가 오고 있고, 아놀드도 오고 있다. 남은 책의 두께가 줄어들수록 그들은 호랑이처럼 다가오고 있다. 그녀의 이름을 딴 캐릭터는 멍청이다. 얼간이 수잔. 그것 때문에 수잔은 마음이 상했다. 그녀는 이제 기분이 상했다는 것 외에 남은 감정 없이 책을 마저 읽는다.

녹터널 애니멀스 25

토니 헤이스팅스는 조지의 집으로 가는 산속 도로에서 레이 마커스를 봤다. 그는 어두운 길모퉁이에 비친 토니 차의 헤드라이트 불빛에 모습을 드러냈다. 갓길을 걸어가는 회색 셔츠와 청바지를 입은 남자의 벨트 버클이 불빛에 반사됐다. 그는 몸을 돌려 토니를 봤고, 토니는 그 남자를 어둠 속에 남겨두고 지나친 뒤에야 그 남자가 누군지 깨달았다. 하지만 처음부터 그 남자가 레이였을 가능성은 생각하고 있었다. 처음에 레이를 보고 토니는 레이가 아닐 거라고, 그저 헛것을 본 거라고 생각했다. 쏟아진 헤드라이트 불빛에 이마가 벗어진 대머리와 뾰족한 턱과 얼굴을 봤을 땐 너무 늦어버렸다. 토니는 본능적으로 그의 얼굴을 숨기고, 자신에게 두려워할 건 없다고, 그는 차에 있고, 사방이 너무 어두워서 레이가 그를 알아봤을 가능성은 없다고 말하면서 스스로를 안심시켰다. 그는 계속 차를 타고 달리다 나중에야 그의 차에 있는 권총으로 레이를 잡았어야 했다는 걸 기억해냈다.

그다음 모퉁이로 올라가면서 그는 여기서 차를 멈추고 돌아가야 할지 생각하다가 그렇게 하면 레이가 숲속으로 뛰어가 버릴 거라는 사실을 깨달았다. 따라서 그가 차를 멈추지 않았던 진짜 이유는 레이를 두려워해서가 아니라 그 장소가 유리한 곳이 아니었기 때문이다. 그는 아까 그 모퉁이에서 차를 멈추고 후진할 수 없었다. 그러면 레이는 깜짝 놀라서 도망쳐 버릴 테니까. 아마 좀 더 멀리 가서 반대 방향에서 그를 잡을 수 있을 것이다.

길이 밑으로 내려가기 시작했고, 막 이 모퉁이들이 낯익어 보인다고 생각하고 있었을 때, 다음번 모퉁이에 있는 숲에서 뭔가 하얀 걸 어둠 속에서 알아봤다. 그것은 불이 꺼진 끔찍한 죽음의 트레일러였다. 그는 아까 암기한 바비의 지도를 따라 오면 이 길로 오게 되리란 걸 깨닫지 못했던 것이다. 그래서 충격을 받고 여기서 멈추고 싶은 오싹한 스릴을 느꼈지만, 바비가 시킨 일도 있고, 산 정상 맞은편에서 레이 마커스가 이쪽으로 다가오고 있었다.

그는 이제 좀 더 천천히 차를 몰면서 여전히 왜 차를 세워서 레이를 다시 잡지 않았는지 생각하고 있었다. 그는 바비 안데스가 그를 겁쟁이에다 나태하다고 말할 거란 생각은 하고 싶지 않았다. 그는 이 도로의 어느 곳이건 차로 그를 잡는 게 가능하긴 한지 의아했다. 여기저기 모퉁이가 있고 숲이 있고, 게다가 밤이다. 반면, 그는 앞으로 어떤 길이 나올지 알고 있고 총을 가지고 있고, 준비돼 있다. 그는 바비가 돼서 생각했다. 변명이 너무 많아. 토니는 레이를 잡기로 결심했다. 그래, 겁쟁이 짓은 그만하고, 그가 빚진 걸 갚게 하는 거야. 문제는 언제 그렇게 할 건데? 지금 아니면 결국엔 그렇게 하겠지. 하지만 지금 레이를 잡지 않으면 그는 사라질지도 모른다. 반대로 생각하면 레이는 이 도로에서 길 곳이 없다. 그가 다른 도로로 들어가기 전까지 시간이 아주 많이 걸릴 것이다. 문제는 레이를 잡기 위해 심부름을 중단할 것이냐, 아니면 조지에게 먼저 갈 것이냐, 그거였다. 그는 혼자서 레이를 잡아야 하는 상황이 되는 걸 원치 않았지만, 그게 이유가 될 순 없었다. 먼저 조지에게 가야겠다. 아니면 어떻게 조지에게 그가 잡은 죄수에 대해 설명할 수 있겠는가?

그다음에 더 좋은 이유가 생각났다. 그는 경찰이 아니다. 그러니까 탈주범들을 잡는 건 그의 일이 아니다. 사실 그보다 더 큰 이유가 있다. 레이 마커스를 풀어준 장본인이 경찰이니까 그건 경찰 업무도 아니었던 것이다. 게다가 루 베이츠를 살해한 사람은 토니 헤이스팅스가 아니라 바비 안데스였다. 토니 헤이스팅스는 바비 안데스가 아니다. 다시 말하지만 바비가 레이를 납치한 건 그의 잘못이 아니다. 바비가 루 베이츠를 쏜 건 그의 잘못이 아니다. 지금까지 그는 방관자이자 증인이었을 뿐, 이 일에 직접적으로 연루되진 않았다. 그는 자신이 이 일에 연루되지 않았기를 빌었다. 하지만 그가 직접 레이 마커스를 잡으려 한다면 그도 공범이 된다.

놈은 당신 손으로 잡아. 토니가 말했다. 날 당신의 더러운 계략에 끌어들이지 마. 갑작스런 분노와 기쁨이 솟구쳐 오르면서 그가 해야 할 말들이 떠올랐다. 날 죽음을 앞둔 당신의 격노에 엮지 마. 당신의 죽음에 나까지 끌고 들어가지 말라고. 그는 바비 안데스가 지금까지 얼마나 많은 걸 당연하게 받아들였는지 깨닫고 경악했다. 바비는 모든 사람이 상실을 겪고 슬퍼하면 복수할 거라고 멋대로 짐작했다. 레이가 죽는 문제도 아무도 그가 어떻게 죽었는지 관심 없을 거라고 짐작했다. 살인범에게 복수하기 위해 살해하는 데 아무도 공범이 되는 걸 개의치 않을 거라고 짐작했다. 모두가 자신처럼 필사적일 거라고 추측했다. 토니는 생각했다. 이건 나의 비극인데, 당신은 대체 무슨 자격으로 이렇게 나대는 거야?

경찰은 이렇게 말하겠지. 우린 당신 가족을 살해한 살인범들을 교수형에 처하겠지만 당신도 처형해야 할지 모릅니다. 형사들은 그가 한 이야기에서 모순되는 점이 있는지 샅샅이 조사할 것이다. 법정에서 변호사들이 그를 반대 심문할 것이다. 판사들은 그에게 왜 이 일에 질질 끌려 다니며 엮였냐고 물을 것이다. 검사들은 그가 내세운 평계 이면에 실질적인 공모가 있었다는 증거를 찾을 것이다. 구경꾼들, 낯선 사람들과 예전 친구들은 아직 밝혀지지 않은 더 끔찍한 뉴스를 찾아보겠지. 차에서 혼자 토니는 말했다. 빌어먹을, 바비. 잠시 바비는 그에게 레이 마커스만큼이나 불쾌한 인간이 됐다. 하지만 그건 잠시였고 토니는 곧바로 그 생각에 충격 받았다. 그런 생각은 그가 당한 엄청나게 사악한 짓과 그 사악한 짓을 저지른 악마를 찾아서 벌을 주려고 하는 바비를 무시한 것이기 때문이다. 절대로 레이 마커스와 바비 안데스의 차이를 잊어선 안 돼. 그러자 바비 안데스에게 진 빚이 다시 떠올랐다. 그는 지금 토니를 위해 자신의 명성과 경력을 걸고 싸우고 있다. 그렇다고 해서 바비가 좋아지진 않았지만, 자신이 부끄러워졌다. 만약 자신이 지금 바비 안데스를 배신한다면 말이다.

방금 막 왼쪽으로 지나친 어두운 집이 조지의 집일 것이다. 그는 후진해서 진입로로 들어갔다. 그 하얀 집은 깜깜했다. 뒤에서 짖고 있는 개들이 그가 데리러 온 개들일 것이다. 1년 전에 사람들이 자고 있는 다른 집들을 지나쳐온 기억이 났다. 그때 그는 밤에 시골 마을에서 낯선 집 문을 두드리는 게 두려워 그냥 지나쳤다. 토니는 문을 두드려야 하는 위험만 통과할 수 있다면 조지가 그를 알아볼 것이라고 생각했다. 만약 그들이 의심하면 바비 안데스가 보냈다고 소리를 질러야지.

그 메시지를 다시 말하는 거야. 바비가 자기 캠프에 당신의 개들을 데려 오라고 했어요. 한밤중에 한 남자가 도망쳤어요. 그 남자는 ―토니는 방금 이 사실을 깨달았다― 이제 숲이 아니라 여기서 2킬로 정도 떨어진 곳에서 이쪽으로 오고 있었다. 그런데 개는 왜 필요하단 말인가?

그 메시지의 모순을 깨달은 토니는 이제 뭘 해야 할지 고민했다. 그는 조지 레밍턴의 진입로에 차를 세운 채 갑자기 당혹스러워하면서 조지가 잠에서 깨면 뭐라고 할지 생각했다. 아니면 어떻게 해야 할까? 바비에게 돌아가서 말해? 난 조지를 깨우지 않았어요. 도로에서 레이 마커스를 봤으니 개가 무슨 필요가 있어요? 하지만 난 마커스를 잡아서 태우지도 않았어요. 그래도 레이 마커스가 어디 있는지는 말할 수 있어요.

그는 조지가 바비가 레이를 체포하는 데 도와준 경찰 중 하나란 걸 기억해냈다. 아마 그에겐 사실을 말해도 괜찮을 것이다. 당신이 잡도록 도와준 남자가 도망쳤어요. 바비가 당신 개들이 필요하대요. 하지만 그 남자가 지금 바로 길 아래 있으니까 당신이 다시 잡을 수 있을 거예요.

2층에서 불이 켜지고 머리 하나가 나타났다. 실루엣과 그림자와 머리만 보이고 얼굴은 보이지 않았다. 여자 목소리가 들렸다.

"거기 밖에 누구예요?"

토니가 차에서 소리쳤다. "난 조지를 찾고 있습니다."

"조지는 왜 찾아요?"

"안데스 부서장의 전갈을 가져왔어요."

짧은 침묵이 흘렀다. 토니는 생각했다. 조지에게 내려오라고 부탁해야 겠어. 여기서 소리칠 일 없게. 바비가 날 보냈어요. 그 남자가 도망쳤어요. 난 루를 쏜 일에 대해선 아무 말도 하지 않을 것이다. 창가에 있는 그 여자가 말했다.

"조지는 집에 없어요. 오늘 밤 근무예요."

"알았어요. 고맙습니다."

다행이다. 그는 생각했다. 그러다 이제 자신이 어떤 상황에 직면했는지 깨닫고 바보같이 안도했다는 걸 알았다. 조지가 없다니. 그는 차에 시동을 걸었지만 후진해서 나가는 걸 망설였다. 그다음에 뭘 해야 할지 생각할 수 없어서였다. 두 가지 가능성만 남아 있었다. 캠프로 돌아가서 -도로에 있는 레이 마커스를 무시하고 지나쳐서- 바비가 부하들과 같이 와서 루를 실어가는 걸 기다렸다가 그때 바비에게 한 시간 전에 레이 마커스를 봤지만 놈을 차에 태우지 않았고, 놈은 아마 지금쯤은 사라졌겠지만 그때는 도로에 있었다고 말한다. 아니면 다시 돌아가서, 레이를 찾아 차를 세우고 그에게 총을 겨누고 협박하고 설득해서 차에 태운 후에, 그의 손을 두 개의 창문 사이로 넣어 수갑을 채운다. 그러면 바비가 캠프에 동료들과 돌아왔을 때 이렇게 말할 수 있다. 내가 당신을 위해 놈을 잡아놨어요.

그는 천천히 차를 몰아 왔던 길로 돌아갔다. 총은 옆 자리에 놓고 준비해 뒀다. 그는 헤드라이트 불빛이 미치는 가장 먼 곳까지 살펴보면서 걸어가는 남자가 보이는지 찾아봤다. 놈을 보면 뭘 해야 하는지는 몰랐다. 그건 미래의 일로 아직 밝혀지지 않았고, 타인의 선택처럼 알려지지도 않았다. 혹은 그가 낯선 사람인 것처럼 도무지 알 수 없었다.

아까 길에서 본 레이의 이미지는 화면에 잠깐 비친 슬라이드처럼, 색이 없이 빛만 번뜩였다. 레이는 거기 서서 아무 두려움 없이 차가 지나가는 걸 보면서 히치하이킹을 시도하지도 않았다. 그리고 자신이 쫓기고 있을지도 모른다는 사실 또한 깨닫지 못하고 있었다. 그 사실을 알았고, 그럴 맘이 있었다면 다가오는 불빛이 그에게 닿기도 전에 숲속으로 사라져버렸을 테니까. 토니는 자기 차의 헤드라이트 불빛을 보면서, 그 불빛이 어떻게 빙 돌아왔는지, 어떻게 그 불빛이 그를 노리고 왔는지, 어떻게 그가 배수로로 뛰어들었는지 기억하고 있었다. 이제 1년이 지난 지금 그들은 다시 여기에 왔다. 이제는 레이가 쫓기는 사람이 됐고, 토니가 쫓는 사람이 됐다. 심지어 차까지 똑같다.

토니는 작고 흰 교회를 지났고 그 트레일러가 곧 나타날 거라는 걸 알았고, 그 사건이 일어난 날 밤 이후로 그가 이 도로에 혼자 온 게 처음이란 걸 깨달았다. 그는 자유롭게 이곳을 혼자 다시 찾아와서 안전하게 멀찍이 떨어져, 그에게 깊은 상처를 준 이곳을 보는 상상을 했다. 하지만 그는 아직 자유롭지 않았다. 그는 여전히 바비 안데스의 심부름을 하는 중이었지만 이젠 그 심부름이 뭐였는지도 확실하지 않았고, 레이 마커스가 이 길로 다가오고 있었다. 레이 마커스가 이 길로 오는 중이란 점이 가장 중요하다. 토니는 아직까지 왜 레이를 만나지 못했는지 궁금했다. 지금쯤이면 만났어야 하는데.

그는 트레일러가 곧 보일 모퉁이를 봤다. 처음으로 그 모퉁이를 보고도 놀라지 않았다. 그때 트레일러가 보였다. 그는 트레일러를 유심히 봤고, 레이가 모퉁이를 돌아오지 않는 걸 확인한 후에 차를 세웠다. 전에 날염 커튼이 쳐지고 불이 켜져 있었던 어두운 창문을 봤다. 그 안에서 바비와 조지와 같이 있었던 기억이 났다. 거기서 레이에게 한 방 먹였고, 그곳은 지독한 냄새가 났고, 작은 침대의 놋쇠 기둥들, 스토브, 신문지로 가득 찬 쓰레기통이 있었다. 그는 지금 다시 안을 볼 수 있을지 궁금했다. 하지만 지금은 트레일러에 누가 살고 있을 수도 있었고, 누군가 있을지도 몰랐다. 하지만 차가 한 대도 없는 걸 보니 아무도 없었다. 그러다 문득 그 생각이 떠올랐다. 레이 마커스가 저기 있다.

레이 마커스가 저기 있을 거라는 건 가능성, 오직 가능성일 뿐이야. 그가 말했다. 전혀 불가능하진 않다는 거지. 레이 마커스가 저기 있는 게 불가능하지는 않다고 하자. 레이가 그들이 아까 지나쳤던 곳에서 계속 걸어 갔다면 분명 지금쯤 만났을 텐데 못 만났으니까. 걸어가다가 차를 얻어 탔을 수도 있지만 토니의 차가 지나쳤을 때 태워달라고 하지 않았다. 그러니 까 레이 마커스가 저 트레일러에 있는 게 거의 확실하다. 토니가 그를 발견한 몇 분 뒤에 여기 도착해서 쉬려고 저기로 들어갔을 것이다. 그러면 아직까지 그를 만나지 못한 의문이 풀어진다.

만약 레이가 저기 있다면 아마 창밖으로 토니의 차를 보고 있었을 것이다. 토니는 의자에 놔둔 총을 집었다. 안전장치를 채워서 그가 움직이는 동안 발사되지 않도록 했다. 그리고 조수석에 있는 서랍에서 손전등을 꺼냈다. 레이가 저 트레일러 안에 있을 가능성이 별로 없다면, 토니는 안을 둘러보고 싶었다. 한 번도 혼자서 그 트레일러를 본 적이 없었으니까. 그 안에 레이가 없는 걸 확인해보고 싶은 마음도 있고. 레이가 안에 있다면 그에겐 총이 있다.

총과 손전등을 들고 차에서 나오면서 가능한 한 아무 소리도 내지 않았다. 그는 차 앞으로 돌아와서 배수로로 들어갔다가, 트레일러 앞쪽 끝으로 갔다. 길바닥의 자갈들이 밟혀서 걸음을 멈추고 사위가 조용해지길 기다렸다. 멀리서 문명 세계의 굉음이 들렸지만 근처에는 아무것도 없이 그저 한밤의 숲속에서 잠 못 이루는 정적만 들렸다. 레이가 그를 지켜보고 있다면, 토니에겐 총이 있다. 레이가 총을 구할 수 있는 방법은 결코 없었다. 레이가 여기 쉬려고 들렀다면 아마 자고 있을 것이다. 토니가 말했다. 레이가 여기 있다면 내가 놈을 잡을 거야. 내가 이 일을 하고 있는 이유는 바비 안데스를 돕기 위해서야. 다시 생각해보니 바비 안데스가 날 돕고 있군. 또 다른 이유가 있었다. 그는 그 이유를 찾다가 바비 안데스에게 진 빚을 생각해냈다. 그는 말했다. 레이가 루 베이츠를 죽이지 않았거나 그가 오늘 밤 체포된 게 불법인 건 문제가 되지 않아. 놈은 로라와 헬렌을 죽였고, 그게 내가 아는 사실이야.

토니는 트레일러 앞에 있는 나뭇잎들 위로 살그머니 걸어가서 문으로 다가갔다. 그는 아마 문이 잠겨 있을 거라고 생각했다. 그럴 경우엔 트레일러를 조사하는 건 이만 접어야지. 트레일러가 비어 있는 것으로 추정하고 바비의 캠프로 돌아갈 것이다. 도로에서 레이를 만나지 못하면, 지금 봐선 그럴 것 같은데, 놈이 어떻게 날 피해갔고 내가 할 수 있는 일이 왜 하나도 없었는지 보고할 수 있다. 다만 문이 잠겨 있으면 손전등으로 유리창 안을 들여다볼 순 있겠지.

문은 잠겨 있지 않았고 걸쇠가 쉽게 열렸다. 걸쇠에 그의 지문이 묻는 순간 뒤늦게 불안해졌다. 지금이 1년 전이었다면 경찰이 이 트레일러에서 찾은 루와 터크의 지문으로 그들이 이 사건에 연루됐다고 할 수 있을 만한 증거들을 망쳐놨을 것이다. 그는 벨트에 꽂아둔 손전등을 왼손으로 뺐다. 총은 아직 오른손으로 잡고 있었다. 그는 생각했다. 레이가 문 안에 있다면 내게 덤벼들려고 기다리고 있을 거야. 그는 다시 총의 공이치기를 당겨 세우고, 몸을 옆으로 돌려서 문을 살짝 밀어 열었다. 그리고 손전등을 켜서 실내를 훑어봤지만 안에는 아무것도 없었다. 그는 문 옆에 전등 스위치가 있는 걸 보고 불을 켰다가 레이 마커스가 침대 위에서 자고 있는 걸 봤다.

레이는 갑자기 몸을 한쪽으로 굴리면서 눈을 가리다가, 몸을 돌려서 눈을 가늘게 뜨고 토니를 보고는 일어나 앉았다.

"이런." 그가 중얼거렸다. 그는 팔꿈치를 세워 침대에 기대 누웠다.

"당신이군. 당신 친구는 어디 있어?" 그가 말했다.

"어떤 친구?"

"갠지슨지 뭔지."

"안데스. 안데스는 여기 없어."

"당신의 경찰 친구들 말이야. 그들은 어디 있는데?"

"근처에 있어."

"그들이 여기 있나?" 레이는 일어나 앉아 창가에 있는 커튼을 젖혀서 밖을 내다보려 했다.

"여긴 나 혼자야." 토니가 말했다.

"당신 혼자라고? 그 빌어먹을 권총을 가지고? 대체 여기서 뭘 하는 거야?"

"널 찾고 있었어."

"나? 망할, 대체 왜?"

"너도 알잖아."

"아, 씨발." 그는 거의 대머리인 머리를 손으로 쓸어내렸다.

"난 자고 있었어."

토니는 아무 말도 없이 기다렸다.

"루는 어떻게 됐어?"

"루는 죽었어."

"뭐라고? 그 개자식이 죽였어?"

"그는 죽었어." 이상하게도 수치심이 들어서 루를 죽인 사람이 바비라고 말해줄 수 없었다. 전혀 그럴 필요가 없는데도.

"당신 친구 이제 큰일 났군. 당신도 그거 알지?"

"그 사람은 내 친구가 아니야." 토니는 자신이 왜 이런 말을 하는지 자신도 의아해하면서 말했다.

"친구가 아니야? 그거 참 흥미롭군."

"가자." 토니가 말했다.

"어딜 가?"

"난 널 데리고 갈 거야."

"어디로?"

"캠프로 돌아가는 거지."

"당신은 날 아무 데도 못 데려가, 형씨."

"넌 나랑 같이 가. 어서 가자고. 당장." 토니가 총을 갑자기 움직였다.

레이가 웃었다. "그것 때문에 내가 갈 거라고 생각해?"

토니가 총의 공이치기를 잡아당겼다. 레이가 일어나서 그를 향해 걸어왔다. 잠시 토니는 그가 자신의 지시에 따르고 있다고 생각했지만 그러다 그게 아니란 걸 알았다. "뒤로 물러서." 토니가 경고했다.

"긴장 풀어. 당신을 해치려는 게 아니야." 레이가 말했다. 그는 문으로 돌아섰다. "난 그저 작별을 고하는 거야. 잘 있어, 오랜 친구."

"멈춰." 토니가 말했다. 토니는 또다시 이렇게 보낼 순 없다고 필사적으로 생각했다. 그는 생각했다. 단호하게 행동해. 난 이제 달라졌어. 그는 총을 문에 있는 레이에게 겨눴다. 폭발음이 들리면서 눈앞이 번쩍 빛났고 격렬한 힘에 그의 손이 위로 홱 들렸다. 그는 레이가 멈춰서면서 마치 불에 덴 것처럼 두 손을 뒤로 잡아당기는 걸 봤다. 그리고 총알에 맞은 곳이 분명한 문설주의 알루미늄 프레임이 찢어져 있는 걸 봤다.

토니는 놀란 눈으로 그를 보고 있는 레이를 봤다.

"흠, 빗나갔는데." 그가 말했다.

토니 헤이스팅스는 스릴을 느꼈다. "널 맞추려고 한 게 아니었으니까. 그건 그냥 경고였거든." 토니가 말했다.

"경고라. 오케이. 내가 침대로 가서 앉아도 됩니까, 선생?"

"이러지 마. 밖으로 나가. 차로 가자고."

레이는 돌아서서 침대로 가 앉았다.

"내가 가자고 했잖아."

"날 어떻게 움직이게 할 건데?"

"방금 보여줬잖아."

"네가 날 쏘면, 그게 무슨 소용이 있지? 당신이 날 들고 가야 하잖아."

"난 널 쏘는 게 두렵지 않아." 토니가 말했다.

"그렇군."

레이는 움직이지 않았다. 토니는 기다렸지만 레이는 움직이지 않았다. 토니가 말했다. "어서 가자고." 그러자 레이가 눈을 크게 뜨고 어깨를 으쓱하더니 두 손바닥을 쫙 펴보였다. 토니가 총의 공이치기를 잡아당기자 레이가 혀를 끌끌 찼다. "난 널 쏘는 게 두렵지 않아." 토니가 다시 말하면서 자신의 긴장한 목소리를 들었지만 레이는 여전히 움직이지 않았다. 토니는 생각했다. 그리고 작은 의자를 하나 끌어와서 그걸 뒤로 돌려서 의자 등에 가슴을 대고 다리를 벌리고 앉아서 말했다. "흠, 네가 여기서 기다리겠다면, 좀 있으면 경찰들이 올 거야." 토니는 그게 사실일 거라고 생각했다. 토니가 나타나지 않으면 경찰이 그의 차를 찾을 것이고, 그러다 여기서 그 차를 발견할 거라고.

그러다 이 정도로 많이 양보하는 건 실수가 아닐까, 하는 생각이 들었다.

레이가 말했다. "넌 그들이 올 때까지 내가 기다리길 원해?"

"네가 차에 탄다면 기다릴 필요도 없지."

"난 그렇게 하고 싶지 않은 것 같은데. 잘 들어, 형씨. 난 지금 갈 거야. 이야기 잘 나눴어."

그는 일어서서 다시 문을 향해 걸어갔다. 토니가 말했다.

"내가 경고했지. 조심해." 그의 목소리는 비명으로 변해가고 있었다. "난 널 쏘고 싶지 않아. 하지만 네가 도망치겠다면, 맹세코 널 죽이겠어."

그 기묘한 목소리에 레이는 멈춰서 두 손을 들고 오케이, 오케이, 이러면서 다시 침대로 돌아갔다. 토니는 생각했다. 내가 널 가게 만들 순 없어도, 여기 있게 만들 순 있어. 그러자 또다시 자신이 권력을 쥐고 있다는 스릴이 느껴졌다.

그들은 앉아서 서로를 마주 봤다. 레이가 말했다.

"있지, 형씨. 왜 당신같이 착한 사람이 그런 형편없는 인간과 어울려 다니지? 그 갠지스인지 안데스인지 하는 친구 말이야. 그 자식은 피에 굶주린 사기꾼이야. 놈은 사람들을 죽인다고. 내가 놈에게 돌아가면 놈은 나를 죽일 거야. 루 베이츠를 죽인 것처럼 말이야. 형씨는 내가 그렇게 죽길 바라진 않잖아, 안 그래?"

토니는 바비 안데스에 대한 레이의 말이 맞다고 생각했다. 그리고 말했다. "너도 사람들을 죽이잖아."

"아, 빌어먹을."

"내 말에 토 달지 마. 그래서 내가 여기 있는 거야. 그래서 네가 여기 있는 거고."

레이의 얼굴에 짜증스런 표정이 떠올랐다. 마치 그가 말하고 싶지 않은, 곤란한 화제를 토니가 꺼낸 것 같은 표정이었다. 토니는 레이의 그런 표정을 보며 즐겼다.

토니가 말했다. "부인해봤자 소용없어. 난 당신을 기억해."

"담배 있어?"

"담배 안 피워."

"안 피운다, 물론 안 피우시겠지."

레이는 잠시 그를 물끄러미 보다가 말했다.

"그들은 그런 일을 당할 만했어."

"뭐? 누구 말이야?"

"당신의 그 빌어먹을 마누라와 그 아이."

그 말에 토니의 심장이 쿵쿵 뛰었다. 근 1년이란 시간이 흐른 후에 결국 진실을 듣게 된 것이다.

"그러니까 그걸 인정하는군. 이제 그럴 때도 됐지."

"내 말을 오해했군. 그건 사고였어." 레이가 말했다.

"뭐가 사고였다는 거야?"

"당신 마누라 말이야. 난 당신의 빌어먹을 마누라를 기억하고 있어."

"네가 죽인 내 아내와 내 딸."

"이봐, 진정해. 아까 말한 것처럼 그건 사고였다고."

잠깐. 기쁜 마음은 잠시 접어두고, 남편으로서 넘치는 에너지도 자제하자.

"그러니까 이떤 종류의 사고였는데?"

"잘 들어, 형씨. 난 그게 당신 아내와 당신 자식이란 걸 알아. 그리고 당신이 가족과 사별한 것을 동정하지만 그렇다고 해서 그들이 우릴 대한 방식이 용서받을 수 있는 건 아니야."

"그들이 널 어떻게 대했는데?"

"자업자득이었다니까."

아, 이렇게 나온다 이거지. 이거 좋군. 이거야말로 순수하게 환희에 찬 격노를 부르는 소리군. 하지만 참자. 속에서 천불이 올라오는 걸 거침없이 뿜어낼 게 아니라 꾹꾹 눌러두자. 토니는 계속 목소리를 낮추면서 말했다.

"그게 정확히 무슨 뜻이야? 자업자득이라니?"

"알고 싶어? 아닐 텐데, 형씨. 당신은 알고 싶지 않을 거야."

"그냥 말해. 왜 자업자득이라고 생각하는지."

"그들이 우리에게 아주 기분 나쁜 욕을 해댔어."

"그들이 옳았어."

"그 여자들은 의심과 추잡한 생각으로 머릿속이 꽉 차 있었지. 이봐, 그 여자들은 처음부터 우리를 지독하게 싫어했단 말이야. 그들은 우리에게 기회를 주지 않았어. 우리를 처음 본 순간부터 우리가 사기꾼에, 살인자에, 강간범이라고 생각했단 말이지. 당신도 우리가 당신 차의 타이어를 갈아줄 때 당신 딸이 어떻게 하는지 봤잖아. 그 여자들은 우리가 인간쓰레기인 것처럼 굴었어. 우리가 그들과 같이 차에 탔을 때 마치 세상의 종말이 온 것처럼 생각하더라니까. 마치 우리가 그들의 목을 칼로 그어버리고 그 시체에 떡을 칠 것처럼 생각했단 말이지. 내가 미리 말하지만, 난 자존심이 강한 사람이야. 그리고 사람들을 대할 때 내가 도저히 참지 못하는 게 몇 가지 있단 말이야."

진정하고 천천히 구슬려보자. 토니가 말했다. "그들의 의심이 옳았던 걸로 드러났잖아."

"그들이 자초한 거야."

"너희들은 살인자고 강간범이야. 넌 그들을 살해하고 강간했어."

"내가 한마디 해주지. 누가 날 어떤 어떤 놈이라고 부르면 그건 모욕이야. 그리고 난 그렇게 해줄 권리가 생기는 거고. 레일라가 내가 재니스랑 바람피운다고 비난하면, 난 맹세코 재니스랑 바람을 피운다고. 만약 당신의 그 망할 딸년이 내가 강간범이라고 생각한다면, 맹세코 그 계집애는 강간을 당하는 거고."

"너희들을 두려워한 그들이 옳았어. 그들이 두려워한 모든 일이 현실이 됐어."

"그건 그 빌어먹을 여자들이 자초한 거라니까."

"너희들이 인간쓰레기라고 생각한 그들이 옳았어. 너희들은 인간쓰레기니까."

"너 완전 또라이구나."

"넌 아무 권리도 없어. 넌 로라와 헬렌을 죽였을 때 모든 권리를 잃은 거야."

"난 너만큼이나 많은 권리를 가지고 있어."

"넌 아무 권리도 없어. 난 1년 동안 이걸 기다려왔어."

"그러셔?"

토니 헤이스팅스는 지금 그의 손에 권총이 있다는 쾌감과 그 권총 때문에 레이를 모욕할 수 있는 권리는 위험하고도 믿을 수 없는 권릭이란 걸 알고 있었다. 계속 레이를 모욕하다 보면 이 총을 쓰겠다는 그의 의지를 보여줘야 하니까. 그는 이런 위험을 무릅쓰는 자신이 자랑스러웠다. 그는 이제 시시각각 용기를 얻어가고 있었다.

토니가 말했다. "내가 한 가지 말해주지. 네가 나에게 했던 그런 짓을 하고도 무사히 빠져나간 사람은 하나도 없어."

"그래?"

"넌 날 노리고 쫓아왔지. 그건 네가 결코 잊을 수 없을 실수였어."

"이거 슬슬 겁나는데."

"넌 내 인생을 파괴했으니까 두려워하는 게 낫겠지."

"젠장, 내가 당신의 인생을 파괴하는 걸 내가 알았더라면."

"난 널 고통받게 할 거야. 네가 한 짓 때문에 고통받는다는 걸 기억하게 만들 거야."

토니는 생각했다. 난 지금 바비 안데스처럼 말하고 있군. 레이는 별 감동을 받은 것 같지 않았다.

"어떻게 그렇게 할 건데?"

토니는 그 점에 대해 생각했다. 잠시 그의 권력에 흠이 생겼다. 그는 그 질문에 대한 답을 알 수 없었다. 그의 힘, 권력은 그저 지금 두 사람이 이렇게 마주 보고 앉아 있고, 그가 권총을 가지고 있을 때만 느낄 수 있다. 그는 어떻게 그 협박의 강도를 키우고, 그 쾌감을 지켜야 할지 생각했다.

"널 안데스에게 다시 넘길 거야."

"그건 효과가 없을 걸. 그들은 이미 사건이 성립되지 않는다고 결정했어."

이걸 어떻게 끔찍하고 무섭게 만들지? "안데스에겐 너를 위한 다른 계획들이 있어."

"지금부터는 안데스가 나보다 더 답답한 처지일 텐데."

아마 맞는 말일 것이다. 토니는 또한 이 오르가즘 같은 권력을 실현하는 길은 그가 레이 마커스를 죽일 거라는 가정에 토대를 두고 있다는 사실을 깨달았다. 하지만 이제 그렇게 할 자유가 있다는 황홀한 생각도 떠올랐다. 대체 어디서 그런 생각이 불쑥 떠올랐는지는 모르겠지만. 그에겐 그럴 권리가 있다는 느낌, 그에게 주어진 권리라는 느낌이 들었다. 심지어 그의 의무일 수도 있었다. 이 의무란 말은 권리란 말에 도금을 해서 무한한 쾌감을 느끼게 했다. 그는 돌이켜 생각하면서 그걸 찾아내려고 애썼다. 대체 레이 마커스를 죽이는 것이 살인이 아니라 권리나 의무라고 생각을 바꾸게 된 이 해방감은 어디서 나온 것일까?

그는 바비 안데스가 했던 말을 떠올렸다. 놈을 정당방위로 죽여요. 토니는 지금 이 경우가 정당방위일지 의심이 들었다.

토니는 생각했다. 토니 헤이스팅스, 수학 교수. 이런 순간에 할 적절한 생각은 아닌데.

그는 생각했다. 수학 교수인 토니 헤이스팅스가, 동정적이지만 수치스러운 언론의 주목을 받고 모두 이해하게 될 치정범죄를 저지른 혐의로 감옥에까지 갈 가능성을 받아들일 용의가 있을까?

레이는 그를 찬찬히 뜯어보면서 말했다. "그래서 당신은 왜 날 죽이지 않는 건데?"

"그래야 한다면 널 죽일 거야. 내가 못할 것 같아?"

"괜찮아, 형씨. 당신은 아무것도 몰라. 살인은 재미있어. 당신도 나중에 한번 해봐."

"재미라고? 그래, 널 죽이는 건 재미있을 거야."

"재미. 그렇다니까."

"넌 내 아내와 아이를 죽이는 게 재미있었나?"

"음, 그래. 재미있었어. 맞아, 그건 재미있었어."

재미? 토니는 그 단어를 들었다. 그는 정신을 차리고 자신이 받은 충격을 표현했다. "넌 지금 거기 앉아서 내 아내와 아이를 죽이는 게 재미있었다고 말하는 거야?"

"이건 처음엔 별로였다가 서서히 좋아지는 거야. 사냥처럼 배워야 아는 거라고. 어려운 고비를 넘겨야 해. 사람을 먼저 죽여 봐야 그게 어떤 기분인지 알게 된다니까."

토니는 그 말에 눈이 부시는 빛을 보는 것 같은 경험을 하고 있었다.

레이는 계속 떠들어댔다. "내 친구인 루와 터크는 그걸 이해 못했어. 당신 가족들이 죽었을 때 정말 어마무시하게 겁을 내더군. 엄청 겁을 냈지. 그들은 살인 혐의로 기소될 거라고 생각했어. 그걸 이해하는 데 좀 느린 사람들이 있어."

"넌 살 가치도 없는 놈이야." 토니가 말했다.

"당신도 한번 해보라니까, 토니. 누군가를 죽여봐. 내 장담하는데 분명 다시 하고 싶어질걸. 당신도 다른 사람과 다를 바 없어."

"네놈은 그래서 사람을 죽인 거냐? 그게 재미있어서?" 토니가 물었다.

"물론이지. 그래서 죽였지."

바로 그 순간 토니는 자신의 마음속에서 폭발한 감정이 혐오감이라고 생각했지만 그건 사실 기쁨이었다. 그가 느끼는 빛이 그의 눈을 멀게 하면서 동시에 그와 레이의 차이가 얼마나 단순한지 분명하게 밝혀졌다. 레이가 틀렸다. 토니는 레이가 생각하는 그런 다른 사람이 아니며, 레이 같은 야만인은 전혀 모르는 다른 종족에 속해 있다는 사실을 토니는 안다. 토니가 살인의 쾌감을 억제하거나 알아채지 못해서가 아니라 그런 쾌감을 느끼기엔 이미 너무 많은 걸 알고, 너무 많은 상상력을 품고 있기 때문이다.

그가 아직 미성숙한 인간이라서 그런 쾌감을 음미할 수 없는 게 아니라 성숙이라는 자연스런 과정을 거쳐서 그런 쾌감에서 벗어난 것이다. 그가 느낄 수도 있었던 살인의 재미는 문명인이 되는 과정 속에서 교육을 받고 성장하면서 떨쳐냈지만 레이는 그런 과정 자체를 아예 이해하지 못하는 야만인인 것이다. 토니는 그런 무식한 레이에 대한 격렬하고 복수심에 불타는 경멸감으로 가득 차 있었다. 덕분에 지금까지 흐릿하고 명쾌하지 않던 부분에서 아주 선명하고 밝은 느낌을 받았다. 그는 자신감이 생겼다. 그는 자신의 본능과 감정을 믿을 수 있다는 걸 알고 자신이 옳다고 느꼈다. 그는 온몸에 기운이 나면서 흥분된 상태에서 결정을 내렸다.

토니가 말했다. "오케이, 레이. 그만하면 이야기는 충분히 했어. 이제 갈 시간이야."

"내가 말했잖아. 난 아무 데도 안 간다고."

그들은 거기 잠시 앉아 있었다. 토니가 다시 총의 공이치기를 잡아당겼다.

"그럼 왜 그냥 니 갈 길을 안 가고 있는 건데?"

"가게 놔둘 거야?"

"내가 널 그러게 놔두건 아니건 상관없다고 생각했는데."

"그건 당신이 그 총을 쏘느냐 안 쏘느냐에 달렸지."

"난 쏠 수 있지."

레이가 어떤 표정을 지었는데 토니는 그가 자신감을 잃었다는 걸 알았다. 토니의 변화를 알아차린 것이다.

"그럼 아무래도 안 가는 게 낫겠어."

"그렇다면 나가서 저 차에 타는 게 나을 텐데."

"난 그럴 생각 없어."

"그럼 그들이 와서 널 잡아갈 때까지 그냥 기다리고 싶나?"

"당신이 방금 그 말을 했으니 가야 할 것 같기도 하고."

"난 네가 가게 놔두지 않을 거야."

"그럼 남아 있는 편이 낫겠지."

"어서 가봐. 어디 한번 가보라고."

"난 안 갈 것 같은데."

"적어도 시도는 해봐야 할 것 같은데."

"그냥 여기 앉아 있는 게 더 안전할 것 같아."

"그게 그렇게 안전하다는 생각이 안 드는데."

"그렇게 생각한단 말이지. 어쩌면 당신 생각이 옳을지도 모르지."

레이는 일어섰다. "그럼 난 가겠어." 그는 권총을 들고 있는 토니의 손을 지켜보면서 한 발짝 앞으로 갔다가, 멈춰서, 다시 물러섰다.

"그러지 않는 편이 나을 거야."

"나도 그렇게 생각하고 있어."

"어떻게 해야 할지 모르겠지, 안 그래?"

"난 내가 뭘 해야 하는지 잘 알고 있어."

"난 지난번에 널 쏘지 않았어. 널 쏜 사람은 바비 안데스였지. 그런데 왜 지금은 내가 널 쏠 거라고 생각해?"

"그냥 안전을 기하는 거지."

"넌 내가 변했다고 생각하지, 그렇지? 내가 지금은 널 쏠 거라고 생각하잖아?"

"그건 위험한 무기야. 그런 위험한 무기를 가지고 있을 때는 조심해야 해."

"네가 할 수 있는 가장 안전한 일은 나가서 나랑 같이 차에 타는 거야."

"난 그럴 필요가 없다고 보는데."

"넌 날 두려워하는군. 정말 아주 많이 겁에 질렸어."

"그렇게 우쭐대지 마, 형씨."

"그럼 왜 안 가는데?"

"갈 거야."

"뭣 때문에 안 가고 있는데?"

그는 토니의 얼굴을 똑바로 봤다. 그리고 빙긋 웃었다. 토니가 아주 잘 아는 그 거만한 미소였다. "그래, 내가 못 갈 이유가 없는 것 같군." 그는 그렇게 말하고 다시 앞으로 발을 내딛었다.

문을 향해 걸어가는 레이의 앞을 막을 것은 하나도 없었다. 토니는 자신의 폐가 얼어붙고, 몸이 마비되고, 모든 용기가 사라지고, 남은 평생 실패와 굴욕감을 느낄 것 같은 기분이 들었다. 그 와중에 총이 발사됐다. 그는 고함 소리를 들었다. "아우! 이 개자식!" 폭발음이 들린 후에 토니가 손에 들고 있던 권총이 위로 튀어 올라 그의 이마를 쳤고, 그가 앉아 있던 의자가 기울어지면서 뒤로 넘어졌다. 레이가 미친 듯이 그의 위에서 고함을 지르면서 뭔가를 들고 있었고, 토니가 다시 권총의 공이치기를 잡아당긴 순간 태양이 폭발했다.

8

태양이 폭발하고, 책도 마찬가지로 그랬다. 수잔 모로는 책의 내용을 음미하려고 마지막으로 멈췄다. 이제 거의 다 읽고 한 챕터 남았다. 도로시와 헨리는 2층에 있다. 아이들이 스케이트를 타고 돌아왔을 때 막 토니가 트레일러 문 걸쇠에 손가락을 댔다. 수잔은 아이들이 현관에서 발을 구르면서, 눈 건너편을 보고 작별 인사를 하고, 현관에서 숨을 몰아쉬면서 낄낄 웃는 소리를 들었다. 이제 그들은 2층에서 이야기를 하고 있는데 로지역시 했던 이야기를 또 하고 있을 것이다.

수잔은 또다시 마음속으로 메인의 스크린도어가 있는 현관과 그 길과보트 창고 옆에 있는 돌계단들, 나무들 위로 오후 햇살의 거울 같은 윤기가 비치는 조용한 항구를 떠올렸다. 모든 것이 죽어가고 있다. 그녀의 어머니와 아버지처럼. 바비 안데스처럼. 그녀의 질투처럼. 에드워드의 글처럼. 이 책처럼.

에드워드가 오고 있고, 아놀드도 오고 있다. 수잔은 아무 이유도 없이두려움에 가득 차 있다.

트레일러는 숲속을 향해 열려 있고, 트레일러의 벽들은 사라졌고, 몇 개의 기둥으로 받쳐 놓은 지붕이 은신처가 됐다. 그는 피크닉 테이블 밑에 있고, 레이는 강바닥으로 도망쳤고, 다른 사람들은 레이를 찾고 있다. 토니가 그를 찾을 수 없는 걸 아니까. 그를 두고 소란을 피웠던 사람들은 사라졌고, 피크닉 벤치는 그의 가슴을 누르고 있었는데 밀어낼 수가 없었다. 토니는 좀 쉬면 다 괜찮아질 거라고 생각했다.

나무들 너머에 있는 하늘은 어둡고 동그란 지붕으로 점점 더 어둠이 옅어지면서 흐릿한 초록색으로 변했다. 그 너머로 또 다른 동그란 지붕이 있었지만 그는 볼 수 없었다. 마치 세계 속에 또 다른 세계가 있는 것 같았다. 그것은 눈꺼풀 속에 있는 세계의 크기였지만, 눈을 뜰 힘이 없었다. 이건 꿈이야. 그는 말했다.

하지만 여기엔 하늘도 없고, 눈꺼풀도 없고, 이건 꿈이 아니었다. 여긴 완벽한 암흑이었고 피크닉 테이블들과 나무들은 그의 생각이 만들어냈을 뿐이다. 그는 가끔 꿈에서 이게 진짜인가 의아해할 때가 있다는 걸 알고 있지만, 잠을 깬 현실에서는 결코 그런 의심은 들지 않는다. 그는 이제 안다. 그는 이제 잠이 깼는데 눈 위에 뭐가 붕대 같은 것이 있었다. 그는 볼 수 없었지만, 이건 꿈이 아니었다.

그는 트레일러, 레이가 그에게 덤벼들던 것, 태양이 폭발했던 게 기억났다. 그는 바닥에 누워 있었다. 뒤통수는 벽에 대고 있고, 오른팔은 뭔가 부피가 큰 물체에 엉켜 있었다. 뭔가 그의 다리 위로 떨어져 있었다. 다른 뭔가가 그의 머리를 누르고 있었다.

토니는 그의 눈 위에 뭐가 있는지 느낄 수 없었다. 바닥에 있던 한 손을 들었다. 그건 할 수 있었다. 그는 손을 눈 쪽으로 움직였다가 멈췄고, 겁이 더럭 났다. 눈 위에 붕대가 없었다. 그는 눈을 건드렸다가 뭘 발견하게 될지 겁이 나서 만지고 싶지 않았다. 그는 알고 싶었다. 내가 어둠 속에 있는 걸까, 아니면 내 속에 어둠이 있는 건가? 레이가 불을 껐다고 해도 이렇게 어두울 수가 있나? 그는 시험 삼아 창문이나 문을 찾아보려 했지만 어떻게 봐야 할지도 알 수 없었다. 그의 얼굴 앞부분에 뭔가 사라지고, 텅 빈 공간, 마치 와이어로 절단한 것 같은 공간이 있었다. 그는 마음속에서 속삭이는 뉴스를 들었다. 난 눈이 멀었어. 지금보다 더 젊은 나이에 이런 일을 당했다면 그거야말로 내게 일어날 수 있는 최악의 뉴스였을 거야.

그는 오른쪽 다리를 움직여 봤다. 그건 괜찮았다. 왼쪽 다리도 멀쩡했다. 그의 다리 위에 걸쳐져 있던 물건은 의자였다. 그는 뒤로 넘어졌던 기억이 났다. 그는 무릎을 들어서 의자를 옆으로 밀쳤다. 레이가 그의 눈에 무슨 짓을 했는지 궁금했다. 레이가 그의 머리를 쳐서 눈을 멀게 한 걸까. 아니면 손가락이나 나이프나 포크 같은 걸로 찢거나 찔러서 멀게 한 걸까. 그랬다면 그 고통은 아직까지 느껴지지 않는데. 그는 왜 레이가 권총을 낚아채서 그를 쏴죽이지 않았는지도 궁금했다. 시간이 얼마나 지났는지, 레이가 지금쯤 얼마나 멀리 갔는지도 궁금했다. 그는 내 차를 가져갔을 거야. 토니가 말했다. 만약 그가 가버렸다면 말이다. 만약 그가 지금 내 위에 앉아서 날 보면서 내가 깨어나길 기다렸다가 고문하려는 게 아니라면.

그는 그런 생각에 두려워하기엔 온몸이 너무 무겁고 묵직하다는 걸 느꼈다. 심지어 눈이 먼 사실도 아직까지 두렵지 않았다. 다만 그 사실이 갈퀴처럼 그를 찢어발길 순간이 다가오고 있다는 건 알고 있었다. 그는 온몸을 덜덜 떨면서 냉기를 느꼈다. 속에서 신물이 올라오면서 뒤틀려, 머리를 옆으로 돌리고 구역질을 했지만 아무것도 나오지 않았다.

토니 헤이스팅스는 시간이 흘러갔다는 건 알고 있지만 그의 눈이 있었던 자리에 남은 상처 외에 아무 기억이 없었다. 이제 그는 얼굴에 난 구멍들이 불타고, 얼굴 앞부분에 파인 구멍에 낚싯바늘을 걸고 끌어당기는 것 같은 무시무시한 고통을 느꼈다. 그 고통은 무시무시한 소음과 같았다. 그는 생각할 수도, 궁금해할 수도, 추측할 수도 없었고, 그저 이걸 멈춰줘, 라는 말만 할 수 있었다. 뭔가 머리 위에 있는 것 때문에 아직도 움직일 수 없었던 그는 바닥에 대고 다리와 엉덩이를 쿵쿵 쳤다. 주머니에 손을 찔러넣어 손수건을 꺼냈는데 너무 작아서 이번에는 넥타이를 풀어 돌돌 말아 조심스럽게 얼굴에 댔지만 그걸로는 부족했다. 그는 셔츠를 빼내서 찢으려 했지만 할 수 없었다. 그러다 싱크대 위에 행주가 몇 개 있었던 걸 기억해내고 오랫동안 결의를 다지며 제우스가 하늘에서 내려치는 번개 같은 두통이 느껴질 위험을 무릅쓰고 몸을 움직였다. 어떤 두통도 이처럼 심하진 않겠지만 일어날 수 있다는 걸 알았다. 그는 비틀거리면서 벽에 기댔다가, 발치에 있는 뭔가 거대한 물체에 부딪치고 나서 싱크대를 찾아 그 위를 더듬다가 행주의 부드러운 가장자리를 만졌고, 또 하나를 찾았다. 그는 두 개를 다 낚아채 사정없이 구겨서 얼굴에 난 구멍들에 살짝 댔다가, 꾹 눌렀다가 다시 부드럽게 누르면서 공기에 접촉되지 않도록 했다.

고통은 깊고도 영원했지만 이제 더 이상 불에 타는 것처럼 아프진 않았다. 그는 발로 더듬어 의자를 찾아서 세우고, 거기 앉아 행주를 눈에 대서 눈 속에 있는 것들이 쏟아지지 않도록 했다. 그에게 눈이나 눈구멍이 있는지도 알 수 없었고, 감히 만져서 알아낼 수도 없었다. 레이가 그의 눈을 파냈는지, 아니면 그냥 주먹으로 눈을 세게 쳤는지, 아니면 레이가 한 짓이 아니라 총이 그의 얼굴에서 너무 가까이 발사돼서 그런 건지도 알고 싶지 않았다. 나중에 누군가가 그를 검사해보고 말해주겠지. 그의 뺨에 흐르는 축축한 개울들과 딱지가 앉은 강바닥에 대해서.

토니는 생각했다. 눈이 두 쪽 다 먼 게 확실한가? 그는 먼저 행주를 한 쪽 눈에서 떼고, 그다음에 다른 쪽 눈에서 뗐다. 공기가 생석회처럼 느껴졌다. 날카로운 소리로 지르는 두 번째 뉴스가 들렸다. 난 눈이 멀었어! 죽진 않았지만 눈이 멀었어! 어렸을 때 그가 품은 가장 큰 공포였는데. 이제 죽을 때까지 장님으로 사방을 더듬거리며 살아야 한다. 초록색, 노란색, 나무, 산, 바다, 단청, 마젠타 색, 옅은 바이올렛 빛깔.

앞날을 생각하자 질문이 떠올랐다. 내가 그걸 참을 수 있을까? 내가 점자를 배울 수 있을까? 사람들이 나에게 글을 읽어줄까? 맹도견. 끝이 하얀 지팡이.

의자에 앉은 그는 비극 자체다. 대참사를 겪도록 선택받은 존재. 너에게는 일어나지 않을 나쁜 일들도 일어날 수 있구나. 세 번째 뉴스-난 눈이 멀었어-는 오랫동안 추락했던 그간의 비극적인 과정을 완성한 것으로, 이제 그의 운명이 확정됐다. 그는 비탄에 젖어 자신의 삶과 그의 경력, 수학, 루이스 저메인에 대해 생각했다. 루이스 저메인과 장님이 된 남자. 그보다는 불운한 동료가 되겠지.

토니는 커브 길에서 나는 차 소리를 들었다. 마치 위험에 대한 오래된 신화 같은 소리였다. 그는 도움이 필요했다. 그들이 그를 찾으러 와야 한다. 그가 돌아가지 못한 걸 그들이 알아차렸다면 곧 올 것이다. 그는 방금 떠오른 친구들에 대한 기억을 어둡게 하는 고약한 존재가 뭔지 떠올려보려고 애썼다.

그러다 만약 레이 마커스가 그의 차를 가져갔다면, 아무도 여길 둘러볼 생각을 하지 않을 거라는 사실을 깨달았다. 그는 스스로 자신을 구해야 한다.

그는 더듬거리면서 트레일러를 빠져나가 도로로 가야 한다. 피투성이 수건을 눈에 대고 길가에 서서 운전기사가 그의 곤경을 보고 멈춰주길 바라야 한다. 그는 말할 것이다. 절 그랜트 센터에 있는 경찰서까지 데려다 주세요. 그랜트 센터에 있는 경찰서에 가지 말아야 할 이유가 있는데. 바비 안데스. 뭔가 어렴풋이 기억이 떠오를 듯 말 듯했다. 그는 바닥을 더듬어보고 자신의 넥타이를 찾아서 눈에 댄 행주가 떨어지지 않도록 머리에 묶었다. 지금이 낮인지 밤인지 궁금해졌다. 그는 멀리서 들리는 새의 상큼하게 지저귀는 소리를 듣고, 또다시 멀리서 문명사회의 전보다 커진 굉음을 들었다. 그러니 지금은 분명 낮일 것이다.

몸을 움직일 때마다 마치 배를 발로 차인 것처럼 기운이 쭉 빠졌다. 그는 억지로 움직여야 했다. 문이 어느 쪽이지? 그는 돌아섰다가 바닥에 있는 뭔가 큰 것에 발이 걸렸다. 마치 흙이 들어 있는 자루 같은데 누워 있을 때 거기에 기대 있었던 기억이 났다. 그는 손을 내려서 더듬어보았다. 뭔가 단단한 것이 있는 옷이 만져졌다. 팔, 어깨, 그것은 사람이었다.

"아, 너로군." 토니가 말했다.

그렇다면 이자는 레이이고, 그는 도망친 게 아니었다. 손이 어깨 위로 올라갔다가 머리가 만져져서 움찔했다. 피부가 차가웠다. 그는 레이의 팔을 들어봤는데 팔이 툭 소리를 내며 바닥에 떨어지는 소리가 들렸다.

그러니까 내가 널 죽였구나. 토니 헤이스팅스는 중얼거렸다.

그는 자신의 눈을 주고 레이의 죽음을 산 것이다.

그가 죽었는지 확인하려고, 토니는 혐오감을 참고 억지로 그의 머리를 다시 만지고, 눈 주위를 느끼고, 앞의 대머리까지 만졌다. 그 촉감에 충격을 받았다. 그는 레이의 이마, 눈썹에 한동안 손을 대고 있었다. 전에는 결코 할 수 없었던 자유였다. 이 악마의 두개골도 토니와 같았다. 이 악마도 그처럼, 우리 모두처럼, 끝없이 복제된 지형 속에 내장들과 장기들이 있어서, 의사들이 치료하기 쉬울 것이다. 의사들은 누구의 몸을 보나 똑같은 걸 발견하겠지.

토니는 그가 레이를 어떻게 죽였는지 그리고 레이가 죽어가면서 그 사실을 반추하고 자신이 왜 죽었는지 이해할 만한 시간이 있었을까 궁금했다. 하지만 그 직전에 그들이 나눈 대화를 보면 레이가 이해했을 리는 없다는 걸 깨달았다. 그가 자신이 저지른 짓이나 토니가 본 것을 봤을 리가 없었다. 그는 죄도 벌도 이해하지 못했다. 유일하게 이해할 수 있는 건 그가 죽으면서 받는 고통, 토니가 상상한 고통뿐일 것이다. 결국은 그걸로 충분할 것이다. 그걸로 토니가 다시 원래의 상태로 돌아가면 엄청난 만족감을 느끼게 되겠지만, 지금으로선 아무것도 느끼지 못했고, 레이는 죽은 시체일 따름이었다.

그는 레이가 천천히 죽는 모습을 상상하면서 레이의 죽음을 즐길 수 있도록 그의 증오를 다시 살려보려고 노력했다. 레이는 피를 흘리고 죽어가면서 고통스럽기보다는 무력감을 느끼며 자신이 죽어간다는 걸 알았을 것이다. 하지만 토니의 증오와 복수심은 이제는 다 그와 동떨어져 보였고, 더 이상 관심이 없는 죽은 감정에 지나지 않았다. 그는 레이가 살인의 쾌감에 대해 자랑하던 것과 자신이 우월하다고 상상했던 걸 기억했다. 그가 그렇게 우쭐대는 것에 대한 대가를 치르게 하려고 레이가 그의 눈을 멀게 했는지 궁금해졌다. 그는 토니 역시 뭔가 깨닫게 만들고 싶었기 때문에 그의 눈을 멀게 했다. 세련된 복수군.

그는 권총을 찾아 주위를 더듬었다. 바닥에서 차갑고 끈끈하면서 점점 굳어가는 레이 마커스의 피가 흐른 곳이 손에 만져졌다. 그는 깜짝 놀라 뒤로 물러나다 테이블에 머리를 쾅 부딪쳤다. 그는 일어서려고 애를 쓰면서 테이블에 손을 대고 몸을 지탱하려다 거기에 권총이 있는 걸 발견했다. 그 점을 생각해봐, 토니. 이건 레이 마커스가 죽기 전에 권총을 발견했다는 뜻이야. 그다음에 자신이 피를 흘리며 죽어가는 걸 지켜본 거지.

그는 이 방에서 시체와 같이 있고 싶지 않았다. 그는 권총을 주머니에 넣고, 억지로 일어서서, 레이의 시체를 돌아서 나갈 길을 찾으려고 애쓰면서 발로 바닥을 쿡쿡 두드려봤다. 바닥에 끈적끈적한 피가 사방에 묻어 있는 것 같았다. 그는 있어선 안 될 자리에 있는 침대에 부딪쳐 비틀거렸다. 그는 벽을 발견하고, 엉뚱한 곳에서 스토브를 찾아서 다시 방향을 수정해 문을 발견했다. 그는 조심스럽게 나왔지만 그렇게 조심했는데도 바닥이 느껴지지 않았다. 그는 그대로 밑으로 떨어져서 땅바닥에 있는 나무뿌리들에 세게 부딪쳤다. 트레일러 문에 계단이 없었던 걸 잊어버렸던 것이다.

떨어지면서 머리가 아팠고, 다시 고통이 밀려와 그는 회복하려고 한동안 기다렸다. 배가 몹시 아팠는데 마커스에게 발로 차인 게 분명했다. 공기는 따뜻하고 달콤했다. 그의 몸에 햇살이 닿는 걸 느낄 수 있었다. 차를 찾아야 한다. 밑으로 내려가면 커브 길 밑에 있는 배수로에 가서 거기서 갓길로 올라갈 수 있을 거라고 생각했다. 도로 옆에 서 있다가 차 소리가 들리면 도로로 나가서 손을 흔들 것이다. 그는 발이 미끄러져서 다시 밑으로 떨어졌다. 나뭇가지에 걸린 그는 그 가지들을 붙잡고, 나무뿌리들과 이

끼가 낀 바위들과 사정없이 얽힌 나뭇가지들 위를 비틀거리며 올라갔다. 원래 내려가야 할 길보다 훨씬 더 오래 내려갔다. 그는 바위 위에 있다가 다시 미끄러져서 물속으로 풍덩 떨어졌다. 차가운 시냇물이 그의 발목 주위로 흘러갔다.

그는 너무 지쳐서 물속에 그대로 주저앉았다. 옷이 젖자 배가 아파서 더 이상 물속에 있을 수 없었다. 숨을 돌리려고 잠시 기다렸다가 왔던 길을 되짚어가기로 결심했다. 다시 올라가려고 했지만 아무것도 없이 미끄러운 맨 바위로 도저히 올라갈 수 없었다. 그는 비틀거리며 상류로 올라가다가 손을 뻗어 걸린 어린 나무를 잡아 자신의 몸을 시냇물 위로 끌어올렸다. 그는 풀이 우거진 곳으로 온 것 같았다. 볼 수는 없지만 햇빛을 느낄 수 있었다. 트레일러나 도로가 어디 있는지 알 길이 없었다. 힘도 없어서 차 소리에 자신이 있는 곳을 짐작할 수 있기 전까지 쉬기로 결심했다.

몇 분이 지난 후에 차 한 대가 지나갔다. 그것은 그가 예상했던 것보다 훨씬 더 가까운 곳으로 그의 왼쪽이자 그가 왔던 방향인 아래쪽에서 들렸다. 그는 생각했다. 난 햇빛을 받으며 여기 앉아서 기다려야겠다. 그들이 가까이 왔을 때 날 못 보면 소리쳐서 불러야지. 여기 위쪽이요, 여러분. 그는 눈이 멀어버린 충격 때문인지 아니면 배를 발로 차여서 그런지 모르겠지만 마치 그에게 눈이 있는 것처럼 그의 앞에 희미하게 점들이 있는 것처럼 느껴졌다.

그는 생각했다. 이제 우리는 비겼어. 넌 내 아내와 딸을 죽이고 내 눈을 멀게 했고, 난 널 죽였어. 그건 3대 1이었지만, 허세를 부리기 위한 또 다른 대가로 받아들일 수 있었다. 그의 자존심과 허영심, 그의 이름과 지위가 주는 위안 때문에 아주 큰 대가를 치렀다. 지금 당장은 그런 것들이 아무 의미가 없지만, 시간이 흐르면 분명 다시 의미를 가지게 될 것이다.

마찬가지로 그는 암울했던 작년에는 아무 미래가 없었던 것처럼 맹인으로 되찾은 미래에 대해 나중에 그가 세우게 될 계획들을 예상했다. 우선 맹인으로서 준비하고 배우는 휴식 기간이 있을 것이다. 그는 기본적인 생활 습관을 바꾸는 방법을 배우기 위해 대학에서 휴가를 받게 될 것이다. 연구하는 법, 수업을 준비하는 법, 가르치는 법에 대한 새로운 방식들. 어디서 살 것인지. 옷, 음식, 위생 같은 세세한 사항들은 어떻게 할 것인지. 그런 모든 것들을 산비탈에 빽빽하게 서 있는 나무들이 가까이 다가갈수록 분명하게 보이는 것처럼 선명하게 내다볼 수 있었다. 그는 자신이 캠퍼스, 그가 사는 동네 거리에서 검은 안경을 끼고, 지팡이를 짚고, 어쩌면 개를 데리고 있는 모습을 볼 수 있었다. 그리고 모두 그 이야기를 알고 있겠지. 토니 헤이스팅스는 그의 가족을 죽인 남자에 의해 장님이 됐다. 거기 없는 눈을 가리는 검은 안경이 전설을 퍼뜨리겠지.

그는 경찰이 두렵지 않았다. 장님이 됐으니 무죄로 밝혀질 거라고 생각했다. 바비가 말한 것처럼 정당방위를 주장하진 않을 것이다. 그에게 권총이 있는데 어떻게 정당방위를 주장할 수 있겠는가? 그는 경찰에게 실제로 무슨 일이 일어났는지 말할 거라고 생각했다. 그 이야기를 하면 기분이 좋아질 것이다. 난 레이 마커스가 트레일러에서 자고 있는 걸 발견했어요. 우린 대화를 했습니다. 뭐에 대해 이야기했나요? 만약 경찰이 그 총으로 뭘 하고 있었냐고 물어보면 어떡하지? 만약 그들이 레이가 당신을 공격하도록 당신이 도발하려고 했던 거라고 하면 어쩌지?

그러자 바비 안데스가 떠올랐다. 아직도 레이가 루 베이츠를 죽였다고 말해야 하나? 그 가능성에 역겨워졌지만, 자신은 눈이 멀어서 그 점을 신경 쓸 필요가 없다고 느껴서 더는 생각하지 않았다.

날이 한없이 늘어졌고, 머리 위로 태양이 빛나는 걸 느꼈다. 기온은 올라갔고 날은 점점 더 더워졌다. 일찍 일어난 새들도 이제 조용했고 숲은 여전히 한낮이었다. 그는 생각했다. 난 기다릴 수 있어.

눈이 보이지 않는 상태로 멍하니 앉아 있는 토니 헤이스팅스는 햇빛이 그의 피부를 뚫고 들어오는 게 느껴졌다. 그는 눈 없이 그가 앉아 있는 곳을 다시 머릿속에서 구성해봤다. 내리쬐는 햇빛에 시들어 누레진 풀이 우거진 빈터가 그의 앞에서 내리막으로 뻗어가다 작은 나무들과 이어지고 그 너머로 트레일러와 갓길에 그의 차가 주차된 도로의 커브 길이 있다. 그는 마음속에서 반대편에 오크 나무 한 그루와 함께 큰 나무들을 그리고 그 너머로 점점 경사가 높아지는 비탈길에 나무들이 빽빽이 서 있는 모습을 상상했다. 마치 진짜 눈으로 보는 것처럼 분명하게 그 풍경을 알고 있었지만 대체 어디서 그런 생각이 나왔는지는 알 수 없었다.

그렇다면 허세일지도 모르겠군. 한번 테스트를 해보지 뭐. 그는 권총을 잡고 들었다. 오크 나무는 그의 왼쪽에 있으니 권총으로 그 나무를 맞출 것이다. 장님이 하는 사격 연습이라니, 절로 웃음이 나왔다. 그는 권총의 공이치기를 당기고 그 나무를 향해 겨냥했다. 발사. 그 끔찍하고 시끄러운 폭발음에 다시 한 번 그의 손이 뒤로 홱 재껴졌다. 폭발음의 메아리가 지나간 후에 폭행을 당한 숲의 침묵이 돌아왔고, 한낮은 끝없이 이어지고 또 이어졌다.

그때 구불구불한 지형에 쏟아지는 햇살이 그대로 그의 눈먼 얼굴에 쏟아졌다. 오후로 넘어간 게 분명했다. 토니는 자신의 육체가 레이 마커스의 육체적 특징과 똑같다는 생각에 집착하고 있었다. 하지만 몸을 쭉 뻗으려고 해보면 그의 몸은 마치 땅바닥에 묶인 것처럼 저항했다. 그의 독특한 상처들은 이미 오래되고 익숙해져서 이제는 영원히 가시지 않는, 그럭저럭 견딜 만한 고통이 됐다. 그리고 꽤 오랫동안 장님으로 살면서 한 번도 밥을 먹은 적도 없고, 소변을 볼 필요도 없었던 것 같았다. 그는 무의식 중에 오줌을 지린 것처럼 바지가 차갑게 젖어 있는 걸 발견했다. 이것도 쇼크를 받아서 그런 거라고 스스로에게 말했다. 그가 도로로 내려가지 않은 이유는 상상에서 본 비탈길의 경사가 가팔랐기 때문이었다. 그는 경찰들이 와서 그를 도와서 내려갈 때까지 기다릴 것이다. 바비 안데스가 그가 돌아오지 않은 사실을 보고하면 그들이 찾으러 올 것이다. 다른 사람이 이 도로를 찾아볼 생각을 하지 않는다면, 조지 레밍턴이 그의 집에 가는 길에 있는 토니의 차를 보게 될 것이다. 하루가 이렇게 하염없이 길어지는 것에 놀랄 필요 없다. 영원히 지속되진 않을 테니까.

아마 그는 잠이 들었는지도 모른다. 목소리들과 자갈 위에서 발소리들이 들렸다. 사람들의 말소리였지만 크지 않아서 분명히 들리진 않았다. 그러다 들렸다.

"그건지 확실해?"

"그 사람은 어딜 간 거야?"

그는 좀 더 크고 거친 남자의 목소리가 특정한 음조로 하는 말, 숫자들, 경찰 무전기의 끽끽거리는 소리를 들었다. 그들이 마침내 왔다. 토니는 고개를 들고 움직이지 않은 채 소리를 들었다.

경찰 무전기가 간헐적으로 켜졌다 꺼졌다 하면서 꽥꽥거렸다. 그러다 목소리들이 멈췄다.

갑자기 한 소리가 들렸다. "어이, 마이크, 맙소사!"

발소리들이 뛰어가고 자갈들이 흩어지는 소리가 났다. "어이쿠!"

그들이 레이 마커스를 발견했다.

그들이 뭐라고 하는지 토니는 들을 수 없었다.

"이거 봐. 핏자국들이 나 있어."

"그게 어디로 이어지는지 봐."

"여기 있어."

밑의 관목이 와지끈 부러지는 소리가 들렸다. 눈이 먼 토니 헤이스팅스는 사냥감처럼 땅바닥에 찰싹 붙어서 그가 사람들에게 보이는지 아닌지도 모른 채, 총을 옆에 두고 그저 조심하는 마음에 공이치기를 당겨 세웠다. 경찰은 너의 친구야. 그는 말했다.

누군가 소리를 질렀다. "핏자국이 밑으로 갔어. 여기선 보이지 않아."

다른 사람이 말했다. "그건 놔둬. 다른 사람들을 기다리자."

"무전으로 보고해. 안데스에게 말하라고."

토니는 아직 안데스가 그들에게 누가 루 베이츠를 죽였다고 말했는지 모르는데.

목소리 하나가 말했다. "아마 숲에서 피를 흘리다 죽었을 거야."

토니 헤이스팅스는 옆으로 누워서 머리를 팔꿈치로 받친 채 그들의 이야기를 들으려고 애를 썼다. 그들이 고개를 들면 그를 볼 수 있을지 없을지 여전히 알 수 없었다. 경찰 무전기는 계속 틱틱거렸다. 뭐라고 하는지 알 수 없었지만 뭘 발견했는지 보고하는 것 같았다. 그때 무전기에서 선명한 소리가 들렸다. "나 안데스야."

"헤이스팅스가 아니라 마커스라고?"

"그거 확실해? 빌어먹을."

토니는 그들이 개를 데리고 와서 그의 피투성이 발자국을 쫓아올 거라고 생각했다. 마치 도망자처럼. 그들은 내게 총구를 들이댈 것이고 내가 얼른 복종하지 않으면 날 죽일 것이다. 난 무장도 안 한 레이 마커스를 죽였다.

숲으로 다가오는 헤드라이트 불빛들과 그들에게 들키지 않으려고 나무 그늘에 숨어 있던 것, 그를 찾으려고 형씨라고 불렀던 목소리를 기억해. 내가 그들을 볼 수 없을 때 그들이 날 보는 걸 원하지 않아. 토니는 말했다.

당신은 언젠가는 나와야 해. 그들이 말했다. 난 바비 안데스를 기다릴 거야. 토니가 말했다.

그는 밑에서 경찰들이 돌아다니는 소리를 들었지만 목소리는 들리지 않았다. 그 후론 아무 소리도 들리지 않았다. 아주 오랫동안 거의 침묵만 흘렀다. 토니는 경찰들이 거기 있다는 걸 알고 있었다. 볼륨을 낮추긴 했지만 무전기가 작동되고 있는 소리를 간신히 들을 수 있었다. 그들은 차나 시체가 있는 트레일러에 있을 텐데 만약 그가 경찰이라면 밖에서 기다리는 편을 선호할 것이다. 아마 그들은 밖의 갓길에 앉아 담배를 피우고 있을 것이다. 다시 새소리들이 들렸다. 찍찍, 쩩쩩, 두 가지 음조로 들렸다. 오후의 햇살이 물러나면서 시원한 미풍이 부는 게 느껴졌다. 딱따구리 한 마리가 나무에 전화를 걸고 있었다. 멀리서 끊임없이 차 소리가 들렸고, 어딘가에 있는 주간고속도로가 가족들과 상업용 차량들과 깡패들을 이 시골에서 다른 시골로 이동시키고 있었다.

그는 배에 끈을 묶어 나무에 맨 것처럼 참을 수 없이 불편하고 갑갑해지고 있었다. 여기서 도망자처럼 숨어 있는 건 어리석은 짓이었다. 토니 헤이스팅스도 그걸 알고 있었다. 그는 도망자가 될 생각이 없었다. 만약 그에게 죄가 있다면 감수하기로 했다. 그는 자신의 계획들과 몇 시간 전 자신과 한 대화를 잊지 않았다. 이제 때가 됐어. 그가 말했다. 정신 차려, 여기서 영원히 있을 순 없어.

그래도 기다렸다. 다른 사람들이 도착할 때까지 그대로 있는 편을 선호했다. 만약 그들 중에 바비 안데스가 있다면 말이다. 바비 안데스가 그를 제일 먼저 발견할 수 있을 것이고 다른 사람이 물어보기 전에 루 베이츠의 죽음에 대한 최신 뉴스를 전해줄 수 있을 것이다. 이제 얼마 안 남았다. 차들이 오는 소리, 그들의 발소리, 무전기 소리, 목소리들, 외치는 소리들이 들렸다. 그는 바비 안데스의 목소리를 들었다.

"대체 그 망할 인간이 어디로 간 거야?"

그 일은 이렇게 벌어졌다. 그는 일어서서 부르고 싶었다. 이봐요, 바비 안데스 부서장님, 여기 위를 봐요. 그는 좀 전에 공이치기를 당겨서 세워 놓은 권총 위로 몸을 돌렸다. 그리고 손으로 그 총을 더듬어 찾아서 왼손에 쥐었다. 그래야 공이치기 세워놓은 걸 다시 밀어서 내리고 오른손으로 땅바닥을 누르면서 몸을 일으켜 세울 수 있을 테니까. 그가 막 한 발을 일으키고 땅바닥을 누르면서 일어나려고 했을 때 총이 발사됐다. 마치 배에 채찍을 맞은 것 같은 충격이 느껴지고 나서, 그다음에 그가 질색하는 소리가 났다. 빌어먹을! 그가 말했다. 내가 왜 이런 짓을 했지? 잠시 그는 자신이 스스로를 쐈다고 생각했다.

총의 반동이 정말 대단했다. 총을 쏠 때마다 얼마나 세게 반동으로 되튀는지 잊고 있었다. 그 충격에 그대로 땅바닥으로 쓰러졌다. 만약 총알이 그의 배를 관통했다면 죽었을 것이다. 그는 땅바닥에 대자로 누웠는데 얼굴은 분명 하늘을 보고 있었을 것이다. 그 타격이 그의 배를 밧줄처럼 꽁꽁 조여 오고 있었는데 전보다 고통이 더 심했다. 그는 그 밧줄을 느슨하게 해보려고 노력했다. 움직여보려고 했지만 밧줄이 점점 더 조여서 그를 꼼짝 못하게 만들었다. 만약 그게 총알이었어도 급소는 피해갔다. 그는 지금 죽어가진 않았지만 그 고통이 그를 땅바닥으로 끌어당기고 있었다. 맙소사. 토니는 말했다. 이게 내가 생각하는 그것일까? 그는 생각했다. 나는 왜 그런 바보 같은 짓을 했을까? 나 지금 피 흘리면서 죽어가는 거 아니야? 야생마들이 울타리 밖으로 도망치지 못하도록 밧줄로 묶어놓은 것처럼, 밧줄이 그의 배를 묶어놨지만 야생마들은 아주 세게 저항하고 있었다. 울타리의 낮은 막대기들 틈으로 들쥐들이 빠져나가고 있었다.

만약 이게 정말 빅뉴스라면 왜 이렇게 별로 중요해보이지 않는지 토니는 궁금해졌다. 토니는 생각했다. 총에 맞으면 밧줄에 묶인 것 같은 느낌이 들까? 총에 맞은 느낌이 지금 내가 느끼는 그런 느낌인가? 그는 신음하면서 알아차렸다. 그래, 이제 토니 헤이스팅스를 위한 또 다른 삶이 도래했군. 이건 평생에 걸친 죽음이 될 거야. 이 삶은 과거에서 미래까지 총알이 그의 배를 관통했다는 단 하나의 사실에 압도될 거야. 사람은 모든 것에 익숙해지기 마련이지만, 그는 지금 이 사실 말고는 다른 어떤 것에도 관심이 없었다.

아주 오랜 시간이 흐른 후에, 토니는 오래전에 누군가의 목소리를 들었다는 걸 의식했다. "맙소사, 저게 뭐야?" 넌 소도둑들이 풀어놓은 소들을 경찰이 몰아들이려고 곧 나타날 거라고 기대하는 거지, 안 그래? 하지만 그들은 오지 않았다. 아주 오랜 시간이 지났지만 안 왔다.

만약 그들이 오지 않는다면. 토니의 뇌 한구석에서 지금 죽음에 대해 생각해봐야 한다고 제안했다. 지금은 죽음에 모든 관심을 쏟아야 한다고. 토니 헤이스팅스가 죽어가고 있다. 그걸 생각해봐야지. 그는 좀 더 놀라야 했다. 그는 자신이 죽을 때 생각하고 싶었던 것들이 있었다는 걸 희미하게 기억해냈지만 그것들이 뭐였는지는 기억나지 않았다. 적어도 왜 죽는지는 알아야 하는데. 다른 사람들이 물어볼 만한 질문. 어떻게 그 죽음을 피할 수 있었는지, 그가 뭘 다르게 했어야 했는지 그런 걸 알아야 하는데. 아마 일어날 때 왼손과 오른손을 헷갈린 것 같았다. 만약 땅바닥에 오른손을 짚고 몸을 일으키려 했는데 대신 왼손을 땅바닥에 대고 밀었다면, 권총을 잡고 있는 왼손을 바닥에 밀면서 총구를 배에 댔다는 뜻이다. 방아쇠에 대고 있는 손가락의 압력과 단단한 땅바닥을 더듬는다는 것과 그의 부드러운 배를 만진 동작이 합쳐진 것이다. 눈이 먼 충격으로 야기된 신경상의 실수다. 하지만 눈이 먼 후로 꽤 오랜 시간이 흘렀으니 그런 상태에 익숙해져 있어야 했는데.

그러다 경찰들이 제시간에 여길 왔더라면 그를 구해줬을지도 모른다는 생각이 문득 들었다. 그들이 총성을 듣고 허겁지겁 관목을 헤치고 올라오면서, 무전기로 앰뷸런스를 불렀을 수도 있는데. 그럴 가능성은 없어 보였다. 그들이 올라오는 소리는 하나도 듣지 못했다.

그러다 경찰이 그의 시체를 발견하고 그가 자살했다고 생각할 거란 생각이 문득 들었다. 그게 논리적인 결론처럼 보일 것이고 그들은 놀라지 않을 것이다. 경찰이 그에게 어떤 동기들을 갖다 붙일지 궁금했다. 아마 -그들은 이렇게 말하겠지- 그가 자살한 이유는 가족을 잃은 것도 모자라 장님이 된 사실을 참을 수 없어서 그랬을 거야. -그들은 그가 이미 장님이 된 상황을 감수하기로 한 건 모를 것이다.- 아니면 그가 당한 범죄에 너무 집착하고 복수할 욕망에 부풀어 있다가 레이가 죽자 더 이상 살 필요가 없다고 생각했을지도 몰라. -그들은 루이스 저메인이 그를 기다리고 있다는 걸 모른다. 만약 루이스 저메인이 눈이 먼 그를 받아준다면 말이지.- 혹은 다른 이유를 댈지도 모른다. 아니면 -그의 냉소적이고 비겁한 성격을 과소평가하고. 그게 다 중요한 특징들인데- 그의 이상주의 때문에 자살했다고 할 것이다. 바비 안데스와 레이가 그에게 억지로 직시하게 만든 자신에 대한 진실을 감당할 수 없어서 그랬다고. 그러니까 그 역시 그의 적들에 비해 도덕적으로 나은 점이 없다는 게 밝혀져서 좌절해서 죽었다고. 다만 그들이 먼저 나쁜 짓을 저질렀다는 사실을 그가 마음속에 간직하고 있다는 점만 제외하고. 그보다는 토니가 극심한 고통을 이기지 못해 죽었다고 단순한 이유를 댈 가능성이 컸다-그가 얼마나 선선히 그들을 기다리기로 결심했는지도 모르고-. 즉 경찰들은 토니가 눈이 멀었을 뿐만 아니라 레이에게 총을 맞아서 피를 흘리며 죽어간다는 사실을 깨닫고 더 이상 참을 수가 없었다고 생각하는 것이다. 그 생각은 토니로선 도저히 받아들일 수 없는 생각이어서 맥이 풀렸다. 경찰이 그의 죽음을 사고사로 판명할 가능성은 없었다.

그는 정말 죽고 싶지 않았고, 그들이 서둘러 오기를 바랐다. 한편 그의 배를 묶은 밧줄이 그의 뱃속을 탐험하면서 지도를 만들고 있었다. 거기엔 그의 배 속에 있는 장기들까지 포함됐지만 정확히 어느 장기가 뭔지, 어디에 어떤 장기가 있는지 알 수 없었다. 간, 신장, 비장, 맹장, 췌장, 담낭과 수 미터에 이르는 크고 작은 창자들. 그 외에 뭐가 있는지 생각해보려고 하면서 살아 있을 때 좀 더 그 장기들을 알아두지 않은 걸 후회했다.

그가 아는 유일하게 확실한 건 바로 이거였다. 그는 자유롭게 메인으로 가는 여행을 계속할 수 있었다. 1년도 더 지난 지금. 경찰이 마침내 도착해서 차 문 옆에 서서 그가 운전석에 들어가 안전벨트를 맸을 때 그를 축하해주면서 그렇게 말했다. 좌석벨트가 그의 배 위로 단단하게 매어졌다. 그들은 그와 악수하고 행복을 빌어줬다. 그에게 메인으로 가는 길을 알려주면서, 얼마나 걸릴지 예측했다.

그렇게 그는 떠났다. 마음속에 카우보이와 야구선수의 기질을 품은 채, 즐거운 마음으로 노래를 부를 뻔하면서 빨리 달려서 금방 도착했다. 그는 비탈 밑에 있는 도로 끝에서 그 여름 별장을 봤다. 그것은 박공 유리창들과 현관이 있는 크고 구식인 2층 주택이었다. 모든 창문들과 현관에는 철망이 처져 있었다. 그는 진입로로 차를 몰고 가서 잔디 위로 올라갔고, 물속에서 그를 기다리고 있는 그들을 봤다. 그는 잔디를 지나 물가로 걸어갔다.

"어서 들어와. 당신을 기다리고 있었어." 로라가 말했다.

"왜 이렇게 오래 걸렸어요?" 헬렌이 말했다.

토니가 물었다. "물 차가워?"

"꽤 차가워. 하지만 당신은 참을 수 있을 거야." 로라가 말했다.

"물속에 한참 있으면 나아져요." 헬렌이 말했다.

그들은 목까지 물속에 있어서 토니는 그들의 머리만 볼 수 있었다. 물은 파란색과 흰색으로 오후의 햇살을 받아 우유처럼 찰랑이고 있었고, 만에 뻗어 있는 흐릿한 소나무 숲들은 여름의 환희로 가물거리고 있었다.

토니는 물속으로 들어갔는데 발에 닿은 물이 얼음처럼 차가웠다. 로라와 헬렌이 웃었다. "당신은 너무 오래 떠나 있었어. 꼴이 말이 아니야." 로라가 말했다.

그는 비탈 밑 잔디 위에 서 있는 크고 널찍하고 아름다운 집을 돌아봤다. 철망이 쳐진 현관의 스크린도어가 열렸고, 2층의 철망을 친 창문 두 개가 열려 있었는데, 왜 그런지 이유는 몰랐다. 그는 수영을 한 후에, 풀 위를 걸어서 집 안으로 들어가 소나무 냄새가 나는 크고 텅 빈 방에 앉아 차가운 물속에 있다가 몸이 데워지는 걸 즐기면 얼마나 좋을까 생각했다. 그 다음에 그들은 이야기할 수 있을 것이다. 그가 그들에게 말하고 싶었던 게 다 기억났다. 그는 로라에게 그녀가 집으로 걸어갈 때 팔을 크게 휘두르면서 걷는다고 말하고 싶었다. 그들이 한 번이라도 싸운 적이 있었는지 묻고 싶었다. 기억은 안 나지만 그런 적이 없었기를 빌었다. 자신이 한 번이라도 로라를 질투한 적이 있었는지 궁금했고, 아마 그런 적은 없었다고 생각했다. 그리고 그녀가 그를 질투한 적이 있었는지, 그러지 않기를 바라지만, 그녀가 질투할 만한 행동을 한 적이 없다고 생각하니까. 그는 그녀에게 그 블루베리 밭을 기억한다고 말하고 싶었다. 그 후에 또 뭔가 있었는데 그건 잊어버렸다.

하지만 아직은 아니다. 우선 이것부터 해야 한다. 그들의 머리만 수면 위로 떠올라 웃으면서 그에게 들어오라고 격려하는 동안 토니는 조심스럽게 무시무시하게 차가운 물속으로 그들을 향해 한 발짝 한 발짝 들어갔다. 그렇게 움직이긴 힘들었지만 그들이 아주 참을성 있게 기다려주면서 그를 환영해서 행복한 마음을 참을 길이 없었다. 그가 온 힘을 다해 걸어가는 동안 얼음같이 차가운 물이 계속 올라갔다. 그의 발목에서 무릎으로, 무릎에서 사타구니로, 사타구니에서 엉덩이로 물이 계속 올라갔다. 물이 그의 배 주위를 움켜잡으며 얼어붙었다. 그리고 가슴 위로 올라와, 심장을 덮고, 목을 움켜쥐었다. 그러고도 계속 올라와서, 그의 입에 닿고, 그의 코를 채우고, 그의 불타는 눈을 감겼다.

9

책이 끝났다. 수잔은 그녀의 눈앞에서 책이 계속 마지막 챕터, 페이지, 단락, 단어로 줄어드는 모습을 지켜봤다. 하나도 남기지 않은 채 스러졌다. 그 책을 다시 읽거나 부분, 부분을 돌이켜볼 수 있지만, 이제 책은 죽었고 다시는 처음과 같지 않을 것이다. 그 자리에, 책이 남기고 간 틈으로 마치 자유 같은 강한 바람이 한 줄기 불어왔다. 현실이 그녀를 잡으러 다시 돌아오고 있다.

그녀는 다시 자신으로 돌아가기 전에 침묵이 필요했다. 아무 생각도 하지 않고, 어떤 해석이나 비판도 없이, 그냥 이제 막 끝난 독서의 삶을 추모하는 절대적인 침묵이 필요했다. 책에 대해선 나중에 생각해볼 것이다. 지금까지 읽은 내용을 정리해서 이해해보고 에드워드에게 무슨 말을 할지 결정할 것이다. 아직은 아니다.

현실로 돌아오려니 그녀가 책을 읽는 동안 나무들 속에 숨어 있다가 그녀를 덮치려고 기다리고 있는 포식 동물 같은 충격적인 공포가 엄습한다. 그녀는 재빨리 그 공포를 피한다. 그것도 아직은 마주칠 때가 안 됐어. 아이들은 2층에 있다. 그녀가 마지막 챕터 중간을 읽고 있는데 돌아왔다. 이제는 그들의 시간이다. 수잔은 아이들이 웃고 깍깍거리는 소리를 들었다. 그녀는 원고를 담은 박스의 덮개를 덮고, 박스를 선반 위에 올려놓고, 방마다 확인하고, 앞문과 뒷문들이 잠겼는지 다 확인하고, 불을 다 끄고, 위로 올라갔다.

아이들 셋은 모두 로지의 방 바닥에 앉아 있었다. 로지는 파자마를 입고 있다. 도로시와 헨리의 얼굴은 비정상적으로 붉었다.

"안녕, 엄마. 있잖아." 도로시가 말한다.

"헨리가 사랑에 빠졌어." 로지가 말한다.

헨리는 씩 웃고 있었는데 당혹스러운 마음보다 의기양양한 감정이 더 커 보였다.

"그거 대단한데. 누구랑?" 그녀가 말한다.

"일레인 파울러." 도로시가 말한다.

"그게 뭐 새로운 뉴스야? 헨리는 일레인 파울러와 작년 내내 사랑에 빠져 있었잖아."

로지는 실망한 표정이다. 헨리가 중얼거렸다. "이건 달라."

도로시가 말한다. "새로운 단계로 발전했어."

"새로운 단계. 멋지다."

"오늘 저녁에 뭐 했어, 엄마?" 도로시가 물었다.

수잔 모로는 깜짝 놀랐다. "나? 어, 아무것도 안 했어. 그동안 읽던 책을 다 읽었어."

"어땠어? 좋았어?"

그녀는 그 질문에 아직 대답할 준비가 안 됐다. 하지만 그녀는 현실 세계로 돌아왔고, 이곳에서는 이제 좋은지 나쁜지 구별하고 책임져야 한다. "물론이지. 그 정도면 좋았어." 그녀가 말한다.

나중에 그녀의 마음이 느슨하게 풀어지면서 그 책이 액체로 변해서 흘렀다. 그때가 언제인지 말할 수는 없다. 아마 집이 어둠에 잠기고 그녀가 침대에 누워 있을 때였을지도 모른다. 아니면 그보다 먼저 그녀가 문단속을 하거나 아이들에게 말하고 있을 때 그녀의 잠재의식에서 시작됐는지도 모른다. 생각의 어느 한 시점을 콕 집어내거나 생각의 흐름을 순서대로 짚어내는 건 불가능하다.

뭔가 무시무시한 현실이 마음속에 숨어 있는 걸 의식하면서도, 그녀는 계속 그것과 마주하는 순간을 연기하고 더 오래 책 속의 세계에 머물렀다. 그녀는 책의 마지막 문장들에서 토니에 대해 느끼는 자신의 고통이 마치 개인적인 비탄처럼 마음을 찔러왔던 걸 떠올린다. 대개 그런 일이 그렇듯이 그 점에 대해 생각해보면 전에 예리했던 고통이 수그러든다. 마지막 물가 장면은 뭔가를 떠올리게 한다. 하지만 토니가 죽어야 하는 이유를 그녀는 이해할 수 있을까? 그녀는 책의 내용을 돌아보면서, 죽음으로 이어지는 길이 숲속을 따라 형태를 드러내는 걸 본다. 토니는 메인에 가는 길이었고, 어쨌든 결국 거기에 간다. 예상보다는 결말이 마음에 들지만, 그게 옳은 결말인지, 지금까지 나온 문제들이 다 해결됐는지는 알 수 없다. 그러려면 다시 기억을 돌이켜야 하는데, 아직 그럴 준비는 안 됐지만, 설사 나중에 그럴 때가 온다고 해도 지금으로선 그게 중요한지조차 확신이 서지 않는다. 그녀가 에드워드에게 그런 걸 물어보면 그녀가 멍청하다고 생각할 것이다.

마치 헨젤과 그레텔이 흘린 빵 부스러기를 쪼아 먹는 새들처럼 건망증이 수잔의 독서 행로를 따라다닌다. 그 길의 초입은 잡초가 무성하게 자라 흔적도 없이 사라졌다. 그 길은 토니 헤이스팅스의 아내와 아이의 시체를 묻었고 토니도 물을 것이다. 그녀는 기억해보려고 애를 쓴다. 도로에서 15 미터 정도 떨어진 바위 위에 있던 헬렌, 불쌍한 아이. 헬렌은 도로시이기도 하고, 헨리이기도 하다. 족제비 같은 레이. 그놈은 대체 어디서 왔을까? 비참한 토니가 비탈길 위의 후설 씨 집을 올려다보던 걸 떠올려보자. 당신은 왜 이웃의 이름을 그렇게 지었지? 토니, 허세가 몸에 밴 인간. 그녀는 몸을 이리저리 뒤집으면서 자세를 바꿔가며 정작 필요한 건 얼음처럼 찬 물인데 불타는 몸을 옷으로 덮으려 애쓰는 식으로 행동하는 토니를 보며 우월감을 느낀 자신이 수치스러웠다. 수잔은 토니와 다를 바 없는 인간이다.

그녀는 마치 그곳에 직접 가본 것처럼 그 산속 도로를 알고 있다. 눈이 먼 토니가 자신이 총으로 쏜 나무를 분명하게 본 것처럼 그녀도 아주 분명하게 그 나무가 보인다. 그 빈터, 그 마네킹들, 도로의 커브 길에 있는 그 트레일러. 그리고 레이의 커다란 시체 위를 비틀거리며 넘어가는 토니. 하지만 그런 곳들 주위에서 산(酸)이 타들어가고, 페이지들이 구겨진다.

뭔가 마무리가 안 된 느낌이 여전히 남아 있지만 기억이 잘 나지 않는다. 수잔은 그 이야기 밖에서 무슨 일이 일어났는지 궁금했다. 캠프로 돌아가서 일어난 일. 바비는 마침내 자신의 동료들에게 뭐라고 이야기했을까? 그들이 바비의 말을 믿었을까? 그게 중요한가? 버려지고 잊힌 루이스 저메인, 그녀에겐 그게 더 나을 것이다.

그녀의 집처럼 현관과 철망들이 쳐진 메인의 그 집. 에드워드가 열다섯 살 때 왔고, 그들이 결혼했을 때 다시 갔던 그 메인의 집. 그 모든 철망들. 그녀는 토니가 흐릿하게 눈이 먼 상태에서 그 집을 보는 걸 보고, 자신은 볼 수 없지만 거기에 그녀를 둘러싼 의미들이 있다고 느낀다. 그런 의미들이 실제로 존재하는지 아니면 그녀가 그냥 상상하는 것인지 그리고 그걸 언젠가는 알아낼 수는 있을지 궁금하다.

그녀는 에드워드와 이야기하고 싶기도 하고, 하고 싶지 않기도 하다. 그녀가 뭐라고 할 수 있겠나? 자신이 눈이 먼 것처럼 느꼈다고 에드워드에게 말하는 게 수치스럽다. 독자들은 그저 박수를 치고 작가들은 허리를 숙여 인사하는 걸로 끝날 수 있다면 얼마나 좋을까. 그녀도 그건 할 수 있는데. 그녀는 박수를 칠 수 있고, 그의 책이 마음에 들었다고 에드워드에게 솔직하게 말할 수 있는데. 그러면 마음이 편해질 텐데. 비평은 나중에 하자. 책은 재미있었고 끝났을 땐 아쉬웠다. 그걸로 에드워드는 기뻐할 것이다. 그 책을 친구들에게 권하게 될까? 어떤 친구냐에 따라 다르겠지. 아놀드에게 권하게 될까? 물론 그럴 것이다. 그는 그런 책을 읽어야 할 사람이다.

마음속 한구석에서 그녀는 계속 그 은밀한 두려움을 피하고 있었다. 그건 그녀의 개인적인 문제다. 이 책과 아무 상관없다.

이후

아놀드가 오고 있고, 그다음엔 에드워드가 온다. 수잔 모로는 긴장이 돼서 숨이 멎을 지경이다. 두 남자가 서로에 대해 느끼는 경멸감이 마치 그녀가 직접 당하는 것처럼 느껴진다. 아놀드는 항상 에드워드가 인생에 실패한 인간이라고 생각한다. 몇 년 전 시카고에 연극을 보러 갔다가 우연히 만났을 때 아놀드는 에드워드에게 술을 한잔 샀다. 그는 에드워드의 등을 철썩 치면서 문화적 가치에 대해 이야기하고, 그를 사내답지 못하다고 평가했다. 에드워드는 예술의 모호함이 마음에 들지 않는다는 아놀드의 의견을 무시하고 현대 예술에 대한 언급을 피한 채, 주제를 야구로 바꾸고 아놀드를 하찮은 인간이라고 평가했다.

그녀는 낮에 평소대로 집안일을 하고, 아이들을 치과에 데려가고, 장을 보고, 밤에 오헤어 공항에서 아놀드를 만날 계획을 세웠다. 아놀드가 집에 들고 올지도 모르는 뭔가가 두려워진 그녀는 내일 오는 에드워드에게로 생각을 돌렸다. 그가 그녀에게 기대하는 비평, 그녀가 할 거라고 예상하는 질문들, 그녀가 그동안 미뤄왔던 것들에 대해 생각했다.

그녀는 마음속 아주 깊은 곳에 어젯밤 읽은 책에 대한 생각을 그대로 놔두겠지만, 에드워드를 위해 마음에 들었던 부분과 그렇지 않은 부분에 대한 의견을 정할 것이다. 그의 작품을 묘사하는 형용사들을 생각해보고,

그동안 읽은 걸 정리해서 잠정적인 답이 나올 만한 질문들을 모아볼 것이다. 이 책에서 뭐가 빠졌지? 라는 에드워드의 질문에 대해 그녀는 짓궂은 대답을 가지고 있었다.

그녀는 저녁에 오헤어 공항에서 아놀드를 만나 그를 보고 기뻐하려고 노력한다. 그에게 키스를 하고 팔짱을 낀다. 곰 같은 아놀드는 항상 사람이 많은 곳에서는 방향감각을 잃고 혼란스러워 보인다. 수염이 희끗희끗해지고 덥수룩한 눈썹은 짐이 어디 있는지 걱정하고 다른 생각을 하느라 산만해 보인다. 그는 어떤 생각에 사로잡혀 있었다. 그 생각이 뭔지는 수잔도 모른다. 아놀드는 말하지 않았다. 그녀는 바라지 않는 그의 선물을 기다리고 그녀를 미치게 만드는 절박한 질문들을 참고 있었다.

그녀는 아놀드를 차에 태우고 혼잡한 고속도로를 달려 집으로 갔다. 그는 마치 아무 일도 없었던 것처럼 미팅, 만난 사람, 참석한 강연 들에 대해 이야기하고, 세다 홀 병원에서 했던 면접에 대해 설명했다. 칙위시 자리라니. 이 얼마나 영광스러운 일인가. 어머니가 살아 계셔서 이 소식을 들으셨다면 얼마나 좋았을까? 아놀드는 일주일 내로 초청을 받게 될 거라고 예상하고 있었다. 그녀는 뭐든 결정하기 전에 그녀와 상의하겠다고 한 그의 약속을 기억하고 있지만, 그는 그들이 이미 그 상의를 했다고 생각하는 것 같았다. 그녀가 그 사실을 일깨워주면, 그 문제는 이미 결정된 걸로 생각했다고 말할 것이다. 그렇게 아놀드에게 상기시켜줬다가 또 어떤 다른 소식을 듣게 될지 두려웠다.

대신 그녀는 에드워드가 곧 방문한다고 언급했다. 운전하면서 에드워드의 책에 대해 묘사했지만 아놀드가 듣고 있는지는 알 수 없었다. 그녀는 차창 주위로 거센 바람이 부는 와중에 이야기했지만 아놀드는 아무 말도 하지 않았다. 그녀는 에드워드를 저녁 식사에 초대할 계획에 대해 말했다. 내일 밤. 아놀드가 그 말도 안 듣고 있어서 다시 말했다. 아, 미안해. 아놀드가 말했다. 내일 저녁은 나는 빼고 먹어야겠어. 내일 밤 일해야 해.

그날 밤 수잔 모로는 섹스를 했다. 25년간의 역사가 있는 그들만의 방식으로 아놀드와 함께. 그녀는 아놀드가 피곤하거나 그녀가 예민해질 거란 예상은 하지 못했다. 뭣 때문에 그렇게 생각이 천 갈래, 만 갈래로 흩어지는지 그 정체도 짐작할 수 없었고. 그녀는 불만스러웠고, 그동안 자신이 한 모든 희생 때문에 스스로가 불쌍해졌다. 아놀드의 뉴욕 모험이 그에게 중요한 것처럼 최근에 읽은 에드워드의 책이 그녀에게 중요했는데 아놀드는 그걸 무시했다. 그는 그녀의 모험에 전적으로 무관심하다. 그래서 그의 관심을 기대하지도 않았고, 반쯤 잠 들었을 때 그가 그만의 친숙하고 특권에 찬 방식으로 곰발바닥 같은 발을 그녀의 몸에 얹어 그녀를 난폭하게 다시 현실로 데려왔다.

수잔은 그녀의 젖꼭지, 목, 엉덩이, 배와 그의 땀이 흐르는 늑골, 털투성이 다리, 겨드랑이와 수염이 있는 밤의 육체들이란 오래된 세계로 돌아왔다. 둘의 혀가 섞이고 마침내 그의 연약하고 퉁퉁한 소시지가 그녀의 동그랗게 휘어진 골반 밑에 있는 어둡고 촉촉하고 민감한 곳을 찔러 들어왔다. 그녀는 안도의 신음소리를 내뱉으며 그간의 불만들을 잊고, 시카고건 워싱턴이건 어디서나 헌신적이고 충실한 사람이 되자는 자신의 정책에 찬성하면서, 동시에 에드워드와 마릴린 린우드를 포함한 다른 모든 것들은 사라져버렸다. 아니, 사라지지 않았다. 그녀는 아놀드가 몸을 앞뒤로 흔들고 있을 때 그들을 생각하면서 그들이 어떻게 서로를 좋아할지 궁금했다.

끝난 후에 그가 -누구? 물론 아놀드지- 그녀의 어깨에 머리를 대고 신음했다. 용서해줘, 아아, 날 용서해줘. 그럼, 그럼. 그녀는 마치 엄마처럼 그의 뒤통수를 쓰다듬으며, 그가 뭘 용서받고 싶은지 감히 궁금해하지도 못했다.

다음 날 그녀는 에드워드를 기다렸다. 그가 보낸 카드에 보면 메리어트 호텔에 묵겠다고 했지만, 만날 구체적인 계획은 적혀 있지 않았다. 그녀는 그가 전화하면 그때 저녁 식사에 초대해야겠다고 생각했다. 그녀는 흥분하고 긴장한 마음으로 오전 내내 그리고 오후 초반까지 기다렸다. 한편 햇빛이 비치자 아놀드와 보낸 밤에 느꼈던 흥분이 사라져버렸다. 항상 그런 식이다. 그녀는 에드워드를 무시하는 아놀드에게 짜증이 났다. 에드워드는 중요하지 않다는 그의 공식적이고 독단적인 신조가 25년 동안 계속됐다. 그녀는 아놀드가 에드워드의 책을 읽어보길 원한다. 그녀가 직접 쓴 책처럼 읽어보길 원한다. 그 생각이 점점 커진다. 아놀드가 이 책에 사로잡히게 만들어서, 그 역시 토니와 같이 숲속으로 들어가게 하고, 그 충격적인 상실과 불편한 줄거리 전개에 고통 받고, 그 책을 읽는 데 며칠이 걸리건 그동안 에드워드의 상상력의 노예가 됐으면 좋겠다는 생각이 점점 커지고 있었다.

하지만 아놀드는 이렇게 말하겠지. 에드워드가 쓴 책에 있는 그 토니 헤이스팅스란 작자, 당신의 그 토니 헤이스팅스란 놈은 찌질이야. 그게 아놀드가 쓰는 언어고, 그렇게 표현할 것이다. 그는 이렇게 말할 것이다. 토니가 고통스런 일을 겪었다는 건 인정하겠어. 하지만 가족을 보호하지도 못하고 총이 있는데도 레이를 통제하지 못하는 이 남자는 대체 어디가 잘못된 거야? 이거야말로 에드워드가 만들어낼 만한 그런 시시한 영웅이라니까.

이런 말을 만들어내서 아놀드가 말하는 것처럼 생각하는 사람은 그녀 자신이었지만 그래도 그 말에 짜증이 났다. 자신이 생각해낸 말이면서도 그렇게 말하는 아놀드의 동기가 의심스러워서 그녀가 대꾸한다. 당신은 절대로 레이 패거리들이 날 해치게 놔두지 않을 거야, 아놀드? 이런 일은 절대로 당신에게 일어날 수 없어. 당신이 가만있지 않을 테니까. 그런 말을 내가 믿길 바라는 거야, 나의 영웅? 그녀는 토니의 남성성을 비웃는 아놀드가 어떻게 그의 남성성을 확인하고 키우는지 훤하게 보였다. 하지만 간밤에 아놀드가 보인 남성성은 그녀가 그의 머리를 쓰다듬으며 그럼, 그럼, 이라고 말했던 기억에 휩쓸려 바싹 말라 사라지고 말았는데.

그녀의 생각은 아놀드에 대한 악의로 가득 차 있다. 그녀는 공정하게 그 점을 고쳐보려고 노력한다. 공정하게 보면 그녀 역시 줏대 없는 토니가 거슬렸다. 그래서 아놀드가 어떻게 비평할지 상상할 수 있는 것이다. 그러지 마, 토니 이 바보야. 그녀는 책을 읽으며 그렇게 말하곤 했다. 하지만 에드워드에게 불평할 생각은 결코 하지 못했다. 에드워드가 어떻게 대답할지 알고 있으니까. 토니는 원래 그런 캐릭터로 설정된 인물이야. 그녀가 그 점을 이해한다면, 아놀드도 이해할 수 있다. 아놀드는 총에 대한 토니의 딜레마를 이해해야 한다. 총이 있어도 쓰지 못하는 딜레마. 수잔에겐 영화와 달리 그것이 현실이다. 영화에서는 누가 총을 가지고 나오기만 해도 신과 같은 권능이 부여된다. 그 상황에서 그 트레일러에 수잔이 있었다면 그녀가 토니보다 총을 더 잘 쓰지도 못했을 것이다. 그 점에 대해선 에드워드를 칭찬해야 마땅하다. 하지만 망설이게 된다. 그 생각에 그녀가 아는 것보다 훨씬 더 많은 의미가 담겨 있으면 어떻게 되는 걸까? 토니를 찌질이로 본다면, 그 모습엔 그녀 자신의 모습도 반영돼 있다.

흠, 아놀드는 그 점을 부인할 것이다. 아마 그는 그녀를 가르치려 들면서 그녀를 안심시킬 것이다. 토니가 당신이라고? 토니는 당신과 하나도 안 닮았어. 난 나의 수잔을 잘 안다고. 레이와 놈의 패거리가 당신의 아이들을 공격하면, 당신은 예의 바른 토니는 꿈도 못 꿀 방식으로 싸울 거야. 당신은 펄쩍 뛰어서 놈의 목을 움켜쥐고, 물고, 발로 차고, 놈의 눈알을 뽑아버릴 거야. 당신이 토니처럼 당신의 아이들을 다치게 놔둘 리 없어. 당신도 잘 알잖아.

맞아. 수잔은 안다. 그녀는 그녀 자신을 잘 안다.

2

그리고 수잔은 기다렸다. 그녀는 에드워드를 자신의 식탁 앞에 앉히고, 아놀드 없이 그녀의 아이들과 함께 앉은 그에게 저녁을 대접할 걸 고대하고 있었다. 그의 책에 대한 이야기도 나누고. 그녀가 그 해묵은 언쟁으로부터 얼마나 멀리 왔는지 보여주려고 사과하거나 그를 달래는 말은 하지 않을 것이다. 이제 그녀의 마음이 얼마나 자유로운지, 마침내 얼마나 다정해졌는지, 아주 오래된 친구로 그와의 관계를 재개할 수 있어서 얼마나 기쁜지, 남편은 알 수 없는 일들을 말할 수 있는 친구가 돌아와서 얼마나 기쁜지 말할 것이다. 오해는 하지 말고. 그녀가 불륜을 생각하며 이러는 건 아니니까. 이건 남편이 은밀하게 바라는 린우드에 대한 그녀의 보상이 아니니까. 이건 그저 비밀 없이 그녀의 머릿속에 있는 생각을 말할 수 있는 곳에서 이야기할 수 있는 자유일 뿐이다.

이게 다 에드워드의 책을 읽어서 이렇게 된 것이다. 책 자체보다는 작가가 돌아온 이유가 더 크지만. 아놀드에겐 고백할 수 없었던 건 에드워드에게 고백하기 위해. 새로운 에드워드, 성장해서 자신의 책을 쓸 수 있는 지혜를 얻게 된 에드워드에게. 이 에드워드는 아놀드가 그녀의 가장 큰 미덕이 특별히 미덕은 아니라고 생각하는 이유를 이해할 것이다. 에드워드는 총을 쓰지 못하는 심정이 어떤 것인지 알 것이다.

오후가 점점 기울어가면서 어느 시점에 문득 이런 생각이 들었다. 어쩌면 에드워드가 전화를 하지 않을지 몰라. 깜짝 놀란 그녀는 호텔로 전화했다. 지금은 3시 반이 넘었다. 에드워드를 집에 초대하고 싶다면 빨리 연락해야 한다. 그녀는 호텔 데스크에 수잔에게 전화해달라는 메시지를 남겼다. 직원에게 에드워드가 언제 도착했는지 물었다. 어제 오후에 도착하셨습니다, 부인. 직원이 대답한다. 어제요? 그 사람이 여기에 어제부터 있었단 말이에요?

그녀는 차를 몰고 시내로 나가서 -아이들은 저희들끼리 피자를 먹게 놔두고- 메리어트 호텔로 가서 에드워드가 돌아왔을 때 만날까 고려해본다. 그건 너무 정신없다. 계획대로 요리를 하고 에드워드가 전화할 때를 대비해 에드워드도 먹을 수 있을 만큼 충분히 하는 게 낫다. 그녀는 멍청하다고 자신을 탓한다. 나중에 요리를 준비하면서 스토브가 예열되기를 기다리는 것 말고 할 일이 없을 때 부엌에 앉아 생각할 시간이 20분 생겼다. 그녀는 생각의 코스를 바꿔서, 과거로 되돌려, 분노를 몰아내고 죄책감을 들인다. 스토브와 같이 속도 지글지글 타오른다. 왜 네가 잘못한 책임을 져야 해, 수잔? 에드워드도 전화할 수 있잖아. 전화 안 한 건 널 무시한 거지. 무시가 모욕으로 격상된다. 그녀는 그가 부탁해서 사흘 밤 내내 성실하게 그의 책을 읽고, 무슨 말을 해야 할지 준비하느라 그렇게 노력했는데, 그는 그녀에게 전화 한 통 걸 신경조차 안 썼다.

그런 생각이 용광로가 되어, 그 소설 자체를 포함한 모든 것을 변화시켰다. 불같은 의문이 떠올랐다. 그 소설에 대해 토론하고 싶지도 않으면서 내게 왜 그걸 보냈지? 그가 악의를 품고 그 원고를 보냈다는 생각은 전혀 못했는데.

그녀는 아이들과 저녁을 먹으면서 아무 생각도 하지 않는 것처럼 아이들의 이야기에 동참하려고 노력했다. 아이들이 다 먹었을 때 상황이 분명해졌다. 그녀가 게을러서 에드워드를 만나지 못한 게 아니었다. 에드워드는 처음부터 그녀를 무시하고 모욕할 수 있도록 판을 짜서 자신의 새롭고 깜짝 놀랄 모습을 보여준 것이다.

그녀는 에드워드가 자신이 쓴 글의 존엄성을 그녀가 이해하지 못하는 점에 대해 아주 크게 분해하던 걸 잊고 있다가 이제야 기억해낸다. 그때 그가 말했다. 당신의 태도가 나를 장님으로 만드는 거야. 분명 그는 아직 화가 풀리지 않은 것이다. 그의 눈을 멀게 하는 그녀의 불쾌한 행위에 대해 25년간 용서하지 않고 있었고, 이제 이 소설이 그의 복수인 것이다.

이 소설이 그녀에 대한 복수라는 생각은 터무니없지만 그게 머릿속에서 떠나지 않았다. 어떤 의미에서 그게 복수고, 그녀가 받는 벌이란 건 어떤 걸까? 그걸 알아내야 한다. 이건 우화인가? 그녀는 에드워드가 제기한 혐의들을 부인한다. 그녀는 그의 눈을 멀게 하고, 그에게 상처를 주고, 그의 인생을 파괴하지 않았다. 그에게 어떤 피해도 입히지 않았다. 에드워드가 이 소설로 이뤄낸 성과가 그 사실을 입증하고 있다. 접시들이 쌓여 있는 부엌 싱크대에서 그녀도 분노할 수 있다. 분노에 저절로 입술이 깨물어졌고 난폭한 몸짓을 하고 뭔가를 깨뜨리고 싶었고, 동시에 자신을 통제하기 위해 좀 더 열심히 노력해야 했다.

그녀의 분노는 에드워드가 가한 모욕을 어떤 언어로 표현하느냐에 따라 달라질 수 있다. 예를 들면 이런 식이다. 그의 소설을 증오로 생각하고, 그의 호의를 덫으로 생각하고, 그녀의 읽을 권리가 검열됐다, 라고 생각하고. 그녀가 화가 난 이유는 제멋대로 옆길로 새서 처음 생각과는 다른 걸로 입증됐다. 그 분노는 결국 이 한마디로 요약된다. 그녀가 분노하는 건 압박감, 순전한 압박감 그 자체 때문이었다. 자신이 틀렸다는 굴욕을 계속 견디면서 공정한 시각을 유지해야 하는 압박감. 사흘 내내 앉아서 공정하게 책을 읽기 위해 그에 대한 사랑과 증오란 감정을 무시해야 했던 압박감. 그의 상상 속으로 들어가, 그녀가 토니가 됐다가, 결국 중요하지 않은 존재가 되어 쫓겨나는 압박감. 압박감을 무시해야 한다는 압박감을 견뎠다가 결국 모욕을 받았다.

짜증스러웠다. 물론 에드워드가 그녀의 메시지를 전달받지 못했을지도 모른다. 9시 반에 그녀는 다시 호텔로 전화했다. 에드워드는 아직 들어오지 않았다. 그녀는 또 다른 메시지를 남겼다. 11시가 지난 후에 그녀는 차고에 차가 들어오는 소리를 들었다. 아놀드가 늦게 온 것이다. 그가 뭘 가져왔을지는 너무 끔찍해서 생각할 수도 없다. 그녀는 얼른 2층으로 가서, 그가 올라왔을 때 그와 말을 할 필요가 없게 아놀드가 부엌에서 시리얼을 먹는 동안 잠자리에 들 준비를 서둘러 했다. 이렇게까지 해야 하는 상황에 화가 나서 씩씩댄다. 그녀가 침대에 눕는 사이에 -에드워드를 만날 가능성은 완전히 닫혔고- 온갖 형태의 수치심이 그녀의 마음을 지나갔다. 지각판들이 움직이고 세계가 움직이는 거대한 이미지가 고독처럼 그녀의 머릿속으로 퍼져갔다.

얼간이 수잔, 천하제일 얼간이. 그녀는 말똥말똥한 정신으로 침대에 누워 있다. 오늘 밤 잠의 문은 꽉 닫혔고, 수많은 생각이 줄달음질친다. 몇 시간 전에 그녀가 한 상상을 두고 스스로를 꾸짖는다. 어리석고 남을 잘 믿는 수잔, 건강한 스키 선수 같은 혈색을 지닌 아놀드의 수잔, 강아지처럼 감상적인 수잔이 마치 버림받은 연인처럼, 가수를 따라다니는 소녀 팬처럼, 이야기할 수 있는 권리를 달라고 애원하며 에드워드에게 메시지를 남기는 모습을 본다. 뭐에 대해 이야기하자고? 그의 책, 아니면 아놀드에 대해 불평하려고? 그녀는 어떻게 그렇게 어리석을 수 있었을까? 어떻게 수십 년 동안 안 보고 지낸 에드워드 같은 낯선 사람에게 아놀드에 대한 불평을 하려고 생각할 수 있었을까? 그녀 자신에게도 감히 아놀드에 대한 불평을 털어놓지 못하면서. 그 이야기는 어디서부터 시작할 수 있는데? 에드워드에게 뭘 말할 건데? 에드워드가 신경이나 쓸까? 얼마나 이해할까? 이해할 거나 있나?

그녀는 방의 어둠 속에서 아놀드가 내는 소리를 듣는다. 발을 질질 끌고, 어딘가에 부딪치고 툴툴거리면서, 계속 발을 끌며 걸어온다. 그가 앉자 침대가 축 처진다. 그녀는 그의 냄새를 맡는다. 아놀드는 쿵 소리를 내며 침대에 누워 코를 골고 무겁게 돌아눕다가 그녀와 부딪치고 그러면서 다시 돌아누우면서도 그녀에게 자리를 내주진 않는다. 그녀는 그대로 가만히 누워서, 잠을 깨길 거부하면서, 그에게 말하기 위해 숨을 참고 있었다. 그녀가 잠을 자는 게 아니라면, 그녀는 거기 있는 게 아니고 어디서도 찾을 수 없다.

아놀드는 마릴린 린우드와 같이 있었다. 그녀는 그게 사실이라고 판단하고 그걸 찬찬히 생각해보면서 상상해보고 모든 곳을 마음속에 그려봤다. 뉴욕, 시카고, 린우드의 아파트, 그의 사무실에 있는 환자용 소파, 워싱턴, 칙워시. 이건 그녀가 현재 상황을 그대로 받아들일 수 있도록 3년 전에 택한 정신적 원칙을 노골적으로 위반하는 걸까? 이 정도면 충분하다. 상상하는 것도 참을 수 없다면 현재의 상황을 유지할 권리도 없다.

그 완벽하게 두려운 질문이 다시 마음속에 돌아왔는데 그녀는 또다시 그 질문을 직시할 수 없었다. 그녀는 아놀드가 죄책감에 시달리는 사람처럼 왜 이렇게 몸을 격렬하게 움직이고 땀을 흘리고 있는지 궁금했다. 대체 무슨 생각을 하고 있는 거지? 그게 뭔지 생각할 수 없었다. 그녀는 콧물을 흘리며 훌쩍이게 만드는 두 가지 생각을 같이 했다. 그녀에 대해 이야기한다. 그녀를 보호한다. 불쌍한 수잔. 수잔이 그녀 스스로를 보호하게 놔둬. 그녀는 아놀드의 연금 계획들에 대해 생각한다. 그 연금들은 지금으로부터 15년은 지나야 나오기 시작할 텐데, 그녀는 그 연금을 혼자 수령하게 될 것이고, 그 후에는 아이들이 그 연금을 받게 될 것이다. 그녀는 계속 혼자 연금을 받는 그 자리를 유지하기로 계획한다. 그리고 그럴 작정이다. 그렇게 주장할 것이다.

그녀는 어둠 속에서 돌아누워 아놀드를 향해 눈을 뜨고, 그가 있는 곳의 그 크고 공허한 그림자를 보면서 그게 살인 무기, 화살이나 다트 같은 거라고 생각한다. 중혼자 아놀드. 그는 이 가족들을 워싱턴으로 이사시키거나 아니면 주말 부부로 지내면서 주말에만 오거나, 그보다 더 끔찍한 일을 할 것이다. 내가 그걸 꼭 받아들여야 해? 수잔이 수잔에게 묻는다. 너에겐 선택권이 없어. 그들이 말한다. 네가 반란을 일으키거나 거부할 때는 지났어. 이건 네 남편의 경력이야. 그들이 말한다.

만약 그녀가 거부하면? 난 그렇게 안 할 거야, 라고 그녀가 말한다면? 난 워싱턴에 안 가. 그리고 아이들과 나만 여기 남지도 않겠어. 난 당신이 우리에게서 도망치도록 놔두지 않을 거야. 난 당신의 아내라고. 난 내 권리를 주장할 거야. 이기적으로 내 권리를 주장할 거라고. 수잔, 나쁜 년.

그녀는 25년 전에 자신이 아놀드에게 미친 셀레나를 어떻게 할지 조언했던 것처럼, 마릴린 린우드가 아놀드에게 어떻게 할지 조언하는 모습을 본다. 그녀가 그에게 행사했던 도덕적 권위와 천성적으로 그녀에게 의지하는 그의 성격을 이용해서. 그녀는 이제 자신에게 아무 권위도 없는 걸 알았다. 그녀의 권위에 무슨 일이 있었던 걸까? 그 권위는 어디로 가버린 거야? 린우드에게 그걸 뺏겼다면 그 얼마나 짜증스러운 일인가? 그녀는 길고 긴 풍경 속에서 오랜 세월에 걸쳐 아놀드를 기쁘게 하는 일이 마치 그녀의 의무인 것처럼 그 프로젝트에 자신의 모든 걸 넘겨주는 자신의 모습을 본다. 그녀의 페미니스트 친구들은 그녀가 자신의 정치적 믿음으로부터 얼마나 멀리 떠나버렸는지 보면 놀랄 것이다. 그녀는 모든 여성의 권리를 지키면서 자신의 권리만 지키지 않았다. 감히 시도해본다면 그녀는 어떤 권위를 행사할 수 있을까? 그녀는 살림을 하면서 공과금을 내는데, 린우드가 그것도 차지하게 될까? 그녀는 가능한 한 아주 오랫동안 입을 다물고 악수는 놓지 않으려고 참으면서 비참하게 린우드의 메시지 즉 아놀드의 선물을 기다렸다. 그녀는 혹시라도 말 한마디 잘못하게 될 위험 때문에 자신이 하는 말에 검열을 받고, 협박받고, 감정을 억누르고, 죄수처럼 갇혀 있었다. 작은 불평 한마디만 하면 린우드가 이 집안을 장악할 권리를 갖게 될 테니까.

그래서 그녀는 침묵을 지키는 자신의 입술로 낯선 단어 하나를 말해본다. 증오라는 말. 이 말을 하면 극단적으로 혁명적인 삶을 살게 될까봐 두려워서 쓰지 못했다. 그녀가 그 말을 쓸 수 있을 정도로 강한가? 그녀가 에드워드와 헤어졌을 때 한 맹세 중 하나는 다시는 누군가와 헤어지지 않겠다는 것이었다. 어리석은 맹세였다. 하지만 지금 그녀가 참고 있는 건 단순한 맹세 때문만은 아니다. 그건 제도, 부서들과 물질적인 공장, 칙워시만큼 현실적인 조직, 즉 엄마와 아빠와 아이들이란 회사 때문이었다. 만약 수잔이 이 회사에 불을 지른다면 그녀는 어디로 가게 될까? 지금 인생의 이런 시기에서 어떻게 불을 저질렀다는 비난을 피할 수 있겠는가?

아놀드는 결국 잠이 들었다. 아무것도 의식하지 못하는 멍청하고 깊은 잠. 증오는 생각하기 두렵지만 그가 어리석다는 생각은 가만히 해본다. 그 생각에 긴장이 풀리고, 분노의 일부가 희미해지고, 자신도 조금 잠이 온다. 난 아주 많이 부패한 인간이야. 그녀는 생각했다. 그 생각에 그녀도 깜짝 놀랐다. 그런 생각을 할 의도는 없었는데. 아놀드가 그녀에게 항상 요구하던 걸 부패라고 생각하게 되다니 정말 놀라운 일이다. 하지만 그 생각에 자동적으로 수많은 사건들이 떠오르는 걸 보니 전부터 그 사실을 알고 있었던 게 분명했다. 그녀가 기벤스 부인과 했던 논쟁이 기억의 상징이자 불편한 증표로 떠올랐다. 기벤스 부인이 커피를 마시면서 대담하게 수잔에게 그 매컴버에 대한 소문을 말했었다. 그건 간호사의 실수가 아니라 의사의 실수라고. 그가 너무 급했고, 우쭐했고, 지나치게 자신만만했다고. 그러자 수잔은 그 사건에 대해 아놀드가 한 말만 토대로 반사적으로 그녀를 질책하고 병원을 비난하고 변호사를 탓했다. 충성이라는 고결한 미덕, 혹은 그게 뭐라고 생각했건 그녀가 중요하다고 생각했던 가치 때문에 수잔 자신의 존엄이 얼마나 쉽게 위태로워질 수 있는지 생각해보면 놀랍다.

그녀는 잠의 문이 열려 그 안으로 미끄러지기 시작하면서 희미하게 주변에 토니가 있다는 걸 의식한다. 그녀의 울화통이 수그러들었다. 다시 한 번 그녀는 자신을 그렇게 두렵게 했던 질문을 잊어버렸다. 그녀는 설핏 잠이 들었다가 이어서 깊이 들었고, 아침에 그녀의 분노는 다시 텅 빈 공간, 폼페이의 잿더미 속에 있는 시체들로 만들어진 텅 빈 틀처럼 공허해졌다. 그녀는 더 이상 에드워드가 그녀를 의도적으로 무시하고 모욕했다고 생각하지 않았다. 그리고 자신이 아놀드에 대해 얼마나 짜증이 나 있었는지 생각하고 놀랐다. 차가운 아침 햇살 속에서는, 마음의 평화를 유지하면, 아놀드가 그녀의 옆에 있을 것이라고 스스로를 설득하는 것도 쉽고, 그녀의 고통을 순간 떠오른 이기심으로 묵살해버리기도 쉽다. 쉽다, 너무 쉽다. 그녀도 그게 너무 쉽다는 걸 안다. 그녀는 자신이 본 것에서 묵살해선 안 될 게 있다는 걸 알지만, 그건 다음번에 조용히 반추하고 깊이 생각해볼 때 할 일이고, 나중에 해도 된다. 에드워드 문제는 그녀가 메시지를 더 빨리 보냈어야 했다. 그녀는 그가 방문한 목적도 모르고 그가 여기서 해야 할 일들도 모르고 그의 일정도 모른다. 9시에 그녀는 호텔에 다시 한 번 전화했다. 호텔 직원이 에드워드 셰필드가 아침 7시에 체크아웃 했다고 말했다. 그녀는 실망했는지도 모르고, 안도했는지도 모른다. 화를 내는 건 거부했다. 에드워드가 어젯밤 너무 늦게 호텔에 돌아와서 밤늦은 시간에 전화해 그녀의 가족에게 폐를 끼치고 싶지 않았을 거라고 추측할 것이다.

하지만 그녀가 조심하지 않는다면 모든 걸 바꿔놓을 수 있는 어떤 일이 일어난 것처럼 보인다. 토니를 통해, 에드워드를 통해, 그녀는 그걸 얼핏 봤다. 신경 쓰지 마, 지금은 하지 마. 그녀는 문명인답게 에드워드에게 편지를 쓸 것이다. 자신의 비평을 모아서, 명쾌한 문장으로 정리해서 보낼 것이다. 그녀는 하루 종일 편지를 쓴다. 책상은 창가의 새 모이 그릇 옆에 있는데 그건 영국 참새 무리 때문에 다 망가졌다. 잔디 위에 내렸던, 어제는 그렇게 희고 깨끗한 눈이 녹기 시작해서 구멍들 사이로 여기저기 갈색 흙덩어리가 보였다. 차고로 가는 길도 진흙투성이다. 보도는 물기로 번들거렸다. 그녀는 에드워드에게로 가는 길을 치우느라 몰두해서 그런 것들은 눈에 들어오지도 않았다.

그녀는 하려고 계획했던 말은 다 한다. 책의 장점들을 칭찬하고 단점들을 비판한다. 그 책 덕분에 자신의 안락한 삶이 얼마나 믿을 수 없이 위태로워질 수 있는지 생각하게 됐다고 말한다. 그녀는 토니와 동류의식을 느낀 걸 고백하고, 마치 그걸로 문제가 해결된 것처럼 쓴다. 그녀는 열광적으로 쓴다. 토니에게 무심한 문명이 멀리서 굉음을 내는 동안, 토니는 전에는 적들을 피해 숨었던 것처럼 그의 친구여야 할 경찰들을 피해 숨어서 땅바닥에 누워 죽어갔다고. 사실이 아닌 이야기를 믿으며 기쁘게 죽었다고 쓴다. 그것이 토니를 위로했다고. 그건 사실이 아니었지만. 세상엔 죽음과 악마가 여전히 맹위를 떨치고 있으니까.

에드워드가 말한다. 그러니까 말해봐. 내 책에 빠진 게 뭐지? 그녀는 대답한다. 그걸 몰라, 에드워드? 당신 눈엔 보이지 않아? 그 생각에 그녀는 잠시 옆길로 빠진다. 그녀의 삶에 빠진 건 뭘까? 그녀는 살아생전 다시 아놀드를 예전과 같은 방식으로 보게 될지 궁금했다. 설사 그게 증오가 아니더라도. 그녀는 아주 오랜 세월 그랬던 것처럼 습관의 힘이 그녀를 다시 잡아당기는 걸 느낀다. 지저분한 갈색 흙더미가 올라오는 겨울 잔디밭을 내다보면서, 아직도 에드워드를 용서하고 칭찬하고 비판하는 편지를 쓸 거라고 생각하거나, 아니면 어떻게 아놀드를 좀 더 강하게 대할 수 있는지, 좀 더 스스로를 존중할 수 있는지에 대해 생각하다가 수잔 모로는 꿈을 꾸기 시작한다. 그 항구의 보트에서 그녀는 노를 잡고 있고, 에드워드는 고물에서 나른하게 누워, 물속에 한 손을 늘어뜨리고 있다. 철망이 있는 집은 그의 뒤쪽 머리 위에 있다. 그녀 뒤에 그리고 주위엔 소나무 섬들과 오두막집들이 있다. 그가 말한다. "물결이 우리를 끌어가고 있어."

그녀는 그걸 본다. 그녀는 그의 뒤에 있는 해변이 항상 왼쪽으로 움직이는 걸 본다.

그가 말한다. "우리가 좀 더 멀리 떠내려가면 다시 돌아오기 힘들 거야."

그녀는 알고 있다. 그들이 얼마나 멀리 떠내려가야 하는지 그리고 얼마나 힘들게 노를 저어야 다시 돌아올 수 있는지 안다.

"우리가 여기에 빠지면 죽을 거라고 생각해?" 에드워드가 묻는다.

그 질문에 그녀는 놀란다. 그 해안은 그렇게 멀리 있는 것처럼 보이지 않는다. 하지만 메인의 물은 차갑고, 그들은 수영도 잘 못한다.

"내가 저 해변에 닿을 수 있을지 모르겠어." 그녀가 말한다.

"난 못할 거라는 걸 알아. 넌 나보다 수영 더 잘하잖아."

"넌 긴장을 풀고 머리를 그냥 물속에 넣고 수영하는 방법을 배워야 해. 긴장하니까 머리를 너무 높이 들어서 금방 지치잖아."

"내가 물속에 떨어지면 네가 구해줄 거야?" 그가 묻는다.

"난 그렇게 수영을 잘하지 못해."

"우린 사람들을 불러야겠구나."

"그들이 뭘 할 수 있어? 보트는 우리에게 있는데."

"그들은 해변에 서서 우리가 물에 빠져 죽는 걸 지켜보겠지."

"끔찍해라. 그들이 해변에 서서 우리가 물에 빠져죽는 모습을 지켜보는 걸 상상해봐."

그녀는 꿈을 꾸는 것 같은 기분으로 자신이 쓴 비평을 봉투에 넣고 봉했다. 그때, 그가 그녀를 보러 오겠다고 전화하지 않았고, 그녀가 물어볼 수 없었던 모든 질문들, 예를 들면 왜 그녀에게 그 원고를 보냈고, 왜 그런 책을 쓰게 됐고, 그들이 이혼한 진짜 이유는 뭐였는지, 와 같은 질문들이 떠오른 그녀는 퍼뜩 꿈에서 깨어나 그 편지를 찢어버렸다. 그리고 아무 생각 없이 다음 쪽지를 서둘러 써서 나중에 역시 아무 생각 없이 부치러 나갔다.

친애하는 에드워드

마침내 당신의 소설을 다 읽었어. 이렇게 오래 걸려서 미안해.
내 의견을 알고 싶으면 답장 줘.

수잔

그녀는 아놀드에게도 역시 벌을 주고 싶었지만, 그녀가 생각할 수 있는 유일한 벌은 그 책을 읽게 만드는 것이다. 그녀가 고집을 부리면 읽겠지만, 그 책에서 뭔가를 보게 될지는 의문이었다.

옮긴이의 말

『토니와 수잔』은 스릴러로서는 드물게 액자식 구성으로 전개된다. 재혼한 심장전문의 남편인 아놀드와 자식 셋과 함께 교외에서 사는 중산층 주부 수잔의 이야기가 외부 이야기이고, 수학 교수로 외동딸과 사랑하는 아내와 같이 여름휴가를 떠난 토니의 이야기가 내부 이야기이다. 토니와 아내 로라와 딸 헬렌은 차를 타고 한밤의 고속도로를 달리다가 불시에 괴한들로부터 희롱을 당하고 결국 강제로 갓길에 차를 세우게 된다. 그때부터 토니 가족이 무법자 악당들에게 당하는 이야기는 그 자체만으로도 살이 떨릴 정도로 무섭고 끔찍하다. 그러나 더 놀라운 점은 진정한 공포는 토니의 이야기가 아니라 수잔의 이야기에서 시작된다는 것이다.

그렇다. 정말 놀랍게도 이 소설의 첫 장을 펼쳐 이혼한 지 오래된 전남편 에드워드가 보낸 수상쩍은 편지를 받아 수잔이 읽는 첫 장면부터 내게도 알 수 없는 불안과 공포가 엄습했다. 장장 15년에 걸쳐 다양하게 무시무시한 스릴러 번역을 즐기며 했던 내가 평온한 주부의 일상을 번역하면서 떨고 있었다. 하지만 불안에 시달리는 수잔이 자신이 느끼는 불안의 정체를 모르니, 나 역시 내가 느끼는 불안의 정체를 모른 채 계속 번역을 해야 했다.

언뜻 보기엔 평온한 일상을 보내는 듯한 수잔은 정체 모를 불안을 느끼고 있고, 그런 와중에 전남편이 보낸 수수께끼 같은 편지를 받고 당혹스러워한다. 과거 부부였을 때 문학을 전공했던 그녀에게 평을 부탁했다가 자존심이 상했던 에드워드가 이제 와서 그녀에게 뭘 바라는 걸까? 수잔은 그 동기를 추측하며 복잡한 마음으로, 하지만 의무감을 지닌 채 전남편이 쓴 소설을 읽는다.

여기서부터 독자인 우리는 내부 이야기인 토니 이야기와 외부 이야기인 수잔의 이야기를 읽는 동시에, 토니의 이야기를 읽는 수잔의 독백이나 의식의 흐름을 쫓아가야 하는 굉장히 묘하고 독특한 입장에 놓이게 된다. 『토니와 수잔』의 액자식 구성은 비유하자면 지금까지 우리가 한 번도 경험하지 못했던 새로운 퍼즐과 같다.

그래서 독자인 우리가 느끼는 불안은 배가 된다. 토니의 이야기는 그 자체만으로도 충분히 무섭고 끔찍하다. 수학 교수인 아빠와 화가인 엄마와 고등학생인 딸이 떠나는 즐거운 여름휴가는 고속도로에서 마주친 악당들 때문에 느닷없이 중단된다. 평생 강의만 하면서 폭력과는 거리가 먼 삶을 살았던 아빠가 악당들을 저지하지 못한 사이에 아내와 딸은 무력하게 끌려간다. 이 두 여자가 그들에게 어떤 처참한 짓을 당할지 상상하는 것마저 공포다.

그러나 내부의 이야기를 빠져 나와 외부의 이야기인 수잔의 시각으로 돌아오면 이 스릴러는 새로운 의미로 다가온다. 전남편에게 글쓰기 재능이 없다고 솔직하게 말했던 수잔. 그랬는데 전남편인 에드워드는 마치 복수라도 하는 것처럼 그녀에게 완결된 소설을 보내며 일종의 도전장을 보낸다. '여기서 빠진 걸 찾아봐.' 퍼즐의 빠진 조각을 찾아보라는 말과 같다. 수잔은 과거에 연연하는 옹졸한 여자란 말을 듣기 싫은 두려움에 억지로 숙제처럼 전남편이 보낸 원고를 읽는다. 수잔은 자신이 과거에 내린 판단이 틀렸을까봐 두려워하다가, 읽자마자 빠져들게 되는 도입부에 감탄하고 안도한다. 이제는 더 이상 그를 비판하지 않아도 되고, 좋았다고 말할 수 있어서. 그리고 시작이 좋았던 만큼 끝까지 이야기가 탄탄하길 바라며 응원하게 된다. 거기서부터 에드워드를 보는 수잔의 눈이 조금씩 달라지기 시작한다. 그러나 에드워드는 단지 수잔이 그 원고를 읽어주길 바란 것일까? 여기서 독자와 수잔의 의문이 다시 시작된다.

과거에 살을 맞대고 살았던 전남편. 그리고 자신의 불륜으로 인해 어색하게 이별하게 된 그 남자가 보낸 소설을 읽으며 수잔은 점점 더 그에 대한 생각에 빠져든다. 그런 한편 소설의 주인공인 토니와 전남편인 에드워드를 분리해서 객관적으로 보려고 노력하지만 쉽지 않다. 소심하고 비겁한 토니와 새침하고 젠체하는 에드워드의 모습은 계속 겹쳐 보이면서 그녀는 소설을 통해 에드워드와 마음속 대화를 이어간다.

토니의 고난은 독자의 예상대로 처절하게 비극으로 종결되고 그때부터 그 비극을 극복하기 위한 내용이 다시 시작된다. 느닷없는 폭력 사건에서 살아남아 분노와 복수심에 시달리는 토니의 모습은 일상적인 스릴러 주인공과는 다르게 매우 현실적이다. 소설 속 토니는 전형적인 주인공과는 달리 아주 무력하고, 비겁하며, 치졸하고, 이기적이다. 아내와 딸이 무참하게 강간당한 후에 살해됐는데도 토니는 그들의 시체를 발견한 후에 저녁은 뭘 먹어야 할지, 장례식엔 누구를 불러야 할지와 같은 사소한 문제를 걱정한다. 장례식이 끝난 후에도 텅 빈 집을 어정거리며 일부러 슬픔의 의식을 행하려고 한다. 가식적이다. 그런데 어딘가 토니의 모습이 낯익지 않은가?

그렇다. 소설 속 토니는 현실의 우리와 아주 많이 닮아 있다. 그리고 그런 점에 수잔은 공감하면서 감탄한다. 너무나 현실적인 토니의 모습을 보며 수잔은 자신도 모르는 사이에 그와 자신을 동일시한다. 그리고 끊임없이 상상한다. 자신이 그의 입장이라면 그런 상황에서 어떻게 했을까? 그렇게 토니의 입장을 상상하면서 수잔의 생각은 미묘하게, 끊임없이 변화된다.

수잔은 토니의 이야기를 읽으며 아놀드와 재혼해서 살면서 애써 잊어버린 에드워드의 기억을 다시 살려내 재현한다. 그리고 다시 그 기억을 써보려 하면서 에드워드와 살았던 과거와 아놀드와 사는 현재를 비교한다. 그 과정을 통해 수잔이 느끼는 불안의 정체가 서서히 드러난다.

법조계로 나갈 에드워드와 결혼해 영문학 교수로 강연 투어를 다니며 행복하게 살고 싶었던 기대가 배신돼 이혼하고 외과의사인 아놀드와 결혼한 수잔은 이제는 행복할 것이라고 생각했지만 현실은 녹록지 않았다. 세 아이를 낳고 경제적으론 넉넉하지만 수잔은 어느새 영문학 교수라는 꿈도, 문학에 대한 야망도 모두 포기하고 그저 파트타임으로 강의를 나가는 평범한 가정주부가 되고 말았다. 거기다 아놀드는 병원 접수계원과 바람이 났다. 하지만 주부이자 엄마라는 역할에 고착된 수잔은 가정을 지킨다는 명분으로 그런 아놀드의 불륜과 비겁하게 타협하고 만다. 수잔은 분노하면서도 마음껏 그 분노를 발산하지 못하고, 출장 간 아놀드가 또 그 여직원과 바람을 피울까 전전긍긍한다. 그런 와중에 에드워드의 놀랍게 발전된 글쓰기 실력을 새 소설로 확인하며 기쁜 한편으로 자신에게 실망하게 된다. 수잔은 어느새 작가가 된 자신을 꿈꾼다.

한 권의 책이 한 사람의 삶을 바꿔놓을 수 있는 것처럼 에드워드가 쓴 소설이 수잔이 의식하지 못한 사이에 그녀를 서서히 미세하게 바꿔놓고 있는 것이다. 수잔은 에드워드의 소설을 읽으면서 자신이 작가가 되지 못한 이유를 다시 분석하고, 작가와 독자의 역할에 대해 반추한다. 그 부분이 아마도 수잔의 이야기에서 가장 빛나는 부분일 것이다. 자신도 에드워드만큼 머리가 좋으니 계속 글을 썼더라면 이보다 더 나은 소설을 썼을 거라고 생각하는 수잔. 하지만 글을 쓰는 과정을 통해 진실이 미묘하게 비틀리는 과정이 혐오스러워 글을 쓰지 않았다고 수잔은 자신을 설득한다. 그런 수잔이 에드워드와의 과거사를 새롭게 쓰려고 노력하는 모습은 몹시 아이러니하다. 그녀 역시 기억을 통해 진실을 비틀어왔고, 지금도 그러고 있으니까. 그런 생각을 거듭하면서 현실에 실망한 수잔은 몰래 에드워드와의 인연이 계속됐더라면 어땠을까, 란 상상을 하고, 무의식중에 에드워드와의 만남을 기대하게 된다. 이쯤 되면 독서는 정말로 위험한 행위가 아닐 수 없다. 소설 하나를 읽는 것으로 지금 가정이 깨질 위기에 있지 않은가!

소설 속 토니는 악질인 레이를 잡기 위해 안데스가 지시하는 대로 움직이다 결국 비극이 시작된 트레일러에서 레이와 맞닥뜨리게 된다. 그리고 자신이 원하는 복수를 하지만 치명적인 대가를 치른다. 복수를 했지만 개운치 않고, 죽어가던 토니가 마침내 상상 속에서 여름 별장으로 가 가족과 재회하는 모습은 몹시 슬프다. 한편 토니의 이야기를 다 읽은 수잔은 출장에서 돌아올 남편 아놀드를 보는 걸 두려워하면서 동시에 에드워드를 만나 무슨 이야기를 해야 할지 두려워한다. 하나는 현재가 주는 압박이고, 다른 하나는 과거가 주는 압박이라고 할 수도 있다.

아놀드는 결국 솔직하게 출장에서 일어난 일을 이야기해주지 않았고,

수잔은 그런 아놀드에게 분노하고 증오 비슷한 감정을 느끼면서도 좀처럼 용기를 내지 못한다. 그녀는 가정을 깰 용기도 없고, 새로운 인생을 꿈꿀 자신도 없다. 그저 에드워드와 만나는 소소한 위로만 기대했지만 그 기대마저 무참히 박살나면서 깨닫는다. 그 소설이 에드워드가 보낸 복수였다는 걸.

자, 이제 마지막 퍼즐이 나왔다. 에드워드가 소설이 시작될 때 수잔에게 물었던 질문. "내 소설에서 뭐가 빠졌다고 생각해?" 과연 그 소설에서 빠진 건 뭐였을까? 에드워드는 왜 수잔과 만나서 소설 이야기를 하고 싶다고 해서 그 소설을 읽고 기다리게 만들어놓고 수잔을 바람맞힌 걸까? 그건 그의 복수였을까? 자신의 문학적 재능을 몰라본 수잔의 죄, 자신을 두고 다른 남자와 바람 피운 죄를 벌주고 싶었을까? 넌 날 몰라봤지만 난 그동안 이런 근사한 소설을 쓸 수 있을 정도로 성장했어. 넌 그동안 뭘 했지? 자식들을 낳고 주부로 안주해서 아무것도 이루지 못했잖아, 이런 의도였을까? 뒤늦게 수잔은 분노하면서 자신만의 방식으로 우아하게 복수한다. 소설 잘 읽었다고, 그 소설에서 뭐가 빠졌는지 알고 싶으면 답장하라고. 결국 이 게임에서 승자는 수잔인가, 에드워드인가?

작가 오스틴 라이트는 40년간 대학 강단에서 성실하게 문학을 강의해오면서 글을 썼다고 한다. 그의 강의는 이른바 과학자형으로 학생들에게 마치 현미경으로 DNA를 찾는 것처럼 작품을 세세히 분석하게 하는 스타일로 유명했다고 한다. 그리고 종종 퍼즐을 푸는 형식으로 소설 플롯을 구성했다고 하며, 『토니와 수잔』에서도 그런 면이 유감없이 발휘된다. 작가는 남녀 관계를 분석하는 주제를 위트 있으면서도 아이러니하게 다루는 데 뛰어난 능력을 발휘했다. 그리고 생전에 이 책의 영화 판권을 팔아서 수익금을 받긴 했지만 이 작품이 「녹터널 애니멀스」라는 근사한 영화가 될 거라는 것도, 『토니와 수잔』이 증쇄를 거듭해가며 찍게 될 거라는 것도 몰랐을 것이다. 작가 생전에 영화가 개봉했으면 좋았을 걸, 아쉬움이 남는다.

작가는 수잔의 작가 콤플렉스와 중산층 주부의 불안, 에드워드가 품은 자신의 재능에 대한 회의와 작가라는 전지적 입장에서 등장인물들의 운명을 휘두르는 폭력, 소설 속 주인공인 토니의 지극히 현실적인 지질함과 비겁함, 악당 레이를 통한 문명과 야만의 경계에 대한 질문을 설득력 있게 제시하고 있다. 두 개의 이야기를 통해 결혼, 사랑, 분노, 배신, 살인, 독자와 작가의 관계 같은 다양한 주제를 이토록 정교하게 엮기란 거장이 아니고선 불가능할 것이다. 오스틴 라이트는 그 어려운 일을 해냈고, 그래서 기라성 같은 작가들의 찬사를 한 몸에 받았다.

과학자처럼 남녀 관계를 분석해가며 겹겹의 퍼즐을 만들어 독자들에게 선물한 오스틴 라이트. 이제는 우리 독자들이 이 두 개의 이야기를 읽고 퍼즐을 푸는 일만 남았다. 이 퍼즐의 신기한 점은 독자가 누구냐에 따라 그림이 달라진다는 점이다. 역자이자 최초 독자로서 내가 본 그림은 이랬다. 하지만 소설 속 수잔처럼 나도 다른 사람이 맞춘 퍼즐을 읽고 싶은 기대감에 벌써 부푼다.

박산호

토니와 수잔

초판 1쇄 발행 2016년 12월 30일
초판 6쇄 발행 2022년 4월 8일

지은이 | 오스틴 라이트
옮긴이 | 박산호
펴낸이 | 정상우
주간 | 정상준
편집 | 이민정 김민채 황유정
디자인 | 박수연 김해연
관리 | 김정숙

펴낸곳 | 오픈하우스
출판등록 | 2007년 11월 29일 (제13-237호.)
주소 | 서울시 은평구 증산로9길 32(03496)
전화 | 02-333-3705 팩스 | 02-333-3745
openhousebooks.com
facebook.com/vertigo.kr

ISBN 979-11-86009-93-2 04840
ISBN 979-11-86009-19-2 (세트)

VERTIGO 는 (주)오픈하우스의 장르문학 시리즈입니다.

이 도서의 국립중앙도서관 출판예정도서목록(CIP)은 서지정보유통지원시스템 홈페이지(http://seoji.nl.go.kr)
와 국가자료공동목록시스템(http://www.nl.go.kr/kolisnet)에서 이용하실 수 있습니다.
(CIP제어번호: CIP2016030510)